Ann A. McDonald

Die Schule der Nacht

W0370483

Das Buch

Als Cassandra Blackwell eines Tages ein mysteriöses Paket vor ihrer Haustüre findet, das an ihre verstorbene Mutter adressiert ist, ist sie sehr irritiert. Das Paket enthält einige seltsame Gegenstände, unter anderem ein Foto, das ihre Mutter in Graduiertenkleidung vor der Oxford University zeigt und ein Schiffsticket von 1994, Plymouth – New York. Außerdem liegt eine kurze Notiz bei: »Du kannst dich nicht für immer vor der Wahrheit verstecken. Bitte komm zurück, und bring alles zu einem guten Ende.« Cassie hatte keine Ahnung, dass ihre Mutter Joanna in England gelebt hat. Alles, was sie über sie weiß, ist, dass sie Dichterin werden wollte und an schweren Stimmungsschwankungen litt, weshalb sie mit Cassie viel hin- und herzog. Wer ihr Vater ist, hat sie nie erfahren.

Cassie beschließt spontan, sich in Oxford zu bewerben, und nach der Zusage reist sie nach England, um die Wahrheit über die Vergangenheit ihrer Mutter herauszufinden. Eine Wahrheit, die, wie Cassie bald merkt, eng mit einer geheimen Gesellschaft verbunden ist, die sich Die Schule der Nacht nennt, und der sehr viel daran zu liegen scheint, dass gewisse Dinge unter dem Deckmantel des Schweigens bleiben …

Die Autorin

Ann A. McDonald wurde in Sussex geboren, studierte Philosophie, Politik und Wirtschaft in Oxford, um anschließend als Musikjournalistin und Unterhaltungskritikerin zu arbeiten. Heute lebt sie in Los Angeles und schreibt hauptberuflich Romane und Drehbücher.

Besuchen Sie uns auch auf www.facebook.com/blanvalet
und www.twitter.com/BlanvaletVerlag

Ann A. McDonald

Die Schule der Nacht

Roman

Deutsch von Christoph Göhler

blanvalet

Die Originalausgabe erschien 2016 unter dem Titel
»The Oxford Inheritance« bei William Morrow,
an Imprint of HarperCollins Publishers, New York.

Sollte diese Publikation Links auf Webseiten Dritter enthalten,
so übernehmen wir für deren Inhalte keine Haftung, da wir uns
diese nicht zu eigen machen, sondern lediglich auf deren Stand zum
Zeitpunkt der Erstveröffentlichung verweisen.

FSC www.fsc.org MIX Papier aus verantwortungsvollen Quellen FSC® C014496

Verlagsgruppe Random House FSC® N001967

1. Auflage
Taschenbuchausgabe 2018 bei Blanvalet,
einem Unternehmen der Verlagsgruppe Random House GmbH,
Neumarkter Straße 28, 81673 München
Copyright der Originalausgabe © 2016 by 3 Arts Entertainment
Published by arrangement with William Morrow,
an Imprint of HarperCollins Publishers, LLC.
Copyright der deutschsprachigen Ausgabe © 2017 by Penhaligon Verlag,
in der Verlagsgruppe Random House GmbH,
Neumarkter Straße 28, 81673 München
Umschlaggestaltung und -abbildung: www.buerosued.de
JB · Herstellung: wag
Druck und Bindung: GGP Media GmbH, Pößneck
Printed in Germany
ISBN: 978-3-7341-0525-8

www.blanvalet.de

Epigraph

Der Teufel ist nunmehr emsiger denn je;
der lange Tag der Menschheit neiget sich
dem Abend zu, und der Welt Trauerspiel und Zeit
nahen sich ihrem Ende.

Sir Walter Raleigh

Epilog

Sie rannte.

Durch die Tunnel, barfuß über den Steinboden. An den Hauptwegen leuchteten blakende Fackeln, darum tauchte sie tiefer ins Labyrinth ab, stolperte verborgene Treppen hinunter und die dunklen, verschlungenen Gänge entlang, bis stickiger Modergeruch in der Luft lag und die Türen protestierend aufstöhnten, wenn sie sie aufstemmte. Und immer noch rannte sie weiter.

Der Sprechgesang kam unaufhaltsam näher, von allen Wänden hallte das einlullende Summen wider, egal wie weit sie floh. Es war alles nur Einbildung, ermahnte sie sich. Es musste so sein. Unvermittelt erhob sich im Halbdunkel ein Schatten, sie kam vor Schreck ins Straucheln und schrammte sich im Fallen die Haut an den scharfkantigen Steinen auf. Doch sie hatte keine Zeit, ihrem Schmerz nachzuspüren, nicht solange sie das glitschige Messer fest umklammert hielt und die fernen Schritte mit jeder Sekunde lauter klangen. Näher.

Sie stolperte um eine weitere Ecke und die nächste Treppe hinauf und hätte um ein Haar vor Erleichterung aufgeschrien, als sie einen vertrauten behauenen Bogen sah. Dahinter, wusste sie, lag ein Seitengang und dahinter wiederum die Freiheit.

Da trat er aus dem Schatten.

Sie kam erneut ins Straucheln und blieb direkt hinter dem Eingang im Vorraum stehen. Er sagte kein Wort, er verstellte ihr nicht einmal den Weg, doch das Adrenalin, das sie durch die Dunkelheit getrieben hatte, schien auf einen Schlag zu versiegen, und nichts blieb zurück als ein hohler Schmerz in ihren Gliedern und ein schicksalsergebenes Schluchzen, das ungewollt aus ihrer Brust aufstieg. Ihre Finger öffneten sich wie von selbst. Das Messer fiel zu Boden.

Natürlich hatte er sie gefunden.

Der Mann schlenderte auf sie zu und hob die Hand, um ihr die Haare aus den Augen zu streichen. Die Geste war ihr so vertraut, dass ihr vor Trauer die Knie einknickten. Ein Schluchzen stieg aus ihrer Kehle und hallte rau durch die schwere Stille der Katakomben. Er deckte die Hand über ihren Mund und erstickte den Laut.

»Psst«, murmelte er, und sein Atem wehte sacht über ihre Wange. »Du bist jetzt bei mir.«

Er fing sie noch im Fallen auf und legte sie sanft ab, bis sie beide auf dem staubigen Boden zu liegen kamen, ihr Körper dicht an seinen geschmiegt. Jetzt, wo sie die Wahrheit kannte, konnte sie spüren, wie die Schwärze aus ihm sickerte: Wie sie in dunklen Tentakeln aus seinen Fingerspitzen aufstieg und kräuselnd verwehte, während er ihr Kinn nachzeichnete. Aber schlimmer als die schwarze Berührung – viel schlimmer – war, dass sie merkte, wie sich tief in ihrer Brust etwas löste. Ein Flattern wie von unsichtbaren Flügeln, mit dem ihr eigenes dunkles Herz aufstieg, um seinem Ruf zu folgen.

Sie kämpfte dagegen an, doch es war vorbei. Er wusste es. »Psst«, sagte er und hielt sie fest, sanfter als in irgendeiner der Nächte, in denen er sie zuvor gehalten hatte. Das Flattern hatte sich zu einem Schlagen verstärkt. Sie spürte, wie die Dunkelheit sich erhob, ihre Schwingen ausbreitete, um sie ganz und gar in Besitz zu nehmen.

»Du bist jetzt bei mir«, flüsterte er wieder. In seinen Augen leuchtete der Triumph, ein hungriger Vorgeschmack auf das, was kommen würde. Noch während er seine Lippen auf ihre senkte, tasteten ihre Finger verzweifelt nach dem Messer, und dann fand sie es: kalter Stahl auf staubigem Stein.

Sie ergab sich seinem Kuss und schickte ein stummes Gebet zum Himmel. Dann war nur noch Rot um sie.

Kapitel 1

Oxford im Sommer war eine Stadt im Belagerungszustand. Sie kamen von jenseits der Meere, aus Norwegen und Brasilien, Indien und Japan: In einer vereinten Invasionsarmee stürmten alte und neue Zivilisationen gleichermaßen die verträumten Kirchtürme und adretten sattgrünen Kolleghöfe; die Gesichter mit einer Kriegsbemalung aus zinkhaltiger Sonnencreme maskiert, ließen die Invasoren ihre Schlachtenrufe in fremdländischem Kauderwelsch erschallen. Während sie vereint von den lauschigen Blumenwegen des Botanischen Gartens zum altehrwürdigen, hoch aufragenden Speisesaal des Christ Church College zogen, vermengten sich in Souvenir-Shirts die unterschiedlichen Rassen und Nationen unter den Baseballkappen mit Union-Jack-Aufdruck zu einer einheitlichen Truppe. Die Invasoren drängten sich auf dem Kopfsteinpflaster der Cornmarket Street, konsultierten Reiseführer und Straßenkarten und zwängten sich durch Eisentore, immer auf der Suche nach der besten Schussposition auf Statuen und geschwungene Sandsteinmauern.

Die Läden entlang der High Street trieben schwunghaften Handel mit Schreibtischstandarten, Statuetten und langen Strickschals im abgetönten Farbspektrum der offiziellen Collegefarben: Maulbeerrot und Marineblau, Senfgelb und Jagdgrün. In altmodischen Tearooms – wo hauchdünnes

Goldrandporzellan auf zierlichen Untertässchen klirrte – wurde Cream Tea serviert, und auf dem Fluss stauten sich die Stechkähne: die langen, flachen Flussboote, die von den Studenten über die moosgrünen Gewässer gestakt wurden, während ihre Passagiere Pimm's aus mit Gurkenscheiben dekorierten Plastikgläsern nippten und süße Erdbeeren aus einem Körbchen zupften, das sie an einem der Obststände auf der Brücke erstanden hatten.

Von Anfang Mai bis Ende August waren die historischen Straßen verstopft, staubig und vermüllt – oder, öfter noch, von plötzlichen kalten Sommerschauern überschwemmt, vor denen die Menschen, die Straßenkarten über den Kopf erhoben, unter die Torbögen und Ladenmarkisen flüchteten. Doch wenn der September heraufzog, wurde es schlagartig wieder still in den majestätischen Collegehöfen. Die Heerscharen zogen ab, und die Stadt atmete auf. Eine neue, herbstliche Frische lag in der Luft, und taufeuchte Nebelschleier benetzten allmorgendlich die Wiesen der Port Meadow, wenn die Kirchenglocken zum Tagesbeginn ihren Baritonchor erschallen ließen.

Nur eine Woche oder zwei währte diese Erholungspause, während der die Verkäuferinnen erschöpft hinter ihren Registrierkassen zusammensanken und die Landschaftsgärtner der Colleges sich daranmachten, die Rosenbüsche zu stutzen und die akkuraten Rasenflächen zu mähen.

Viel zu früh folgte der nächste Ansturm.

Und diese Besucher würden nicht so schnell wieder abziehen. Sie kamen mit noch eingeschweißten Lehrbüchern und dicken Einführungsleitfäden, blank gewienerten Schuhen und großen Augen, und sie hatten an ihren hoffnungsvollen Erwartungen ebenso schwer zu tragen wie an den brandneuen Besitztümern, die sie in prall gefüllten Rollkoffern hinter sich herzogen.

Der Sommer war vorüber, und damit für eine neue Generation von Studenten der Zeitpunkt gekommen, sich einen Namen in der Ruhmeshalle der großen akademischen Denker Oxfords zu machen.

Am Anfang, entdeckte Cassandra Blackwell, stand die Immatrikulation.

Sie traf zu spät ein, ihr Flug hatte sich aufgrund eines extremen Sturmtiefs über der amerikanischen Ostküste verspätet, und bis sie ihr Gepäck in Heathrow vom Band gezogen und die zweistündige Busfahrt nach Oxford hinter sich gebracht hatte, war der erste offizielle Studientag an der Oxford University bereits in vollem Gang. Aus dem dicken Informationspaket wusste sie zwar, was sie erwartete, dennoch war sie überwältigt, als sie ihre Koffer über das holprige Kopfsteinpflaster durch die Tore des Raleigh College zog und sich in einem Meer von Studenten in merkwürdigen schwarzen Roben wiederfand, die unstet und quirlig durch den Eingangshof trieben wie Zeitungsblätter im englischen Herbstwind.

Cassie blieb inmitten des Trubels stehen und nahm die befremdliche Szene in sich auf. Die Studenten versammelten sich bereits für das offizielle Foto auf einer Holztribüne. Aber im Gegensatz zu den lässig gekleideten Freshmen in Jeans, die sie von ihrem amerikanischen College her kannte, trugen diese Erstsemester gestärkte weiße Hemden und Anzüge unter ihren Roben; die Mädchen Blusen und schwarze Röcke, dazu dunkle Schleifen um den Hals und breite schwarze Stoffbänder, die ihnen von den Schultern hingen. Es war ein altmodisches Gewand, wie man es auf vergilbten, vom Alter ausgeblichenen Sepia-Fotografien erwartet hätte. Der einzige Hinweis darauf, dass sie sich im einundzwanzigsten Jahrhundert befanden, waren die

Smartphones, die fast alle Studenten in der Hand hielten, während sie sich unter den uralten honigfarbenen Sandsteinwänden aufstellten, um für ihr erstes Foto zu posieren.

Das Mittagsläuten der Glocke in der Kapelle hallte über den Hof. Sie war spät dran.

Cassie sah sich eilig um. Ein unablässiger Strom von Besuchern betrat und verließ das kleine Pförtnerhaus direkt hinter dem Tor, darum reihte sie sich in die Schlange ein, wobei sie den Kopf einziehen musste, um nicht an den niedrigen steinernen Türsturz zu stoßen. Drinnen ging es chaotisch zu: In dicken Trauben standen die Menschen vor dem Schalter. Verunsichert harrte sie im Gedränge aus, bis ein Angestellter – ein verwittert aussehender Mann mit Schirmmütze und schwerer Strickjacke – ihren Koffer und das an ihre Brust gepresste Info-Paket bemerkte.

»Sind Sie Erstsemester?«, wollte er wissen.

»Ja.« Cassie streckte ihm ihre Papiere hin. »Cassandra Blackwell. Mein Flug hatte Verspätung; ich bin gerade erst angekommen.«

Der Mann riss die Augen auf. »Lassen Sie Ihre Sachen hier, und ziehen Sie sich um, sonst verpassen Sie noch das Foto.«

»Nicht so schlimm«, versuchte Cassie zu protestieren. »Ich will mich erst mal in meinem Zimmer einrichten.«

Aber der Mann ließ sich nicht beirren. »Los, geben Sie mir Ihren Koffer.« Ehe sie widersprechen konnte, hatte er ihn ihr aus der Hand gerissen. »Haben Sie Ihr Subfusc?«

Carrie starrte ihn verständnislos an, woraufhin er erklärte: »Den Talar und die Uniform. Vergessen Sie's, dafür ist keine Zeit mehr. Gut, dass Sie was Schwarzes anhaben.« Er wühlte in einer Kiste und entnahm ihr eine Robe, ähnlich denen, die sie draußen gesehen hatte. »Jetzt raus mit Ihnen; ich suche währenddessen Ihr Zimmer heraus. Cassandra, haben Sie gesagt?« Sie nickte. »Ich bin Rutledge. Wenn Sie mit der Immatrikulation durch sind, kommen Sie wieder zu mir. Und jetzt los!« Er scheuchte sie hinaus und wurde gleich darauf vom Gedränge verschluckt.

Cassie streifte den Talar über, trat aus dem Häuschen und wurde umgehend auf die Tribüne geschoben, in eine der oberen Reihen, eher im Hintergrund des Bildes. Die anderen Studenten machten Platz, um sie durchzulassen, hatten aber kaum einen Blick für sie, weil sie vollauf damit beschäftigt waren, mit den anderen neuen Studenten zu reden und zu witzeln. Sie waren viel zu aufgeregt, um sie auch nur zu bemerken.

Auch Cassie war aufgeregt, doch sie fühlte nicht die gespannte Vorfreude, die sie in allen anderen Gesichtern las. Sie war vor allem neugierig auf diese neue Welt, fühlte sich aber zugleich wie eine Hochstaplerin, so als könnte einer ihrer neuen Kommilitonen womöglich irgendwann hinter ihre Fassade blicken und ihre wahren Absichten erkennen. Den wahren Grund, warum sie unter ihnen war, und all ihre geheimen Pläne für das kommende Jahr.

»Es geht los! Bitte nehmen Sie Ihre Plätze ein!«

Gerade als sie sich in Positur gestellt hatte, begannen der Fotograf und sein Assistent, die letzten Nachzügler zum Rand der Gruppe zu scheuchen.

»Passt das so?« Das Mädchen neben Cassie nestelte an dem Band um ihren Hals und versuchte vergeblich, es zu einer lockeren Schleife zu binden. Die junge Frau hatte große Vogelaugen, ihre Fingerspitzen flatterten nervös, und ihr Gesicht glühte in atemloser Begeisterung.

Cassie drehte sich um, doch das Mädchen hatte wirklich mit ihr gesprochen. »Lass mich mal.« Schnell hatte sie die Schleife gebunden.

»Danke.« Ihre Nachbarin strahlte sie an. »Kannst du

glauben, dass wir tatsächlich hier sind?« Sie wartete Cassies Antwort gar nicht erst ab. »Von diesem Tag habe ich mein ganzes Leben geträumt«, sprudelte es aus ihr heraus. »Und jetzt endlich, nach all den Jahren, habe ich es geschafft. An die Oxford University.« Sie hauchte die Worte voller Inbrunst und Ehrfurcht – wie ein altvertrautes Gebet, das endlich erhört worden war. »Ist das nicht fantastisch?«

Cassie sah zu der karmesinroten Flagge des Raleigh College hoch, die ihnen gegenüber auf der breiten Mauer flatterte. Sie hatte sie auf Fotos und in Hochglanzbroschüren gesehen, sogar leibhaftig, vor Jahren, aber hier erschien sie ihr größer, mächtiger, lebendiger als je zuvor. Plötzlich flammte der Blitz des Fotografen vor ihr auf, und dunkle Funken tanzten durch ihr Blickfeld. Sie blinzelte, benebelt vom Jetlag und der langen Reise und den Jahren an Planung, die sie gebraucht hatte, bis sie es durch die geheiligten, exklusiven Tore des Raleigh College geschafft hatte.

Ihr unermüdlicher Einsatz hatte endlich Früchte getragen. All die Intrigen und Lügen, Opfer und Risiken.

»Fantastisch«, wiederholte sie leise, und dann flammte der Blitz erneut auf und blendete sie alle in der strahlenden Nachmittagssonne.

Kapitel 2

Die Porträtfotos aufzunehmen dauerte eine Stunde, mit Unterbrechungen durch eine spielerische Rangelei unter einigen Jungen sowie durch einige scharfe Windböen, die lose Papiere durch den Innenhof trieben. Schließlich waren alle Fotos im Kasten, doch bevor Cassie ihr Gepäck abholen und sich endlich auf ihr Bett fallen lassen konnte, wurde sie vom Pförtnerhaus weggelotst.

»Du bist jetzt für den Master's Tea eingetragen«, eröffnete ihr forsch ein Student, nachdem er sein Klemmbrett konsultiert hatte.

»Ich war den ganzen Tag unterwegs«, erwiderte Cassie, der die Erschöpfung schwer zusetzte. »Ich möchte lieber erst duschen und später hingehen.«

Verdattert starrte er sie an. »Du bist aber für jetzt eingeplant. Jede Gruppe hat nur ein kleines Zeitfenster. Und Anwesenheit ist Pflicht.«

Cassie öffnete den Mund, um ihm zu widersprechen, und klappte ihn dann wieder zu. Sie sollte die gleiche Begeisterung zeigen wie die anderen in ihrer Gruppe, die sich bereits weiter vorn auf dem gepflasterten Weg versammelt hatten. »Dann also zuerst der Tee«, willigte sie ein.

»Sein Quartier befindet sich am anderen Ende des Campus. Neil wird eure Gruppe hinbringen.« Er nickte einem weiteren Studenten zu, der ebenfalls den karmesinroten Raleigh-Schal trug.

Quartier. Eines der ungewohnt klingenden Worte, an die Cassie sich erst gewöhnen musste. Als Amerikanerin in England spürte sie ohnehin eine Sprachbarriere, doch in den wenigen Stunden seit ihrer Ankunft war ihr klar geworden, dass die Oxford University zudem eine Welt für sich war. Ein verbundenes Netz von Colleges erstreckte sich über die Stadt, ein Gewebe mit eigenen Regeln, eigener Kultur und eigener Sprache. Aus den Unterhaltungen ihrer neuen Kommilitonen hatte Cassie sich bereits erschlossen, dass Rutledge und seine Kollegen als Porters bezeichnet wurden; es gab das Torhaus, die Porters' Lodge. Daneben gab es jedoch eine Kakophonie an Begriffen, die ihr immer noch ein Rätsel waren, obwohl die Studenten sie ganz beiläufig ins Gespräch einstreuten: Junior Common Room, Buttery, Pidges und Tutes, Michaelistag und Trinity Terms.

Cassie setzte sich in Marsch und folgte ihrer Gruppe über die gepflasterten Wege, die den üppig begrünten Kolleghof durchschnitten.

»Sir Walter Raleigh hat das College nicht allein gegründet.« Neil ging voran und gab ihnen unterwegs eine Führung. »Ein Kreis von einflussreichen Akademikern und Denkern seiner Zeit, Männer allesamt, die das öffentliche Leben im Elisabethanischen Zeitalter prägten, trug ebenfalls zum Bau des Raleigh College bei. Der berühmte Astronom Thomas Hariot, der Dramatiker Christopher Marlowe – sie und viele andere kamen hier zusammen, sprachen über neue Ideen und teilten ihre visionären Arbeiten.«

Cassie kannte die Geschichte des College. Das Raleigh war nicht die älteste Schule in Oxford und auch nicht die reichste, aber sie hatte nichtsdestotrotz einen exklusiven Stammbaum. Gegründet im späten 16. Jahrhundert von Sir

Walter Raleigh, mit Geldern, die er bei der Plünderung der spanischen Armada erbeutet hatte, erhob sich das College am Rand der Stadt wie ein kleines Königreich aus Sandsteinbefestigungen und sanft gewellten Rasenflächen, die sich bis zu den moosbeladenen Ufern des Flusses Cherwell erstreckten. Der Hochglanzprospekt, den sie studiert hatte, pries großspurig die prachtvollen Säle und gepflegt begrünten Kolleghöfe sowie die abgeschiedene Fachwerkbibliothek; dazu reich ausgestattete Studentenwohnheime und offene Kreuzgänge; nicht zu vergessen die behauenen Sandsteinmauern, die Verkehr und Hektik der Stadt abschirmten. Aber jetzt, wo sie tatsächlich hier war, verschlug es ihr doch den Atem angesichts der Geschichte und der Schönheit der unbestreitbar prachtvollen Anlage.

»Ihr müsst euch vor Augen halten«, fuhr ihr enthusiastischer Fremdenführer fort, »dass damals die Kirche die akademische Forschung noch fest im Griff hielt und folglich die Gründung des Kollegs von vielen als revolutionärer Akt betrachtet wurde. Viele beschuldigten die Gruppe, sie würde einen Hochverrat planen.«

»So wie diese Geheimgesellschaft?« Eins der Mädchen in der Gruppe hatte sich zu Wort gemeldet.

Es gab Gelächter. Cassie sah sich um und fragte sich, wo dabei der Witz lag. Ihr Führer bemerkte ihre Verwirrung.

»Über Sir Walter Raleigh und seine Gefährten wurde damals viel spekuliert. Selbst Shakespeare bezeichnete die Gruppe ironisch als *Die Schule der Nacht*, eine Anspielung auf die dunklen Roben, die sie angeblich bei ihren Treffen trugen.«

»Also bitte«, murmelte einer der Jungen neben ihr. »Wenn überall über deine Geheimgesellschaft gequatscht wird, kann man sie kaum noch geheim nennen.«

»Heißt das, du wirst dich nicht um Aufnahme im Bulldingdon Club bewerben?«, fragte sein Freund schmunzelnd.

»Moment mal, nicht so voreilig …« Er lachte.

Cassie blieb ein wenig zurück und verlor sich in der Betrachtung der Mauern und Bauten, die sie ihrem Gefühl nach in- und auswendig kannte. Auf verschlungenen Wegen überquerten sie den ganzen Campus, bis sie schließlich den Wohnsitz des Rektors erreicht hatten: ein weiteres herrschaftliches, von sanften Rasenflächen und Rosenlauben umgebenes Sandsteingebäude, dessen elisabethanische Architektur die Jahrhunderte unberührt überstanden hatte. Innen war es nicht weniger imposant: In einer Ecke des Foyers führte eine prachtvolle Prunktreppe nach oben, die Wände waren mit dicken, jagdgrünen Tapeten bedeckt, tiefe Teppiche gab es und verschnörkelte Beistelltische.

»Und da wären wir«, verkündete Neil. »Viel Glück, und nicht vergessen, es gibt keinen Grund zur Nervosität. Hier am Raleigh sind wir alle eine große Familie.«

Familie. Das Wort hallte in Cassie nach, während sie in den Salon trat, wo sich bereits zwei Dutzend aufgeregter Erstsemester versammelt hatten, die sich nervös plappernd an ihren Käsetellern mit Crackern festhielten und bemüht waren, keinen Wein auf den brokatgepolsterten Sofas zu verschütten. Es war eine Art erstes Kennenlernen mit Professoren und Angestellten. Die erste Gelegenheit für jene, die neuen Schützlinge in Augenschein zu nehmen – und für Cassies Mitstudenten die erste Gelegenheit, einen guten Eindruck zu machen.

Während alle direkt auf den nächsten greifbaren Professor zusteuerten, enterte Cassie das kalte Büfett. Ihr knurrte der Magen nach einem langen Tag mit nichts als pappigen Flugzeugmahlzeiten und Automatensnacks, und so häufte sie Labsal auf ihren Teller. Sie fand einen Platz auf einer freien Couch und machte sich über ihr Essen her.

»Chavez war doch aus Argentinien, oder?« Ein junger Mann ließ sich neben ihr in die Polster fallen. Er war untersetzt, und unter seinen Achseln zeichneten sich dunkle Flecken ab.

»Venezuela«, korrigierte sie ihn.

Er blinzelte. »Ich habe gerade zehn Minuten mit Professor Kenmore über seine Verstaatlichung der argentinischen Industrie diskutiert.« Erst allmählich dämmerte ihm die Peinlichkeit seines Schnitzers. Der Junge erbleichte. »O Gott.« Er schoss hoch und floh in den Gang, wobei er im Lauf mit einer Professorin zusammenprallte. Die Frau strauchelte und verschüttete ihren Tee in einem dunklen Fleck auf dem hellbraunen Teppich.

Für einen Moment verstummten sämtliche Gespräche, und ausnahmslos alle Studenten und Studentinnen schickten ein stilles Dankgebet zum Himmel, dass dieser unglückliche Ausrutscher nicht ihnen passiert war.

Cassie erfasste die angespannten Körper, die ängstlich hin und her zuckenden Blicke und fühlte sich merkwürdig verbunden mit all diesen nervösen Fremden. Sie mochte älter sein und schon Dinge erlebt haben, die sich die anderen nicht ausmalen konnten, aber heute teilten alle das Bedürfnis, unauffällig zu bleiben und zu beweisen, dass sie hierhergehörten. Ihre Beweggründe waren vielleicht unterschiedlich, aber für jeden Einzelnen von ihnen stand viel auf dem Spiel. Für sie alle ging es um die Zukunft.

Cassie leerte ihren Teller und begann, sich widerstrebend unter die anderen zu mischen. Sie stand gerade interessiert vor einer Reihe streng blickender Porträtbilder, als eine kiesige Stimme hinter ihr verkündete: »Kit Marlowe.«

Cassie drehte den Kopf und sah den Rektor des College

höchstpersönlich an ihrer Seite stehen. Er trug einen altmodischen dunkelblauen Nadelstreifenanzug, hatte eine glänzende Glatze und ein strenges, von tiefen Falten gezeichnetes Gesicht. »Bekanntlich war er einer von Raleighs teuersten Freunden«, fuhr er fort. »Wir verwahren eine Erstausgabe seiner Werke in unserem Bibliotheksarchiv. Sie dürfen die Bände gern betrachten, aber bedauerlicherweise mussten wir sie konservieren, Sie werden also nicht, wie von ihm eigentlich beabsichtigt, darin blättern können.« Er streckte ihr die Hand hin. »Wir wurden einander noch nicht vorgestellt. Sir Edmund Castle.«

»Cassandra Blackwell.«

Der Rektor schüttelte ihr fest und freundlich die Hand. »Aus Ihrem Akzent schließe ich, dass Sie eine Transfer-Studentin sind.«

»Ja, richtig. Ich mache ein Auslandsjahr«, erklärte Cassie. »Ich komme vom Smith College.«

»Exzellentes College.« Sir Edmund pumpte ihre Hand ein weiteres Mal auf und ab. »Willkommen, willkommen. Wie gefällt es Ihnen bis jetzt?«

»Es ist ... überwältigend«, antwortete sie und ergänzte dann eilig: »Das College ist so schön angelegt und so geschichtsträchtig.«

»Das beste in Oxford«, stimmte er ihr zu. »Aber vielleicht bin ich da ein wenig voreingenommen. Ich habe selbst hier studiert, müssen Sie wissen, wenn auch vor Äonen. Und später hier gelehrt.«

Cassie nickte. Seit Jahren hatte sie sich mit dem Raleigh College beschäftigt, und es gab kaum etwas, das sie nicht in ihren Notizbüchern und Rechercheordnern gespeichert hatte. Sir Edmund hatte sich als Mathematiker einen Ruf gemacht und mehrere Bücher veröffentlicht, bevor er den Verheißungen der Privatwirtschaft erlegen war und die akademische Welt verlassen hatte. Er hatte mit Hedgefonds ein Vermögen gemacht, war für seine Verdienste um die Wirtschaft des Landes zum Ritter geschlagen worden und schließlich ans Raleigh zurückgekehrt, um einen noblen Ruhestand zu genießen, indem er die Finanzen des College aufpolsterte und den Gastgeber für Ehrengäste spielte. »Ich habe Ihr Buch über Spieltheorie gelesen«, bemühte sie sich, Konversation zu machen. »Eine faszinierende These.«

»Finden Sie?« Sir Edmund sah sie mit frisch erwachtem Interesse an. »Sind Sie Mathematikerin?«

»Nein«, beeilte sie sich zu antworten. »Ich habe es in meiner Freizeit gelesen. Ich wurde auf Ihre Arbeiten aufmerksam, als ich mich über das College informierte.«

»Sehr gründlich.« Er betrachtete sie neugierig. »Und was hat Sie an unsere holden Gestade verschlagen, Miss Blackwell? Es ist ein weiter Weg hierher, und die wenigen Plätze für ausländische Studenten sind schwer umkämpft.«

Cassie holte tief Luft. Dies war die Frage, die ihr während der Bewerbungsphase und bei dem persönlichen Vorstellungsgespräch mit den ehemaligen Raleighstudenten in Boston regelmäßig gestellt worden war und auf die sie sich besonders gründlich vorbereitet hatte. »Das war schon immer mein ganz persönlicher Traum«, sagte Cassie. »Meine Eltern sind durch England gereist, als sie noch jung waren, und ich wurde mit unzähligen Geschichten über Oxford und seine Colleges groß. Ich glaube, sie haben mir einen Oxford-Kalender übers Bett gehängt, bevor ich auch nur lesen konnte«, ergänzte sie mit einem kurzen Lachen.

Sir Edmund schmunzelte. »Na, dann sind die beiden jetzt gewiss sehr stolz auf Sie.«

»O ja, das sind sie.« Cassie lächelte andächtig, als würde sie gerade an sie denken. »Sie planen schon ihren ersten Besuch hier.«

Sir Edmund wandte sich kurz um und erblickte jemanden. Er hob die Stimme: »Tremain! Kommen Sie her, ich stelle Ihnen noch eine Amerikanerin vor. Cassandra, das ist Matthew Tremain. Er kümmert sich um alle ausländischen Studenten, spielt den Seelsorger und so weiter.«

Der Mann, der sich zu ihnen gesellte, war etwa in den Vierzigern und verfügte nicht über Sir Edmunds geschliffene Vornehmheit. Mit seinem Dreitagebart und den zerzausten braunen Haaren wirkte er zurückhaltend und zerstreut; das zerknitterte Nadelstreifenhemd hing ihm aus der abgewetzten Cordhose.

»Sehr erfreut.« Cassie streckte ihm die Hand hin, und nach kurzem Jonglieren mit seiner Teetasse und dem Keksteller gelang es dem Professor, sie zu ergreifen.

»Cassandra, Cassandra ...« Tremains Blick huschte neugierig über sie hinweg. »Ach ja. Cassandra Blackwell. Smith. PPE«, ergänzte er und verwendete dabei die in Oxford übliche Abkürzung für Politik, Philosophie und Wirtschaftswissenschaften, Cassies Studiengang. »Sie haben dieses Semester Philosophie bei mir. Ich habe Ihnen schon einen Zettel ins Pidge geworfen.«

»Pidge?« Schon wieder hörte sie das merkwürdige Wort.

»Ihr Taubenloch, das Pigeonhole«, klärte Sir Edmund sie auf. »Ich vergesse immer, wie das für Auswärtige klingen muss. So nennen wir die Holzfächer in der Porters' Lodge. Dort wird die Post hinterlegt.«

»Ach so.« Cassie fügte den Begriff ihrem privaten Glossar an Oxford-Slang hinzu.

»Unser Professor hier ist eine Institution am Raleigh«, erläuterte Sir Edmund. »In früheren Zeiten war er Student bei mir. Wie lange ist das jetzt her ...?«

»Fast fünfundzwanzig Jahre«, ergänzte Tremain, und

Cassie hätte schwören können, dass sie einen Anflug von Resignation in seiner Stimme hörte.

»Ein brillanter Student obendrein«, fuhr Sir Edmund unbeirrt fort, »nur dass er immer alles auf den letzten Drücker erledigen musste. Wann haben Sie noch mal zehn Minuten vor dem Tutorium einen Aufsatz unter meiner Tür durchgeschoben?« Er wandte sich warnend an Cassie. »Sie werden mit so was nicht durchkommen.«

Tremains Blick traf mit leiser Ungeduld auf Cassies. Ganz offensichtlich waren diese Anekdoten schon unzählige Male erzählt worden. Nichtsdestotrotz erging sich Sir Edmund weiter in seinen Erinnerungen. »Wo ist nur die Zeit geblieben?« Er stieß einen dramatischen Seufzer aus. »Manchmal kommt es mir so vor, als hätte ich noch letzte Woche Aufsätze korrigiert und meine Studenten gerüffelt, dass sie sich in der Bar anständig aufführen sollen. Was meinen Sie, Tremain; man sollte uns eine Grube im Garten ausheben, damit sichergestellt ist, dass wir niemals von hier wegmüssen.«

»Wie wahr«, erwiderte Tremain.

»Hat sich seit Ihrer Studienzeit viel verändert?«, fragte Cassie.

»Nun, zum einen gab es damals kein Internet«, antwortete er ätzend. »Wenigstens nicht so wie heute. Wenn man etwas abkupfern wollte, musste man es Zeile für Zeile abschreiben, statt es mit Cut und Paste aus der Wikipedia zu kopieren.«

»Nein, ich meine das Studentenleben«, hakte Cassie nach. »Die Universitätskultur.«

Tremain lächelte ein dünnes, fast melancholisches Lächeln. »In Oxford verändert sich eigentlich nie etwas. Und hier schon gar nicht.« Abrupt wandte er sich Sir Edmund zu. »Wir sollten uns weiter unter die Studenten mischen.

Miss Blackwell, vielleicht können wir uns ein andermal zu einem persönlichen Gespräch treffen und uns über ein paar akademische Details austauschen?«

Sir Edmund schüttelte erneut ihre Hand. »Es war mir ein Vergnügen. Ich hoffe, Sie nutzen Ihre Zeit hier. Und sehen Sie sich auf jeden Fall die Marlowe-Manuskripte an. Aber nicht anfassen!«

Sie zogen ab, wobei Tremain schnell auf Abstand ging und zum anderen Ende des Salons marschierte, während Sir Edmund sofort in einer weiteren Studentengruppe landete und Hände zu schütteln begann. Cassie wartete kurz ab und huschte dann aus dem Raum.

Aus der Eingangshalle rechts von ihr hallte gekünsteltes Lachen, deshalb bog sie nach links ab und wanderte mit leichten Schritten über das gebohnerte Parkett tiefer ins Gebäude hinein. Je weiter sie sich von der Feier entfernte, desto stiller wurde es. Sie erforschte nacheinander die übrigen Räume, stieß dabei auf eine Toilette mit einem alten Porzellanwaschbecken und auf einen eleganten Speisesaal – mit einem für sechzehn Personen gedeckten Tisch, blank polierten Girandolen und Tischsets aus schwerem Leder. Es war, als würde sie durch ein Museum schlendern, und doch war es für jemanden ein Zuhause: ein Ort, um zu leben und zu arbeiten, umgeben von all diesen brokatgesäumten Gespenstern aus uralten Zeiten. Am Ende des Ganges öffnete sie eine schwere Eichentür zu einem großen, düsteren Raum mit deckenhohen Bücherregalen, der von einem massiven Mahagonischreibtisch dominiert wurde. Das musste Sir Edmunds Arbeitszimmer sein.

Einen Moment zögerte Cassie auf der Schwelle. Dies war mit Sicherheit verbotenes Terrain, außerdem würde bald auffallen, dass sie sich von der Gruppe abgesondert hatte, doch ihre Neugier siegte; sie trat ein, ließ die Tür jedoch einen Spaltbreit offen, damit sie hörte, falls jemand den Flur entlangkam.

Cassie schlenderte unter den düsteren Ölgemälden in schweren Goldrahmen entlang an den Schreibtisch. Er war mit Papieren und einer Reihe identischer Füllfederhalter bedeckt, und das Holz wurde von einer Schreibunterlage aus dunklem Leder geschützt. Aus alter Gewohnheit blätterte sie kurz in den Unterlagen, doch hier lag nur schlichte Verwaltungskorrespondenz: ein Protokoll zu einem Disput über die Bezahlung der Landschaftsgärtner, ein Gutachten zur Bausicherheit in den Kreuzgängen. Ihre Fingerspitzen strichen über das körnige Holz und die dicken Briefbögen; sie roch Sandelholz und etwas Dunkleres, Herbes: ein leichter Hauch von kaltem Tabakrauch hing in der Luft.

Es war eine andere Welt. Selbst im Smith College mit seiner langen Geschichte zählten die ältesten Gebäude höchstens hundertfünfzig Jahre und waren heutzutage zwischen den neuen Vorlesungsgebäuden und Wohnheimen beinahe unsichtbar. Hier jedoch ruhten mindestens fünf Jahrhunderte in den Sandsteinmauern. Cassie trat an die Bücherregale, die hinter ihr die Wand bedeckten. Sie waren vollgepackt mit leinengebundenen Buchrücken: Erstausgaben, gewichtigen Einzelbänden. Shakespeare, Wordsworth, Wilde. Und dort, ganz am anderen Ende, entdeckte Cassie die Aufzeichnungen des Raleigh College, eine bis ins Jahr 1952 zurückreichende Sammlung von Jahrbüchern, allesamt mit steifen, ungebrochenen Buchrücken, unberührt seit dem Tag, an dem sie aus der Druckerpresse gekommen waren.

Sie strich mit dem Finger über das geprägte Leder, bis sie das Jahr 1994 erreicht hatte, zog den Band heraus und nahm das große Buch mit ans Fenster, um in der Nachmittagssonne einen Blick hineinzuwerfen. Sie überflog das

Grußwort des College-Geistlichen, außerdem die Berichte über Bauprojekte und Spendenaktionen, die von einer Aufzählung studentischer Leistungen und Nachrufen »in memorandum« auf ehemalige Absolventen durchbrochen wurden. Ungeduldig blätterte Cassie Seite um Seite weiter, aber nicht einmal als sie die Liste der Erstsemester entdeckte, fand sie einen Hinweis auf das, was sie suchte.

Schwere, gemächliche Schritte hallten durch den Gang. Hastig schlug Cassie das Buch zu und hatte es eben zurück ins Regal gestellt, als die Tür aufschwang und ein ihr unbekannter Mann in den Raum trat.

Cassie erstarrte. Er war schon älter, über siebzig oder vielleicht auch achtzig, und trug einen makellosen dunklen Anzug. Er hatte dichtes weißes Haar und ein von tiefen Falten gezeichnetes Gesicht, doch sein Blick ließ ihr das Blut in den Adern gefrieren; die schwarzen Augen schienen sie geradezu aufzuspießen.

»Was tun Sie hier?«, wollte der Mann wissen. »Das ist privat.«

»Ich weiß, bitte verzeihen Sie. Ich war auf der Suche nach der Toilette«, schwindelte Cassie schnell.

Er rührte sich nicht vom Fleck, doch sein Blick wanderte langsam von Cassie zum Schreibtisch und zurück.

»Und dann hat mich das Gebäude in Bann geschlagen«, ergänzte sie und trat vom Bücherregal zurück. »Diese uralten Mauern ... das ist alles so faszinierend.«

Die Augen des Mannes tasteten sie von Kopf bis Fuß ab, und Cassie überlief ein Schauer der Dankbarkeit, dass sie noch ihren Talar trug, so wie alle anderen neuen Studenten, dass sie nur ein Gesicht unter vielen war. »Ihre Kommilitonen machen sich bereits auf den Weg zur Zeremonie«, erklärte er eisig.

»Danke.« Cassie ging eilig auf die Tür zu. »Ich finde

bestimmt noch eine, an der ich teilnehmen kann; wahrscheinlich gibt es hier jede Woche was Lateinisches zu feiern.« Sie hatte einen Scherz machen wollen, um die Anspannung zu lösen, aber die Miene des Mannes wirkte ganz und gar nicht amüsiert.

»Sie halten das für einen Witz?«, fragte er scharf. »Sie glauben, wir würden nur zum Spaß in unseren Talaren herumspazieren? Unsere Geschichte bedeutet uns alles.« Er fixierte sie mit einem kalten, schonungslosen Blick. »Unsere Traditionen machen uns zu dem, was wir sind, und wenn Sie glauben, Sie würden über alldem stehen, dann sind Sie hier fehl am Platz.«

Cassie biss sich auf die Zunge. Die Paraden und Fotos und Teezeremonien? Das war nicht Tradition, das waren Kostümspiele. Hier drin wurde Theater gespielt, während sich draußen vor den Sandsteinmauern die Welt weiterdrehte, ohne sich um Roben und Rituale zu scheren.

Doch statt das zu erwidern, zwang sich Cassie, betreten die Augen niederzuschlagen. »Bitte verzeihen Sie. Ich verstehe das mit der Tradition. Sie bedeutet auch mir alles. Ich wollte Ihnen keinesfalls zu nahe treten.«

Die Lippen des Mannes waren zu einem dünnen Strich zusammengepresst.

»Genau darum bin ich hier«, schwadronierte Cassie hastig weiter. »Aus Familientradition. Geschichte. Wahrscheinlich leide ich noch unter dem Jetlag.« Sie lächelte matt. »Es tut mir leid, wenn ich mich missverständlich ausgedrückt habe.«

Noch immer verzog er keine Miene. Cassies Haut kribbelte, ihr Herz schlug wie wild. Dann, endlich, nickte er knapp. »Ihre Gruppe ist abmarschbereit, Sie sollten sich beeilen.«

Bei jedem Schritt, den sie den langen Korridor hinabging, spürte sie seinen bohrenden Blick in ihrem Rücken. Zum Glück wurde ihre Gruppe gerade hinausgeführt und durch einen neuen Tross Studenten ersetzt, sodass Cassie, knapp entkommen, sich einfach anschließen konnte und mit immer noch rasendem Puls in die kühle Nachmittagssonne trat.

Ihre Gruppe bog nach rechts ab, am Rand der Rasenfläche entlang, nur Cassie verzog sich unbeobachtet nach links, durch den Kreuzgang. Der kleine Garten voller Stiefmütterchen und spät blühender Chrysanthemen, den sie nun erreichte, war von einer niedrigen Steinmauer eingefasst: eine abgeschiedene Oase abseits der Geschäftigkeit, die überall sonst im College herrschte.

Cassie blieb stehen, lauschte der Stille und atmete den frischen Duft von Blumen und gemähtem Gras ein. Es war ein Fehler gewesen, sich einfach in Sir Edmunds Arbeitszimmer zu schleichen; sie hatte alles aufs Spiel gesetzt, und wofür? Noch nicht einmal einen Tag war sie hier, und schon hatte sie Aufmerksamkeit auf sich gezogen – sie hatte riskiert, dass ihre Geheimnisse enthüllt wurden, jene Geheimnisse, für die sie den langen Weg hierher auf sich genommen hatte.

Denn Cassies lockeres Geplauder über ihre Familie in Amerika – darüber, wie sie schon als Kind sehnsüchtig von Oxford mit seinem akademischen Glanz geträumt hatte, über die enthusiastische Unterstützung durch ihre Eltern – hatte nicht das Geringste mit der Realität gemein. So war sie keineswegs mit Geschichten über akademische Glanzleistungen groß geworden. Ihr Weg nach Oxford war kein glatter, vorgezeichneter Pfad gewesen.

Was sie ihnen erzählt hatte, war gelogen.

Kapitel 3

Nebelschleier hingen über dem College, als Cassie tags darauf im Morgengrauen den Reißverschluss ihrer Kapuzenjacke hochzog und auf den Weg vor ihrem neuen Wohnheim trat. Nach dem Master's Tea war sie so müde gewesen, dass sie nur noch mit letzter Kraft ihr Gepäck auf ihr Zimmer geschleppt hatte, bevor sie ins Bett gefallen war und den Nachmittag und die ganze Nacht durchgeschlafen hatte. Sie war früh aufgewacht, und jetzt vibrierten ihre Glieder vor frischer Energie, die sich nur mit einem Morgenlauf abbauen ließ.

So wie es aussah, würde sie allein bleiben. Reglos und still lag der Campus in der Morgendämmerung, während sie forsch die geharkten Wege entlangging. Cassie machte ein paar Dehnübungen und folgte dann der rückwärtigen Campusmauer, bis sie einen Pfad zum Fluss hinunter entdeckte. Sie begann zu joggen, ihre Turnschuhe stampften durch den Lehm, während sie tiefer in das üppige Grün des Collegeparks vordrang.

Sobald sie in ihr normales Tempo gefallen war, spürte Cassie, wie sich zum ersten Mal, seit sie in Boston ins Flugzeug gestiegen war, ihre verspannten Muskeln lockerten. Sie liebte diese Tageszeit. Sie schenkte ihr einen Augenblick zum Nachdenken, Raum für sich allein. So früh am Morgen schien jede Stadt kurz Atem zu holen, und wie sich zeigte, war das in Oxford nicht anders; es war wie eine Schneise der Stille, die nur von Vogelgesang und dem leisen Rumoren des Verkehrs hinter den Mauern des College durchbrochen wurde. Der Oktober hatte gerade erst begonnen. Nebelschwaden hingen tief über den taunassen Wiesen, und ihre einzige Gesellschaft war eine Gruppe von Schwänen, die elegant durch das dunkle Wasser des Flusses glitten.

Cassie lief durch das hintere Tor und folgte dem malerischen Spazierweg, der sich aus den manikürten Rasenflächen des College hinausschlängelte; ihre Schritte wurden länger, sobald sie dem Fluss aus den Gartenanlagen in den unberührten Wald hinein folgte. Bei jedem Schritt war es, als würden Jahre von ihr abfallen und als könnte sie die verschlungene Reise hinter sich lassen, die sie um die halbe Welt hierher geführt hatte – Jahre, in denen das Wort »Zuhause« gleichbedeutend gewesen war mit dem Inhalt ihrer Reisetasche und »Erfolg« mit genug Bargeld, um die monatliche Miete bezahlen zu können. In denen Oxford nicht mehr als eine weit entfernte Stadt gewesen war, ein beliebiges Ziel, so willkürlich wie eine zufällig in eine zerfledderte Weltkarte gestoßene Stecknadel.

Bis zu dem Tag, an dem sie das Päckchen bekommen hatte.

Vor drei Jahren hatte es an einem eisigen Morgen an Cassies Tür gelehnt. Die ausländischen Briefmarken hatten sich schon halb gelöst, der ursprüngliche Poststempel mit dem Aufdruck Oxford war verschmiert und kaum noch zu entziffern und die Adresse mit ständig neuen Aufklebern überklebt worden, während die Sendung immer wieder weitergeleitet worden war, an früheren Wohnstätten und vergessenen Orten vorbei zu seiner ursprünglichen Empfängerin.

Ihrer Mutter.

Cassie hatte den zerrissenen braunen Umschlag in den Händen gewendet und sich gefragt, wie das Päckchen überhaupt zu ihr gefunden hatte. Sie lebte in diesem Monat in Providence, Rhode Island, wo sie ein Zimmer über einem polnischen Restaurant gemietet hatte, weswegen ständig ein rauchiger Paprikaduft in der Luft lag. Die Miete zahlte sie bar an eine verhutzelte alte Frau, die ausgeleierte Strickjacken trug, bei jeder Begegnung tadelnd an Cassies dürren Handgelenken zupfte und Tupperdosen mit Klößen und Brühe vor ihrer Tür abstellte. Von dieser wohlmeinenden *Babula* einmal abgesehen, blieb Cassie für die Menschen unsichtbar. Sie tauchte in keinem Wählerverzeichnis auf, besaß keine Kredit- oder Rabattkarte und bewahrte ihr Bargeld in einer Köderdose aus schwerem Stahlblech auf, die sie in dem Ventilationsschacht über ihrem Bett versteckt hatte. Sich selbst aus allen offiziellen Unterlagen zu eliminieren, war eine vorsätzliche, überlegte Entscheidung gewesen. So wie Cassie es sah, wusste niemand, dass es sie gab.

Sie hatte sich getäuscht.

Du kannst dich nicht für immer vor der Wahrheit verstecken. Bitte komm zurück, und bring alles zu einem guten Ende.

Die schlichte, in kleinen Blockbuchstaben geschriebene Nachricht hatte zusammen mit einer Kollektion mysteriöser Gegenstände in dem Päckchen gesteckt.

Cassie war auf die oberste Treppenstufe gesackt und hatte instinktiv nach ihrem Amulett gegriffen, dem einzigen Erinnerungsstück an ihre Mutter, das ihr geblieben war. Joanna hatte sie vor beinahe zehn Jahren verlassen, und die Rosenquarzgemme war abgegriffen, die eigenwillige, verschlungene Goldeinfassung verblichen und stellenweise abgeblättert. Dennoch brachte Cassie es nicht übers Herz, den Anhänger wegzuwerfen. Er allein verankerte sie in der Vergangenheit und warnte sie zugleich davor, was ihr passieren konnte, wenn sie nicht aufpasste.

Während ihre Fingerspitzen die vertrauten, rissigen Konturen nachfuhren, fragte sie sich, was die Nachricht wohl bedeuten mochte. Ihre Mutter hatte nie Freunde gehabt, war nie sesshaft gewesen; Cassie hatte sie nie einen Brief schreiben sehen, und sie hatte erst recht nie von jemandem erzählt, mit dem sie in Kontakt geblieben wäre. Und ganz bestimmt hätte jede hypothetische Freundin bis dahin erfahren, dass sie gestorben war.

Zehn Jahre waren eine lange Zeit.

Was hatte die Nachricht zu bedeuten? Und sollte Cassie das nach allem überhaupt noch interessieren? Sie hatte Jahre gebraucht, um ihr Leben so weit abzuschmirgeln, dass es so reibungslos lief wie jetzt. Wollte sie wirklich schmerzvolle Erinnerungen aufwühlen und Geister wecken, die gerade erst zur Ruhe gekommen waren?

Die Antwort schien auf der Hand zu liegen.

Nein.

Cassie hatte die Nachricht wieder in das Päckchen gestopft, es zuhinterst in ihren Schrank geschoben und fortan die Fragen ignoriert, die den Rest der Woche durch ihren Kopf tanzten. Sie hatte das zudringliche Flüstern der Neugier überhört, hatte jeden wachen Moment mit Bildschirmbildern, Buchseiten und nicht abreißendem Lärm aus ihren Kopfhörern angefüllt, aber die Fragen hatten trotzdem nicht weichen wollen. Bald erwachte sie um drei Uhr morgens in kalten Schweiß gebadet aus dunklen, verzweifelten Träumen, in denen sie im Haus ihrer Kindheit gefangen war, wo sie suchend durch die Schatten eilte und etwas zu finden versuchte, das ihr regelmäßig im letzten Moment entglitt. Sie versuchte es mit Joggen, lief in der frühmorgendlichen Dunkelheit durch die menschenleeren Straßen der Innenstadt, doch prompt begannen die Gedichte ihrer Mutter wispernd durch die nebelverhangene Luft zu ziehen, erst einzelne Strophen, dann ganze Sonette, die Cassie offenbar auswendig kannte, ohne dass sie es bisher geahnt hatte. Sie versuchte, ihre Neugier mit Pillen und Gras und glutäugigen Fremden in Absturzbars abzutöten, aber nichts davon zeigte Wirkung.

Nach zehn schlaflosen Nächten in Folge hellte das graue Winterwetter endlich auf. Auf den Hügeln über der Stadt öffneten sich die ersten Kirschblüten auf den Bäumen, und Cassie holte das Päckchen aus seinem dunklen Versteck, um sich auf die Suche nach Antworten zu machen.

Ein Geräusch riss Cassie aus ihren Erinnerungen. Ein anderer Läufer kam ihr auf dem Weg durch die Wälder am Raleigh College entgegen. Er war etwa Ende zwanzig, unter einer Strickmütze ragten blonde Haare heraus, und unter seinem dunklen Hoodie schlängelten sich Ohrhörerkabel hervor.

Cassie wich auf die andere Seite des Weges aus, um ihn vorbeizulassen, aber der Mann wurde langsamer und zog einen Ohrstöpsel ab. »Aufpassen da vorn«, rief er ihr mit einem freundlichen Lächeln zu. »Da ist der Weg noch vereist.«

Sie nickte zum Dank, wartete aber ab, bis er hinter der nächsten Biegung verschwunden war, bevor sie abbremste und anhielt. Sie legte eine kurze Verschnaufpause ein und spürte dabei, wie schnell ihr Herz schlug. In der Ferne, jenseits der Wiesen, schlugen die Glocken: fünf, sechs, sieben. Cassie schaute nach vorn auf die einladende Wegbiegung;

zu gern wäre sie noch eine Stunde weitergelaufen, immer weiter, hätte das Zwangskorsett der Bibliotheken und der ersten Seminare in ihrem Stundenplan hinter sich gelassen, aber sie hatte zu tun.

Das mysteriöse Päckchen war ihr nicht grundlos zugeschickt worden, und sie hatte keine Zeit zu verlieren.

Kapitel 4

Sie war in der Carlton Hall untergebracht worden, einem erhabenen Bau weit hinten auf dem College-Gelände, der eher an ein elegantes Landhaus als an ein Studentenwohnheim erinnerte. Cassie schloss die Tür auf und stieg die breiten, knarrenden Stufen zum ersten Stock hinauf. Inzwischen erwachte auch der Rest der Welt, und im Gebäude war gedämpftes Geplapper zu hören, unter dem ihre Mitstudenten den Tag begannen. Die Geräusche drangen unter den Türen hervor und wehten durch den Gang. Sie würde sich erst wieder daran gewöhnen müssen, ihren Raum und ihr Bad mit anderen zu teilen; sie hatte lang allein gelebt.

Im ersten Stock bog sie auf den Flur ab und blieb abrupt stehen. Ihre Tür stand offen, und ihr Koffer lag zusammen mit mehreren Kartons im Gang; ihre Bücher und den Wintermantel hatte man achtlos darübergelegt.

Eilig trat Cassie ins Zimmer. Es war dreimal so groß wie ihr altes Apartment in Providence: ein Wohnzimmer plus ein abgetrenntes Schlafzimmer mit Parkettboden und blassblauen Wänden unter weißen Stuckleisten – und mittendrin ein sauber aufgestapeltes Gepäckensemble, wo noch vor einer Stunde Cassies Koffer gestanden hatte. Eine butterweiche Lederjacke hing über der Lehne eines Schreibstuhls, und im Schlafzimmer wartete ein Stapel Bettwäsche darauf, das vom College gestellte Bettzeug zu ersetzen. Cassie fuhr mit den Fingern über die weiche Baumwolle, die weiche, glatte Baumwolle. Teuer.

Auf dem Gang war Lärm zu hören, und Sekunden später trat eine junge Frau rückwärts ins Zimmer, die Arme mit mehreren Taschen beladen. »Vorsichtig mit der Kiste, Hugo«, rief sie nach draußen. »Da sind Lampen drin.« Sie drehte sich um und erstarrte, als sie Cassie neben dem Bett stehen sah.

»Verzeihung.« Sie zog eine Braue hoch und musterte Cassie eisig. »Wer bist du?«

Cassie spannte sich an. Sie hatte über die Jahre mehr als genug reiche Menschen getroffen. Es gab die verschiedensten Gattungen – den weltvergessenen alten Geldadel, die forschen, neureichen Immigranten, junge, abgerissene Kids, die glaubten, ihren Familiennamen mit Kaufhausjeans und selbst gedrehten Zigaretten kaschieren zu können. Aber was sie alle unweigerlich verriet, war das Selbstbewusstsein, mit dem sie jede einzelne Silbe betonten, jenes selbstverständliche Überlegenheitsgefühl, geboren und genährt in Privatschulen und Sommercamps, einem ganzen Leben in der herrlichen Gewissheit, dass sie dazugehörten, dass ihnen all dies – gute Noten, Jobs, Geliebte, wonach immer ihnen gerade der Sinn stand – von Rechts wegen zustand.

Die junge Frau vor ihr gehörte ebenfalls dazu. Auf kantige, aristokratische Art schön, hatte sie stahlblaue Augen und gewelltes, glänzendes blondes Haar. Sie trug enge schwarze Jeans und ein künstlich gealtertes Wildlederjackett, dazu leicht verschmierte Wimperntusche, aber in ihren Ohrläppchen steckten Perlenohrstecker, und die über ihren Armen baumelnden Taschen waren aus Leder und definitiv Designerstücke.

Cassie wusste genau, wie verschwitzt und zerzaust sie in ihrem Sweatshirt und den Leggings aussehen musste, aber sie hielt die Stellung. »Ich glaube, du bist im falschen Zimmer. Hier wohne ich.«

Das Mädchen warf einen Blick auf die schwere Holztür mit den matt glänzenden Messingziffern. »Fünf achtzig. Tut mir leid, aber du bist diejenige, die hier falsch ist.« Sie ließ ihre Taschen auf den Boden fallen. »Erst müssen die Teppiche rein«, rief sie nach draußen. »Und sag Parker, er soll das Schränkchen hochbringen, das mit ...« Sie brach ungeduldig ab. »Hugo? Hugo!«

Niemand antwortete, und das Mädchen seufzte entnervt auf. »Ich kann dir helfen, deine Sachen zusammenzusuchen«, bot sie Cassie an. »Die Verwaltung wird dich woanders unterbringen.«

»Nein danke«, erwiderte Cassie störrisch. »Mir gefällt es hier.« Sie schlenderte zu dem Fenstersitz, ließ sich darauf nieder und lehnte sich auf dem schmalen Polster zurück. Von hier hatte man freien Blick bis zum Flussufer, das sattgrün in der Morgensonne leuchtete.

Es war nicht klug, eine Szene zu machen, aber Cassie konnte nicht anders. Wie wichtig die Verteidigung des eigenen Territoriums war, hatte sie in ihrem ersten Heim gelernt, wo die Kinder um jeden Quadratmeter im Schlafraum gekämpft hatten. Diese weitläufigen, glänzend honiggelben Holzböden und die glatten, kühlen Wände würde sie ganz gewiss nicht kampflos hergeben.

Das Mädchen sah Cassie wieder an und schien dabei ihre eiserne Entschlossenheit zu spüren. Ihr Stirnrunzeln glättete sich zu einem breiten Lächeln, und auf einmal wirkte ihr Gesicht warm, sogar freundlich. »Bitte entschuldige«, rief sie aus. »Wo sind nur meine Manieren? Ich habe den ganzen Tag Umzugskisten geschleppt. Ich habe dich noch nicht mal nach deinem Namen gefragt.«

Argwöhnisch stellte Cassie sich vor.

»Wie schön.« Das Mädchen lächelte. »Ich bin Olivia, Olivia Mandeville. Bitte entschuldige, dass ich dir solche Umstände mache.«

»Wie gesagt, wahrscheinlich wurde da was verwechselt.« Cassie blieb standhaft. »Bestimmt kann die Verwaltung ein anderes Zimmer für dich finden.«

Olivia stieß ein melodisches Lachen aus. »Du bist Austauschstudentin?«, fragte sie.

Cassie zog die Stirn in Falten. »Was hat das damit zu tun?«

»Es hat insofern was damit zu tun, als dass dies die Zimmer für die Finalisten sind. Für die Studenten im dritten Jahr.« Olivia zuckte bedauernd mit den Achseln. »Wir haben letztes Jahr um die Zimmer gelost; meine Freundinnen und ich haben alle Carlton gezogen. Die Auslandsstudenten wohnen drüben bei den Erstsemestern im Hartwell, ganz hinten raus, bei der Küche.« Sie drehte sich weg und bellte aus der Tür: »Hugo!« Kräftig und energisch hallte ihre Stimme nach draußen, und im nächsten Moment war sie weg, verschwunden in dem Labyrinth knarrender Korridore und staubiger Stiegen, während in der Luft über ihrem Gepäck goldene Staubpartikelchen tanzten, als würden selbst die Wellen in ihrem Kielwasser im Abglanz ihres Reichtums erstrahlen.

Cassies Territorialinstinkt erwies sich als machtlos gegenüber der offiziellen Wohnheimordnung des College; unten in der Porters' Lodge bestätigte Rutledge Olivias Anspruch: Carlton Hall war den Studenten im Abschlussjahr vorbehalten. »Mal sehen, was wir noch übrig haben …« Leise brummend klickte er sich durch die Dateien in seinem alten Computer. »Wenn Sie möchten, könnte ich Sie bei den übrigen Erstsemestern unterbringen, aber da kann es recht wild zugehen. Zum ersten Mal weg von den Eltern«, ergänzte er mit einem müden Blick aus seinem faltigen Gesicht.

Bei dem Gedanken an nächtelange Wohnheimpartys und wild gewordene Jungstudenten verzog Cassie das Gesicht. »Hätten Sie noch was anderes?«

»Das hier müsste passen.« Rutledge drehte sich um und zog einen neuen Schlüssel vom Schlüsselbrett. »Ganz oben unter dem Dach. Da wohnen Sie zwar nicht allein, aber dafür in einer gemütlichen kleinen Wohnung. Die andere Bewohnerin ist im Masterstudium und allem Anschein nach ein sehr nettes Mädchen.«

»Die nehme ich«, sagte Cassie dankbar, weil sie den Schlamassel endlich geklärt haben wollte.

»Ich kann Ihnen mit dem Gepäck helfen, wenn Sie möchten …«, bot Rutledge ihr an, aber Cassie schnitt ihm das Wort ab.

»Das schaffe ich schon, danke.« Sie war schon fast aus der Tür, als sie noch einmal stehen blieb und sich umdrehte. »Wo fange ich am besten an, wenn ich etwas über das Raleigh recherchieren möchte?«

Rutledge überlegte kurz. »Um was für Recherchen handelt es sich denn?«

»Allgemeine Sachen.« Cassie zog beiläufig die Schultern hoch. »Die Geschichte des College, ehemalige Studenten, solche Sachen.«

Für einen Moment wurden Rutledges Augen schmal, und Cassie spürte ein unbehagliches Flattern. Dann hellte sich seine Miene wieder auf. »Nun, da gäbe es die Bibliothek, die bietet sich für den Anfang an. Aber wenn Sie tiefer graben möchten, sollten Sie es am besten unten im Gewölbe probieren.«

»Im Gewölbe?«, wiederholte Cassie.

»Unter den Kreuzgängen.« Rutledge nickte. »Früher

oder später wird alles da unten archiviert. Es wird schon seit ewigen Zeiten davon gesprochen, dass ein Archivar eingestellt werden soll, der die Bestände registriert, aber einstweilen liegt alles, was in den letzten hundert Jahren hier passiert ist, irgendwo dort unten.«

»Danke«, lächelte Cassie. »Dann werde ich mich da mal umtun.«

Ihr neues – und hoffentlich endgültiges – Zimmer lag im East Wing, einem versteckt gelegenen Gebäude mit holzvertäfelten Seminarräumen und breiten, knarrenden Treppen. Im ganzen Haus gab es keine Wohnräume außer ihren, darum war alles still und leer, als Cassie ihre Koffer in den dritten Stock hinaufwuchtete. Ganz oben kam sie vor einer gedrungenen, vergitterten Tür zu stehen.

»Hallo?« Cassie schloss vorsichtig auf und streckte den Kopf vor, um einen Blick durch den Türspalt zu werfen. »Ist jemand da?«

Laut Rutledge sollte Cassie die Wohnung mit einer gewissen Genevieve DuLongpre teilen. Nichts rührte sich, und so zog Cassie ihr Gepäck über die Schwelle und ließ ihre Last mit einem erleichterten Seufzer auf den Tisch fallen, um sich dann ausgiebig umzusehen.

Die Unterkunft war bei Weitem nicht so mondän wie Carlton Hall, das war unübersehbar. Cassie stand in einem großen, sechseckigen Wohnzimmer, das mit einem langen Esstisch und bunt zusammengewürfelten Stühlen möbliert war. Am anderen Ende des Raums standen zwei stockfleckige, abgewetzte Sofas vor einem unverputzten Ziegelkamin; auf dem Boden lagen fadenscheinige Teppiche. Ein kurzer, enger Flur führte zu einer schmalen Einmannküche auf der einen und in ein Bad auf der anderen Seite, beides in altmodischen Senf- und Grüntönen gefliest. Die niedrigen Decken hatten Dachschrägen, und obwohl eine Seite des Wohnzimmers von mehreren tiefen, in die Steinmauern eingelassenen Fenstern erhellt wurde, wirkten die Räume beengt, klaustrophobisch, hätte man sagen können.

Gemütlich, beschloss Cassie.

Die Tür zu einem der Schlafzimmer stand offen und gab den Blick auf einen Teppich aus losen Schriftstücken und abgelegten Sweatern frei, darum brachte Cassie ihre Sachen ins andere Zimmer. Ein weiterer kleiner Raum mit Dachschrägen und eingebauten Regalfächern auf der einen Seite und Bett und Schreibtisch auf der anderen. Sie ging zum Fenster und öffnete es bis zum Anschlag, um Luft hereinzulassen. Draußen ergoss sich das Nachmittagslicht durch die Lücken zwischen den steinernen Wasserspeiern, die hoch oben auf den Mauern kauerten. Unten auf der Straße war leises Gelächter zu hören und das Brummen des Verkehrs, aber hier war Cassie hoch über der Stadt und absolut allein.

Sie packte schnell aus und holte ganz unten aus ihrem Koffer einen dicken Aktenordner hervor. Dann brühte sie sich eine Tasse Tee auf, entdeckte im Küchenschrank ein Päckchen mit Keksen und ließ sich damit in einer Sonnenscheinpfütze an dem ausladenden Esstisch nieder. Sie schlug den Ordner auf und breitete den vertrauten Inhalt vor sich aus wie eine Hellseherin ihre Tarotkarten.

Erst die Nachricht. *Du kannst dich nicht für immer vor der Wahrheit verstecken. Bitte komm zurück, und bring alles zu einem guten Ende.*

Dann der restliche Inhalt des mysteriösen Päckchens.

Ein entwertetes Schiffsticket. Von Plymouth nach New York, aus dem Frühjahr 1995.

Ein Rosenquarzanhänger genau wie der, den sie trug.

Und ein Foto. Von ihrer unglaublich jung aussehenden

Mutter. In weißer Bluse und langem schwarzem Rock, und mit einer schwarzen Schleife unter dem Kragen. Lächelnd, das junge Gesicht lebendig und begeistert, stand sie neben einem weiteren Mädchen zwischen zwei Jungen in ebenso formeller Aufmachung, die dreiviertellangen Talare wehten wie breite Stoffbänder in der leichten Brise.

Cassie hatte den vorangegangenen Nachmittag in einer identischen Aufmachung verbracht, und zwischen ähnlichen Jungen. Sie hätte genau gewusst, wo dieses Foto aufgenommen worden war, auch ohne den handschriftlichen Vermerk auf der Rückseite zu kennen.

Raleigh College. 1994.

Sie starrte auf das Bild wie mindestens schon hundertmal, seit sie das Päckchen geöffnet hatte. Beide Stücke für sich genommen waren Fragmente, ein Rätsel. Aber zusammen …?

Cassie hatte versucht – wenn auch ohne Erfolg –, diese neuen Tatsachen irgendwie mit ihrer eigenen Lebensgeschichte in Einklang zu bringen. Ihre Mutter, Joanna, die nie vom College gesprochen hatte, die nicht ein einziges Mal erwähnt hatte, dass sie Amerika je verlassen hatte, war zum Studium nach England gekommen, hatte hier am Raleigh studiert, einer der angesehensten und elitärsten Lehranstalten der Welt. Sie war auf denselben gepflasterten Wegen gegangen, war vielleicht die Treppen in exakt diesem Gebäude hinaufspaziert und hatte Cassie nie davon erzählt.

Cassie hatte keine einzige der grausamen, wütenden Verhöhnungen, keine einzige schluchzende Beschwörung vergessen. Vierzehn Jahre lang war sie dem Zorn ihrer Mutter ausgesetzt gewesen, hatte ihre Mutter Cassie die Schuld an all den verpassten Gelegenheiten, an all den geopferten Träumen gegeben. Falls ihre Mutter je auch nur ein Wort über ein früheres Leben in England verloren hätte, hätte Cassie das mitbekommen. Doch dieses Geheimnis hatte Joanna mit ins Grab genommen

Außergewöhnlich hatte man ihre Mutter genannt. Zerbrechlich. So als wäre Joanna ein seltener Schmetterling oder eine exquisite Vase. Doch Cassie hatte nichts Zerbrechliches in den Wutanfällen erkennen können, die sich wie ein Feuersturm durch ihre Kindheit gefressen hatten und nach denen ihre Mutter erschöpft in einem See von Tränen am Küchenboden gelegen hatte. Joanna war bei Cassies Geburt erst zwanzig gewesen, und sie hatte keinerlei Familie gehabt; nie hatte sie von Cassies Vater erzählt, außer dass er sich abgesetzt hatte und dass sie *ohne ihn besser dran* wären, und so war Cassie nichts anderes übrig geblieben, als allein mit aufgestellten Antennen und auf Zehenspitzen durch ihre Kindheit zu schleichen, um den Frieden zu bewahren, so gut sie eben konnte.

Irgendwas übersah sie trotzdem immer. Sauer gewordene Milch im Kühlschrank, ein halb abgerissener Knopf an Cassies Grundschulbluse – der kleinste Funke konnte ein Buschfeuer an unerklärlichem Leid entzünden, das sogleich durch das ganze Haus fegte, stundenlange Zornestiraden darüber, welche Opfer Joanna gebracht hatte, was für eine großartige Poetin sie hätte werden können, wenn Mühsal und Plackerei des Mutterseins sie nicht so erdrückt hätten. Cassie lernte bald, sich vor Joannas Wut zu verstecken, indem sie beim ersten Anzeichen eines Zornesausbruchs in den einzigen abschließbaren Raum im Haus flüchtete, sich hinter der verriegelten Badezimmertür zu einem Klumpen Angst zusammenkauerte und lautlos zu zählen begann. Bis fünfhundert. Sechshundert. Manchmal kam sie bis weit über tausend, ehe es still im Haus wurde. Wenn Cassie sich dann, oft erst nach Stunden, wieder hinauswagte, mit pochendem Kopf und leerem Magen, wartete hinter der Tür nichts als eine leere Wohnung auf sie – oder, schlimmer noch, ein Teller mit gegrilltem Käse auf der Küchentheke und der schrecklich schamvolle, schuldbewusste Blick ihrer Mutter.

Trotzdem, trotz der Fingernägel kauenden Angst während dieser Fieberträume waren sie Cassie immer noch lieber als das, was auf sie folgte: Monate voller Lethargie, in denen ihre Mutter ihr Menschsein zu vergessen schien und Cassie nichts weiter tun konnte, als Joanna mit weißen Toastscheiben zu füttern und zuzudecken, während sie reglos auf der Couch lag. So oft, wie sie umzogen, fiel es niemandem auf, dass Cassies Entschuldigungsschreiben für die Schule nur mit einem unleserlichen Gekrakel unterzeichnet waren, und dass ihre Mutter bestenfalls sporadisch bei irgendwelchen Elternabenden auftauchte.

Schließlich schmirgelte ein Mix aus Medikamenten und seelischer Reifung die extremsten Attacken ihrer Mutter ab, bis Joannas dunkle Tage – wie ihre Mutter diese Phasen mit einem nervösen Lachen nannte – nur noch ein- bis zweimal im Jahr auftraten. Sie zogen zum fünften und letzten Mal um und ließen sich in einer kleinen Allee in einer Stadt mitten in Indiana nieder. Ihre Mutter ließ ihre Lyrikbände eingepackt, suchte sich Arbeit und heiratete sogar. Cassie hatte schon beinahe zu glauben begonnen, dass sie endlich ein normales Leben führen könnten, als die Fieberträume zurückkehrten und ihre Mutter sich eines Nachmittags in der rissigen Emailbadewanne die Pulsadern aufschnitt; sie verblutete, während neben ihr eine halb leere Pillenflasche stand, um die Endgültigkeit ihres Akts zu unterstreichen.

Cassies kurzer Einblick in ein stabiles Familienleben war damit beendet. Joannas Ehemann hielt noch ein paar

Monate durch, dann starb er im Vollrausch, während um ihn herum das Haus auf die Grundmauern niederbrannte. Cassie wurde dem Jugendamt übergeben, das sie von einer Einrichtung zur nächsten weiterreichte, bis sie sich mit sechzehn vom staatlichen Wohlfahrtssystem abnabelte. Danach folgten Jahre in billigen Motels und Diners, während derer Cassie rastlos von einer Stadt in die nächste wechselte, sich durch den Handel mit gefälschten Ausweisen oder verschreibungspflichtigen Pillen über Wasser hielt und scheinbar unaufhaltsam einem Schicksal wie dem ihrer Mutter entgegenschlitterte, bis sie auf eine Währung stieß, die lukrativer war als die meisten anderen.

Wissen.

Es war einfach, viel leichter als jedes ihrer anderen Verbrechen. Sie hatte schon immer alles aufgesogen und neue Ideen und Gedankensysteme so gierig verschlungen wie ihre Grundschulkameraden die Zeichentrickfilme am Sonntagmorgen. Ein paar Stunden Arbeit am Computer, um einen Studentenausweis zu fälschen, und schon stand ihr die Welt offen: im Strom der Bachelorstudenten unterzutauchen, die durch die Tore des Campus strömten, am hintersten Tisch im örtlichen Studentencafé zu arbeiten, in der fünften Reihe eines Vorlesungssaals zu lagern und dem Professor zu lauschen, der sich in Theorien über Astronomie, Physik, Mathematik erging. Sie verkaufte Hausarbeiten an faule, privilegierte Collegekids, die ihre hunderttausend Dollar teure Ausbildung nur zu gern an jemanden outsourcten, der tatsächlich mit Begeisterung lernte, und schrieb manchmal, wenn die Security lax genug war, sogar Prüfungen für ihre Kommilitonen. Alle Vorzüge des College ohne irgendwelche Regeln, Noten, willkürlichen Einschränkungen. Cassie war nur ein weiteres anonymes Gesicht in einer Schar von tausend Studenten.

Bis sie dieses Päckchen öffnete und begriff, dass die wenigen schmerzlichen Wahrheiten, auf die sie ihr Leben gegründet hatte, gar nicht wahr waren, sondern nur ein Märchen, erträumt von einer Frau, die sie nie wirklich gekannt hatte, wie sich herausstellte.

Jetzt starrte Cassie auf die Puzzleteile, als könnten sie sich diesmal endlich zu einem klaren Bild ordnen.

Oxford. Eine Schiffsreise. Dann, fünf Monate darauf, war Cassie zur Welt gekommen.

Sie hatte das Foto schon tausendmal betrachtet, aber auch diesmal war es, als sähe sie es zum ersten Mal. Die Joanna auf dem Foto wirkte unbefangen, jugendlich, unschuldig. Cassies Mutter war nichts von alldem gewesen. Bis Cassie alt genug gewesen war, um den Ausdruck in den Augen ihrer Mutter deuten zu können, war jede Freude darin verdorrt, und an ihre Stelle waren Blitze der Verbitterung und schlecht verhohlener Verdruss getreten; Frustration hatte die frühere Verheißung verdrängt, und wo einst Hoffnung geleuchtet hatte, war nichts als Resignation geblieben.

Versunken in das unvertraute Lächeln ihrer Mutter, starrte Cassie auf das Bild, bis das Kratzen eines Schlüssels im Türschloss sie aus ihren Tagträumen riss. Eilig fegte sie die Papiere in den Umschlag zurück, gerade als die Tür aufging und eine schlanke, koboldhafte Frau vor ihr stand, die ihre blonden Haare zu einem Dutt hochgesteckt und sich ein bunt bedrucktes Tuch um den blassen Hals gelegt hatte. Eine Schultertasche, Bücher und ein Take-away-Behälter zogen sie fast zu Boden. Cassie sprang auf, um ihr zu helfen.

»Hi!«, sagte die Frau außer Atem und sah sie mit strahlenden Augen an. »Du musst die neue Mitbewohnerin sein! Rutledge hat gesagt, es hätte eine Fehlbelegung gegeben.

Willkommen auf dem Dachboden. Ich bin Genevieve; nenn mich einfach Evie.«

»Cassie«, erwiderte sie und nahm Evie die Bücher ab.

»Ich schwör's dir, in der ersten Semesterwoche sollten wir alle mit einem Stützkorsett rumlaufen.« Evie stellte ihre Tasche ab und schleuderte die Pumps von ihren Füßen. »Manchmal bin ich kurz davor, mir einen Einkaufstrolley zu besorgen und damit wie ein altes Weib zur Bibliothek und zurück zu zockeln!« Sie ließ sich auf einen der Stühle am Tisch fallen und öffnete mit einem wohligen Seufzen den Styroporbehälter. Dampf stieg aus einem Haufen erschlaffter Pommes frites auf, die in Käse und einer Art Currysoße ertranken. »Von Ahmed«, erklärte Evie und spießte mit einer Plastikgabel einen Pommesklumpen auf. »Ich sollte es mir verkneifen, aber dann stehe ich doch wieder jeden Abend in der Schlange und warte auf meine Dosis.«

»Ahmed?«, wiederholte Cassie.

Evie sah sie mit großen Augen an. »Du warst noch nicht da? O Mann, da musst du hin, er ist praktisch eine Institution. Ein Kebab-Wagen«, erläuterte sie. »Obwohl du den Kebab lieber nicht anrühren solltest. Keiner weiß, was er da reintut, jedenfalls überleben das nur die stärksten Mägen.« Sie nahm einen Bissen, ihr Gesicht zerschmolz in Zufriedenheit, und dann schob sie Cassie den Behälter zu. »Nur zu, probier schon.«

Cassie spießte vorsichtig eine Pommes auf und aß die durchweichte, aber scharfwürzige Kartoffel. »Gut, wie?«, fragte Evie. »Einmal ist Ahmed unten in der Lodge mit Rutledge aneinandergeraten, wegen des Lärms, da hat er seinen Wagen genommen und einen Monat lang am anderen Ende der Stadt geparkt. Das gab vielleicht einen Aufstand. Es wurden Briefe geschrieben; der JCR, der Junior Common Room, brachte eine Petition ein. Wenn du mich fragst, hat der Master ihn schließlich gebeten, wieder zurückzukommen, weil es sonst zu Krawallen gekommen wäre.«

Cassie kaute bedächtig und freundete sich insgeheim schon mit ihrer neuen Mitbewohnerin an. Evies unbeschwertes Geplauder und das fröhliche Funkeln in ihren blauen Augen hatten etwas mühelos Liebenswertes an sich.

»Und was ist deine Story?« Evie betrachtete sie interessiert. »Ehrlich gesagt siehst du zu alt aus für eine Bachelorstudentin. Hast du das Fach gewechselt?«

Cassie legte sich ihre Antwort zurecht. »Eigentlich nicht. Ich habe spät angefangen. Ich ... ich habe die Highschool abgebrochen. Und Zeit gebraucht, um den Weg zurück zu finden.«

Zeit und Geld. Sobald sie das Päckchen geöffnet hatte, war sie geradewegs nach Oxford geflogen, hatte ihre mageren Ersparnisse geopfert, ein Flugticket gekauft und sich ein billiges Motel am Stadtrand gesucht, wo sie wohnen konnte, während sie dem früheren Leben ihrer Mutter nachspürte.

Sie hatte nichts gefunden.

Sie hatte nicht mal gewusst, wo sie mit ihrer Suche anfangen sollte und wonach sie überhaupt suchte. Das Raleigh hatte sie nur im Rahmen einer öffentlichen Führung besichtigt, auf der sie zusammen mit anderen Touristen über die offiziellen Wege geschleust wurde und weder die Wohnheime noch sonst etwas Nützliches zu sehen bekam. Sie war eine Außenstehende gewesen. Sie brauchte mehr Zeit.

Wieder in den Staaten hatte sie sich erst einen Studienplatz am Smith gesichert, einem College, das sowohl mit einem Förderprogramm für ältere Studenten als auch mit einem Austauschprogramm nach Oxford aufwarten konnte. Dann hatte sie geflissentlich Empfehlungen und exzellente Noten gesammelt, bis in ihrem Juniorjahr das Austauschprogramm ihre Bewerbung angenommen hatte.

»Du bist nach so langer Zeit noch mal an die Uni? Super«, plapperte Evie und schlang weiter Pommes frites in sich hinein. »Und tapfer, dich noch mal mit all diesen Kids rumzuschlagen. Ich könnte das nicht.«

Cassie fielen die vielen Blätter ein, die verstreut in Evies Zimmer lagen. »Was studierst du eigentlich? Du bist Masterstudentin, richtig?«

Evie erstrahlte. »Geschichte, elisabethanische Literatur, die perfekte Mischung. Ich schreibe meine Masterarbeit über Sir Walter Raleigh und die intellektuelle Renaissance hier am College.«

Cassie versuchte, sich ihre gestrige Tour ins Gedächtnis zu rufen. »Du meinst diese Geheimgesellschaft, von der alle reden?«

Evie lachte. »Es klingt vielleicht komisch, aber die Verschwörungstheorien sind gar nicht so abwegig. Die Ideen, die in dieser Gruppe verbreitet wurden, galten damals als Häresie und Hochverrat, darum schotteten sich die Mitglieder ziemlich ab. Hexenrituale und Morde gab es aber keine. Sie saßen nur zusammen und diskutierten über Philosophie.«

»Wild«, stellte Cassie trocken fest.

»Als ich das Thema vorgeschlagen habe, hatte ich Angst, dass es schon Abhandlungen darüber geben könnte«, vertraute Evie ihr an. »Aber wie sich herausstellte, haben sich bisher nur ein paar Leute damit befasst. Die meisten Papiere und Dokumente wurden seit Jahren nicht mehr angefasst, darum lebe ich zurzeit praktisch im Gewölbe.«

»Gehört das Gewölbe mit zur Bibliothek?«, wollte Cassie beiläufig wissen.

Evie nickte. »Vorerst brauchst du dir darüber nicht den Kopf zu zerbrechen, der Großteil des Katalogs wird überirdisch gelagert. Nur wir Masterstudenten werden in den

Keller verbannt.« Sie gähnte, und im selben Moment zeigte ihr Handy auf dem Tisch laut summend eine eingegangene Nachricht an. Evie las sie und sprang auf. »Scheiße, ich bin spät dran. Ich treffe mich mit ein paar Freunden in Carlton Hall. Du solltest mitkommen.«

Cassie schüttelte den Kopf. »Danke, aber ich bin total erledigt.«

»Okay, schlaf gut. Und wenn du irgendwelche Fragen oder so hast, dann nur zu«, erklärte Evie, während sie ihre Jacke überzog. »Ich weiß, dieses College kann einen echt erschlagen. Ich bin die ersten Wochen wie in Trance rumgerannt.«

»Danke.« Cassie schaute zu, wie Evie eine frische Lage Lippenstift auftrug und dann aus der Tür tänzelte, gerade als die Glocken draußen Mitternacht schlugen.

Wieder allein, trat sie noch einmal ans Fenster. Das Raleigh lag still und dunkel unter ihr. Die schweren Tore waren geschlossen, und an den Mauern der Gebäude schienen die Schatten, die von den alten Wandlaternen geworfen wurden, zu flackern und zu tanzen. Sie bemerkte eine Bewegung bei den Kreuzgängen, wo jemand aus dem Schatten trat und über den Hof ging, ein schwarzer Fleck über den dunklen Pflastersteinen. Vielleicht ein eifriger Student auf dem Weg in die Bibliothek oder ein Professor auf dem Heimweg von einem Drink. Dann verschwand der Schatten, und alles war wieder still.

Cassie holte noch einmal das Foto ihrer Mutter hervor. Sie hatte keine Zeit für nette Treffen und Collegepartys; sie war mit einer festen Absicht hier. Fast fünfundzwanzig Jahre waren seit dem sonnengesprenkelten Tag auf dem Foto vergangen, und Cassie war zwar nicht so naiv zu glauben, dass sie die Kommilitonen ihrer Mutter heute noch in Oxford finden würde, aber sie wusste, dass solche

Orte ihre Studenten nie ganz losließen. Es gab mit Sicherheit Ehemaligen-Vereinigungen, Treffen der alten Herren, Mailinglisten und Spenderveranstaltungen. Sie war keine begnadete Hackerin, aber sie konnte jemanden anhand seines Usernamens aufspüren; diese Menschen, die sich nicht einmal zu verstecken versuchten, waren bestimmt viel leichter ausfindig zu machen.

Und Cassie brauchte nur einen einzigen von ihnen zu finden, der ihr sagen konnte, wer ihr Vater war.

Kapitel 5

Cassie hatte fast ihr ganzes Leben immer wieder die Wohnungen und Städte gewechselt und daher keine Schwierigkeiten, sich überall heimisch zu fühlen, wohin es sie verschlug. Schon bald hatte sie sich in ihrer Mansardenwohnung eingelebt und angefangen, sich mit dem anstehenden Studienprogramm zu beschäftigen. Sie hatte gehofft, der zeremonielle Pomp des ersten Tages würde bald einer gewöhnlicheren Bluejeans-Version des Collegelebens weichen, aber da hatte sie sich getäuscht. Der offiziellen Immatrikulationszeremonie folgte ein Willkommensdinner im Großen Saal, unter hohen, holzvertäfelten Decken und an langen Tafeln, an denen schweigsame Bedienstete die Speisen servierten. Und die Einladungen wollten kein Ende nehmen, Tag für Tag quollen sie aus Cassies Pidge, fast wie Konfetti aus koloriertem Papier und steifer Pappe, und allesamt baten sie Cassie zu irgendwelchen gesellschaftlichen Anlässen.

Fakultätspartys, Spieleabende des JCR, Einladungen der Sportteams und Aktivitäten von Studentenorganisationen – die Lawine sozialer Anlässe gewann im Lauf der Woche deutlich an Schwung. Selbst ihre neue Mitbewohnerin lud Cassie allabendlich ein, sie auf ihren Ausflügen in die Stadt zu begleiten, doch Cassie blieb standhaft und verfolgte lieber von ihrer Sofaecke aus, wie Evie Abend für

Abend in einer Wolke seidener Cocktailkleider losstürmte und wenig später ihre High Heels über die Pflastersteine unter dem Fenster in die Nacht davonklapperten.

Zum Glück hatte Cassie dank des Tutorial-Systems, mit dem in Oxford gelehrt wurde, reichlich Zeit, sich ihren extrakurrikularen Nachforschungen zu widmen. Am Raleigh wurden die Studenten nicht nach ihrer Anwesenheit benotet, sie brauchten keine unangekündigten Prüfungen und Abschlussklausuren zu schreiben, sondern blieben stattdessen weithin sich selbst überlassen; sie wurden in Kleingruppen von zwei oder drei Studenten unterrichtet und trafen sich wöchentlich mit einem Professor, um die Essays zu besprechen, die sie anhand einer vorgegebenen Lektüreliste verfasst hatten. Es gab keinen festen Unterricht und nur gelegentlich Seminare; selbst der Besuch der Vorlesungen war den Studierenden freigestellt.

Cassie war überzeugt, dass sie die für die Tutorien erforderlichen Arbeiten im Handumdrehen schreiben und reichlich Zeit finden würde, der Vergangenheit ihrer Mutter nachzuspüren. Im Herbstsemester studierte sie Wirtschaft bei Professor Kenmore und Philosophie bei Professor Tremain, dem zerzausten Mann, den sie an ihrem ersten Tag beim Master's Tea kennengelernt hatte. Er hatte ihr schon eine Notiz zukommen lassen, in der er ihre Anwesenheit bei der Einführungsstunde einforderte; »Pflichtveranstaltung« stand in dicken Lettern darauf, und so legte sie am Freitagabend um sechs widerwillig die Akte ihrer Mutter beiseite und machte sich auf den Weg über den Campus.

Professor Tremains Arbeitszimmer lag auf der Nordseite einer Reihe offener Laubengänge, in denen schon jetzt, Anfang Oktober, ein kalter Wind pfiff und summte, der sich unter Cassies ausgebeulten Parka stahl und ihr Schauer über die Haut jagte. Sie stieg die Treppe zum ersten Stock hoch, drückte die Tür auf und fand sich in einem düsteren, holzvertäfelten Arbeitszimmer wieder, in dem eine Gruppe von Studenten eng gedrängt auf museumsreifen Stühlen und abgewetzten Sofas saß. Alle Gesichter wandten sich ihr zu, als sie mit roten Wangen in den Raum trat.

»Nur herein«, rief Professor Tremain hinter seinem Schreibtisch. Er trug das gleiche Ensemble wie bei ihrer ersten Begegnung beim Master's Tea: ein Tweedsakko mit speckigen Lederflicken an den Ellbogen und dazu eine ausgeblichene Cordhose. Er nickte ihr aufmunternd zu und fuhr dann fort: »Ich wollte gerade einen Überblick über die diversen Recherchemöglichkeiten geben. Mit den hiesigen Bibliotheken sollten Sie mittlerweile vertraut sein«, ergänzte er, an die Gruppe gewandt. »Die Collegebibliothek ist gut ausgestattet, und für ältere Schriften gibt es immer noch die Ashmolean. Das notwendige Forschungsmaterial nicht gefunden zu haben, ist keinesfalls eine Entschuldigung für eine minderwertige Arbeit.«

Während der Professor als Nächstes über die korrekte Zitierweise referierte, sah Cassie sich im Raum um. Ihre Mitstudenten und -studentinnen schienen sich hier schon heimisch zu fühlen. Eng beieinander saßen sie auf den Sofas, reichten sich kopierte Blätter weiter und liehen sich gegenseitig Stifte, so als würden sie sich alle schon ewig kennen.

Was sie natürlich auch taten. Sie war hier die Neue; alle anderen studierten mindestens seit einem Jahr zusammen. Sie waren im zweiten Studienjahr und damit neunzehn oder zwanzig Jahre alt, was ihr unglaublich jung vorkam, aber gleichzeitig wirkten sie völlig unbeeindruckt von Tremaines strengen Ermahnungen über den Umgang mit Quellenmaterial.

Ein Mädchen, das ihr Haar zu einem aufwendigen Kranz

hochgesteckt hatte, hob die Hand. »Geben Sie besondere Literaturempfehlungen?«

Tremain schenkte ihr ein wohlwollendes Lächeln. »Wir beginnen in diesem Trimester mit Descartes und seinen Meditationen, aber Sie sollten jetzt schon das nächste Trimester im Blick haben. Die Tutoren werden ihre jeweiligen Listen verteilen, doch ich kann Ihnen schon heute sagen, dass Sie sich die Ethiken ansehen sollten, vielleicht die Schriften über Kant und Rousseau. Inzwischen sind Sie wohl alle vertraut mit Warnock, Soteriou …«

Die Studenten kritzelten hastig mit, während er ein Dutzend Titel herunterrasselte, und Cassie spürte ein leichtes Unbehagen aufflackern. Sie musste sich abmühen, alles zu notieren; vielleicht hatte sie unterschätzt, wie viel Arbeit das Studium erfordern würde.

Professor Tremain hielt in der Verlesung seiner Literaturliste inne und sah sich in dem kleinen, halbdunklen Raum um. »Es versteht sich, dass alle Arbeiten um die dreitausend Worte umfassen sollten. Wenn Sie auf weniger als zweitausend kommen, haben Sie das Material nicht tief genug ausgeschöpft. Fußnoten zählen nicht. Was wir von Ihnen erwarten, ist ein durchdachter, überzeugender Schriftsatz, in dem Sie zum einen die Grundgedanken Ihrer Lektüre wiedergeben und zum anderen selbstständige Schlussfolgerungen ziehen.« Er lächelte schmallippig. »Hüten Sie sich vor dem Irrglauben, dass Sie die schwierigsten Klippen umschifft hätten, nur weil Sie das erste Studienjahr erfolgreich überstanden haben. Ich muss Ihnen leider mitteilen, dass Sie mit starkem Gegenwind rechnen müssen, wenn Sie sich erst mit dem fortgeschrittenen Material beschäftigen. Aber keine Sorge – ich werde Ihnen helfen, so gut ich kann. Falls Sie Fragen zur Lektüreliste haben, bitte schön. Das ist kein Test, wir alle sind hier, um zu lernen.«

Cassie atmete heimlich erleichtert aus. Tremain zog einen weiteren Stapel Fotokopien heraus und begann, sie herumzureichen. »Das sind die Lektürelisten für Ihre erste Woche. Auf der Rückseite finden Sie Ihre jeweilige Tutoriengruppe und den Terminplan. Das wäre vorerst alles. Ich sehe Sie dann nächste Woche in Ihrem ersten Tutorium.«

Cassie warf einen kurzen Blick auf ihre Kopie, während die übrigen Studenten ihre Sachen einsammelten und über die Treppe nach unten strömten. Laut Tremains Liste war sie mit einem Sebastian und einer Julia in einer Gruppe und sollte am Freitagmorgen um acht Uhr ihren Essay über Descartes und seine Meditationen über Körper und Geist präsentieren. Kein besonders schwieriges Thema. Sie hatte während ihrer Studien an diversen Universitäten philosophische Grundkenntnisse gesammelt und sollte ein Papier zu diesem Thema aus dem Ärmel schütteln können. Ihr neuer Wirtschaftsprofessor hatte ihr bereits ihr zweites Hausarbeitsthema gemailt, und das hörte sich genauso einfach an – eine Zusammenfassung grundlegender makro- und mikroökonomischer Konzepte, die sich allein mit Zugang zu einer Internet-Suchmaschine erstellen ließ.

Sie versenkte die Lektüreliste in ihrer Tasche und hatte gleich darauf ihre Kommilitonen eingeholt, die noch im Kreuzgang standen.

»Höchste Zeit für ein Bier«, stöhnte ein großer, gertendünner Junge mit karottenrotem Haar.

Gelächter kam auf. »Wieso hast du eigentlich keinen Kater?«, wollte das Mädchen mit geflochtenem Kranz wissen, während die Gruppe in Richtung College-Bar schlenderte. »Du hast gestern in die Rosen gekotzt.«

»Feinster Dünger, Schätzchen. Ich habe ihnen einen Gefallen getan.«

Cassie bog ab und verschwand in die entgegengesetzte

Richtung, quer über den weiten Hof, in Richtung der College-Bibliothek, eines hohen Gebäudes mit Maßwerkfassade und einem Buntglasfries. Sie schob die schwere Holztür auf und blieb kurz auf der Schwelle stehen, bis sich ihre Augen an das Dunkel gewöhnt hatten. Die Bibliothek war auf drei Ebenen angeordnet, wobei im Erdgeschoss die Buchausgabe und eine Reihe neuer Computer untergebracht waren. Seitlich führte eine Treppe in den Leseraum hinauf, dessen Wände von weiteren Regalen gesäumt waren – alten Holzregalen in diesem Fall, die mit leinengebundenen, mit den Jahren brüchig gewordenen Folianten beladen waren. Über dieser Ebene lag ein Zwischengeschoss, eine umlaufende Empore, wo die Bücher noch höher in den Regalen standen, bis unter die hochstrebenden, von dicken Balken getragenen Decken.

Aus einem Lageplan an der Wand ersah Cassie, dass der Eingang zum Gewölbe an der Rückseite des Erdgeschosses war. Als sie dort ankam, fand sie sich vor einer schweren, halb offenen Holztür wieder, hinter der eine Wendeltreppe ins Dunkel hinunterführte, wo sie vor einer weiteren Tür endete. Diese Tür war verschlossen und mit einem unpassend modernen Kartenlesegerät gesichert.

Cassie verließ der Mut. Natürlich würde es nicht so einfach werden, schalt sie sich. Bibliotheksarchive waren befugten Personen vorbehalten, die einen legitimen Grund vorbringen mussten, warum sie in alten College-Akten wühlen wollten. Und ihr Grund war alles andere als legitim. Sie studierte das Kartenlesegerät und fragte sich, ob es sich wohl hacken ließ. Trotz des ganzen Schnickschnacks ließen sich die meisten dieser Sicherheitssysteme mit einer schlichten Magnetkarte und ein paar Utensilien aus dem Elektronikmarkt austricksen. Sie betrachtete das Gerät ausgiebig und stieg dann wieder hoch ins Erdgeschoss.

Dort drang sie erst einmal in die Tiefen der Bestandsbibliothek vor und stieß dabei auf das Zweitbeste nach dem Archiv: Ein Regalfach voller College-Jahrbücher wie jenen, die sie in Sir Edmunds Büro gesehen hatte. Cassie wuchtete einen Band nach dem anderen herunter, bis sie die komplette Zeitspanne abgedeckt hatte, während der ihre Mutter das College besucht haben musste, und suchte sich dann in einer dunklen Ecke eine Lesekabine.

Jede Seite war wie ein Schnappschuss aus einer anderen Ära. Sie nahm sich die Bücher systematisch vor und überprüfte zuerst die Liste der Erstsemester im Jahr 1992. Am Raleigh gab es immer nur wenige Neuzugänge, in jenem Jahr hatte das College lediglich fünfundachtzig Studenten aufgenommen, aber wie sie schon im Arbeitszimmer des Rektors festgestellt hatte, war auf dieser Seite keine Joanna Blackwell aufgeführt – genauso wenig wie in den Jahren 1990, 1991, 1993, 1994 und 1995. Den Blick starr auf die Seiten gerichtet, spürte Cassie, wie aus der ersten Enttäuschung frische Neugier erwuchs, während sie im Schein der gusseisernen Lampe in der Ecke die Seiten erneut durchforstete.

Warum war der Name ihrer Mutter nicht aufgeführt? Selbst wenn sie eine Auslandsstudentin gewesen war wie Cassie, hätte ihr Name in einer der Listen unter den Austauschprogrammen auftauchen müssen. Cassie weitete ihre Suche auf andere College-Annalen und Unterlagen aus und forschte weiter, bis es Abend wurde und sich die Dunkelheit vor den Fenstern ausbreitete, aber nirgendwo in den staubigen, alten Büchern war eine Spur von ihrer Mutter zu finden. Joanna Blackwell war wie ein Spuk, ein Hirngespinst.

Cassie streckte sich. Ihre Augen waren nach den langen Stunden über winzigen Druckbuchstaben ausgetrocknet und müde. Frustration überkam sie. Hatte sie doch geglaubt, dass ihr die lang gesuchten Antworten in den Schoß fallen würden, sobald sie erst einmal hier war und die Akten studieren konnte.

Sie stellte die Jahrbücher ins Regal zurück und legte einen Stopp an der Haupttheke ein. Eine ältere Frau mit graublonder Dauerwelle und trister Strickjacke war damit beschäftigt, die zurückgegebenen Bücher aufzustapeln. »Wie kommt man eigentlich in die College-Archive unten im Gewölbe?«, fragte Cassie.

Die Bibliothekarin sah auf. »Fürs Archiv brauchen Sie eine Sondererlaubnis. Zu viele empfindliche Manuskripte, als dass dort jeden Tag Menschenmassen durchtrampeln dürften«, erklärte sie. »Dazu müsste ein Mitglied Ihrer Fakultät eine Zugangskarte für Sie beantragen.«

»Ach so.« Offenbar war Cassie die Enttäuschung anzusehen, denn die Bibliothekarin hielt inne.

»Sie können das Material aber auch anfordern, dann bringen wir es herauf. Was suchen Sie denn?«

»Nichts Bestimmtes«, beeilte sich Cassie zu sagen. »Ich wollte mich nur mal umsehen.«

Zum Glück wurde die Bibliothekarin daran gehindert, sie weiter zu verhören, weil im selben Moment die Sensoren am Haupteingang losplärrten, wo ein Junge mit weit aufgerissenen Augen und sichtlich schlechtem Gewissen stand.

»Haben Sie alle Bücher verbucht?«, rief die Bibliothekarin ihm ungeduldig zu. Cassie schlich unauffällig davon.

Draußen war es dunkel und kalt, und überall auf den Campuswegen waren Studenten unterwegs zur Mensa oder zu einem Abendessen in der Stadt. Cassie zog den Reißverschluss ihres Parkas hoch und machte sich, in ihre Gedanken vertieft, auf den Rückweg zu ihrer Mansarde. Irgendwo mussten die Informationen zu finden sein. Sie hatte einfach am falschen Ort gesucht. Vielleicht hatte ihre Mutter an einem anderen College in Oxford studiert und im Raleigh nur ein paar Freunde besucht, um mit ihnen zu feiern, vielleicht gab es auch eine ganz simple Erklärung dafür, warum ihr Name nicht im Studentenverzeichnis auftauchte. Ein Irrtum in der Verwaltung oder ein Druckfehler. Sie würde einfach tiefer graben müssen – und dafür brauchte sie Zugang zu den verschlossenen Archiven.

Kapitel 6

»Guten Morgen.«

Cassie schreckte unwillkürlich zurück, als sie früh am nächsten Morgen aus ihrem Zimmer trat. Evie war nicht nur wach, sie wartete mit klarem Blick im Wohnzimmer auf sie und war gerade dabei, ihre Joggingschuhe zu schnüren. »Ich dachte, ich laufe eine Runde mit, wenn es dich nicht stört. Ich habe so lange keinen Sport mehr gemacht, dass meine Muskeln total verkümmert sind, ich schwör's.«

»Klar«, antwortete Cassie langsam. Eigentlich war es ihr lieber, wenn sie allein ihren Gedanken nachhängen konnte, aber sie hatte schon die ganze Woche Evies Einladungen ausgeschlagen. »Ich meine, natürlich kannst du gern mitkommen. Aber es ist keine besonders spannende Runde«, ergänzte sie und zog den Reißverschluss ihrer Jacke zu. »Nur rüber zu den Flusswiesen und zurück.«

»Glaub mir, ich hab's nötig.« Evie lachte. »Mal sehen, ob ich ein paar Cocktails ausschwitzen kann.«

»Du warst gestern Abend wieder unterwegs, stimmt's?«, fragte Cassie.

Evie stöhnte. »Zu lange, ich hätte gar nicht ausgehen sollen. Aber erst gab's eine kleine Feier, und dann brauchten wir was zu essen, und ehe ich's begriffen habe, standen wir in der Bar, bis sie uns rausgeschmissen haben, so wie immer!« Sie gingen nach unten und zur Hintertür hinaus.

»Bist du schon mal zum Botanischen Garten gelaufen?«, schlug Evie vor. Cassie schüttelte den Kopf. »Es ist nicht weit, nur bis hinter das Magdalen College. Wir könnten eine Schlaufe am Fluss drehen, da ist es echt schön und friedlich.«

»Ich lauf dir einfach hinterher.«

Sie setzten sich in Bewegung und liefen schon bald in einem langsamen, regelmäßigen Trab die Straße entlang, über die Brücke und dahinter flussabwärts vom Raleigh weg, genau entgegen der Richtung, die Cassie bisher eingeschlagen hatte. Hier war es nicht so abgeschieden wie auf ihrer üblichen Route: Sie kamen an Museen und Parks vorbei, aber noch lag frühmorgendliche Stille über der Stadt, und das ferne Rumoren des Verkehrs wurde von Vogelgezwitscher und dem sanften Plätschern des Flusses gedämpft.

Während sie liefen, plauderte Evie gut gelaunt über ihre Kindheit im schattigen, großbürgerlichen North Hampstead, über die diversen Privatschulen und ihre dramatisch französische Mutter. Sie hatte in Cambridge ihren Bachelor in Geschichte und Literatur gemacht und war dann nach Oxford gewechselt, um an Raleighs Schaffensstätte an ihrer Masterarbeit zu arbeiten. Ihre Eltern waren inzwischen in Pension und hatten sich nahe einem Weingut in Südfrankreich zur Ruhe gesetzt, während Evie glückselig ihren Mastertitel anstrebte, dabei in staubigen elisabethanischen Folianten blätterte und sich zwischendurch in eleganten Bars die trockene Kehle mit trockenen Gimlets anfeuchtete.

Es lagen Welten zwischen ihrer und Cassies Kindheit, trotzdem merkte Cassie, dass sie Evies nettes Geplauder und die glamourösen Geschichten genoss, fast wie eine Anthropologin, die Berichten von einem unerforschten Stamm lauschte. Anders als manche Studenten, die ihr hier begegnet waren und die mit ihren Ferienhäusern im Ausland und den extravaganten Reisen geprahlt hatten, war Evie einfach freundlich, und sie sprenkelte ihre eigenen Geschichten mit Fragen nach Cassies Leben. Cassie antwortete dabei so ausweichend wie möglich und hielt sich ansonsten an ihre Tarngeschichte von der lebenslangen Oxford-Faszination.

»Und ist es so, wie du es dir vorgestellt hast?«, fragte Evie, als sie am Botanischen Garten eine Verschnaufpause einlegten. Die Treibhäuser standen ordentlich aufgereiht am Flussufer, und zwischen den manikürten Rasenflächen wanden sich geharkte Fußwege. Cassie konnte hinter den Glasscheiben das üppige Grün und die strahlenden Farben der exotischen Pflanzen erahnen.

»Oxford?« Cassie überlegte kurz und holte Atem. »Ich weiß noch nicht. Ich habe es mir so oft in Gedanken ausgemalt, dass ich nicht sicher bin, ob irgendwas meiner Vision gerecht werden könnte.«

Das war nicht gelogen. Sie hatte sich Oxford als mythischen Ort ausgemalt, an dem sie endlich die Wahrheit über ihre Mutter erfahren würde, aber stattdessen ... war es einfach eine Stadt: wunderschön und alt, das ja, aber nichtsdestotrotz ein echter Ort, so wie jeder andere, zwar voller Dunkelheit und Mysterien, aber auch voller Verkehrslärm, herbstlicher Regenschauer und Touristenhorden in den engen Straßen.

»Es ist nie ganz so, wie wir es uns vorgestellt haben, oder?«, erwiderte Evie leise.

Überrascht über den enttäuschten Tonfall, mit dem Evie das sagte, sah Cassie sie an.

»Mein Abschluss.« Evie zog verlegen die Schultern hoch. »Ich dachte, alles wäre ... nicht direkt einfach, aber klarer. Dass ich genau wüsste, was ich zu tun habe, so wie sonst auch immer. Bei mir hat alles Hand und Fuß, jedenfalls war es bis jetzt so, aber diesmal … weiß ich einfach nicht, wo ich die Antworten finden soll, die ich suche.«

Cassie lächelte sie mitfühlend an. »Du musst dir einen Plan machen«, sagte sie. »Geh methodisch vor, dann kommst du der Lösung automatisch näher. Schritt für Schritt.«

Evie nickte. »Hey, danke fürs Zuhören; ich weiß, ich kann ganz schön labern.«

»Kein Problem.« Cassie lächelte. »Du wirst das schon schaffen.«

Sie machten kehrt. Während sie gemächlich am Fluss entlangtrabten, kam ihnen eine vertraute Gestalt entgegen – der junge Mann, dem Cassie schon einmal auf ihrer Morgenrunde begegnet war. Sein braunes Haar war windzerzaust, die Ohren waren von der Kälte gerötet. Als er näher kam, schenkte er Cassie ein breites Lächeln. »Du schon wieder!«, rief er. »Stalkst du mich?«

Cassie antwortete nicht. Sie wartete darauf, dass er an ihnen vorbeilief, stattdessen wurde er langsamer und begann dann rückwärts zu joggen, bis sie etwa auf einer Höhe mit ihm waren. »Ich bin Charlie«, sagte er mit einem fröhlichen Lachen in den braunen Augen. »Ich dachte, es wird langsam Zeit, dass ich mich vorstelle.«

»Ich bin Evie«, antwortete Evie bereitwillig. »Und das ist Cassie.«

»Seid ihr Studentinnen?« Charlie joggte immer noch rückwärts.

»Im Masterstudium«, erwiderte Evie. »Am Raleigh.«

»Edel«, neckte er sie. »Also, ich bin immer auf der Suche nach einem Laufpartner«, ergänzte er, den Blick fest auf Cassie gerichtet. »Und falls du Angst hast, dass du nicht mithalten kannst – ich verspreche dir, dass ich ganz langsam laufen werde.« Er grinste breit und selbstsicher.

Aber was dem Mann auch vorschweben mochte, Cassie

hatte nichts damit am Hut. Romantik, Dates – das waren ihr fremde Konzepte, außerdem war sie mit wichtigeren Dingen beschäftigt. Sie spießte ihn mit einem vernichtenden Blick auf, verlängerte dann ihre Schritte und beschleunigte, bis sie ihn an der Brücke zurückgelassen hatte. Gleich darauf hatte Evie sie eingeholt. »Was ist denn los?«, fragte sie keuchend. »Der war doch echt süß.«

»Ich bin nicht interessiert.« Cassie merkte, wie sie errötete.

»Tut mir leid«, beeilte sich Evie zu sagen. »Ich dachte, ihr beide wärt so was wie, keine Ahnung, Jogging-Bekannte. Er scheint dich zu mögen«, ergänzte sie.

»Glaub mir«, sagte Cassie. »Männer sind zurzeit das Letzte, woran ich interessiert bin.«

»Dann werde ich kein weiteres Wort darüber verlieren.« Evie verschloss in einer Geste ihre Lippen. »Mein Gott, jetzt weiß ich wieder, warum ich keinen Sport mache; ich verbrenne innerlich. Sollen wir auf dem Rückweg bei Harveys Halt machen und was zum Frühstücken besorgen?«

»Warum nicht?« Cassie versuchte, sich zu entspannen, blickte aber noch einmal auf den Weg zurück, ob Charlie wirklich verschwunden war. »Klingt doch gut.«

Ihr Informationsblatt führte mehrere Bibliotheken außerhalb des College auf, und so machte sich Cassie nach dem Duschen und Umziehen auf den Weg in die Stadt, um nachzuforschen, ob in einer davon vielleicht etwas über ihre Mutter zu finden war. Es gab ein offizielles Universitätsarchiv in der Radcliffe Camera, einem Kuppelbau aus dem achtzehnten Jahrhundert abseits der Brasenose Lane. Ein Touristengrüppchen posierte davor für Fotos. Drinnen registrierte sich Cassie für einen Leseausweis und füllte die Bestellzettel für die gewünschten Dokumente aus.

»Die offiziellen Listen für *jedes* College?« Der Bibliotheksangestellte sah sie über die Ränder seiner schwarzen Hipster-Brille hinweg an. Er war in den Zwanzigern, hatte das Haar zurückgegelt und Tintenflecke an den Fingern. »Für neunzehnhundertzweiundneunzig …«

»Und dreiundneunzig und vierundneunzig«, beendete sie den Satz für ihn. »Gibt es ein Problem?«

»Nein«, sagte er, seufzte aber mit Klagemiene. »Warte hier. Die erste Ladung kommt gleich.«

Cassie verbrachte den Tag abgeschottet im oberen Lesesaal, wo sie sich systematisch durch die Bücher arbeitete, die der Bibliothekar in mehreren Lieferungen anschleppte, wobei er jedes Mal mit dem gleichen angestrengten Seufzen auf ihren Bestellzettel reagierte. Hier waren die Bibliotheksnutzer älter als am Raleigh: Hauptsächlich Masterstudenten und hie und da ein Professor mit Halbmondbrille und abgewetzten Ellbogenflicken. Weil sich hier alle hinter ihrem Forschungsmaterial verschanzten und Büchermauern an den Ecken ihrer Lesetische errichteten, um sich gegen neugierige Blicke abzuschirmen, konnte Cassie sich problemlos einfügen: als weitere Leserin, die an einem sonnigen Fleck in alten, ausgeblichenen Unterlagen recherchierte.

Mittags unterbrach sie ihre Suche und holte sich in einem Café in einer alten, umgebauten Kirche auf der anderen Seite des Platzes ein Sandwich, das sie im Schatten der Bäume im Innenhof verzehrte, inmitten von Touristen und ihren Cream Teas sowie Heerscharen silbergrau getönter Rentner, die über duftendem Zitronenkuchen palaverten. Es war ein Meer von unbekannten Gesichtern, bis auf eines: Professor Tremain saß ins Gespräch vertieft am anderen Ende des Innenhofes. Als er sie entdeckte, winkte er ihr, wobei er um ein Haar seine Teetasse vom Tisch schleuderte.

Ein merkwürdiger Mann, dachte Cassie, während sie

zurückwinkte. Ein Relikt, eine Kuriosität in seinem Tweed und seiner gedankenversunkenen Konzentration, so als hätte man ihn aus dem neunzehnten Jahrhundert in die Gegenwart verpflanzt. Aber andererseits war ganz Oxford so: mit seinen anachronistischen Kopfsteinpflasterstraßen und den altmodischen gusseisernen Straßenlaternen, selbst wenn in denen mittlerweile moderne Birnen brannten.

Es war ein eigentümlich zeitloser Ort, eine Stadt so aus dem Takt mit der restlichen Welt, dass Cassie, als sie an der unregelmäßigen Außenmauer eines uralten College entlang durch eine der leeren Nebenstraßen schlenderte, beinahe vergessen hätte, in welchem Jahrhundert sie sich befand – bis ein Trupp von lärmenden, modern gekleideten Jungstudenten unter lautem Handygebimmel aus einem Eckpub drängte und den Zauber brach.

Immer noch konnte sich Cassie ihre Mutter hier nur schwer vorstellen. Es hätte ihr hier gut gefallen, davon war Cassie überzeugt: die Geschäftigkeit im Stadtzentrum, wo alte und neue Welten aufeinanderprallten: die College-Mauern und alten Häuserreihen aus der Tudorzeit mit den modernen Bürogebäuden und dem Verkehr, der sich durch die engen Straßen schlängelte, das Panorama aus Türmchen und aufragenden Kirchturmspitzen. Sie hier zu sehen, in Literatur und Tradition versunken ... Es war eine Fantasie, ein Ding der Unmöglichkeit, das war Cassie bewusst, aber während sie die alten College-Aufzeichnungen durchforstete und dabei jede Sekunde Joannas Namen erwartete, konnte sie es fast vor sich sehen. Dieses fröhliche Lächeln, dieses Leuchten von Möglichkeiten.

Was war mit ihr passiert, was hatte dieses riesige Potenzial zerstört und ihre Mutter in einen gebrochenen, zornigen und sorgenbeladenen Menschen verwandelt? Oder war diese Entwicklung unausweichlich gewesen, eine Zeitbombe in ihrer empfindlichen DNA: Waren die Fäden der Instabilität schon damals in ihrem Wesen verwoben gewesen und erst sichtbar geworden, als es schon zu spät war?

Es war jene DNA, die Cassie mit ihr teilte. Sie schauderte und beugte sich wieder über ihre Bücher, aber der Gedanke ließ sie nicht mehr los. Ihr war seit vielen Jahren klar, dass sie zu viel von ihrer Mutter geerbt hatte; nicht die blonden Haare oder die blauen Augen oder die perfekte Singstimme, sondern die Dunkelheit, die unter der Oberfläche lauerte. Eine Art Gift, das durch ihre Adern lief. Die Krankheit ihrer Mutter hatte sich in manischen Episoden gezeigt, Gefühlsausbrüchen, betäubenden, rasierklingenscharfen Untiefen.

Bei Cassie nahm sie andere Formen an.

Sie war noch ein Kind gewesen, als die Krankheit sich erstmals bemerkbar gemacht hatte. Die Lehrerinnen hatten tadelnd von »Trotzanfällen« gesprochen, aber für Cassie war es nie eine Frage des Willens gewesen. Der Zorn überkam sie jedes Mal von einer Sekunde auf die nächste wie ein donnernder, rasender Sturm, gegen den sie vollkommen machtlos war. Der Begriff *blinder Zorn* wurde oft beiläufig verwendet, aber Cassie wusste ganz genau, was er bedeutete. In solchen Momenten verlor sie jede Spur von sich selbst und wurde von einer rot glühenden Wut überrollt, die kein Halten kannte, bis irgendwann etwas das Fieber kühlte, alles verebbte und nichts als ein Trümmerfeld zurückblieb.

So die Kontrolle zu verlieren, machte ihr schreckliche Angst. Sie hatte Angst, zu werden wie ihre Mutter, nur schlimmer. Schärfer, gefährlicher. Ihre Mutter hatte während ihrer Episoden immer nur geschrien und geweint, aber Cassie … Cassie wollte die ganze Welt niederbrennen.

Ihre Mutter kannte die Anzeichen. Sie widersetzte sich

den Ärzten und Medikamenten, bis sie die Schäden nicht länger ignorieren konnten. Aber statt Cassie Medikamente zu verabreichen, die sie Joannas Überzeugung nach gegenüber der Welt abstumpfen würden, lehrte Joanna sie ihre eigenen Abwehrmechanismen, und zwar auf spielerische Art. Sich an dem magischen Amulett festzuhalten und zu zählen; sich vorzustellen, sie lägen auf dem Trampolin in der Sommersonne. Sichere Gedanken. Beruhigende Zahlen. Um den rasenden Hunger in Schach zu halten.

Cassie wusste genau, dass ihr Amulett nicht mehr war als ein bearbeiteter Stein und dass die schlichten Meditationstechniken eigentlich zum Stressabbau gedacht waren, aber mehr stand ihr nicht zur Verfügung. Also konzentrierte sie sich jedes Mal auf ihre wilde Wut und sperrte sie hinter Mauern aus geflüstertem Singsang ein, bis sie sich gelegt hatte und Cassie wieder sicher war.

Es funktionierte nicht immer. Als sie acht war, gab es den Zwischenfall mit den Jungs, die sie geärgert hatten, als sie zwölf war, die Episode im Schulbus. Knochenbrüche, Veilchen, eine Fahrt in die Notaufnahme und mittendrin die kleine Cassie, unverletzt und kein bisschen reumütig. Schließlich wurde sie von der Schule genommen – es war einfach sicherer –, und sobald sie nicht mehr dem täglichen Krieg mit ihren Klassenkameraden ausgesetzt war, ihren Hänseleien und ihrer Verständnislosigkeit, konnte sie eher die Kontrolle wahren. Ein ruhiges Leben, ein einfaches Leben; mehr hatte Joanna nicht für sie beide gewollt.

Dennoch war es anders gekommen.

Als Cassie bis zum frühen Abend nichts gefunden hatte, packte sie ihre Sachen zusammen und verließ die Stille und Abgeschiedenheit der Bibliothek. Nachdem sie so viele Stunden eingezwängt in ihrer Lesekabine gesessen hatte, schrien ihre Muskeln nach Bewegung, und so kehrte sie nicht direkt ins Raleigh zurück, sondern schlug die entgegengesetzte Richtung ein, um das Stadtzentrum zu erforschen, wo Einkäufer und Pendler auf dem Heimweg die dunkler werdenden Straßen mit Betriebsamkeit und Hektik erfüllten. Am Raleigh mochten sich alle aufführen, als wäre das College das Zentrum des Oxford-Universums, aber wie sich herausstellte, lag hinter den Sandsteinmauern eine ganze Welt. Cassie entdeckte eine Markthalle mit einem Bauernmarkt und Touristenständen, wo man billige Schlüsselketten und gleich daneben frisches Fleisch vom örtlichen Metzger erstehen konnte. Ein Stück weiter auf der St. Giles, im Jericho-Viertel, stieß sie auf ein Programmkino, das auf seiner kleinen, samtumsäumten Leinwand internationale Filme zeigte, und auf eine winzige Eisdiele, in der sich trotz der Kälte die Studenten drängten.

Erschöpft nach ihren Streifzügen, war sie gerade auf dem Rückweg ins Raleigh, als der Himmel seine Schleusen öffnete und die gepflasterten Straßen unter Wasser setzte. Unter dem eisigen Wasserguss japsend, huschte Cassie in einen nahen Ladeneingang, aber kaum hatte sie ihren Mantel ausgeschüttelt und sich umgesehen, erkannte sie, dass die unordentliche, altmodische Buchhandlung ihren Namen teilte: Blackwell's.

»Rein oder raus?«, wollte ein verdrießlich dreinblickender Mann wissen, der sich an ihr vorbeidrängte und gleichzeitig seinen Schirm zu öffnen versuchte.

Cassie trat in den Laden. Welten trennten diese Buchhandlung von den weitläufigen Läden der Buchhandelsketten in Amerika: Das Geschäft zog sich über mehrere windschiefe Fachwerkhäuser und beherbergte vermutlich Tausende Bände. Cassie dachte unwillkürlich an ihre noch nicht verfassten Hausarbeiten, und so sammelte sie einen

Arm voller Wirtschaftslehrbücher zusammen und ließ sich in einer Ecke des Cafés im Obergeschoss nieder, wo sie den Regen hinter den in Eisen gefassten Fensterscheiben beobachten und an ihrem Kaffee nippen konnte, während Karawanen von Studenten und Touristen durch die gemütlichen Räume zogen.

Sie war tief in die Theorien der mikroökonomischen Präferenzen versunken, als jemand an den Nebentisch trat; es war der Bibliotheksangestellte aus der Radcliffe Camera, erkannte Cassie, mit den aus der Stirn gegelten Haaren und der schwarzen, jetzt leicht beschlagenen Hornbrille. Er streifte den dicken Wintermantel ab, hängte ihn über einen Stuhl und verstreute Zeichenblöcke und Stifte über den Tisch, um sein Territorium zu markieren, bevor er zur Cafétheke am anderen Ende des Raumes aufbrach. Cassie sann kurz über die Ironie dabei nach: dass er seinen Job zwischen den Bücherregalen in der Bibliothek verließ, nur um hierherzukommen, wo er wieder von Büchern umgeben war. Aber das war wohl Oxford, nahm sie an: Heimat aller Bibliophilen. Mehrere Male hatte sie in der Radcliffe Camera beobachtet, wie Menschen beim Lesen ihr Gesicht über die Seiten eines alten Buches gebeugt und tief eingeatmet hatten, fast als würden sie beten. Menschen, die mit der sterilen Berührung eines glatten Bildschirms ebenso wenig anfangen konnten wie mit einem elektronischen Buch, das mit einem Knopfdruck gekauft und genauso leicht wieder gelöscht werden konnte.

Cassie widmete sich wieder ihrem Lehrbuch und machte sich knappe Notizen für ihr Tutorium am folgenden Morgen, aber dann wurde sie durch einen harten Ruck unterbrochen: Der Tisch kam ins Wackeln, als der Bibliotheksangestellte dagegen stieß, und sein Kaffee ergoss sich über Cassies Buch. Fluchend sprang sie auf.

»Ach, Kackscheiß!« Der Bibliotheksangestellte stellte seinen Becher ab und griff nach einem Stapel Papierservietten. Cassie tupfte wie wild, bis die Flüssigkeit aufgesogen war und nur ein blasser Fleck zurückblieb.

»Gott sei Dank«, atmete sie erleichtert auf.

»Tut mir echt leid.« Er klang ganz und gar nicht so. »Aber du hättest die Tasche nicht so in den Weg stellen dürfen.«

»Jetzt ist das wohl meine Schuld?«, erboste sich Cassie. »Das hätte mich fast … sechsundfünfzig Pfund gekostet!« Sie las den Preis vom Buchrücken ab und schnappte nach Luft.

»Willkommen in der Abzockewelt der wissenschaftlichen Lehrbücher«, erwiderte der Bibliotheksangestellte sardonisch. Er sank auf dem Stuhl neben ihrem zusammen und sah trauernd auf seinen halb leeren Becher. »Fuck, den hätte ich echt gebraucht. Jemand hat mich den ganzen Tag College-Jahrbücher schleppen lassen.« Er wickelte seinen Schal ab, lehnte sich entspannt zurück und sah sie vielsagend an. »Du weißt schon, dass ich für jedes alte Buch, das du anforderst, ins Archiv runterklettern muss? Siebenundsechzig Stufen runter und wieder rauf.«

Cassie wollte ihn schon zurechtweisen, bremste sich aber; seine Augen funkelten sarkastisch. Sie schob ihm den Teller mit den Resten ihres Cookies zu. »Vergeben und vergessen?«

»Ich würde ja gern behaupten, ich sei nicht so leicht zu kaufen, aber das wäre gelogen.« Er brach ein Eck des Schokokekses ab und reichte ihr die andere Hand. »Elliot.«

»Cassie«, erwiderte sie.

Eine Gruppe von jungen Studenten zwängte sich an den nächsten Tisch, bewaffnet mit Lehrbüchern und glänzenden Einkaufstüten, aus denen brandneue Collegeschals und

Sweatshirts ragten. Elliot seufzte überspannt und schob seinen Stuhl näher an Cassies. »Was um Gottes willen suchst du eigentlich da unten? Wenn ich dich das fragen darf?«

»Nichts Besonderes.« Cassie zuckte mit den Achseln. »Ich interessiere mich für die Geschichte der Universität, das ist alles.«

»Na schön, behalte dein Geheimnis für dich.« Elliot verdrehte die Augen. »Wenigstens lässt du mich nicht bloß miese Liebesschmöker aus dem Archiv holen.«

Cassie lachte. »Macht das wirklich jemand?«

»O ja.« Elliot schickte einen Blick zur Decke. »Wir sind eine Archivbibliothek, das heißt, wir haben jedes veröffentlichte Buch dort unten eingelagert. Es gibt da eine Studentin, die immer beteuert, sie bräuchte das für ihre Forschungen, aber dann sitzt sie nur den ganzen Nachmittag lesend im Lawler-Room und kaut an ihren Haaren. Wenigstens hoffe ich, dass Lesen alles ist, was sie tut.«

Cassie entspannte sich. »Bist du auch Student?«, fragte sie.

»Früher mal.« Elliot sah nicht besonders begeistert aus. »Ich habe Kunst studiert, was mich, wie deutlich zu sehen ist, perfekt auf den modernen Arbeitsmarkt vorbereitet hat. Ich habe vor ein paar Jahren meinen Abschluss gemacht, konnte mich aber noch nicht durchringen, von hier zu verschwinden.«

»Es ist eine traumhaft schöne Stadt«, kommentierte Cassie nickend.

»Sie hat ihren Reiz …« Elliots Blick wanderte zu einem der Jungs in der Ecke; seine rot leuchtenden Wangen zeigten das typische Erstsemesterglühen, und er trug einen schwarz-weißen Schal: Die Farben des Magdalen College. Der Junge bemerkte Elliots Blick, sah sofort weg und wurde noch röter. Mit einem amüsierten Schmunzeln wandte sich

Elliot wieder Cassie zu. »Noch ein Semester, dann tanzt er unten im Firehouse auf den Tischen.« Er bemerkte ihren verständnislosen Blick und erklärte: »Ein schwuler Club drüben in der Nähe von Park End. Du bist wirklich neu hier.« Er verstummte und betrachtete sie eingehend. »Lass mich raten. Wadham. Nein, St. Hilda's. Irgendeine todlangweilige Masterarbeit über feministische Theorie oder so.«

»Raleigh«, korrigierte Cassie.

»Wirklich?« Elliot sprach beide Silben getrennt aus. »Dann vergebt mir, dass ich nicht den Hut vor Euch gezogen, Mylady.« Er zog eine imaginäre Kappe und verbeugte sich so tief, wie es auf seinem schmalen Stuhl nur ging.

Cassie lachte. »Es geht also nicht nur mir so?«, fragte sie. »Ich hätte gedacht, dass alle hier so sind, so ...?«

»Eingebildete Pfauen?«, beendete Elliot den Satz für sie. »Doch, das sind wir, aber die Raleigh-Studenten sind obendrein durch und durch blau. Blaublütig«, stellte er klar. »Sag mal, ist es wahr, dass beim Dinner im Großen Saal jeden Abend Kaviar serviert wird und dass sie jeden Angestellten feuern, der es wagt, euch in die Augen zu sehen?«

»Das darfst du mich nicht fragen. Ich gehe da nie hin.« Sie sah Elliots enttäuschtes Gesicht und kramte darum nach einem Fitzelchen Klatsch. »Aber beim President's Tea haben sie Sauternes ausgeschenkt, als wäre es Limonade. Ich habe mindestens ein Dutzend geöffnete Flaschen gezählt.«

Elliot kicherte vergnügt. »Diese Bastarde«, meinte er nachsichtig. »Ich bin nur neidisch, weil sie mich nicht aufgenommen haben. Wahrscheinlich war es gut so. Ich bin weiß Gott nicht so aufgeblasen wie die.«

»Ach wirklich?«, neckte Cassie ihn.

Elliot lachte, es war ein fröhliches Schnauben. »Ich muss mich korrigieren: Manche von euch sind gar nicht so aufgeblasen.«

Cassie blieb noch eine Stunde in dem warmen Café und lauschte Elliots Insiderinformationen über die Stadt. Jedes College, erfuhr sie, hatte seinen eigenen Charakter und Ruf: von der wohlhabenden Exklusivität im Christ Church über die ernste Gelehrsamkeit am Merton und den Privatschul-Sozialismus am Wadham. Und dann gab es noch das Raleigh, aristokratisch bis ins Mark. Aus Elliots halb ehrfürchtigen, halb neidischen Tonfall schloss Cassie, dass es das angesehenste College von allen war – und das meistgehasste. Die Studenten am Raleigh waren als unnahbar verschrien, denn sie verließen nur selten ihr College, um sich in den Clubs und Bars von Oxford unters Volk zu mischen, sondern fuhren lieber mit dem Zug oder dem eigenen Auto nach London, wo sie sich, weitab vom gewöhnlichen Studentenleben, in geschlossenen Clubs unter ihresgleichen vergnügen konnten.

Schließlich schaute Cassie auf die Uhr. »Ich sollte mich wirklich auf den Rückweg machen«, sagte sie. »Wir sehen uns dann morgen in der Bibliothek.«

»Meine armen Waden können es kaum erwarten«, schoss Elliot zurück. »Weißt du, du solltest mir einfach sagen, wonach du in diesen Archiven suchst«, ergänzte er. »Ich bin nicht bloß ein hübsches Gesicht, ich kenne mich auch mit Zettelkatalogen aus. Ich könnte dir vielleicht helfen.«

»Wir werden sehen«, zog Cassie sich lachend aus der Affäre. »Erst mal einen schönen Abend.«

Auf dem Rückweg zum College fühlte sie sich innerlich zerrissen. Es würde ihr Leben erheblich vereinfachen, wenn sie Elliot erzählte, wonach sie suchte, aber daran hinderte die geheimnisvolle Aura sie, die diese mysteriöse Epoche im Leben ihrer Mutter umgab – und der unheilschwangere Tonfall der Nachricht, die man ihr zugeschickt hatte.

Du kannst dich nicht für immer vor der Wahrheit verstecken.

Es musste einen Grund geben, weswegen ihre Mutter nie ein Wort über das Raleigh verloren hatte. Je weniger Menschen wussten, wonach Cassie suchte, desto besser würde sie nachts schlafen.

Als sie auf den Dachboden kam, wie Evie ihre Unterkunft gern nannte, war die Wohnung leer, nur die Papiere und Bücher ihrer Mitbewohnerin lagen überall im Wohnzimmer verstreut. Gähnend machte Cassie sich daran, sie vom Couchtisch zu räumen. Sie musste noch einiges für ihr erstes Tutorium am Freitag vorbereiten, Unterlagen und Artikel, die sie schon längst hätte lesen sollen. Trotz der vielen Stunden in den diversen Bibliotheken hatte sie ihre Hausarbeiten noch kaum begonnen, und sie rechnete mit einer langen, arbeitsamen Nacht.

Dann fiel ihr Blick auf Evies Büchertasche, aus der sich Schnellhefter und Lippenbalsam über den Boden ergossen.

Und darunter eine Zugangskarte für das Gewölbe unter der Raleigh-Bibliothek.

Kapitel 7

Cassie stockte der Atem. Sie warf sicherheitshalber einen kurzen Blick in Evies Zimmer, aber Evie war nicht da. In der Wohnung war alles still.

Mit klopfendem Herzen hob sie die Karte auf und wog das dünne Plastik in der Hand.

Das war ihre Chance.

Eilig zog Cassie Stiefel und Mantel wieder an, schnappte sich ihr Notebook, huschte aus dem Apartment und zog die Tür hinter sich zu.

Dann eilte sie die Treppe hinunter. Es war schon spät, nach zehn Uhr, und auf dem dunklen Campus war alles ruhig, während sie um den großen Hof herum zur Bibliothek lief. Sie hielt sich dicht an der Wand und immer im Schatten, doch zu ihrer Erleichterung begegnete ihr niemand auf ihrem Weg zur Hauptbibliothek.

In der Bibliothek selbst war alles still und leer, es war noch zu früh im Semester für nächtliche Paukorgien. Ungesehen huschte Cassie zwischen den Bücherregalen hindurch bis zum Eingang des Gewölbes. Sie wuchtete die erste Tür auf, verzog das Gesicht, als die Angeln stöhnend protestierten, und flüchtete dann die Steinstufen hinab zur zweiten Tür. Dort zog sie erst die Karte heraus und dann mit angehaltenem Atem das Plastik durch den Streifen.

Der Sicherheitsmechanismus piepste. Ein grünes Licht leuchtete auf. Die Tür öffnete sich mit einem Klicken.

Cassie atmete erleichtert und bebend auf und trat durch die Tür in einen langen Steinkorridor, der von flackernden Neonleuchten an der Decke erhellt wurde: ein eigenwilliger Mix aus alter und neuer Architektur. Ihrer Vermutung nach befand sie sich hier unter dem Hof und bewegte sich in Richtung der Kreuzgänge. Ein Irrgarten von Gängen und Gewölben unter der Oberfläche des College, unsichtbar und vor der Welt geheim gehalten.

Ihre eiligen Schritte hallten über den Stein, bis sie das Ende des Korridors erreicht hatte und durch einen Durchgang in den Hauptraum gelangte: ein langes, niedriges Gewölbe voller alter Regale und Karteikästen.

Sie hatte es geschafft.

Cassie knipste das Licht an und beleuchtete dabei Aufbewahrungskartons und Archivregale, die alle Wände bedeckten, eine unermessliche Ansammlung, die sich tief unter der Erde in der Ferne verlor. Der Boden war leicht abschüssig, und es hätte Cassie nicht gewundert, wenn er sich immer weiter in die Dunkelheit gezogen hätte. Das weitläufige Archiv hatte die Größe eines Fußballfeldes, mindestens, und lag versteckt unter dem Hauptgelände des Raleigh College.

Sie zog ihr Notebook heraus, ging einen Gang entlang und versuchte die Systematik in der Lagerung zu erkennen. Auf halbem Weg stieß sie auf eine Auskunftstheke mit einem Diagramm, auf dem das Archivierungssystem erklärt wurde: Die von ihr gesuchten Jahrgänge lagerten tief vergraben in mehreren Bibliotheksregalen, und die Kartons waren mit dem entsprechenden Datum und einer Farbcodierung versehen.

Cassie ließ sich im Schneidersitz im Gang zwischen den

Regalen auf dem Boden nieder und machte sich an die Arbeit, öffnete die Kartons der Reihe nach und ging den Inhalt durch. Rutledge hatte nicht gelogen: Hier unten war alles gelagert, was irgendwie mit dem Leben auf dem College zu tun hatte, allerdings ohne Rücksicht auf Logik oder Ordnung. In einem Karton fand sie ein Bündel von Speisekarten aus der Dining Hall, daneben mehrere Berichte des Kaplans und ein handschriftliches Protokoll von einer Konferenz in der Quaestur, in einem anderen eine Sammlung an Schnappschüssen von einem Tanzabend und einen unsortierten Haufen von Hausarbeiten.

Sie ging gründlich und methodisch vor, eine nächtliche Jägerin auf der Suche nach dem Namen Joanna Blackwell, aber auch hier wurde Cassie nicht fündig. Immer wieder stieß sie auf dieselben Namen, bis sie das Gefühl hatte, den Jahrgang 1995 in- und auswendig zu kennen, aber der eine Name, den sie mehr als alles zu sehen hoffte, wollte einfach nicht auftauchen.

Schließlich hob Cassie den Kopf und gähnte. Die Uhr an der Wand des Gewölbes sagte ihr, dass es schon nach ein Uhr morgens war. Sie überlegte, wie lange sie noch weitersuchen konnte. Zu lange durfte sie nicht bleiben; Evie hatte einen erratischen Tagesablauf, niemand konnte vorhersehen, wann ihre Mitbewohnerin nach Hause kommen oder gar ihre Handtasche durchwühlen würde, um irgendetwas zu suchen, und ob sie dabei entdecken würde, dass ihre Berechtigungskarte fehlte.

Cassie besah sich prüfend die Kartons um sie herum. Nur noch ein paar Stunden, das sollte ausreichen, um durchzukommen. Falls es überhaupt etwas zu finden gab. Sie dehnte ihre schmerzenden Muskeln und nahm sich den nächsten Karton vor, aus dem sie eine Akte mit der Aufschrift »Jahrbuch« zog. Darin lagen lose Fotos, nicht verwendetes Material aus jenem Jahr vermutlich. Mittlerweile vertraute Gesichter blitzten auf, während sie die verschiedenen Szenen durchsah: Studenten in der Bar, in Sportteams, beim Galadinner. Die Kleidung war gewollt abgerissen und schlabbrig, und Cassie stellte amüsiert fest, dass sie am Nachmittag in der Stadt mehrere Studentengruppen in ganz ähnlichen Outfits gesehen hatte. Der Modezirkel hatte eine volle Umdrehung absolviert.

Dann erstarrte sie, und ihr gefror das Blut in den Adern.

Joanna.

Ihre Mutter war auf einem freizügigen Schnappschuss festgehalten, in Raleighs rot-schwarzem Sportdress, mit einem Hockeyschläger über der Schulter. Sie stand von der Kamera abgewandt und hatte nur den Kopf zur Seite gedreht, so als wäre sie im letzten Moment auf den Fotografen aufmerksam geworden.

Sie war hier gewesen. Es stimmte. Mit pochendem Herzen drehte Cassie das Foto um.

Margaret Madison. Raleigh Hockey XI.

Margaret? Cassie blinzelte. Aber bevor sie den Karton weiter durchsehen konnte, hörte sie, unnatürlich laut in der dichten Stille des Gewölbes, eine Tür ins Schloss fallen. Sie erstarrte und sah sich hektisch um. Schwere Schritte näherten sich durch den unterirdischen Gang, kamen auf die Bibliothek zu.

Ihr blieb keine Zeit mehr, das Licht zu löschen oder die Kartons und Papiere, die sie aus den Fächern gezogen hatte, aufzuräumen. Cassie stopfte das Foto in die Tasche ihres Sweatshirts und huschte, an die Regale gepresst, den Zwischengang entlang, um sich hinter einem langen Bücherschrank voller Leinenbände zu verstecken, wo sie vom Eingang aus nicht zu sehen war.

Die schweren Schritte kamen innerhalb des Gewölbes

zum Stehen. Cassie schob lautlos ein Buch zur Seite und spähte durch den Spalt.

Es war einer der Pförtner, ein Mann, den sie noch nie gesehen hatte: in den Vierzigern vielleicht, mit verkniffenem Gesicht und einem Kugelbauch unter dem Mantel. Er sah sich mit tief liegenden Augen um. »Hallo?«, rief er. »Ist hier jemand?«

Cassie zog sich zurück und hielt den Atem an. Wieder waren die Schritte zu hören, und sie spähte ein weiteres Mal zwischen den Regalen hindurch in der Hoffnung, dass er den Rückzug antreten würde. Doch stattdessen wanderte er weiter den Hauptgang hinunter und blieb direkt vor ihrem Forschungswinkel stehen. Sein Blick ging über die verstreuten Akten. »Das ist ein zugangsbeschränkter Bereich«, hallte die Stimme des Mannes streng durch das Gewölbe. »Sie sollten lieber rauskommen, dann werden wir alles Weitere klären.«

In wachsender Panik wich Cassie von ihrem Beobachtungsposten zurück. Sie fragte sich, ob sie ihm etwas vorspielen konnte: zwischen den Regalen hervorspazieren, ganz die überarbeitete Studentin, und dann einfach an ihm vorbeiflüchten, bevor er sie eingehender befragen konnte. Aber vielleicht würde er ihren Berechtigungsausweis sehen wollen. Vielleicht kannte er Evie persönlich, und dann würde Cassie Ärger bekommen, weil sie sich unberechtigt Zugang verschafft und obendrein die Berechtigungskarte ihrer Mitbewohnerin entwendet hatte.

Nein. Sie würde in ihrem Versteck bleiben müssen, bis er wieder abzog. Cassie zog die Kapuze über den Kopf und drückte sich in eine Nische, wo sie abwarten wollte, bis der Porter das Rätseln aufgab und zu einer Tasse Kaffee und seiner Rennzeitung in die Lodge zurückkehrte. Dummerweise begann er stattdessen, methodisch das ganze

Gewölbe abzusuchen und dabei jeden einzelnen Seitengang abzugehen.

Cassie kniff die Augen zu und überlegte krampfhaft, wie sie fliehen konnte. Die Anlage des Raumes sprach dagegen: Sie konnte unmöglich zum Haupteingang zurückstürmen, ohne dass er sie sah, und hinter ihr lagen nur die Dunkelheit und endlose Reihen von Bibliotheksregalen, die sich sanft abschüssig in der Schwärze verloren.

Die Schritte klangen immer lauter, näher.

Eine vertraute Hitze stieg in Cassies Brust auf. Der erstickende Druck, in die Ecke getrieben und verzweifelt. Cassie klammerte sich an ihrem Amulett fest und versuchte, klar zu denken. Es musste noch einen zweiten Ausgang geben. Praktisch überall gab es einen Notausgang. Sie hängte sich ihre Tasche um und schlich auf Zehenspitzen den Gang entlang, tiefer ins Gewölbe hinein, so leise wie möglich auf dem Betonboden.

Je tiefer sie in die Dunkelheit vordrang, desto muffiger schmeckte die Luft, abgestanden und unberührt. Dann spürte sie, wie ein flüsternder, frischer Lufthauch über ihr Gesicht tanzte.

Sie blieb stehen. Der Luftzug drang neben ihr aus der Wand. Als sie näher trat, erkannte sie, dass die Wand hier mit einem schweren Teppich abgedeckt war, hinter dem Cassie, als sie ihn anhob, einen schmalen Gang und eine in den Stein gehauene Wendeltreppe entdeckte, die sich nach oben schraubte.

»Hey!«, hörte sie hinter sich einen Ruf. Cassie drehte sich um und blickte in einen gleißenden, blendenden Taschenlampenstrahl, der vom anderen Ende des Bibliotheksganges kam. »Stehen bleiben!«, rief der Mann.

Cassie stürzte in den verborgenen Gang und raste die Treppe hinauf. Sie hörte, wie ihr der Porter nachsetzte, hörte das schwere Keuchen, das von den engen Steinwänden widerhallte. Immer höher kletterte sie und betete dabei inständig, dass am anderen Ende ein Ausgang liegen möge, doch als die Treppe endlich endete, fand sich Cassie in einer langen, engen Passage wieder.

Sie rannte weiter. Der Porter mühte sich immer noch auf den Stufen ab; sie hatte reichlich Vorsprung, aber womöglich stürmte sie geradewegs in eine Sackgasse. Und dann sah sie es, das Ende des Ganges: ein hohes Fenster in einer Mauer. Sie hätte vor Erleichterung aufschreien mögen und streckte sich, um an den Riegel zu kommen. Die Angeln waren rostig und steif, aber Cassie schaffte es, das Fenster zu öffnen und sich auf den Sims zu ziehen.

Die Nacht schmeckte kalt und scharf nach der stickigen Luft im Gewölbe, doch ihr blieb nur eine Sekunde, um einen kurzen Blick nach unten zu werfen und festzustellen, dass sie im ersten Stock gelandet war, hoch über einer kopfsteingepflasterten Durchfahrt, bevor sie den Porter durch den Gang kommen hörte. Cassie schwang die Beine nach draußen, hielt sich mit beiden Händen am rauen Steinsims fest und ließ sich hinab, bis ihre Beine gute vier Meter über dem Boden baumelten.

Sie stieß ein kurzes Stoßgebet aus und ließ los.

Mit einem erschütternden Aufprall kam sie auf und rollte sich sofort seitlich ab, um die Wucht des Sturzes abzufangen. Leider nicht schnell genug. Durch ihren Knöchel schoss ein so wütender Schmerz, dass sie sich mit aller Kraft auf die Lippe beißen musste, um nicht gequält aufzuschreien. Mühsam kam sie wieder auf die Füße und spürte dabei, wie ihre aufgeschürften Handflächen über den Stein schrammten.

»Hey, Sie!«, schallte der wütende Ruf des Porters über den dunklen Hof.

Cassie drehte sich um und sah, wie er sich über ihr aus dem Fenster beugte. Hastig wandte sie den Kopf ab und humpelte über den schmalen Fußweg davon. Sie war im rückwärtigen Teil des College gelandet, nahe dem Anlieferungsbereich für die Mensa; an den Türen waren Kartons aufgestapelt, und daneben standen ordentlich aufgereiht die Mülltonnen. Bei jedem Schritt stachen neue Schmerzen in ihren Knöchel, aber sie durfte nicht langsamer werden. Bestimmt war er ihr noch auf den Fersen, da war sie sich sicher. Der Herzschlag hämmerte ihr in den Ohren, während sie durch einen Torbogen und eine Reihe kleiner Innenhöfe schlich und sich zu orientieren versuchte. Diesen Teil des College, weitab von den wichtigsten Vorlesungsräumen und den Studententreffs, hatte sie noch nicht erforscht, und so verlor sie wertvolle Zeit, als sie sich in einen schmalen Durchgang stahl, nur um festzustellen, dass er in einer Sackgasse an der Außenmauer endete.

Zitternd ging Cassie zurück. Noch immer war es dunkel, aber oben am Turm brannte ein Licht, das ihr als Orientierungssignal diente, während sie durch das labyrinthische Gewirr von Wegen irrte, bis sie endlich auf dem großen Platz stand.

»Vorsicht!« Die Stimme erschallte im selben Moment, in dem Cassie auf eine große, feste Masse prallte, die sie an beiden Armen festhielt, bevor sie zu Boden gehen konnte. Cassie machte sich darauf gefasst, den Porter in seinem ganzen Zorn vor sich zu sehen. Stattdessen blickte sie in das Gesicht eines Fremden.

Cassie spürte, wie ihr der Atem stockte. Er war groß und blond, in den Zwanzigern wahrscheinlich, und trug einen Anzug, der ihm auf den muskulösen, schlanken Leib geschneidert zu sein schien. So im Gegenlicht vor einer nahen Laterne hätte sie sein Aussehen beinahe als engelhaft bezeichnet. Dann geriet sein Gesicht ins Licht, und die knappe Beschreibung war hinfällig: Es war zu männlich, zu markant für einen so weichen, süßlichen Begriff. Nein, er war ein gefallener Engel: kantig, mit scharfen Wangenknochen und mit gefährlich dunklen Augen in dem Blassgold des übrigen Gesichts. Sein Blick traf auf Cassies, und sie spürte ein Frösteln in der Brust. Einen Blitz des Erkennens.

»Wohin so eilig?«, fragte er und zog amüsiert eine Braue hoch.

Hastig trat Cassie einen Schritt zurück. »Ich … in die Bibliothek«, brachte sie noch heraus. »Ich muss bis morgen meinen Aufsatz fertig machen, und mein Computer hat eben den Geist aufgegeben.«

Seine Lippen verzogen sich zu einem Lächeln. »Eine Anfängerin.« Er ließ sich die Worte auf der Zunge zergehen. Sein Raunen jagte Cassie Schauer über den Rücken. »Keine Angst«, erklärte er ihr schmunzelnd. »Die Tutoren bellen alle gern, aber sie beißen nicht.«

»Ich sollte wirklich …« Cassie schwenkte wenig aussagekräftig den Arm. Sie warf einen ängstlichen Blick zurück und rechnete schon halb damit, den Porter heranstürmen zu sehen, aber im Hof regte und rührte sich nichts.

Die Miene des Mannes veränderte sich. »Du blutest«, stellte er sachlich fest.

Cassie sah auf ihre Hand. »Nicht so schlimm«, erklärte sie eilig. »Nur ein Kratzer.«

Aber bevor sie sich ihm entziehen konnte, hatte der Mann ihre Hand genommen und gegen ihren Widerstand ihre Finger geöffnet, um den Schnitt in Augenschein zu nehmen.

»Es ist nichts weiter«, protestierte sie erneut, aus der Fassung gebracht durch seine Berührung, doch der Unbekannte ließ sie nicht los. Sein Daumen strich leicht über die

Wunde, und sein Blick blieb unverwandt auf ihr Gesicht gerichtet. Cassie fühlte sich gefangen und starrte zurück. Kurz spürte sie den alten Zorn aufsteigen, ein Aufwallen von wütender Hitze. Dann drückte er zu, presste den Daumen auf ihre Wunde, und ein heißer Schmerz schoss durch ihre Hand.

Cassie riss den Arm zurück. »Autsch!« Sie schloss die Faust über der blutigen Wunde. »Was soll der Scheiß?«

»Bitte entschuldige«, erwiderte er gelassen, aber Cassie hatte schon einen Schritt zurück gemacht. Sie hatte keine Zeit für so etwas, nicht solange ihr der wütende Porter auf den Fersen war. »Zur Bibliothek geht's da lang«, ergänzte der Mann und deutete in eine andere Richtung als die, in die Cassie ursprünglich gegangen war.

»Danke«, erwiderte sie knapp und humpelte ohne ein weiteres Wort davon. Sie drehte sich nicht mehr um, bis sie quer über den Campus zu ihrem Haus gefunden hatte, die Treppe hinaufgehumpelt war und die Tür zum Dachgeschoss hinter sich abgeschlossen hatte, bis sie endlich wieder in Sicherheit und unsichtbar war.

Kapitel 8

Margaret Joanna Madison.

So hieß ihre Mutter in Wahrheit. Die ganze Zeit hatte Cassie nach Hinweisen auf Joanna Blackwell gesucht, doch sie hatte nach einer Lüge Ausschau gehalten. Kein Wunder, dass sie weder online, noch in den College-Aufzeichnungen oder den vergilbten alten Zeitungsausschnitten erwähnt worden war: Die Frau, die sie als ihre Mutter kannte, war eines Tages im April aus dem Nichts auferstanden, als sie sich ein Ticket nach Amerika besorgt und ihr altes Leben in England zurückgelassen hatte.

Jetzt, wo sie die wahre Identität ihre Mutter kannte, eröffneten sich ihr neue Suchmöglichkeiten – all die verstaubten Jahrbücher, die sie bis dahin überflogen hatte, boten auf einmal unschätzbares Potenzial. Und doch merkte Cassie, wie sie zögerte, wie sehr es ihr widerstrebte, in das Gewirr aus Lügen einzutauchen, das ihre Mutter so sorgsam gewebt hatte. Seit Cassie in Oxford angekommen war, hatte sie nur ein Ziel gekannt: mehr über die Zeit ihrer Mutter hier herauszufinden und die Wahrheit über ihren Vater zu erfahren. Sie war davon ausgegangen, dass ihre Mutter zurück nach Amerika geflohen war, weil sie schwanger geworden war, dass sie einfach eine junge Studentin gewesen war, die eine falsche Entscheidung gefällt und einen ganzen Ozean zwischen sich und die Ursache dieses Fehlers hatte bringen wollen. Aber jetzt …

Jetzt fiel Cassie die ominöse Nachricht wieder ein. Das College hinzuwerfen und das Land zu verlassen, war eines. Aber das hatte Joanna nicht genügt. Sie hatte ihren Namen geändert und ihr früheres Leben abgestreift, weil sie auf gar keinen Fall irgendwelche Spuren hinterlassen wollte. Unwillkürlich spürte Cassie einen Angstschauer.

Wovor war ihre Mutter geflohen?

Das Michaelmas-Semester begann ohne weiteren Verzug, und Cassie konnte beobachten, wie das Raleigh noch in der ersten Woche seinen Studienbetrieb aufnahm. Die eifrigen Erstsemester, die zu den wildesten Nachtstunden durch die Tore des College geschwärmt waren – und deren trunkenes, überschwängliches Geschrei bis zu ihrem Mansardenzimmer hochgebrandet war –, konnte man jetzt still in der Bibliothek sitzen sehen, wo sie mit panischer Resignation ihre Lektürestapel beäugten. Die Masterstudenten, die so entspannt und selbstbewusst über den Campus geschlendert waren, eilten jetzt mit gesenktem Kopf über die Wege, niedergedrückt vom Gewicht der anstehenden Examina und Dissertationen. In den Clubs und Vereinigungen wurde wieder Sport getrieben, und bald lief Cassie frühmorgens nicht mehr mutterseelenallein am Flussufer entlang, sondern teilte ihre Route mit Ruderteams, die über ihre Riemen gebeugt durch das eisige Wasser schnitten. Der Herbst machte sich in den Grünanlagen breit und verwandelte die sattgrünen Baumkronen in flammend rostrote Laubdächer; stürmische Regenschauer weichten die akkuraten Rasenränder in den Kolleghöfen zu weichem Matsch auf, während der Wind durch die gepflasterten Höfe und Kreuzgänge fuhr und Studenten und Angestellte gleichermaßen in warme Daunenmäntel und Skijacken und lammwollgefütterte Lederhandschuhe zwang. Cassie gewöhnte sich an, nie ohne einen stabilen Schirm aus dem Haus zu gehen.

Nachdem sie in letzter Sekunde unerkannt aus dem Gewölbe entkommen war, konzentrierte sie sich vorerst auf ihre Lesungen und die ersten Tutorien, die Gott sei Dank ohne Zwischenfälle verliefen – und in denen Cassie meist schwieg, während ihre Kommilitonen ihre Hausarbeiten verteidigten und die Zeit der Professoren und Professorinnen beanspruchten. Mit klopfendem Herzen schlich sie über den Campus und hielt dabei immer wieder ängstlich nach dem Porter Ausschau, der sie in jener Nacht verfolgt hatte. Sie hatte damals unauffällige Sachen getragen und die Kapuze tief in die Stirn gezogen – es war unwahrscheinlich, dass er auch nur einen Blick auf ihr Gesicht geworfen hatte, das war ihr bewusst, ganz zu schweigen davon, dass er sie kaum unter all den Studentinnen wiedererkennen würde – trotzdem beschleunigte ihr Puls jedes Mal unwillkürlich, wenn sie mit gesenktem Kopf, den Blick eisern auf das Pflaster gerichtet, an der Porters' Lodge vorbeieilte.

Dann kam es zur Bewährungsprobe. Sie war im Postraum und sah gerade die übliche Handvoll an Flyern und Einladungen durch, als er mit einem frischen Stapel Post durch die schmale Tür kam. »Verzeihung«, stotterte sie, und das Herz schlug ihr dabei im Hals. Eilig trat sie zurück, damit er an das Postfach neben ihrem kam, und machte sich insgeheim darauf gefasst, dass er im nächsten Moment die Augen aufreißen würde, dass sich finstere Zornesfalten über seine Stirn senken würden.

Aber nichts dergleichen passierte. »Kein Problem«, lächelte er sie an, während sein Blick über ihr Gesicht zuckte. Er sah auf das Namensschild an ihrem Fach. »Ich glaube, ich habe was ... Ja, da ist es.« Er reichte ihr einen Brief und verteilte dann weiter seine Post.

Erst als er wieder gegangen war, sackte sie mit dem Rücken an das Postregal und atmete so tief aus, als hätte sie tagelang die Luft angehalten. Evies Ausweis zu nehmen und loszuziehen, um damit planlos und ohne jede Vorbereitung ins Gewölbe einzubrechen, war einfach nur tolldreist gewesen. Cassie spürte immer noch den nur langsam nachlassenden Schmerz in ihrem Knöchel, das Brennen ihrer aufgeschürften Handflächen und wusste, dass sie beides verdient hatte: als Strafe, weil sie alles aufs Spiel gesetzt hatte, wofür sie so lange gearbeitet hatte. Sie hatte Jahre gebraucht, um in die Festungsmauern des Raleigh College eingelassen zu werden, und jetzt, wo sie es endlich geschafft hatte, hätte sie beinahe in einer einzigen Nacht alles wieder weggeworfen.

Trotzdem hatte sich der Einsatz gelohnt. Sie war näher daran als je zuvor, die Wahrheit über ihre Mutter zu erfahren, und auch wenn sie dabei kein gutes Gefühl hatte, brannte Cassies Neugier zu sehr, als dass sie ihr widerstehen konnte.

Als die Woche ohne Zwischenfall verlaufen war, nahm sie ihre Akte und ihr neu erworbenes Wissen über Margaret Madison und kehrte mit beidem in die Bibliothek der Radcliffe Camera im Stadtzentrum zurück.

»Da bist du wieder.« Elliot ging vor den Stufen zur Bibliothek auf und ab, eine Hand tief in der Manteltasche vergraben, während die andere, in einen Fäustling gepackt, eine Zigarette hielt. »Willst du mich wieder hundertmal die Treppe rauf- und runterjagen?«

»Ich weiß nicht, ob es dich tröstet, aber dafür hast du hinterher die schönsten Schenkel der Stadt«, merkte Cassie an.

Er lachte. »Ein schwacher Trost, aber immerhin.« Er trat seine Zigarette aus und hielt ihr die Tür auf. »Und was suchen wir heute Abend?«

»Das Gleiche wie beim letzten Mal«, antwortete sie und reichte ihm die bereits ausgefüllten Bestellzettel. Stirnrunzelnd sah er darauf.

»Aber die hast du schon mal angefordert.«

»Ich muss sie noch mal durchsehen. Tut mir leid.«

Elliot seufzte. »Ich hasse diesen Job«, sagte er und verschwand nach hinten.

Cassie ging weiter in den Hauptlesesaal und schlug den Weg zu der Arbeitsecke ein, die sie in der Abteilung für britische Geschichte mit Beschlag belegt hatte. Plötzlich trat zwischen den Regalen eine Gestalt heraus und wäre um ein Haar mit ihr zusammengeprallt. »Verzeihung«, entschuldigte sie sich schnell und blickte auf, ins Gesicht ihres Professors, Tremain, der schwer mit Büchern bepackt vor ihr stand.

»Mein Fehler«, erwiderte er automatisch und sah sie erst dann richtig an. »Aha, Miss Blackwell. Nicht ganz am rechten Platz, nicht wahr? Die Philosophiebücher stehen im Obergeschoss.«

»Ich arbeite lieber hier unten«, erklärte sie. »Hier ist es ruhiger.«

»Große Geister denken ähnlich.« Er nickte und ließ den Blick gedankenverloren durch den Raum schweifen, bevor er sie wieder ansah. »Wie kommen Sie mit der Lektüreliste voran? Irgendwelche Probleme?«

»Nur damit, die Bücher zu finden«, gestand Cassie. »In der Raleigh-Bibliothek sind alle ausgeliehen.«

»Ach ja.« Tremain verzog das Gesicht. »Eine Unsitte unter einigen Studenten. Sie entleihen sie in Massen, sobald ich die Lektüreliste veröffentlicht habe. Hier sind die Texte aber größtenteils auch zu finden, oder auch in der neuen sozialwissenschaftlichen Bibliothek. Die ist allerdings ein Stück weg.«

»Danke«, antwortete Cassie. »Das werde ich mir merken.«

»Waren Sie schon auf einem der Fakultätstreffen?«, fuhr Tremain fort und balancierte dabei die Bücher auf seinen Armen. »Wir haben am Raleigh eine sehr aktive internationale Gemeinschaft, es gibt viele andere Transfer- und ausländische Studenten.«

»In den nächsten Tagen vielleicht«, log Cassie.

»Sie sollten wirklich vorbeischauen. Die Diskussionen sind zum Teil exzellent.«

Cassie nickte lächelnd, bis Tremain an ihr vorbeisah. »Also, ich bringe die lieber zurück zur Theke, ich möchte nicht schon wieder von diesem unduldsamen Burschen abgekanzelt werden.« Tremain sah kurz in Elliots Richtung und nickte dann Cassie zu. »Wir sehen uns am Freitag.«

Als Cassie zur Theke zurückkehrte, um den ersten Schub an Jahrbüchern abzuholen, sah sie Elliot trauernd auf sein Handy starren.

»Was ist denn los?«

»Ich habe morgen ein Date mit einem bezaubernden Balliol-Studenten.«

»Und das ist so traurig, weil …?«

»Meine Kollegin gestern unerwartet gekündigt hat und ich niemanden habe, der für mich einspringen kann.«

Cassie stutzte und sah eine Gelegenheit. »Ich könnte das übernehmen«, bot sie ihm an.

»Wirklich?« Elliot kniff argwöhnisch die Augen zusammen. »Und was würde dir das bringen?«

Sie überlegte kurz. Ein zweites Mal fünf Jahrgänge an

Aufzeichnungen durchsehen zu müssen, war ein Furcht einflößender Gedanke. Wenn sie in der Bibliothek arbeitete, hätte sie Zugang zu allen Aufzeichnungen und Archiven – und obendrein Elliots Hilfe. Und außerdem hatte ihre Geheimniskrämerei schon paranoide Züge. Seit ihre Mutter hier studiert hatte, waren fast fünfundzwanzig Jahre vergangen. Was auch immer sie damals in die Flucht geschlagen hatte, hatte sich bestimmt längst erledigt.

Sie würde das Risiko eingehen, beschloss sie. »Vielleicht könntest du mir helfen. Ich versuche, etwas über eine ehemalige Studentin herauszufinden: eine Margaret Madison.«

Elliot zog eine Braue hoch. »Und dafür hast du mich so oft laufen lassen? Wer ist das überhaupt?«

»Sie ist ... eine Freundin der Familie«, log Cassie. »Sie starb vor ein paar Jahren. Ich würde wirklich gern mehr über ihre Zeit hier erfahren, vielleicht auch mit einigen ihrer damaligen Kommilitonen sprechen.«

Lärm unterbrach sie; Tremain stand an der Tür und hantierte mit einem Schirm herum. Cassie schaute zu, wie er ihn schließlich aufzwang, dann nach draußen trat und die Tür hinter sich zuknallte.

Sie wandte sich wieder Elliot zu. »Meinst du, du könntest mir helfen?«

»Spring morgen für mich ein, und die Informationen gehören dir.«

»Gebongt.« Cassie spürte, wie sie neuen Mut schöpfte. »Hast du jetzt schon Zeit, mal nachzusehen?«, fragte sie hoffnungsvoll.

Elliot schnaubte. »Locker bleiben, Mädchen. Ich muss noch fünftausend Rückgaben einbuchen, bevor wir zumachen. Ich kümmere mich darum, sobald ich kann«, ergänzte er und ließ den Zettel in seine Tasche gleiten. »Spätestens Donnerstag oder Freitag.«

Cassie überspielte ihre Enttäuschung. »Danke«, brachte sie heraus. Sie hatte Jahre gewartet, um die gesuchten Antworten zu erhalten; da konnte sie auch ein paar Tage länger warten. »Das weiß ich wirklich zu schätzen.«

Nachdem Cassie durch nichts mehr abgelenkt wurde, verbrachte sie den restlichen Nachmittag damit, an ihrer Hausarbeit für Tremains Seminar zu arbeiten. Seine Tipps bezüglich der Lektürelisten machten sich bezahlt, Cassie konnte die meisten Quellen zusammentragen, bevor sie sich in ihre Mansarde zurückzog und sich in Theorien über das körperliche Dasein und den Beweis der eigenen Existenz vertiefte.

In gewisser Hinsicht konnte Cassie Descartes und seine philosophischen Geistesverwandten verstehen. Sie alle waren Menschen auf der Suche nach Gewissheit und Wahrheit gewesen, alle hatten verzweifelt nach einem Gedankengebäude geforscht, das die Welt und alle Widersprüche und Falschheiten erklärte. Sie waren Feinde aller Mutmaßungen, Soldaten der Tatsachen und vor allem gewillt, alles, was sie je über sich – und die Welt um sie herum – gewusst zu haben meinten, über Bord zu werfen, um ihr Wissen auf ein solideres Fundament zu stellen. Descartes fragte nicht nur, was exakt ihn als Wesen ausmachte, sondern wie weit, wenn überhaupt, sich die Existenz der Außenwelt beweisen ließ.

Cassie konnte ihm die Frustration nachfühlen. Die Geschichte ihres Lebens und des Lebens ihrer Mutter war für sie immer ein Fixpunkt an einem sich ständig verändernden Horizont gewesen – der Bezugsrahmen, an dem sie alles ausgerichtet hatte, was sie über sich zu wissen meinte. Wenn aber das alles gelogen war, wer war dann ihre Mutter? Wer war Margaret Madison?

Und was noch wichtiger war: Wer war dann Cassie?

»Woran arbeitest du, an deiner ersten Hausarbeit?« Evies Stimme riss Cassie aus ihren Gedanken. Sie blickte auf und sah ihre Mitbewohnerin im Wäschekorb wühlen, in einem langen, fließenden Kleid und mit mehreren dünnen Goldketten um den Hals.

»Genau«, seufzte Cassie. »Morgen ist mein erstes Philosophie-Tutorium. Ich glaube eigentlich, dass ich fertig bin, aber ich weiß nicht …«

»Mach dich nicht verrückt«, versicherte ihr Evie. »Sie machen immer einen Riesenwind um die Hausarbeiten, aber in Wahrheit reicht es völlig, wenn du auftauchst und das Lektürematerial diskutieren kannst.«

»Hoffentlich.« Cassie dachte an Professor Tremain. Er schien sie anspornen zu wollen, aber das kam nur daher, dass sie bisher kaum einen Ton in seinem Seminar gesagt hatte.

»Du brauchst eine Pause!«, beschloss Evie. »Du versteckst dich schon seit Wochen. Du kommst jetzt mit und trinkst was mit mir.«

»Das ist nett, aber ich bin wirklich nicht in der Stimmung rauszugehen.«

»Wir gehen auch nicht ›raus‹«, widersprach Evie. »Der Senior Common Room veranstaltet eine kleine Feier. Hier auf dem Campus.«

»Muss ich dafür eine Hose anziehen?«, entgegnete Cassie.

Evie grinste. »Du kommst mit, und ich akzeptiere kein Nein, diesmal nicht. Nur auf einen Drink«, drängte sie. »Immer nur arbeiten ist ungesund. Du musst dir die Kräfte einteilen, sonst brichst du noch vor den Weihnachtsferien zusammen.«

Cassie lächelte. »Na schön«, stimmte sie zögernd zu. Vielleicht war es keine schlechte Idee, mit Evie loszuziehen und für ein paar Stunden das Rätsel um ihre Mutter und die ganzen Studien, die noch auf sie warteten, zu vergessen. »Auf einen Drink.«

Als sie ankamen, war es bereits heiß im Raum, und die dicht an dicht stehenden Gäste hielten sich an ihren Weingläsern oder an Porzellantellerchen mit Crackern und Käse fest und redeten gegen die laute Musik an. Neugierig sah Cassie sich um. Als Bachelorstudentin gehörte sie offiziell dem Junior Common Room an. Die Bachelorstudenten hatten ihre Räume jenseits der Kreuzgänge: einen großen Fernsehraum mit alten Sofas und einen Freizeitraum mit einem Pooltisch und mehreren Verkaufsautomaten. Als Cassie ein einziges Mal den Kopf durch die Tür gesteckt hatte, waren ihr Lärm und Tumult entgegengeschlagen. Die Teenager hatten sich zu ohrenbetäubender Musik aus der Anlage versammelt und den ganzen Abend australische Soap Operas laufen lassen.

Der Senior Common Room war kleiner, aber luxuriöser eingerichtet, hatte freien Blick auf den großen Rasen und war mit Ledersesseln sowie einer kleinen Bar mit polierter Theke bestückt, hinter der mehrere Reihen von Schnapsflaschen im Licht schimmerten.

»Lass mal sehen, wer alles hier ist ...« Noch während Evie den Raum absuchte, begann ihr Handy zu summen. Sie sah aufs Display, und ihre Miene erschlaffte. »Ach du Scheiße, Paige wurde gerade abserviert. Hör zu, macht es dir was aus, wenn ich kurz abzische? Ich bin gleich wieder da, Ehrenwort!«

Noch ehe Cassie den Mund öffnen und etwas einwenden konnte, hatte Evie sich abgewandt, das Handy ans Ohr gepresst. »Dieses Schwein!«, hörte Cassie sie sagen. »Bin unterwegs.«

Cassie wollte schon auf dem Absatz kehrtmachen, doch sie hatte auf Evies Drängen hin extra ein Kleid angezogen und sogar die Bürste durch ihre Haare gezerrt. Ihre Mitbewohnerin hatte versprochen, dass sie nicht lange wegbleiben würde. Cassie konnte wenigstens eine Viertelstunde ausharren.

Der Raum war berstend voll, und so nahm sie ein Glas Rotwein von dem Tisch neben der Theke und schob sich durchs Gedränge, wobei sie Gesprächsfetzen über die europäische Fiskalpolitik oder die biologische Forschung im Südpazifik aufschnappte. Zum ersten Mal seit ihrer Ankunft in Oxford mischte sie sich unter Menschen ihres Alters, und prompt spürte sie ein unsicheres Flattern in ihrer Brust. Das hier waren echte Oxford-Studenten: brillante Akademiker aus aller Welt. Neben ihnen, die sich so ernsthaft ihren Studien widmeten, kam sie sich unwillkürlich wie eine Hochstaplerin vor.

Cassie fand einen freien Platz auf einem breiten, mit Kissen belegten Fensterbrett und nippte vor dem offenen Fenster an ihrem Wein, während sie die Menge beobachtete und auf Evies Rückkehr wartete. Als ihr Blick über die Szenerie wanderte, fiel ihr auf, wie homogen die Gästegruppe war. Tatsächlich hatte ganz Oxford sie in dieser Hinsicht schockiert – von dem Meer an bleichen Erstsemestergesichtern auf den Immatrikulationsfotos bis hin zu der überwältigenden Blässe auf den Straßen der Stadt. Allen selbstgefälligen Parolen von Chancengleichheit und Inklusion zum Trotz, die sie in den College-Broschüren überflogen hatte, war Oxford, genau wie die amerikanischen Ivy-League-Universitäten, eindeutig noch ein Hort alter Eliten.

»Willkommen am Raleigh.« Eine Stimme an ihrer Seite ließ Cassie herumfahren. Ein blonder Mann von Ende zwanzig lächelte sie an, eine gesetzte Erscheinung in Nadelstreifenhemd und Cordhose. »Ich bin Miles. Und woher hat es dich an unser College verschlagen?«, fragte er und biss dabei in seinen Cracker. Krümel purzelten über sein Hemd, und er wischte sie leicht errötend weg.

»Vom Smith«, antwortete sie.

Er erstrahlte. »Ah, Massachusetts. Ich habe in Harvard ein Forschungssemester unter Professor MacIntyre absolviert. Ich nehme nicht an, dass du ihn kennst?«

Sie schüttelte den Kopf. »Nein.«

»Gut, gut.« Er biss noch einmal ab. Wieder segelte eine Krümellawine auf den Teppich. »Und was bringt dich hierher? Ich mache zurzeit meinen Postdoc in Internationalem Recht.«

»Ich absolviere ein Juniorjahr im Ausland«, erklärte Cassie. »Ich habe das Raleigh-Stipendium gewonnen.«

Er riss die Augen auf. »Beeindruckend!« Miles streckte den Arm nach einer vorbeigehenden Frau aus und zog sie in ihren Kreis. »Devi, das ist das Mädchen, über das du geredet hast, das dieses Jahr allen das Stipendium weggeschnappt hat.«

Die Frau, eine Südostasiatin, zog eine Braue hoch und sah Cassie abschätzend an. Sie hatte die dunklen Haare zu einem losen Pferdeschwanz gebunden und trug ein gediegenes marineblaues Etuikleid. »Meine Glückwünsche«, sagte sie kühl. »Mein Cousin hat es bis in die letzte Interviewrunde geschafft. Er hat seinen BA in Biochemie in Harvard gemacht und wurde für seine Klavierkonzerte als Jungpianist des Jahres nominiert.« Sie lächelte leer. »Du musst einen echt beeindruckenden Lebenslauf haben, wenn sie dir das Stipendium zuerkannt haben.«

Cassie räusperte sich und fühlte sich so fehl am Platz wie noch nie. »Und Glück, schätze ich.«

Devis Braue zuckte wieder nach oben.

»Erzähl uns von deinem Sommer«, drängte Miles, bevor er sich wieder an Cassie wandte. »Devi hat in den Flüchtlingscamps in Somalia gearbeitet«, erklärte er. »Sie beschäftigt sich mit Displacement und Vergewaltigung als Druckmittel für …« Er brach mitten im Satz ab, weil er am anderen Ende des Raums jemanden erspäht hatte. »Hugo!«, rief er mit tragender Stimme und kämpfte sich ohne einen Blick zurück durch die Menge. »Was tust du denn hier, altes Sackgesicht? Ich dachte, sie hätten sich endgültig von dir verabschiedet!«

Devi erging sich in einer Beschreibung ihrer Zeit an der äthiopischen Grenze, doch Cassies Blick blieb an Miles hängen und folgte ihm zu einer Gruppe von Menschen, die in einer Ecke des Raumes Hof hielten. Sie waren in Galakleidung, trugen Smokings und gestärkte Hemden, und die bemühte Art, mit der sie ihre Weingläser hielten und den Kopf beim Lachen in den Nacken warfen, ließ Cassie an eine Szene aus einem Stück von Oscar Wilde denken. Unter ihrem gebannten Blick öffnete sich die Runde und offenbarte den jungen Mann in ihrer Mitte, das Objekt von Miles' unverhohlener Bewunderung.

Sie erstarrte.

Es war der Mann von neulich, der Mann, der ihr in jener Nacht im Hof begegnet war. Auch hier, im Licht, sah er atemberaubend aus: lässig in einen weiteren teuren Anzug gekleidet, der oberste Knopf seines weißen Hemds offen, und seine blassgoldene Haut schimmerte im Lampenschein.

Er hob den Kopf, und seine dunklen, stechenden Augen fingen Cassies Blick vom anderen Ende des Raumes her auf. Sie zuckte zurück, als hätte sie sich verbrannt, und wandte schnell das Gesicht ab.

»… Sicherheit, da fragt man sich doch, wofür wir bezahlen.« Devi redete immer noch, aber Cassie hörte kaum ein

Wort von dem, was sie sagte. Auf einmal raste ihr Herz, und ein ganz neues Gefühl jagte durch ihre Adern: Panik, vermischt mit Neugier und Furcht. Es war ein potenter Cocktail, der Adrenalinstöße in ihr Blut jagte, und schlagartig war sie zu aufgekratzt, als dass sie auch nur eine Sekunde länger stillsitzen konnte.

Sie rutschte von ihrer Fensterbank und prallte gegen Devi, während sich die Gruppe am anderen Ende des Raums wieder schloss. »Verzeihung«, entschuldigte sie sich schnell und schaute noch einmal zur Wand gegenüber. Der Blonde war im Gedränge verschwunden, aber Cassies Beklemmung war geblieben, und ein heißer Schauer prickelte auf ihrer Haut.

»Ich habe gerade gefragt, ob du das mit dem Einbruch gehört hast«, wiederholte Devi. »Offenbar hat jemand neulich nachts das Archiv durchwühlt.«

Cassies Kopf fuhr herum. »Was? Ach, nein, das ist mir neu.« Sie räusperte sich schnell und gab sich alle Mühe, normal zu klingen. »Wurde irgendwas Wertvolles gestohlen?«

»Der Dieb hat offenbar nichts mitgenommen«, antwortete ihr eine untersetzte Frau mit kurzen Haaren und rundem Gesicht, die sich mit klatschfreudiger Miene zu ihnen gesellte. »Harris konnte ihn auch nicht richtig erkennen.«

»Ich frage mich, ob es jemand von einem anderen College war«, sinnierte Devi. »Raleigh hat eine erstklassige Bibliothek.«

»Dann hätte er sich doch einfach einen Leseausweis besorgen können«, wandte die andere Frau ein. »Ich glaube, er war auf der Jagd nach kostbaren Erstausgaben. Du weißt doch, dass das College irgendwo einen ganzen Stapel von Raleigh-Manuskripten unter Verschluss hält.«

Cassie versuchte, sich auf die Unterhaltung zu konzentrieren, aber schon wieder spürte sie ein Brennen in ihrem Rücken, ein erkennendes Prickeln. Noch bevor sie sich umdrehte, wusste sie, dass er sie vom anderen Ende des Raumes her ansah.

Er lehnte an der Bar, ein Weinglas leicht schief in der Hand, die Augen unverwandt auf sie gerichtet. Sie wusste, dass sie den Blick abwenden sollte, aber sie konnte sich der Faszination seines eleganten Gesichts nicht entziehen. Schimmernd breitete sich der Augenblick zwischen ihnen durch den heißen, überfüllten Raum aus.

Sie immer noch unverwandt anschauend, hob er schließlich sein Glas an. Cassie spürte seine Neugier durch den ganzen Raum. Neugier und etwas anderes, dasselbe Wiedererkennen, das sie in jener Nacht im Hof empfunden hatte. Sein Blick tastete ihren Körper ab, und Cassie fühlte sich entblößt.

Hunger. Das war es: das scharfe Funkeln in seinen Augen. Die Erkenntnis riss Cassie aus ihrer Trance. Sie taumelte zurück. Inzwischen kam er auf sie zu, pflügte durch das Gedränge. Cassie griff nach ihrem Mantel. Sie musste verschwinden, und zwar sofort. Diesen Fluchtimpuls hatte sie schon öfter gespürt, in dunklen Straßen oder leer stehenden, hallenden Gebäuden. Er hatte sie schon zu oft gerettet, als dass sie ihn jetzt ignorieren konnte.

Ohne auch nur eine Entschuldigung zu murmeln, drehte sie Devi und der anderen Frau den Rücken zu und kämpfte sich durch die Gäste zum Ausgang. Doch gerade als sie die Tür erreicht hatte, wurde ihr der Fluchtweg versperrt.

»Cassie!« Evie schloss sie in die Arme. »Danke, dass du gewartet hast; mein Gott, das Drama nimmt einfach kein Ende. Komm, ich stell dich den anderen vor, ich habe ihnen gerade von dir erzählt …«

»Tut mir leid.« Cassie riss sich aus ihrer freundschaftlichen Umarmung. »Ich muss weg. Wir sehen uns später!«

Falls Evie protestierte, gingen ihre Worte im Lärm unter. Cassie eilte die Treppe hinab. Sie hastete weiter zu den Kreuzgängen und floh in die Dunkelheit, bis Musik und Gelächter hinter ihr in der Nacht verhallten.

Kapitel 9

Cassie hatte zwar den Wecker gestellt, trotzdem wachte sie zu spät auf und musste sich abhetzen, um noch rechtzeitig in ihr Philosophie-Tutorium zu kommen. Eigentlich hatte sie selbstbewusst und gut vorbereitet auftreten wollen, stattdessen rannte sie nun mit heraushängendem Hemd und knurrendem Magen quer über den Campus. Als die Glocken am Turm des College neun schlugen, bog sie gerade um die Ecke vor den Kreuzgängen.

Cassie hörte Gelächter, als sie die Treppe hochstürmte, und als sie Tremains Tür öffnete, sah sie, wie der Professor eben den zwei anderen Studenten Kaffee reichte. »Verzeihung«, sagte sie, während vor dem Fenster der Glockenklang verebbte.

»Miss Blackwell«, sagte er kühl. »Wie schön, dass Sie sich zu uns gesellen. Ich würde Sie ja fragen, wie Sie Ihren Kaffee trinken, aber leider werden Erfrischungen nur den Studenten serviert, die pünktlich erscheinen.«

Verdattert suchte sich Cassie einen freien Platz. Tremain war ihr noch nie wie ein Pünktlichkeitsapostel vorgekommen; letzte Woche war er selbst zehn Minuten zu spät und noch dazu mit Marmeladeflecken auf dem Hemdkragen aufgetaucht.

Das andere Mädchen, Julia, schenkte ihr ein mitfühlendes Lächeln. Sie war dünn, hatte ihr dunkles Haar streng am Hinterkopf festgesteckt und trug eine gestärkte Bluse unter einem minzgrünen Kaschmirpullover mit V-Ausschnitt. Ihnen gegenüber saß Sebastian, ein großer Sportlertyp, der, ein Bein übergeschlagen, mit selbstgefälligem Schmunzeln im Ledersessel lagerte.

»Wer möchte anfangen?« Tremain ließ sich auf seinem klapprigen Stuhl nieder und sah in die Runde. »Miss Blackwell vielleicht?«

Cassie spürte ein nervöses Schaudern, gefolgt von tiefer Erleichterung, als Sebastian ihr zuvorkam: »Ich mache den Anfang.«

»Gern«, hauchte Cassie schnell. Julia sagte gar nichts, sondern wartete einsatzbereit mit gezücktem Stift.

»Nun denn.« Tremain nickte und wühlte in seinen Papieren, bevor er einen Satz hervorzog, bei dem es sich vermutlich um die Hausarbeit ihres Kommilitonen handelte: ein dicker, eng bedruckter Stapel. »Wann immer Sie anfangen möchten.«

Sebastian räusperte sich. »Beweist Descartes tatsächlich, dass er nicht nur ein Körper ist?«, begann er. »In welchem Bezug stehen Descartes zufolge Geist und Körper?« Er setzte zu einem Vortrag über empirisches Denken an, dem Cassie nur mit Mühe folgen konnte. Im Dämmerlicht der mitternächtlichen Dachstube war ihr das Thema der Hausarbeit relativ unkompliziert erschienen, aber nun sezierte Sebastian Theorien von Autoren, die sie nie gelesen hatte, und ließ sich minutenlang über die unterschiedlichen Interpretationen einzelner Halbsätze aus.

»Gute Arbeit.« Tremain belohnte Sebastian mit einem kaum wahrnehmbaren Nicken. »Und jetzt zum Thema Verschiedenheit und Getrenntheit«, fuhr er fort. »Glaubte Descartes, dass Geist und Körper potenziell oder tatsächlich getrennt sind?«

Julia holte Luft. »Tatsächlich?«

Tremain wandte sich ihr zu. »Ist das eine Feststellung oder eine Frage?«

Julia warf einen prüfenden Blick in ihre Unterlagen. »Eine Feststellung«, antwortete sie selbstsicherer. »Descartes glaubte, dass zwei Dinge verschieden sind, falls sie getrennt werden können, unabhängig davon, ob sie tatsächlich getrennt sind oder nicht.«

Tremain vergab ein weiteres wohlwollendes Nicken. »Wie Margaret Wilson in ihrer Kritik bemerkte.«

»Aber die ganze Argumentation beruht auf der Annahme der Existenz eines Gottes, der sie trennen kann«, wandte Sebastian ein, und bald war eine feurige Debatte entbrannt, wobei kaum ein Gedanke an Cassie verschwendet wurde, die stumm in ihrer Sofaecke saß. Nicht zum ersten Mal war sie froh, dass niemand Notiz von ihr nahm und sie still zusehen konnte, wie die Uhr auf dem Kaminsims die Sekunden bis zu ihrer Erlösung abzählte.

»Miss Blackwell.«

Sie fuhr hoch und merkte, dass Professor Tremain sie mit hochgezogener Braue ansah. »Was halten Sie von Descartes' These, dass er ausschließlich ein denkendes Wesen sei?«

»Ich …« Cassie senkte den Blick in ihr Notizbuch, als könnte ihr das Gitterwerk unbeschriebener Linien eine Antwort liefern. In anderen Zimmern – einem anderen Leben – hätte sie mit größtem Vergnügen geblufft und gestritten, aber ihr übliches Selbstvertrauen hatte sich in Luft aufgelöst, und selbst sie erkannte, dass sie dem Thema bei Weitem nicht gewachsen war. Gerade als ihr Schweigen unerträglich peinlich wurde, begannen die Glocken zehn Uhr zu schlagen. Tremain nickte.

»Das genügt.« Er klappte sein ledergebundenes Buch zu. »Wir werden die Meditationen nächste Woche weiter erörtern. Vielleicht mit einem Essay über Irrtum und den Willen; sehen Sie sich dafür noch mal Williams und vielleicht etwas Carriero an.«

Die anderen sammelten ihre Sachen ein und verschwanden, aber Cassie wurde durch eine scharfe Ermahnung aufgehalten. »Miss Blackwell?«

Cassie drehte sich um und machte sich auf einen Tadel gefasst. Professor Tremain hielt ihre Hausarbeit an Daumen und Zeigefinger in die Luft, so als müsste er etwas besonders Ekliges anfassen. Sie ging zu ihm, nahm ihm die Papiere ab und erwartete, einen Fluss an roter Tinte zu sehen, aber zu ihrer Überraschung war auf den Seiten keine einzige Anmerkung zu finden. Kein Kommentar, keine wütenden Ausstreichungen. Cassie sah ihn verwirrt an.

»Ich glaube, wir wissen beide, dass es vergebliche Mühe wäre, sich damit abzugeben.« Tremains Blick bohrte sich schwarz vor Hohn in ihre Augen. »Es wäre mir lieber, wenn Sie gar nichts abgeben würden als etwas so Dilettantisches.«

Cassie spürte, wie ihre Wangen aufflammten. »Tut mir leid«, sagte sie. »Ich dachte, ich hätte den Bogen inzwischen raus, aber mir fehlt wohl immer noch der Boden unter den Füßen. Nächste Woche wird es besser.«

»Das dachte ich schon letzte Woche. Da habe ich Ihre glanzlosen Bemühungen noch hingenommen, aber zwei Arbeiten auf diesem Niveau sind inakzeptabel.«

Die Kritik traf Cassie schmerzhaft. »Tut mir leid«, murmelte sie noch einmal und fühlte sich wie eine Versagerin. Sie stopfte die anstößigen Seiten in ihre Tasche und wollte schon aus dem Zimmer flüchten.

»Ich habe Ihre Akte gelesen«, ergänzte Tremain und brachte sie damit zum Stehen. »Ich sitze im Stipendienkomitee des College. Ich hatte von Anfang an Bedenken,

Ihnen den Platz zuzuerkennen. Raleigh ist eine äußerst anspruchsvolle akademische Institution. Wir tun den anderen Studenten keinen guten Dienst, wenn wir Kandidaten aufnehmen, die unseren Ansprüchen nicht gerecht werden. Beispielsweise hätten Sie die Debatte Ihrer Kommilitonen durch einen neuen Blickwinkel bereichern sollen, statt … woran haben Sie mich noch erinnert? Einen geistesabwesenden Zuschauer in Wimbledon.«

»Ich kann mehr leisten«, protestierte Cassie. »Jetzt, wo ich weiß, was Sie erwarten …«

Tremain schnitt ihr das Wort ab. »Manche Dinge lassen sich nicht einüben. Entweder haben Sie die Grundlagen erfasst und besitzen ein Gespür für Streitgespräche oder eben nicht. Uns etwas vorspielen zu wollen, wäre ein törichter Fehler. Sie sollten nicht vergessen, dass Ihr Platz hier an Ihr Abschneiden gekoppelt ist. Wenn wir nicht bald Fortschritte sehen, werden wir Ihr Stipendium möglicherweise widerrufen müssen.«

Cassie holte Luft und öffnete den Mund zum Protest, aber Tremain hatte bereits den Blick abgewandt und sich über den Papierstapel auf seinem Tisch gebeugt. Sie war unmissverständlich entlassen.

Während sie durch den Kreuzgang zurückging, brannte der Zorn in Cassie. Mit welchem Recht redete er so mit ihr? Sie hatte am Smith oft genug mit eingebildeten Professorinnen und Professoren zu tun gehabt – den gönnerhaften, den lebensüberdrüssigen –, mit Männern, die zu sehr mit der Jagd nach akademischen Meriten beschäftigt waren, als dass sie sich mit etwas so Banalem wie dem Unterrichten von jungen Studenten abgegeben hätten –, aber noch nie in ihrer langen Ausbildung war ihr jemand begegnet, der sie so abfällig behandelt hatte wie Professor Tremain. Sollten Tutoren nicht eigentlich lehren, fördern und ermutigen?

Cassies Geist sollte geformt werden, ihr Potenzial realisiert, doch Tremain hatte nur zwei Aufsätze gelesen – nein, davor außerdem ihre Bewerbungsakte –, und schon entschieden, dass Cassie seiner Zeit und Expertise nicht würdig war.

Aber so schnell der Zorn sie durchlief, so schnell verrauchte er auch wieder, und zurück blieb eine neue Furcht. Cassie hatte sich nicht bewusst gemacht, dass man ihr den Auslandsstudienplatz nur auf Probe zuerkannt hatte. Es konnte ihr passieren, dass sie mit leeren Händen nach Amerika zurückgeschickt wurde. Dass sie die Jagd nach der Vergangenheit ihrer Mutter endgültig aufgeben musste – und zwar just zu dem Zeitpunkt, an dem sich die ersten Antworten herauszuschälen begannen.

Das durfte nicht passieren.

Bis Cassie in der Mansarde ankam, fühlte sie sich völlig ausgelaugt. Oben traf sie auf Evie, die, noch im zerknitterten Nachthemd, ein Handy zwischen die nackte Schulter und ihr Ohr geklemmt hatte. »Bock zu frühstücken?«, flüsterte sie. Sie hatte dunkle Ringe unter den Augen. »In zehn Minuten bin ich so weit.«

»Ich springe nur schnell unter die Dusche«, erklärte Cassie sich einverstanden, froh über die Ablenkung von ihrem Folter-Tutorium. Sie drehte das Wasser so heiß, wie sie es überhaupt ertrug, und stellte sich mit gesenktem Kopf unter den Sturzbach. Das altmodische Bad war mit einer klauenfüßigen Badewanne und senfgelben Fliesen ausgestattet, die seit Jahrzehnten, wenn nicht noch länger, überlebt hatten, aber die Dusche selbst war wunderbar modern und füllte den kleinen Raum schon bald mit Dampfwolken. Cassie ließ das Wasser auf ihre müden Muskeln prasseln und versuchte, die Anspannung und Beklemmung wegzumassieren. Ein schlimmes Tutorium, mehr war es nicht gewesen.

Professor Tremain versuchte, ihr nur etwas Pflichtbewusstsein einzuimpfen. Sie würde ihre Nachforschungen über Margaret vorerst auf Eis legen und sich beim nächsten Aufsatz mehr Mühe geben müssen.

Unter der wütenden Hitze des Wassers verlor sie jedes Zeitgefühl. Irgendwann fiel Cassie ihre Frühstücksverabredung mit Evie wieder ein, sie drehte abrupt das Wasser ab, wickelte sich in ein Handtuch und türmte die nassen Haare auf ihrem Kopf auf. »Entschuldige«, rief sie und trat aus dem Bad. »Ich ziehe mir nur noch schnell was an, dann können wir los.«

»Meinetwegen brauchst du dir nichts anzuziehen.« Es war eine Männerstimme, und Heiterkeit sprach aus ihr. Cassie erstarrte, zwei Schritte jenseits der Badezimmertür, und blickte unversehens in zwei stechende dunkle Augen.

Das war *er.*

Blondes Haar, kantige Wangenknochen. Entspannt und ganz mit sich im Reinen lagerte er auf dem Sofa. Sofort musste Cassie an ihre eigenartige mitternächtliche Begegnung im großen Hof denken und an seinen Raubtierblick auf der Party, und ihr Herz begann schneller zu schlagen.

Er stand auf und kam auf sie zu. »Hugo Mandeville«, stellte er sich vor, und seine dunklen Augen tasteten dabei Cassies tropfnasse, nackte Schultern ab. Sie erstarrte kurz und hielt ihr Handtuch fest. Ihre Gedanken überschlugen sich. Hatte er ihr etwa nachspioniert?

»Du musst die Mitbewohnerin sein, über die wir so viel gehört haben.« Er lächelte. »Evie ist … Also, ich habe keine Ahnung, wo sie ist, aber die Tür stand offen, sie kann also nicht weit sein.«

Evie. Sie waren befreundet, darum war er also hier, begriff Cassie, und nicht, weil er sie nach ihrem Einbruch im Gewölbe zur Rede stellen wollte.

Cassie holte erleichtert Luft, während Hugo die Hand ausstreckte, langsam ihre ergriff und schüttelte. Seine Finger waren kühl und lang wie die eines Konzertpianisten, aber seine Haut schien sich in ihre zu brennen. Cassie riss sofort die Hand zurück und packte ihr Handtuch noch fester. Sie fühlte sich peinlich nackt unter dem dünnen Stoff.

»Wie geht's der Hand?«

Cassie blinzelte. »Wie bitte?«

»Du hattest dir in der Nacht die Hand aufgeschürft.« Hugo sah sie neugierig an. »Im ersten Moment habe ich dich gar nicht erkannt, so ohne ...« Er deutete auf seine Augen, um auf Eyeliner und Mascara anzuspielen, die Cassie sonst trug. »Du solltest deine Augen öfter so lassen«, ergänzte er, die Lippen zu einem leichten Lächeln verzogen. »So bist du hübscher.«

Völlig aus dem Konzept gebracht durch diesen Kommentar, starrte sie ihn an. Aus der Nähe lagen Hugos Augen unter dicken Wimpern und waren mit Gold gefleckt, das seiner unergründlich dunklen Iris einen ganz eigenen Schimmer verlieh.

»Wolltest du was von Evie?« Endlich hatte Cassie die Stimme wiedergefunden. »Ich kann ihr ausrichten, dass du hier warst.«

Leichtes Amüsement spielte auf Hugos Gesicht, so als würde er genau wissen, wie kopflos sie war. »Ich warte lieber.« Noch während er das sagte, sank er völlig entspannt aufs Sofa zurück. »Willst du mir gar nichts anbieten, einen Tee vielleicht – oder Kaffee, was amerikanischer wäre, oder?«

Ehe Cassie darauf antworten konnte, kam Evie lachend durch die Tür. »Das hat er nicht!«

»Ich schwör's dir, in Annabelles Zimmer, und zwar mitten auf den Boden.« Eine zweite Stimme wehte herein, gefolgt von ihrer Besitzerin, dem Mädchen, das Cassie ohne große Umstände aus ihrem ersten Schlafraum geworfen hatte. Olivia.

»Hugo!« Evie erstrahlte. Sie hatte einen schwarzen Herrenpullover aus Kaschmir über ihr Nachthemd gezogen und ihre Lippen mit knallpinkem Lippenstift geschminkt. »Perfektes Timing. Das ist meine neue Mitbewohnerin; sie hatte eben ein Tutorium, das arme Ding. Könnt ihr euch noch erinnern?«

»Erinnern?« Olivia umarmte Evie von hinten und küsste sie liebevoll auf die Wange. Sie trug schwarze Jeans und ein elegantes weißes T-Shirt, das eine Schulter frei ließ, und um ihren Hals zog sich ein Gewirr von Goldketten, die Cassie als Evies erkannte. »Ich habe dieses Jahr meine Abschlussprüfung; vor mir liegen nichts als verfluchte schlaflose Nächte.«

Hugo. Cassie drehte sich zu ihm um und begriff, dass er der Mann war, nach dem Olivia auf der Treppe in Carlton Hall gerufen hatte, als sie Cassie aus ihrem Zimmer geworfen hatte. Die beiden mussten verwandt sein; das Honigblond ihrer Haare und die scharfen Kanten ihres Profils ähnelten sich definitiv – vielleicht nicht so eindeutig wie bei Geschwistern, aber beides sprach für eine Blutsverwandtschaft.

»Bitte«, kicherte Evie und verdrehte übertrieben die Augen. »Du brauchst dich wirklich nicht zu beschweren, solange dir nicht jeden Tag dein Berater für die Magisterarbeit im Nacken sitzt.«

Hugo lachte. »Ich will ja nicht den Klugscheißer spielen, aber ich fahre inzwischen seit sieben Jahren Nachtschichten und lasse mir meine Thesenpapiere zerlegen, es kann sich also keiner von euch eine Vorstellung von meinen Qualen machen.« Er schlenderte zu Evie und drückte ihr beiläufig einen Kuss auf die Lippen. »Können wir gehen?«

»Cassie?« Evie drehte sich erwartungsvoll um. »Kommst du?«

Cassie stockte. Sie hatte sich auf das Frühstück mit Evie gefreut, aber die Aussicht auf einen Gruppenausflug – mit dieser so mühelos eleganten Clique und unter Hugos amüsiertem, wachsamem Schmunzeln – änderte alles. »Ich weiß nicht …«, zögerte sie. »Ich muss mich erst noch anziehen …«

Olivia zupfte an Evies Arm und zückte ihr Handy. »Das musst du dir ansehen, Evie!«

Evie stellte sich zu ihr. »Nein!«

»Ladies!«, seufzte Hugo. »Können wir uns vielleicht irgendwohin begeben, wo es Kaffee gibt, bevor ich alt und müde werde und noch mal fünf Jahre hier verplempert habe?«

»Das ist deine eigene Schuld, Lieblingscousin.« Olivia schlug ihm im Vorbeigehen freundschaftlich gegen den Arm. »Daddy sagt, wenn du endlich deine verfluchte Arbeit fertigschreiben und deinen Abschluss machen würdest …«

»Ach, aber warum sollte ich, wenn es hier so viele köstliche Ablenkungen gibt?« Hugo zog Evie in eine Umarmung und vergrub sein Gesicht in ihrem Nacken. Sie quietschte protestierend, aber ihrem Strahlen war deutlich anzusehen, dass sie überglücklich war. Hugos Blick traf über Evies Kopf hinweg auf Cassies. Er schenkte ihr kurz ein aufreizendes Lächeln unter hochgezogenen Brauen, einen winzigen, privaten Moment, den Cassie als gefährlich intim empfand. Sie wandte sich ab.

Schließlich begab sich die Gruppe auf Hugos Drängen hin ins Treppenhaus. Schon halb draußen, drehte sich Evie noch einmal um. »Willst du jetzt mitkommen, Cassie? Wir können unten in der Lodge warten, wenn du willst. Ich muss sowieso nach meiner Post sehen.«

»Nein, ist schon gut.« Cassie rang sich ein Lächeln ab. Sie konnte es kaum erwarten, eine verschlossene Tür zwischen sich und Hugo zu bringen, und wich langsam rückwärts in ihr Zimmer zurück. »Ich bin zu müde. Ich hau mich noch mal hin.«

»Okay, aber dann kommst du heute Abend mit«, beharrte Evie, immer noch mit glühenden Wangen und strahlenden Augen. »Wir gehen ins Freud's, was trinken; da musst du unbedingt mitkommen.«

»Nein.« Sofort milderte Cassie ihre allzu scharfe Antwort ab. »Ich bin heute schon verabredet. Ein andermal.«

»Ach! Ich habe dich gar nicht gefragt.« Evie blinzelte sie an. »Wie lief's mit der Hausarbeit?«

»Gut«, antwortete Cassie leise. »Ganz gut.«

»Okay, dann schlaf schön!« Evie hauchte ihr einen Kuss zu und war im nächsten Moment verschwunden; nur ihr Lachen hallte durchs Treppenhaus und gleich darauf durch die offenen Fenster, sobald die Gruppe unten in den Hof trat. Cassie stellte sich ans Fenster und sah ihnen nach, Olivia und Evie untergehakt und immer noch über Olivias Handy gebeugt, während Hugo neben ihnen herging. Die Sonne fing sich in ihren Haaren und ließ sie leuchten und strahlen; ihre Stimmen klangen beflügelt vor Glück.

Zum ersten Mal seit Langem fühlte Cassie sich wirklich einsam.

Kapitel 10

Sie hatte sich eigentlich nur kurz ausruhen wollen, doch als Cassie aufwachte, wurde es draußen schon wieder dunkel. Langsam setzte sie die Füße auf den Boden. Sie hatte schon wieder von Indiana geträumt, hatte unter den Obstbäumen gespielt, während ihre Mutter Erbsen fürs Abendessen geschält und Songs aus dem Radio mitgesungen hatte. Jetzt, in ihrem kalten, leeren Zimmer, spürte Cassie den Verlust massiv und real in ihrer Brust, die Sehnsucht nach jener Vergangenheit, die sie so viele Jahre rücksichtslos zurückgedrängt und in eine immer kleinere Nische in ihrem Herzen gestopft hatte, weit weg von ihrem Alltagsleben.

Orientierungslos schüttelte sie die Spinnweben des Schlafs ab. Sie musste zur Radcliffe Camera, für Elliot einspringen.

Als Cassie in die Bibliothek kam, patrouillierte Elliot bereits ungeduldig vor der Zentraltheke auf und ab. »Du bist da, super, okay. Ich gebe dir gleich eine Einweisung.«

Er führte sie durch einen Gewölbegang in die verborgenen Tiefen des Gebäudes. Hinter der Bühne, entdeckte Cassie, waren die Räumlichkeiten wesentlich weniger prunkvoll als vorn; eindeutig wurden alle verfügbaren Mittel zum Erhalt der eleganten Einrichtung im Lesesaal und für die plüschigen Teppiche auf den geschwungenen Treppen verwendet, nicht für den labyrinthischen Irrgarten an Haustechnik- und Lagerräumen, den kein Bibliotheksbesucher zu Gesicht bekam. Elliot führte sie eilig durch die endlosen, gewundenen Steinkorridore und die halsbrecherischen Wendeltreppen hinunter in die unterirdischen Gewölbehallen. Sie ähnelten dem Archivgewölbe der Raleigh-Bibliothek, waren allerdings um ein Vielfaches größer: mit Hunderttausenden von Büchern gefüllte stadiongroße Lagerhallen, in denen sich die eng stehenden Regale in weiter Ferne verloren.

»Du nimmst die Bestellzettel, schaust hier den Standort nach und gehst dann die Sachen holen«, erklärte Elliot mit einem Blick auf seine Uhr. »Nimm's mir nicht übel, aber das könnte auch ein trainierter Affe schaffen.«

»Na, wenn das so ist …«, erwiderte Cassie. Eine bedächtige Stille lag über der Bibliothek, und die Wandlampen tauchten alles in ein warmes Licht. Das Archiv hatte etwas Heimeliges und fühlte sich wie ein sicherer Rückzugsort an, weit weg vom Raleigh und von Hugos bohrenden Blicken. »Ich komme schon zurecht. Jetzt hau ab zu deinem heißen Date.«

»Okay.« Elliot sah sich um. »Ich glaube, das war alles. Kurz vor Mitternacht bin ich wieder da. Ach ja, fast hätte ich es vergessen, ich habe nach deiner Freundin gesucht, dieser Margaret.«

»Wirklich?« Cassie hielt die Luft an, und ihr Herz begann zu hämmern. »Und hast du was gefunden?«

»Nenn mich einfach den König der Archive«, plusterte Elliot sich auf. Er zog einen dünnen Hängeordner unter der Verleihtheke heraus. »In Anbetracht der knappen Zeit eine meiner besten Recherchen, wenn ich mich selbst loben darf.«

Eifrig griff Cassie nach dem Ordner. »Danke«, sagte sie. »Damit hast du mir wirklich geholfen.«

»Hoffen wir nur, mein Date war die Arbeit wert«, erwiderte Elliot. »Versuch, nicht das ganze Gebäude abzufackeln, bis ich zurück bin.« Er verschwand mit einem knappen Winken.

Cassie nahm seinen Platz hinter der Theke ein. An diesem Abend war es still und ruhig in der Bibliothek, selbst die eifrigen Gelehrten in Oxford wussten ihren Freitagabend besser zu verbringen als zwischen staubigen Bücherregalen. Sie war allein mit der Vergangenheit.

Elliot hatte nicht gelogen; er hatte ganze Arbeit geleistet. Angefangen hatte er mit der am leichtesten zugänglichen Quelle: denselben Raleigh-Jahrbüchern, die Cassie bereits erfolglos durchsucht hatte. Jetzt, mit dem Namen Margaret Madison, hatte Elliot mehr Erfolg gehabt: das Gesicht ihrer Mutter, eingezwängt im Hintergrund auf einem Immatrikulations-Gruppenfoto – unter dem Raleigh-Turm, genau dort, wo auch Cassie am ersten Tag ihres Semesters gestanden hatte. Margarets Name in der Spielerinnenliste des Frauenhockeyteams; eine Meldung über einen Preis für einen Englischaufsatz und dazu ein Gedicht, veröffentlicht auf eng beschriebenen Jahrbuchseiten, wo es Fotos der winterlichen College-Anlage begleitete. Aber Elliot hatte noch weitere Details zutage gefördert, aus Quellen, von deren Existenz Cassie bis dahin nichts geahnt hatte: Kopien der Studentenverzeichnisse mit Angabe der einzelnen Seminarthemen und Zimmerlisten, denen zufolge Margaret Räume über dem westlichen Kolleghof bewohnt hatte. Namen von Tutoren, Teilnahme an Sportveranstaltungen. Zeitungsartikel, in denen die Erfolge ihres Teams gepriesen wurden, und ein Foto einer Gruppe von atemlosen Mädchen in identischen Verkleidungen, die gemeinsam bei einem Wohltätigkeitslauf angetreten waren.

Cassie sog alles in sich auf. Endlich öffnete sich ihr ein Fenster in das Leben ihrer Mutter, und der Ausblick war so lebendig, dass Cassie sie fast vor sich sehen konnte: wie sie lachend zwischen zwei Seminaren über den Kolleghof spazierte oder spätabends mit ihrer Mannschaft in der Raleigh-Bar abhing. Sie spürte einen schmerzlichen Stich. Die Frau, die Cassie gekannt hatte, war eine verängstigte Einzelgängerin gewesen, die größere Menschenmengen gemieden und nie enge Freundschaften geschlossen hatte, unabhängig davon, in welche Stadt sie gezogen waren oder in welchem Strudel ihrer manischen Phase sie gerade gefangen war. Hier wirkte sie ganz normal und enthusiastisch, wie eine gewöhnliche Studentin, lebensfroh und begeistert über die sich bietenden Möglichkeiten.

Cassie hatte diese Seite ihrer Mutter nie erlebt und würde sie auch nie erleben.

Der Abend verstrich, abgesehen von einigen Buchbestellungen, ereignislos. Cassie blieb reichlich Zeit, über den gesammelten Informationen zu brüten, bis Elliot nach Mitternacht mit geröteten Wangen und schief sitzendem Pullover zurückkehrte, um die Bibliothek zu schließen.

»Gutes Date?«, neckte ihn Cassie.

»Ein Gentleman genießt und schweigt«, antwortete Elliot zwinkernd. Er schaute auf die auf der Theke ausgebreiteten Papiere. »Hat dich das weitergebracht? Wie gesagt, ich habe gerade erst angefangen. Ich dachte mir, als Nächstes erstelle ich eine Liste ihrer damaligen Kommilitonen. Es gab kaum Neuzugänge, in ihrem Englischjahrgang waren sie nur zu elft, es dürfte also nicht allzu schwer sein, jemanden zu finden, der sie gekannt hat.«

Cassie stockte. Bis dahin hatte sie ihre Suche mehr oder weniger geheim gehalten, aber dann siegte ihre Neugier.

»Klingt nach einer guten Idee.« Sie nickte. »Jedenfalls war das genau das, was ich gebraucht habe.«

»Ich lasse es dich wissen, falls ich noch was ausgrabe.« Elliot sah sich um. »Und es gab keine Probleme heute Abend?«

»Nichts zu vermelden.« Cassie schlüpfte in ihren Mantel. »Im Ägyptologie-Saal haben ein paar Kids rumgeknutscht, aber ich habe mich blind gestellt. Und ich weiß, du hast gesagt, ich soll die Rückgaben liegen lassen, damit du sie einräumen kannst, aber ich hatte sonst nichts zu tun, darum habe ich sie wieder eingebucht und unten einsortiert.«

Elliot musterte sie nachdenklich. »Sind wir nicht fleißig? Mal im Ernst, wenn du so gern für einen Hungerlohn Sklavenarbeit verrichtest, wir suchen gerade Ersatz für eine Hilfskraft, die alles hingeworfen hat, angeblich wegen der feindseligen Arbeitsatmosphäre …« Er verdrehte die Augen. »Wenn du willst, gehört der Job dir.«

»Ich will«, erwiderte Cassie sofort. Ihre Ersparnisse und das Stipendium würden sie nicht lange über Wasser halten, und obwohl es am Raleigh offiziell nicht gern gesehen war, wenn Studenten während des Semesters jobbten, hatte man sicherlich nichts daran auszusetzen, dass sie in einer hoch angesehenen Bibliothek arbeitete. Außerdem konnte sie so nach Belieben im Archiv ein und aus gehen.

»Ich sag der Chefin Bescheid und lasse dich dann zu einem offiziellen Vorstellungsgespräch kommen.« Elliot gähnte. »Und jetzt verschwinde, bevor ich dich noch aufräumen lasse.«

»Gute Nacht.« Cassie wollte schon los, aber Elliot rief ihr noch etwas nach.

»Pass auf dich auf. Erst neulich haben sie am Fluss ein erdrosseltes Mädchen gefunden.«

Cassie drehte sich um. »Eine Studentin?«

Er zuckte mit den Achseln. »Keine Ahnung. Eine Einheimische, glaube ich. Trotzdem ist es eine große, böse Stadt, also gib Acht, ob dir jemand folgt.«

»Keine Angst«, versicherte ihm Cassie. »Ich kann auf mich aufpassen.«

Sie war schon fast zu Hause, als ihr einfiel, dass sie eigentlich am Nachmittag hatte einkaufen wollen; in der Mansarde war nichts Essbares mehr. Sie schwang sich ihre Tasche über die Schulter und ging weiter, geradewegs nach Süden über die Magdalen Bridge und danach die Cowley Road entlang, die sich durch die Außenbezirke der Stadt zog. Hier rumpelten der Durchgangsverkehr und öffentliche Busse über die breiten Fahrbahnen, an denen sich schmuddelige indische Imbisse und Discountermärkte entlangzogen, durchsetzt mit kirchlichen Gebrauchtkaufhäusern, die billige Elektrogeräte und Armenspeisungen anpriesen.

Elliots Warnung im Hinterkopf, ging Cassie zügig weiter. Dieser Teil von Oxford schien Welten von den eleganten Spitztürmen der Altstadt entfernt, aber heute Nacht fand sie den Tapetenwechsel erholsam. Seit sie die Bibliothek mit ihren Ablenkungen verlassen hatte, hatte sich in ihrem Kopf wieder ein Gesicht festgesetzt, das sie lieber vergessen hätte. Hugo. Selbst jetzt noch brachte die Erinnerung daran, wie er in ihrem Wohnzimmer gestanden hatte, sie völlig durcheinander. Sie sah ihn immer noch vor sich, sah seinen dunklen, bohrenden Blick, das beiläufige, flüchtige Lächeln, so als würde er ein Geheimnis hüten.

Sie schüttelte diese Gedanken ab, als sie den großen, neonbeleuchteten Supermarkt erreichte, den sie auf einer vergangenen Erkundungstour entdeckt hatte. So spät am Abend war er leer, nur ein paar einsame Kunden schoben ihre Einkaufswagen durch die breiten Gänge. Cassie nahm sich einen Einkaufskorb und machte sich auf die Suche nach billigen Lebensmitteln, Pasta, Dosensoße und Fleisch kurz vor dem Ablaufdatum, das sie einfrieren oder zu einem nahrhaften Stew verarbeiten konnte. Schließlich kam sie an die Kasse und lud ihre Einkäufe auf das Band. Hinter der Kasse saß ein gelangweilt aussehendes Mädchen mit gebleichtem Haar und unendlich angeödeter Miene. Während sie die Waren über den Scanner zog, behielt Cassie aufmerksam das Display mit der Summe im Auge.

»Und schon sehen wir uns wieder.« Cassie drehte sich um und stellte fest, dass der Jogger, der ihr schon mehrmals begegnet war, sich hinter ihr angestellt hatte. Grinsend stellte er seinen Korb auf das Band. »Charlie, du erinnerst dich?«, erklärte er ihr. »Und du bist Cassie.«

Cassie betrachtete ihn eingehend. Heute Abend war er in Freizeitkleidung, Jeans und ein verwaschenes T-Shirt, das sich über muskulösen, gebräunten Armen spannte. Unter dem offenen Parka konnte sie ein ausgebleichtes Rolling-Stones-Logo auf der Vorderseite ausmachen, und auf den Knöcheln seiner rechten Hand heilte frischer Schorf. Sein lächelnder Blick erfasste ihre Einkäufe, und er pfiff leise durch die Zähne. »Hat dir schon mal jemand gesagt, dass man auch Gemüse essen kann? Wenn du so weitermachst, holst du dir noch Skorbut.«

»Hat dir schon mal jemand gesagt, dass du dich um deinen eigenen Kram kümmern sollst?«

Er lachte, ließ sich aber nicht beirren. »Etwas Obst würde auch gegen deine Stimmungsschwankungen helfen. Glückshormone und so weiter.«

Cassie warf einen Blick auf seine Einkäufe: zwei Sixpacks Bier und eine Packung Chips. »Du bist gerade der Richtige, mir was über ausgewogene Ernährung zu erzählen.«

Charlie presste sich die Hand auf die Brust. »Ins Mark getroffen! Das hat gesessen.«

Cassie gab sich Mühe, nicht zu lächeln.

»Zweiundzwanzig siebzig.« Das Mädchen an der Kasse gähnte. Cassie wandte sich ihr wieder zu, zählte bedächtig die ausländischen Banknoten ab und packte die Einkäufe in ihren Rucksack.

»Brauchst du Hilfe?«, bot Charlie ihr an und folgte ihr ans Ende der Kasse.

»Ich schaff das schon«, erwiderte Cassie.

»Wie du meinst.« Charlie zwinkerte dem Kassenmädchen zu. »Moderne Frauen, die können alles selbst. Bald brauchen sie uns überhaupt nicht mehr.«

Draußen war es dunkel und still auf der mitternächtlichen Straße, die hier nur von den flackernden Neonröhren der Laternen und ab und zu von den Scheinwerfern eines vorbeifahrenden Autos erhellt wurde. Cassie zog ihre Jacke fester zu und machte sich auf den Rückweg zum College, doch sie war noch nicht weit gekommen, als sie von hinten ihren Namen hörte.

Sie drehte sich um. Charlie kam, eine baumelnde Plastiktüte in der Hand, ihr mit langen Schritten hinterher. »In welche Richtung gehst du?«

»Heim.« Cassie hoffte, dass er endlich begreifen würde, doch als sie ihm den Rücken zukehrte und wieder losmarschierte, ging er weiter neben ihr her. Mit seinen langen Beinen konnte er mühelos mit ihr Schritt halten.

»Ich auch. Ist das nicht ein Zufall?« Er zog ein verknittertes Zigarettenpäckchen aus der Jackentasche und bot ihr eine an.

»Ich rauche nicht.«

Charlie zuckte mit den Achseln. »Ich auch nicht«, pflichtete er ihr bei, während er eine Zigarette aus der Packung schüttelte und ein Feuerzeug hervorzog. Er zündete sie an und nahm einen tiefen Zug. »Vor sechs Monaten habe ich aufgehört. Widerliche Dinger. Irgendwann bringen sie dich um.«

Cassie ging entschlossen weiter, doch Charlie wich nicht von ihrer Seite. Als sie die Straße überquerte und er ihr weiterhin folgte, blieb sie abrupt an der Straßenecke stehen. »Was soll das werden?«

»Ich bringe dich nach Hause«, erklärte Charlie ihr sachlich. »So spätnachts ist es hier nicht sicher.«

»Nein.«

»Nein was?« Charlie grinste wieder.

»Nein zu allem«, fuhr Cassie ihn an. Sie wusste genau, wie so was lief. Er würde sie nach Hause bringen, dann erwartungsvoll an ihrer Tür stehen bleiben, vielleicht eine Tasse Kaffee vorschlagen oder gern mal ihre Wohnung sehen wollen. Sie sollte sich ihm verpflichtet fühlen, so als würde sie in seiner Schuld stehen, sich von seiner charmanten Hartnäckigkeit erweichen lassen. »Das hier wird auf keinen Fall in meinem Schlafzimmer enden, klar?«

Ein Schmunzeln zuckte über sein Gesicht. »Nicht dass du auf falsche Gedanken kommst. Ich passe nur auf dich auf. Man kann nie wissen, welche großen, bösen Bestien im Dunklen lauern.«

Cassie lachte bitter. »Die großen, bösen Bestien machen mir keine Angst. Bis jetzt verfolgt mich hier nur einer, und das bist du.«

Charlie sah sie tief getroffen an. »Hey, das war unfair.«

»Wirklich?« Cassie seufzte. Es war schon spät, und sie war wirklich müde. »Ich kenne dich nicht. Ich weiß nichts über dich. Du bist einfach ein Typ, der immer wieder aus heiterem Himmel auftaucht, und jetzt folgst du mir nach

Hause. Woher soll ich wissen, dass du mich nicht umbringst und in den Fluss wirfst?«

»Hey«, protestierte er. »Da liegst du falsch. Ich habe die volle Rückendeckung des Oxfordshire County Police Department, siehst du?« Er zog einen Polizeiausweis aus der Tasche und hielt ihn ihr hin. »Police Constable Charles Day.«

Cassie betrachtete die Marke und versuchte, im fahlen Licht sein Foto und den offiziellen Stempel zu erkennen. Sie schnaubte. »Nur weil du ein Bulle bist, bist du nicht weniger gefährlich. Meiner Erfahrung nach muss ich mich vor Kerlen wie euch ganz besonders in Acht nehmen.«

Charlies Lächeln erlosch. »Du brauchst nicht gleich so zickig zu sein.«

»Warum nicht?«, feuerte Cassie zurück. »Ich habe dich nicht gebeten, mich anzuquatschen oder mir nachzulaufen. Ich kann auf mich selbst aufpassen.«

»Ganz offensichtlich.« Charlie zog mürrisch die Schultern hoch und vergrub die Hände in den Taschen. Seine Miene hatte sich verdüstert, er sah so tief getroffen aus, dass Cassie ihre Worte am liebsten zurückgenommen hätte. »Ich wollte nur nett sein.«

»Lass es«, sagte Cassie. Sie ging weg, mit eiligen Schritten auf der menschenleeren Straße, und ihre Absätze hämmerten einen scharfen, zornigen Rhythmus auf das dunkle Pflaster. Diesmal kam Charlie ihr nicht nach. Die nächste Kreuzung überquerte sie allein und war schon auf dem Weg zur Brücke, als sie erneut Schritte hinter sich hörte. Sie drehte sich um und wollte Charlie anschnauzen, aber da war niemand, nur eine streunende Katze, die im Rinnstein nach Essensresten suchte.

Cassie schauderte. Sie zog die Jacke fester zu und eilte den Lichtern der Innenstadt entgegen.

Kapitel 11

Laute Schreie rissen Cassie aus dem Schlaf.

Benommen hob sie den Kopf. Sie saß wieder am Esstisch, die Arme über ihre Philosophielektüre gebreitet, und an ihrer Wange klebte ein Notizzettel. Gähnend löste sie das Papier ab und versuchte, sich in dem Schleiergespinst aus Wirklichkeit und Traum zu orientieren.

Wieder die Schreie.

Cassie sprang auf. Der Laut kam aus Evies Zimmer und steigerte sich, als Cassie näher kam: ein Gemisch von Schreien und unverständlichem leisem Wimmern.

Cassie klopfte an die Tür. »Evie? Ist alles okay?«

Sie hörte keine Antwort, nur einen weiteren Aufschrei, der abrupt abbrach. Cassie riss die Tür auf und rechnete fest mit einem Kampf, aber Evie war allein. Sie schlief immer noch, angestrahlt von dem Neonlicht, das durch das offene Zimmerfenster fiel. Sie hatte sich in ihrem übergroßen Nachthemd verheddert und die Decke vom Bett gestrampelt, während sie sich zappelnd und schlagend gegen einen unbekannten Angreifer zur Wehr setzte.

Cassie lief ans Bett. »Evie, Süße, es ist alles okay!« Sie hielt das Mädchen sanft an der Schulter fest, um es nicht allzu brutal aus seinem Traum zu reißen.

Evie zuckte unter ihrer Berührung zurück, rutschte ans andere Ende des Bettes und rollte sich dort zusammen, die

Knie fest an die Brust gepresst. Sie brabbelte schluchzend ein unverständliches Kauderwelsch, aus dem Cassie nicht schlau wurde.

»Evie!« Cassie rüttelte sie fester und wurde nun lauter. »Wach auf!«

Mit einem Japsen schreckte Evie hoch. Sie zitterte am ganzen Körper und sah sich blinzelnd im dunklen Zimmer um.

»Alles in Ordnung«, erklärte Cassie ihr und schaltete schnell die Nachttischlampe ein. Das Zimmer wurde von ihrem warmen Schein erfüllt, und die Schatten verkrochen sich in die Ecken. »Ich bin's. Du hattest einen Albtraum, aber jetzt ist alles vorbei.«

Evie kam wieder zu Atem. Sie nahm Cassies Hand, während sich ihre Augen allmählich an die Helligkeit gewöhnten. »Ein Albtraum?« Sie klang immer noch zweifelnd.

»Du hast nur schlecht geträumt.« Cassie massierte fürsorglich ihre Schulter. »Geht's wieder?«

Evie nickte langsam. »Ja. Ja, ich glaube schon …«

Cassie richtete sich auf. Erst jetzt merkte sie, dass sie die Luft angehalten hatte. »Sieh dich nur an, du bist total durchgefroren«, sagte sie und stand auf. Im Zimmer war es so eisig, dass sich die Härchen an ihren Armen aufstellten. Sie ging zum Fenster, machte es zu und verriegelte es gründlich. »Du solltest das Fenster nicht so weit offen lassen, sonst holst du dir noch den Tod.«

Draußen durchzogen die ersten Dämmerungsstreifen den Himmel über Oxford. Cassie befestigte die Vorhänge an den Seitenschals und drehte sich um. Evie saß immer noch blinzelnd und verloren auf ihrem Bett und hatte die Knie angezogen. Cassie zog den schweren Frottee-Morgenmantel von seinem Haken an der Tür und legte ihn ihr über die Schultern. »Wie wär's, wenn ich uns beiden Tee mache?

Tee, und dazu gibt's ein paar von diesen genialen Schokokeksen. Ich setze schon mal Wasser auf.«

Cassie setzte Evie, in ihren Morgenmantel und eine uralte Wolldecke aus dem Schrank gewickelt, auf dem Sofa im Wohnraum ab. Sie schaltete sämtliche Lampen ein, bis die Mansarde erfüllt war mit hellem, warmem Licht, das auch Evie zu durchdringen schien und ihr langsam wieder Farbe verlieh, während sich Cassie in der kleinen Küche zu schaffen machte. »Das englische Universal-Heilmittel, habe ich recht?«, sagte sie, als sie mit dem Tablett zurückkehrte.

Evie lächelte – diesmal kräftiger – und griff nach ihrem Becher. »Aber nur, wenn es echter Bauarbeiter-Tee ist«, stimmte sie ihr zu. »Nicht dieses Assam- oder Rosenblütenzeugs.«

Eine Weile blieb es still, während beide an ihren Teebechern nippten. Cassie nahm sich einen schokoladenüberzogenen Keks und tunkte ihn bedächtig in ihren Tee, eine Angewohnheit, die sie sich bei anderen Kunden im Buchhandlungscafé abgeschaut hatte. Der Trick bestand darin, den Keks gerade so lange einweichen zu lassen, dass die Schokolade zu schmelzen begann, aber ohne dass dabei der Keks abbrach. Sie merkte, wie sie sich über der schlichten Aufgabe entspannte. Das Schreien hatte Cassie in die Nächte zurückversetzt, in denen ihre Mutter schluchzend vor sich hin gemurmelt hatte und im Halbschlaf durch die Wohnung geirrt war, um Cassie aus ihrem Bett zu holen. Das kam von den Medikamenten, hatte man Cassie immer wieder versichert, aber das war ein schwacher Trost gewesen, wenn die Schreie ihrer Mutter durch die dünnen Wände gehallt waren.

»Hast du oft Albträume?«, fragte sie Evie.

Evie schüttelte den Kopf. »Früher so gut wie nie, aber jetzt …« Seufzend umklammerte sie mit ihren kleinen, dünnen Händen den Teebecher. »Wahrscheinlich ist es der Stress.

Mein Thesenberater sitzt mir im Nacken, dass ich mich für einen Forschungsansatz entscheiden soll, ich muss mein Exposé abliefern und in die Seminare …« Sie verstummte und senkte niedergeschlagen den Blick. Cassie konnte es sich ausmalen. Sie hatte mit ihrem eigenen Studium zu kämpfen, aber das war Kinderkram, verglichen mit Evies Verpflichtungen, die neben ihren Recherchen und Seminarstunden auch noch an ihrer Magisterarbeit schreiben musste.

»Vielleicht würde es helfen, wenn du das Feiern ein bisschen einschränken würdest«, schlug Cassie vorsichtig vor. Evies gesellschaftlicher Kalender war immer noch randvoll: Jeden Tag traf sie sich mit Olivia, Hugo und ihrer angesagten Clique zum Lunch, und danach verbrachten sie die Nachmittage in einem der exklusiven Gebäude der Oxford Union in der Stadt. Cassie hatte erwartet, dass die Partys irgendwann aufhören oder wenigstens auf das Wochenende beschränkt würden, doch Evie kam immer noch an beinahe jedem Wochentag erst spät in der Nacht heim. So aus der Nähe sah Cassie ihr an, dass das allmählich seinen Tribut forderte; ohne Make-up wirkten die Ringe unter ihren Augen dunkel und durchscheinend, und ihre Haut war fahl.

Evie lächelte ertappt. »Wahrscheinlich. Keine Ahnung, wie die anderen das schaffen. Training, schätze ich. Weißt du, dass Hugo inzwischen seit fünf Jahren an seiner Arbeit schreibt?«

Cassie zuckte zusammen, als der Name fiel. »Wieso braucht er so lange?«

»Keine Ahnung. Er spricht nicht gern darüber.« Evies Lächeln verriet ihre Gefühle für Hugo. »Du musst echt mal mit uns losziehen. Er sagt ständig, dass ich dich einladen soll.«

»Ich habe schon genug am Hals«, wand sich Cassie.

»Diese Woche muss ich meine Hausarbeit verteidigen, und ich will auf keinen Fall, dass Tremain mich in der Luft zerreißt.«

»Das wird er nicht«, versicherte Evie ihr. »Ich habe gesehen, wie viel Arbeit du diese Woche reingesteckt hast; da hat er gar keine Chance.«

»Hoffentlich.« Cassie schaffte es zu lächeln. »Wie wär's, sollen wir einen gemeinsamen Lerntag einlegen? Es soll sowieso den ganzen Nachmittag regnen. Ich gehe eine Runde laufen, aber danach will ich durcharbeiten.«

»Ich weiß nicht.« Evie nagte an ihrer Lippe. »Eigentlich wollte ich mich mit den Mädels zum Brunch treffen, und später wollten wir Kleider für die Weihnachtsbälle kaufen gehen ... Nein, du hast recht«, entschied sie schließlich. »Ich sollte endlich mein Exposé fertigstellen, dann habe ich meinen Berater eine Weile vom Hals und am Wochenende mehr Zeit.«

»Siehst du?«, sagte Cassie, erleichtert, dass Evie eine Ruhepause einlegen würde. »Ich bringe auf dem Rückweg was zu essen mit. Du wirst sehen, das wird lustig.«

Cassie lief auf Tempo, und ihr Atem dampfte in der Morgenluft, während ihre Füße über den inzwischen gefrorenen und steinharten Uferweg stampften. Sie leerte ihren Geist und konzentrierte sich ausschließlich auf das Fließen des Atems in ihrem Körper, auf die befriedigende Gliederschwere. Als sie schließlich an den Flusswiesen vorbei in einer Schlaufe zum Tor zurücklief, war ihr Gesicht taub vor Kälte, und ihre Muskeln protestierten schreiend. Gerade als sie sich schwer schnaufend vorbeugte, um Luft zu holen, schlugen die Uhren des College sieben. Ganz langsam normalisierte sich ihr Puls wieder.

»Und, wie war's da draußen?«, fragte der ältere Porter,

Rutledge, als sie kurz ins Wachhaus einbog, um ihre Post zu holen.

»So wie immer.« Cassie grüßte ihn mit einem Nicken. »Bloß kälter.«

Er lachte leise. »Warten Sie den Januar ab«, warnte er sie und sortierte geschäftig einen Stapel von Päckchen ein. »Da müssen sie das Eis auf dem Fluss aufhacken, damit die Ruderer durchkommen.« Er nahm einen tiefen Schluck Kaffee aus seinem Raleigh-Becher und nickte zu dem Poststapel in ihrer Hand hin: »Ein Brief von daheim?«, fragte er.

Cassie lachte humorlos auf. »Da ist keiner.«

»Tut mir leid, das zu hören«, erwiderte Rutledge, und im selben Moment erkannte Cassie ihren Fehler. Laut der Tarngeschichte, die sie für das College zusammengesponnen hatte, warteten in Amerika zwei liebende, wahnsinnig stolze Eltern auf sie. Es war nur ein kleiner Patzer, trotzdem konnte sie nicht vorsichtig genug sein.

»Ich meine, sie haben beide viel zu tun«, versuchte sie, ihn hastig auszubügeln. »Wir telefonieren hauptsächlich.«

»Technik.« Rutledge schüttelte sinnierend den Kopf. »Ich kann mich noch an Zeiten erinnern, als ein Brief drei Wochen brauchte. Jetzt skype ich ständig mit meiner Nichte drüben in Frankreich.« Er nahm noch einen Schluck Kaffee. »Woher kommen Sie eigentlich? Boston?«

Sie schüttelte den Kopf. »Indiana, mitten im Nirgendwo. Allerdings sind wir oft umgezogen.«

»Und was hat Sie von dort hierhergeführt?«

Sie schenkte ihm ein Lächeln und wandte sich zum Gehen. »Warum will jemand ans Raleigh gehen? Wegen der Geschichte.«

Sie verließ das Torhaus und trat auf den Hauptweg. Einen halben Block entfernt gab es das Harvey's – einen Sandwichshop, der tagsüber ein ebenso fester Anlaufpunkt für die Raleigh-Studenten war wie Ahmeds Kebabstand nach Einbruch der Dunkelheit. Seit Evie sie erstmals dorthin geführt hatte, war er für Cassie der ideale Ort für eine preiswerte – wenn auch nicht allzu ausgewogene – Mahlzeit, und sie machte nach ihrem Morgenlauf oft einen Abstecher, um sich in dem kleinen, dampfigen Geschäft in die Schlange zu stellen und ein weiches, aber herzhaftes Frühstücksbrötchen mit Wurst, Ei und jeder Menge Ketchup zu bestellen.

Heute standen nur ein paar Leute an. Cassie nahm ihren Platz am Ende der Reihe ein und beschäftigte sich in Gedanken schon mit ihrem heutigen Studienpensum. Ihr nächstes Philosophietutorium bei Tremain hatte sie am folgenden Morgen, und sie hoffte, ihre Arbeit bis zum Abend fertiggestellt und abgegeben zu haben, sodass ihr reichlich Zeit blieb, sich gründlich auszuschlafen, damit sie ihre Schrift am nächsten Tag hellwach und gut vorbereitet verteidigen konnte.

Diesmal war Cassie fest entschlossen, Tremain seinen Irrtum vor Augen zu führen. Er glaubte, sie wäre eine Fehlbesetzung, sie wäre dem Standard ihrer Mitstudenten nicht gewachsen, aber Cassie wusste, dass er sich täuschte. Sie hatte anders als ihre Kommilitonen vielleicht nicht die besten Schulen besucht, Privatunterricht bekommen und teure außerschulische Aktivitäten genossen, aber sie konnte durchaus mit ihnen mithalten.

Sie musste. Nachdem das Damoklesschwert einer Exmatrikulation über ihr hing, stand zu viel auf dem Spiel, als dass sie wegen schlechter Noten durchfallen durfte. Sie würde sich nicht von Tremains herablassender Art einschüchtern lassen; sie würde ihn dazu zwingen, sein Urteil zu revidieren.

Die Schlange bewegte sich im Schneckentempo vorwärts, bis Cassie endlich vor der Glastheke und den Behältern voller hauchdünner Salamischeiben, Hähnchenbrust und öltriefender Salate stand. Der Grill hinter der Theke zischte, und die Angestellten umtanzten einander in einem eingeübten Ballett, bei dem sie Eier auf die geschwärzte heiße Grillplatte schlugen, Beilagen wendeten und herumschoben und eine Bestellung nach der anderen bearbeiteten. Schon nach wenigen Minuten waren ihre Sachen fertig und eingepackt.

»Was ist mit dem Merton-Ball?«

Zwei Mädchen gingen vor Cassie her, zwanglos modisch gekleidet, selbst in ihren dicken Herbstsachen und mit dem allgegenwärtigen Raleigh-Schal um den Hals.

»Dieses Jahr nicht.« Ihre Stimmen wehten zu Cassie zurück. »Seit Freddie und seine Gang nicht mehr da sind, ist die Party tot.«

»Und was ist mit deinem lieben Professor?«

»Oh, richtig. Huuuch!« Die Mädchen lachten, und Cassie erkannte, dass es Olivia Mandeville zusammen mit einem dunkelhaarigen Mädchen war, das sie noch nie gesehen hatte. Beide blieben an einer Ampel stehen, Olivia drehte sich um und sah Cassie drei Schritte hinter ihnen.

»Ah, hi!« Bevor Cassie irgendwie reagieren konnte, tänzelte Olivia auf sie zu und küsste sie auf beide Wangen. Olivias blaue Augen strahlten; ihre Wangen leuchteten rosa in der Kälte. »Du hast also auch schon zu Harvey's gefunden?«, bemerkte sie mit einem Blick auf Cassies braune Papiertüten, die in der kalten Luft dampften. »Du musst mal das *Bacon and Brie* probieren, das ist göttlich.« Sie drehte sich zu ihrer Begleiterin um. »Paige, das ist Cassie, Evies Mitbewohnerin.«

»Ach ja, natürlich.« Paige musterte Cassie neugierig von Kopf bis Fuß. »Toll, dass wir uns kennenlernen.«

Die Ampel schaltete um, und Cassie ging neben den beiden her auf das imposante Haupttor ihres College zu.

»Wie gefällt es dir bis jetzt?« Welten lagen zwischen Olivias freundlicher Frage und dem berechnenden Lächeln, das sie bei ihrer ersten Begegnung eingesetzt hatte. »Evie hat erzählt, du studierst PPE.«

»Es ist … eine Erfahrung«, antwortete Cassie neutral.

Olivia lachte. »Du musst mal mit uns ausgehen; es gibt da draußen eine ganze Stadt, von der man hier drin kaum was mitkriegt. Wo ist Evie überhaupt? Sie wollte sich mit uns zum Frühstück treffen.«

»Das Wetter setzt ihr zu«, erklärte Cassie, als sie in den Hof traten. Studenten eilten über den Campus hin und her, und unter Rutledges wachsamem Blick wartete eine Gruppe von frühen Touristen unruhig darauf, dass ihre Führung begann.

»Ach, wie schade. Sollen wir mit einem Carepaket vorbeikommen und sie aufmuntern?«

»Vielleicht morgen«, sagte Cassie. »Ich glaube, heute will sie sich nur ausruhen.«

»Das ist diese verfluchte Grippe«, seufzte Olivia. »Die Leute fallen um wie die Fliegen. Sag ihr von uns gute Besserung, in Ordnung?«

Die Mädchen bogen in Richtung der Kreuzgänge ab, und fast alle Touristen drehten sich nach ihnen um, als sie vorbeigingen. Olivia strahlte etwas Glamouröses aus, das sich mit einem ungekünstelten Selbstbewusstsein verband; sie wirkte entspannt und selbstsicher – irgendwie funkelnd vor dem grauen Wetter und den zerzausten Studenten.

An Mädchen wie Olivia hatten Cassie schon immer fasziniert, wie die ganze Welt beiseitezutreten schien, um ihnen den Vortritt zu lassen. Hier in Oxford erlebte sie diesen Effekt wie unter dem Vergrößerungsglas: die Cliquen von früheren Privatschulfreunden und Internatskameraden, die durch die Stadt flanierten, als würde sie ihnen gehören. Und vielleicht gehörte sie ihnen wirklich, schließlich kannten sie Annehmlichkeiten und eine Sicherheit, die andere nie genießen würden. Lange Auslandsreisen und jugendliche Räusche mit aus den Weinkellern ihrer Eltern entwendetem Champagner; ein weitläufiges Netz von Freunden und Verwandten und alten Klassenkameraden, das sich so weit spannte, dass sie niemals auf eine Mauer der Ablehnung stoßen würden. Cassie beneidete sie um ihre Selbstsicherheit, um ihren festen Platz in der Welt. Sie würden sich niemals den voreingenommenen Blicken von Fremden stellen oder sich auch nur eine Sekunde den Kopf über die Benimmregeln bei einem Galadiner oder Event zerbrechen müssen.

Sie würden nie zu hören bekommen, dass sie nicht gut genug waren, dass sie nicht dazugehörten.

Sie schaffte es in die Mansarde, knapp bevor sich der Himmel öffnete und das leise Nieseln in einen Wolkenbruch verwandelte. Cassie öffnete die Tür und sah, dass Evie schon wieder halbwegs wie sie selbst aussah. In einen kapriziösen Kaschmirpullover und einen fließenden Wollrock gekleidet flitzte sie zwischen ihrem Schlafzimmer und dem Wohnraum hin und her und lud mächtige, windschiefe Stapel von Büchern und Papieren auf den großen, niedrigen Couchtisch.

Cassie schlüpfte aus ihrem feuchten Sweatshirt und hängte es zum Trocknen über die Heizung.

»Ich muss das Gesamtbild im Auge behalten«, verkündete Evie und knallte einen weiteren Papierstapel auf die Tischplatte. Die Blätter erbebten unter dem Aufprall, rutschten seitlich ab und flatterten zu Boden. »Ich halte mich zu sehr mit Nebensächlichkeiten auf; ich muss mir endlich einen Überblick verschaffen, wie alles mit allem zusammenhängt. Was Raleigh und seine Gruppe erreichen wollten, was ihr

Manifest aussagte, statt der historischen Finessen. Wenn ich erst ihr grundlegendes Ziel erfasst habe, müsste sich meins von selbst ergeben: eine umfassende Theorie mit intellektuellem Anspruch. In allem waren sie ihrer Zeit voraus: Wissenschaft, Kunst, Literatur ... und zwar genau hier in Oxford. Ich muss herausfinden, was sie alle verband und wie dadurch die Entwicklungen auf den diversen Feldern beeinflusst wurden.« Evie stockte kurz. »Mein Gott, was rede ich da. Ich schätze, ich missbrauche dich gerade als Resonanzboden.«

»Räsoniere nur fort.« Cassie lächelte, sie freute sich, dass Evies Wangen wieder vor Tatendrang leuchteten und dass der gehetzte Ausdruck in ihren Augen neuem Enthusiasmus Platz gemacht hatte. Draußen war der Himmel wolkig und düster, doch drinnen war es warm und hell, und die kleine Mansardenwohnung war von so viel Leben und Geschäftigkeit erfüllt, dass die dunklen Schrecken der Nacht wie ein ferner Traum erschienen.

Cassie stellte die Essenstüten auf dem Tisch ab, trat an die Couch und sah Fotokopien alter Dokumente und eselsohrige, mit Schreibmaschine beschriebene Seiten auf dem Beistelltisch liegen. »Ich habe ein paar alte Arbeiten von einer Bachelorstudentin gefunden«, erklärte Evie. »Sie hat sich mit den Mythen und Verschwörungstheorien rund um *Die Schule der Nacht* befasst, und durch sie bin ich auf einen ganzen Fundus an neuen Dokumenten gestoßen. Also neuen alten. Jahrzehntelang lagen sie unangerührt im Gewölbe, kannst du das glauben? Wenn es den Einbruch neulich nicht gegeben hätte, hätte sich kein Mensch daran erinnert, dass sie überhaupt existieren.«

»Ich bin froh, dass du was Nützliches gefunden hast.« Cassie verkniff sich ein Lächeln.

»Noch nicht, aber das kommt noch.« Evie atmete tief durch und ließ den Blick über ihre Unterlagenstapel wandern. »Irgendwann.« Sie schüttelte heftig den Kopf, als wollte sie sich aus ihren Gedanken reißen, und verschwand in die Küche. »Ooh, du hast was zu essen mitgebracht. Vielen Dank!«

»Gern geschehen.« Cassie ging ihr nach, nahm zwei Teller aus dem Trockengestell und packte den Berg Papierservietten aus. Aus ihrem immer noch warmen Frühstücksbrötchen tropften Ketchup und die braune Essigsoße, nach der Cassie in England süchtig geworden war. »Olivia ist mir über den Weg gelaufen«, fiel ihr ein. »Zusammen mit diesem anderen Mädchen, Paige.«

»Wirklich?« Sofort lebte Evie auf. »Sind die zwei nicht genial?«

Cassie nickte langsam. »Sie wünschen dir gute Besserung, haben sie gesagt.«

»Sie sind echt super. Kaum zu glauben, dass wir uns erst dieses Semester kennengelernt haben; wir haben so viele gemeinsame Bekannte.«

Das überraschte Cassie. »Ich hätte gedacht, ihr kennt euch schon ewig, so vertraut, wie ihr seid.«

»Unglaublich, oder?« Evie nahm noch einen Bissen. »Aber so geht es manchmal eben – man läuft irgendwem über den Weg und stellt fest, dass er oder sie die Familienferien immer in der Villa nebenan verbracht hat, oder dass die Schwester deinen besten Freund aus dem Reitunterricht gedatet hat.«

Nicht für jeden. Cassie dachte an ihre Freunde und Nachbarn in Indiana. Hier, so weit weg, würde ihr wohl kaum einer von ihnen über den Weg laufen.

Nach dem Mittagessen beugte Evie sich über einen dicken Stapel Hausarbeiten, und Cassie kehrte zu ihrem Philosophie-Essay zurück, warm und geborgen in ihrer Mansarde, während der Regen gegen die Fenster trommelte. Aber kaum waren ein paar Stunden vergangen, da begann Evies Handy zu zirpen. Nach einem kurzen Blick aufs Display griff sie eilig danach. »Hey du«, hauchte sie mit tiefer, kehliger Stimme.

Cassie versuchte, sich auf ihre Bücher zu konzentrieren. Es war Hugo – das hörte sie an Evies glückseligem Tonfall und an dem koketten Kichern, mit dem sie auf seine Bemerkungen reagierte. »Ich kann nicht«, murmelte sie wankelmütig. »Ich muss arbeiten. Nein, du weißt, dass ich nicht kann … Ich muss das Exposé abgeben, schon vergessen?« Cassie hob den Blick und beobachtete, wie Evie errötete und unentschlossen an ihrer Unterlippe nagte. »Hugo, ich kann nicht. Nein … Ohne mich? Das würdest du nicht …« Schließlich lachte sie. »Okay, du hast gewonnen. Ich bin in zehn Minuten unten.« Sie klappte das Handy zu und sprang auf. »Sie fahren nach London«, erklärte sie. »Miles hat heute Geburtstag.«

»Und was ist mit dem Exposé?«, fragte Cassie. »Willst du nach gestern Nacht wirklich schon wieder losziehen? Du solltest dir eine Pause gönnen.«

»Es geht mir gut.« Evie war schon auf dem Weg in ihr Zimmer. »Hugo meint, es wird nicht so spät. Höchstens eins oder zwei. Und er will mich unbedingt dabeihaben …« Auf ihrem Gesicht zeichnete sich wieder dieses entrückte Lächeln ab, und Cassie begriff, dass sie nicht aufzuhalten war.

»Dann viel Spaß«, gab sich Cassie geschlagen. »Denk an mich und daran, wie ich die Nacht durchackern darf, während du in London Champagner schlürfst.«

Evie lachte. Wenig später war sie unterwegs, und Cassie blieb allein zurück. Der Regen trommelte weiter besänftigend gegen das Mansardenfenster, während sie konzentriert las.

Kapitel 12

»Darum sind Descartes' Versuche, einen wohlwollenden Gott mit dem fehlerhaften menschlichen Urteilsvermögen in Übereinstimmung zu bringen, zum Scheitern verurteilt, und die fehlerhafte Interaktion zwischen Erkenntnis und Willen kann sein Hauptargument nicht stützen.«

Cassie senkte ihr Papier und atmete tief durch, um ihre flatternden Nerven zu beruhigen. Sie war wieder in Tremains Arbeitszimmer, und alle Augen waren auf sie gerichtet. Sie hatte sich überpenibel vorbereitet: ihren Aufsatz dreimal Korrektur gelesen und ihn deutlich vor dem Abgabeschluss um achtzehn Uhr vorgelegt. Heute Morgen war sie lange vor dem Neun-Uhr-Läuten erschienen, hellwach und korrekt gekleidet, in der Hand eine frisch ausgedruckte Kopie, um daraus vorzulesen. Sie hatte sogar den widerwillig angebotenen Espresso ausgeschlagen aus Angst, sie konnte ihn fallen lassen und dem Perserteppich irreparablen Schaden zufügen. Jetzt wartete sie ab und suchte in Tremains Miene nach Zustimmung, irgendeiner Reaktion.

Der Professor kritzelte eine Notiz in sein ledergebundenes Buch und nickte kaum wahrnehmbar. »Mr. Rhodes?«

Sebastian hob den Blick von seinem Moleskine-Notizbuch, das, wie Cassie von ihrem Platz aus erkennen konnte, ausgehöhlt war, sodass ein schmales Handy hineinpasste. Julia saß ihnen gegenüber, allerdings schweigend wie immer. Sebastian hatte kaum hochgeschaut, während Cassie vorgelesen hatte, sondern sich in sein Handydisplay vertieft. »Na ja, er stand mit seinen Argumenten von vornherein auf verlorenem Posten.«

Es wurde still. »Möchten Sie das vielleicht ausführen?«, bohrte Tremain nach.

Sebastian zuckte mit den Achseln. »Damals hatten sich doch alle mehr oder weniger verrannt, stimmt's? Ich meine, solange man Gott um jeden Preis in die Gleichung einbeziehen will, fällt alles andere auseinander. Im Grunde ist es eine Ironie: Diesen Männern ging es vor allem um gesicherte Erkenntnisse und um Fakten, und dann warfen sie mit ihren antiquierten Gottesvorstellungen all ihre Erkenntnisse wieder über den Haufen.«

»Sie finden beides inkompatibel?« Tremain zog eine Braue hoch.

»Nicht nur ich, die gesamte Philosophiekritik.« Sebastian verzog die Lippen zu einem überheblichen Schmunzeln. »Für angeblich so kluge Männer waren sie allesamt ziemlich beschränkt. Was bringt es eigentlich, die ganze Geschichte immer wieder aufzuwärmen, wenn alles auf fehlerhaften Prämissen beruht?«

Während Sebastian das sagte, sah Cassie zufällig zu Professor Tremain und bemerkte dabei die Veränderung in seiner Miene, die fast unmerkliche Verhärtung in seinem Kiefer. »Sehen Sie so unser Seminar?«, fragte Tremain scheinbar ruhig. »Als Vergeudung Ihrer kostbaren Zeit?«

Erst jetzt bemerkte Sebastian seinen Fauxpas. »Ich … nein, ich wollte damit nur sagen, ich meine …«, plapperte er drauflos, dann fehlten ihm die Worte.

Tremain betrachtete ihn kühl. »Vielleicht sind Ihre Kommilitoninnen derselben Meinung? Miss Jessops? Miss Blackwell?«

Julia rutschte tiefer in die Polster und schüttelte mit weit aufgerissenen Augen den Kopf.

»Ich nicht.« Cassies Stimme war in dem kleinen Zimmer deutlich zu vernehmen. »Selbst wenn die Argumentation logisch fehlerhaft war, ist sie doch ein Abbild ihrer Zeit. Wir haben es hier mit der Evolution einer Debatte zu tun«, ergänzte sie, den Blick auf Sebastian gerichtet. »Wir können nicht einfach von dem ausgehen, was wir heute wissen, und alles verwerfen, was davor kam. So erfahren wir nichts darüber, wie wir so weit gekommen sind, wie sich die Argumentation entwickelte. Ohne Kontext ist alles bedeutungslos.« Cassie bemühte sich, sachlich zu klingen, aber ihr war das Feuer anzuhören. »Nichts und niemand – kein Gedanke, Mensch oder Ding – existiert rein in seinem momentanen Zustand; jeder und alles ist ein Produkt der Vergangenheit. So zu tun, als wäre das bedeutungslos, ist bestenfalls sträflich naiv.«

Sebastians Gesicht verdüsterte sich, doch Tremain lachte leise. »Gut gegeben, Miss Blackwell«, sagte er, und Cassie spürte, wie Erleichterung sie überlief. »Mr. Rhodes, Sie sind hiermit entschuldigt.«

Sebastian erstarrte, und selbst Julia sah erschrocken von ihren Notizen auf. »Wie bitte?«

»Von diesem Tutorium.« Tremain ließ den Blick über ihn wandern. »Nachdem Sie nicht daran interessiert sind, über fehlerhafte Schlussfolgerungen zu diskutieren, halte ich es für das Beste, wenn Sie jetzt gehen. Sie können stattdessen Blackwells Aufsatz studieren, vielleicht sind Sie ja nächste Woche eher gewillt, hier mitzuarbeiten.«

Zornige rote Flecken traten auf Sebastians Wangen. Er machte den Mund auf, als wollte er widersprechen, und klappte ihn dann wieder zu. Nach einem ätzend giftigen Blick auf Cassie schnappte er sich seinen Mantel und marschierte zur Tür hinaus. Seine Schritte donnerten wütend durchs Treppenhaus.

Professor Tremain wartete, bis sie verhallt waren, und griff dann mit versteinerter Miene nach seiner Kopie von Cassies Aufsatz. »Miss Blackwell, lassen Sie uns über Ihre Bemerkungen zum allumfassenden Willen sprechen. Ich habe Probleme mit Ihrer Theorie über das dualistische Erkenntnisvermögen ...«

Cassie schaffte es, ihre Nerven – und ihr Stipendium – bis zum Ende des Tutoriums zu behalten. Obwohl Tremain sie mit immer neuen Fragen aus dem Konzept zu bringen versuchte, ließ sie sich nicht beirren und konnte ihren Aufsatz verteidigen, bis schließlich die College-Uhren schlugen und die Stunde zu Ende war.

»Ihre Struktur lässt immer noch zu wünschen übrig«, ergänzte Tremain zum Abschluss und reichte ihr den Aufsatz zurück, der diesmal mit roten Anmerkungen übersät war. »Wir haben keine Zeit, jede Woche mit Nacharbeiten zu vergeuden.«

Cassie biss die Zähne zusammen und behielt ihre Erwiderung für sich, bis sie den Raum verlassen hatte.

»Er ist nicht immer so«, tröstete Julia sie auf dem Weg nach unten. »Eigentlich ist er einer von den Netten. Er war es jedenfalls. Keine Ahnung, was dieses Jahr mit ihm los ist.«

Cassie sah Julia nach, die davoneilte. Wieder mal Pech gehabt. Cassie überquerte seufzend den Hof, duckte sich durch den Eingang zum Postraum und wäre dabei fast mit einem Mädchen zusammengeprallt, das in vollem Lauf aus dem Raum gerannt kam. »Hey!«, protestierte Cassie, aber das Mädchen war schon verschwunden, die Krempe ihrer Pudelmütze tief ins Gesicht gezogen.

In Gedanken immer noch bei Tremain und seinem unergründlichen, finsteren Blick, trat Cassie an ihr Postfach und ging ihre Post durch. Werbung, Veranstaltungshinweise – und ein Foto.

Sie erstarrte, und der Atem gefror ihr in der Brust.

Es war ihre Mutter, Joanna. *Nein,* korrigierte sie sich, *Margaret;* sie trug ein elegantes Kleid, hatte sich bei einem anderen Mädchen untergehakt und wurde von zwei Jungen im Smoking flankiert. Alle posierten an einer mit Silber und polierten Trinkpokalen gedeckten Festtafel in einem Raum mit mehreren Ölporträts an den Wänden.

Cassie drehte das Foto um, und ihr Herz raste.

Schwarz ist die Livrei der Hölle,
Des Kerkers Farbe, Schule finstrer Nacht.

Eine Gänsehaut überlief sie. Dann begriff sie: Es gab keinen Umschlag, und auf dem Foto stand keine Adresse. Jemand hatte es persönlich in ihr Fach gesteckt. Jemand, der genau wusste, wer sie war – und wonach sie suchte.

Ihr Geheimnis war gelüftet worden.

Cassie lief geradewegs zur Radcliffe-Library. Elliot war im Hinterzimmer und verbuchte zurückgegebene Bücher. Sie knallte das Foto vor ihm auf den Tisch. »Hast du mir das geschickt?«, wollte sie wissen.

Elliot warf kaum einen Blick darauf. »Nein«, antwortete er geistesabwesend. »Sag mal, könntest du heute die Nachmittagsschicht übernehmen? Ich weiß, wir haben den Papierkram noch nicht erledigt, aber ich ersticke in Arbeit.«

»Und du warst es ganz bestimmt nicht?«, fragte Cassie noch mal. »Schau genau hin, Elliot. Kommt dir dieses Bild irgendwie bekannt vor?«

Die Panik in ihrer Stimme bewirkte, dass er sich das Foto eingehend ansah. »Ich habe es noch nie gesehen. Aber das ist Margaret, stimmt's?« Elliot betrachtete sie neugierig. »Was ist denn los? Woher hast du das?«

Cassie holte tief Luft und gab sich alle Mühe, ruhig zu klingen. »Jemand hat es in mein Postfach gesteckt. Es muss wohl irgendeiner meiner Freunde gewesen sein.«

Elliot sah sie an, als würde er ihr nicht glauben, bohrte aber nicht nach. Er drehte das Foto um und las den Text. Dann lachte er kurz auf. »Da macht es jemand aber mächtig spannend.«

»Wieso?«, fragte Cassie. »Woher stammt das? Ich weiß nicht, was das bedeuten soll.«

Elliot rollte seinen Drehstuhl über den Boden. »Hier …« Er klickte auf der Computertastatur herum und lud eine Suchmaschinenseite. Kurz darauf erschien das Zitat auf dem Bildschirm. »Es stammt aus *Liebes Leid und Lust*. Ist angeblich eine Anspielung auf Sir Walter Raleigh und seinen illustren Kreis ränkeschmiedender, meuchelmordender Atheisten.«

»Du meinst die Gründer des College?« Cassie erkannte die auf dem Bildschirm aufgelisteten Namen wieder. »Meine Mitbewohnerin schreibt ihre Magisterarbeit über sie. Sie sagt, sie hätten an allen wissenschaftlichen Umwälzungen der damaligen Zeit mitgewirkt. Es war eine Gruppe von Intellektuellen.«

»Oder, wie viele glauben, eine korrupte Geheimgesellschaft, die mittels niederträchtiger Umtriebe heimlich das Land regierte«, ergänzte Elliot schmunzelnd.

»Du klingst nicht überzeugt.«

»Ob ich glaube, dass sich Anfang des siebzehnten Jahrhunderts eine Gruppe von Intellektuellen zusammengefunden hat, um über Gott und Literatur zu diskutieren? Eindeutig.« Elliot sah sie über den Rand seiner rechteckigen schwarzen Hornbrille hinweg an. »Ob ich glaube, dass sie eine allmächtige Geheimgesellschaft bildeten, die über verästelte Verbindungen bis heute das Land beherrscht? Weniger.«

Cassie setzte sich auf eine Bank in der Nähe. »Es gibt Leute, die glauben, dass *Die Schule der Nacht* bis heute existiert?«

»Es gibt Gerüchte und Legenden.« Elliot zuckte gleichgültig mit den Schultern und beugte sich wieder über seinen Karteikasten. »Wenn es in Oxford nur halb so viele Geheimgesellschaften gäbe, wie behauptet wird, dann müssten du und ich und jeder andere in der Stadt Mitglied in einer davon sein. Versteh mich nicht falsch, natürlich gibt es Verbindungen«, ergänzte er. »Saufgilden, sogenannte Geheimbünde. Aber die sind nur für ein paar überprivilegierte Kids da, die sich gern verkleiden und mit geheimen Codeworten um sich schmeißen. Die reale Macht, die uns Sorgen machen sollte, ist alles andere als geheim.« Er wies mit dem Kinn auf die mit Flyern vollgepinnte Anschlagtafel an der Wand hinter ihr, die mit Werbung für die anstehenden Wahlen der Oxford Union tapeziert war.

»Aber das Foto«, versuchte Cassie, das Gespräch auf das Ursprungsthema zurückzulenken. »Glaubst du, Margaret hatte was mit dieser Gesellschaft zu tun? Dieser *Schule der Nacht*?« Sie starrte nachdenklich auf das Foto und versuchte, aus der eingefrorenen Szene irgendwelche Schlüsse zu ziehen. Die Studenten trugen Talare, aber die Gemälde in ihrem Rücken erkannte sie nicht, sie hingen also nicht im Raleigh-Speisesaal.

Elliot zupfte ihr das Foto aus der Hand. »Das ist ein bisschen weit hergeholt. Ich halte es für wahrscheinlicher, dass sie einfach mit ein paar reichen Schnöseln abgehangen hat.«

»Aber genau solche Leute würden doch so einer Geheimgesellschaft angehören, oder?« Cassie war nicht zu bremsen und dröselte im Geist das Mysterium immer weiter auf. »Wenn so eine Gesellschaft tatsächlich Macht hätte, würde sie bestimmt nicht Werbung für sich machen. Schließlich soll sie ja geheim sein.«

»Und genau darin liegt das Dilemma.« Elliot lachte. »Woher willst du wissen, welche besoffenen Idioten bloß ihr Familienerbe verprassen und welche heimlich über die Welt herrschen?«

Er nahm seine Beschäftigung wieder auf und scannte die Codes der zurückgegebenen Bücher ab, doch Cassies Hirn arbeitete rastlos weiter. »Also, solche Vereinigungen sind doch eigentlich immer an den Namen gebunden, oder? Die Mitgliedschaft wird von Generation zu Generation vererbt. Solche Vereinigungen laden niemanden ein, sie sondern sich ab und bleiben unter sich.«

»Nehme ich an.« Elliot zuckte wieder leichthin mit den Achseln. »Willkommen im britischen Klassensystem mit all seinen Freuden.«

Cassie trommelte mit den Fingern auf den narbigen alten Tisch. »Und wie finde ich jetzt mehr über diese *Schule der Nacht* heraus?«

Elliot seufzte. »Willst du sie wirklich aufspüren? Dann würde ich nach den widerlichsten reichen Arschlöchern in der ganzen Stadt suchen. Ich würde darauf wetten, dass sie dazugehören.«

»Elliot«, protestierte Cassie, »ich meine es ernst.«

»Ich weiß, aber wenn du mich fragst, verarscht dich da jemand«, beharrte Elliot. »Wenn du mehr über deine Margaret erfahren willst, dann ruf ihre ehemaligen Kommilitonen an und frag die. Dazu brauchst du keine Verschwörungstheorien zu spinnen. Also, hilfst du mir jetzt mit diesen Rückgaben? Ich wäre längst damit fertig, wenn mich nicht *irgendwer* ständig ablenken würde.«

Cassie blieb bis zum Abend, half Elliot und arbeitete zwischendurch an ihren eigenen Recherchen. Sie beschloss, anhand der Studentenverzeichnisse Margarets frühere Kommilitonen ausfindig zu machen, so wie er ihr geraten hatte. Es war ein Risiko, vor allem jetzt, wo jemand wusste, dass sie nach Margaret suchte, aber Cassie sagte sich, dass sie übertrieben reagierte. Sie brauchte Informationen, es konnte also nicht schaden, wenn sie nachfragte, ob sich jemand an Margaret erinnerte. Inzwischen hatte es die Studenten von damals in alle Welt verschlagen, teils bis nach China und Australien, aber einige von ihnen lebten immer noch in London oder sogar in Oxford selbst. Sie schickte allen eine kurze Mail, in der sie erklärte, sie sei eine Freundin der Familie und würde gern mit jemandem über Margarets Zeit am College sprechen; mit etwas Glück würden wenigstens ein paar der ehemaligen Studenten antworten.

Bis sie wieder im Raleigh war, war es Abend, und die Studenten strömten, in ihre offiziellen schwarzen Talare gehüllt, dem großen Speisesaal zu. Zweimal pro Woche gab es am Raleigh ein »Galadinner« – ein üppiges Dreigängemahl mit Service und Wein, bei dem ein Talar und eine Reservierungsanzahlung obligatorisch waren. Cassie hatte noch nie daran teilgenommen, doch sie wusste, dass diese Essen bei ihren Kommilitonen beliebt waren, die sich gern feinmachten und Verwandte auf Besuch oder Freunde von anderen Colleges dorthin einluden. Meist trafen sie sich vorab in den Gemeinschaftsräumen auf ein paar Cocktails und manchmal auch hinterher, und dann war das beschwipste Gelächter bis tief in die Nacht zu hören.

Als Cassie die Wohnungstür öffnete, machte sich Evie gerade ausgehbereit, indem sie funkelnde Diamantohrstecker in ihre Ohrlöcher fädelte und die Füße in ein Paar High Heels schob. »Da bist du ja endlich!«, rief sie aus. »Ich warte schon auf dich. Wann legst du dir endlich ein Handy zu wie jeder andere auch?«

»Tut mir leid«, entschuldigte sich Cassie und stellte ihre Tasche ab. »Was steht denn an?«

»Galadinner im Merton.« Das Merton war ein College ganz in der Nähe. »Wir haben eine Karte übrig, falls du mitkommen willst. Es wird lustig, ich schwör's dir.«

»Ich weiß nicht ...« Cassie schüttelte bereits den Kopf.

»Ständig versprichst du, dass du irgendwann mitkommst, aber dann tust du es nie«, erklärte ihr Evie und zog einen ironischen Schmollmund. »Olivia hat sich nach dir erkundigt.«

Cassie zauderte. »Olivia kommt auch?«

»Alle kommen.« Evie nickte und ließ einen Lippenstift in ihre strassbesetzte Clutch fallen. »Also, wie sieht's aus?«

Cassie überlegte fieberhaft. Eigentlich hätte sie sich gern mit Evie über ihre Recherchen zu Raleigh und der *Schule der Nacht* unterhalten. Anders als Elliot war sie nicht überzeugt, dass diese Gruppierung nur ein Mythos war; man hatte das Foto nicht grundlos in ihr Postfach gesteckt, und wenn es diese Gesellschaft immer noch gab ... Falls ihre Mutter etwas mit einer der exklusivsten Geheimgesellschaften Oxfords zu tun gehabt hatte ...

Zu viele Fragen, Zweifel und Möglichkeiten wirbelten Cassie im Kopf herum, und ihr war klar, dass sie der Wahrheit bestimmt nicht auf die Spur kommen würde, wenn sie sich hier oder in der Bibliothek verkroch. Um Antworten zu bekommen, brauchte sie Zugang zu den exklusivsten gesellschaftlichen Kreisen der Stadt. Und niemand war exklusiver als die Mandevilles und ihre Clique.

»Okay«, erklärte sich Cassie einverstanden.

Evie schnappte vor Überraschung nach Luft. »Im Ernst?«

»Im Ernst.« Cassie lachte über Evies schockierten Gesichtsausdruck. »Ich bin dabei.«

Kapitel 13

Das Merton College lag versteckt tief in einer gepflasterten, von altmodischen Straßenlaternen gesäumten Nebenstraße. Der Straßenlärm von der High Street her verebbte hinter ihnen, während Cassie Evie ans Haupttor folgte, und nur ihre Absätze klackerten noch über die unebenen Pflastersteine.

Fasziniert von der Vorstellung, einen Blick hinter die Mauern eines anderen College werfen zu können, schaute Cassie sich um. Sie passierten die niedrige Holztür im Haupttor und fanden sich in einem kleinen Innenhof wieder. Es gab hier zwar eine Kapelle und dreistöckige Sandsteingebäude, dazu manikürte Rasenflächen und Kolleghöfe am Ende der langen Wege, trotzdem war der Anblick nicht zu vergleichen mit den Ausmaßen und dem Prunk der weitläufigen Anlagen im Raleigh. Dafür war das Merton ein äußerst geschichtsträchtiges College, bei allen Gebäuden auf ihrem Weg zeigte sich das Alter in den schmalen, tief in die Wände eingeschnittenen Fensterschlitzen und den leicht schiefen und vom Alter gestauchten Stützpfeilern, nicht zu vergessen die vernarbten Pflastersteine unter ihren Füßen.

»Es wurde schon im dreizehnten Jahrhundert erbaut«, erklärte Evie.

»Noch vor dem Raleigh?«

Evie nickte. »Als Sir Walter Raleigh hier auftauchte, gab es sofort Rivalitäten. Er hatte die Ländereien für seine Siege auf See geschenkt bekommen, neben diversen anderen Belohnungen, und er schwor, dass er das beste College in der Stadt erbauen würde. Damals war ein solches Versprechen nicht so prestigeträchtig wie heute«, ergänzte sie. »Die Menschen misstrauten den Gelehrten. Kirche und Krone wetterten derart gegen die Colleges, dass es gefährlich war, mit einem davon in Verbindung gebracht zu werden.«

»Ich schätze, deshalb haben sich so viele Gruppen heimlich getroffen, stimmt's?«, sagte Cassie.

Evie nickte, während sie Cassie über den Hof führte. »Man brauchte nur eine einzige falsche Vorlesung zu halten, schon konnte man wegen Gotteslästerung oder Hochverrat vor Gericht gezerrt werden. Darum habe ich auch solche Schwierigkeiten, Originalquellen zu finden. Ich dachte, das Raleigh würde in den Archiven haufenweise Material aus dieser Zeit lagern, aber damals waren alle extrem zurückhaltend beim Briefeschreiben. Niemand sprach über irgendwelche Zusammenkünfte, dabei weiß ich aus Sekundärquellen ganz genau, dass sich alle regelmäßig trafen, mindestens einmal im Monat hier am College und zeitweise noch öfter.«

Cassie wollte sich näher nach diesen Zusammenkünften erkundigen, doch in diesem Moment riefen die Glocken über dem Hof zum Abendessen. Sie mischten sich unter die Gäste, die bereits die breite Steintreppe zum großen Speisesaal hinaufgingen. Cassie zupfte verlegen am Saum ihres Rocks. Evie hatte darauf bestanden, ihr ein Kleid zu leihen, und Cassie hatte, nachdem sie alle halb durchsichtigen Chiffon-Ensembles zurückgewiesen hatte, sich zu guter Letzt ein schlichtes Kleid in tiefschwarzer Seide aufdrängen lassen. Das Mieder schmiegte sich eng um ihren Bauch, aber weil sie eine Handbreit größer war als Evie, endete der Saum auch eine Handbreit über ihren Knien. Selbst in ihrem üblichen dicken Mantel und mit dem Talar als Sichtschutz fühlte sich Cassie nur unzureichend bedeckt und außerdem den kalten Windstößen ausgesetzt, die durch den Hof fegten. Trotzdem war sie froh über das Kleid und über Evies schlichten Goldreif an ihrem Handgelenk, als sie sich umsah und die anderen Studenten und Gäste betrachtete, die nacheinander durch die Tür traten.

Der große Speisesaal war mit Holz vertäfelt und imposant. Nach den ersten Wochen am Raleigh College war Cassie der Einrichtungsstil bereits vertraut: hohe Gewölbedecken und lange Tische, die von einer Wand zur anderen reichten und mit schweren Silbergedecken und Vasen voller weißer Rosen und Lilien gedeckt waren.

»Evie!« Der Ruf erschallte vom anderen Ende des Saals, und Evie führte sie eilig durch die Menge. Die Mandeville-Clique hatte sich an einem Tisch nahe dem Kopfende des Raumes versammelt: Paige, Olivia und Hugo sowie einige andere, alle in eleganten Abendanzügen oder glitzernden Cocktailkleidern.

»Du hast es doch noch geschafft.« Hugo erhob sich und küsste Evie auf die Wange. »Du hast gar nicht gesagt, dass du jemanden mitbringen würdest.« Sein Blick kam auf Cassie zu liegen. »Freut mich wirklich, dass du mitgekommen bist, Cassie.«

Cassie gab sich alle Mühe, nicht auf seinen dunklen Blick zu reagieren. »Mich auch«, murmelte sie und beschäftigte sich damit, ihren Mantel abzustreifen und ihren Schal penibel zu einem kleinen, korrekten Rechteck zu falten, während die übrigen die üblichen Luftküsse zur Begrüßung austauschten. Sie konzentrierte sich derart darauf, Hugo zu ignorieren, dass sie fast zusammenschrak, als jemand sie mit ihrem Namen ansprach.

»Cassie, wie schön, dich wiederzusehen.« Es war Miles, erkannte Cassie, der blonde Mann von dem Cocktailempfang im Senior Common Room. Er trug einen Anzug mit kleiner roter Fliege und schüttelte ihr enthusiastisch die Hand. »Hast du dich allmählich eingewöhnt? Schon irgendwelche nächtlichen Nervenzusammenbrüche?«

»Noch nicht«, lächelte Cassie. »Aber das Semester hat gerade erst angefangen.«

»Sag das nicht«, schalt Evie sie. »Sie schlägt sich großartig. Ich mag mir gar nicht vorstellen, wie es sein muss, wenn du so ohne jede Eingewöhnung ins kalte Wasser geworfen wirst. Wir haben hier wenigstens alle als Erstsemester angefangen.«

»Bist du verrückt?« Miles riss dramatisch die Augen auf. »Das erste Jahr war das schlimmste von allen. Ein halbes Dutzend Mal hätte ich am liebsten alles hingeschmissen. Ich wollte in Brasilien einen Surfshop aufziehen«, erklärte er Cassie und zog ihr einen Stuhl heraus.

»Und warum hast du es nicht gemacht?« Evie ließ sich auf dem Stuhl daneben nieder.

»Nein, Evie, du sitzt hier bei mir.« Olivia tätschelte den freien Platz an ihrer Seite. Noch während Evie gehorsam den Tisch umrundete, ergriff Hugo das Wort und antwortete für Miles.

»Weil er wasserscheu ist und praktisch nicht schwimmen kann.« Hugo nahm direkt gegenüber von Cassie Platz. Er erwiderte ihren Blick mit einem leisen, wissenden Lächeln. »Hör bloß nicht auf ihn. Letzten Monat war er überzeugt, dass er ein Jahr lang in einem Ashram leben sollte.«

»Das sollte ich auch«, protestierte Miles und schüttelte mit einer dramatischen Geste seine Serviette aus. »Innerer

Frieden würde mir wesentlich mehr für mein Leben bringen als dieser dämliche Doktortitel.«

Alle lachten, und Cassie merkte, wie sie lockerer wurde, wenn auch nur ein wenig. Sie hatte insgeheim damit gerechnet, hier der gleichen unterkühlten Gleichgültigkeit zu begegnen, die ihr von ihren Mitstudenten bei den Tutorien im Raleigh entgegenschlug, aber stattdessen schien die Gruppe sie mit offenen Armen aufzunehmen.

»Das ist aber eine süße Handtasche«, bemerkte Olivia von der anderen Tischseite her, während die Kellner Wein und Wasser ausschenkten.

Cassie sah auf das einzige Stück an ihrem Outfit, das tatsächlich ihr selbst gehörte, eine kleine Box-Clutch mit Goldbesatz. »Oh, danke.«

»Antik?«

»Äh, ja.« Cassie hatte sie in einem Trödelladen an der Cowley Road gefunden.

»Das sind immer die besten Sachen.« Olivia nahm einen Schluck Wein, sah sich um und ließ den Blick über die anderen Gäste wandern. »Lewis!«, rief sie dann. Cassie sah, wie sie locker einem älteren Mann zuwinkte. Er war über dreißig, trug das traditionelle Professoren-Tweedsakko, und über sein Gesicht breitete sich ein jungenhaftes, eifriges Strahlen, als er an ihren Tisch geeilt kam, wobei er um ein Haar einen Kellner umgerannt hätte.

»Tut mir leid, tut mir schrecklich leid«, stammelte er zur Entschuldigung, als er mit geröteten Wangen bei Olivia ankam. »Liv, wenn ich gewusst hätte, dass du auch kommst …«

»Hab's mir erst in letzter Minute überlegt.« Olivia zuckte mit den Achseln, reckte den Hals und küsste ihn auf beide Wangen. »Setz dich doch zu mir.«

Lewis wirkte unentschlossen. »Ich habe Gäste.«

»Die können sich doch selbst beschäftigen.« Olivias Mundwinkel senkten sich zu einem Schmollen. »Du weißt, wie mich so was langweilt.«

»Ich … natürlich! Bin gleich wieder da.« Lewis sprintete fast durch den Raum.

Olivia drehte sich wieder dem Tisch zu und fing Cassies prüfenden Blick auf. Sie zuckte leicht mit den Achseln und hob die Lippen zu einem winzigen Lächeln. »Ein lieber Kerl. Ich hatte ihn letztes Semester als Tutor.«

»Er ist Professor?« Cassie war überrascht. Olivia war höchstens zwanzig, und sie wäre nie auf den Gedanken gekommen, dass dieser Mann, der sie so rasend bewunderte, ihr Lehrer sein könnte.

»O ja, er ist Experte für die Kunst der Renaissance«, erwiderte Olivia.

Cassie senkte die Stimme und wandte sich Miles zu. »Ich hätte nicht gedacht, dass sich das Lehrpersonal privat mit Studenten treffen darf.«

»Offiziell ist das auch nicht erlaubt.« Er schmunzelte. »Es wird gar nicht gern gesehen. Aber niemand schert sich um die offiziellen Regeln. Und Olivia am allerwenigsten.« Er warf ihr einen tiefen Blick zu. »Die Gute spielt mit dem Feuer. Wenn die Presse Wind davon bekäme …«

»Warum sollte sich die Presse dafür interessieren?«

»Wegen ihres Vaters natürlich.« Miles erfasste ihren verständnislosen Blick. »Du weißt das nicht? Mandeville Senior ist Vorsitzender der Opposition im Parlament. Und könnte kommenden Mai ins Büro des Premierministers umziehen, wenn man den Umfragen Glauben schenken darf.«

»Oh.« Cassie sah wieder über den Tisch, wo Olivia Evie etwas ins Ohr flüsterte und beide mädchenhaft kicherten. »Das wusste ich nicht.«

»Hier ist jeder wer«, fuhr Miles fort und deutete der Reihe nach auf ihre Gruppe. »Paige ist in Wahrheit Lady Pembroke, Erbin von halb Gloucestershire. Harrys Eltern gehört eine Firma, die die Air Force beliefert, und Sashas Familie leitet eine der größten Reedereien in Europa.«

»Und was ist mit dir?«, fragte Cassie.

»Ich? Ich bin praktisch ein Bauernbub«, scherzte Miles. »Verarmter alter Adel, wie meine Mutter gern sagt. Wir sind bis über beide Ohren verschuldet, wahrscheinlich werden wir noch in diesem Jahr mit unserem Landgut Insolvenz anmelden müssen.«

Cassie besah sich die Gruppe und rätselte, wen davon sie sich in der *Schule der Nacht* vorstellen konnte. Alle schienen sich viel mehr für Cocktails als für düstere Rituale zu interessieren, aber was die elitäre Abstammung betraf, passten sie definitiv ins Bild.

Bald saßen alle Gäste, und ein älterer Mann erhob sich von seinem Platz an der Tafel auf dem Podium. Der Saal verstummte.

»Willkommen. Professoren, Studenten, verehrte Gäste. Willkommen am Merton College.« Er machte eine Pause, und alle senkten die Köpfe. »*Oculi omnium in te respiciunt, Domine. Tu das scam illis tempore opportuno …*« Während er die offenbar altbekannten Worte murmelte, sah sich Cassie unter gesenkten Wimpern um. Unwillkürlich überkam sie ein Gefühl von Geschichtsträchtigkeit, von Kontinuität, bei diesen tiefernsten Worten, die über Jahrhunderte hinweg Woche für Woche gesprochen worden waren, während sich nur die Gesichter im großen Saal geändert hatten. Wie oft war dieses Gebet wohl wiederholt worden – waren die silbernen Kandelaber entzündet worden und die Worte durch den weitläufigen Raum gehallt, als würden sie durch die Geschichte selbst reisen?

Cassies Blick traf auf Hugos auf der anderen Seite des Tisches. Um sie herum waren alle Köpfe während des Tischgebets gesenkt, alle Blicke nach unten gerichtet, doch seiner ruhte fest auf ihr. Wieder spürte Cassie ein instinktives Schaudern, ein merkwürdiges Gefühl des Wiedererkennens, das sie mit Hugo zu verbinden schien. Entschlossen, ihn zu ignorieren, schlug sie die Augen nieder, während das Gebet sich dem Ende näherte. Er gehörte zu Evie. Er sollte sie nicht so ansehen.

»*Per Jesum Christum dominum nostrum, Amen.*«

»Amen«, murmelte die Menge, und im nächsten Moment brandeten Lärm und Gelächter im Raum auf. In feierliches Schwarz gekleidete Ober und Bedienungen traten ein und balancierten geschickt schwere Silbertabletts mit dem ersten Gang durch die Reihen, während an den Tischen die Gäste ihre Sitznachbarn begrüßten und Wein nachschenkten.

»Rot? Weiß? Was willst du trinken?«, fragte Miles, der in beiden Händen je eine Flasche hielt.

»Rot, danke«, antwortete Cassie. »Aber nur einen Schluck.«

»So was gibt's hier nicht.« Er schenkte ihr grinsend das Glas voll. »Auf Oxford.« Miles hob sein Glas zum Toast, und rund um den Tisch folgten die anderen seinem Beispiel. »Mögen wir lange seine üppige Ernte genießen.«

»Manche länger als andere«, bemerkte Olivia mit einem spitzen Blick auf ihren Cousin.

Hugo lachte. »Auf Oxford.«

Kapitel 14

Nach dem Essen quetschte sich die Gruppe mitsamt ihrem Hofstaat aus Freunden und Bewunderern in mehrere schwarze Taxis und fuhr zum Haus der Oxford Union am anderen Ende der Stadt. Als Dinner hatte man eine Parade köstlicher, feiner Speisen aufgetragen, kulinarische Welten entfernt von den Takeaways, von denen Cassie sich üblicherweise ernährte. Als Vorspeise gab es einen Salat von Fasan und Khakifrüchten – »Die Vögel wurden auf den Collegeländereien geschossen«, verkündete Lewis ihnen stolz –, dem ein blutiges Rinderfilet folgte. Als die Ober schließlich die Dessertteller abräumten, auf denen winzige mit Sahne und Obst gefüllte Meringekörbchen gelegen hatten, saß Cassie ganz entspannt am Tisch und lachte über Miles' exzentrische Zukunftspläne und Paiges Schilderung, wie sie im vergangenen Herbst bei der Pariser Modewoche über den Catwalk gelaufen war.

Sie hatte die Einladung aus reiner Neugier angenommen, weil sie mehr über die Gruppe und vielleicht sogar über die mysteriöse *Schule der Nacht* erfahren wollte, aber zu ihrer Überraschung merkte sie, dass sie den Abend genoss, milde gestimmt durch den Wein und das freundliche Geplauder, das die Gruppe einhüllte. Unter den funkelnden Kronleuchtern verflüchtigte sich Cassies übliches Gefühl, eine Außenseiterin zu sein und von ihren Kommilitonen und deren messerscharfem Akzent geschnitten zu werden, stattdessen freute sie sich, dazuzugehören oder wenigstens dabei sein zu dürfen. Nach dem Essen saß sie eingeklemmt zwischen Miles und Evie im Taxi und ließ die Stadt in einem verschwommenen Panorama aus Schatten und Neonlichtern vorüberziehen, bis sie anhielten und auf einem vertrauten Straßenabschnitt die Beine auf dem Pflaster durchstreckten, ganz in der Nähe des Blackwell's und der anderen Läden auf der High Street, die jetzt still und leer in der Dunkelheit lagen.

Cassie war verwirrt, als das Taxi dicht beim Blackwell's stoppte und Miles sie in eine Nebenstraße und zu einem Backsteinbau im viktorianischen Stil führte. »Hier ist die Studentenunion?«, fragte sie. »Ich dachte, die ist am anderen Ende der Stadt in diesem riesigen Betonbunker.«

»Sie nennen sich beide Union.« Hugo wirkte amüsiert, als sie sich dem Eingang näherten, der mit bröckelnden Säulen und einem in Stein gefassten, geschmiedeten Fallgittertor veredelt war. »Es gibt eine allgemeine Studentenunion, aber das hier ist ein privater Club.«

»Die Union ist berühmt für ihre Debatten«, ergänzte Evie. »Hier haben schon alle möglichen Leute gesprochen: Premierminister, Präsidenten, sogar Madonna.«

Sie traten der Reihe nach ein, und Cassie sah sich interessiert um. Innen herrschte jener englische Jagdhausstil vor, der ihr seit ihrer Ankunft in Oxford überall begegnete, komplett mit Holzbalkendecke und dunklen Lederfauteuils, die um niedrige Beistelltische gruppiert waren. Diverse Grüppchen von Studenten oder älteren Erwachsenen hatten sich zusammengefunden und genossen einen späten Drink.

Cassie stockte, als sie die Umrisse von Sebastians breiten Schultern erkannte. Es kam ihr vor, als wären seit der Szene bei ihrem Tutorium Wochen vergangen, dabei hatte sie sich erst an diesem Morgen abgespielt; jetzt stand er mit einigen anderen sportlich aussehenden Jungen an der Bar. Er ließ den Blick durch den Raum schweifen und riss unwillkürlich die Augen auf, als er Cassie sah. Sie konnte sich ein kurzes Winken in seine Richtung nicht verkneifen. Prompt verdüsterte sich seine Miene.

»Cassie?«

Sie drehte sich um. Evie wartete auf sie und deutete zu einer Treppe hinter der Bar. Cassie schloss zu den anderen auf und ließ Sebastian und seine Freunde zurück.

Cassie folgte der Gruppe nach oben in eine Privatlounge. »Die Privaträume des Unionspräsidenten«, verkündete Miles hoheitsvoll. Cassie ließ neugierig den Blick wandern und nahm die Szene in sich auf. Hier wurde schon gefeiert: Laute Musik lief, und auf Sofas und Sesseln drängten sich Menschen mit Weinkelchen und Kristallgläsern in den Händen.

Sie ging Hugo und Olivia hinterher, die sich durch die Menge schoben und dabei überall mit Rufen, freundschaftlichem Schulterklopfen oder Luftküssen empfangen wurden. Sie herrschten nicht nur über das Raleigh, erkannte sie, sondern auch hier: Die Menschen traten zurück, um ihnen Platz zu machen, und umgehend wurde eine Couch für sie geräumt. Ehe Cassie es sich versah, saß sie ebenfalls mit einem erstklassigen Whisky in ihrem Tumbler im Zentrum des Geschehens.

»Bist du froh, dass du mitgekommen bist?« Evie hatte sich neben Hugo auf dem Sofa zusammengerollt und lächelte sie an.

Cassie nickte. »Danke, dass du mich aus dem Haus gezerrt hast.«

»Immer gern.«

»Kleiner Aufputscher gefällig?« Miles zupfte ein flaches Tütchen mit weißem Pulver aus seiner Brusttasche und zog mehrere Linien Koks auf dem Glastisch. Er schnupfte als Erster und hielt ihnen dann die zusammengerollte Banknote hin. »Evie?«

Evie errötete und schüttelte so heftig den Kopf, dass ihre Haare im Lampenschein schimmerten.

Olivia lachte. »Doch nicht Miss Genevieve«, mokierte sie sich gedehnt. »Die war schon immer ein braves Mädchen, stimmt's?«

Evies Wangen leuchteten rosa auf. »Ich treffe mich morgen früh mit meinem Berater!«, protestierte sie, während Olivia den Kopf senkte und mit der Banknote der weißen Linie auf dem Glas folgte.

»Sie will dich bloß verarschen; wir beneiden dich um deine Tugendhaftigkeit.« Hugo setzte beiläufig einen Kuss auf Evies Stirn und ließ den Blick dann zu Cassie weiterwandern. »Was ist mit dir?« Er zog eine Braue hoch und sah sie süffisant an, als erwartete er, dass sie ebenfalls ablehnen würde.

Cassie spürte ein rebellisches Kitzeln. Normalerweise hielt sie sich von allen betäubenden Substanzen fern. Alkohol und Drogen gefährdeten ihre hart erkämpfte Selbstkontrolle. Aber heute Abend hatte sie keine Lust, vorsichtig zu sein. Was sollte schon passieren?

»Klar.« Cassie streckte die Hand aus.

Hugos Lippen verzogen sich zu einem überraschten Schmunzeln. »Sieh an, sieh an.«

Cassie ignorierte ihn, senkte den Kopf und spürte gleich darauf, wie die Droge mit einem heißen Funken ihr Blut in Brand setzte. Sie beschränkte sich auf eine halbe Line, aber die genügte bereits, um alte Erinnerungen auferstehen zu lassen: das scharfe Jucken des Adrenalins, das rastlose

Brennen unter ihrer Haut. Ihr Herz raste, als sie den Kopf wieder hob und feststellte, dass Hugos Blick immer noch auf ihr lag.

Ihre Haut kribbelte. Cassie wandte sich ab und wieder der Gruppe zu.

»Hartwell wird Schatzmeister«, prophezeite ein kleiner, untersetzter Mann gerade. Er wirkte schon jetzt älter und gesetzt, obwohl Evie ihr murmelnd erklärte, dass er gerade erst im Christ Church seinen Abschluss machte. »Und King wird Präsident, darauf würde ich mein Haus verwetten.«

Miles musste Cassies Verwirrung bemerkt haben, denn er wandte sich ihr zu und übersetzte für sie. Offenbar war die Union eine Brutstätte für Klüngeleien und Korruption, was die Vereinspolitik betraf, und die Studenten nutzten alle Mittel, die ihnen nur einfielen, um sich einen Platz in einem der diversen Lenkungskomitees oder Organisationsgruppen zu sichern. »Lauter Rohrkrepierer, die da antreten. Mir will nicht in den Kopf, wieso die sich alle um einen Posten reißen.«

»Das kommt daher, dass du nie irgendwas tun würdest, wofür du vor dem Mittagessen aus dem Bett krabbeln müsstest«, erwiderte Olivia und stand auf. Sie tappte barfuß quer über den Glastisch, sackte lachend am anderen Ende neben Evie aufs Sofa und kuschelte sich an sie.

»Ich weiß nicht, warum so ein Wind darum gemacht wird«, seufzte Evie. »Ich kann mir nicht vorstellen, dass ich gern Schatzmeisterin oder Generalsekretärin oder sonst was wäre. Nichts als langweilige Sitzungen und Budgetplanungen zusätzlich zu der ganzen Arbeit fürs College.«

Sie lachte, aber Olivias Miene versteinerte. »Du sammelst Erfahrungen für dein späteres Leben. Und es bringt Ansehen. Präsident der Union zu sein bedeutet etwas.«

»Wem denn?«, entgegnete Hugo. »Dem Personalchef

bei Deloitte? Deinem zukünftigen Boss bei Barclays?« Ihm war die Verachtung anzuhören. »Verzeih mir, dass ich mich nicht dem Pack anschließen will, das nur so schnell wie möglich ein Vermögen im Investmentbanking machen will.«

Olivia schickte einen Blick himmelwärts. »Wir sagen ja nur, dass du irgendwas Konstruktives tun solltest, wenn du schon weiß Gott wie lange hier herumgammelst.«

»Man nennt das Doktorarbeit«, belehrte Hugo sie gedehnt, doch Cassie sah, wie sich seine Kiefermuskeln anspannten. Obwohl er scheinbar lässig auf dem Sofa lagerte, einen Arm auf der brokatbezogenen Lehne, strahlte er Macht aus und Durchsetzungskraft, die mit jeder Sekunde deutlicher hervortraten.

»Ich weiß wirklich nicht, warum du dich so sträubst«, fuhr Olivia ihn an. »Du bist zu alt, um aus purem Trotz zu rebellieren. Irgendwann musst selbst du erwachsen werden.«

»Das, meine Beste, steht noch längst nicht fest.« Hugo leerte sein Whiskyglas und richtete sich aus dem Sofa auf. »Und jetzt werde ich uns noch eine Runde holen, falls dir das nicht zu wenig konstruktiv ist.«

Er ging zur Bar. Evie beugte sich kurz vor, als wollte sie ihm hinterhergehen, doch dann lehnte sie sich wieder zurück und sah ihm ängstlich nach. »Du solltest ihm nicht so Druck machen«, erklärte sie Olivia. »Du weißt, wie es ihn aufregt, wenn du über Politik redest.«

Olivia sah sie ungeduldig an. »Dann sollte er nicht so empfindlich sein. Er ist der Thronerbe einer beschissenen Dynastie. Es steht heute schon fest, dass er irgendwann ins Parlament gewählt oder zumindest für die Regierung arbeiten wird.«

Olivia klang verbittert. »Was ist mit dir?«, fragte Cassie. »Warum bewirbst du dich nicht um ein Amt?«

Olivias Miene verschloss sich abrupt. »Red keinen Quatsch.« Sie lachte, aber ihre Augen blieben kalt. »Evie sagt das ganz richtig, warum sollte ich meine Zeit mit diesem langweiligen Kram vergeuden, wenn ich stattdessen Spaß haben kann?«

Das Gespräch schweifte ab, doch Cassie betrachtete Olivia eingehend. Sie hatte etwas Neues an ihr festgestellt, ein Aufblitzen von Frustration. Von enttäuschtem Ehrgeiz vielleicht auch oder gar Neid.

Hatte je jemand in Betracht gezogen, dass sie die Thronerbin der Dynastie werden könnte, oder war diese Position allein Hugo vorbehalten? Er und Olivia wirkten so unterschiedlich, dabei waren sie einander ähnlicher, als beiden wahrscheinlich bewusst war. Cassie hatte die zwei den ganzen Abend beobachtet und inzwischen neue Einblicke in ihre Welt gewonnen. Beide kämpften gegen unsichtbare Fesseln an; Olivia, die außen vor blieb, wenn es um das politische Vermächtnis der Familie ging; Hugo, der unter eben dieser Last verhärmte. Cassie fragte sich, wie es wohl war, ein Leben unter so hohen Erwartungen zu führen. Mit einem Namen, an dem man gemessen wurde. Pflichten, die man zu erfüllen hatte. Von ihr hatten die Menschen immer nur das Schlimmste angenommen, bis sie irgendwann gelernt hatte, diese Auszeichnung mit grimmigem Stolz zu tragen.

»Diese ganzen Postenvergaben«, sagte Cassie bedächtig, weil sie eine winzige Bresche entdeckt zu haben meinte. »Werden die nicht sowieso in irgendwelchen Hinterzimmern entschieden? Ich habe gehört, die Ergebnisse würden vorab von diesen Geheimgesellschaften festgelegt.«

Es wurde still. Cassie merkte, dass alle Blicke auf sie gerichtet waren.

»Was für Geheimgesellschaften?«, fragte Miles.

»Weiß ich doch nicht.« Sie versuchte, die Situation mit einem Lachen zu entschärfen. »In meinem Tutorium hat sich ein Typ darüber ausgelassen, dass alle Wahlen geschoben wären, dass diese Gruppen über alles bestimmen würden.«

»Gott, wäre das schön«, schnaubte Miles. »Dann bliebe uns dieser ganze verfluchte Wahlkrampf erspart.«

»Oder sie könnten solche Sachen wie früher regeln«, meldete sich ein anderer Junge zu Wort. »Im Morgengrauen mit gezogenen Pistolen auf der Wiese am Fluss, und der Sieger bekommt alles.«

Das Gespräch wandte sich wieder einem anderen Thema zu, und Cassie atmete erleichtert auf. Es war dumm gewesen, so damit herauszuplatzen. Sie musste vorsichtiger sein; noch wusste sie nicht, womit sie es überhaupt zu tun hatte.

Sie wartete einen Moment ab, in dem alle abgelenkt waren, entschuldigte sich dann und stand auf, um nach der Toilette zu suchen. Der Barkeeper schickte sie in einen langen Gang, der, wie die meisten Gänge in Oxford, mit alten Fotos und Porträtgemälden behangen war – Erinnerungsstücke an die vielen Generationen, die das errichtet und geschaffen hatten, was die gegenwärtigen Mitglieder heute genossen. Cassie musste an Olivia und Hugo und an das Mandeville-Erbe denken, das ihnen beiden so zu schaffen machte. Im Gegensatz zu den beiden hatte sie nie eine Familie gehabt, die Erwartungen an sie gehabt hätte.

Oder vielleicht doch?

Cassie blieb stehen, denn zum ersten Mal ging ihr auf, dass ihr Vater, wenn – falls – sie ihn tatsächlich fand, auch eine Familie haben könnte. Bisher hatte sie nicht einmal ihre Großeltern kennengelernt, doch nun würde sie möglicherweise ein weitläufiges Netz von Fremden dazugewinnen, die alle mit ihr blutsverwandt waren: Cousins und Cousinen, Tanten, Onkel. Ihre eigene Geschichte, ihr eigenes Vermächtnis.

»Erfreust du dich an unseren illustren Vorfahren?« Hugos Stimme erklang so unerwartet in ihrem Rücken, dass Cassie zusammenfuhr.

»Du hast mich erschreckt!« Sie trat einen Schritt zurück. Er war ihr in diesem schmalen Gang viel zu nah, sein dunkler Blick viel zu intensiv. »Wieso schleichst du dich immer so an?«

»Ich?« Hugo sah sie fröhlich an. »Du bist diejenige, die ständig irgendwo auftaucht, wo sie eigentlich nichts zu suchen hat.«

Cassie dachte an die Nacht, in der sie ins Gewölbe eingedrungen war. Sie wandte den Blick ab. »Mir war nicht klar, dass das hier privat ist«, fing sie sich sofort wieder.

»Kein Problem«, erwiderte Hugo. »Falls jemand fragt, gehörst du zu mir.«

»Und der Name Mandeville öffnet hier alle Türen?«

Er zuckte mit den Achseln. »Er bringt Erleichterungen mit sich. Und Ballast«, ergänzte er düster. »Frag nur Vater.« Hugo nickte zu einem der Porträts hin. Ein blauäugiger Student mit einem Zeremonienstab blickte steif daraus herab.

»Unionspräsident 1944«, las Cassie auf der Plakette.

»Großvater hängt auch hier oben, irgendwo da hinten.« Hugo deutete in den Gang. »Genauso wie ein paar Onkel. Meine Tante Beatrice. Cousin James.«

»Aber du nicht.« Cassie hörte eine leise Sehnsucht in seiner Stimme.

»Ich nicht.« Hugo schenkte ihr ein schiefes Lächeln. »Ich habe noch nie auch nur kandidiert.«

»Warum nicht? So wie es sich anhört, wäre dir das Amt

sicher. Das große Mandeville-Vermächtnis«, ergänzte sie leichthin.

Hugo zuckte wieder mit den Achseln. »Ein Vermächtnis ist etwas Eigenartiges. Die Menschen erwarten etwas von dir …« Gedankenversunken sah er zu dem Bild auf. »Manchmal frage ich mich, ob ich vielleicht gegen meine Bestimmung ankämpfe, wenn ich auch nur versuche, einen eigenen Weg zu finden. Ob ich nicht lieber aufgeben und mich damit abfinden sollte, dass mein Schicksal besiegelt war, bevor ich überhaupt geboren wurde.«

Cassie spürte ein Frösteln. Sie hatte sich oft das Gleiche gefragt. Ob sie den Fluch, unter dem ihre Mutter gelitten hatte, weitertragen musste; ob der Wahnsinn und die Haltlosigkeit schon tief in ihrer DNA codiert waren. Vielleicht konnte sie noch so lange fliehen und würde doch nie jenem schrecklichen Tag entkommen, den Blutflecken auf rissigem Porzellan. »Ich weiß nicht«, antwortete sie leise. »Vielleicht muss man es einfach versuchen.«

Hugo wandte sich ihr wieder zu und sah sie nachdenklich an. »Wieso bist du hier?«

Cassie erstarrte. »Wie meinst du das?«

»Hier, heute Abend. Und feierst mit uns, als … als wärst du eine von uns. Was du nicht bist.«

Cassie spannte sich an. »Ich bin hier, weil ich eingeladen wurde«, erwiderte sie eisig. »Wieso? Bin ich nicht bedeutend genug, um eure geheiligten Hallen zu betreten? Tut mir ja leid, dass meine Ahnen sich keinen Platz an euren Wänden verdient haben, aber …«

»So habe ich das nicht gemeint«, versuchte Hugo sie zu bremsen.

Cassie schüttelte den Kopf. »Ich weiß genau, wie du es gemeint hast.« Sie sah ihn mit Todesverachtung an. »Weißt du, für jemanden, der sich so schwer mit seinem Vermächtnis tut, urteilst du ganz schön schnell über deine Mitmenschen.« Sie drehte ihm den Rücken zu und ging los.

»Warte«, sagte Hugo. Sie ging weiter, doch gleich darauf stand er wieder vor ihr und verstellte ihr den Weg. »Wirklich, so habe ich es nicht gemeint. Ich wollte nur sagen, dass du anders bist, sonst nichts.«

»Schön.« Immer noch angespannt und mit pochendem Herzen zog Cassie die Schultern hoch.

»Hör mal, hättest du Lust, irgendwann mal essen zu gehen?«, fragte Hugo.

Sie erstarrte und war überzeugt, dass sie ihn missverstanden hatte, aber es schien Hugo ernst zu sein, denn beinahe zaghaft fuhr er fort: »Oder vielleicht ins Kino. Ich habe dich vor dem Programmkino in Jericho gesehen; wir könnten uns irgendwann in der Woche einen Film anschauen.«

Cassie starrte ihn an, während ihr Gehirn fieberhaft daran arbeitete, sein neuestes Spiel zu entschlüsseln. »Du bist mit Evie zusammen«, stellte sie schließlich fest.

Hugo sah sie verdattert an. »Wir sehen uns nur ab und zu. Es ist nichts Ernstes.«

»Dann solltest du ihr das sagen!«, fuhr Cassie ihn an. Sie konnte es nicht fassen, wie unbekümmert Hugo das Mädchen verriet, das noch vor wenigen Minuten auf seinem Schoß gesessen hatte.

»So ist es nicht …«, setzte er an, aber Cassie fiel ihm ins Wort.

»Nein«, sagte sie scharf. »Ich weiß nicht, welches Spiel du spielst, aber ich bin nicht interessiert. Halt dich einfach von mir fern, okay?«

Sie ließ ihn mitten im Gang stehen, doch als sie durch die Lounge zurückging, wurde sie von einer Hand aufgehalten, die sich schwer auf ihren Arm legte. Ihr Zorn flammte auf. »Was genau hast du an ›nicht interessiert‹ nicht verstanden …« Sie wirbelte herum, doch die Worte erstarben ihr auf den Lippen, als sie erkannte, dass nicht Hugo sie aufgehalten hatte, sondern ein junger blonder Mann mit zerknittertem Kragen und vom Alkohol geröteten Wangen. »Was willst du?«, fauchte Cassie ihn an.

»Noch eine Runde für uns alle«, erklärte er ihr. »Und noch was von dem Scotch.«

Sie schüttelte seine Hand ab. »Ich arbeite hier nicht.«

»Mach dir keinen Kopf, James«, kam es gedehnt und herablassend von der anderen Seite, und im nächsten Moment stand Sebastian neben ihr. Er setzte langsam einen Whiskytumbler an die Lippen und musterte Cassie mit einem genüsslichen Grinsen. »Das kann man leicht verwechseln. Manche Leute sehen eben aus wie Angestellte, oder? Weißt du, ich glaube, die suchen hier gerade Personal. Da könntest du dir ein paar nützliche Fähigkeiten für die Zeit nach dem Studium aneignen.«

»Du meinst, wie man mit kindischen Arschlöchern umgeht?«, erwiderte Cassie laut. »Keine Sorge, da habe ich durch dich schon Erfahrung genug.«

Sein Freund grunzte vor Lachen, und Sebastians Grinsen erstarb.

»Wir sehen uns nächste Woche im Unterricht«, versetzte Cassie ihm den Gnadenstoß. »Und komm diesmal besser vorbereitet«, ergänzte sie. »Wie Tremain schon gesagt hat, leidet sonst die Qualität der Diskussion.«

Sie ging los, bevor Sebastian etwas erwidern konnte. Oben wurde inzwischen lauter und wilder gefeiert. Leere Flaschen standen überall auf den Tischen, und die Männer hatten ihre eleganten Dinnersakkos abgelegt und die Krawatten gelockert; die Mädchen lagerten mit aufgelösten Haaren und verschmiertem Augen-Make-up auf den Sofas.

Evie saß, die Beine über Olivias Schoß gelegt, halb schlafend auf der Couch. Hugo war nirgendwo zu sehen.

Cassie bahnte sich ihren Weg zwischen den Feiernden hindurch zu Evie. »Ich mache mich jetzt auf den Heimweg. Kommst du mit?«

»Aber die Party ist doch noch gar nicht vorbei«, protestierte Evie. Sie hielt ein halb volles Weinglas in den Händen, das gefährlich schief über ihrem Kleid hing.

»Bleib noch.« Olivia zupfte faul an Cassies Arm. »Wir ziehen gleich weiter zu Miles.«

»Ohne mich.« Cassie rang sich ein angespanntes Lächeln ab. »Aber danke für die Einladung. War echt nett. Wir sehen uns später im College.«

»Lass dir wenigstens ein Taxi rufen«, sagte Evie.

»Nein, kein Problem. Ich würde gern ein paar Schritte zu Fuß gehen, und von hier sind es nur zehn Minuten zum College.« Cassie verabschiedete sich und eilte die Treppe hinunter zum Ausgang, denn sie wollte der Party entkommen, bevor sie in eine weitere Szene hineingezogen wurde.

Sie trat aus dem Unionsgebäude auf die dunkle Straße. Es war nach zwei Uhr morgens, und die Nachtluft wehte kalt an ihre nackten Beine. Cassie zog den Mantel fester zu und machte sich auf den Weg in Richtung Raleigh, vorbei an den dunklen Schaufenstern und hoch aufragenden College-Toren an der Holywell Street.

Unwillkürlich kehrten ihre Gedanken zu Hugo zurück. Sie verstand ihn einfach nicht, begriff nicht, wie er so unbeschwert mit ihr flirten konnte, während Evie ein Stockwerk höher auf ihn wartete. Widerwillig gestand sie sich ein, dass sie nicht immun gegen ihn war, dass seine dunklen Augen, genau wie die dunklen Schatten hinter seinem klugen, wissenden Lächeln ihre Abwehrkräfte lahmlegten. Natürlich konnte sie das auf den Wein und die Drogen schieben, die immer noch in ihren Adern kribbelten, aber Cassie war klar, dass das Knistern zwischen ihnen mehr war. Etwas Gefährliches, etwas, das sie um jeden Preis ignorieren musste.

Die Stadt war zu dieser Stunde wie leer gefegt, keine Menschenseele war zu sehen. Unter den gusseisernen Straßenlaternen sammelten sich goldgetönte Lichtpfützen auf den Pflastersteinen, und die Strahler, die jedes College-Haupttor auf ihrem Heimweg erhellten, beleuchteten Sandstein, Backstein und Statuen, die vom Kolleghof aus Wache hielten. Cassie nahm eine Abkürzung durch eine gewundene Wohnstraße mit alten Stadthäusern zu beiden Seiten. Hier war es noch dunkler, einsam und verlassen, und in der Stille der menschenleeren Straße hörte sie Schritte hinter sich.

Cassie ging schneller. Erleichtert, gleich bei ihrem College zu sein, überquerte sie die Straße und bog dann schnell ab in die kleine Gasse, die am Rand des College-Geländes entlangführte.

Die Schritte folgten ihr beharrlich. Cassie war klar, dass sie so schnell wie möglich heimgehen sollte, trotzdem musste sie einfach an der nächsten Straßenecke anhalten und sich kurz umdrehen.

Nichts. Auf der Straße hinter ihr regte sich nichts außer ein paar Schatten.

Sie eilte weiter. Das Haupttor schloss um Mitternacht; danach nahmen die Studenten die Nachtpforte, eine kleine Holztür, die auf der Rückseite des College in die Mauer eingelassen war. Den Schlüssel schon in der Hand, eilte Cassie die Straße an der College-Mauer entlang und lauschte gleichzeitig den Schritten, die immer noch dem Stakkato ihrer eigenen Absätze folgten.

Da waren sie wieder, näher und lauter.

Die Angst jagte Cassies Puls hoch, und sie wünschte sich unwillkürlich, sie hätte, wie von Evie vorgeschlagen, ein

Taxi genommen, ganz gleich, was es gekostet hätte. Sie konnte in ihren High Heels nicht rennen, jedenfalls nicht weit, und ihre Beine leuchteten hell und nackt unter dem schwarzen Seidenrock. Entblößt. Sie begann zu laufen, bis sie die Nachtpforte erreicht hatte, und versuchte, sie aufzuschließen. Metall kratzte über Metall, bis sie den Schlüssel endlich mit zitternden Fingern in das kleine Schloss geschoben und gedreht hatte. Die Tür schwang auf, sie trat gebückt durch den niedrigen Durchgang, knallte die Tür hinter sich zu und stieß einen erleichterten Seufzer aus, als das Schloss mit einem Klicken einrastete.

Cassies Herz klopfte immer noch, doch wenigstens bekam sie allmählich wieder Luft. Sie hatte sich alles nur eingebildet.

Hinter ihr drehte sich der Riegel.

Die Nerven zum Zerreißen gespannt, fuhr Cassie herum und sah sich ein weiteres Mal Sebastian gegenüber. »Du …«, schnaubte sie wütend. »Was denkst du dir dabei, den Leuten so nachzuschleichen, das ist nicht witzig.«

Sebastian baute sich vor ihr auf, während hinter ihm die Tür zufiel. Im Licht der Lampe über der Nachtpforte wirkte sein Blick verschwommen, seine Augen waren blutunterlaufen. »Was ist, hast du gedacht, ich bin ein großes, böses Biest, das es auf dich abgesehen hat?« Seine Hand schoss vor und schloss sich um Cassies Ellbogen. Sie zuckte zurück.

»Geh deinen Rausch ausschlafen«, erklärte sie ihm und versuchte, sich zu befreien.

Sebastian ließ nicht locker.

»Ich meine es ernst«, erklärte sie fest. Die Augen wütend zusammengekniffen, starrte Sebastian sie an, und schlagartig wurde ihr bewusst, dass sie hier zwar auf dem Gelände des College, aber immer noch allein waren. Die Nachtpforte war weit von der Lodge und allen Wohnheimen entfernt; sie standen im Schatten des neu gebauten Auditoriums. Die weitläufigen Grünanlagen rund um das College, die Cassie bislang so friedlich erschienen waren, lagen still in der Dunkelheit. Und völlig verlassen.

»Sebastian«, fuhr Cassie ihn scharf an. Sie trat einen Schritt zurück und spürte prompt die raue, harte Steinmauer in ihrem Rücken. »Schlaf deinen Rausch aus«, wiederholte sie und versuchte dabei, ihre Panik zu überspielen. »Morgen früh sieht alles anders aus.«

»Sag mir nicht, was ich zu tun habe.« Sebastian lallte, und sofort flammte Cassies Panik wieder auf. Sie wollte sich aus seinem Griff winden, aber Sebastian bekam ihr Handgelenk zu fassen und presste es schmerzhaft gegen die Steinmauer.

»Lass mich los, Sebastian. Ich warne dich …« Cassie versuchte, ihn abzuwehren, aber er war zu groß für sie, zu nah. Ihre Schuhe boten keinen Halt, und sie taumelte rückwärts, erdrückt von seinem Gewicht und ohne jede Möglichkeit, sich zu wehren oder zu befreien.

»Was?« Sebastian trank vielleicht schon seit Stunden, doch in seinen Augen sah Cassie eine beängstigende Klarheit, einen so heiß brennenden Hass, dass ihr Körper wieder von panischem Adrenalin überschwemmt wurde. »Was willst du denn machen?«, höhnte er.

Cassie schluckte. Er war stärker und größer als sie und bullig und muskulös dazu. »Was hast du denn vor?«, fragte sie ruhig. »Denk doch mal nach.« Sie gab sich alle Mühe, sich die Angst nicht anmerken zu lassen. »Sei kein Idiot.«

Das hätte sie besser nicht gesagt. Sofort verzerrte sich Sebastians Miene. »Idiot?« Er schüttelte sie grob. Cassies Rücken prallte schmerzhaft gegen die Steinmauer. »Du hast mich doch zum Idioten gemacht. Hat es dir gefallen, wie er mich in der Luft zerrissen hat? Hältst du dich etwa für was Besseres?« Wieder stieß er sie brutal zurück, und diesmal knallte ihr Hinterkopf laut und hart gegen den Stein.

Schmerz explodierte in Cassies Schädel. »Hör auf!«, schrie sie gellend in die leere Nacht. »Hör auf!«

Sebastians Hand schloss sich um ihre Kehle und schnürte ihr das Wort ab. Cassie rang nach Luft, schlug wild nach ihm, aber sie war zu schmächtig, als dass sie gegen seine Masse angekommen wäre. »So was machst du nie wieder mit mir«, knurrte Sebastian und hob sie hoch, bis sie gefangen und benommen in der Luft baumelte und mit den Zehenspitzen nach dem Boden tastete. »Glaub bloß nicht, dass du was Besseres wärst als ich.«

Cassie schloss die Augen vor dem Zorn, der ihr entgegenschlug. Die Mauernische war zu abgelegen, als dass jemand ihren Schrei gehört hätte, und es war zu spät, als dass draußen zufällig ein Passant vorbeigekommen wäre. Sie war allein und schutzlos seiner Gnade ausgeliefert.

Sebastian griff nach ihrem Schenkel. »Gefällt dir das?«, murmelte er grausam. Cassie spürte, wie sich seine Finger in ihre nackte Haut bohrten, wie sie den dünnen Stoff ihres Kleids nach oben schoben, während sein Atem heiß über ihr Gesicht wehte. »Das gefällt dir, wie? Dreckige Hure.« Seine andere Hand presste sich auf ihre Brust und drückte rücksichtslos zu.

Cassie öffnete die Augen. Sebastian wartete ab, wartete auf eine Reaktion, aber die verwehrte sie ihm. Wenn sie sonst nichts unternehmen konnte, dann würde sie auch nicht zucken, kein einziges Mal. Den Blick starr auf den schattigen Fleck der Außenwand des Auditoriums vor ihr gerichtet, versuchte sie, sich mit aller Macht von ihrem Ich zu lösen und, wieder einmal, mit bloßer Willenskraft aus ihrem Körper zu treten.

Sie hatte das schon früher getan: hatte sich in einem kleinen Winkel ihres Geistes zusammengekauert und abgewartet, bis es vorbei war. Bis alles durchgestanden war. Sie hatte geglaubt, sie hätte sich seither verändert, sie würde nie wieder zulassen, dass ihr so etwas geschah, aber manchmal hatte man keine Wahl.

Man hatte nie eine beschissene Wahl.

»Gefällt dir das?«, brummte Sebastian immer noch. Sein rhythmisches Murmeln bekam etwas Fieberhaftes, während er sie betatschte und begrapschte und an seinem Gürtel herumfummelte.

Cassie spürte, wie Magensäure ihre Kehle verätzte. Sie hatte geglaubt, sie hätte diese Erinnerungen blockiert, aber ihr Körper hatte sie gespeichert, er spürte immer noch, wie sich andere Hände in ihre Haut gruben, wie ein anderer Atem auf ihre Wange blies. Sie wusste genau, wie es laufen würde. Da kam schon das Scharren eines aufgezogenen Reißverschlusses, dann folgte das kurze Stocken seines Atems, als er seine Hand zwischen sie schob, und der feste Griff, mit dem er ihre Schenkel auseinanderzwang. Und die ganze Zeit lag triumphierend sein nachtschwarzer Blick auf ihr. »Das hier ist meine Welt«, zischte er. »Vergiss das nie.«

Seine Worte rissen sie aus ihrer Erstarrung. Rot und dunkel brach sich der Zorn Bahn.

Cassie stieß einen Schrei aus, riss sich von ihm los, ging in die Hocke und rammte ihm mit aller Kraft den Kopf in den Bauch. Sebastian taumelte rückwärts, verlor das Gleichgewicht und fiel hin, nicht ohne Cassie mit sich zu ziehen. Kurz vor dem Aufprall konnte sie sich aus seinem Griff winden und kam ungebremst seitlich auf dem Schotter auf. Er packte sie am Fußgelenk, zerrte sie zurück und schleuderte sie auf den Rücken, dann drückte er sie mit seinem Körper in den Kies und nahm ihr damit die Luft. Sie versuchte zu schreien, irgendeinen Laut von sich zu geben, doch seine Hand lag schwer auf ihrem Mund, sein Arm quer über ihrer Kehle und drückte weiter zu, während seine andere Hand mit brutaler Entschlossenheit zwischen ihre Beine griff.

Cassie schnappte nach Luft, das Blut pochte ihr im Kopf, während sie wild mit den Fingernägeln nach seinem Gesicht hieb. Ihr Daumen fand seine Augenhöhle; sie stieß rücksichtslos zu.

Sebastian stieß einen tiergleichen Schrei aus. Sein Griff lockerte sich, zwar nur eine Sekunde, aber die genügte ihr, um ihm die angewinkelten Knie in den Unterleib zu stoßen und sich unter ihm hervorzuwälzen. Sie verlor die Schuhe, die ihr im Kampf von den Füßen geflogen waren, und fand nur unter Schmerzen Halt auf dem scharfkantigen Schotter. Sie humpelte davon. Hinter ihr lag Sebastian immer noch stöhnend auf dem Boden und hielt sich das Gesicht.

Cassies Atem ging flach, ihr geschundener Körper schmerzte. Um sie herum war es immer noch dunkel und bis auf Sebastians Wimmern und ihr angestrengtes Keuchen absolut still. Niemand kam, niemand hatte etwas gehört.

»Schlampe!« Sebastian wand sich in Schmerzen auf dem Boden. »Dafür wirst du bezahlen, hast du gehört? Ich bring dich um! Ich bring dich um, verfluchte Scheiße!«

Cassie blieb stehen. Der Zorn summte wie eine Bassmelodie in ihren Armen und Beinen. Sie spürte, wie er aufblühte, tiefrot und satt wie der Wein, den sie am Anfang des Abends getrunken hatte. Der Klammergriff der Angst lockerte sich allmählich, die Panik verebbte, und nichts als blanke Wut kam darunter zum Vorschein: stählerner und gewisser als alles, was sie je erlebt hatte. Die Wut brodelte hoch, schoss durch Cassies Körper, heiß und schnell und tief, bis es sich anfühlte, als würde der Zorn selbst atmen, ein Eigenleben führen.

Alles fordern.

Er hatte ihr das angetan, einfach weil er es konnte. Weil er davon ausging, dass er ihren Körper missbrauchen konnte, wie es ihm gerade gefiel. Sie war für ihn ein Nichts, keine Stimme, kein eigenständiges Wesen, bloß ein Körper. Ein Ding.

Aber sie war mehr als das. Sie konnte ihm ebenfalls Schmerz zufügen.

Kapitel 15

Cassie erwachte mit kreischenden Kopfschmerzen, ausgetrockneter Kehle und verhärteten, übersäuerten Muskeln. Sie zuckte vor dem Licht zurück, das durch ihre offenen Vorhänge ins Zimmer strömte, und schluckte unter Schmerzen.

Sie war in ihrem Zimmer, lag noch angezogen auf ihrem Bett, wo sie offenbar zusammengebrochen war.

Mühsam setzte sie sich auf und erschrak über die Schmerzen, die durch ihren Körper schossen. Sie fühlte sich missbraucht, eine zerknitterte Hülle ihrer selbst, und musste ihre gesamte Kraft aufbringen, als sie aus dem Zimmer schlich, immer mit einer Hand an der Wand, um das Gleichgewicht zu halten. »Evie?« Sie musste den Ruf durch ihre wunde Kehle pressen. Aber sie bekam keine Antwort; die Mansardenwohnung war leer.

Während Cassie zum Bad stolperte, sah sie kurz in den Spiegel über der Kommode. Sie erstarrte. Blutergüsse umringten ihren Hals, dunkelviolette Male auf ihrer blassen Haut, und auf ihrer rechten Wange erblühte ein weiterer Fleck. Entsetzt strich sie über die empfindliche Haut, während sie sich vergeblich ins Gedächtnis zu rufen versuchte, was passiert war. Sebastian … die Nachtpforte. Sie erinnerte sich, dass er sie gepackt hatte, und dann …

Dann war alles schwarz.

Sie schloss sich im Bad ein und ließ die Dusche so heiß, wie sie es nur ertrug, auf ihre geschundenen Knochen prasseln, bis die Kopfschmerzen glühend und roh gegen ihren Schädel hämmerten. In der Küche spülte sie, in ihren Bademantel gehüllt, drei Aspirin mit einem Schluck kaltem Kaffee hinunter. Dann sank sie auf den Küchenboden, den Rücken gegen einen Schrank gelehnt, und wartete darauf, dass die Schmerzmittel ihren lindernden Zauber taten. Sie starrte auf die Blutergüsse an ihren Handgelenken – hässliche schwärzliche Kleckse – und versuchte sich zu erinnern, doch der Abend kehrte nur in Fragmenten zurück: das Klopfen ihrer Absätze auf den Pflastersteinen, das Funkeln der Kronleuchter beim Dinner, das Summen der Gespräche in der Lounge der Union.

Das Krachen von Knochen auf Beton.

Ganz langsam wuchs Cassies Unbehagen zu dunkler Angst an. Diese Schwärze, diese Erinnerungslücken, all das hatte sie schon früher erlebt – bis hin zu dem vertrauten Geschmack in ihrem Mund: bitter und metallisch. Panik schnürte ihr die Kehle zu. Wenn sie früher aus diesen Blackouts aufgetaucht war, hatte sie jedes Mal auf ein Feld der Verwüstung geblickt. Blutige Verletzungen, niedergebrannte Gebäude. Aber damals war sie noch ein Kind gewesen. Schuldunfähig. Jetzt, hier in Oxford, wo es so wichtig war, dass ihre Tarnung nicht aufflog …

Was hatte sie getan?

Cassie war nicht sicher, wie lange sie bibbernd dasaß oder wie spät es war, als sie schließlich ein Klopfen an der Wohnungstür hörte. Sie erstarrte, spannte sich an. »Einen Moment«, rief sie und spürte die Worte schmerzhaft in ihrer wunden Kehle. Sie zog sich auf die Füße und eilte in ihrer Paranoia zuerst in ihr Zimmer, wo sie sich überzeugte, dass ihre Rechercheakten gut versteckt hinter dem losen Brett im Wandschrank steckten.

Dann zog sie den Bademantel straff um ihre Taille und ging zur Tür. Sie zog sie vorsichtig einen Spaltweit auf und schaute hinaus.

»Miss Blackwell?« Draußen stand Rutledge in seinem üblichen grob gestrickten Wollpullover. Seine Augen wurden groß, als er sie sah, und sie hörte ihn scharf Luft holen.

»Was kann ich für Sie tun?«

Er räusperte sich und sah sie betreten an, und als Cassie daraufhin die Tür weiter aufzog, sah sie den zweiten Mann, der in einem abgewetzten Jackett und Cordhose ein Stück hinter ihm am Treppenabsatz wartete.

»Sie, ähm, möchten uns bitte zum Büro des Rektors begleiten, er hätte ein paar Fragen an Sie.« Rutledge stellte sich sichtlich verlegen ihrem Blick. Cassie sah auf seinen Begleiter. Er war vielleicht in den Vierzigern: ein müde aussehender Mann mit Halbglatze und ungeduldigem Gesichtsausdruck, der sich anscheinend alle Mühe gab, die Blutergüsse an ihrem Hals und Gesicht zu übersehen.

»Das ist Detective Inspector Bradshaw«, stellte Rutledge ihn vor. »Man, ähm, bräuchte Sie gleich jetzt. Es tut mir leid.« Er senkte die Stimme, und sie sah das Mitgefühl in seinen Augen. »Ich habe ihnen erklärt, dass ich Sie holen würde, aber man hat darauf bestanden, mich zu begleiten …« Seine Stimme versiegte.

Cassie nickte. »Schon okay«, erklärte sie ihm, während sich ihre Gedanken überschlugen. »Ich komme sofort.«

»Sie können sich noch etwas anziehen«, beschied Bradshaw ihr von seinem Platz am anderen Ende des Ganges aus. »Wir warten solange.«

Angezogen, aber noch genauso zerschlagen und desorientiert, folgte Cassie den Männern über den Campus. Es war spätnachmittags, der Himmel grau und die Wege leer, jene typische Wochenendflaute, in der die Studenten Sport trieben, Kaffee trinken gingen oder ihren Schlaf nachholten. Cassie war froh, dass der Kolleghof so leer war. Die wenigen Menschen, die ihren Weg kreuzten, sahen ihrer Gruppe neugierig nach.

Als sie das letzte Mal Sir Edmunds Amtssitz betreten hatte, hatten die Bäume noch in vollem Laub gestanden, jetzt hingegen war der Sandsteinbau umrahmt von nacktem Astwerk, laublos und nass, und das schlammige Gras drückte sich unter ihren Schritten in den Boden. Drinnen führte Rutledge sie geradewegs in Sir Edmunds Arbeitszimmer, aber Cassie entging nicht die Unheil verheißende Stille, die sich über sein Büro gesenkt hatte.

Sie hatten Angst vor ihr.

Rutledge hielt ihr die Tür auf. Cassie nahm ihren Mut zusammen und trat ein. Sir Edmund wartete mit strenger, müder Miene hinter seinem Schreibtisch auf sie, und in einem der tiefen Sessel saß Professor Tremain. Am Fenster stand ein dritter Mann, und als er sich umdrehte, holte Cassie scharf Luft. Es war Charlie, nur dass er jetzt in Uniform war. Sie klappte den Mund auf und wollte schon etwas sagen, doch Charlie schüttelte verstohlen den Kopf.

»Miss Blackwell.« Sir Edmund deutete auf den Stuhl vor seinem Schreibtisch. Detective Bradshaw blieb hinter ihr stehen, wie um ihr den Fluchtweg zu versperren. Cassie setzte sich.

»Wir müssen mit Ihnen über den Vorfall von gestern Abend sprechen.«

Cassie schluckte schwer, und ihr Herz hämmerte. Hatte jemand den Angriff beobachtet und der Collegeleitung gemeldet? Aber wenn das der Fall gewesen wäre, dann säße sie jetzt bestimmt einer mitfühlenden Polizistin gegenüber, nicht einer Front von anklagenden Männergesichtern.

Wieder nagte die Frage an ihr. Was hatte sie getan?

»Sebastian Rhodes«, verkündete Detective Bradshaw gemessen. Er klappte ein Notizbuch auf und zückte den Stift, um sich Notizen zu machen. »Sie haben ihn gestern Abend gesehen?«

Cassie zögerte argwöhnisch. »Ja«, gab sie schließlich zu. »Wir sind uns bei der Oxford Union über den Weg gelaufen.«

»Und dann haben Sie das Gebäude zusammen verlassen?«

Sie sah scharf auf. »Nein. Ich habe kaum mit ihm gesprochen. Ich bin allein zum College zurückgegangen. Er hat mich verfolgt und ... mich angegriffen.« Sie konnte sich nicht an alles erinnern, aber so war es gewesen, so viel wusste sie noch. Sein Gesicht hatte sich in ihr Gedächtnis eingebrannt: Feixend hatte er aus ihrem Schmerz Lust gezogen.

Detective Bradshaw wechselte einen Blick mit Sir Edmund, der sich auf seine Ellbogen stützte und sie mit strengem, finsterem Blick fixierte. »Bleiben Sie bei der Wahrheit, Miss Blackwell.«

Cassie versuchte, die Ruhe zu bewahren. »Das ist die Wahrheit.« Sie schluckte mühsam ihren Zorn hinunter. »Oder glauben Sie, ich hätte mich selbst gewürgt, nur so zum Spaß?« Sie zerrte den Kragen ihres Pullovers nach unten, sodass die Blutergüsse an ihrem Hals zu sehen waren. »Er hat versucht, mich zu vergewaltigen.«

Schlagartig wurde es still, während das Wort schmutzig zwischen ihnen in der Luft hing. Sie spürte die Betretenheit der Männer, sah, wie Sir Edmund und Tremain ihrem Blick auswichen und sich räusperten.

»Mr. Rhodes wurde gestern Abend ins Krankenhaus eingeliefert«, erklärte Sir Edmund schließlich. »Er wurde zusammengeschlagen. Ihm wurden mehrere Rippen gebrochen, der Kiefer angebrochen und innere Blutungen zugefügt.«

Die Worte drangen langsam zu ihr durch. Er war noch am Leben.

Offenbar war ihr die Erleichterung anzusehen, denn Sir Edmund sah sie noch wütender an. »Das ist eine ernste Angelegenheit, Miss Blackwell. Was haben Sie zu Ihrer Verteidigung zu sagen?«

»Was ich zu meiner …?«, wiederholte Cassie, deren kurze Erleichterung in Fassungslosigkeit umschlug. »Haben Sie nicht gehört, was ich gerade gesagt habe? Er hat versucht, mich zu vergewaltigen.« Sie sah auf Bradshaw, der stoisch und erschöpft wirkte, und dann auf Charlie, der immer noch am Fenster stand. Charlie senkte den Blick.

In diesem Moment ging ihr ein Licht auf. Sie waren nicht hier, um ihre Aussage anzuhören; sie wollten sich nicht überzeugen, dass ihr nichts passiert war, oder sogar auf eine Anzeige gegen ihn dringen. Sie waren seinetwegen hier.

Cassie stieß die Luft aus. Das hätte ihr klar sein müssen. Das Mobiliar war hier vielleicht eleganter, und die Männer waren gebildet und kultiviert, aber ansonsten lief es hier genauso wie überall. Sie bedeutete ihnen nichts und würde ihnen nie etwas bedeuten.

»Was wollen Sie von mir?«, fragte Cassie eisig. »Denn Sie sind eindeutig nicht hier, um sich zu überzeugen, dass mir nichts zugestoßen ist.«

Wieder wechselten die Männer einen Blick. Detective Bradshaw klappte sein Notizbuch zu. »Seine Familie will Sie wegen schwerer Körperverletzung verklagen.«

»Dann werde ich auch Anklage erheben«, spie Cassie

aus. »Körperverletzung, Überfall, versuchte Vergewaltigung.«

»Sebastian wurde sehr schwer verletzt.« Sir Edmund klang entgeistert.

Cassie merkte, wie ihr Kampfgeist sie verließ. »Er ist über mich hergefallen«, erklärte sie ihnen müde. »Er ist mir gefolgt und hat mich festgehalten. Er wollte einfach nicht aufhören, nicht mal als ….« Sie schüttelte den Kopf. »Und Sie zerbrechen sich den Kopf über *seine* Verletzungen?«

Sie wurden durch Lärm im Gang unterbrochen. »Bitte, Mr. Rhodes, wenn Sie warten möchten …« Die Sekretärin wurde mit jedem Wort lauter.

»Aus dem Weg«, verlangte eine laute Männerstimme. Die Tür schwang auf, und ein Mann in den Fünfzigern, gut genährt und mit leicht ergrauten Schläfen, platzte in den Raum. Er trug einen makellosen dunkelgrauen Anzug mit breiter roter Krawatte, und aus seinen Augen schlugen Zornesflammen. »Das lasse ich mir nicht bieten«, bellte er. »Ich will sofort wissen, was unternommen wird.«

»Mr. Rhodes …« Professor Tremain erhob sich aus seinem Sessel. »Wenn Sie bitte draußen warten würden.«

»Nein, ich werde nicht draußen warten, nicht nach dem, was sie meinem Sohn …« Mr. Rhodes' Blick landete auf Cassie. »Sie!«, brüllte er und stach mit dem Finger in ihre Richtung. »Was haben Sie meinem Jungen angetan?« Sein Gesicht war rot gefleckt, und unter seiner Stirn zuckte eine dicke Zornesader.

»Was er verdient hat«, fuhr Cassie ihn an. »Nachdem Sie ihm ganz eindeutig nicht beigebracht haben, dass ein Nein nein heißt.«

»Wie können Sie es wagen?« Rhodes bebte vor Zorn. »Mein Sohn würde nie …« Er verstummte. »Dass Sie es wagen … Um ein Haar wäre er erblindet. Vielleicht wird er auf seinem rechten Auge nie wieder sehen können!«

»Er hat Glück gehabt, dass ich ihn nicht umgebracht habe.« Cassie antwortete ganz beiläufig, und keiner der Männer würde je erfahren, wie wahr diese Worte waren. Sie erkannte Sebastian in seinem Vater wieder, sah den gleichen selbstgerechten Zorn. Den Jähzorn, die rücksichtslose Wut. Sie hatte kaum eine Sekunde Zeit, all das zu verarbeiten, bevor er sich auf sie stürzte. Tremain und Bradshaw wichen zurück, um ihm nicht in die Quere zu kommen, während Cassie rückwärts taumelte.

Nur Charlie griff ein und bremste Rhodes, indem er ihn mit beiden Händen zurückschob, als wäre er ein randalierender Trinker an einem Freitagabend. »Nicht so heftig. Ganz ruhig.«

»Haben Sie das gehört? Was sie gesagt hat?« Rhodes wehrte sich kurz gegen ihn, dann sackte er schwer atmend zusammen.

»Jeffery, bitte.« Erst jetzt wirkte Sir Edmund aufrichtig besorgt. »Wir werden das alles klären. Detective, würden Sie Mr. Rhodes zu seinem Wagen begleiten? Falls Sie keine weiteren Fragen haben.«

Cassie bemerkte, wie Charlie und Detective Bradshaw einen Blick wechselten, aber Bradshaw war derjenige, der antwortete. »Keine weiteren Fragen.« Er steckte sein Notizbuch ein. »Danke für Ihre Zeit.«

Beide Polizisten geleiteten Sebastians Vater nach draußen, und Sir Edmund folgte ihnen in den Gang. Cassie konnte ihn durch die Tür hören, konnte hören, wie er Rhodes mit beschwichtigender Stimme zusicherte, dass alles geregelt würde.

Als Sir Edmund wieder zu ihnen zurückkehrte, bedachte er Cassie mit einem müden, resignierten Blick. »Wie Sie gesehen haben, ist die Familie sehr aufgebracht, und das aus gutem Grund. Sebastian musste notoperiert werden. Er hat viel Blut verloren.«

Cassie antwortete nichts darauf. Die Atmosphäre hatte sich gewandelt, nachdem die Polizisten abgezogen und sie allein mit Sir Edmund und Matthew Tremain im Raum war. Sie sah beide abwechselnd an und fragte sich, was als Nächstes kommen würde.

»Ich glaube, ich könnte ihn überreden, nicht Anzeige zu erstatten«, fuhr Sir Edmund langsam fort, »damit wir die Sache intern klären können. Das wäre doch für alle Beteiligten das Beste, meinen Sie nicht auch?«

»Sie wollen sagen, solange ich auch nicht Anzeige erstatte.« Cassie hatte durchschaut, was er tatsächlich gemeint hatte.

»Sie müssen wissen, dass Ihnen bei einem Strafverfahren das Visum entzogen werden würde«, erklärte Sir Edmund ihr hilfsbereit. »Und natürlich würden Sie dann unseres College verwiesen.«

»Was so oder so geschehen könnte.« Erstmals meldete sich Tremain zu Wort, mit maskenhaft starrem Gesicht. »Der Disziplinarausschuss wird die Sache untersuchen, und falls wir Beweise für einen tätlichen Angriff ...«

»Das würde mich wundern«, fiel Cassie ihm wütend ins Wort. »Wenn es irgendwelche Beweise geben würde, dann würde die Polizei ermitteln, aber die scheint sich für den Fall nicht zu interessieren.«

»Raleigh hatte schon immer sehr gute Beziehungen zur örtlichen Polizei«, klärte Sir Edmund sie auf. »Sie verlassen sich darauf, dass wir solche Dinge intern klären, statt ihre Zeit zu beanspruchen.«

Cassie überlegte fieberhaft. Sie wollten keinen Skandal, wollten den guten Ruf des Raleigh nicht von irgendwelchen

Reportern besudeln lassen. »Dann sind wir hier wohl fertig. Schließlich«, ergänzte sie bitter, »können Sie ihm kaum glauben, dass ich ihn zusammengeschlagen habe, wenn Sie mir nicht glauben, dass er mich vergewaltigen wollte.« Sie stand auf.

»Miss Blackwell ...«, wandte Tremain ein, doch Sir Edmund brachte ihn mit einem Winken zum Schweigen.

»Ich werde das mit dem Disziplinarausschuss besprechen und Ihnen dann mitteilen, zu welchem Ergebnis wir gekommen sind.« Er erhob sich ebenfalls und geleitete sie zur Tür, wo er noch einmal stehen blieb. »Wir bestehen allerdings auf Vertraulichkeit, wenn wir derartigen Anschuldigungen nachgehen. Sie dürfen mit niemandem über den Vorfall sprechen, schon gar nicht mit der Presse.« Seine Augen bohrten sich schiefergrau in ihre. »Das College hat einen Ruf zu wahren.«

»Natürlich.« Cassie ließ den Blick über die beiden wandern: Sir Edmund, so besorgt um den guten Ruf des Raleigh College, und Tremain, seinen gehorsamen Schoßhund. Sie hätte Zorn fühlen sollen, doch dafür war sie zu ausgelaugt. Stattdessen empfand sie nur kalte Verachtung. »Das College kommt vor allem anderem.«

Draußen wanderte Cassie wie blind über das Gelände. Sie empfand eine Mischung aus brennendem Zorn, Hilflosigkeit – und Erleichterung. Das System hatte sie so oft fallen lassen – in einem endlosen Reigen untauglicher Bürokraten und rückgratloser Sozialarbeiter -, dass sie gemeint hatte, ihr Glaube an die Allgemeingültigkeit irgendwelcher Regeln wäre längst abgestorben. Jetzt jedoch, wo Sir Edmunds beschwichtigende Stimme in ihrem Kopf nachhallte, begriff Cassie, dass sie bis zu diesem Moment immer noch einen letzten Funken an Vertrauen in die Obrigkeit gehegt hatte, der nun erstickt worden war.

Auf grausame Weise ergab das durchaus Sinn. Sebastian war einer von ihnen. Sie würden ihn nie bestrafen, nicht allein aufgrund ihrer Aussage.

Und vielleicht hatte sie tatsächlich Strafe verdient.

Cassie schob den Gedanken beiseite. Was sie Sebastian auch angetan hatte, hatte er sich selbst zuzuschreiben. Sie war eine Überlebenskünstlerin, sie war es schon immer gewesen. Und falls sie die Kontrolle verloren hatte, falls sie zu weit gegangen war … Dann war das jetzt nicht mehr zu ändern.

Sie bog ab und wollte gerade den Haupthof überqueren, als sie Charlie und Detective Bradshaw im Gespräch an der Porters' Lodge stehen sah. Cassie trat einen Schritt zurück und beobachtete, wie Charlie nach seinem Handy griff, um einen Anruf entgegenzunehmen, wobei er Bradshaw einen Wink gab, schon vorauszugehen. Der Detective verschwand durch das Haupttor und war gleich darauf auf der Straße dahinter verschwunden.

Cassie ging mit schnellen Schritten auf Charlie zu und erreichte ihn, als er gerade sein Gespräch beendet hatte. »Was sollte das eben?«, wollte sie wütend wissen. »Was ist verflucht noch mal da drin passiert?«

»Pst«, brachte Charlie sie zum Schweigen und sah sich kurz um. Ehe Cassie noch etwas sagen konnte, zog er sie in eine Ecke des Hofes und außer Sichtweite in einen kleinen Durchgang.

»Was hast du für ein Problem?« Sie befreite sich aus seinem Griff. »Willst du nicht mit der gefährlichen Irren gesehen werden?«

»Cassie …«, versuchte Charlie, sie zu beruhigen.

»Hast du das etwa gemeint, als du mir erklärt hast, ich hätte von dir nichts zu befürchten?«, fuhr sie ihn zornig an. »Dass es dein Job wäre, zu schützen und zu dienen?«

»Ich hab's versucht«, zischte Charlie und sah sich erneut um, ob jemand sie beobachtete. »Glaubst du, mir ist nicht klar, was die da drin getrieben haben? Was für eine Schmierenkomödie.« Er spie das Wort aus. »Das war von Anfang an nichts als eine schmutzige Schmierenkomödie.«

»Wie meinst du das?« Cassie merkte, wie ihr Zorn abflaute. Sie hatte lahme Ausflüchte und Dementis erwartet, stattdessen sah Charlie sie verbittert an.

»Als ich ins Krankenhaus kam, war der alte Rhodes schon dort«, erklärte er. »Zusammen mit dem Anwalt der Familie. Als ich begriff, dass es um dich ging, wollte ich die beiden aus dem Raum schaffen, damit ich den Jungen ungestört befragen kann, aber sie haben ihn keine Sekunde allein gelassen. Sebastian selbst hat kaum ein Wort gesagt, sondern seinem Dad das Reden überlassen. Und dann taucht Bradshaw auf und erklärt ihnen, dass wir die Angelegenheit mit dem College klären werden, und er will nicht mal Sebastians Aussage aufnehmen. Ich habe versucht, ihn umzustimmen, aber Bradshaw hat mir den Kopf gewaschen. Und ich muss aufpassen.« Er wirkte niedergeschlagen. »Ich bin sowieso schon auf Bewährung.«

»Warum?«, fragte Cassie neugierig. »Was hast du getan?«

Charlie seufzte. »Vor ein paar Wochen kam es auf der Cornmarket zu einem Handgemenge. Ich habe den Fehler gemacht, den Kerl einzubuchten, der zuerst zugeschlagen hat. Wie sich rausgestellt hat, sitzt sein Daddy in irgendeinem Regierungskomitee, und er kommt ungeschoren davon, während ich in die College-Verbindungsabteilung gesteckt werde. Jetzt darf ich Anzeigen für gestohlene Laptops bearbeiten.« Er schüttelte den Kopf, als wollte er das Bild aus seinem Kopf vertreiben. »Verstehst du? Ich kann da nicht nachbohren. Selbst wenn ich es täte, würde ich nichts damit erreichen – diese Colleges sind wie verfluchte Botschaften: Was da drin passiert, dringt nicht nach außen.«

»Und die Polizei stellt sich blind«, schloss Cassie.

Charlie nickte. »Bradshaw betreut den Bezirk schon seit Jahren. Ich wusste das früher nicht, aber er sorgt dafür, dass alles schön unter dem Teppich bleibt. Mir sind die Hände gebunden, er spielt in einer anderen Liga als ich.«

Cassie sackte gegen die Mauer. »Sebastian kommt also ungeschoren davon?«

»Mit drei gebrochenen Rippen und einem angebrochenen Kiefer«, merkte Charlie an. »Das würde ich nicht als ungeschoren bezeichnen.« Er schenkte ihr ein halbes Lächeln. »Ich hätte dir wohl glauben sollen, als du gesagt hast, du könntest auf dich selbst aufpassen.«

Cassie war nicht nach Lächeln zumute. »Ich konnte mich nicht anders wehren«, versuchte sie, ihn, aber auch sich selbst zu überzeugen. »Es war nicht so, als hätte mir das Spaß gemacht.«

Charlies Miene wurde ernst. »Und mit dir ist alles okay?« Er machte einen Schritt auf sie zu. »Oder hat er …«

»Was denn, das bekommen, worauf er aus war?« Cassie wich zurück. »Keine Angst, so weit habe ich es nicht kommen lassen.«

»Das habe ich nicht gemeint.« Charlie sah sie getroffen an.

Cassie senkte den Blick. »Ich bin okay.«

Er nickte langsam und griff dann in seine Tasche. »Hier, nimm meine Karte.« Er zog eine Visitenkarte und einen billigen Kugelschreiber aus der Jackentasche und kritzelte eine Telefonnummer auf die Rückseite. »Das ist meine Handynummer. Ruf an, wenn Sebastian noch mal Ärger macht – oder irgendwer sonst.«

Cassie nahm die Karte und schob sie in die hintere Hosentasche, ohne auch nur einen Blick darauf zu werfen.

»Ganz im Ernst«, fügte Charlie so eindringlich hinzu, dass Cassie ihn aufmerksam ansah. »Rhodes hat alle möglichen Forderungen gestellt«, warnte er sie. »Eine Anklage, Abschiebung … Das meiste war wahrscheinlich Bullshit, aber du darfst dich nicht noch mal in so was reinziehen lassen, nicht, wenn du keinen Ärger bekommen willst.«

»Ich habe nichts …«

»Ich weiß«, schnitt Charlie ihren wütenden Protest ab. »Du kannst nichts dafür. Aber das würde nichts ändern. Du bist die Außenseiterin, und das System ist korrupt. Du bist diejenige, die leiden würde. Hast du das verstanden?«

Cassie nickte knapp. Sie verstand das besser, als er ahnte.

»Ich muss zurück. Der Vergewaltigungsversuch, wo hat der stattgefunden?«

»Hinter der Nachtpforte«, antwortete Cassie. »Er hat mich von der Union aus durch die Holywell Street verfolgt und mich direkt nach der Pforte aufgehalten. Hinter dem Auditorium.«

Charlie nickte. »Ich werde sehen, ob ich dort noch irgendwas finde.«

»Du hast selbst gesagt, dass es zu spät ist. Es würde nichts mehr ändern.«

»Vielleicht.« Charlie atmete tief aus. »Aber vielleicht hättest du dann etwas in der Hand, irgendein Druckmittel, falls sie dich rausschmeißen wollen.«

Cassie überlief eine Gänsehaut. Falls tatsächlich eine Überwachungskamera aufgezeichnet hatte, wie Sebastian sie angegriffen hatte, würde sie auch zeigen, was danach passiert war. »Geh kein Risiko ein«, erklärte sie ihm. »Ich komme schon klar.«

Charlie sah sie an, als wollte er ihr widersprechen, doch

Cassies entschlossene Miene war offenbar abschreckend genug. »Pass auf dich auf«, bat er sie zum Abschied, dann ging er los.

Cassie sah ihm nach, bis der braune Schopf durch das Haupttor verschwand; die schwarze Polizeijacke trieb wie eine dunkle Boje in der Flut hereinströmender Collegestudenten in Raleigh-Farben. Er war genauso ein Fremdkörper wie sie, und kurz beneidete Cassie ihn dafür, dass er einfach das schwere Holztor hinter sich lassen und in die echte Welt draußen zurückkehren konnte.

Sie konnte jederzeit von hier verschwinden, sagte sie sich. In ein Flugzeug steigen, wieder in ihrem alten Leben untertauchen und alle Rätsel hinter sich lassen, bis sie hier zu Staub zerfielen. Sie konnte allem den Rücken kehren.

Doch Cassie war klar, dass das ein Tagtraum war. Sie konnte unmöglich aufhören, nicht solange so vieles unerklärt war. Das Foto. Das geheime Leben ihrer Mutter. Und all die Gedanken, die Cassie spätnachts heimsuchten, all die Geheimnisse, die ihre Mutter mit ins Grab genommen hatte.

Cassie wandte sich den Spitztürmen über dem College zu, während hinter ihr das Tor zufiel.

Kapitel 16

Sir Edmund hatte ihr eingeschärft, um jeden Preis Stillschweigen zu wahren, doch Cassie spürte schon jetzt das leise Geflüster und die Blicke, die ihr über den Raleigh-Campus folgten, sah, wie sich die jungen Frauen abwandten und ihren Begleiterinnen etwas zuflüsterten, wie die jungen Männer ihr im Vorbeigehen eisige Blicke zuwarfen. Sollten sie doch reden; Cassie war es gleich, ob man ihrer Darstellung glaubte.

Einer Person allerdings würde sie sich vielleicht doch anvertrauen: Evie. Noch während Cassie nach ihrem Termin bei Sir Edmund und der Polizei in die Mansardenwohnung zurückkehrte, war sie so entschlossen, Evie alles zu erzählen, dass sie sich schon ihre Erklärung zurechtlegte. Sonst hatte sie ihr Privatleben immer abgeschottet, aber jetzt brauchte sie eine Verbündete, jemanden, der ihr Mut zusprach, dass alles ein gutes Ende nehmen würde.

Doch Evie erschien weder an diesem Tag noch am nächsten. Als sie schließlich wieder auftauchte und Cassie ihre Mitbewohnerin mit einem Becher Tee an ihrem Küchentisch sitzen sah, kam sie ihr zerstreut und geistesabwesend vor.

»Wo hast du so lange gesteckt?«, fragte Cassie noch in der Tür. Evie sah noch zerbrechlicher aus als sonst, und unter ihren Augen lagen dunkle Ringe.

»Wir waren das ganze Wochenende bei Hugos Familie auf dem Land«, antwortete Evie. »Entschuldige, hast du dir Sorgen gemacht?«

»Nein, ich dachte mir schon so was …« Cassie sah Evie genauer an und bemerkte ihre Anspannung. »Ist alles okay? Ist irgendwas passiert?«

Evie zögerte. »Ich … wir machen eine Pause.« Ihr schnürte es die Stimme ab. »Hugo und ich. Wir haben uns getrennt.«

Sofort setzte Cassie sich neben sie. »Was war denn los?«, fragte sie.

Evie stiegen die Tränen in die Augen. »Er …« Sie schluckte und verbesserte sich: »*Wir* haben beschlossen, eine Beziehungspause einzulegen. Du weißt schon, etwas Abstand gewinnen …« Sie versuchte, sich ein Lächeln abzuringen, aber ihr Gesicht blieb vom Schmerz gezeichnet.

»Das tut mir so leid«, sagte Cassie leise.

Evies Unterlippe bebte, und ihre Augen füllten sich mit Tränen. »Ich kapiere das einfach nicht.« Sie schluchzte. »Das ganze Wochenende hat er mich ignoriert. Er hat mich total links liegen lassen, und dann, dann … Dann hat er gesagt, ich würde zu sehr klammern, ich würde was sehen, was nicht da wäre. Ich kapiere das einfach nicht!«

Cassie tätschelte ihr sanft die Schulter. »Vielleicht ist es am besten so«, schlug sie mit aufgesetzter Fröhlichkeit vor. »So hast du wenigstens Zeit, dich auf deine Abschlussarbeit zu konzentrieren. Du bist schließlich bloß ein paar Wochen mit ihm gegangen.«

Evie nickte trostlos. »Ich dachte bloß … ich dachte, es wäre was Ernstes. Dass ihm echt was an mir liegt. Und jetzt …« Sie schluckte ihre Tränen hinunter. »Jetzt ist alles vorbei.« Sie schenkte Cassie ein Lächeln. »Danke fürs Zuhören. Ich glaube, ich hau mich erst mal aufs Ohr.« Sie stand langsam vom Tisch auf und tappte apathisch durch den Flur davon.

Cassie sah ihr nach und bekam Gewissensbisse. Sie hatte gewusst, dass Hugo die Beziehung nicht ernst genommen hatte – so wie er mit ihr geflirtet und hinter Evies Rücken Essenseinladungen ausgesprochen hatte. Vielleicht hätte sie schon früher etwas sagen sollen. Hätte Evie ihr Gehör geschenkt?

Wie auch immer, es war zu spät, um ihr noch von dem Vergewaltigungsversuch zu erzählen. Der Augenblick war vorüber.

Im Lauf der Woche bemerkte Cassie eine besorgniserregende Veränderung bei ihrer eigentlich so überschwänglichen Freundin. Statt wie sonst hyperaktiv durch die Wohnung zu wirbeln, starrte Evie jetzt stundenlang auf ihre Notizen oder brütete, in eine Decke gehüllt, auf dem Sofa über ihren Büchern. Hugo war nicht der Einzige, der mit ihr gebrochen hatte; auch Olivia und ihre Freundinnen hatten ihre Anrufe eingestellt, und Evies glitzerndes gesellschaftliches Leben verblasste zur bloßen Erinnerung; stattdessen bewegte sie sich tagelang kaum noch vom Sofa weg. Cassies fürsorgliche Fragen bügelte sie mit der Behauptung ab, sie müsste durcharbeiten, um die Deadline für ihre Masterarbeit einzuhalten, aber Cassie hatte das starke Gefühl, dass die Veränderungen nicht allein auf das bevorstehende Abgabedatum zurückzuführen waren. Soweit Cassie es mitbekam, flammte so etwas wie ein Lebensfunke höchstens auf, wenn spätnachmittags in der Dunkelheit Evies Handy summte; dann griff sie jedes Mal hektisch danach, um nachzusehen, von wem die Nachricht oder der Anruf kam, bevor sie wieder in sich zusammensackte, das Telefon wegschleuderte und sich in ihrem Bett verkroch, um das Hinscheiden ihrer kurzen Beziehung zu betrauern.

Zunehmend beklommen verfolgte Cassie, wie Evie in einem Treibsand aus Stimmungsumschwüngen zu versinken schien. Sie hatte so etwas schon früher erlebt, ihre ganze Kindheit hindurch hatte sie auf Zehenspitzen Sturmtiefs durchschlichen, und so fühlte sie sich jetzt, wo sie Evie zwischen solchen Extremen hin und her schwanken sah, unwillkürlich an die manischen Phasen ihrer Mutter erinnert. Sie nahm sich fest vor, nicht überzureagieren, aber sie musste sich jedes Mal eine besorgte Bemerkung verkneifen, wenn sie sah, wie Evie hoffnungsvoll nach ihrem Handy griff oder am nächsten Morgen übernächtigt und mit totem Blick beim Frühstück saß. Nachdem Cassies erste vorsichtige Bemerkungen auf steinernes Schweigen gestoßen waren, lernte sie, ihre Befürchtungen für sich zu behalten. Es war nur eine Trennung. Evie war eine erwachsene Frau und konnte für sich selbst entscheiden. Sie würde sich wieder erholen.

Am Ende der Woche drehte Cassie wie jeden Morgen ihre Runde und verlängerte ihre Schritte auf dem harten Winterboden, während hinter ihr der Raleigh-Campus in der Ferne verschwand. Ihr Körper hatte ein paar Tage gebraucht, um sich von Sebastians Attacke zu erholen; aber inzwischen hatte sie ihre Kondition wiedererlangt und schaffte die lange Runde über den Uferweg und die Wiese in immer kürzeren Zeiten. Bald würde sie die Strecke verlängern müssen, beschloss Cassie, während sie zur Abkühlung vom Laufen ins Gehen wechselte und ihr Atem in der kalten Morgenluft dampfte. Weiter nach Süden, an den Feldern am Stadtrand vorbei oder vielleicht quer über die Hauptstraße. Hinter dem Christ Church College fuhrten lange Wege zum breiten Lauf der Themse, wo sich im kommenden Sommer die Bootsmannschaften Rennen liefern würden, vorbei an vornehmen Bootshäusern und Fahnen schwenkenden Fans.

Im Raleigh machte sie einen kleinen Abstecher, um ihre Post zu holen, und dabei fiel ihr eine vertraute Gestalt ins Auge, die eben von der Porters' Lodge weg über den Hof ging. »Olivia?«, rief sie. Das blonde Mädchen war gerade erst durchs Tor gekommen und ganz offenkundig nach einer langen Nacht auf dem Heimweg.

»Cassie, hi.« Olivia beugte sich zu einem Luftkuss vor. Sie war in einen weißen Mantel mit Pelzbesatz gehüllt, ihre Wangen waren von der Kälte gerötet, und ihr Haar schaute unter einem übergeworfenen Schal hervor. »Wie geht es dir? Und wie geht es Evie? Hält sie sich?«

Cassie zögerte, denn sie wollte nicht illoyal wirken. »Ganz gut. Anfangs war es ziemlich rau, aber inzwischen hat sie sich halbwegs gefangen.«

»Da bin ich aber froh.« Olivia seufzte. »Es war so schrecklich. Was für eine Szene.« Sie schüttelte den Kopf. »Ich hätte sie warnen sollen«, ergänzte sie reumütig. »Hugo und Beziehung, das geht nicht zusammen. Alles ist super und easy, aber wehe, wenn jemand Gefühle entwickelt.«

»Komm uns doch mal besuchen«, schlug Cassie vor. »Ich weiß, dass Evie sich wahnsinnig freuen würde. Oder nimm sie auf ein paar Cocktails mit der Gang mit.«

»Das würde ich wirklich zu gern.« Olivia sah sie bedauernd an. »Aber ich habe Hugo versprochen, dass ich mich nicht einmische. Er ist ein Womanizer, doch er gehört zur Familie, verstehst du?« Sie zuckte hilflos mit den Achseln. »Aber du solltest mal wieder mitkommen«, bot sie ihr an. »Miles hat Geburtstag, das wird heute Abend gefeiert. Da musst du dabei sein!«

Cassie war schockiert über die Einladung. Aus den abfälligen Blicken auf dem Campus hatte sie geschlossen, dass die Nachricht von Sebastians Übergriff – oder wenigstens seine Version – inzwischen die Runde gemacht hatte, aber Olivia tat, als wäre rein gar nichts passiert. »Das kann ich nicht«, erklärte Cassie fest. Sie würde sich wie eine Verräterin fühlen, wenn sie Evies Platz einnehmen würde, während die weinend zu Hause saß – selbst wenn Cassie immer noch zahllose Fragen zu den Geheimgesellschaften in der Stadt hatte.

»Na ja, falls du es dir anders überlegst, dann sag Bescheid.« Olivia sah an Cassie vorbei und schnitt eine Grimasse. »Schau nicht hin, aber Tremain starrt dich gerade in Grund und Boden.«

Cassie drehte sich um. Der Professor kam vom Kreuzgang her auf sie zu, und sein Trenchcoat peitschte im Wind um seine Beine.

»Ignorier ihn einfach, er tigert immer so grimmig durchs College«, riet Olivia ihr. »Jedenfalls muss ich los. Ruf mich an, dann können wir uns mal zum Lunch treffen!« Sie flatterte eilig davon und ließ Cassie genau in dem Moment allein, in dem Tremain sie erreicht hatte.

»Miss Blackwell.« Matthew Tremain sah Olivia finster nach. »Ich wollte Ihnen eben eine Nachricht hinterlassen. Ich habe gehofft, wir könnten uns unterhalten.«

»Worüber?« Cassie spannte sich an; ihr war noch gut im Gedächtnis, wie stumm er während ihrer Begegnung mit der Polizei geblieben war, dass er nicht ein Wort für sie eingelegt hatte.

Tremain wirkte verlegen. »Vielleicht finden wir ja Zeit für ein Gespräch in meinem Büro …«

»Ich habe zu tun«, beschied sie ihm knapp. »Ich muss Hausarbeiten schreiben.« Sie drehte ihm den Rücken zu, doch Tremain folgte ihr quer über den Hof nach.

»Miss Blackwell«, rief er sie scharf. Widerwillig drehte sie sich um. »Ich habe mit Sir Edmund gesprochen«, ergänzte er leise. »Es werden keine Disziplinarmaßnahmen gegen Sie ergriffen.«

»Sonst noch was?«, erwiderte sie kühl. »Ich muss jetzt wirklich in die Bibliothek.«

Tremain sah sie gequält an. »Die Vorschriften des College besagen, dass jeder, der ein … traumatisches Erlebnis hatte, sich psychologisch beraten lassen muss. Ich habe mir die Freiheit genommen und für heute Nachmittag einen Termin für Sie vereinbart.«

»Sie machen Witze.« Cassie blinzelte ungläubig. »Sie tun tatsächlich so, als würden Sie irgendwas darauf geben, was ich empfinde?«

»Bitte.« Tremain senkte den Blick. »Ich glaube, es wäre besser. Wenn Sie jemanden hätten, mit dem Sie reden können, der Ihnen hilft, die Dinge zu verarbeiten.«

»Falls Sie es vergessen haben, die offizielle Lesart ist, dass überhaupt nichts passiert ist«, erwiderte Cassie eisig.

Tremain seufzte. »Es ist Vorschrift am College«, wiederholte er und zog ein bedrucktes Blatt aus seiner Umhängetasche. Er streckte es ihr hin. »Nur eine Sitzung. Dann können wir alle einen Schlussstrich unter die Sache ziehen und wieder nach vorn blicken.«

»Und wenn ich nicht hingehe?«

»Ich will Ihnen nur helfen.« Der Professor wirkte auf einmal beinahe verlegen, aber das interessierte Cassie nicht mehr. Sie riss ihm das Blatt aus der Hand.

»Vielen Dank für Ihre Fürsorge«, erklärte sie schneidend und kehrte ihm den Rücken zu.

»Sie können jederzeit gehen, wenn es Ihnen hier nicht gefällt.«

Sie erstarrte und drehte sich wieder um. »Was haben Sie gesagt?«

Wesentlich kühler stellte sich Tremain ihrem Blick. »Nicht jeder passt an dieses College«, fuhr er fort. »Vielleicht wäre es nach allem, was Sie hier durchgemacht haben, besser, wenn Sie Ihr Auslandsstudienjahr abbrechen würden.«

»Besser für wen?«, feuerte Cassie zurück. »Das College? Sebastian? Sie?«

Tremains Blick zitterte nicht mal. »Es wäre keine Schande, sich einzugestehen, dass Sie hier nicht glücklich sind.«

Cassie biss die Zähne zusammen. Er glaubte, sie sei ihrem Studium nicht gewachsen. Sie gehöre nicht ans Raleigh. »Ich werde zur Beratung gehen«, spie sie ihm entgegen. »Aber wenn Sie mich nicht mehr hierhaben wollen, müssen Sie mich schon rauswerfen. Ich habe mir meinen Platz hier verdient, genau wie jeder andere auch. Ich bleibe.«

Die Adresse, die Matthew Tremain ihr gegeben hatte, führte Cassie zu einer Ansammlung nüchterner Zweckbauten am Stadtrand: Das Center for Psychology and Neural Research. Cassie trat durch die fleckenlose Glasschiebetür ein und betrachtete drinnen fasziniert das Stahl- und Chromdekor, das so gar nichts mit den staubigen Bibliotheken der Universität gemein hatte.

»Cassie?« Eine Frau kam mit ausgestreckter Hand auf sie zugeschwebt. »Thessaly Mortimer. Ihr Timing ist perfekt, ich wollte mir gerade Kaffee holen. Möchten Sie auch einen?«

»Äh, nein. Danke.« Cassie inspizierte sie kurz. Thessaly war Ende dreißig, hatte eine glänzende, kastanienbraune Mähne und war perfekt geschminkt. Sie trug eine Seidenbluse und einen dunklen Bleistiftrock; über ihrem Arm hing ein gefalteter Laborkittel, und ihre Stilettos klackerten über den gebohnerten Boden, während sie Cassie durch den Korridor zur Kaffeemaschine führte.

»Schreckliche Angewohnheit«, seufzte Thessaly, während sie eine Tasse vollschenkte. »Ich sollte es besser wissen, gerade in meinem Beruf. Wenn man Ratten mit Koffein füttert, flackern ihre Hirne kurz auf und brennen dann durch, das weiß jeder.«

»Und warum hören Sie dann nicht auf?«, fragte Cassie.

Thessaly nahm einen Schluck und antwortete mit einem selbstironischen Lächeln. »Das ewige Mysterium des menschlichen Verhaltens: Wir wissen, dass uns etwas nicht guttut, und tun es trotzdem.« Sie sah kurz auf ihre Uhr, ein dünnes Goldband an ihrem Handgelenk. »Wir sollten uns auf den Weg machen. Mein Terminkalender ist gesteckt voll, und Sie wollen bestimmt keine Sekunde länger hier herumhängen als unbedingt nötig.«

»Stimmt«, antwortete Cassie verdattert, aber Thessaly stöckelte bereits davon. Sie führte Cassie durch ein Labyrinth an Büros und Laboren in ein Zimmer, das genauso nüchtern war wie der restliche Bau: eine Ledercouch, ein Sessel, ein Glastisch, gerahmte Zeichnungen des menschlichen Gehirns an der Wand gegenüber.

»Ich möchte Ihnen vorab kurz etwas über mich erzählen«, begann Thessaly, während Cassie durch den Raum schlenderte und sich die gerahmten Diplome besah. Master in Neurologie, Doktor in Psychologie. »Wie Sie sehen, bin ich keine traditionelle Psychologin, aber ich biete der Universität meine Dienste an und gebe Studenten Hilfestellung, wenn sie unter emotionalem Stress stehen.« Thessaly bedeutete Cassie, auf dem Sofa Platz zu nehmen. Als Cassie zögerte, lachte sie. »Keine Angst, wir machen keine Psychoanalyse.

Sie brauchen sich nicht hinzulegen und über Ihre Eltern zu sprechen.« Sie machte eine kurze Pause. »Es sei denn, Sie möchten, natürlich. Wir können über alles sprechen.«

Cassie ließ sich auf der äußersten Polsterkante nieder. »Ich dachte, Sie sollten mit mir über den Angriff auf mich sprechen«, sagte sie.

»Nur wenn Ihnen das recht ist.« Thessaly ließ sich ihr gegenüber in einen Sessel fallen und lächelte Cassie aufmunternd an, doch Cassie entspannte sich nicht. »Schon okay«, ergänzte Thessaly, als würde sie Cassies Abwehr spüren. »Das Gespräch ist vertraulich, hier unterliegt alles dem Arztgeheimnis. Ich werde nichts ans Raleigh melden oder irgendwas in der Richtung.«

Cassie zog die Schultern hoch. »Es gibt auch nichts zu melden. Es geht mir gut. Ich weiß nicht, warum ich herkommen musste.«

»Wahrscheinlich, weil es das Raleigh nicht riskieren will, wegen Vernachlässigung einer Studentin verklagt zu werden.«

Die unverblümte Erwiderung überraschte Cassie so sehr, dass sie aufsah. Thessaly studierte sie nachdenklich und lehnte sich dann entspannt zurück. »Hören Sie, ich verstehe Sie. Ihnen ist etwas widerfahren, worüber Sie lieber nicht mit einer Fremden sprechen möchten. Was auch in Ordnung ist, solange Sie Ihren eigenen Weg haben, um die Sache zu verarbeiten.« Sie machte eine kurze Pause. »Haben Sie schon mit jemandem gesprochen: einer Freundin, einer Mitstudentin?«

Cassie schüttelte langsam den Kopf. »Das ... wollte ich zwar«, gestand sie. »Aber meine Mitbewohnerin macht selbst gerade eine schwere Zeit durch, und so was kann man einem anderen Menschen nicht einfach aufbürden. Sie hat mit ihren eigenen Problemen zu kämpfen.«

»Ach?«

»Ihr Freund hat gerade mit ihr Schluss gemacht«, erklärte Cassie. »Und ich ... mache mir Sorgen um sie.«

»Aber nicht um sich selbst?«

Cassie überlegte kurz. »Nein, mir geht es gut. Ich stehe das schon durch. Aber Evie ist ... Sie ist so zerbrechlich.«

»Es ist nicht ungewöhnlich, dass sich Menschen nach einem traumatischen Erlebnis auf andere Menschen konzentrieren, weil sie sich von ihren eigenen Problemen ablenken müssen«, merkte Thessaly an.

»So ist es nicht«, protestierte Cassie, aber dann überlegte sie. Sie hatte sich *tatsächlich* auf Evie konzentriert oder auf ihre Mutter oder alles Mögliche, nur um nicht immer wieder diese Nacht durchleben zu müssen. »Vielleicht«, gab sie zu.

Thessaly lächelte schmal. »Wenn Evie ausfällt, haben Sie dann jemand anderen, mit dem Sie reden können? Freunde daheim? Oder vielleicht ihre Eltern?«

»Nein.« Cassie schüttelte den Kopf. »Das ist nicht ... Ich meine, es geht mir gut.« Sie presste entschlossen die Lippen zusammen. »Es ist mir passiert. So was passiert oft. Aber es geht mir gut, ich muss nicht darüber sprechen.«

»Dann ist es gut.« Thessaly erhob sich. Cassie blinzelte sie überrascht an. Sie hatte mehr Fragen erwartet, eine Stunde wohlmeinenden Zuredens, aber stattdessen kehrte Thessaly zu ihrem Schreibtisch zurück und scrollte durch ihr Handy. Sie sah auf und bemerkte Cassies Miene. »Ich halte Sie hier nicht auf.« Sie lächelte milde. »Es hört sich so an, als hätten Sie alles im Griff. Aber bitte vergessen Sie nicht, dass Sie jederzeit anrufen und sich einen Termin bei mir geben lassen können.«

»Oh. Danke.« Cassie nahm ihre Tasche und ging zur Tür.

»Und sagen Sie Ihrer Mitbewohnerin, sie kann gern vorbeikommen, wenn es ihr hilft«, ergänzte Thessaly. »Psychisch gesund zu bleiben ist wichtig, vor allem unter so starkem Druck wie in dieser Umgebung. Wir möchten nicht, dass irgendwer auf der Strecke bleibt.«

Kapitel 17

Cassie hatte an diesem Abend die Spätschicht in der Bibliothek und am nächsten Tag eine frühe Vorlesung und ein Ökonomie-Tutorium am Vormittag. Als sie gegen Mittag den Schlüssel im Schloss drehte, hoffte sie auf einen ruhigen Nachmittag, doch als sie in die Wohnung trat, sah sie Evie im Wohnzimmer auf Händen und Knien ihre Papiere und Unterlagen durchwühlen, die im ganzen Raum verstreut lagen.

»Hey.« Cassie begann, sich aus ihrem Mantel, Schal und dem dicken Pullover zu befreien. »Wie geht es dir?«

Evie sah nicht einmal auf. »Es ist nicht mehr da.« Sie blätterte hektisch in Ordnern und Fachbüchern und wurde dabei immer aufgeregter. »Es ist nicht mehr da«, sagte sie wieder und ließ ihren Blick über das Chaos fliegen. »Neunzehnfünfzig, einundfünfzig … Die Marlowe-Unterlagen, oder war es doch Hariot? Nein, Marlowe, Marlowe …«

Cassie spürte ein nervöses Flattern. Sie machte einen Schritt auf Evie zu. »Wonach suchst du denn?«

Sie bekam keine Antwort. Evie zog den nächsten Karton zu sich her, durchwühlte den Inhalt und ließ dabei achtlos uralte, vergilbte und brüchige Blätter zu Boden segeln. »Mach langsam«, ermahnte Cassie ihre Mitbewohnerin, las die Blätter wieder auf und legte sie behutsam auf dem Tisch ab. »Sag mir doch, wonach du suchst. Vielleicht kann ich helfen.«

»Aber ich habe es gesehen!«, rief Evie aus. »Genau hier, es war genau hier. Sie hatte alles durchblickt!« Sie drehte sich um und begann den nächsten Papierstapel zu durchsuchen.

»Evie«, redete Cassie ihr zu. »Evie, Stopp!« Aber die andere schien sie nicht zu hören, und falls doch, konnte Cassies Stimme die Panik, in der Evie gefangen war, nicht durchdringen, jedenfalls nicht, bis Cassie sich vorbeugte und Evie vorsichtig am Arm berührte.

Evie zuckte erschrocken zurück. »Hey, ist schon okay«, beschwichtigte Cassie sie. »Mach mal kurz Pause und lass uns über alles reden.« Evies Atem ging in schnellen, flachen Stößen. Ihre Wangen waren gerötet, aber statt erleichtert zu sein, dass Evies Gesicht nach so vielen blassen, wächsernen Tagen endlich wieder Farbe bekommen hatte, konnte Cassie nur das fiebrige Glühen in Evies Augen sehen. »Wie wär's mit einer Verschnaufpause«, schlug sie erneut vor und versuchte, Evie von dem Chaos wegzulotsen. »Ich setze Tee auf, und wir essen ein paar von diesen Keksen, die du besorgt hast.«

Aber ihre Mitbewohnerin rührte sich nicht vom Fleck. »Ich muss es finden!« Panik raute ihre Stimme auf.

»Und wir werden es auch finden.« Bemüht, keine hastigen Bewegungen zu machen, führte Cassie Evie an den Küchentisch. »Du brauchst nur eine Pause, um den Kopf klar zu bekommen. Vielleicht solltest du mal rausgehen und einen Spaziergang machen. Mir hilft frische Luft immer, wenn ich mich nicht mehr konzentrieren kann.«

Evie sah auf. »Warte mal, wie spät ist es?«

Cassie sah auf ihre Uhr. »Zwanzig nach zwölf.«

Evie stieß einen leisen Schrei aus. »Ich wollte doch ausgehen! Ich sollte mich mit Olivia in der Stadt treffen.«

»Hat sie angerufen?«, fragte Cassie. »Wie schön.«

Evie schüttelte heftig den Kopf. »Ich bin immer nur auf ihrer Mailbox gelandet, aber ich habe ihr gesagt, dass ich komme. Jetzt denken bestimmt alle, dass ich sie versetzt habe.« Sie griff ihre Handtasche vom Sofa, wühlte darin herum, bis sie ihr Handy gefunden hatte, und ging dann eilig ihre Nachrichten durch. Cassie sah, wie ihr Gesicht in sich zusammenfiel, und kannte das Ergebnis schon, bevor Evie ausatmete. »Sie hat nicht angerufen.«

»Na, dann ist ja alles okay«, beschwichtigte Cassie. »Du kannst dich später mit ihr treffen. Und was ist eigentlich mit deinen anderen Freundinnen? Du hattest doch Freundinnen, bevor du Olivia und die Gang kennengelernt hast, oder? Warum verabredest du dich nicht mit denen, wenn du wieder mal rauskommen willst?«

»Du kapierst das nicht!«, schrie Evie auf. »Es geht doch nicht ums Partymachen! Olivia kann mir helfen, sie kann Hugo alles erklären. Ich muss alles wieder hinbiegen.« Cassie schaute zu, während Evie sich abwandte und in ihr Handy murmelte: »Hi, Livvy, ich bin's. Entschuldige, dass ich heute nicht aufgetaucht bin, ich hatte zu viel zu tun. Lass uns die Woche irgendwann zum Lunch treffen. Oder was trinken gehen. Oder …« Ihr vorgetäuschter Enthusiasmus erlosch, und die Verzweiflung war ihr anzuhören. »Ganz egal, was du unternehmen willst, ruf einfach an, okay? Ich vermisse dich!« Sie legte auf und stand wie erstarrt im Raum.

»Wahrscheinlich ist es nur gut, dass du heute hiergeblieben bist«, versuchte Cassie ihr zuzureden. »Ich wette, du hast wahnsinnig viel geschafft, und wenn du dich mal richtig ausschläfst …«

»Hör auf«, fiel Evie ihr scharf ins Wort. »Red nicht mit mir wie mit einem Kleinkind.«

Cassie machte einen Schritt zurück. »Entschuldige«, sagte sie vorsichtig. »Ich will dir nur helfen.«

»Tja, ich brauche deine Hilfe aber nicht.« Evie wurde lauter. »Ich kann das allein regeln. Alle tun immer so, als würde ich nicht mitkriegen, was abläuft, aber das tue ich wohl.« Sie schwenkte anklagend den Finger vor Cassie, und ihre Augen glitzerten. »Ich hab's kapiert, okay; jetzt könnt ihr alle aufhören, mir was vorzuspielen.«

Cassie streckte Evie beruhigend die offenen Hände entgegen. Es war eine instinktive Unterwerfungsgeste, und sie weckte Erinnerungen an Cassies Kindheit und an die Nächte, in denen ihre Mutter grundlos getobt hatte. »Alles okay«, sagte sie leise.

»Nichts ist okay!«, schrie Evie sie an und wich vor ihr zurück. »Sieh dir das doch an.« Sie gestikulierte wild über der Unordnung im Raum und über den Notizen, die sie an ein Brett über dem Kaminsims geheftet hatte. »Mein Exposé ist fällig, und rein gar nichts passt zusammen! Ich dachte, ich hätte es durchschaut, ich hätte begriffen, was sie alle verband, es stand mir vor Augen, aber sie war die Einzige, die es erkannt hatte, und jetzt weiß ich nicht mehr …« Evie verstummte mitten im Satz und griff nach dem nächsten Papierstapel.

»*Wer* hat *was* erkannt?«, fragte Cassie, aber Evie war schon zu weit weg.

»Ich weiß nicht, wie das passieren konnte, letztens war es noch da, und jetzt ist es weg, und alles ergibt keinen Sinn mehr.«

»Wir werden es finden.« Cassie fühlte sich hilflos. Sie wusste nicht, was sie tun sollte – sie wusste nicht einmal, was diesen Sturm ausgelöst hatte, nur dass er jetzt wütete, gnadenlos und zerstörerisch, und dass er sie an diese grauenvollen Tage erinnerte, an denen sie sich im Bad eingeschlossen und still darauf gewartet hatte, dass die Panik und die Zerstörungsorgien ihrer Mutter endeten. Nur konnte sie sich nicht vor Evie verstecken, diesmal konnte sie nicht die Augen zukneifen und immer weiter zählen, um die Wirklichkeit auszublenden. Sie musste etwas unternehmen. »Hör mir zu«, sagte sie laut, als Evie zu schluchzen begann. »Ich kann dir helfen.«

»Ich will deine Hilfe nicht«, schrie Evie. Tränen flossen ihr über die Wangen, und ihr Körper erbebte unter ihrem hemmungslosen Weinen. »Ich will nichts. Lass mich einfach nur in Ruhe! Warum könnt ihr mich nicht alle in Ruhe lassen?« Mit einem letzten Aufschrei riss sie ihre Unterlagen vom Tisch und schleuderte sie mit einem Krachen zu Boden. Cassie machte einen Satz rückwärts, während sich die Blätter über den Teppich verteilten. Evie stieß noch ein Schluchzen aus, dann drehte sie sich auf dem Absatz um, floh in ihr Zimmer und schlug die Tür hinter sich zu.

Cassie sank auf die Armlehne des Sessels und wartete ab, bis sich ihr Atem wieder beruhigt hatte. Unter dem Dach war es still, nur der ferne Verkehrslärm war durch das offene Fenster zu hören. Sie hoffte, dass Evie sich schlafen legen und später erfrischt und gefasst wieder aufwachen würde, so wie es bei ihrer Mutter nach ihren heimtückischen Episoden immer gewesen war.

Trotzdem konnte man die beiden nicht vergleichen, redete Cassie sich Mut zu, während sie in die Hocke ging und anfing, das Durcheinander von Papieren und Notizen aufzuräumen. Ihre Mutter war krank gewesen, aus dem Gleichgewicht gebracht von einem Cocktail an Medikamenten, die sie von ihrem dünnen Drahtseil geworfen hatten. Evie war einfach übermüdet, überarbeitet, überanstrengt von ihren Studien und zu vielen durchgemachten Nächten. Ihre Mitbewohnerin würde sich wieder erholen, tröstete Cassie sich und ordnete die wild verstreuten Papiere zu ordentlichen Stapeln. Bald, schon in wenigen

Wochen, waren Weihnachtsferien. Wenn sie erst wieder bei ihrer Familie wäre, dem Sog von Olivia und Hugo entzogen, würde sie sich erholen und wieder die alte, quirlige und fröhliche Evie werden.

Wenig später herrschte wenigstens ein Anschein von Ordnung im Zimmer: Die Kissen lagen wieder auf dem Sofa, die Decke hing zusammengefaltet über einer Sessellehne. Cassie genehmigte sich einen Blick auf Evies Notizen und überflog die eng beschriebenen Seiten, immer auf der Suche nach vertrauten Namen oder einem Verweis auf *Die Schule der Nacht*.

Evie verfolgte einen eher akademischen als erzählerischen Ansatz: Sie untersuchte, wie sich die verschiedenen Ideen während Raleighs Leben entwickelt hatten, und zeichnete auf, wie sich damals unter dem erstickenden Druck von Krone und Kirche ein Kraftfeld an kreativem, revolutionärem Gedankengut bilden konnte. Astronomen, Dramatiker, Mathematiker und Intellektuelle entdeckten in jenen Jahrzehnten ihre Geistesverwandtschaft und strebten inmitten einer von religiöser Verfolgung durchtränkten Gesellschaft nach Wissen und höheren Zielen.

Wie war es möglich, dass sich diese Gruppe von Intellektuellen zu einer Geheimgesellschaft gewandelt hatte? Falls so eine Gruppe tatsächlich im heutigen Oxford existierte. Noch jagte sie nur einem Schatten nach. Im Grunde konnte Cassie selbst kaum fassen, dass sie sich über jahrhundertealte Gerüchte den Kopf zerbrach. Bislang war diese Geheimgesellschaft nichts als ein Hirngespinst, und Cassie war der letzte Mensch, der an diese Art von fanatischen Verschwörungen glaubte, trotzdem konnte sie das Foto nicht wegleugnen, genauso wenig wie den ominösen hingekritzelten Kommentar.

Schwarz ist die Livrei der Hölle,
Des Kerkers Farbe, Schule finstrer Nacht.

Sie hatte immer noch nicht den leisesten Schimmer, wer das Bild in ihr Postfach gesteckt hatte, wer an diesem College ihre wahre Identität kannte und wusste, wonach sie hier suchte.

Nach ihrem Vater.

Die College-Glocken rissen Cassie aus ihren Gedanken, und schlagartig wurde ihr bewusst, dass sie sich verspäten würde; sie sollte die Nachmittagsschicht in der Bibliothek übernehmen. Sie warf einen ängstlichen Blick auf Evies Schlafzimmertür. Sie ließ Evie nur ungern allein, andererseits konnte sie schlecht hierbleiben und den ganzen Nachmittag auf ihre verschlossene Zimmertür starren. Nachdem sie Evie eine kurze Nachricht geschrieben hatte, schnappte sie sich ihren Mantel und lief aus der Wohnung, hinunter zum Haupttor und dann die geschäftigen Straßen entlang zur Bibliothek. Sie gestand es sich nur ungern ein, aber seit Sebastians Attacke bewegte sie sich anders durch die Stadt, blieb möglichst auf belebten Straßen und hielt sich von kleinen Gassen fern. Sie ärgerte sich über ihre Ängstlichkeit, aber sie konnte nichts dagegen tun. Sebastian hatte ihr gezeigt, dass Oxford nicht das sichere Idyll war, das es zu sein vorgab.

Elliot hatte ihr an der Ausleihtheke eine Nachricht hinterlegt, dass sie sich nach ihrer Schicht bei Blackwell's treffen sollten.

Ich habe Neuigkeiten, versprach sein kryptisches Gekrakel, und Cassie fragte sich den ganzen Nachmittag unruhig, was er wohl herausgefunden hatte. Nur eine Handvoll der ehemaligen Mitstudenten hatte auf ihre E-Mail geantwortet, und alle hatten bedauert, ihr nicht mehr erzählen zu können. Sie konnten sich kaum an Margaret erinnern, war sie doch noch im ersten Studienjahr wieder von der Universität abgegangen; all das war schon so lange her. Cassie versuchte, sich nicht entmutigen zu lassen, trotzdem lag ihr im Magen, dass sie anscheinend schon wieder in einer Sackgasse gelandet war. Sie hatte geglaubt, nachdem sie den wahren Namen ihrer Mutter herausgefunden hatte, würden sich ihr alle Geheimnisse der Vergangenheit offenbaren, aber jetzt erkannte sie, dass Margaret zwar die wichtigste Person in ihrem Leben gewesen war, dass sie aber für die Menschen, mit denen sie auf dem College zu tun gehabt hatte, nur eine unter Hunderten gewesen war. Sie hatte kaum den Schatten einer Erinnerung hinterlassen.

Endlich hatte Cassie ihre Schicht hinter sich gebracht und hastete den kurzen Weg zu Blackwell's, wo sich die stöbernden Kunden drängten und nur ein einziger Stuhl im überfüllten Café unbesetzt war. Elliot klemmte auf einem Eckplatz und verteidigte den freien Stuhl erbittert gegen eine resolut aussehende Dame. »Und da kommt sie schon«, hörte Cassie ihn gehässig sagen, während sie sich durchs Gedränge schob. »Endlich«, rief er zur Begrüßung. »Ich dachte schon, ich werde gleich mit einer Kuchengabel aufgespießt.«

»Wegen eines Sitzplatzes?« Cassie wickelte lachend ihren Schal ab.

»Hier sind schon Menschen für weniger gestorben«, gab Elliot zurück. »Also, wie wär's mit einem Stück Kuchen für deinen treuen Informanten?«

Cassie zog gehorsam los, um ihnen Kaffee und Kuchen zu besorgen, und hatte den Großteil ihres Nachmittagsgehalts wieder ausgegeben, bevor sie das Tablett zurück an ihren Tisch balancierte. »Ich hoffe, deine Neuigkeiten sind den Kuchen wert«, meinte sie leichthin, aber nur halb im Scherz. »Die verlangen hier ein Vermögen für ihren Schokokuchen.«

»Jeden einzelnen Penny, versprochen.« Elliot schob seine Zeitungen zusammen und machte ihr Platz auf dem Tisch. »Wie kommst du überhaupt mit deiner Suche voran?« Er sah sie über die trendige Brille hinweg an. »Irgendwelche interessanten Entwicklungen seit wir uns das letzte Mal getroffen haben?«

Cassie schüttelte den Kopf und nahm einen Schluck von ihrem heißen, starken Kaffee. »Bei mir gibt's nichts Neues. Ich wollte mit meiner Mitbewohnerin über die Gruppe sprechen, aber die ... ist beschäftigt.«

»Nun, ich habe mich ein wenig über deine mysteriöse Margaret kundig gemacht.« Elliot wühlte in seiner Leder-Umhängetasche und zog einen eselsohrigen Spiralblock heraus. »Ich weiß, ihre Kommilitonen haben wir inzwischen ausfindig gemacht, aber ich dachte, ich könnte das Netz noch weiter auswerfen. Und dabei tauchte immer wieder ein Name auf. Rose Smith. Sagt er dir was?«

»Nein«, erwiderte Cassie, aber gleichzeitig überlief eine Gänsehaut sie. Rose war ihr zweiter Vorname.

»Rose und Margaret waren sich offenbar sehr nahe«, sagte Elliot, in seine Notizen vertieft. »Sie wohnten zusammen in einem Zimmer, und beide spielten im Hockeyteam. Ich habe ein Teamfoto aufgestöbert, und jetzt sieh dir das an.« Er schob Cassie eine kopierte Seite zu und legte den Finger unter ein Gesicht.

Cassie betrachtete es eingehend. »Das ist das andere Mädchen von dem Foto!«

»Ganz genau.«

Cassie zog ihre eigenen Ordner und das Foto von dem Galadinner heraus. Sie legte die Bilder nebeneinander, doch ein Irrtum war ausgeschlossen: Das Mädchen, das im Schatten dieser riesigen Porträts neben ihrer Mutter saß und das gleiche Lächeln zeigte, war Rose.

»Vielleicht hatte diese Rose auch etwas mit der Gesellschaft zu tun«, ergänzte Elliot.

Cassie sah ihn überrascht an. »Du hältst es also auch für möglich?«, fragte sie hitzig. »Dass *Die Schule der Nacht* immer noch existieren könnte?«

Elliot verdrehte theatralisch die Augen. »Was weiß ich. Es sind schon seltsamere Dinge passiert. Und wie du selbst gesagt hast: Wenn es einen geeigneten Ort gibt, um eine supergeheime, alles beherrschende Elite heranzuzüchten, dann ist es Oxford. Wie dem auch sei, ich hatte keine Zeit rauszufinden, was diese Rose inzwischen treibt. Ich wette, wenn du sie finden würdest, könnte sie dir mehr erzählen. Die beiden waren ziemlich eng, so wie es aussieht.«

Eine neue Fährte. Cassie merkte, wie die Spannung sie packte, während sie auf die Fotos von Rose und ihrer Mutter starrte. »Danke.« Sie ließ beide Bilder in ihre Handtasche gleiten. »Das hilft mir sehr.«

»Nachdem damit das Geschäftliche erledigt wäre«, verkündete Elliot mit kaum verhohlenem Vergnügen, »was gibt es sonst Neues bei dir? Irgendwelche Ausschweifungen? Wenigstens einer von uns sollte sich amüsieren.«

»Was ist mit deinem Altphilologen?«, fragte Cassie und lehnte sich auf ihrem Stuhl zurück.

Elliot verzog das Gesicht. »Der hat mich am ausgestreckten Arm verhungern lassen. Auf einmal meint er, er sei sich ›seiner Identität nicht sicher‹.« Er malte Anführungszeichen in die Luft, doch Cassie sah ihm an, dass er tief getroffen war.

»Gib ihm Zeit«, sagte sie. »Außerdem war er viel zu jung für dich.«

Elliot lachte leise. »Das sind die Guten immer.«

Sie saßen noch eine Stunde plaudernd in dem überfüllten Café, während sich draußen vor den beschlagenen Fenstern die Dunkelheit breitmachte und die an den Wänden lehnenden Studenten hoffnungsvoll darauf warteten, dass ein Platz frei wurde. Schließlich gähnte Elliot und drückte die Fingerkuppen auf den Teller, um die letzten Kuchenkrümel aufzulesen. »Na ja, wenigstens hatten wir schon Bergfest.«

»Wie meinst du das?«

»Die Hälfte ist geschafft«, erklärte ihr Elliot. »Nur noch drei Wochen bis zu den Weihnachtsferien.«

»Ich vergesse immer wieder, dass die Semester hier so kurz sind.« Cassie spürte ein nervöses Magengrummeln. Sie hatte schon ein Drittel ihres Jahres in Oxford hinter sich gebracht und bisher nichts als weitere Rätsel zutage gefördert.

»Jettest du heim?«, fragte Elliot.

Sie schüttelte den Kopf. Es gab für sie keinen Grund heimzufliegen. »Nein, ich bleibe hier.«

»Gut, dann kannst du meine Schichten in der Bibliothek übernehmen. Wir haben während der ganzen Weihnachtsferien geöffnet.« Er schnitt eine Grimasse. »Um all den armen Seelen Zuflucht zu spenden, die nirgendwo sonst hinkönnen.«

So wie sie. »Klar übernehme ich deine Schichten«, sagte Cassie. »Lebt deine Familie in der Nähe?«

»Die ganze Mischpoke sitzt unten in Sussex.« Elliot seufzte. »Meine Mutter besteht jedes Jahr wieder auf einem idyllischen Familienweihnachten. Mit Spaziergängen in den South Downs, Brettspielen und Onkel Andys trunkenen Tiraden gegen die Frauenbewegung.«

»Hört sich nett an«, sagte Cassie sehnsüchtig.

»Klar, und alles ist eitel Sonnenschein, bis jemand vom Krieg anfängt.«

»Welchem?«

»Egal welchem.«

Cassie lachte und sah sich um. Dann landete ihr Blick auf einem vertrauten Gesicht, und das Lachen erstarb ihr in der Kehle. In einer Ecke saß Hugo ganz entspannt in einem Sessel und beobachtete sie.

»Mein Gott, was ist denn los?« Elliot drehte sich um. »Oh«, murmelte er und wandte sich ihr grinsend wieder zu. »Na hallo.«

Cassie senkte den Blick und sah Elliot wieder an. »Da läuft nichts. Er ist … bloß ein Typ, den ich kenne.«

»Du bist mir keine Erklärung schuldig.« Elliot erging sich in einer Anekdote über einen Mann, den er zufällig ein ganzes Jahr gestalkt hatte, und Cassie versuchte, ihm zu folgen, doch gleichzeitig spürte sie ständig, wie sich Hugos Blick quer durch den Raum in ihre Haut brannte.

Nach ein paar Minuten ertrug Cassie das Gefühl nicht länger. »Ich muss jetzt wirklich heim«, schnitt sie Elliot das Wort ab und griff nach ihrem Mantel. »Ich muss noch eine Hausarbeit schreiben.«

»Ach, die possierlichen Plagen des Studiums«, sagte Elliot, durchaus mit Mitgefühl. »Also, dann sehen wir uns am Donnerstag. Da dürfen wir Regale einräumen; pass auf, dass dich die Vorfreude nicht umbringt.«

»Ich werde mein Bestes versuchen.« Cassie rang sich ein Lachen ab und stand auf. Schnell sah sie an Elliot vorbei, um festzustellen, ob Hugo noch da war, doch er war verschwunden, und seinen Platz hatte ein miesepetriger Mann mit einem Kreuzworträtsel eingenommen.

Cassie atmete erleichtert auf. Ihre Fantasie spielte ihr Streiche, sie glaubte schon, er würde sie verfolgen. Leichtfüßig ging sie die Treppe hinunter nach draußen und überlegte dabei, ob sie einkaufen und für sich und Evie Abendessen kochen sollte. Nach Evies Ausbruch vorhin wäre es bestimmt hilfreich, einen entspannenden Abend miteinander zu verbringen.

»Cassie.«

Cassie wirbelte herum. Die Hände in den Hosentaschen, lehnte Hugo neben dem Buchladen an der Mauer. »Wer ist dein Freund?«, fragte er beiläufig.

»Das geht dich nichts an«, erwiderte Cassie knapp, während sie sich von ihrem Schreck zu erholen versuchte. Ihr Puls raste, als schwebte sie in Lebensgefahr.

Hugo zog eine Braue hoch. »Gehst du zurück zum College? Dann begleite ich dich.«

»Nein danke.« Cassie drehte ihm den Rücken zu und ging in Richtung Hauptstraße, doch Hugo blieb hartnäckig neben ihr. Sie warf ihm einen zornigen Blick zu.

»Ich kann nichts dafür, dass ich in dieselbe Richtung muss«, protestierte er lächelnd. »Wäre es dir lieber, wenn ich dir mit fünf Metern Abstand folgen würde?«

Cassie blieb stumm und marschierte weiter. Mit seinen langen Beinen hielt Hugo problemlos mit ihr Schritt.

»Und wie geht es dir so?«, fragte er ungerührt.

Sie sah ihn kurz von der Seite an. Bestimmt war ihm zu Ohren gekommen, was Sebastian zugestoßen war? Aber Hugos Miene hatte nichts Spöttisches an sich; stattdessen sah er sie ruhig und fast besorgt an. Sie merkte, wie ihr heiß wurde. »Es geht mir gut«, sagte sie schnell. Zum ersten Mal seit der Attacke war es ihr unangenehm, dass Einzelheiten aus ihrem Privatleben überall die Runde machten. Dass die anderen Raleigh-Studenten ihr schiefe Blicke zuwarfen, störte sie nicht, aber Hugo …

»Falls du …« Hugo setzte noch einmal an. »Falls ich dir je irgendwie helfen kann, dann frag einfach.«

Die Aufrichtigkeit in seiner Stimme überrumpelte Cassie. »Am meisten würde es helfen, wenn sich meine Mitbewohnerin nicht mehr deinetwegen die Augen ausheulen müsste«, sagte sie scharf, um ihn – aber auch sich selbst – an Evies labilen Zustand zu erinnern. »Ich weiß nicht, ob du sie benutzt hast, oder ob das für dich bloß ein Spiel ist, aber ihr war es ernst, okay? Und jetzt hat sie nicht nur dich, sondern auch alle ihre Freunde verloren, und alles bleibt an mir hängen.«

Hugo blinzelte. »Cassie …«, begann er, aber sie wollte keine charmanten Entschuldigungen mehr hören.

»Ich muss los.« Sie wuchtete ihre Schultertasche höher und trat auf die Fahrbahn, schlängelte sich durch den Verkehr und ließ Hugo hinter sich, bis er in sicherem Abstand zurückgeblieben war.

Den restlichen Weg zum College fragte sie sich, wie sie hatte zulassen können, dass er ihr so unter die Haut ging. Seit ihrer allerersten Begegnung, damals nachts im Hof, hatte er jedes Mal etwas ausgestrahlt, das ihr durch und durch gegangen war. Und jetzt, nach seiner Trennung von Evie, hatte sie erst recht allen Grund, sich von ihm fernzuhalten.

Nur dass es gleichzeitig etwas gab, das sie magnetisch zu ihm hinzog. Die kurzen, verbindenden Blicke, die verlockende Tiefe in diesen dunklen Augen.

Am Tor zum College angekommen, schüttelte Cassie den Kopf, ging hindurch und über den Hof zu ihrem Gebäude. Eigentlich sollte sie erleichtert sein. Nachdem Hugo nicht mehr mit Evie zusammen war, war sie vor weiteren Störungen gefeit: keine ungebetenen Gäste, keine nächtlichen Besuche mehr. Die Wohnung gehörte wieder ihr und Evie. Dort war sie sicher und ungestört.

Sie stieg die Treppe zur Mansarde hoch und kramte nach ihrem Schlüssel, als sie bemerkte, dass die Tür offen war.

Offenbar hatte Evie schon wieder vergessen abzuschließen. Cassie drückte die Tür auf und trat drei Schritte in den Raum, bevor sie nach oben sah und nichts mehr war wie zuvor.

Ein Schrei erstickte in ihrer Kehle. Die Welt zerbrach.

Evie hing tot am Dachbalken.

Kapitel 18

Cassie hatte ihre Mutter auf dem Friedhof der Kleinstadtkapelle in Indiana beigesetzt, zwischen wucherndem Unkraut und halb verfallenen Grabsteinen, bald vergessen unter herbstlichem Laub. Außer ihr hatte nur ihr Stiefvater der Trauerfeier beigewohnt. Schwankend und immer noch betrunken, hatte er neben ihr gestanden, während Cassie die Fingernägel in ihre Handflächen gebohrt und still im Kopf ihre Zahlenreihen gesprochen hatte, weil sie auf keinen Fall weinen wollte, während der Priester seinen Segen sprach, der Sarg ins Grab gesenkt wurde und der einzige Mensch, den Cassie je geliebt hatte, in der harten, unnachgiebigen Erde verschwand.

Evies Trauergottesdienst füllte die große College-Kirche. Es gab Programmzettel auf schwerem cremefarbenem Büttenpapier mit Prägung, und die Kirchenbänke waren bis zum letzten Platz mit Verwandten und Mitstudenten gefüllt. Evies Eltern führten weinend die Prozession an, während der Chor das *Pie Jesu* sang und die Sonne durch die Buntglasfenster strahlte. Evies Vater, ihr jüngerer Bruder und ihre Onkel trugen ihren Sarg, ganz in Schwarz und die Gesichter von tiefer Trauer gezeichnet. Der Holzsarg strahlte in seidig weichem Glanz und war mit Kränzen aus Calla und weißen Rosen belegt, Evies Lieblingsblumen. Sie war in einem Cocktailkleid aus rosa Seide einbalsamiert worden, das Cassie zusammen mit ihrer Mutter aus Evies Schrank ausgesucht hatte, ihre kalten Lippen waren rot geschminkt, und um ihren Hals lag lose einer ihrer Lieblingsschals, um die Blutergüsse zu verdecken, die ihre dilettantische Wäscheleinenschlinge hinterlassen hatte.

Cassie konnte immer noch nicht fassen, dass Evie gestorben war. Als sie endlich einen entsetzten Schrei ausgestoßen hatte und losgerannt war, um ihren baumelnden Körper anzuheben und hochzustemmen, war es längst zu spät. Da war sie schon eine Stunde tot gewesen, hatte im Bericht des Gerichtsmediziners gestanden. Letztendlich hatten die Porters sie mit einer Gartenschere herunterschneiden müssen, weil sonst nichts scharf genug gewesen war, um die Wäscheleine zu durchtrennen.

In einem Meer von tiefem Schwarz verließen die Trauergäste nach dem Gottesdienst die Kapelle. Cassie sprach kein Wort, und niemand sprach sie an. Doch sie spürte die Blicke, hörte das leise Getuschel.

»Sie hat sie gefunden.«

»Als hätte die Sache mit Sebastian nicht schon genügt.«

»Warum hat sie keine Rede gehalten?«

»Cassie?«

Sie war so betäubt, so benebelt, dass sie die Stimme im ersten Moment gar nicht hörte. Dann rüttelte sie sich blinzelnd wach und begriff, dass Evies Eltern vor ihr standen, mit von tiefer Trauer gezeichneten Gesichtern. »Wir fahren zur Beisetzung nach London zurück«, sagte ihr Vater rau. »Aber wir wollten Ihnen noch danken. Wenn wir irgendetwas für Sie tun können …«

Cassie schüttelte den Kopf. »Nein, nein, aber vielen Dank für das Angebot«, sagte sie. »Fahren Sie vorsichtig.«

Evies Mutter schenkte ihr ein zittriges Lächeln. »Bitte

verzeihen Sie mir die unangenehme Frage, aber Evies Sachen …«

»Machen Sie sich deswegen keine Gedanken«, sagte Cassie sofort. »Ich werde alles zusammenpacken und es von den Porters nach London schicken lassen. Das heißt«, stockte sie, »falls Sie das möchten …?«

Die beiden wechselten einen Blick. »Ja«, nickte Evies Mutter, die Finger in ein Taschentuch gekrallt. »Was immer Sie für richtig halten … ich meine, was immer ihr auch wichtig war. Und wenn Sie irgendwas davon behalten möchten, vielleicht etwas von ihrem Schmuck oder ihren Kleidern …«

Cassie gruselte es bei dem Gedanken. »Danke sehr, mal sehen«, log sie.

»Es tut mir so leid«, erklärte Evies Vater mit aschgrauem Gesicht. »Dass wir Sie alldem aussetzen. Das tut mir so, so leid.«

»Nein«, widersprach Cassie. »Sie sollten nicht …«

»Alles Gute«, fiel er ihr ins Wort.

»Und passen Sie auf sich auf.« Evies Mutter schlang die Arme um Cassie. Cassie ließ die gramgebeugte Umarmung hilflos über sich ergehen. Eigentlich hätte sie sich bei den beiden entschuldigen müssen, nicht umgekehrt. Sie hatte die Zeichen gesehen. Die Warnhinweise, die Stimmungsumschwünge; bei ihrer Mutter war es genauso gewesen. Sie hätte es wissen müssen. Aber sie war so mit ihren eigenen Problemen beschäftigt gewesen, dass sie die Augen verschlossen hatte.

Es war ihre Schuld, nicht die von Evies Eltern.

Schließlich löste sich Evies Mutter von ihr. Ihr Mann legte den Arm um seine Frau und führte sie weg zu Sir Edmund, der mit düsterer Miene darauf wartete, sie zum Leichenwagen zu bringen. Die Beisetzung würde in London im kleinen Kreis stattfinden. Cassie war eingeladen worden, aber sie hatte höflich abgelehnt. Ein Tag in dieser Hölle reichte vollauf.

Cassie schaute sich trostlos im Innenhof um und bemerkte, dass Olivia und Paige zusammen mit der restlichen Gruppe am Portal der Kapelle standen, alle irgendwie viel zu mondän für den traurigen Anlass. Hugo war nirgendwo zu sehen. Cassie hatte aus dem Augenwinkel nach ihm Ausschau gehalten, aber er war nicht zum Trauergottesdienst erschienen, so als wüsste er von dem stillen Zorn, der in ihren Adern tobte, von den Schuldzuweisungen, die ihr auf der Zunge lagen.

Olivia bemerkte ihren Blick und kam zu ihr. »Cassie.« Sie lächelte matt und drückte Cassies Arm. »Wie schlägst du dich so? Ist das nicht schrecklich?«

»Es geht schon«, sagte Cassie leise und wandte das Gesicht ab.

»Wir gehen gleich wieder rüber in die Carlton Hall. Ich habe mir gedacht, ich sollte allen die Möglichkeit geben, nach dem Gottesdienst ein bisschen was zu trinken. Kommst du auch?«

»Ihr feiert eine Party?« Cassie war fassungslos.

Olivia sah sie erschrocken an. »Nein«, beteuerte sie schnell. »Auf keinen Fall. Eher so was wie eine Totenwache. Einen Augenblick, um unsere Erinnerungen zu teilen. Wir sind alle so erschüttert.«

»Ach.« Cassie holte Luft. »Danke, aber lieber nicht.«

»Bitte.« Olivia hielt immer noch ihren Arm fest. Die blauen Augen sahen sie eindringlich an. »Ich weiß, so was ist nicht dein Ding, aber … Wir alle haben sie verloren. Ich glaube, es täte dir gut, wenn du jetzt unter Menschen wärst. Du solltest nicht allein sein.«

Cassie zögerte. Sie musste daran denken, wie ihr Stiefvater von der Trauerfeier für ihre Mutter direkt in die nächste Bar abgezogen war, um sich bewusstlos zu trinken, und wie sie ganz allein nach Hause zurückgekehrt war. Das Haus war ihr nie so leer vorgekommen wie an jenem Tag.

Sie merkte, dass sie nickte. »Wir sehen uns dort.«

Cassie hätte gemeinsam mit den Übrigen gehen können, doch sie wollte keine Sekunde länger in ihrem Trauerkleid bleiben. Sie hatte es für wenig Geld in einem Laden an der Hauptstraße gekauft, ein schlichtes schwarzes Etuikleid, das sie nie wieder tragen wollte, das wusste sie schon jetzt. Sie zog es aus, warf es in den Müll und schlüpfte stattdessen in Jeans und Pullover. Dann nahm sie ihren Mantel und war schon auf dem Weg zur Wohnungstür, als sie unwillkürlich im Wohnzimmer stehen blieb.

Ihr Blick hob sich zum Balken. Wieder sah sie Evie dort hängen. Cassie schnürte es die Brust zu. Es war falsch gewesen, unendlich falsch, sie so zu finden, während alles um sie herum absolut normal geblieben war. Evies Notizen in einem Stapel auf dem Tisch, ein halb voller Becher Tee, Krümel auf dem Keksteller. Zum hundertsten Mal fragte Cassie sich, wann der schreckliche Entschluss gefallen war. Hatte Evie ihren Suizid geplant und währenddessen an ihrem Tee genippt? Hatte sie ihren Becher abgesetzt, dann den Vorratsschrank geöffnet und bei einem Zwischenstopp am Tisch noch ihre Unterlagen aufgestapelt, bevor sie die improvisierte Schlinge über den Balken geworfen hatte?

Mit aller Gewalt stoppte Cassie die schwarzen Gedanken, die ihr durch den Kopf schossen. Sie wandte den Blick vom Tatort ab, floh aus der Wohnung und rannte mit donnernden Schritten die Treppe hinunter auf der Flucht vor dem grauenvollen Bild in ihrem Kopf.

Als sie die Tür zu Olivias Suite aufdrückte, hatten sich etwa zwei Dutzend Studenten dort eingefunden, saßen auf den Sofas, tranken Wein und unterhielten sich gedämpft. Cassie erkannte in dem Raum kaum die leere Leinwand wieder, die er gewesen war, als sie selbst beinahe dort eingezogen wäre; jetzt hingen gerahmte, farbenfrohe abstrakte Gemälde an den Wänden, ein exotischer Teppich bedeckte die Holzdielen, und unter dem Fenster stand ein plüschiges Sofa in babyblauem Samt neben einem voll bestückten altmodischen Barwagen. Hinter der halb offenen Tür zum Schlafzimmer sah sie einen Kleiderhaufen auf dem Bett, und überall auf dem Boden lagen High Heels.

Paige kam auf Cassie zu und nahm sie in die Arme. »Wenn du irgendwas brauchst«, sagte sie und stimmte damit in den Chor von Menschen ein, die Cassie genau dasselbe versprochen hatten. Cassie nickte und ließ sich von Paige zu einem Sessel führen. Miles und ein paar aus der Clique waren da, genau wie Olivias Professor Lewis. Eine gewichtige Stille lag in der Luft, alle murmelten Smalltalk, niemand wusste so recht, worüber man reden sollte.

»Sind ihre Eltern gut weggekommen?«, fragte Paige leise.

Cassie zog die Schultern hoch. »So gut, wie unter diesen Umständen zu erwarten.«

Paige verstummte. Miles zupfte am Kragen seines Anzughemds. »Sie würde das hassen«, sagte er. »Dass wir alle so verfickt morbide rumhocken.«

»Miles!«, versuchte Paige ihn zum Schweigen zu bringen, aber er hörte nicht auf.

»Mal im Ernst. Evie war lustig, sie war lebensfroh, sie stand bei jeder Party im Mittelpunkt. Weißt du noch, wie wir fast den Bus aus London verpasst hätten und kein Taxi finden konnten und sie mitten im Regent's Park zu singen anfing?«

Paige lächelte matt. »Und du hast mitgesungen, genau wie Eddie, und Hugo hat mit ihr rund um die Radständer Walzer getanzt.«

Die Gruppe um Cassie entspannte sich, und die Gesichter verklärten sich nostalgisch.

»Ich dachte schon, wir würden verhaftet«, ergänzte Miles. »Aber dann forderte sie den Polizisten einfach zum Tanz auf, und der konnte sich nicht entscheiden, ob er uns wegen Ruhestörung festnehmen oder mittanzen sollte.«

Paige lachte. Die anderen im Raum kamen langsam näher und stellten sich zu ihnen, um zuzuhören.

»Sie war in meiner Bibliotheksgruppe«, erzählte jemand anderer. »Ständig vergaß sie ihr Passwort, sie konnte es sich um nichts in der Welt merken.«

»Es war *Persephone*«, antworteten zwei Mitstudentinnen gleichzeitig und lachten dann los. »Wahrscheinlich dachte sie, wenn jeder es kennt, kann immer jemand sie daran erinnern«, ergänzte die eine liebevoll.

Der Reihe nach begannen sie, Anekdoten über Evie und ihre Missgeschicke zu erzählen. Jemand drehte die Musik auf, und bald war der Raum von lebhaften Unterhaltungen, Gelächter und Wärme erfüllt. Cassie saß inmitten der Gespräche und fühlte sich einsamer denn je. Die Evie, über die alle redeten, hatte sie nie kennengelernt, nicht wirklich. Sie hatten einige Nachmittage zusammen verbracht, das schon, in ihrer Mansarde eingegraben, mit Büchern und Tee, ein paar morgendliche Joggingrunden und den Abend, an dem Evie sie zum Galadinner im Merton eingeladen hatte. Aber wenn sie hörte, wie Paige und Miles und die anderen über Evies Lieblingsessen sprachen und ihre Vorliebe für Gin-Cocktails und ihre Angewohnheit, am Ende eines Abends ihre High Heels auszuziehen und sich vom nächstbesten großen Mann Huckepack nehmen zu lassen, dann begriff sie, dass sie Evie nie wirklich gekannt hatte.

Diese Leute hatten sie gekannt. Sie hatten mit ihr gefeiert, getrunken, diniert und genügend Geschichten parat, um den Raum mit Lachen zu erfüllen. Und sie hatten sich abgewandt, als Evie sie am dringendsten gebraucht hatte. Niemand hier erzählte, wie sie ihre Anrufe weggedrückt und sie fallen gelassen hatten, als wäre sie ein lästiger Plagegeist, kaum dass Hugo mit ihr Schluss gemacht hatte.

Cassie spürte, wie Ärger in ihr aufflammte. Das hier war nichts anderes als die Kondolenzkörbe und -karten, die sie nach dem Tod ihrer Mutter bekommen hatte. Bedeutungslose Worte von Menschen, die sich nicht wirklich für sie interessiert hatten, als sie noch am Leben gewesen war. Verschwendetes Papier, verschwendete Floskeln. Plötzlich wurde ihr die Brust so eng, dass sie keine Luft mehr bekam und aufsprang. Paige warf ihr einen besorgten Blick zu, doch niemand machte Anstalten, ihr zu folgen, als sie das Zimmer verließ. Alle waren zu gefangen in ihren schönen Erinnerungen an Evie, in ihren hübschen Lügen.

Draußen im Gang schnappte Cassie nach Luft. Schuldgefühle, Ängste und ein unerklärlicher Zorn tobten in ihrer Brust. Blindlings taumelte sie den Gang entlang und spürte gleichzeitig, wie die dunklen Klauen der Vergangenheit nach ihr griffen. *Nein,* sagte sie sich. *Nicht jetzt, nicht hier.* Sie hatte diese Dämonen zu lange in Schach gehalten, um ihnen jetzt zum Opfer zu fallen.

Dann hörte sie es, durch ihren donnernden Herzschlag hindurch. Klavierspiel. Bach. Aus einer offenen Tür weiter unten am Gang strömte melancholisch eine der Lieblingssinfonien ihrer Mutter. Die gefühlvollen Klänge überspülten sie bittersüß und weckten Erinnerungen an einen sonnendurchtränkten Raum, an Tulpen in einer Vase auf dem Kamin. Den Pullover ihrer Mutter, weich an ihrer Haut.

Ganz langsam beruhigte sich Cassies Puls.

Die Dunkelheit wich gerade so weit zurück, dass sie wieder Luft bekam. Die Welt pendelte sich wieder auf ihrer Achse ein.

Sie ging den Gang hinunter und schob die Tür auf.

Cassie erstarrte. Im abgedunkelten Zimmer saß Hugo, den Kopf von ihr weg über das Klavier gebeugt, während seine Finger sich langsam über die Tasten bewegten. Er verspielte sich und schlug die dissonante Note unter einem schiefen Lachen ein zweites Mal an, bevor er nach der Whiskyflasche oben auf dem Klavier griff.

Sie schob die Tür noch weiter auf; die Angeln quietschten. Er drehte sich um. »Cassandra, Cassandra …«, lallte er gedehnt. »Siehst du heute nicht ganz bezaubernd aus?«

Cassies Zorn kehrte zurück und schnitt scharf in ihren Unterleib. »Du hast den Gottesdienst verpasst«, sagte sie eisig.

»Hast du mich vermisst?« Hugo knallte den Klavierdeckel zu und drehte sich auf dem Hocker um.

»Du hättest den Eltern dein Beileid aussprechen sollen. Sie waren da.«

»Und du glaubst, sie hätten mich sehen wollen?« Er stellte sich ihrem Blick und hob in einem bitteren Toast die Flasche an. Im Halbdunkel erschien sein Gesicht bleich und ausgezehrt, und die dunklen Ringe unter seinen Augen waren deutlich zu sehen. »Ich dachte, ich erspare mir den ganzen Bullshit und halte ihr eine irische Totenwache.«

Cassie schüttelte angewidert den Kopf. »Wie kannst du hier so sitzen?« Ihr Zorn wurde immer größer. »Einfach faul auf deinem Arsch hocken und dich selbst bemitleiden, wenn, wenn …«

»Wenn doch alles meine Schuld ist«, beendete Hugo den Satz für sie. »Das willst du doch sagen, oder?«, fragte er und stand auf. »Das sagen sie alle. Glaub mir, du kannst mir nichts an den Kopf werfen, was ich mir nicht selbst schon vorgeworfen habe.« Er kam auf sie zu, bis sie das angespannte Zittern in seinem Kiefer sah und die Energie spürte, die von seinem Körper ausstrahlte. »Glaubst du etwa, ich würde nachts nicht wach liegen und immer wieder alles durchgehen?« Jetzt wurde er lauter. »Glaubst du, ich würde mich nicht ständig fragen, was ich hätte anders machen können? Wenn ich nur begriffen hätte, was da abläuft, wenn ich Bescheid gewusst hätte ... Ich hätte es sehen müssen. Ich hätte wissen müssen, wie weit sie in Gedanken schon war. Ich hätte sie aufhalten können, ich hätte alles ändern können.« In seinen Augen stand tiefer Kummer, das Schuldgefühl färbte seine dunkle Iris schwarz. Es waren ihre eigenen Emotionen. Der Schmerz der Reue, der Wunsch, es wäre anders gekommen. Das beschämende Wissen, dass es allein ihre Schuld war.

Sie atmete tief aus. Ihr Zorn verflog, und zurück blieb neuerliche Leere. Cassie nahm Hugo die Flasche aus der Hand, ging um ihn herum an die dunklen Fenster und schaute auf die von Flutlichtstrahlern erhellten Gärten. Dann nahm sie einen tiefen Schluck Whisky und spürte, wie er sich langsam durch ihre Kehle brannte und ihren ganzen Körper wärmte. »Wir haben sie im Stich gelassen«, flüsterte sie und starrte dabei ins Dunkel.

Sie spürte eine Bewegung an ihrer Seite, dann war Hugo neben ihr und legte leicht die Hand auf ihre Schulter. »Du hättest nichts tun können.«

»Doch«, gab sie leise zu und presste die Fingerspitzen gegen das kalte Glas. »Ich habe gesehen, was mit ihr los war. Sie war depressiv, sprunghaft.« Sie schluckte ein

Schluchzen hinunter. »Ich habe die Zeichen erkannt, aber ich wollte sie einfach nicht sehen.«

»Das stimmt nicht«, widersprach Hugo fest. »Du konntest das nicht ahnen.«

»Du aber schon?« Cassie drehte sich zu ihm um. »Ich war ihre Mitbewohnerin. Ich war dort. Nur ich war bei ihr, weder du noch Olivia noch irgendwer sonst.«

Hugos Kiefer spannte sich an. »Was ist mit Olivia? Was hat sie zu dir gesagt?«

»Nichts.« Cassie schüttelte den Kopf. »Genau das will ich damit sagen. Ihr alle konntet das gar nicht wissen. Sie hat immer so getan, als wäre alles in bester Ordnung, nur ich habe gesehen, wie übel es ihr in Wahrheit ging. Ich hätte es jemandem erzählen sollen.« Ein neuerliches Schluchzen entrang ihrer Kehle. »Diesmal hätte ich es aufhalten können.«

Zu spät erkannte sie ihren Fehler. Sie versuchte sich abzuwenden, aber Hugo legte die Hand an ihre Wange und hielt sie auf. »Wie meinst du das, diesmal?«, fragte er ruhig und sah ihr dabei tief in die Augen.

Cassie wandte den Blick ab. Sie hatte die glückliche Familie aus ihrer erfundenen Vergangenheit vergessen, ihre Lügen, über die sie immer öfter stolperte.

»Cassie?«, flüsterte Hugo. Der Laut hüllte sie ein, und Cassie spürte, wie sie der Kampfeswille verließ.

»Meine Mutter hat sich in der Badewanne die Adern aufgeschlitzt, als ich vierzehn war«, gestand sie leise. »Ich hatte das nicht kommen sehen«, ergänzte sie mit brüchiger Stimme. »Aber diesmal … Ich weiß inzwischen, worauf ich achten muss. Ich kann nicht glauben, dass ich so blind war …«

Ihre Worte erstarben, als Hugo sie an seinen Körper zog und unversehens die Arme um sie schlang. Im ersten

Moment zuckte Cassie bei seiner Berührung zurück, doch er ließ sie nicht los, und nach einer Schrecksekunde ergab sie sich und ließ sich in seine Wärme sinken. Sie spürte den Herzschlag in seiner Brust, roch den Whisky in seinem Atem. Ein eigenartiges Gefühl überkam sie: ein Gefühl von Geborgenheit, doch verstärkt durch etwas anderes, das ungewollte, aber nicht wegzuleugnende Bewusstsein seiner Nähe, seines Körpers.

Ein Augenblick der Schwäche, redete Cassie sich zu, als sie ihre Stirn an seine Schulter sinken ließ. Mehr war es nicht. Und mehr würde sie sich nicht zugestehen.

Hugo bewegte sich nicht und sprach nicht, und sie genauso wenig. Sie blieben einfach so stehen und hielten sich in der Stille und der Dunkelheit aneinander fest, bis in der offenen Tür ein Geräusch zu hören war.

Sofort lösten sie sich voneinander.

»Da seid ihr ja.« Olivias skeptischer Blick ruhte auf ihnen. Dann verwandelte sich ihre Miene. »Mein Gott, Hugo, sieh dich an.« Sie kam zu ihnen, streckte den Arm vor und zog Hugo von Cassie weg. »Ich muss mich für meinen Cousin entschuldigen«, sagte sie. »Er ist schon den ganzen Tag so. Ich habe ihm gesagt, er soll sich zusammenreißen, aber …«

»Alles ist gut«, sagte Cassie sofort, aber Olivia hatte sich schon wieder Hugo zugewandt und die Lippen zu einem dünnen Strich zusammengezogen.

»Du stinkst nach Alk«, zischte sie, »und alle fragen sich, wo du steckst. Ich kann nicht glauben, dass du mir das antust, ausgerechnet heute …«

»Tut mir leid, dass ich deine perfekte kleine Party verpasse.« Hugo sah sie finster an, und seine Miene wirkte wieder so verbittert wie zuvor. »Ich bin wohl nicht gut darin, so zu tun, als wäre alles in bester Ordnung!«

»Ich kann so nicht mit dir reden«, urteilte Olivia grimmig. »Geh dich ausnüchtern, und dann reiß dich endlich zusammen.« Sie wandte sich wieder Cassie zu und rang sich ein angespanntes Lächeln ab. »Komm mit.« Sie hakte sich bei Cassie ein und dirigierte sie aus dem Zimmer. Cassie sah noch einmal zu Hugo zurück, doch er war schon wieder in sich zusammengesackt und hatte die Flasche angesetzt, darum ließ sie sich von Olivia auf den Gang führen. »Es tut mir wirklich leid«, entschuldigte sich Olivia noch einmal. »Er ist dir doch nicht lästig geworden, oder? Evies Tod hat ihm schwer zugesetzt. Ich meine, die Sache hat uns alle schockiert, aber Hugo ist seither völlig von der Rolle. Wir haben ihn kaum aus dem Bett bekommen.«

»Ich …« Cassie meinte immer noch die merkwürdige Umarmung zu spüren. »Nein, kein Problem.«

»Gut. Gehst du mit, noch was trinken? Ich bin so froh, dass du gekommen bist.« Olivia drückte warmherzig ihre Hand, aber Cassie konnte sich nicht vorstellen, noch einmal zu den anderen zurückzukehren.

»Ich muss los«, entschuldigte sie sich deshalb. »Ich muss Evies Sachen zusammenpacken, für ihre Eltern …«

»O Gott.« Evie riss die blauen Augen auf. »Wie schrecklich. Brauchst du Hilfe?«

»Nein, ich schaffe das schon. Aber danke«, fügte sie an. Olivia hatte zu den wenigen gehört, die sie nach dem Gottesdienst angesprochen hatten. Und die anerkannt hatte, dass Cassie den Verlust, den die ganze Gruppe erlitten hatte, ebenfalls spürte, wohingegen alle anderen sie wie eine Außenseiterin behandelt hatten, die mit ihren Gefühlen lieber für sich bleiben sollte.

»Wo wohnst du jetzt?«, fragte Olivia, während sie Cassie zur Treppe begleitete.

»Wie meinst du das?«, erwiderte Cassie. »Immer noch in meinem Zimmer.«

Olivia blieb stehen. »Du meinst, sie haben dir kein neues Zimmer gegeben?« Sie schnappte nach Luft. »Du musst jeden Tag da verbringen, wo …« Ihr versagte die Stimme. »Das ist doch nicht zu glauben. Du bleibst hier bei mir. Ich habe wirklich genug Platz, und man kann die Couch ausziehen …«

»Es ist okay«, schnitt Cassie ihr das Wort ab. »Das ist nicht nötig, ich bleibe, wo ich bin.«

Olivia schüttelte den Kopf. »Ich werde mit der Verwaltung sprechen, sie können unmöglich erwarten, dass du …«

»Tu's nicht«, bremste Cassie sie. »Ich weiß dein Angebot zu schätzen. Aber ich muss jetzt wirklich los. Das mit der Feier war eine nette Idee«, ergänzte sie milde. »Das hätte Evie gefallen.«

Sie ließ Olivia stehen und hörte das Echo ihrer eigenen Schritte hallen, während sie die Treppe hinabeilte. Draußen peitschte ihr kalter Regen ins Gesicht, doch Cassie konnte unmöglich direkt in ihre Mansarde zurückkehren. Trotz ihrer Beteuerungen Olivia gegenüber war der Raum von Schatten und dunklen Geistern erfüllt, denen sie sich nicht stellen konnte, nicht, solange sie nach dem Gottesdienst noch so dünnhäutig war.

Stattdessen ging Cassie zurück zur Kapelle und warf einen verstohlenen Blick hinein. Inzwischen war hier niemand mehr, nur die Kerzen flackerten noch in einer goldenen Reihe auf dem Altar, und der Blumenschmuck hing noch an den Wänden. Sie atmete tief durch, trat ein, und die schwere Tür schwang hinter ihr zu. Erst hier, in der gedämpften Stille, unter Buntglasfenstern und im Kerzenschein, begann sie, sich halbwegs wie sie selbst zu fühlen. Kirchen hatten ihr schon immer geholfen, das innere Gleichgewicht wiederzufinden. Es war merkwürdig, denn eigentlich hatte sie nichts für Religion, für die Rituale und Regeln der Gottesdienste mit ihren vorgeschriebenen Gebeten und Riten übrig. Doch die Kirchen selbst, große, machtvolle Bauten, errichtet als sicherer Hafen, als Schutz – in ihnen empfand sie regelmäßig tiefe Erleichterung, auch weil die Kirchenschiffe angefüllt waren mit hoffnungsvollen Gebeten von Gläubigen, die in ihrem Glauben eine Gewissheit fanden, um die Cassie sie nur beneiden konnte.

Sie wanderte langsam durch den Mittelgang, näherte sich dem Altar. Auf dem Altarpodest war immer noch die Dekoration für den Trauergottesdienst aufgebaut: Evies Porträtfoto, auf Postergröße aufgeblasen, umgeben von Blumen und Kerzen. Sie sah glücklich aus. Sie sah frei aus.

Hinter dem Altar hörte sie ein Geräusch, das sie stutzen ließ. »Hallo?«, rief Cassie. Gleich darauf tauchte ein Arbeiter in einem Overall auf. »Verzeihung«, entschuldigte sie sich. »Ich wusste nicht, dass jemand hier ist.«

»Ich habe gerade die Gravur fertig gemacht«, erwiderte er und hob eine Werkzeugkiste an. Offenbar war ihr die Verwirrung anzusehen, denn er nickte in die Richtung, aus der er gekommen war. »An der *in-memorandum*-Mauer. Da wird aller Studenten gedacht, die in ihrer Zeit hier gestorben sind. Mein Beileid«, sagte er verlegen, dann tippte er sich an die Kappe und ging.

Cassie schob den schweren Samtvorhang beiseite und enthüllte die Mauer im rückwärtigen Teil der Apsis, wo auf einer eingelassenen Bronzeplatte in akkuraten Lettern eine Liste eingraviert war.

William Randall Jefferson. 1840–1862. Gelehrter und Freund.

Jeremiah Saracen Hargreaves. 1880–1901. Unvergessen.

Und so ging es weiter. Cassie hob die Hand, fuhr die

Namen nach und malte sich aus, welches Schicksal diese Menschen wohl in so jungen Jahren dahingerafft hatte. Um 1918 gab es eine Häufung von Namen, genau wie in den Vierzigerjahren. Der Krieg hatte selbst die Elfenbeintürme von Oxford heimgesucht. Doch abgesehen von der tragischen Anhäufung während dieser dunklen Jahre waren nur vereinzelte Namen aufgeführt.

Juliet Annabeth Hopkins. 1963–1980. Geliebte Tochter RIP.

Rose Caitlin Smith. 1976–1995. Im Himmel werden wir uns wiedersehen.

Cassie hielt inne, drückte mit den Fingerspitzen gegen die flache Gravur. Ihre Gedanken überschlugen sich, während sie den Namen noch einmal las. Rose. Die Mitbewohnerin ihrer Mutter, Margarets beste Freundin.

Cassie begann zu frösteln und trat von der Wand zurück. Rose war 1995 gestorben, in demselben Jahr, in dem Margaret aus Oxford über den Atlantik geflohen war, in dem sie ihren Namen geändert und alle Hinweise auf ihr früheres Leben getilgt hatte – bis auf einen letzten Tribut an ihre verstorbene Freundin.

Cassandra Rose Blackwell.

Sie hatte nach dem Grund gesucht, warum ihre Mutter von hier geflohen war. Jetzt spürte Cassie, dass sie ihn gefunden hatte. Der Schlüssel hing direkt vor ihr, in Messing geschnitten an der Kapellenwand.

Roses Tod war der Anfang von allem anderen.

Kapitel 19

»Woran sie gestorben ist, steht leider nicht da.«

Die müden Augen leicht zusammengekniffen, spähte Cassie auf den Bildschirm. Es war Sonntagnachmittag, und sie und Elliot waren allein im Archivraum im Untergeschoss der Radcliffe-Bibliothek. Er ordnete müde seufzend die zurückgegebenen Bücher ins Regal, während sie durch die Mikrofiches der Lokalzeitungen aus Roses Todesmonat scrollte.

»›Nach einem dreitägigen Tauchereinsatz im Cherwell hat die Polizei die Suche nach der vermissten Rose Smith eingestellt. Die Suchaktion nach der Studentin am Raleigh College war ausgelöst worden, nachdem der Mantel und einige Habseligkeiten der Vermissten am frühen Sonntagmorgen an der Brücke aufgefunden worden waren‹«, las Cassie laut aus der Zeitung auf dem Träger vor. »›Ein Sprecher erklärte, dass sie damit offiziell als verstorben gelte und niemand im Zusammenhang mit ihrem Tod gesucht werde. Es gebe keine Hinweise auf eine Straftat.‹« Sie sah auf. »Was soll das heißen? Dass sie einfach so ertrunken ist?«

Elliot stieg von der Trittleiter, stellte sich neben sie und überflog den Bildschirm. »Nein, sondern dass sie sich umgebracht hat.«

Cassie schauderte. »Woher weißt du das?«

»Die Presse ist angehalten, nicht über Selbstmorde zu berichten«, sagte Elliot und widmete sich wieder seiner Arbeit. »Sie glauben, damit würden Nachahmer ermutigt oder so, darum werden die Meldungen verschlüsselt und möglichst allgemein gehalten. Falls sie verunglückt wäre, hätten sie das geschrieben. Und nachdem es keine Tatverdächtigen gibt, kann das nur eines heißen. Sie ist gehüpft.« Mit erschrocken aufgerissenen Augen sah er Cassie an. »Scheiße, tut mir leid«, sagte er schnell. »Ich hab's vergessen. Ich meine, ich habe nicht dran gedacht …«

»Ist schon okay.« Sie spürte einen dumpfen Druck in der Brust. »Du hast es nicht so gemeint.« Sie schluckte den Schmerz hinunter und sah weiter auf den Bildschirm. Evies Trauerfeier lag mehrere Tage zurück, und Cassie hatte die Woche nur überlebt, indem sie bis zum kleinsten Fitzelchen alles an Informationen über Rose Smith gesammelt hatte, was sie nur finden konnte. Sie hatte Ablenkung von ihren Schuldgefühlen, der Hilflosigkeit und der Scham gesucht, von dem niedrigen Holzbalken, unter dem sie jeden Morgen hindurchgehen musste, und dem gedämpften Geflüster auf dem Gelände des College, aber nichts, was sie bislang ausgegraben hatte, hatte den nervösen Knoten in ihrem Magen auflösen können und das schreckliche Gefühl, dass irgendwas entsetzlich, ernstlich schiefließ.

Rose war das Mädchen neben ihrer Mutter auf dem Foto gewesen, das prostend den Kelch angehoben hatte. Die beiden waren Mitbewohnerinnen gewesen, Freundinnen, Kameradinnen im Feldhockeyteam, waren gemeinsam in Jahrbüchern und Listen aufgetaucht – aber nur bis Mai 1995.

In diesem Monat war Rose gestorben. Eine Woche später hatte Cassies Mutter Oxford verlassen, ihre Sachen zusammengepackt und die Flucht ergriffen: ihren Namen geändert und nie auch nur ein Wort über das verloren, was sie zurückgelassen hatte.

Margaret. Rose. Evie. Noch ein Mädchen, noch ein verzweifelter Suizid. Ein weiterer abgeschnittener Lebensfaden, eine weitere sinnlose Tragödie. Cassie merkte, wie ihr das an die Nieren ging, vor allem wo Evies Sachen immer noch in Kartons verpackt in der Mansarde standen und darauf warteten, zu ihren Eltern geschickt zu werden. Und dieser Zeitungsbericht warf nur Fragen auf, statt ihr Antworten und ein neues Ziel zu geben.

»Ist ja interessant.«

Cassie hob den Blick. Elliot stand über ein Terminal gebeugt und ging den Bibliothekskatalog durch. »Deine Rose wird als Autorin eines Titels im Katalog geführt.«

»Aber sie hatte noch nicht mal ihren Bachelor.« Cassie zog die Stirn in Falten. »Sie war kaum zwei Semester hier, bevor ... bevor sie starb.«

»Ich weiß, das klingt ziemlich merkwürdig, allerdings ...« Elliot tippte etwas ein und klickte dann einen Eintrag an. »Aha. Das erklärt es. Die Raleigh-Jahressammlung.« Er sah zu ihr her. »Das ist üblich. Die Colleges feiern irgendein rundes Jubiläum oder was weiß ich und lassen die Studierenden Beiträge zu einer großen Jubiläumsschrift verfassen. Du weißt schon, blumige Erstsemestergedichte über den glitzernden Schnee auf dem Hirschanger.« Er verdrehte die Augen. »Oder ein Dutzend Fotos vom Uhrturm bei Sonnenuntergang. Raleigh hatte Vierhundertjahrfeier, und offenbar hat Rose etwas dazu beigetragen.«

»Kannst du rausfinden, was?«, fragte Cassie.

»Klar.« Elliot zuckte mit den Achseln. »Ich werde die Akte ziehen. Aber ...« Er legte eine Pause ein, und ein argwöhnischer Ausdruck huschte über sein Gesicht. »Wie weit willst du dich noch ins Kaninchenloch fallen lassen?«

»Wie meinst du das?« Cassie klappte ihr Notizbuch zu, stand auf und streckte die müden Glieder.

»Ich meine …« Elliot zögerte. »Angefangen haben wir mit Margaret. Einer alten Freundin der Familie, hast du gesagt. Jetzt jagen wir auch dieser Rose nach, und erzähl mir nicht, dass dich nur die Neugier treibt. Wonach suchst du wirklich?«

Cassie blieb stumm. Kurz spielte sie mit dem Gedanken, ihm die Wahrheit zu sagen. Aber dann musste sie an die Unheil verheißende Aufschrift hinten auf diesem Foto denken, an die unbeantworteten Fragen, die ihr nachts zusetzten. *Schwarz ist die Livrei der Hölle …* »Nach nichts Bestimmtem«, erklärte sie schließlich und erwiderte Elliots Blick mit einem möglichst nichtssagenden Lächeln. »Ich meine, wahrscheinlich versuche ich nur zu verstehen, wie all das Sinn ergibt. Nachdem …« Sie ließ den Satz absichtlich in der Luft hängen. »Es hilft«, ergänzte sie aufrichtig, »wenn ich außerhalb meines Studiums und der Arbeit etwas habe, auf das ich mich konzentrieren kann. Vielleicht habe ich mich tatsächlich ein bisschen hinreißen lassen. Aber bald ist Weihnachten, und ich will die ganze Sache vor den Weihnachtsferien abgeschlossen haben.«

Elliot sah sie noch einmal zweifelnd an, gab sich aber mit ihrer Erklärung zufrieden. »Schon kapiert. Man vergisst sich nur zu leicht, wenn man in diesen alten Dokumenten wühlt; sie sind wie ein riesiges Puzzle. Und da wird immer behauptet, Wikipedia-Löcher würden süchtig machen.«

Cassie lachte gekünstelt. »Genau. Es ist eine Herausforderung.«

»Okay.« Elliot stand auf. »Ich schaue morgen für dich nach, mal sehen, was ich über die mysteriöse Rose Smith ausgraben kann.« Er wackelte dramatisch mit den Brauen.

»Danke.« Cassie drückte seinen Arm, als er an ihr vorbeikam. »Nicht nur dafür, für alles. Für den Job, dass du mich vom Campus weggeholt hast … Das war bitter nötig.«

Elliot wirkte verlegen. »Wirklich gern geschehen. Und können wir jetzt bitte nach oben gehen, bevor ich noch zu schielen anfange und einen original amerikanischen Amoklauf hinlege?«

Nach einem kurzen Kaffee mit Elliot machte Cassie sich auf den Weg ans andere Ende der Stadt zu Thessalys Praxis. Sie hatte der Psychologin erklärt, dass sie keine zweite Beratung bräuchte – doch das war vor Evies Tod gewesen. Jetzt hatte sie einen weiteren Brief erhalten, in dem sie zu einem Gespräch einbestellt worden war – auf Tremains Betreiben hin, wie sie vermutete –, und nachdem so viele Fragen und Schuldgefühle an Cassie nagten, mochte sie ihn nicht ignorieren. Sie hatte sonst niemanden, mit dem sie reden konnte.

»Ich verstehe das einfach nicht.« Sie zupfte an einem Niednagel und bearbeitete die aufgerissene Haut, bis sich ein Blutstropfen sammelte. Thessaly saß hinter ihrem Schreibtisch, genauso elegant gekleidet wie bei ihrem letzten Gespräch, und machte sich Notizen. Es war Sonntag und damit definitiv keine Arbeitszeit. »Gut, sie war gestresst, aber Selbstmord? Das passt nicht. Das ergibt keinen Sinn.«

Thessaly nickte. »Für einen Außenstehenden kann es so aussehen.«

»Nein«, beharrte Cassie. »Sie verstehen das nicht. Evie war … glücklich. Sie war fröhlich und lebendig und voller Energie. Ich weiß, sie hatte in letzter Zeit Stimmungsschwankungen, aber wenn man im Studium mal Probleme hat, dann nimmt man sich eine Auszeit und redet mit Tutoren oder Freunden. Man macht nicht einfach mit allem Schluss.«

Wieder sah sie den Körper leblos und gebrochen am Balken hängen.

»Es ist ganz natürlich, dass Sie Antworten wollen«, beschwichtigte Thessaly sie, »aber die traurige Wahrheit ist, dass es manchmal keine gibt. Der menschliche Geist … ist ein komplexes Konstrukt. Nicht mal ich verstehe ihn auch nur ansatzweise, und ich habe es mir zur Lebensaufgabe gemacht, ihn zu studieren.«

Cassie holte tief Luft und schnaufte frustriert wieder aus. »Es kam so schnell«, protestierte sie. »Eben noch war sie total gut drauf, war jeden Abend feiern. Und dann … Da stimmt was nicht. Das weiß ich genau.«

Thessaly runzelte die Stirn. »Wollen Sie damit sagen …?« Sie machte eine Pause. »Die Polizei ist zu einem eindeutigen Urteil gekommen. Es gab keine Hinweise auf einen Eindringling oder auf einen Kampf. Evie hat sogar ihre Eltern angerufen und ihnen eine Abschiedsnachricht auf die Mailbox gesprochen.«

»Ich weiß, trotzdem …« Cassie verstummte hilflos. Sie konnte nicht erklären, inwiefern das Bild unstimmig war. Sie hatte mit Evie zusammengewohnt, sie hatte sie gesehen. Selbst wenn Evie noch so aufgewühlt und verzweifelt gewesen war, hätte Cassie nie für möglich gehalten, dass sie sich das Leben nehmen könnte. Traurig war etwas anderes als suizidgefährdet; Stress bedeutete nicht unbedingt, dass jemand so weit gehen würde.

»Ich kann verstehen, dass Sie sich schuldig fühlen.« Thessalys Stimme riss sie aus ihren Gedanken. »Ich meine damit nicht, dass Sie sich schuldig fühlen *sollten*«, stellte die Psychologin klar. »Aber Sie waren ihre Mitbewohnerin, Sie haben sie öfter gesehen als jeder andere. Und wie Sie selbst sagen, haben Sie beobachtet, wie sie psychisch abrutschte …«

»Aber nicht so weit«, schwor Cassie. »Dafür war es zu früh. Seit er mit ihr Schluss gemacht hatte und sie ins Schleudern geraten war, waren nur zwei Wochen vergangen, mehr nicht. So schnell zerbricht man nicht.«

Thessaly schenkte ihr ein mildes Lächeln. »Das klingt, als hätte Ihre Freundin tiefergehende Probleme gehabt als diese Trennung. Hat sie Ihnen je etwas über ihre Vergangenheit, über ihre psychische Gesundheit erzählt?«

Cassie überlegte. »Sie … nein. Wieso?«

»So wie es sich anhört, würde ich vermuten, dass sie Probleme mit einer bipolaren Störung gehabt haben könnte«, erklärte Thessaly. »Die wilden Höhenflüge, der Absturz aus heiterem Himmel. So was ist typisch für Menschen mit lange währenden Problemen.«

Cassie schüttelte den Kopf. »Evie war nicht so, sie war im Lot.«

»Wirklich?«, entgegnete Thessaly. »Haben Sie ihre Eltern gefragt? Wissen Sie, ob sie Medikamente nehmen musste?« Als Cassie auch diesmal langsam den Kopf schüttelte, fuhr sie fort: »Sie haben selbst gesagt, dass Sie sich nur kurz kannten. Sie können sich nicht die Verantwortung für ein Problem geben, das Evie schon lange, lange vor Ihrer ersten Begegnung hatte. Es ist tragisch, dass sie keinen Ausweg sah, aber traurigerweise ist das typisch für Mädchen wie sie. Und hier ganz besonders.«

Cassie schauderte und musste an die in der Kapellenwand eingravierten Namen, an die Zeitungsberichte über Roses Tod denken. »Gibt es viele Suizide in Oxford?«

Thessaly nickte. »Dieselben Charakterzüge, die eine brillante Studentin auszeichnen, können auch psychische Probleme auslösen. Der massive Druck hier, das Gefühl von Vereinsamung, unter dem viele leiden … Es ist traurig, aber wir verlieren jedes Jahr einige Studenten. Zu meiner Arbeit gehört auch, in Zusammenarbeit mit den Colleges bessere Unterstützungsmaßnahmen zu implementieren. Manche zeigen sich dabei aufgeschlossener als andere«, ergänzte sie schmallippig.

Cassie saß still da. Sie wusste nicht, ob sie Antworten oder Erklärungen erwartet hatte, aber sie fühlte sich immer noch unsicher und verloren.

»Das mag sich trivial anhören, ich weiß«, sagte Thessaly. »Aber am besten für Sie ist es, wenn Sie akzeptieren, dass sie vielleicht nie erfahren werden, was in Evies Kopf vorging. Die Entscheidung war allein Evies, und falls Sie jetzt einen Sinn dahinter suchen, könnte es passieren, dass Sie nie über dieses Erlebnis hinwegkommen. Was geschehen ist, ist geschehen«, ergänzte sie. »Manchmal bleibt uns nichts weiter übrig, als die Vergangenheit ruhen zu lassen und weiterzugehen.«

Als Cassie Thessalys Praxis verließ, wünschte sie sich, was die ältere Frau gesagt hatte, würde stimmen. Dass sich die Vergangenheit einfach so beiseiteschieben ließ, dass sie ihre Suche nach der Wahrheit einfach aufgeben könnte. Doch außer dieser Suche nach ihren Eltern hatte sie nichts: keinen Job, kein Leben, das in Amerika auf sie wartete, nichts, womit sie diese Jagd im Hamsterrad beenden konnte.

Cassie hatte es immer für einen Segen gehalten, dass ihr Leben keine Nahtstellen aufwies. Freunde, Beziehungen – sie hatte früh und schmerzhaft lernen müssen, dass Mitmenschen einen am Ende nur enttäuschten. Dass sie Cassies Vertrauen missbrauchen, sie hintergehen würden. Dass sie irgendwann allein zurückbleiben würde. Aber jetzt wanderte ihr Blick über die Studenten, die auf der Straße an ihr vorbeigingen, die in Grüppchen oder Paaren zusammenstanden, aus Bars und Cafés zurückkamen. Sie erfüllten den Abend mit Gelächter und Geplauder, geborgen in einer Welt, die so viel einfacher war als Cassies. Sie gingen in Vorlesungen, trafen sich zum Kaffee oder auf ein Date, planten ihre glänzende Zukunft. Zum ersten Mal spürte Cassie ein sehnsüchtiges Ziehen. All die Jahre hatte sie sich damit getröstet, dass ihre Mitstudenten keine Ahnung hatten, wie die Welt wirklich war, so als wären ihre eigenen Entbehrungen ein Orden, eine Auszeichnung dafür, dass sie mehr wusste. Jetzt wünschte sie sich, sie könnte sein wie sie, unschuldig und naiv. Nicht einmal Elliot konnte nachvollziehen, was Cassie antrieb: welcher Hunger an ihrem Herzen fraß, welche bittere Entschlossenheit jeden wachen Moment befeuerte. Was würde ihr denn bleiben, wenn sie auch nur eine Sekunde in ihrer Suche nachließ? Wer wäre sie dann?

Grübelnd ging sie dahin, bis ein vertrautes Gesicht sie aus ihren Gedanken schreckte. In der Warteschlange, die sich vor dem am Straßenrand parkenden Kebabwagen gebildet hatte, stand Hugo, den dunklen Kragen hochgeschlagen, mit in der Brise flatternden blonden Haaren. Er blickte auf, sah sie näher kommen und hob die Hand zu einem zaghaften Winken.

Cassie blieb stehen. Sie hatte Hugo seit dem Nachmittag nach der Trauerfeier nicht mehr gesehen. Sie dachte an den gebrochenen, gehetzten Ausdruck in seinen Augen und an den kurzlebigen Trost, den sie in seinen Armen gefunden hatte. »Hi.« Verlegen blieb sie neben ihm stehen.

»Cassie.« Hugo sah sie verhalten an, so als hätte er mit einer anderen Begrüßung gerechnet. »Ich … wie geht es dir?«

Cassie zuckte mit den Achseln. »Du bist dran«, lenkte sie ab, indem sie zu dem Mann hinter der Theke nickte.

Hugo trat vor, gab seine Bestellung auf und drehte sich dann zu ihr um. »Und was möchtest du?«

»Oh, ich wollte nicht …«, setzte Cassie an, doch er schüttelte den Kopf.

»Lass dich einladen. Das ist das Wenigste, was ich tun kann.«

Sie überlegte. Seit einem schnellen Sandwich, das sie sich vor Stunden zum Lunch besorgt hatte, hatte sie nichts mehr gegessen. »Danke. Pommes mit Käse und Curry«, sagte sie.

Hugo gab die Bestellung mit einem leisen Lächeln weiter. »Das hat Evie auch immer bestellt.«

»Sie hat mich auf den Geschmack gebracht«, erklärte Cassie. »Sie hat mir geschworen, es sei köstlich, und sie hatte recht.«

Hugo zahlte und ließ sich die in braune Papiertüten gepackten Styroporbehälter reichen. Während sie von der Theke weggingen, reichte er Cassie ihren Behälter, aus dem scharfwürziger Dampf aufstieg. »Du hast vorhin nicht geantwortet, als ich dich gefragt habe, wie es dir geht.«

Cassie beschäftigte sich mit der Pommesverpackung, zog den Deckel auf und bohrte ihre Plastikgabel in den Berg aus geschmolzenem Käse und Kartoffeln. »Es … geht schon«, sagte sie mit einem weiteren Achselzucken »Ich kann sowieso nichts daran ändern, oder? Das Leben geht weiter.«

»Das sagen sie alle.« Hugo sagte das ganz leise. Sie gingen ein Stück in Richtung College, doch als das Haupttor zum Raleigh in Sicht kam, steuerte er stattdessen eine gusseiserne Bank an, die ein Stück zurückgesetzt vor einem Café stand, das zu dieser Uhrzeit geschlossen hatte.

Cassie zögerte und setzte sich dann neben ihn. »Was ist mit dir?«, fragte sie. »Wie schlägst du dich?«

Hugo sah sie an, und seine dunklen Augen glänzten im Neonlicht der Straßenlaternen. »Du meinst, seit du mich das letzte Mal gesehen hast? Ich möchte mich dafür entschuldigen, wie ich mich aufgeführt habe. Olivia hatte recht; ich war betrunken, und ich hätte das nicht an dir auslassen dürfen.« Er hob eine Hand und legte sie auf ihre.

»Kein Problem.« Cassie starrte auf seine Hand, die ihre völlig bedeckte. Seine Finger waren blass, aber sie brannten sich heiß in ihre Haut. Sie erschauerte unter seiner Berührung und zog hastig den Arm zurück. »Es war für uns alle ein harter Tag.«

»Für dich aber ganz besonders.« Seine Stimme strahlte etwas aus, einen bedächtigen, aufmerksamen Unterton, der Cassie wieder aufsehen ließ. Hugo studierte sie mit ruhigem Blick. Sie erinnerte sich an ihren Augenblick der Schwäche, in dem sie ihm gestanden hatte, wie ihre Mutter wirklich gestorben war.

»Vergiss, dass ich überhaupt was gesagt habe.« Sie beschäftigte sich mit ihrem Essen und verbrannte sich die Lippen an einer schnellen Gabel Pommes. »Wir waren an dem Tag alle nicht wir selbst.« Zu ihrer Erleichterung bohrte Hugo nicht weiter nach. Eine Weile saßen sie in einvernehmlichem Schweigen und aßen im Schein der Straßenlaterne. Als nur noch ein klebriger Haufen in ihrem Essensbehälter übrig war, stand Cassie auf. »Ich sollte jetzt lieber gehen. Ich habe morgen früh ein Tutorium.«

»Ich hätte gedacht, sie würden dir ein paar Freischeine zugestehen.« Hugo stand auf und warf ihre Verpackungen in einen nahen Mülleimer.

»Tun sie auch«, gab Cassie zu. Ihre Tutoren hatten sich ganz offensichtlich untereinander abgesprochen, denn während der vergangenen Wochen hatte niemand sie auf ihre fehlenden Hausarbeiten oder ihre mangelnde Mitarbeit angesprochen – nicht einmal Tremain. Sie erschien in den Tutorien, verfolgte schweigend die Diskussionen ihrer Kommilitonen und spürte jedes Mal, wenn sie wieder verschwand, ohne einen Ton gesagt zu haben, die wissenden Blicke in ihrem Rücken. »Trotzdem kann ich nicht einfach alles schleifen lassen. Ich sollte wenigstens mein Gesicht zeigen.«

»Ich bringe dich heim.« Hugo ging neben ihr her über die Straße. Cassie wehrte sich nicht. Doch auch als sie in den Hof traten, verabschiedete sich Hugo nicht, sondern blieb bis zu ihrer Haustür an ihrer Seite.

»Von hier aus schaffe ich es auch allein«, erklärte Cassie ihm und wollte gerade die Tür aufschließen, als die von selbst aufschwang. Sie zögerte und musste an das letzte Mal denken, als die Tür nicht abgeschlossen gewesen war.

Hugo bemerkte ihr Zögern. »Wohnt außer dir noch jemand hier?«, fragte er und trat vor ihr ins Treppenhaus.

Cassie schüttelte den Kopf. »Unten sind Unterrichtsräume. Und oben ist nur unsere Wohnung.«

Hugo machte sich auf den Weg nach oben, dicht gefolgt von Cassie. »Es ist ganz bestimmt nichts«, protestierte sie. »Der Pförtner hat gesagt, er würde jemanden vorbeischicken, der Evies Sachen abholt. Wahrscheinlich hat er bloß vergessen, die Tür abzuschließen.« Hugo blieb abrupt stehen, und Cassie prallte in seinen Rücken. »Was ist denn?«, fragte sie, und Hugo trat einen Schritt zur Seite.

Die Tür zur Mansarde stand weit offen. Cassie hielt die Luft an und trat in die Wohnung.

Jemand hatte sie verwüstet. Die Stühle waren umgeworfen worden, der Tisch war leer gefegt. Der Boden war mit zerbrochenem Porzellan und Büchern übersät, in der Küche waren die Hähne aufgedreht worden, und das Wasser hatte den Boden überschwemmt.

Eilig drehte Hugo die Wasserhähne zu. »Hast du irgendwas Wertvolles hier oben aufbewahrt?«, fragte er und griff nach einem Stapel Geschirrtücher, um die Überschwemmung aufzuwischen.

Wie betäubt über die Verwüstung stolperte Cassie durch das Chaos und versuchte, die Eindrücke zu verarbeiten. »Nein. Ich meine, ich habe einen Laptop, aber der ist praktisch Schrott. Es gibt hier keinen Schmuck und kein Bargeld …« Sie sah sich um und begriff auf einmal. »Evies Sachen!« Sie eilte in ihr Zimmer, doch das war ein einziges Schlachtfeld. Die Kartons, die sie mühsam mit Evies Kleidern und Dingen vollgepackt hatte, waren aufgerissen worden, und überall im Zimmer verstreut lagen die empfindlichen Seidenkleider und hübschen Halstücher, die sie so sorgfältig zusammengefaltet hatte.

»Die Bilder haben sie dagelassen«, rief Hugo aus dem Flur.

»Die sind mir nie aufgefallen«, rief Cassie zurück. »Sind die denn was wert?«

»Laut den Einbrechern jedenfalls nicht.«

Sie dachte an ihre eigenen Wertsachen und eilte in ihr Zimmer. Auch das war verwüstet worden, doch als sie die Rückwand ihres Kleiderschranks betastete, war das Brett noch unberührt an Ort und Stelle. Die Notizen über ihre Mutter, die Fotos und ihr Ticket waren noch sicher verstaut, genau wie ihr Reisepass.

»Alles okay?«, kam Hugos Stimme von der Tür her. Cassie stopfte die Unterlagen hastig in ihre Tasche und tauchte aus dem Schrank wieder auf.

»Ich verstehe das nicht«, sagte sie und ließ den Blick über die Verwüstung wandern. »Wie haben sie es an der Pforte vorbeigeschafft? Und was haben sie hier zu finden gehofft?«

»Keine Ahnung. Vielleicht Bargeld. Laptops, iPhones.« Hugo stellte vorsichtig den Schreibtischstuhl wieder auf, der beiseitegeschleudert worden war. »Es hat seit Semesteranfang schon eine ganze Reihe von Einbrüchen gegeben.

Diese Typen sind wohl überzeugt, dass jeder Raleigh-Student irgendwo seine Kronjuwelen versteckt haben muss, und wenn du die Wohnungstür unverschlossen gelassen hast …«

»Habe ich nicht«, widersprach Cassie. »Wenigstens soweit ich mich erinnern kann …« Sie versuchte, sich den Morgen ins Gedächtnis zu rufen, doch sie war so schnell losgeeilt, dass sie nicht mehr vor ihrem inneren Auge hatte, wie sie die Tür abgeschlossen hatte. Morgen für Morgen flüchtete sie überstürzt aus der verfluchten Mansarde, bevor der Holzbalken und die leere Stille in der Wohnung ihr aufs Gemüt schlagen konnten.

»Du darfst hier nicht bleiben«, sagte Hugo. »Pack das Nötigste zusammen. Du kannst bei mir schlafen.«

Cassie öffnete den Mund, aber er brachte sie mit einem stählernen Blick zum Schweigen. »Willst du mir ernsthaft widersprechen?«, wollte er wissen. »Wir können das morgen früh melden. Jetzt ist es zu spät.«

Sie verkniff sich ihren Protest. Sie konnte sich nicht vorstellen, hier zu schlafen, nicht in diesem Chaos. »Ich brauche nichts.« Sie sah sich noch einmal um und schauderte. Wer war hier gewesen, hatte ihre Sachen durchsucht und Evies Besitz durchwühlt? Je eher sie aus der Wohnung hinauskam, desto besser. »Lass uns einfach gehen.«

Cassie war davon ausgegangen, dass Hugo auf dem Gelände des College wohnte, doch er führte sie durchs Haupttor hinaus und einen halben Block weiter in eine kleine Wohnstraße nahe den Grünanlagen des Magdalen College. Am Ende der Häuserreihe hielt er vor einem Stadthaus mit Sandsteinfassade an und öffnete das Gartentor. Cassie folgte ihm durch den überwucherten Vorgarten zur prächtigen blauen Haustür.

»Das Raleigh hat dich hier nicht untergebracht«, erkannte sie, als sie das Haus betrat. Hugo schaltete das Licht an und erhellte eine über zwei Stockwerke reichende Eingangshalle. In augenfälligem Gegensatz zu den altehrwürdigen Möbeln und der verschlissenen Eleganz der Wohnungen im College war Hugos Heim modern und luftig, eine Komposition aus Weiß, Chrom und Glas. Cassies Blick ging über den offenen Wohnbereich, penibel aufgeräumt bis auf die um die Ledersofas verstreuten Forschungspapiere und Bücher.

Hugo reagierte mit einem ironischen Lächeln. »Wie hast du das erraten? Irgendwann ist ihnen der Geduldsfaden gerissen, und sie haben mich rausgeworfen.«

Sie nickte und war auf einmal todmüde. »Danke, dass du mich aufnimmst.«

»Versteht sich von selbst.« Hugo führte sie über die schmiedeeiserne Wendeltreppe ins Zwischengeschoss, wo ein Bett mit Nachttisch stand. »In dem Schrank da drüben ist frische Bettwäsche. Das Bad ist hinter der Trennwand. Ich bin unten, falls du was brauchst.«

»Ach.« Cassie blieb stehen. »So war das nicht gemeint. Ich kann doch auf der Couch schlafen …«

»Red keinen Quatsch«, widersprach Hugo milde. »Ich bin so oft darauf eingeschlafen, dass sie sich schon an meinen Körper angepasst hat. Schlaf gut.« Er lächelte schief und verschwand wieder nach unten.

Cassie ließ sich auf die Bettkante sinken. Alles hier war weiß wie ein unbeschriebenes Blatt Papier, ganz anders als in ihren Räumen im Raleigh, wo, sobald es dunkel wurde, Schatten und Erinnerungen in der Luft zu tanzen schienen. Sie schaffte es gerade noch, ihre Stiefel abzustreifen und ins Bett zu kriechen, und war im nächsten Moment vor Erschöpfung eingeschlafen.

Kapitel 20

Sie rannte.

Durch die Tunnel, barfuß über den Steinboden. An den Hauptwegen leuchteten blakende Fackeln, darum drang sie tiefer ins Labyrinth vor, stolperte verborgene Treppen hinunter und die dunklen, verschlungenen Gänge entlang, bis ein stickiger Modergeruch in der Luft lag und die Türen protestierend aufstöhnten, wenn sie sie aufstemmte. Und immer noch rannte sie weiter.

Der Sprechgesang kam unaufhaltsam näher, von allen Wänden hallte das einlullende Summen wider, egal wie weit sie floh. Es war alles nur Einbildung, ermahnte sie sich. Es musste so sein. Unvermittelt erhob sich im Halbdunkel ein Schatten, sie kam vor Schreck ins Straucheln und schrammte sich im Fallen die Haut an den scharfkantigen Steinen auf. Doch sie hatte keine Zeit, ihrem Schmerz nachzuspüren, nicht, solange sie das glitschige Messer fest umklammert hielt und die fernen Schritte mit jeder Sekunde lauter klangen. Näher.

Sie stolperte um eine weitere Ecke und die nächste Treppe hinauf und hätte um ein Haar vor Erleichterung aufgeschrien, als sie einen vertrauten behauenen Bogen sah. Dahinter, wusste sie, lag ein Seitengang und dahinter wiederum die Freiheit.

Da trat er aus den Schatten …

»Cassie!«

Sie erwachte mit einem Aufschrei, immer noch gefangen in der grauenvollen Angst, die sie durch die unterirdischen Gänge getrieben hatte. Er war hier bei ihr, und diesmal gab es kein Entkommen. Er hielt sie fest, seine Hände schüttelten sie rücksichtslos.

»Schau mich an, Cassie! Wach auf!« Hugos Stimme durchdrang die Schwärze. Cassie schnappte nach Luft, kehrte in ihren Körper zurück und merkte, dass sie, in die Laken verheddert, in seinem Bett lag. Licht strömte durch die Fenster und beleuchtete Hugos tief besorgtes Gesicht, während er ihre Arme festhielt.

Cassie holte bebend Luft. »Tut mir leid, ich war nur ... Ich hatte ...«

»Einen Albtraum«, beendete Hugo den Satz für sie. »Du hast mir Angst gemacht.« Langsam ließ er sie wieder los.

Cassie schluckte. Ihr Herzschlag beruhigte sich zwar allmählich wieder, doch das Blut brauste weiter in ihren Ohren.

Hugo richtete sich mit einem sarkastischen Lächeln auf. »So kann man mich also auch vor zehn Uhr wach bekommen. Was hast du denn geträumt?«

»Das weiß ich nicht mehr.« Cassie blinzelte, während sich das Gespinst ihrer Vision im hellen Tageslicht auflöste. Alles um sie herum war glatt und frisch und wirkte irgendwie tröstlich in seiner unverschnörkelten Modernität. »Aber es war so realistisch ...«

»Nach Evie konnte ich eine Woche lang nicht schlafen. Immerzu habe ich geträumt, ich würde fallen. In endlose Dunkelheit.«

Cassie schüttelte langsam den Kopf. »Das hier war anders. Eher so, als wäre ich schon mal dort gewesen.«

»Wo?«

Sie zog die Stirn in Falten und versuchte, sich zu erinnern. »Es … es ist weg.«

Es wurde kurz still, und Cassie merkte, dass sie Hugos Hand umklammert hielt. Eilig ließ sie sie wieder los.

Hugo stand auf. »Es ist schon fast sechs. Ich werde an der Pforte anrufen und den Einbruch melden.«

»Das kann ich doch erledigen«, wandte Cassie ein.

»Nicht nötig. Du musst dich erst mal sammeln«, erklärte Hugo ihr einfühlsam. »Lass dir alle Zeit, die du brauchst.«

Als Cassie im glänzenden Badezimmerspiegel ihr Gesicht sah, begriff sie, warum Hugo so besorgt ausgesehen hatte. Sie war totenblass, und unter ihren Augen lagen tiefe Schatten. Sie sah dünn und abgezehrt aus, und das dunkle Haar war völlig zerzaust. War es ein Wunder, dass Thessaly sich Sorgen um sie machte, so durcheinander und verängstigt, wie Cassie seit Evies Tod war?

Sie stellte sich unter den kräftigen Strahl der Dusche, dann lieh sie sich eines von Hugos Hemden aus und zog es zu ihren Jeans an. Als sie nach unten kam, war er gerade auf der Terrasse hinter dem Haus und telefonierte, darum ging sie in die Küche, holte Eier aus dem Kühlschrank und suchte dann in den Schränken über der Kochzeile nach Mehl und Backzubehör.

»Ich wusste nicht, dass du kochen kannst.« Hugo kam wieder ins Haus und sah sie Teig in einer Schüssel schlagen, während schon eine Pfanne auf dem Herd stand.

»Kaum.« Cassie zuckte mit den Achseln. Tatsächlich hatte sie noch nie in einer Küche wie dieser gekocht, mit Marmorplatte und Hightechherd. Sie war immer noch völlig aufgewühlt und hatte in den vertrauten Gerätschaften und der festen Routine nach innerer Ruhe gesucht. »Meine Mutter hat mir ein paar Rezepte beigebracht. Pancakes«, erklärte sie und goss den dickflüssigen Teig in die Pfanne. »American Style.«

Hugo deckte den Esstisch mit zwei Tellern und Besteck. Erst jetzt, wo die Erschöpfung der vergangenen Nacht langsam von ihr abfiel, sah sich Cassie zum ersten Mal bewusst in der Wohnung um und bemerkte dabei die modernen Kunstwerke und hier und da einen persönlichen Touch: den Bronzeglobus auf dem Kaminsims, die leinengebundenen Bücher im Regal.

»Wie alt warst du noch mal, als ...?«, setzte Hugo an und unterbrach sich dann eilig: »Entschuldige, das geht mich nichts an.«

Cassie zögerte nur kurz. »Vierzehn«, antwortete sie, ganz aufs Kochen konzentriert.

»Das tut mir leid.«

Sie sah auf. Hugo sah sie an, und aus seinen dunklen Augen sprach stilles Mitgefühl. Cassie schüttelte es ab. »Wohnst du schon lange hier?«, fragte sie fröhlich. »Olivia hat erzählt, du wärst schon seit Ewigkeiten am Raleigh, stimmt das?«

»Sieben Jahre.« In Hugos Antwort schwang unterschwellige Selbstironie. »Drei als Bachelorstudent, dann noch vier, in denen ich mich zum Master gequält habe, und jetzt als Doktorand. Ich habe mir die Wohnung schon vor einer ganzen Weile zugelegt; Livvy hat mir beim Suchen geholfen. Und beim Einrichten«, ergänzte er. »Wie du wahrscheinlich an all diesen Backsachen merkst, die ich noch nie verwendet habe.«

Cassie bemerkte durchaus, wie beiläufig Hugo vom Kauf der Wohnung sprach; er hatte sie nicht gemietet und sagte auch nichts davon, dass seine Eltern ihn unterstützt hatten. Wahrscheinlich verfügte er über einen Treuhandfonds, der pünktlich jeden Monat eine fixe Summe auf sein

Konto überwies. »Und was hält dich hier?«, fragte Cassie, während sie die Pancakes aus der Pfanne holte und an den Tisch trug. »Die Lust am Studieren kann es nicht sein. Ich kann mich nicht erinnern, dass du je über dein Studium gesprochen hättest. Worüber schreibst du deine Doktorarbeit überhaupt?«

»Ach, es geht um Logik und höhere Mathematik, ich will dich nicht mit Einzelheiten langweilen.«

»Also, warum bist du noch hier?« Cassie setzte sich. Die Porzellanteller waren schwer und weiß, es gab Orangensaft in Kristallgläsern und Besteck wie jenes, das im Großen Saal am College verwendet wurde.

Hugo reagierte mit dem Anflug eines Lächelns. »Du hörst dich an wie meine Leute daheim. ›Wann wirst du endlich erwachsen und übernimmst Verantwortung?‹ – ›Du bist für Größeres bestimmt als eine Assistentenstelle an der Universität.‹«

»Aha«, hauchte Cassie, als ihr ein Licht aufging. »Du versteckst dich hier.«

»Ich verfolge meine Studien«, widersprach Hugo.

»Du versteckst dich«, verbesserte sie ihn. »Na ja, Oxford ist wie geschaffen dafür. Es ist … wie eine Blase, eine Welt für sich. Die gewöhnlichen Regeln gelten hier nicht.«

»Draußen dreht sich die Welt weiter.« Hugo lächelte ein bisschen breiter. »Nur hier bleibt alles, wie es ist. Na schön, fast alles.« Am Ende des Satzes senkte er die Stimme und den Blick.

Cassie blieb kurz still und dachte an Evie, die nicht mehr da war. »Und was solltest du machen, wenn es nach ihnen geht? Draußen in der wirklichen Welt?«

Hugo zuckte mit den Achseln, und die Haare fielen ihm in die Augen. »Ins Familiengeschäft einsteigen.«

»Und das ist?«

»Macht.« Hugos Gesicht verzog sich. »Die Mandevilles … Wir führen. Unternehmen, Zeitungen, Länder.«

»Olivias Vater«, entsann sich Cassie. »Er sitzt im Parlament.«

»Onkel Richard. Mein Vater starb, als ich noch ein Kind war, darum ist er auch für mich wie ein Vater.«

»Das tut mir leid.« Cassies Herz zog sich zusammen. Kein Wunder, dass er so verständnisvoll war, wenn sie über ihre Mutter sprach. Auch er hatte jemanden verloren.

Hugo schüttelte den Kopf. »Ich war noch zu klein, ich erinnere mich nicht an ihn. Meine Mutter kam nur schwer über seinen Tod hinweg, darum habe ich meine Kindheit größtenteils bei Onkel Richards Zweig der Familie verlebt. Großvater hat einen Landsitz in Sussex; da haben wir uns irgendwie alle eingefunden.«

Cassie sah es im Geist vor sich, eine ganze Kinderhorde in einem Haus. Hätte so auch ihr Leben ausgesehen, wenn sie ihren Vater kennengelernt hätte? Anstelle eines Werdegangs mit einer einsamen Kindheit, einem Stiefvater und zorniger Isolation in einem Kinderheim nach dem anderen? »Und jetzt?«, fragte sie nach. »Steht ihr euch immer noch nahe?«

»Was heißt schon nahe?«, erwiderte Hugo leichthin. »Wir sind eine Familie. Nur das zählt. Die sind echt gut«, wechselte er unvermittelt das Thema und nahm sich einen neuen Pfannkuchen. »Wie kriegst du die so locker?«

»Eine geheime Zutat.« Cassie erinnerte sich lächelnd daran, wie ihre Mutter mit klarem Blick in der Küche gestanden und zu den Countrysongs im Radio mitgesummt hatte. Kurz spürte sie die Präsenz ihrer Mutter, stärker als je zuvor und nicht als beschämendes Geheimnis oder beschwerliche Last, sondern als Trost.

Eine Weile aßen sie in einvernehmlichem Schweigen,

dann war in der Eingangshalle ein Geräusch zu hören, das Kratzen eines Schlüssels im Schloss und gleich darauf das Klappern von Schuhen auf Holz. Cassie spannte sich an

»Hugo? Wann lässt du endlich die Stufe vor der Tür reparieren? Ich habe dir das schon hundertmal gesagt.« Olivia segelte mit mehreren Einkaufstüten und einem Armvoll Zeitungen ins Wohnzimmer. »Hi, Cassie.« Sie lächelte und wirkte kein bisschen überrascht, dass Cassie hier war. »Wer will frische Bagels? Ich habe unterwegs welche besorgt.«

Hugo wirkte verärgert. »Ich hab dir doch gesagt, dass ich heute Morgen beschäftigt bin, Liv.«

»Ich weiß, aber als ich von dem Einbruch hörte, musste ich sofort rüberkommen.« Olivia wandte sich an Cassie. »Ist mit dir alles okay? Haben sie was gestohlen? Ich kann nicht glauben, dass jemand einfach so in eure Wohnung spaziert ist.«

Cassie fragte sich, wie sich die Neuigkeiten so schnell verbreitet hatten. »Es geht mir gut. Die Einbrecher waren längst wieder weg, bis wir dort waren.«

»Gott sei Dank war Hugo bei dir«, sagte Olivia. »Wir sollten Anzeige gegen die Porters erstatten. Die Security ist ein einziger Witz; die ganze Nacht hocken sie nur rum und schauen fern.«

»Nein, ist schon gut«, protestierte Cassie. »Wie gesagt, es sieht nicht so aus, als hätten sie was mitgenommen.«

»Gut.« Olivia trat in die Küche und erfüllte das Erdgeschoss mit Lärm und Geschäftigkeit, indem sie das Radio einschaltete, ihre Tüten auspackte und weitere Teller auf den Tisch stellte. »Ich habe Paige und die anderen zum Brunch eingeladen«, rief sie. »Miles hatte schon wieder einen Wutanfall, aber er hat versprochen, ein paar Flaschen Champagner mitzubringen.«

Hugo wandte sich an Cassie. »Tut mir leid«, murmelte er. »Ich habe ihr gesagt, sie soll nicht kommen.«

»Kein Problem.« Cassie stand auf. »Ich muss sowieso zurück. Ich muss den Einbruch anzeigen und zum Seminar …«

»Ach so.« Hugo sah sie verdutzt an. »Ich verstehe.«

»Aber danke, dass ich hier übernachten durfte.« Cassie spürte leises Bedauern. Sie hätte zu gern den Rest des Vormittags hier vertrödelt und die Welt draußen vergessen.

Hugo nickte. »Jederzeit wieder.«

Im Raleigh nahm ein gelangweilter Polizist im Beisein der Porters Cassies Anzeige auf. Sie hatte sich kurz gefragt, ob vielleicht Charlie vorbeikommen würde, um den Fall aufzunehmen, aber sie hatten jemand anderen geschickt; der Polizist sah sich nur flüchtig in dem verwüsteten Zimmer um, ehe er seufzend fragte: »Aber es wurde nichts entwendet?«

»Ich glaube nicht. Es gab hier nichts Wertvolles.« Cassie richtete einen am Boden liegenden Stuhl auf und spürte erneut einen Stich, als sie das Chaos betrachtete.

»Wenn Sie nicht wissen, ob Sie die Tür abgeschlossen haben oder nicht, kann ich hier nicht viel tun.« Er zuckte mit den Achseln. »Ich werde die Anzeige aufnehmen, und Sie hören dann von uns, falls sich irgendwas ergibt.«

Der Polizist ging wieder nach unten und ließ Cassie mit Rutledge allein. »Na, das war ja eine enorme Hilfe«, sagte sie und verdrehte die Augen.

»Man kann sich darauf verlassen, dass die hiesige Polizei sich das Leben so einfach wie möglich macht«, pflichtete Rutledge ihr bei. Er half ihr beim Aufräumen: stellte einen umgeworfenen Tisch wieder hin und sammelte die Bücher vom Boden auf.

»Das ist doch nicht nötig«, wandte Cassie ein.

»Machen Sie sich meinetwegen keine Gedanken.« Rutledge schenkte ihr ein Lächeln, bei dem sich die Falten tief in sein verwittertes Gesicht gruben. »Diese Kinder können ruhig ein paar Minuten warten, bis jemand ihnen die Glühbirne wechselt.«

Cassie machte sich an die Kartons mit Evies Sachen, die jetzt überall im Zimmer verstreut lagen. »Können Sie die möglichst bald ihren Eltern schicken?«, fragte sie, während sie die Kleidungsstücke zusammengefaltet in die Kartons zurücklegte. »Ich weiß, es eilt eigentlich nicht, aber ... es ist mir unangenehm, dass ich sie hier immer sehen muss.«

Rutledge nickte. »Ich werde mich darum kümmern. Möchten die Eltern, dass irgendetwas davon hierbleibt? Vielleicht ihre akademischen Arbeiten? Manchmal wird so was der Bibliothek gespendet.«

»Ich weiß nicht.« Cassie zog zweifelnd die Stirn in Falten. »Das habe ich sie nicht gefragt. Vielleicht ...« Sie wurde unterbrochen, weil ein Telefon zu läuten begann. Erst nach ein paar Sekunden begriff sie, dass es das uralte Festnetztelefon war, das seit Monaten still und stumm auf dem Beistelltisch gestanden hatte. Cassie nahm den Hörer ab. »Hallo?«

»Und eine weitere Woche vergeht ohne Zugang zur modernen Technik.« Elliot klang ungeduldig.

»Woher hast du diese Nummer?« Cassie lächelte. Rutledge machte ihr von der Tür her ein Zeichen, dass er gehen müsse. Sie dankte ihm stumm, und er zog die Tür hinter sich zu.

»Ein Ding namens Studentenverzeichnis. Glaub mir, ich bin seit Jahren der Erste, der irgendwas darin nachschlägt. Du solltest ausnahmsweise dankbar sein, dass dieser Ort in der finsteren Vorzeit hängen geblieben ist.«

»Danke, Elliot«, sagte Cassie leichthin. »Also, was brauchst du?«

»Ehrlich gesagt brauchst eher du etwas«, erwiderte Elliot. »Ich habe in den Ausleihverzeichnissen nach dem Titel gesucht, den deine Rose Smith verfasst hat.«

Cassie brauchte einen Moment, bevor es ihr wieder einfiel. Seit sie tags zuvor die Bibliothek verlassen hatte, war so viel passiert, dass sie keinen Gedanken mehr an Roses Suizid verschwendet hatte. »Natürlich, danke«, sagte sie. »Und wie lautet er?«

Elliot wartete kurz ab. »Es war ein Essay über die Ursprünge des College und über *Die Schule der Nacht.*«

Eine Gänsehaut überlief Cassie. »*Die Schule der Nacht* …«, wiederholte sie. »Du meinst, sie hat sich damit beschäftigt?«

»In gewisser Hinsicht. Wie gesagt, es war ein Beitrag zu einer Art Jahrbuch, keine offizielle akademische Schrift. Wahrscheinlich hat sie nur ein paar alte Artikel zusammengefasst und für die große Feier aufpoliert.« Elliot klang angespannt.

»Und wo ist das Buch? Kann ich es lesen?«

»Momentan nicht.« Jetzt klang Elliot beinahe so, als würde er ihr das nur ungern sagen. »Es ist in der Ausleihe.«

»Wer hat es ausgeliehen?«, wollte Cassie wissen und drückte den Hörer dabei ans Ohr. »Vielleicht kann ich den Ausleiher finden. Ist es bald fällig?«

»Nein.« Elliot verstummte.

Cassie schnaubte frustriert. »Na schön, was willst du mir nicht erzählen?«

Nach einer langen Pause sprudelte es aus ihm heraus: »Es war Evie, deine Mitbewohnerin. Sie hat das Buch als Letzte ausgeliehen. Und als Einzige«, ergänzte er. »Der Text lagerte zehn Jahre im Archiv, bevor sie ihn sehen wollte.«

Cassie hielt die Luft an. »Bleib dran«, befahl sie und ließ den Hörer auf den Tisch fallen. Sie rannte in Evies Zimmer und zu den Kartons, in die sie eben Evies Bücher und Unterlagen gepackt hatte. Cassie durchwühlte jeden Karton, doch diesmal achtete sie genau auf den Inhalt. Sie kontrollierte jeden Titel, doch das Buch war nicht mehr da. Genauso wenig wie Evies Notizen. Die dicken Notizbücher mit Artikeln und Papieren, die Ringbücher, die Cassie in der Wohnung hatte liegen sehen. Sie hatte sich so auf irgendwelche Wertsachen versteift, dass sie nicht bemerkt hatte, dass etwas gestohlen worden war.

Sie hatten Evies Recherchen mitgenommen. Ihre ganzen Studien über das Raleigh und den Gründer des College. Sir Walter Raleigh.

Kapitel 21

Cassie wanderte langsam den Uferweg entlang und streckte ihre müden Schultern durch. Es war früh am Morgen, und auf der malerischen Strecke waren viele Jogger unterwegs, doch der eine, nach dem sie Ausschau hielt, war nirgendwo zu sehen.

Rastlos drehte und wendete sie im Geist die Fragmente, die ihr keine Ruhe ließen, die Bruchstücke, die einfach nicht zusammenpassen wollten.

Genevieve DuLongpre. Rose Smith. Zwei tote Mädchen, die mehr als zwanzig Jahre trennten und die nichts verband außer der *Schule der Nacht*.

Ein Gerücht. Ein Geflüster. Ein gekritzelter, Unheil verheißender Satz auf der Rückseite eines Fotos, das jemand in Cassies Postfach geschoben hatte. Evies gestohlene Unterlagen.

Roses Tod, die überhastete Flucht ihrer Mutter, Evies Suizid: Alles war miteinander verbunden. Und vielleicht war das nur der Anfang.

Cassie bemerkte eine schnelle Bewegung weiter vorn auf dem Weg. Ein morgendlicher Jogger mit schwarzem Kapuzensweater, der mit weiten, gleichmäßigen Schritten über den harten, eisigen Asphalt lief. »Charlie.« Cassie trat in die Mitte des Weges und fing ihn ab.

Charlie hielt an und trabte auf der Stelle weiter. »Miss

Blackwell.« Er lächelte gespielt förmlich und tippte sich grüßend an die Kapuze.

»Ich brauche deine Hilfe.«

Charlie lachte. »Kein ›Wie geht's denn so?‹«, zog er sie auf. »›Ein frisches Lüftchen heute. Wie war das Spiel am Wochenende?‹ Sondern direkt zur Sache. Soll das zwischen uns jetzt immer so laufen?«

Cassie spürte einen Anflug von schlechtem Gewissen, ließ sich aber nicht beirren. »Du bist mir was schuldig«, merkte sie an.

Sein Lächeln erstarb bei der Erinnerung. Er zog die Stöpsel aus den Ohren und stand endlich still. »Na schön, womit kann ich dir helfen?«

Sie gingen in ein Café abseits der üblichen Studententreffpunkte. Trotzdem war Cassie nervös, sah sich immer wieder um und fragte sich, ob sie wohl beobachtet wurde. Jemand war in ihre Wohnung eingebrochen, um Evies Unterlagen zu stehlen; vielleicht behielt man sie ebenfalls im Auge.

»Ich brauche Zugang zu ein paar Polizeiakten«, erklärte sie Charlie, als sie mit zwei Tassen Kaffee in einer abgeschiedenen Nische an einem Ecktisch saßen.

»Aber sicher.« Charlie lehnte sich in seiner Bank zurück. »Komm einfach vorbei. Wir lassen die Schlüssel auf dem Tisch liegen, und du schaust dir alles in Ruhe an.«

»Ich meine es ernst.« Cassie zog ein Blatt aus der Tasche und schob es ihm zu. »Diese Mädchen haben beide am Raleigh studiert. Beide sind gestorben. Durch Suizid. Ich muss die Polizeiberichte sehen.«

Charlie sah sie argwöhnisch an. »Worum geht es hier?«

»Das weiß ich noch nicht«, antwortete Cassie ehrlich. »Aber irgendwas … irgendwas passt hier nicht.«

Er warf einen Blick auf den Zettel, auf dem sie die Namen

und Todesdaten notiert hatte. »Die hier ist erst vor ein paar Wochen gestorben?«

Sie nickte. »Evie. Sie war meine Mitbewohnerin. Gerade war noch alles in Ordnung, und ganz plötzlich …«

»Das tut mir leid.« Charlie legte die Stirn in Falten. »Aber falls du nach Antworten suchst, bin ich mit Sicherheit der Falsche. Sprich lieber mit ihren Freunden, ihren Eltern …«

»Darum geht es nicht«, fiel Cassie ihm ins Wort. »Es geht hier nicht nur um sie. Diese beiden Mädchen haben sich mit demselben Thema beschäftigt, einer Geheimgesellschaft am Raleigh. Ich weiß selbst, wie sich das anhört«, ergänzte sie schnell, als sie seine Miene sah. »Aber irgendwas stimmt da nicht, das spüre ich genau. Beide hatten sich mit dieser *Schule der Nacht* beschäftigt, und beide waren kurz darauf tot.«

Sie verstummte kurz, während die Kellnerin zwei Teller auf ihren Tisch knallte: trockenen Toast für sie und ein volles englisches Frühstück für Charlie, eine ganze Platte mit Eiern, Würstchen und Baked Beans. Cassie wartete ab, bis die Kellnerin wieder in der Küche verschwunden war, dann beugte sie sich über den Tisch und fuhr fort: »Ich weiß, das klingt vielleicht verrückt …«

»Vielleicht?« Charlie zog die Brauen hoch und machte sich über sein Essen her.

»Aber da passen zu viele Dinge nicht zusammen«, beharrte Cassie. »Evie war nicht suizidgefährdet, ganz gleich, was die Leute behaupten. Und neulich abends ist jemand in unsere Wohnung eingebrochen. Alles wurde verwüstet, und Evies Arbeiten wurden gestohlen: Arbeiten, die vielleicht auf diese Geheimgesellschaft hinweisen.«

»Und wieder ein Vielleicht«, betonte Charlie.

»Das ist nicht alles. Nach Roses Tod hat ihre beste

Freundin das Land verlassen: ihren Namen abgelegt und eine völlig neue Identität angenommen. So was tust du nur, wenn du vor etwas fliehst, und zwar vor etwas richtig Schlimmem.«

Charlie wirkte ganz und gar nicht überzeugt.

»Hör zu, kannst du nicht einfach die Akten raussuchen?«, fragte Cassie verzweifelt. »Falls sich nichts Verdächtiges darin findet, gut. Aber es sind Menschen gestorben. Und all das ... Irgendwas ist da faul. Und ich kann nicht einfach die Augen davor verschließen.«

Charlie sah sie lange an und seufzte. »Na schön, ich werde die Akten raussuchen«, sagte er schließlich. »Aber nicht weil ich glaube, dass damit was nicht stimmt. Sondern weil ich dir was schuldig bin. Aber danach sind wir quitt, okay? Keine Bitten mehr, dass ich irgendwelche Strafzettel verschwinden lassen soll.«

»Ich habe kein Auto.«

»Du weißt, wie ich das meine.« Er legte Messer und Gabel ab, und Cassie begriff, dass er innerhalb weniger Minuten seinen Teller leer gegessen hatte. »Ist das alles?«

Sie stockte. »Ja, schon.«

»Du hast dir das nicht nur ausgedacht, damit du mich wiedersehen kannst?« Charlie grinste. »Denn sonst hättest du mich einfach fragen können, ob ich dir ein Bier ausgebe. Du hättest mir keine Schoten von mysteriösen Todesfällen und Geheimgesellschaften erzählen müssen.«

Cassie brachte nicht die Kraft auf mitzulachen. »Evie ist tot«, sagte sie leise. »Für mich ist das kein Witz.«

Charlie verstummte. »Richtig. Entschuldige.« Er zog ein paar Geldscheine aus der Hosentasche und warf sie auf den Tisch. »Ich werde sehen, was ich für dich rausfinden kann. Hast du eine Nummer, unter der ich dich erreichen kann?«

»Die steht auf dem Blatt.«

»Sehr gut.« Er nickte ihr kurz zu. »Gab's noch mal Probleme mit diesem Sebastian?«

»Nein.« Cassie verzog bei dem Gedanken an ihn das Gesicht. »Er hat sich bis zum Semesterende freigenommen.«

»Gut. Ich melde mich dann bei dir.« Charlie schlenderte davon und wechselte im Hinausgehen ein paar Worte mit der Kellnerin, die daraufhin lachend mit ihrem Geschirrtuch nach ihm schlug.

Cassie blieb noch eine Weile an ihrem Ecktisch sitzen, trank ihren Kaffee und beobachtete, wie vor dem Fenster die Stadt zum Leben erwachte. Es war Dezember geworden, der Himmel war schiefergrau, und in den Straßen mischten sich die Menschen auf dem Weg zur Arbeit mit den Studenten, die sich zu ihren Morgenvorlesungen gähnten. Sie brauchte bis zum Semesterende nur noch ein Papier einzureichen, dann gab es vier Wochen Weihnachtsferien.

Langsam ließ sie den Löffel in ihrem Kaffee kreisen. Sie jagte Gespenster, in der Fremde, weit weg von ihrer Heimat. Allerdings war Providence nie ihre Heimat gewesen, wenigstens nicht wirklich. Sie suchte immer noch nach einem Halt im Leben, und seit dem Tag, an dem das Päckchen mit dem Namen ihrer Mutter bei ihr abgeliefert worden war, hatte die glitzernde Hoffnung, endlich die Wahrheit zu erfahren, ihr diesen Halt gegeben, sie wie ein Licht in der Dunkelheit geleitet. Doch genau wie der Horizont wich die Wahrheit ständig vor ihr zurück, blieb immer außer Reichweite und verwandelte sich dabei ständig in neue Herausforderungen und weitere unbeantwortete Fragen. Erst nach ihrem Vater, dann nach der wahren Identität ihrer Mutter, dann nach dem Tod von Rose und nun auch noch nach Evies Recherchen.

Sinnierend schaute Cassie auf die Stadt vor dem Fenster. Würde sie je finden, wonach sie suchte?

Das Semesterende kam und ging in einer Feierorgie unter Cassies Mansardenfenstern. Es gab Abschiedsessen, Cocktailpartys und ein rauschendes Gelage in der College-Bar im Untergeschoss, aus der bis tief in die Nacht billige Popsongs plärrten. Cassie ignorierte alles, bis endlich und Gott sei Dank ihre Kommilitonen abgereist waren und sie allein zurückblieb, wo nun nur noch der Glockenschlag aus dem Turm über den leeren, verlassenen Campus hallte.

Sie hatte angenommen, sie würde den weihnachtlichen Frieden genießen, die Atempause von ihrem anstrengenden Studium und dem Geflüster, das ihr immer noch durch die Gänge folgte. Stattdessen schlug ihr die Stille auf die Nerven, sie war schreckhaft und kam sich fehl am Platz vor. In ihrer Mansarde fühlte sie sich nicht mehr sicher, seit sie Evies Leiche entdeckt hatte, denn während sich in den von Weihnachtsbeleuchtung erhellten Straßen die Passanten drängten, war in den Mauern des Raleigh alles bedrückend still. Sie merkte, dass sie so oft wie möglich vom Gelände des College floh: nach ihrer Schicht noch länger in der Bibliothek blieb oder in dem Café im Blackwell's ausharrte, wo sie sich bei einer einzigen Tasse Tee durch dicke Bücherstapel aus der Romanabteilung las, bis die Buchhandlung schloss. An manchen Tagen sah sie keine Menschenseele im Raleigh, einmal abgesehen von den Porters und einigen wenigen Professoren wie Tremain, die mit zerstreuten Mienen und in ihre Forschungen vertieft über das Gelände irrten.

Eine Woche verstrich, dann noch eine, bis Cassie die Bibliothek am dreiundzwanzigsten Dezember für die Weihnachtsfeiertage schloss. Selbst die hingebungsvollen Gelehrten in Oxford ließen nun für ein paar Tage ihre Studien ruhen, obwohl sie bestimmt lieber zwischen ihren staubigen Büchern gefeiert hätten, wenn man danach gehen durfte, mit welchem Widerwillen sie ihre Sachen zusammenpackten und aus dem Gebäude schlichen.

»Ich war nicht sicher, ob ich dich hier erwischen würde.«

Cassie erschrak bei der Stimme in ihrem Rücken. Hugo stand draußen auf der Treppe, die Hände in den Hosentaschen, die Wangen von der Kälte gerötet.

Seit sie die Nacht in seinem Haus verbracht hatte, hatte sie nicht mehr mit ihm gesprochen; sie war stillschweigend davon ausgegangen, dass der Zwischenfall nicht wieder erwähnt werden sollte. »Hi«, antwortete sie verlegen. »Ich hätte nicht gedacht, dass du noch in Oxford bist.«

»Ich bin nur heute hier. Ich hatte einen Termin, den ich nicht verschieben konnte. Und dann ist mir eingefallen, dass du heute Abend vielleicht arbeitest. Darf ich dich begleiten?«, bot er ihr an. »Natürlich nur, falls du keine anderen Pläne hast.«

Cassie schüttelte den Kopf. »Keine Pläne.«

Sie ging neben ihm her zurück in Richtung College. Auf den Straßen war es voller als gewöhnlich, an der Hauptstraße hatten alle Läden für die letzten Geschenkekäufer geöffnet. »Ich frage mich oft, was das eigentlich bringen soll«, bemerkte Hugo mit einem trockenen Lächeln, während er einer Frau zusah, die sich unter dem Gewicht ihrer vielen Einkaufstüten abmühte. »Die Hälfte von dem Zeug ist sowieso dazu verdammt, irgendwo hinten im Schrank zu landen und Staub anzusetzen.«

»Es geht nur um das Ritual«, pflichtete Cassie ihm bei. »Geschenke austauschen, das gemeinsame Abendessen, das große Footballmatch. In Amerika jedenfalls.«

Hugo lächelte. »Hier zeigen sie am zweiten Weihnachtsfeiertag Fußball. Und dann sitzen alle vor der Glotze, betrinken sich und wärmen uralte Fehden auf, bis man es kaum noch erwarten kann, aus dem Haus zu kommen.«

»Läuft es bei euch daheim auch so ab?«, fragte Cassie neugierig. In den vergangenen zehn Jahren hatte sie die Feiertage ausschließlich aus einer Beobachterposition verfolgt und dabei immer nur winzige Einblicke in das Leben anderer Familien nehmen können, während sie in Läden und Restaurants Zusatzschichten übernommen hatte.

»Nicht ganz«, antwortete Hugo. »Dieses Jahr geht es ausschließlich um politische Strategien und Planungen. Im Mai stehen die Wahlen an, und dieses Thema erschlägt alles andere. Onkel Richard hat sein halbes Beraterteam draußen in Gravestone einquartiert.«

»Glaubst du, er gewinnt?«, fragte Cassie. Es befremdete sie, wie beiläufig Hugo über den Wahlkampf seines Onkels um das mächtigste Amt im Land redete. Eine fremde Welt, in der die Macht nicht nur ein ferner, vager Traum war, sondern so selbstverständlich wie die Luft zum Atmen.

Hugo lachte scharf auf. »Das hoffe ich für uns. Sonst werden alle zukünftigen Familienfeiern zum Albtraum.« Er stockte und verbesserte sich dann: »Nein, so meine ich das nicht. Onkel Richard wäre ein guter Premierminister. Seit ich denken kann, arbeitet er genau auf dieses Amt hin. Praktisch mein ganzes Leben lang. Und jetzt ist er kurz vor dem Ziel, diesmal geht es um Leben und Tod – du kannst dir vorstellen, dass da unten alle ein bisschen kribbelig sind.«

»Was ist mit Olivia?« Cassie musste daran denken, wie ihre Augen geleuchtet hatten, als sie an jenem Abend in der Studentenunion über Politik gesprochen hatten.

Hugo seufzte. »Sie liebt das alles. Sie ist jetzt unten und mischt fleißig mit, macht Imageberatung, liefert Ideen, wie er die jüngeren Wähler erreichen kann. Für mich gäbe es nichts Schlimmeres.«

»Sie würde mit Kusshand den Platz mit dir tauschen, das ist dir doch klar.« Cassie wusste nicht, woher die Worte kamen, aber jetzt war es zu spät, um sie noch zurückzunehmen.

Hugo blieb stehen. Er sah Cassie mit einem merkwürdig erkennenden Blick an. »Ich weiß«, sagte er langsam. »Ich habe ihnen allen schon hundertmal erklärt, dass sie viel besser geeignet wäre, den Familiennamen weiterzutragen. Sie könnte problemlos ein kleines Land regieren; manchmal habe ich den Verdacht, dass sie das längst tut. Aber in meiner Familie sind alle so festgefahren, dass ich gegen eine Wand rede. Frauen haben bei uns noch nie auf der Bühne gestanden. Sie heiraten gewinnbringend, danach bleiben sie im Hintergrund und lenken alles aus der Kulisse.«

»Das klingt schwer nach elisabethanischem Zeitalter«, scherzte Cassie, und sie gingen weiter. Die hellen Lichter von Ahmeds Kebabwagen kamen in Sicht, und ohne es abgesprochen zu haben, stellten sich beide an.

»Ich wünschte, ich könnte darüber lachen.« Hugo seufzte. »Mein Gott, eigentlich darf ich mich wirklich nicht beschweren. Ich sollte mich glücklich schätzen, ich weiß. Ich wünschte nur …« Plötzlich sah er Cassie eindringlich an. »Hattest du jemals das Gefühl, dass die Vergangenheit dich in Ketten hält und einfach nicht loslässt? Dass die Entscheidungen der Menschen um dich herum ununterbrochen an dir zerren, bis du nicht mehr weißt, in welche Richtung du dich wenden sollst?«

»Öfter, als du dir vorstellen kannst«, bestätigte Cassie mit dem Schatten eines Lächelns.

Hugo stockte. »Ich wünschte, sie würden mich endlich in Ruhe lassen, damit ich selbst entscheiden kann, was ich will.«

»Und was würdest du tun?«, fragte Cassie. Sie wandte sich dem Kebabverkäufer zu und bestellte, nannte ihm dann Hugos Bestellung vom letzten Mal und winkte ab, als Hugo ihr Geld geben wollte. Mit dem Essen in der Hand gingen sie weiter in Richtung Raleigh. »Ganz ehrlich«, nahm Cassie ihre Frage von vorhin wieder auf. »Wenn du keine Eltern und keine Familie hättest, die ständig etwas von dir wollen, was würdest du dann tun? Wer wärst du gern?«

Hugo schwieg – so lange, dass Cassie sich schon fragte, ob sie vielleicht die falsche Frage gestellt hatte. »Ich würde gern reisen«, sagte er leise. »Nicht so wie sie, in Luxushotels oder geführten Reisegruppen, ich würde einfach gern die Welt sehen. Wie es da draußen so ist. Ich würde diese dämliche Doktorarbeit hinschmeißen. Ich habe mir immer gedacht … Nein, du hältst das bestimmt für blöd.«

»Erzähl«, drängte Cassie, die inzwischen unerwartet neugierig geworden war. Sie wollte die Antwort hören, wollte wissen, wer sich wirklich hinter den Privilegien und dem Charme versteckte.

»Als Kind wollte ich immer Entdecker werden.« Hugo wirkte verlegen und unsicherer, als Cassie ihn je gesehen hatte. »Es gibt immer noch Flecke auf der Welt, auf die noch nie ein Mensch seinen Fuß gesetzt hat, kannst du dir das vorstellen? Im Dschungel oder im Regenwald oder im Hochgebirge. Irgendwohin gehen, wo noch nie jemand war, der Erste zu sein, dessen Blick etwas erfasst.« Für einen Moment leuchtete sein Gesicht in der Dunkelheit in jugendlichem Enthusiasmus auf, und Cassie erhaschte einen winzigen Blick auf den Jungen, der er einst gewesen war, neugierig und wissbegierig, bevor diese sarkastische, abgeklärte Persönlichkeit von seiner Seele Besitz ergriffen hatte. Dann, genauso schnell, senkte sich die selbstironische Maske wieder. »Man muss wohl kein Freud sein, um das zu analysieren«, ergänzte er. »Ans Ende der Welt reisen zu wollen, um sich der Familie und seinen Pflichten zu entziehen. Ein ziemliches Klischee. Und was ist mit dir? Wer wärst du ohne die Erwartungen deiner Familie? Oder bist du nicht so schwach wie ich und widerstehst dem Druck?«

Sie hatten das College-Tor erreicht. Cassie starrte ihn an, doch in ihrem Kopf herrschte Leere. Er fühlte sich von seiner allgegenwärtigen Familie eingeengt, sie hingegen gefangen von ihrer nicht existierenden. In gewisser Hinsicht war das Vermächtnis ihrer Mutter ebenso erdrückend wie die Erwartungen, unter denen Hugo litt. Cassie hatte das Gefühl, keine Wahl zu haben: Von dem Moment an, in dem das Päckchen ihr den Weg nach Oxford gewiesen hatte, war ihr Schicksal besiegelt gewesen. Sie würde nach der Wahrheit suchen, bis sie sich voll und ganz offenbarte, und zwar nicht aus freien Stücken, sondern weil es Cassies Bestimmung war.

Wer würde sie sein, wenn das hier vorbei war? Woran würde sie sich noch festhalten können, wenn es irgendwann nichts mehr gab, dem sie nachjagen konnte? »Ich weiß es nicht«, gab sie schließlich zu. »Ich war nie was anderes.«

»Nein«, verbesserte Hugo und hob die Hand. Seine Handfläche strich über ihre Wange, umfasste ihr Kinn, und er sah ihr tief in die Augen. »Du bist so viel mehr, als du überhaupt ahnst.«

Cassie erstarrte. Sie merkte, wie sie unter der Berührung erschauerte, spürte, wie seine Haut auf ihrer Haut brannte, aber vor allem erkannte sie in seinen Augen jene dunkle Einsamkeit, die sie selbst jeden einzelnen Tag empfand. Einen Hunger, der sie beinahe verschlang.

Hugos Blick wurde dunkler, und plötzlich beugte er sich vor, näher, bis sie seinen warmen Atem auf ihrer Haut spürte. Sie hätte nur ihre Lippen anheben müssen, aber sie blieb starr stehen, wie gelähmt, und zögerte, bis die Luft zwischen ihnen zu sirren schien.

Was wollte er von ihr? Cassie zuckte zurück. »Gute Nacht«, platzte sie heraus und zog sich in sichere Distanz zurück.

Hugo richtete sich auf und blinzelte. »Äh, richtig.« Er schluckte. »Du kommst zurecht …?«

»Klar«, antwortete Cassie knapp. Sie griff die Tüte mit ihrem Essen fester und flüchtete durch das Tor.

»Warte!«, rief Hugo. »Ich … Wir geben eine Silvesterparty. Unten in Gravestone. Es sind alle da. Komm doch auch.«

Cassie schluckte. »Ich kann nicht«, log sie. »Ich habe schon was vor. Aber danke.« Ohne seine Antwort abzuwarten, drehte sie sich um und ging fort, so schnell sie konnte. Doch noch während sie mit langen Schritten durch den dunklen Innenhof eilte und die Nachtluft auf ihrer Haut gefror, spürte sie, wie ihre Wange nach seiner Berührung brannte und etwas in ihrem Blut zu schimmern begann, so als würde sich etwas Dunkles, Lebendiges durch ihre Adern wühlen.

Sie hatte sich gezwungen, ihre Begegnung im Innenhof ebenso zu vergessen wie das scharfe Unbehagen, das sie in seiner Gegenwart spürte. Nach Evies Tod war beides scheinbar in den Hintergrund getreten, verdrängt von Trauer und Schuld und dem Gefühl, dass Hugo genau zu verstehen schien, was sie durchmachte. Doch jetzt flammte die alte Panik wieder auf, und das Adrenalin raste durch ihre Adern. Es war Angst, vermischt mit etwas noch Gefährlicherem.

Begierde.

Kapitel 22

Am Morgen des ersten Weihnachtsfeiertags rief Charlie an. Cassie, die bis dahin nur in ihrer Wohnung gesessen und nichts Besseres zu tun gefunden hatte, als durch alte Weihnachtsfilme zu zappen, hatte sich mit ihm in einem Pub am Stadtrand verabredet. Als sie dort ankam, stand er mit einem Bier im eisigen, menschenleeren Garten hinter dem Haus.

»Können wir nicht reingehen?«, fragte Cassie bibbernd. Sie hatte sich in ihren Dufflecoat und ein dickes Tuch gemummelt, trotzdem kribbelten ihre Fingerspitzen in der Winterkälte.

Charlie schüttelte den Kopf und sah sich vorsichtig um. »Du willst bestimmt nicht, dass das jemand hört.«

Cassies Herz krampfte sich zusammen. Sie hatte beinahe die Hoffnung aufgegeben, je wieder von Charlie zu hören. Nach zwei Wochen Funkstille hatte sie sich schon gefragt, ob er ihre Bitte schlicht nicht erfüllen wollte, oder ob er einfach keine Zeit gefunden hatte, sich über Roses Tod schlauzumachen.

»Ich habe ewig gebraucht, um an die Akten zu kommen«, begann er. »Ich habe behauptet, du würdest eine Arbeit über Studentensuizide schreiben, und ich hätte nicht gedacht, dass es deswegen Probleme geben würde; solche Anfragen bekommen wir ständig. Also habe ich wie üblich die nötigen Papiere ausgefüllt.« Er machte eine Pause, und seine blauen Augen sahen sie eindringlich an. »Am nächsten Morgen werde ich zum Inspektor gerufen. Er nimmt mich eine halbe Stunde ins Kreuzverhör. Will genau wissen, wer du bist, warum du genau diese Akten haben willst. Er versucht, es so hinzudrehen, als ginge es ihm um Datenschutz, Respekt gegenüber den Familien, aber er war eindeutig nervös. Also habe ich ihm erklärt, dass mir die ganze Sache im Grunde am Allerwertesten vorbeigeht. Und die Anfrage zurückgezogen.«

Cassie versuchte, sich die Enttäuschung nicht anmerken zu lassen. »Trotzdem vielen Dank«, sagte sie und fragte sich dabei im Stillen, wie sie dennoch an diese Akten kommen könnte.

»Nicht so voreilig«, mahnte Charlie sie. »Ich bin noch nicht fertig. Ich habe also dem Inspektor erklärt, dass die Sache damit erledigt wäre, und dann still abgewartet. Eine ganze Weile kam ich nicht mal in die Nähe der Akten. Bei uns wird nämlich alles im Haus gelagert, musst du wissen, in einem schicken neuen Archivtrakt. Wo immer jemand ist. Aber diese Woche wurde es stiller. Etliche Krankmeldungen, viele haben sich gleich über die Feiertage telefonisch abgemeldet. Also konnte ich mich reinschleichen und endlich nachsehen.«

»Und?« Cassie schöpfte neue Hoffnung. Die Kälte war vergessen, genauso wie die unbequeme Holzbank, auf der sie saßen. Auf einmal zählten nur noch die fotokopierten Seiten, die Charlie mit großer Geste aus der Innentasche seines Mantels zog.

»Und du hast recht. Da ist was faul.« Er fächerte die Seiten auf, und Cassie griff nach der obersten. »Über deine Freundin Evie gab es so gut wie gar nichts. Der Bericht des Gerichtsmediziners war knapp und klar. Erstickungstod durch Erhängen, kein Hinweis auf Fremdeinwirkung. Bei Rose Smith hingegen …« Er seufzte. »Ich habe den Untersuchungsbericht von Anfang bis Ende durchgeackert, und da passt nichts zusammen. Sie haben auf Suizid erkannt, richtig? Aber an diesem Tag hat niemand sie am Fluss gesehen. Sie haben ihren Mantel auf der Brücke gefunden, dazu eine Nachricht in ihrem Zimmer, und das war's. Versteh mich nicht falsch, ein Suizid wäre durchaus vorstellbar. Aber sie haben sie nicht mal für vermisst erklärt. Sondern einfach den Befund veröffentlicht und den Fall geschlossen. Das ist zu sauber.«

»Wie meinst du das?«

»Ich weiß, wie man einen Bericht lesen muss. Ich sehe den Subtext, das, was zwischen den Zeilen steht … Sie wollten ein wasserdichtes Paket schnüren, und zwar so schnell wie möglich. Sie haben den Fluss durchgebaggert, ihre Sachen gefunden, und damit Schluss. Normalerweise bleibt ein Fall monatelang geöffnet, wenn es keine Leiche gibt, aber ihrer wurde schon nach wenigen Tagen geschlossen. Und das ist nicht alles.« Charlie holte tief Luft. »So wie ich es sehe, haben sie so vorschnell auf Suizid erkannt, weil in diesem Jahr die Selbstmorde grassierten. In den vorangegangenen Monaten hatte es fünf Todesfälle gegeben. Da liegt die Schlussfolgerung doch nahe, oder? Wenn sich die anderen Kids vor Stress oder was weiß ich umgebracht hatten, muss es bei diesem Mädchen genauso gewesen sein. Also habe ich mir die anderen auch angesehen, die anderen Todesfälle.« Charlie beugte sich vor und schob Cassie einen dicken Papierstapel zu. »Das war nur der Anfang. Zwischen neunzehnhundertneunzig und fünfundneunzig wurden an der Universität fünfzehn Suizide gemeldet.«

»Sind das viele?«

Charlie nickte grimmig. »Doppelt so viele wie im landesweiten Durchschnitt.«

»Aber Oxford ist auch eine stressige Umgebung«, wiederholte Cassie langsam, was Thessaly in ihrer Therapiesitzung gesagt hatte.

»Stimmt schon, doch dann würde man erwarten, dass die Raten in etwa gleich bleiben«, wandte Charlie ein. »Stattdessen sieh dir das an.« Er zog ein weiteres, penibel gefaltetes Blatt Papier aus seiner Jackentasche. Es war eine Zeitachse mit etlichen Kreuzen darin. »Es gibt Häufungen. Und zwar auch weiter in der Vergangenheit – ich habe die Akten nach Suizidmeldungen durchforstet, soweit ich konnte. Es ist immer dasselbe. Die Rate bleibt gleich, jedes Jahr sterben ein paar Menschen, und dann, etwa alle fünfundzwanzig Jahre, kommt es zu einer massiven Häufung. Ende der Sechzigerjahre tauchten innerhalb von fünf Monaten zehn Leichen auf.«

»Warum ist das niemandem aufgefallen?« Cassies Gedanken überschlugen sich.

Charlie zuckte mit den Achseln. »Wer hätte die Punkte verbinden sollen?«, fragte er. »Von unserer Seite werden solche Todesfälle nicht weiter untersucht: Sobald auf Suizid erkannt wurde, ist ein Fall mehr oder weniger abgeschlossen. Die Familien sind zu sehr in ihrer Trauer versunken. Hin und wieder beschäftigte sich ein Forscher damit, oder es wurde über die tragische Epidemie gesprochen, dann starteten die Colleges eine Kampagne zur psychischen Gesundheit oder richteten einen Notruf ein, aber das war auch alles. Die Menschen sind meist nur für ein paar Jahre hier: Studenten, Angestellte – hier bleibt niemand lange am selben Fleck. Die Absolventen ziehen fort, eine neue Ladung Studenten taucht auf, und schon ist vergessen, was davor geschah.«

Cassie starrte auf das Diagramm, auf die winzigen Kreuze, die für so viele verlorene Leben standen. »Und das waren alles Studenten?«

»Größtenteils.« Charlie nickte. »Ein paar Einheimische waren auch dabei. Aber um die wurde weniger Wirbel gemacht. Die gingen praktisch unter.«

»Und du bist sicher, dass das nicht bloß ein Zufall ist?« Cassie hoffte es beinahe. Hier ging es nicht nur um zwei Todesfälle, bei denen etwas nicht stimmte, sondern um Dutzende, und zwar im Verlauf von mindestens fünfzig Jahren. Das überstieg ihr Fassungsvermögen. »Colleges ziehen brillante, instabile Menschen an. Und die fixieren sich allein auf ihre Arbeit; jeder Fehlschlag kann sie aus der Bahn werfen.«

»Sieh es dir doch an.« Charlie pochte auf das Blatt. »Sieht das für dich nach Zufall aus?«

Die regelmäßigen Häufungen waren unmöglich zu ignorieren. Cassie fuhr sie nach, versuchte, sich all die unerklärten Todesfälle vorzustellen und zu begreifen, wie man so lange die Augen davor verschließen konnte. »Was glaubst du, könnte es sein?«, fragte sie. »Ein Serienkiller? Mehr als einer?«

Charlie schüttelte langsam den Kopf. »Dafür zieht es sich zu lange hin. Die meisten Serienkiller begehen ihre Morde innerhalb von zehn oder zwanzig Jahren. Dieses Muster reicht mindestens bis ins neunzehnte Jahrhundert zurück.«

»Es ist also zu groß, als dass ein einzelner Mensch dahinterstecken könnte.« Sie schauderte. »Und was machen wir jetzt?«

Charlie zog seinen Mantel zu. »Also, ich weiß nicht, wie es mit dir aussieht, aber ich muss nach Hause. Meine Mum hat den Weihnachtsbraten schon in der Röhre, und wenn ich nicht bald auftauche und ihr beim Kartoffelschälen helfe, dann setzt es ein Donnerwetter.«

Cassie blinzelte ihn ungläubig an. Er hatte ihr den Beweis geliefert, dass es in Oxford Dutzende von unerklärlichen Todesfällen gegeben hatte, und jetzt redete er vom Weihnachtsessen? Offenbar hatte er ihre fassungslose Miene bemerkt, denn er seufzte: »Also gut, da läuft irgendwas. Ich glaube dir. Wir müssen rausfinden, was sich da abspielt. Aber heute können wir sowieso nichts unternehmen. Es ist Weihnachten. Geh nach Hause, entspann dich, und wir machen nächste Woche weiter.«

»Nach Hause«, wiederholte Cassie dumpf. Als könnte sie das alles einfach so beiseiteschieben, wo es doch viel größer war, als sie sich je ausgemalt hatte. »Klar. Sicher.«

Sie wollte aufstehen, aber Charlie hielt sie zurück. »Wo feierst du überhaupt?«

Cassie war in Gedanken immer noch bei den vielen kleinen Kreuzen und überlegte sich deshalb keine Ausrede. »Äh, nirgendwo«, sagte sie frei heraus. »Ich feiere Weihnachten eigentlich nicht.«

»Du feierst Weihnachten eigentlich nicht …? Na schön, du kommst mit.« Charlie winkte sie zu sich. »Meine Mum würde mich töten, wenn sie wüsste, dass da draußen eine einsame Streunerin durch die Straßen irrt.«

»Ich bin keine Streunerin!«, protestierte Cassie. »Und ich komme sehr gut allein zurecht. Ich hole mir was zu essen und schaue *Ist das Leben nicht schön?* Alles in Ordnung, siehst du?« Sie zwang sich zu lächeln, doch Charlie verdrehte die Augen.

»Du wirst doch nur zu Hause hocken und dir den Kopf über diese Toten zerbrechen. Du kommst mit«, wiederholte er, allerdings sanfter. »Wovor hast du Angst? Wir sind ein lauter, ziemlich wilder Haufen, aber es ist Weihnachten.

Jeder sollte mit der Familie feiern, selbst wenn es nicht die eigene ist.«

Cassie spürte einen schmerzlichen Stich. Das letzte Weihnachten, das sie mit ihrer Mutter gefeiert hatte, war eines von Margarets guten Jahren gewesen, damals war ihre Mom stabil genug, um an Geschenke und einen Baum zu denken. Sie hatte Zimtplätzchen gebacken und Weihnachtslieder gespielt, während Cassie ihr von der Küchentheke aus zugesehen und mit aller Kraft versucht hatte, sich alles genau einzuprägen: die Sicherheit, die Wärme und Freude. Ihr war klar gewesen, dass sie vielleicht nie wieder ein Weihnachten wie dieses bekommen würde; allerdings war ihr nicht klar gewesen, dass sie vielleicht nie wieder irgendein Weihnachten bekommen würde.

Etwas in ihr verhärtete sich zu einem Knoten. Sie merkte, dass sie nickte. »Okay«, sagte sie verlegen. »Danke. Ich komme mit.«

Charlies Familie lebte am Stadtrand, in einer Sackgasse voller kleiner Backsteinhäuser und überwucherter Vorgärten. Mehrere Häuser waren mit grellbunter Weihnachtsbeleuchtung dekoriert, aber kein Haus war so kunstvoll mit Plastikweihnachtsmann und Schneemännern auf dem Dach geschmückt wie Charlies Haus, das selbst am helllichten Mittag in einem blinkenden Regenbogen von Farben erstrahlte. »Also, ich muss dich warnen«, sagte er, während er die Fahrertür seines verbeulten blauen Honda zuschlug. »Als ich losgegangen bin, haben sie gerade den Baileys geköpft, wahrscheinlich geht es also inzwischen drunter und drüber.«

Cassie folgte ihm neugierig über den Fußweg zum Haus. Selbst hier draußen konnte sie den Lärm hören, der ihnen, sobald er die Haustür aufschloss, in einem chaotischen Stimmengewirr entgegenschlug.

»Mum! Kirsty hat meinen neuen Rock geklaut, und du weißt genau, dass sie ihn ausleiert!« Ein Mädchen im Teenageralter donnerte die Treppe herab, dicht gefolgt von einem zweiten, etwa sechzehnjährigen Mädchen, das sich in eine enge Weste und einen roten Minirock gezwängt hatte.

»Mach ich gar nicht, hör du lieber auf, mir dauernd die Ferrero Rochers wegzufressen!« Sie schossen an Charlie und Cassie vorbei, ohne auch nur Luft zu holen, und rannten weiter zur Rückseite des Hauses.

Charlie grinste Cassie an. »Willkommen im Wahnsinn.«

Aus dem Wohnzimmer trat rückwärts ein weiteres Mädchen, das ein Baby auf der Hüfte trug. »Liam! Liam, du legst jetzt den Stecker weg! Was habe ich dir gesagt? Steckdosen sind kein Spielzeug!« Sie drehte sich um und sah sie im Flur stehen. »Da bist du ja, Charlie. Kannst du deinen Neffen davon abhalten, die Katze mit Stromschlägen zu malträtieren? Wenn seinetwegen die Sicherung rausfliegt, wird das Essen nie fertig.«

»Cassie, meine Schwester Rhiannon«, stellte Charlie sie vor.

Rhiannon warf Cassie einen flüchtigen Blick zu. »Kannst du sie nehmen?«, fragte sie und streckte ihr das Baby hin.

»Ich?« Cassie hatte gar keine Zeit zu widersprechen; schon hielt sie das Kleinkind in den Armen.

»Nur einen Moment, ich muss ihrem Vater den Kopf waschen. Charlie, die Steckdose!«, kommandierte sie und verschwand nach draußen.

»Die Pflicht ruft«, grinste Charlie, schon auf dem Weg ins Wohnzimmer.

Ganz allein im Flur, mit einem Baby auf dem Arm, atmete Cassie tief durch. Als Charlie ihr erklärt hatte, dass seine Familie ein wilder Haufen sei, hatte sie keine Ahnung gehabt, was er damit gemeint hatte. Kurz spielte sie mit dem Gedanken, sich zu entschuldigen und sofort zu verschwinden, aber im selben Moment streckte Charlie breit grinsend den Kopf durch die Tür. »Steh nicht da wie angewurzelt.«

»Klar. Entschuldige.« Cassie folgte ihm ins Wohnzimmer, in das man mehrere abgewetzte Sofas, einen Großbildfernseher und einen riesigen, grell dekorierten Weihnachtsbaum gestopft hatte. Charlie war auf den Knien und kitzelte einen kleinen Jungen, der vor Vergnügen quiekte. Er sah auf. »Tut mir leid, dass Rhiannon dich so überfallen hat. Das sind ihre Bälger.«

»Ach.« Cassie fragte sich blinzelnd, wie alt sie war. Höchstens achtzehn.

Charlie bemerkte ihren Blick und lachte. »Ja, das trifft es. Du hättest Mums Gesicht sehen sollen, als sie aus der Schule kam und uns eröffnete, dass sie mit dem hier schwanger war.« Wieder nahm er den kleinen Jungen in die Mangel. »Sie hätte sich gleich denken können, dass er ein kleiner Quälgeist wird. Das ist übrigens Daisy«, ergänzte er und nickte dabei zu dem Baby hin, das Cassie unbeholfen im Arm hielt. »Und die beiden jungen Streithennen, die vorhin durch den Flur gefegt sind, sind meine jüngsten Schwestern Kirsty und Laura.«

»Wow.« Cassie schluckte. »Eine große Familie.«

»Jupp.« Charlie schwang Liam über seinen Kopf und setzte ihn auf seine Schultern. »Onkel Fred und Tante Trudy sind auch da. Keine Angst«, fügte er hinzu. »Die beiden sind viel zu sehr damit beschäftigt, nicht miteinander zu reden, als dass sie dich überhaupt bemerken würden.«

Charlie hatte recht. Cassie stellte fest, dass sie, umgeben von fortwährendem Lärm und den Hakeleien zwischen

Charlie und seinen Schwestern, unbemerkt in der Ecke sitzen und das friedliche Baby auf ihrem Schoß hüpfen lassen konnte, während die Familienmitglieder ins Zimmer und wieder hinaus wanderten. Sie konnte den verschiedenen Unterhaltungen nur schwer folgen, aber das störte sie nicht: Es war entspannend, dabei zuzuschauen, wie um sie herum das laute, liebevolle Familienleben in seinem ganzen Wahnsinn tobte. Niemand fragte sie nach ihrer Familie oder ihren Plänen, sie wurde einfach zum Kartoffelschälen in die überfüllte Küche geschickt, wo Charlies Mutter fünf verschiedene Töpfe gleichzeitig im Auge behielt, während seine Schwestern in ihren Klatschmagazinen blätterten und mit ihren Freunden chatteten.

»Und wie lange kennst du unseren Charlie schon?«, fragte seine Mutter Maureen, als Charlie aufs Dach geschickt worden war, um die Antenne neu auszurichten. Sie war eine energische, füllige Frau in den Fünfzigern mit fedrigen, blond gefärbten Haaren und einem scharfen Auge, dem nichts entging.

»Ein paar Monate«, antwortete Cassie. »Aber ehrlich gesagt, kennen wir uns nicht besonders gut.«

»Du bist also nicht seine Freundin?«, piepste eine seiner Schwestern dazwischen – Laura, wie Cassie vermutete.

»Nein, ist sie nicht«, antwortete die andere an Cassies Stelle. »Die hat er doch neulich abserviert, schon vergessen? Weil sie zu sehr geklammert hat.«

»Immer klammern sie ihm zu sehr. Charlie ist so eine Männerhure.« Laura verdrehte die Augen.

»Sprich nicht so über deinen Bruder«, fuhr Maureen dazwischen. »Er sucht eben immer noch nach der Richtigen.« Sie wandte sich wieder Cassie zu und sah sie mit einem besorgniserregenden Funkeln in den Augen an. »Und du studierst an einem der Colleges, richtig? Schlaues Mädchen.«

»Nur ein Jahr lang«, erklärte Cassie schnell, damit Maureen gar nicht erst auf die Idee kam, Cassie könnte die von Charlie gesuchte Richtige sein. »Danach gehe ich zurück nach Amerika.«

»Hm.« Maureen blieb kurz still. »Na, schade.« Sie rührte wieder in der Soße. »Er findet nicht so leicht ein nettes Mädchen; er tut ja kaum was außer arbeiten.«

»Und sich im Pub besaufen«, murmelte Kirsty.

»Du hast nicht zufällig ein paar Freundinnen …«, fragte Maureen eben, als Charlie in die Küche kam.

»Hab ich was verpasst?« Er sah sich um.

»Ich wurde gerade über dein Liebesleben aufgeklärt«, erklärte Cassie ihm mit einem frechen Lächeln.

Charlie stöhnte auf. »Mum! Was hast du ihr erzählt?«

»Nichts Schlimmes«, protestierte Maureen. »Bloß dass mir nicht in den Kopf will, warum ein Junge wie du kein nettes Mädchen findet. Du wärst ein echter Fang.«

»Ich bin zu jung für was Festes.« Charlie tat so, als würde er sich ärgern, doch Cassie sah ihm an, dass das gespielt war. »Ich habe noch mindestens zehn Jahre Junggesellenleben vor mir.« Er zwinkerte Cassie zu.

Maureen strahlte ihn mit offener Bewunderung an. »Genau das hat dein Dad auch gesagt, bevor er mich kennengelernt hat. Eins kannst du mir glauben, wenn du die Richtige triffst, wirst du gar nicht begreifen, was dir passiert ist.«

Cassie schaute ihnen zu. Ihr war klar, dass die beiden diesen Wortwechsel schon hundertmal geführt hatten und wahrscheinlich noch hundertmal führen würden. Sie spürte eine Enge in ihrer Brust, ein vertrautes Ziehen. Die Liebe, die Charlie und seine Familie verband, war so selbstverständlich, dass sie wahrscheinlich gar nicht begriffen, wie glücklich sie sich schätzen konnten: So wie sie sich gegenseitig ins Wort fielen, mitten in einem Gedanken ins Zimmer traten oder es verließen; selbst wie sie sich alle durchs Haus bewegten, war ein einziges Ballett, ein unbewusster, ständiger Tanz.

»Alles in Ordnung?«, fragte Maureen und sah zu ihr her.

»Das sind nur … die Zwiebeln.« Zum Glück lag vor Cassie ein frisch gehackter Haufen, auf den sie deuten konnte. »Ich gehe kurz an die Luft.« Sie legte den Kartoffelschäler beiseite und ging zur Hintertür. Direkt hinter der Küche gab es eine winzige Terrasse, gefolgt von einem schmalen Rasenstreifen, der jetzt im Winter braun und von Laub bedeckt war. Am anderen Ende des Gartens stand eine Kinderrutsche, auf deren unterster Sprosse sich Cassie niederließ, um in tiefen Atemzügen die frische Winterluft zu trinken.

Es waren die Feiertage, ermahnte sie sich, während sie gegen die Tränen ankämpfte. Diese Jahreszeit weckte bei allen Menschen Erinnerungen, und gerade jetzt drängte alles, was Cassie so angestrengt unterdrückt hatte, wieder an die Oberfläche, zum Leben erweckt von Erinnerungen an Zimt und Muskat in der dampfigen Küchenluft. Es würde vorbeigehen, so wie jedes Mal.

»Hey.«

Sie sah auf und wischte sich schnell die Augen trocken. Charlie kam durch den Garten auf sie zu. »Sag nicht, dass sie dich schon vertrieben haben. Ich hatte gehofft, du würdest mindestens bis nach dem Essen durchhalten.«

»Nein, das ist es nicht.« Cassie zwang sich zu lächeln, als er sie erreicht hatte. »Es geht schon wieder. Ich brauchte nur ein bisschen …«

»Frische Luft«, beendete Charlie den Satz für sie. Er betrachtete sie nachdenklich, dann schüttelte er seine Jacke ab und legte sie ihr über die Schultern. »Du wirst dir hier draußen noch den Tod holen.«

»Danke.« Cassie schluckte verunsichert.

»Ist wirklich alles okay?«, fragte er nach.

Sie nickte. »Es sind bloß die Feiertage.«

»Vermisst du deine Leute?« Charlie setzte sich neben sie auf die Sprosse und zog ein Zigarettenpäckchen aus der Tasche. »Verrat der da drin bloß nichts davon«, beschwor er sie. »Sonst quatscht sie mir die Ohren ab.«

»Dein Geheimnis ist bei mir in guten Händen«, versprach Cassie.

Charlie zündete sich eine Zigarette an und inhalierte tief. »Und was ist mit deinen?«, fragte er und sah sie dabei eindringlich an.

»Was?«

»Deinen Geheimnissen.« Charlie zog wieder. »Wonach forschst du wirklich?«

Cassie stockte, denn die alte Lüge, die sie Elliot erzählt hatte, schien in ihrer Kehle festzukleben. Eigentlich hätte es ihr nicht schwerfallen dürfen, ein weiteres Mal die alte Familienfreundin und ihre natürliche Neugier vorzuschieben. Aber aus irgendeinem Grund wollte ihr die Lüge nicht über die Lippen kommen. Vielleicht wegen des lauten Geplappers und der Musik, die aus dem Haus drifteten, jenem Heim, in das Charlie sie ohne jeden Hintergedanken eingeladen hatte, so als wäre es das Natürlichste auf der Welt, sein Leben offen vor ihr auszubreiten.

Cassie griff in ihre Jeanstasche und zog ihr schmales Portemonnaie heraus. Sie faltete das Bild von ihrer Mutter und Rose auf, das sie dort eingesteckt hatte, und reichte es Charlie.

»Das tote Mädchen«, erkannte er.

»Und das ist meine Mutter.« Cassie deutete auf Margarets Gesicht. »Direkt nach Roses Tod ging sie von der Universität ab. Änderte ihren Namen und ging nach Amerika. Sie ist inzwischen auch gestorben; vor zehn Jahren brachte sie sich um. Aber sie hatte mir nie erzählt, dass sie in Oxford studiert hatte. Deshalb weiß ich, dass hier irgendwas faul ist«, ergänzte sie und sah Charlie offen in die blauen Augen. »Sie ist geflohen. Sie ist vor etwas geflohen, und ich will wissen, wovor.«

Charlie erwiderte nachdenklich ihren Blick. Dann faltete er das Bild bedächtig zusammen und entdeckte die Inschrift auf der Rückseite. »›Schwarz ist die Livrei der Hölle, des Kerkers Farbe, Schule finstrer Nacht‹«, las er vor.

»Das Bild hat jemand in mein Postfach gesteckt«, erklärte Cassie. »Es ist ein Hinweis auf eine Geheimgesellschaft am Raleigh. Wenigstens glaube ich das. Rose schrieb eine Arbeit über diese Gesellschaft«, ergänzte sie. »Und Evie stieß nur eine Woche vor ihrem Tod darauf.«

»Das wird ja immer merkwürdiger.« Charlie zog noch einmal nachdenklich an seiner Zigarette, dann zermahlte er den Stummel unter seinem Schuhabsatz und stand auf. »Wir werden das klären«, sagte er ruhig und streckte ihr die Hand hin, um ihr aufzuhelfen. »Wir werden die Antworten finden, nach denen du suchst.«

Er klang so überzeugt, dass Cassie ihm unwillkürlich glaubte. Dann breitete sich das vertraute Lächeln auf seinem Gesicht aus. »Aber jetzt steht erst mal ein Truthahn mit fünf verschiedenen Gemüsen auf dem Tisch. Morde und Komplotts können warten. Erst wird gegessen.«

Das Weihnachtsessen war eine alkoholgetränkte, ausschweifende Angelegenheit mit traditionellem Tischfeuerwerk und Papierkrönchen. Cassie ließ sich von dem Fluss der fröhlichen Unterhaltungen forttragen und genoss den kurzen Einblick in ein glückliches dysfunktionales Familienleben. Nachdem alle Teller abgeräumt waren, zogen Charlies Schwestern los, um mit ihren Freundinnen die Stadt unsicher zu machen, während die übrigen ins Wohnzimmer zurückkehrten und fernsahen.

»Ist es okay, wenn wir noch ein bisschen bleiben?« Charlie lagerte träge neben Cassie auf der Couch und sah zu ihr auf. »Ich hab mich so vollgefressen, dass ich im Moment keinen Muskel rühren kann. Nach dem Film fahre ich dich zurück.«

»Sicher«, antwortete Cassie erleichtert, weil sie damit eine Ausrede hatte, noch ein wenig länger in ihrer warmen Wolldecke und der Herzlichkeit seiner Familie bleiben zu dürfen.

»Wartet noch mit dem Film«, rief Maureen von der Küche aus. »Ich mache noch schnell eine Kanne Tee.«

Charlie zappte durch die Kanäle, bis sich sein Onkel einmischte: »Lass das mal laufen. Ich würde gern die Nachrichten sehen.« Charlie drehte die Lautstärke höher. Es ging um die bevorstehenden Wahlen, im Bericht wurden die rivalisierenden Politiker beim Händeschütteln mit ihren Wählern und bei Fototerminen mit diversen Weihnachtsmännern gezeigt. Cassie wurde hellwach, als Richard Mandeville auf dem Bildschirm erschien, ein gut aussehender Mann von Ende vierzig mit leicht ergrautem Haar und einem einnehmenden Lächeln.

»Was hältst du von ihm?«, fragte sie Charlie und nickte zum Fernseher hin.

Er zuckte mit den Achseln. »Die sind doch alle gleich. Immer reden sie vom Kampf gegen das Verbrechen, aber sobald sie gewählt sind, kürzen sie noch im ersten Jahr unser Budget, darauf kannst du wetten.«

»Ich kenne seine Familie«, sagte sie, den Blick immer

noch auf den Fernseher gerichtet. Mandeville sprach, selbstbewusst und aufrichtig wirkend, bei irgendeinem Ereignis. »Seine Tochter ist am Raleigh.«

»Natürlich ist sie das.« Charlie lachte kurz auf. »Jeder von denen war in Oxford. Und in zwanzig Jahren führen die Kids, mit denen du jetzt dort bist, das Land.«

Cassie wollte gerade etwas erwidern, als ihr Herz einen Schlag aussetzte. Im Fernsehen wurde Bildmaterial von einer vergangenen Veranstaltung gezeigt, bei der Mandeville jemandem die Hand gab, doch nicht die Menschen schockierten sie. Der Atem stockte ihr, als sie begriff, wo sie standen. »Charlie«, flüsterte sie und zog das Foto wieder aus dem Portemonnaie. »Schau.« Sie hielt ihm das Bild von ihrer Mutter und Rose hin, die an einem Tisch vor einer Wand voller Porträtgemälde saßen.

Auf dem Bildschirm unterhielt sich Mandeville eben mit irgendeinem Geschäftsmann oder Politiker. Vor genau denselben Porträts, in genau demselben Saal.

Auf Gravestone Manor. Dem Familiensitz der Mandevilles.

Charlie wandte sich Cassie zu und tastete mit seinem Blick ihr Gesicht ab. »Nein«, sagte er, bevor sie auch nur ein Wort gesagt hatte. »Das wirst du nicht.«

»Ich muss da hin«, verkündete sie.

»Du kannst da nicht einfach ungebeten aufkreuzen«, erklärte Charlie kopfschüttelnd. »Er wird bald zum Premierminister gewählt; mit Sicherheit ist im Umkreis von mehreren Meilen alles abgesperrt. Und selbst wenn du irgendwie reinkämst, würden sie dich in hohem Bogen rauswerfen, sobald du herumzuschnüffeln beginnst.«

»Nein, das werden sie nicht.« Cassie sah, wie sich ihr eine Tür öffnete. »Weil ich eine Einladung habe.«

Kapitel 23

Hugo bestand darauf, sie mit dem Wagen abholen zu lassen. Gravestone lag mitten auf dem Land, erklärte er ihr; über Silvester fuhren keine Regionalzüge und Busse dorthin. Also saß Cassie nervös auf der Rückbank des schlanken schwarzen BMWs und starrte ins Genick des Fahrers mit seiner Schirmmütze, während Oxford im Rückspiegel immer kleiner wurde und sich die Autobahn durch die wolkenverhangene grüne Landschaft schlängelte.

Auf dem Handy in ihrer Hand ging surrend eine SMS ein.

Alles okay?

Bestens. Bin noch unterwegs.

Ruf mich sofort an, wenn was passiert.

Charlie hatte heftig dagegen protestiert, dass Cassie ohne jede Möglichkeit, Hilfe zu rufen, ins tiefste Sussex verschwand. Am Morgen, während sich Cassie reisefertig gemacht hatte, war er vorbeigekommen und hatte ihr das veraltete Handy seiner Schwester in die Hand gedrückt.

»Mach bloß keine Dummheiten«, hatte er sie gewarnt. »Sieh dich einfach nur um. Wer weiß, vielleicht haben die

Mandevilles gar nichts mit der ganzen Sache zu tun. Das mit dem Foto könnte auch nur ein Zufall gewesen sein.«

»Hier geschieht nichts zufällig«, hatte Cassie grimmig erwidert, aber das Handy hatte sie trotzdem angenommen. Charlie hatte sie weiter bekümmert angesehen, bis sie geseufzt hatte. »Ich werde nicht da reinplatzen und mit wilden Anschuldigungen um mich werfen«, hatte sie ihm versichert. »Ich will bloß wissen, was es mit diesem Landgut überhaupt auf sich hat. Außerdem ist es eine Party. Es werden Hunderte Gäste da sein. Niemand wird es merken, wenn ich mich ein bisschen umsehe.«

Während der Wagen durch das malerische Sussex kurvte, fragte sich Cassie, wonach sie eigentlich suchte. Bis jetzt hatte nichts als ihr Instinkt sie angetrieben und ein paar Verdachtsmomente, dünne Fäden, die, wenn sie daran zupfte, nur immer neue Mutmaßungen hervorkullern ließen. Aber jetzt, mit Charlie an ihrer Seite, wurde irgendwie alles realer, das Geflüster und die Zweifel, die bisher ausschließlich in ihrem Kopf gekreist hatten, nahmen auf einmal Gestalt an.

Er glaubte ihr. Etwas war im Gang. Die Opferzahlen waren seit Jahren, seit Jahrzehnten, angestiegen und bildeten inzwischen einen langen Treck von gebrochenen Herzen und tragischen Todesfällen.

Würde Gravestone ihr den Schlüssel liefern, fragte sich Cassie, während der Wagen durch die Hügellandschaft schnurrte, oder war diese Exkursion nur eine weitere nutzlose Irrfahrt? Doch als das grüne Flickwerk aus Waldstücken vor den Autofenstern dichter wurde und sie sich weiter von den beruhigend vollen Autobahnen und bewohnten Ortschaften entfernten, verstärkte sich ihr Unbehagen. Welche Geheimnisse barg Gravestone? Und falls tatsächlich eine finstere Verschwörung von dort ausging, bedeutete dies, dass auch Hugo darin verwickelt war?

Nach zwei Stunden im Auto waren Cassies Nerven zum Zerreißen gespannt. Schließlich bogen sie auf eine kurvige Landstraße, die sie durch ein längeres Waldstück führte. Dann lichtete sich der Wald, und Cassie holte scharf Luft, als Gravestone erstmals in Sicht kam.

Es war atemberaubend. Unter ihnen, am Hang des Hügels, erhob sich ein majestätisches elisabethanisches Gutshaus aus roten Backsteinen und Schieferziegeln. Die Zufahrt endete in einem Kreis um eine Brunnenanlage, und als sie näher kamen, erkannte Cassie, dass sich vom Haus weg ein akkurat gestutzter französischer Ziergarten ausfächerte, bevor er in weite Rasenflächen und einen Teich überging, der jetzt unter einem zufälligen Sonnenstrahl jenseits der Gärten aufglitzerte.

Der Kies knirschte unter den Rädern, als der Wagen vor der großen Freitreppe stoppte. Es war später Nachmittag, und vor dem Haus parkten bereits zwei Dutzend Limousinen – eine penibel polierte Phalanx von Bentleys und Rolls-Royces – sowie mehrere weiße Lieferwagen, aus denen uniformierte Bedienstete Kartons voller Blumenschmuck und Partyzubehör luden. Bevor der Fahrer Zeit hatte, den Wagen zu umrunden und Cassie die Tür zu öffnen, war sie schon ausgestiegen und schaute an den drei mit Efeu bewachsenen Stockwerken mit den eisengefassten Fenstern hoch.

»Lassen Sie mich Ihr Gepäck nehmen, Madam.« Der Fahrer nahm ihr die abgewetzte Tasche ab, die sie hastig zusammengepackt hatte.

»Danke«, wollte sie sagen, aber er war schon im Haus verschwunden.

Cassie atmete tief durch und stieg langsam die Freitreppe hinauf. Die Türen standen offen, darum trat sie ein und wartete, bis sich ihre Augen an das Halbdunkel in der holzvertäfelten, imposanten Eingangshalle gewöhnt hatten, wo eine breite, geschwungene Treppe nach oben in ein Zwischengeschoss führte. Alles strahlte Pracht aus: die schweren Samtvorhänge vor den Fenstern, die das Tageslicht aussperrten, die Damast- und Brokatbezüge der Möbel, die wertvollen Tischchen und Garderoben überall.

Sie wanderte tiefer ins Haus hinein. Ein prachtvoller Raum ging in den nächsten über, und alle waren mit den gleichen schweren Holzmöbeln und kostbaren Stoffen eingerichtet. Das ganze Haus war ein perfekt restauriertes Museum, und Cassie meinte fast vor sich zu sehen, wie die allerersten Bewohner fünfhundert Jahre zuvor durch eben diese Räume spaziert waren.

»Cassie!« Sie drehte sich um und wurde im selben Moment von Olivia in die Arme geschlossen. »Was irrst du denn ganz allein hier rum? Wir sind drüben im Ostflügel. Komm mit.« Olivia hakte sich bei Cassie unter und zog sie mit sich. »Hattest du schöne Weihnachten?« Sie trug Jeans und eine Seidenbluse und hatte die Haare zu einem lockeren Pferdeschwanz gebunden. »Die Fahrt hierher dauert ewig, ich weiß, aber ich freue mich so, dass du es zu unserer Party geschafft hast. Mutter plant schon das ganze Jahr; diesmal wird sie sich selbst übertreffen.« Sie lachte, während sie einen Korridor überquerten und dabei, wie Cassie vermutete, in den neueren Teil des Hauses gelangten. Hier waren die Wände weiß und luftig, und obwohl auch hier überall edles Mobiliar herumstand, strahlten die rustikaler und leicht abgewohnt wirkenden Räume eine beinahe mediterrane Eleganz aus. »Es wird heute ziemlich eng werden«, fuhr Olivia fort, »deshalb musste ich dich in der Hartley Suite unterbringen. Die Fenster gehen auf die Stallungen, es gibt also leider keinen Ausblick, aber wenigstens hörst du da oben die Hühner nicht.« Vertraulich raunte sie ihr zu: »Die Hühner kriegt Miles. Er schläft grundsätzlich bis Mittag, und ich dachte, so ein Hahnenschrei wäre ein netter Weckruf für ihn. Da wären wir!«

Sie führte Cassie in eine große Küchenlounge. Paige, Miles, Hugo und die übrigen saßen teils auf gemütlichen Sofas, teils um einen rustikalen Bauerntisch, und mehrere Terrassentüren überschwemmten den Raum mit Licht. »Seht nur, wer es zu uns geschafft hat!«, kündigte Olivia sie an. Cassie winkte.

Hugo erhob sich lächelnd. »War die Fahrt okay?«, fragte er und kam auf sie zu. Schlagartig stand Cassie ihr Abschied vor dem College vor Augen: die Anspannung und der gerade noch abgewendete Kuss.

»Ja, sehr angenehm.« Sie drehte den Kopf zur Seite, sodass sein Begrüßungskuss auf ihrer Wange landete. Seine Lippen strichen über ihre Haut, und ihr wurde kurz heiß.

»Gut.« Hugo wirkte zufrieden. »Ich bin froh, dass du es dir anders überlegt hast.«

»Na ja … Oxford ist wie ausgestorben«, antwortete sie verlegen. »Und es hörte sich ganz lustig an.«

»Lustig ist gar kein Ausdruck«, mischte sich Paige ein, die zu ihnen getreten war, um Cassie zur Begrüßung in die Arme zu schließen. »Die Silvesterfeiern der Mandevilles sind absolut legendär.«

»Im wahrsten Sinne des Wortes«, meldete sich auch Miles zu Wort. »Ich glaube, ein gewisser Booker-Preisträger hat eine entscheidende Szene eines seiner letzten Romane hier spielen lassen.«

»Das ist nur ein Gerücht«, lachte Olivia.

»Na sicher. Wie viele original erhaltene Heckenlabyrinthe aus dem fünfzehnten Jahrhundert gibt es in England noch mal?«

»Es gibt ein Labyrinth?«, fragte Cassie und setzte sich zu den anderen an den riesigen Bauerntisch.

»Ja, und wandere bloß nicht allein darin herum«, warnte Paige. »Es ist beschissen schwer, wieder rauszufinden.«

Olivia drückte Paige an sich. »Die hier hatte letztes Jahr ein bisschen zu viel getrunken und ist über eine Stunde darin herumgestolpert, bis sie endlich so klug war, mich anzurufen.«

»Es war dunkel!«, protestierte Paige.

»Keine Angst«, sagte Hugo lächelnd. »Wir lernen aus unseren Fehlern. Dieses Jahr ist der Weg markiert.«

»Womit das ganze Labyrinth witzlos ist«, sagte Olivia schmollend.

Cassie lächelte einfach mit. Während der Nachmittag in einer genussvollen Prozession von Häppchen, Geplauder und Gelächter vorüberzog, sah sie sich unauffällig im Raum um und stellte dabei fest, dass sie die Clique mit neu erwachtem Argwohn betrachtete. Waren sie in das Mysterium der *Schule der Nacht* eingeweiht? Wenn Cassie Olivia und Paige gemeinsam in ihren Modezeitschriften blättern und Miles müßig auf seinem iPad lesen sah, konnte sie sich nur schwerlich vorstellen, dass sich hinter ihrem freundlichen Lächeln ein düsteres Geheimnis verbarg. Ihr Leben war eine einzige Folge von Partys und Spielen, sie waren in den besten Clubs und exklusiven Bars von London und Oxford zu Hause. Was sollten Morde und Verbrechen ihnen nützen? Und mehr noch, wären sie zu solchen Dingen überhaupt fähig?

Hugo fing ihren Blick auf. »Alles gut?«, fragte er und zog eine Braue hoch. Sie nickte, spürte, wie ihr unter seinem Blick sofort wieder heiß wurde, und atmete insgeheim auf, als Olivia verkündete, dass es für die Mädchen allmählich Zeit sei, sich für die Party zu stylen.

»Tu wenigstens so, als würdest du dich bemühen«, schalt Olivia Hugo liebevoll, als sie aus der Küche auszogen. »T-Shirts sind ein No-Go.«

Sie führte Cassie nach oben in ihr Zimmer. Olivia hatte zwar angekündigt, dass es eng sein würde, trotzdem war es ein feudaler Raum mit hoher Decke, Himmelbett und kunstvollen Tapisserien an den Wänden.

»Der Dresscode heute Abend …« Cassie verstummte. Sie hatte widerstrebend jenes schwarze Seidenkleid eingepackt, das Evie ihr vor ihrem gemeinsamen Galadinner im Merton College geliehen hatte und das sie gestern verknittert aus dem Wäschekorb in ihrem Zimmer gezogen hatte. Jetzt, wo sie die hektische Aktivität im Erdgeschoss gesehen und die Geschichten über vergangene Exzesse gehört hatte, fragte sie sich, ob sie vielleicht etwas Eleganteres brauchte. »Wird da Abendkleidung erwartet?«

»Hugo hat dir das nicht gesagt? Gott, Männer können solche Vollpfosten sein.« Olivia verdrehte die Augen. »Keine Sorge, ich kann dir was borgen.«

Cassie errötete. »Das ist wirklich nicht …«, setzte sie an, doch Olivia schnitt ihr das Wort ab.

»Unfug. Ich habe tonnenweise Kleider; Daddy schleift mich von einer Wohltätigkeitsveranstaltung zur nächsten. Und wir haben ungefähr die gleiche Größe.« Sie taxierte Cassie mit einem geübten Blick. »Ich habe schon was im Auge. Mach dir gar keine Gedanken, ich lasse es gleich von Perkins rüberbringen.«

»Danke«, sagte Cassie. Sie schien in letzter Zeit schrecklich viele Gefälligkeiten von Olivia und Hugo anzunehmen, aber die beiden boten alles so unbeschwert an, als würde es ihnen nicht die geringsten Umstände bereiten. Und wahrscheinlich, überlegte Cassie, während sie duschte und sich für das große Ereignis zurechtmachte, bereitete es ihnen wirklich keine. Sie führten ein Leben voller Privilegien, jedes ihrer Bedürfnisse wurde sofort gestillt. Sie kannten keine Angst vor der Armut, ahnten nicht, wie krampfhaft man an manchen Dingen festhielt, wenn man kaum etwas zum Festhalten hatte. Bei ihrer ersten Begegnung hatte sie die beiden deswegen gehasst. Cassie war noch gut im Gedächtnis, wie genervt sie jeden auf Abstand gehalten hatte, als sie im Raleigh angekommen war, wie sie alle mit demselben voreingenommenen, verbitterten Blick betrachtet hatte. Aber wenn sie ganz ehrlich war, hatte sie ihre Mitstudenten falsch eingeschätzt, und keinen so falsch wie Hugo und Olivia. Sie hatten Cassie so selbstverständlich in ihre Welt aufgenommen, dass sie beinahe ein schlechtes Gewissen hatte, weil sie sich unter einem Vorwand in ihrem Heim eingeschlichen hatte.

Als Cassie nach einer langen Dusche aus dem Bad kam, lag eine Kleiderhülle auf ihrem Bett. Sie enthielt ein bodenlanges Seidenkleid in dem zartesten Rosa, das man sich nur vorstellen konnte. So weich und feminin, wie das Kleid war, war es mit nichts zu vergleichen, was Cassie je zuvor getragen hatte, doch als sie den weichen Stoff über den Kopf zog und sah, wie er sich an ihren schlanken Körper schmiegte, stockte ihr der Atem. Sie sah völlig verändert aus. Raffiniert, elegant, unschuldig.

So als könnte sie, genau wie geplant, durch die Gänge von Gravestone Manor wandern, ohne auch nur den leisesten Verdacht zu erregen.

Cassie schlüpfte in ihre High Heels, frisierte ihr Haar zu einem lockeren Knoten und eilte leichtfüßig die Treppe hinunter. Aus dem anderen Flügel des Hauses wehten Musik und Gesprächsfetzen herüber, doch statt darauf zuzugehen, bog Cassie ab und drang tiefer in die langen Gänge und zahllosen Räume vor. Sie entdeckte Bibliotheken und

Salons, eine Porträtgalerie und noch mehr. In jedem Zimmer überprüfte sie die Gemälde und Möbel, immer auf der Suche nach dem Hintergrund, den sie sich von dem Foto ihrer Mutter eingeprägt hatte.

Schließlich betrat sie einen Speisesaal im hintersten Eck des Haupthauses und erstarrte. Die dunkelgrünen Wände, die verschnörkelten Bilderrahmen ... Das war es. Cassie blieb vor einem imposanten Porträt stehen. Hier hatte der Fotograf gestanden, und ihre Mutter ... ihre Mutter hatte genau dort gesessen, auf dem thronartigen Holzstuhl mit den vielen Schnitzereien. Cassie umrundete den Tisch, ließ sich auf den Stuhl gleiten und fuhr mit den Fingerspitzen leicht über die ins Holz geschnitzten Kringel und Rosetten. Sie versuchte, sich die Szene am Tag der Aufnahme auszumalen: Rose, die neben ihr saß, die zum Toast erhobenen Gläser. Wer war außer ihnen im Raum gewesen? Zu welchem Anlass waren sie hier gewesen? War es eine wilde Party wie diese, bei der das Haus von Fremden überlaufen war? Oder war es ein kleineres, intimeres Treffen? Ein Dinner mit bestimmtem Ziel. Ein Treffen von Gleichgesinnten und Mitverschwörern ...

»Gemütlich?«

Cassie schreckte auf. In der Tür stand ein alter Mann, der sie beobachtete, und als er aus dem Schatten trat, erkannte sie, dass es derselbe Mann war, dem sie an ihrem allerersten Tag am Raleigh begegnet war – der Fremde, der sie bei ihrem heimlichen Besuch im Büro des Rektors ertappt hatte. Diesmal trug er einen makellosen Smoking und hatte das dichte weiße Haar aus dem von tiefen Falten gezeichneten Gesicht gekämmt, doch seine Augen, kohlschwarz und unverwandt auf sie gerichtet, strahlten auch diesmal die unheimliche Kälte aus, die ihr im Gedächtnis geblieben war.

Cassie sprang auf. »Verzeihung«, stammelte sie, und ihr Herz schlug wie wild. »Ich wollte nicht …«

»Bitte bleiben Sie sitzen.« Der Mann bedeutete ihr, sich wieder zu setzen. Er sagte das ganz höflich, trotzdem war es ein Befehl.

Cassie sank verlegen auf den Stuhl zurück und versuchte, sich zu sammeln. Sie war ein eingeladener Gast, ermahnte sie sich. Er konnte unmöglich wissen, was sie hier tat.

Der Mann kam näher, wobei er sich für jemanden seines Alters ungewöhnlich leichtfüßig bewegte. Er strich über die Tischplatte und betrachtete Cassie mit unverhohlener Neugier. »Viele große Männer haben auf diesem Stuhl gesessen.«

»Und was ist mit großen Frauen?«, hörte sich Cassie fragen.

Der Mann blinzelte, dann hoben sich seine Lippen zu einem Lächeln. »Die auch.« Er verstummte und tastete sie weiter mit seinen schwarzen Augen ab. Cassie versuchte, ihr Unbehagen zu überspielen. »Man hat uns noch nicht vorgestellt«, sagte er schließlich. »Henry Mandeville.« Doch er streckte dabei nicht die Hand aus.

»Hugos Großvater?«, fragte Cassie.

Er zog eine Braue hoch. Es war die gleiche ironische Mimik, die sie so oft bei Hugo gesehen hatte, und es war das gleiche kräftige Kinn, auch wenn es unter schlafferen Wangen lag. Ihren Körper durchströmte das gleiche tiefe Unbehagen wie bei ihrem ersten nächtlichen Zusammentreffen mit Hugo.

»Sie kennen meinen Enkel?«, fragte Henry Mandeville.

»Ich studiere am Raleigh«, antwortete Cassie schnell. »Olivia kenne ich auch.«

Henry Mandeville nickte knapp, doch sein Blick blieb kühl und abschätzend. »Und jetzt haben Sie beschlossen, sich im Haus umzusehen.«

Cassie merkte, wie sie unter seinen Augen förmlich dahinwelkte. »Bitte verzeihen Sie, ich war einfach neugierig.«

»Sie sollten vorsichtig sein.« Henrys Blick blieb fest. »Sie wissen, was man über die Neugier sagt …«

Auf einmal wurde Cassie bewusst, wie allein sie hier waren, wie weit von der Party entfernt. Der ganze Flügel war leer und totenstill, außer ihnen war kein Mensch hier. »Natürlich«, entschuldigte sie sich erneut. »Bitte verzeihen Sie. Ich sollte zurück zur Party gehen. Die anderen fragen sich bestimmt schon, wo ich bleibe.« Sie huschte von ihrem Stuhl weg. Henry rührte sich nicht, während sie auf die Tür zueilte, sondern legte nur nachdenklich den Kopf schief.

»Wie war noch mal Ihr Name?«, fragte er, als sie an ihm vorbeikam.

Cassie erstarrte. »Cassandra«, brachte sie schließlich heraus und war ihrer Mutter zum ersten Mal dankbar für die Namensänderung. »Cassandra Blackwell.«

»Hm.« Henry Mandeville sah sie lange nachdenklich an, und Cassies Angst flatterte unter seinen kalten schwarzen Augen mit jeder Sekunde hektischer auf. »Es ist mir ein Vergnügen, Sie kennenzulernen, Miss Blackwell.«

Cassie nickte knapp und floh dann dem Lärmen und Lachen zu, das in diesem Moment weiter vorn im Haus aufbrandete. Der Sicherheit zu.

Die Stunden bis Mitternacht jagten in einem Wirbelwind von Sekt und Musik, funkelnden Juwelen und einem wilden Gemenge von Smokings und Seidenkleidern an Cassie vorbei. Der große Ballsaal auf Gravestone machte seinem Namen alle Ehre: Der riesige Raum erstreckte sich über die gesamte Länge des Hauses, und auf dem gebohnerten Parkett drängten sich Hunderte von fröhlichen Feiergästen.

Überwältigt von der Kakophonie von Farben und Klängen, ließ Cassie sich mitreißen, und die Zeit zog zu schnell vorbei, so als würden sich die Minuten in den ständig mit bestem Champagner nachgefüllten Glasflöten auflösen. Cassie versuchte, wach und aufmerksam zu bleiben, aber schon bald hatten Olivia und Paige sie in den Trubel hineingezogen, tanzten mit ihr im engsten Gedränge und wirbelten, längst schon barfuß, mit einer ganzen Parade an Tanzpartnern durch den Saal. Cassie ließ sich davon nur allzu gern aus der düsteren Betäubung reißen, in der sie so lange gefangen gewesen war.

»Amüsierst du dich?« Olivia hielt Cassie an beiden Händen fest und schrie gegen die Musik an. Sie strahlte von einem Ohr zum anderen und drehte sich mit ihr zwischen den anderen Tanzenden im Kreis.

»Und wie!«, lachte Cassie; ihr Herz raste vom Tanzen, und der Champagner prickelte in ihrem Blut. Und das war nicht gelogen, denn inzwischen hatten sich ihre Schuldgefühle und auch die letzte Trauer unter den funkelnden Kronleuchtern und dem Konfettiregen in einem Kaleidoskop von Glücksgefühlen aufgelöst, die ihretwegen ewig hätten anhalten können.

Sie tanzten weiter, bis Cassie der Kopf schwirrte und sich ihr Magen bedenklich zusammenzog. »Ich muss mal Pause machen«, rief sie gegen den Lärm an, doch Olivia und Paige waren schon mit zwei neuen Tanzpartnern unterwegs und drehten sich mit den in Smokings gekleideten Männern übers Parkett.

Cassie kämpfte sich durch die Menge und tauchte schließlich am Rand des Geschehens wieder auf. Sie erkundigte sich kurz bei einem der Kellner und eilte dann durch den Gang in Richtung Toilette. Dort stützte sie die Hände auf den kühlen weißen Marmor, kühlte ihre glühenden

Wangen mit kaltem Wasser und fand für ein paar Sekunden Ruhe. Als sie ihr Spiegelbild in dem verschnörkelten Goldrahmen betrachtete, stockte ihr kurz der Atem. Ihre Augen strahlten, ihr Gesicht leuchtete lebendig und glückselig. Schuldgefühle schnürten ihr die Kehle zu. Sie war nicht zum Feiern und Trinken hier. Sie war mit einer festen Absicht gekommen, und diese Party lenkte sie nur von ihrer eigentlichen Aufgabe ab. Evie. Rose. Dutzende von Toten.

Die Tür flog auf, und eine Gruppe von Frauen taumelte laut plappernd und angetrunken kreischend herein. Augenblicklich ernüchtert, strich Cassie ihre Haare glatt und zog ihr Kleid zurecht, bevor sie sich auf den Rückweg machte. Es war kurz vor Mitternacht, und inzwischen war nicht mehr zu überhören, dass die Feier im Ballsaal auf ihren Höhepunkt zusteuerte. Pärchen und kleine Grüppchen verteilten sich, mit Champagnerflaschen bewaffnet, in den verschiedenen Salons und Gängen und riefen sich gegenseitig Neujahrsglückwünsche zu. Cassie drückte sich an die Wand, um einem Rudel rotgesichtiger Burschen in weißen Fracks auszuweichen, die johlend durchs Haus stürmten.

Sie war so damit beschäftigt, die Balance zu halten, dass ihr um ein Haar entgangen wäre, wie Hugos Großvater sich durch das Gedränge schob, dicht gefolgt von einem zweiten Mann in einem schlecht sitzenden Anzug. Tremain.

Cassie erstarrte, als sie Tremain erkannte. Ihr war nicht klar gewesen, dass er sich in diesen Kreisen bewegte, doch eigentlich hätte sie sich das denken können, so wie er Sebastian bei ihrem Gespräch in Schutz genommen hatte. Sie sah, wie er mit ängstlicher Miene Henry Mandeville in den Ballsaal folgte. Cassie raffte ihr Kleid und eilte ihnen nach.

Es war nicht leicht, ihnen durch das Gedränge, dieses farbenfrohe, lärmende Durcheinander, zu folgen, trotzdem schlich Cassie ihnen beharrlich hinterher bis ans andere Ende des Saals. Sie hielten kein einziges Mal an, um etwas zu trinken, sie schienen die Feier gar nicht zur Kenntnis zu nehmen; stattdessen verschwanden sie geradewegs durch die Terrassentüren am anderen Ende des Raums.

Langsam näherte sich Cassie der Tür. Sie warf einen kurzen Blick hinaus, sie wollte nicht gesehen werden, doch bis auf ein Pärchen, das sich am anderen Ende in trunkener Leidenschaft befummelte, war die breite Terrasse menschenleer. Verwirrt trat sie ins Freie und schaute sich um. Von Henry oder Tremain war weit und breit nichts zu sehen, doch als sie ans Geländer trat, wehten ihre Stimmen aus dem dunklen Garten zu ihr herauf.

»Du hast mit der Feier zu tun. Ich will dich nicht aufhalten.«

»Ich habe angerufen, weil ich ein Update wollte. Also los.«

Cassie konnte die Männer auf der Treppe weiter unten nicht sehen, doch die Stimmen waren unverkennbar. Matthew Tremain klang ungewöhnlich unsicher, Henry Mandeville kühl und autoritär. Sie unterhielten sich gedämpft, fast unverständlich, darum beugte Cassie sich weiter vor, um mehr zu verstehen.

»Es gibt nichts Neues zu berichten. Der Fall ist abgeschlossen; der Gerichtsmediziner hat auf Suizid erkannt.«

»Und was ist mit dem Polizisten, der dort rumschnüffeln wollte? Wie hieß er noch?«

»Charles Day«, antwortete Tremains Stimme.

Cassies Herz setzte einen Schlag aus. Sie sprachen über Charlie.

»Der macht keine Probleme«, fuhr Tremain fort. »Unser Mann auf dem Revier hat mir versichert, dass er die Sache nicht weiterverfolgt; es war eine ganz gewöhnliche Pressenachfrage. Du weißt schon, eine tragische Geschichte aus einem berühmten College.«

»Hm.« Mandeville antwortete gefährlich leise. »Weißt du, mit wem er gesprochen hat? Meine Quelle in der Verwaltung sagt, dass irgendwer die Universitätsaufzeichnungen durchforstet hat. Das gefällt mir nicht, Matthew«, ergänzte er grimmig. »Diese Genevieve, gut, aber dass jemand Aufzeichnungen über Rose anfordert? Da redet doch jemand.«

»Ich bin sicher, dass es nichts weiter ist.« Tremain klang verzweifelt.

»Ich habe dir schon damals gesagt, dass das Pfusch war.« Mandeville klang bedrohlich. »Ich habe Rose dir überlassen und diese Entscheidung seither bereut. Wir können uns keine Patzer leisten, nicht jetzt. Es sind nur noch ein paar Wochen bis zum Rising. Da ist kein Raum für Fehler.« Er schwieg kurz. »Vielleicht sollten wir uns um diesen Charles kümmern.«

»Das wird nicht nötig sein«, antwortete Tremain eilig. »Es ist schon alles geklärt. Es wird keine Berichte geben, rein gar nichts. Es gibt keinen Grund zur Sorge, Ehrenwort.«

»Das hoffe ich für uns beide.« Es blieb lange still, dann sagte Mandeville: »Du bist an der Schule nur geduldet. Enttäusche mich kein zweites Mal.«

Cassie hörte Schritte, die genau auf sie zukamen. Sie schreckte zurück. Hastig überquerte sie die Terrasse, presste sich in eine dunkle Nische und hielt in der Hoffnung, dass niemand sie sehen würde, den Atem an.

Tremain und Mandeville kamen die Treppe herauf. Mandeville verschwand in den Ballsaal, doch Tremain blieb an der Balustrade stehen und schaute hinaus auf den Garten. Die Lichter warfen tiefe Schatten über sein Gesicht und zeigten seine angespannte Miene. Dann drehte er sich zum Haus um und ging hinein.

Cassie überlegte fieberhaft, und ihr Herz hämmerte wie wild, als sie aus ihrer Nische trat. Evie, Rose … Die Mandevilles waren für ihren Tod verantwortlich; anders war das, was sie gerade gehört hatte, nicht zu erklären. Aber wieso?

Cassie nestelte das Smartphone aus ihrer schmalen Clutch und tippte hastig eine Nachricht ein.

Keine Fragen mehr an irgendwen, bis ich zurück bin. Werde alles erklären.

»Wem schreibst du da?«

Cassie schnappte nach Luft und wirbelte auf dem Absatz herum. Hugo. »Du musst wirklich damit aufhören!« Sie drückte eilig auf Senden und steckte das Handy wieder weg. »Bloß ein paar Neujahrsgrüße«, ergänzte sie. »An eine Freundin.«

»Du bist zu früh dran.« Hugo grinste. Er blickte mit übertriebener Geste auf seine Armbanduhr. »Meiner Schätzung nach um ganze sechzig Sekunden.«

»In Amerika habe ich noch ein paar Stunden«, erklärte Cassie ihm mit einem hastigen Lächeln. Ihr Herz raste immer noch, und der Blick, mit dem Hugo sie in der Dunkelheit musterte, ließ es noch schneller schlagen. »Wo hast du gesteckt?«, fragte sie ihn. »Ich habe dich den ganzen Abend nicht gesehen.«

Er zuckte mit den Achseln. »Partys sind nicht wirklich mein Ding.«

Sie schnaubte ungläubig. »Also bitte, ihr habt das Feiern zur Kunst erhoben. Ich habe nicht vergessen, wie Evie fast jeden Morgen um fünf oder sechs heimgestolpert kam.«

Es wurde kurz still. Ein Schatten huschte über Hugos Gesicht.

»Tut mir leid«, flüsterte Cassie.

Er schüttelte den Kopf. »Das braucht es nicht.« Er machte einen Schritt auf sie zu, dann noch einen. »Ich schätze, die Dinge ändern sich einfach. Menschen ändern sich.«

Cassie blinzelte. »Du meinst, du hast dich verändert?« Ihre Stimme war nur noch ein Hauch. Sie standen allein im Schatten des Balkons, auf halbem Weg zwischen dem lauten Jubel im Ballsaal und der leeren Schwärze des Gartens unter ihnen.

Hugo hob die Hand und strich eine Haarsträhne aus ihrem Gesicht. Cassie spürte seine Berührung, als hätte er sie verbrannt. »Du siehst wunderschön aus heute Abend«, sagte Hugo, ohne ihre Frage zu beantworten.

Cassie bekam kaum noch Luft. Es fiel ihr schwer, das Gleichgewicht zu halten, solange er ihr so nah war. Viel zu nah.

Im Saal stimmten die Partygäste den Countdown an. »Zehn, neun, acht!«

»Verrate mir deine Vorsätze fürs neue Jahr«, murmelte Hugo und kam mit seinem Mund auf sie zu.

Cassie spürte ein Ziehen, doch etwas in ihrem Innersten ließ sie erstarren, raubte ihr die Luft zum Atmen. »Ich …«, setzte sie an und versuchte, sich krampfhaft zu erinnern.

»Fünf, vier!«

Hugo schob die Hand um ihre Taille und zog sie an seine Brust. Cassie knickte ein.

»Drei zwei eins!«

»Ein glückliches neues Jahr«, murmelte Hugo, und dann überbrückten seine Lippen die letzten Zentimeter und vereinten sich mit ihren in einem hungrigen Kuss.

Kapitel 24

Cassie wartete nicht das Ende der Party ab; sobald das Konfetti zu Boden gesegelt war, zog sie sich in ihr Zimmer im Obergeschoss zurück. Trotzdem spürte sie selbst hier in der Stille, allein und weitab von dem Rummel, den Nachklang von Hugos Lippen auf ihren, das Quecksilber des Adrenalins in ihren Adern.

Der Kuss hatte nur einen Moment gedauert. Sowie der Neujahrsjubel abgeflaut war, war Hugo still lächelnd einen Schritt zurückgetreten. Um sie herum waren immer mehr Gäste auf den Balkon gekommen, der Augenblick war verflogen, doch Cassie konnte nicht vergessen, wie sie sich in seinen Armen gefühlt hatte.

Sie hatte sich nach mehr gesehnt.

Bibbernd schloss sie die Zimmertür ab, schlüpfte aus ihrem Kleid und zog einen alten Pullover über, bevor sie unter die schwere Bettdecke rutschte. Aber an Schlaf war nicht zu denken, solange ihr Herz so raste und zahllose Fragen in ihrem Kopf kreisten. Rastlos wälzte sich Cassie im Bett und versuchte, die Einzelteile so zusammenzufügen, dass sie Sinn ergaben, doch alles, was sie sah, war ein undurchdringliches Gemenge von Halbwahrheiten und Verdächtigungen. Nur eines wusste sie sicher: Dass sie hier keinem Menschen trauen konnte.

Sie hätte nicht sagen können, wie lange es dauerte, bis

die Dunkelheit sie endlich eingeholt hatte, doch auch der Schlaf brachte keine Erholung. Sie träumte schon wieder von den Katakomben, von der panischen Flucht durch die Dunkelheit, von der verzweifelten Suche nach einem Ausweg aus den steinernen Krypten. Er war dort, eine Gestalt in der Dunkelheit, und schien sie zu rufen, bis …

Cassie von ihrem eigenen Japsen erwachte und keuchend in der Dunkelheit um Luft rang. Die Hände fest in ihre Bettdecke gekrallt, spürte sie weiter die trockene Hitze des Steintunnels, den scharfen Blutgeschmack in ihrem Mund und wartete darauf, dass der Albtraum sich verflüchtigte. *Es war nur ein Traum*, sagte sie sich und sang sich die Worte still immer wieder vor, bis sie das Grauen endlich verdrängten. *Es war alles nur ein Traum.* Ganz allmählich beruhigte sich ihr Puls, und sie bekam wieder Luft. Inzwischen hatten sich ihre Augen an die Dunkelheit gewöhnt, und sie konnte sich umsehen.

Ein schmaler Lichtstreifen fiel ins Zimmer. Die Tür war nur angelehnt.

Cassie blieb das Herz stehen. Sie kämpfte sich unter der Decke hervor und schoss durch den Raum. Die Tür schwang unter ihrer Hand auf. Der Gang davor war leer.

Cassie wich ins Zimmer zurück und schloss energisch die Tür. Ihre Gedanken überschlugen sich. Sie hatte abgeschlossen, als sie ins Zimmer zurückgekommen war, da war sie ganz sicher. Die Tür hatte einen alten, schweren Holzrahmen mit Schnitzereien; von selbst war sie bestimmt nicht aufgegangen.

Jemand war in ihrem Zimmer gewesen.

Sie zitterte, fühlte sich verletzlich und schutzlos in diesem Haus, wo nichts so war, wie es zu sein schien.

Von draußen war leises Lachen zu hören. Das Sweatshirt über die nackten Schenkel zerrend, tappte Cassie durch das Zimmer, öffnete das Fenster und spähte hinaus in die pechschwarze Nacht. Außen am Haus waren kleine Lampen angebracht, die einen matten Schein auf die Hauswand warfen. Noch während sie sich hinausbeugte, zog dicht am Gebäude eine Gruppe von Schatten vorbei, die sich leise unterhielten. Ab und zu wehte mit der Brise ein Lachen herauf, gefolgt von mahnenden Zischlauten.

Cassie zuckte zurück, wieder mit klopfendem Herzen, doch diesmal nicht vor Angst, sondern vor Anspannung. Sie tastete in der Dunkelheit nach ihren Jeans, einem Pullover und Turnschuhen und zog sie an, dann huschte sie aus dem Zimmer und schlich auf Zehenspitzen den Gang entlang und über die Haupttreppe ins Erdgeschoss hinunter. Sie musste kurz innehalten, um sich im Halbdunkel der Nachtleuchten im Korridor zu orientieren, dann rannte sie zurück durch den großen Ballsaal, in dem nur Konfetti und leere Sektgläser zurückgeblieben waren. Draußen auf der Terrasse traf die Nachtluft schockierend kalt auf ihre Haut; sie eilte die Steinstufen zum Garten hinab, blieb stehen und sah sich um.

Die Nacht war wolkig, die Luft klar und kalt und der Mond kaum zu sehen. Nirgendwo konnte sie etwas von der Bewegung entdecken, die sie von ihrem Fenster aus wahrgenommen hatte. Cassie war allein, umgeben von unerbittlicher Schwärze und dunklen Hecken, die in die Nacht aufragten.

Dann bemerkte sie ein winziges Licht, das über den Rasen zuckte. Eine Taschenlampe oder ein Smartphone-Display. Cassie lief langsam am Rand der Gärten, wo die Bäume ihr Deckung gaben, ans andere Ende des Rasens. Dort folgte sie an der Gartenmauer entlang dem Licht, das sich immer noch tanzend und hüpfend vom Haus entfernte. Als sie naher kam, konnte sie einzelne Stimmen unterscheiden – die jetzt, außer Hörweite des Haupthauses, allmählich lauter wurden.

»Warum muss immer ich alles tragen?«

»Weil du ein großer starker Mann bist, Dummerchen.«

»Na klar, sobald ihr was von uns wollt, pfeift ihr auf die Gleichberechtigung.«

»Pst, halt die Klappe. Sonst hört uns noch jemand!«

»Entspann dich, Liv, es ist vier Uhr früh. Hier hört uns niemand.«

Cassie schlich ihnen nach und identifizierte eine Stimme nach der anderen. Olivia, Paige, Miles … Die Gruppe, die auf die große, schattige Hecke am anderen Ende des Rasens zuhielt, umfasste mindestens sechs Leute. Sie hielt Abstand, achtete darauf, den anderen nicht zu nahe zu kommen, damit niemand ihre Schritte hörte, doch sie hätte sich keine Sorgen zu machen brauchen; immer neues Gelächter wehte zu ihr herüber, bis die flackernden Lichter erloschen und die Stimmen wieder verschluckt wurden.

Cassie erreichte die Hecke und wartete ab. Es war der Eingang zum Labyrinth, erkannte sie, ein Kiesweg, der sich in der Schwärze zwischen rechteckig gestutztem Buschwerk verlor. Ihr rutschte das Herz in die Hose. Sie hörte, wie Olivia und der Rest der Gruppe sich entfernten, aber gleichzeitig konnte sie kaum die Büsche direkt vor sich erkennen; wie sollte sie in der Dunkelheit je durch das Labyrinth finden, wenn sie den anderen zu viel Vorsprung ließ?

Sie hatte sich zu weit vorgewagt, als dass sie jetzt noch umkehren und in ihr Zimmer zurückschleichen konnte. Der Kies knirschte unter ihren Füßen, als sie auf den Weg trat und die Hand ausstreckte, um sich an der Blätterwand entlangzutasten. Ihre Fingerspitzen erfühlten ihren Weg über die kratzigen Zweige, tiefer ins Labyrinth hinein, wo die Hecken weit über ihr aufragten und den letzten Schimmer Mondlicht ausblendeten. Und inzwischen hörte sie nichts mehr als das dröhnende Klopfen ihres Herzens in ihrer Brust.

Cassie stolperte weiter und hoffte gleichzeitig, dass sie nicht vom Weg abkam. Während Olivia und die anderen den Weg durch das Labyrinth mit Sicherheit kannten, malte sie sich in den düstersten Farben aus, wie sie sich bis zum Morgengrauen durch die Dunkelheit tasten würde und hinterher, was noch schlimmer wäre, ihre nächtliche Wanderung erklären müsste. Sie fragte sich gerade, ob sie nicht doch besser zum Haus zurückgekehrt wäre, als ihre Finger etwas Weiches auf den Zweigen ertasteten. Ein straff gespanntes Band, das an den Ästen festgebunden war. Eine Woge der Erleichterung durchlief Cassie, als sie das Führungsband erkannte. Kein Wunder, dass die anderen so schnell durch das Labyrinth fanden. Jemand hatte das Band angebracht, um die Besucher durch die verschlungenen Pfade zu lotsen. Cassie ließ das Band durch ihre Hände gleiten und folgte dabei immer schneller dem markierten Weg durch die Hecken, bis sie wieder Stimmen hörte.

»Schenk schon nach!«

»Pst.«

»Krieg dich ein. Wir sind meilenweit vom Haus entfernt, hier hört uns keiner.«

Cassie schlich sich lautlos näher. Sie entdeckte eine Lücke in der Hecke, eine schmale, fenstergleiche Öffnung, und ging in die Hocke, um durch den Spalt zu spähen.

Auf der anderen Seite markierten ein halb verfallener Steinbrunnen und mehrere Statuen den Mittelpunkt des Labyrinths. Olivia, Paige, Miles und mehrere andere stellten gerade Laternen am Rand des Gevierts auf und tauchten die kleine Freifläche in Licht. Es waren mehr Menschen, als Cassie erwartet hatte: Sie erkannte Olivias Professorenfreund Lewis und dazu mehrere Angestellte, zwei Dienstmädchen, immer noch in Uniform, auch wenn die hochgesteckten Haare sich schon lösten, und einen rotwangigen Jungen, der höchstens neunzehn sein konnte. Alle hielten sich an Champagnerflaschen fest und kicherten voller Vorfreude.

»Und wo bleibt jetzt die große Überraschung?«, fragte eines der Mädchen.

Paige lächelte sie an, trat auf sie zu und strich ihr das Haar aus dem Gesicht. »Die After-Party ist die Überraschung«, sagte sie lachend. »Habt ihr etwa noch mehr erwartet?«

»Sie meint das gute Zeugs.« Miles lag auf dem Rücken am Brunnenrand und meldete sich lässig zu Wort. »Wer hat die Geräte dabei?«

»Ich.« Olivia ließ sich auf eine Decke sinken und tätschelte den freien Platz an ihrer Seite. Lewis ließ sich gehorsam neben ihr nieder. Cassie konnte sehen, wie Olivia ein schmales, kunstvoll geschnitztes Kästchen aus ihrer Handtasche zog. Sie klappte den Deckel auf und streckte es Lewis hin. Er nahm etwas daraus und drückte es auf seine Lippen.

Olivia reichte den beiden Mädchen das Kästchen.

»Ich weiß nicht ...« Die eine zögerte. »Ich glaube, ich bleibe lieber beim Champagner.«

»Sei kein Schisser.« Paige griff in das Kästchen und hob gleich darauf ihre Fingerspitze an die Lippen des Mädchens. Cassie sah eine winzige weiße Pille auf ihrem Finger sitzen. »Das wird witzig«, murmelte Paige, während sie dem Mädchen die Pille in den Mund schob und ihn dann mit ihren Lippen versiegelte, indem sie sich vorbeugte und das andere Mädchen küsste, bis es sich verlegen kichernd abwandte.

Das Kästchen wurde herumgereicht, bis alle Gäste eine Pille genommen hatten. Allerdings nur die Gäste; keiner aus der Raleigh-Gruppe hatte sich aus dem Kästchen bedient, bemerkte Cassie.

»Und jetzt?« Das blonde Mädchen sah sich um. »Ich spüre nichts.«

»Wart's ab.« Olivia lächelte. Lewis legte sich hin, bettete seinen Kopf in ihren Schoß wie ein Haustier und ließ sich von Olivia die Haare streicheln. »Bald wirst du alles spüren.«

Cassie kauerte wie angewurzelt hinter ihrer Lücke und verfolgte mit zunehmendem Unbehagen, wie die Gäste die Champagnerflaschen kreisen ließen und leise miteinander plauderten. Olivia war zu ruhig; sie wartete auf etwas, das sah Cassie ihr an. Bei den anderen war es genauso. Sie beobachteten die Neulinge ganz entspannt und mit einer so ruhigen, machtvollen Ausstrahlung, dass Cassie sich an Löwen in der Savanne erinnert fühlte, die gemächlich ihre Beute einkreisen.

Dann stieß Lewis ein Wimmern aus.

Der Laut schreckte Cassie auf. Olivias Augen schlossen sich langsam, ihr Kopf kippte nach hinten, und ihr Gesicht leuchtete glückselig auf. Lewis' Körper zuckte und zappelte auf dem Boden, und Cassie hätte schwören können, dass sie ein Schimmern zwischen den beiden wahrnahm, einen pulsierenden Energiestoß über Olivias Hand, die immer noch auf seinem Kopf ruhte.

Cassie hielt den Atem an und beobachtete die Übrigen. Ein Mädchen lag neben Paige auf der Bank und stöhnte leise, während Paige ihren Körper fest in den Armen hielt. Der Junge war neben Miles auf den Boden gesunken und schlug um sich, als hätte ihn ein Albtraum gepackt. Und gleichzeitig schien die Luft zu pulsieren; ein lebendiges Glühen, ein Energiewirbel strahlte von allen Körpern aus. Cassie schauderte, konnte den Blick aber nicht abwenden. Sie konnte sich nicht erklären, was sich dort abspielte, doch gleichzeitig verstand sie es instinktiv. Sie entzogen ihren Opfern etwas, sie sogen eine unbestimmte Macht aus ihnen, stärkten sich an den Energieströmen, die wie in einem unheiligen Band zwischen ihnen aufflackerten. Es war falsch, so viel stand fest. Es war ein Übergriff. Die Laute, die ihre Gäste von sich gaben, klangen geschwächt, animalisch, reduzierten sich auf ein leises Wimmern, während Olivia und die übrigen in Energie zu baden schienen, ihre Gesichter euphorisch strahlten und im glühenden Licht beinahe orgasmisch wirkten. Cassies Körper schrie danach, sofort zu fliehen, aber sie kämpfte mit aller Kraft gegen ihren Instinkt an. Sie musste noch mehr erfahren.

Ganz allmählich schöpfte die Gruppe neuen Atem, und nacheinander ließen alle Mitglieder von ihren Opfern ab, die danach reglos am Boden liegen blieben. Alle außer Olivia. Die Energie sirrte immer noch um sie herum, bis Lewis um sich schlug und sein Wimmern sich zu Schmerzensschreien steigerte.

»Liv«, erklang eine warnende Stimme, und Hugo trat aus dem Schatten. Cassie stockte der Atem. Er hatte alles mit angesehen?

»Liv, sei vorsichtig«, warnte Hugo sie erneut. »Liv!« Er trat zu ihr und zog sie von Lewis weg. Olivias Augen flogen auf.

»Was tust du da?«, wollte sie keuchend und desorientiert wissen.

»Du gehst zu weit«, fuhr Hugo sie an. »Ich habe dir doch gesagt, dass du ihn zu oft benutzt hast. Du brauchst eine neue Quelle.«

»Aber ich mag ihn«, antwortete Olivia schmollend. »Sein Geist ist so ... delikat.« Wieder strich sie besitzergreifend über Lewis' Haar.

»Und bald ist nichts mehr davon übrig«, erwiderte Hugo grimmig. »Mein Gott, kannst du dich denn nie beherrschen? Du weißt doch, was letztes Mal passiert ist.«

Olivia hielt den Atem an. Ihr Haar schimmerte golden im Licht der Laternen, und ihre Haut glühte wie im Rausch. »Wie oft muss ich dir noch erklären, dass es mir leidtut? Ich wusste nicht, wie labil sie war. Lewis ist stabil. Ich weiß genau, wie weit ich mit ihm gehen kann.« Olivia strich über seinen Körper, und ein Lächeln spielte um ihre Mundwinkel.

Hugo ließ sich nicht beirren. »Evie war auch stabil, bis du es zu weit getrieben hast.«

Cassie gefror das Blut in den Adern. Sie hielt sich an den Zweigen fest, um nicht umzufallen, und ihr Gedächtnis spulte noch einmal alles ab, was sie eben beobachtet hatte. Sie hatten das hier auch mit Evie getan?

»Spiel dich nicht auf, als wärst du unser Vater. Du verdirbst uns noch den ganzen Spaß«, mischte Miles sich ein. Er räkelte sich genüsslich und fuhr mit einer Hand über den reglosen Körper des Jungen. »Komm und spiel mit dem hier, der ist noch ganz frisch. Schäumt über vor jugendlichen Möglichkeiten.«

»Ich bin nicht in Stimmung.« Hugos Gesicht blieb ernst, sein Kinn vorgeschoben.

»Hör zu, es tut mir leid.« Olivia seufzte wieder. »Es war ein Unfall. Du konntest nichts dafür.«

»Du hättest gar nicht damit anfangen sollen«, erklärte Hugo ihr zornig. »Es gibt Regeln. Sie war eine von uns.«

»Wenn du schon den Anstandswauwau geben willst –

wo ist eigentlich Cassie?«, fragte Olivia mit einem boshaften Lächeln. »Du hast gesagt, du würdest sie mitbringen. Und bis jetzt hast du noch nie ausgesetzt.«

Jeder Muskel in Cassies Körper krampfte sich zusammen, als sie ihren Namen hörte.

Es blieb kurz still. »Sie ... scheint immun zu sein«, antwortete Hugo zuletzt.

Die anderen setzten sich auf und sahen ihn neugierig an. »Inwiefern immun?«, fragte Paige.

Hugo wirkte verunsichert. »Ich weiß nicht, ich habe so was noch nie gespürt. Ich kann die Verbindung herstellen, aber im nächsten Moment ist es so, als würde sich ihr Geist vor mir verschließen. Etwas weist mich ab.«

Cassie wurde übel. Er hatte ihr das ebenfalls angetan – oder es wenigstens versucht?

Dass er es versucht hatte, schien die Übrigen weit weniger zu überraschen als die Tatsache, dass er an ihr gescheitert war.

»Sie ist also stark ...«, überlegte Olivia. »Ist sie eine Kandidatin?«

»Nein«, antwortete Hugo sofort.

»Es ist nicht mehr lange hin zum Rising. Wir brauchen eine Opfergabe«, drängte Olivia.

»Wir haben Lewis«, sagte Hugo. »Du hast versprochen, dass er sich freiwillig melden würde.«

»Er tut alles, worum ich ihn bitte«, erwiderte Olivia wegwerfend. »Aber wenn Cassie stärker ist ...«

»Ich habe Nein gesagt«, schnauzte Hugo sie an. »Du rührst sie nicht an, verstanden?«

Es wurde still. Cassie hielt verzweifelt den Atem an. Sie hockte hinter der Hecke, ohne sich zu rühren, denn jede Bewegung hätte sie verraten können. Und was würden sie dann mit ihr machen?

Olivia stellte sich kühl Hugos wütendem Blick. »Ich habe dich verstanden, Cousin. Klar und deutlich.«

»Hört auf zu zanken.« Miles gähnte. »Zeit zum Tauschen. Paige?«

»Immer gern.«

Die Gruppe widmete sich wieder ihrer Beute, und wieder schimmerte Energie in der Luft. Cassie verfolgte hilflos, wie die wimmernden Körper am Boden zuckten, während ihnen etwas entzogen wurde, das ihnen niemand hätte nehmen dürfen. Sie merkte, dass sie vor Ekel schauderte. Sie hatte genug gesehen. Doch als sie sich vorsichtig aus ihrem Versteck zurückziehen wollte, knirschte der Kies unter ihrem Fuß.

Hugo drehte den Kopf in ihre Richtung.

Cassie erstarrte. Einen grauenvollen Moment lang war es, als würde er ihr genau in die Augen starren, als würde er sie in ihrem Versteck zwischen den Büschen fixieren. Ihr Herz hämmerte wie wild, und ihre angespannten Muskeln schrien vor Schmerz. Schließlich wandte er sich ohne ein Wort wieder ab.

Cassie atmete auf. Paige begann zu plappern, etwas von einer Party nächste Woche, und Cassie nutzte die Gelegenheit, um rückwärts wegzuschleichen, einen quälend langsamen Schritt nach dem anderen. Eigentlich wollte sie nur noch kehrtmachen und losrennen, von diesem grauenvollen Ort fliehen, so schnell ihre Füße sie trugen, aber ihr war klar, dass sie sich mit dem leisesten Laut verraten würde. Die Hecken umstanden sie wie eine hohe, dunkle Wand, während sie sich durch das verschlungene Labyrinth zurücktastete, eine zitternde Hand immer fest um das Band geschlossen, bis die Stimmen zu einem unverständlichen Summen verschwommen waren.

»Cassie.« Das Flüstern war direkt in ihrem Rücken. Hugo, ein in der Dunkelheit aufragender Schatten.

Cassie entfuhr ein erstickter Aufschrei. Sie versuchte zu fliehen, ihre Turnschuhe scharrten über den losen Kies, doch er war schneller – im nächsten Moment hatte er ihr eine Hand auf den Mund gepresst und sie in die Hecke gezerrt. In panischer Angst schlug sie um sich, aber er hielt sie fest und presste ihre Arme an ihren Körper. »Pst!«, zischte er. »Sonst hören sie dich!« Er drehte ihr Gesicht zur Seite, sodass sie ihn im Dunkeln sah. Aus seinem Blick sprach nackte Angst. »Vertrau mir, Cassie«, befahl er ihr. »Entspann dich!«

Cassie wehrte sich noch entschlossener, all ihre Sinne waren hellwach und schrien vor Angst. Ihr Instinkt hatte sie nicht getrogen, als sie sich damals nachts zum ersten Mal begegnet waren. Die ganze Zeit war sie nur eine mögliche Beute gewesen. Ein potenzielles Opfer. Der Abend, den sie bei ihm zu Hause verbracht hatte, die offene Tür hier in Gravestone ... Was hatte er ihr angetan? Was würde er als Nächstes tun?

»Cassie, bitte!« Er flehte regelrecht, doch sie konnte ihm nicht zuhören. Sie würde sich nicht noch einmal täuschen lassen. Cassie holte mit dem Ellbogen aus und rammte ihn in seine Rippen. Er sackte zusammen, und sie wollte sich mit einem Satz befreien, doch er fing sie ab und warf sich mit ihr auf den Boden. Sie trat um sich, aber er hielt sie unerbittlich fest und wälzte sich dabei über sie, bis er rittlings auf ihr saß und ihre Arme an ihren Körper presste.

»Nein!«, rief sie aus, und dann spürte sie es. Seine Hand an ihrer Stirn, ein dunkler Druck dort, wo er sie berührte. Cassie wehrte sich erneut, aber vergeblich. Etwas zwängte sich in ihren Geist, drang unaufhaltsam tiefer vor, eine Dunkelheit, die sich durch ihre Gedanken schlängelte.

»Entspann dich«, flüsterte Hugo wieder. Sie kämpfte dagegen an, versuchte, es zurückzudrängen, blockierte es mit all ihrer Macht, aber ihr fehlte die Kraft. Etwas in ihrem Geist richtete sich auf, als hätte man es gerufen, reckte sich nach der Schwärze und hielt sich daran fest.

Die Schatten stürmten auf sie ein. Dunkel und kalt, eine endlose Winternacht. Hugo war überall, eine Flutwelle reinster Empfindungen brach sich Bahn, brannte in ihren Adern wie schwarzes Feuer. Es war, als wäre sie heimgekommen. Cassie wehrte sich mit aller Macht, aber ihr eigener Geist hinterging sie. Er verlangte nach mehr, er verlangte nach Hugo, verlangte nach Erlösung.

»Lass los«, flüsterte Hugo. »Dir wird nichts passieren.« Er hielt sie ganz sanft, und Cassies Widerstand fiel in sich zusammen. Die Schatten erhoben sich, um sie ganz zu verschlingen, und im nächsten Moment war da nichts mehr, nur noch Schwarz und Rot, Zorn und Macht, und ein ekstatischer Wirbelsturm in ihren Adern.

Kapitel 25

Helles Licht strömte durch die schweren Vorhänge, als Cassie erwachte. Sie räkelte sich und brauchte ein paar Sekunden, um die fremden Laken und Decken, die weiche Matratze statt des klumpigen schmalen Betts im College wiederzuerkennen.

Schlagartig war alles wieder da. Das Labyrinth. Olivia und die anderen in ihrer fieberhaften Feier, das gequälte Wimmern der am Boden liegenden Opfer. Und Hugo, der sie zu Boden presste, bis sich der dunkle Schatten in ihren Geist gezwängt hatte.

Cassie schoss hoch und schnappte nach Luft. Wie war sie in ihr Zimmer zurückgekommen? Was war mit ihr passiert, nachdem Hugo sie eingeholt hatte? Sie warf einen Blick unter die Decke, doch sie trug ihre Schlafsachen – ein Sweatshirt und Boxershorts. Ihre Jeans lagen zusammengefaltet über dem Stuhl in der Ecke, wo Cassie sie abgelegt hatte, bevor …

Bevor was?

Jemand klopfte leise an. Ehe Cassie antworten konnte, schwang die Tür auf. Hugo beugte sich ins Zimmer. »Guten Morgen, Schlafmütze«, begrüßte er sie lächelnd.

Cassie spannte sich an, doch Hugo gähnte nur. Sein Haar war zerzaust, und er trug Jeans und Sweatshirt. »Unten gibt es Frühstück. Wenn du noch Speck willst, solltest du dich beeilen«, ergänzte er zwinkernd. »Miles ist fest entschlossen, jeden einzelnen Streifen südlich von London zu vertilgen.«

Er zog die Tür von außen zu. Cassie blieb sitzen und versuchte, mit klopfendem Herzen zu verarbeiten, was eben passiert war. Hugo benahm sich, als wäre alles normal, als hätte er sie nicht entdeckt, als sie aus dem Labyrinth hatte fliehen wollen. Als hätte er sie nicht zu Boden gepresst und …

Was?

Cassie schauderte und versuchte, die Erinnerungsfetzen zu einem Bild zu ordnen, doch jetzt, im Tageslicht, war es, als würden die Schatten der vergangenen Nacht in ihrem Kopf verschwimmen und verwehen. Was hatte sie tatsächlich zu sehen geglaubt? Ihre Erinnerungen waren Fantasien. Unmöglich. Mit jedem verstreichenden Moment schien die Dunkelheit in ihrem Geist sich weiter zu verändern, bis Cassie sich schaudernd fragte, was wohl real und was nur ein schrecklicher Traum gewesen war.

Doch während Cassie sich anzog und ihre Sachen in die Reisetasche packte, zog sich ihr Herz in jenem tief sitzenden Instinkt zusammen, der ihr nur allzu vertraut war. Lauf. Lauf, so schnell und so weit du kannst. Lauf, bevor es zu spät ist.

Cassie zwang sich, Ruhe zu bewahren. Hugo hatte so getan, als wäre alles in bester Ordnung, und sie musste sich an ihm orientieren. Vielleicht hatte er den anderen erzählt, dass er sie im Labyrinth gefunden hatte, vielleicht gab es auch gar nichts zu erzählen. Sie musste sich einfach zusammenreißen, bis sie in sicherer Entfernung war.

Unten in den Fluren war niemand, doch in der Küche traf Cassie auf die verkaterte, stöhnende Gruppe. Der Duft von gebratenem Speck lag in der Luft, und überall standen Kaffeebecher und gefüllte Teller. Die Atmosphäre war auf gruselige Weise anheimelnd, so als wäre gar nichts passiert.

»Du bist aufgewacht!« Olivia sprang von ihrem Stuhl auf und schloss Cassie in die Arme. »Ich dachte schon, wir müssten dich von einem Suchtrupp aus dem Bett zerren lassen. Wie geht es dir? Du hast nicht besonders gut ausgesehen, als du gestern verschwunden bist.«

»Es geht mir gut«, antwortete Cassie automatisch. Mit einem gezwungenen Lächeln sah sie sich im Raum um und stellte entsetzt fest, dass auch die Gäste hier waren, die sie gestern mit der Gruppe beobachtet hatte: die zwei Kellnerinnen und der Junge. Alle drei verschlangen hungrig ihren Toast und plauderten dabei mit Miles und Paige, als wäre nichts passiert. »Und was ist mit euch?« Cassie drehte sich wieder zu Olivia um und nahm den Kaffeebecher, den ihr das andere Mädchen in die Hand drückte. Sie sah Olivia genau an und suchte in ihrem Gesicht nach einem verräterischen Hinweis. »Habt ihr noch lange gefeiert, nachdem ich ins Bett bin?«

»Ein bisschen.« Olivia schenkte ihr ein strahlendes Lächeln. Sie sah nicht so aus, als wäre sie die ganze Nacht wach geblieben. Ihre Haut leuchtete, ihre Augen funkelten vor Energie. »Bloß die Kerle haben nicht durchgehalten. Sie werden alt, hab ich recht, Cousin?« Sie versetzte Hugo einen leichten Stoß, als er sich an ihr vorbeischob, um neuen Toast zu holen.

»Steinalt«, erwiderte er lachend. »Total hinfällig. Bald brauche ich einen Stock und einen Rollstuhl.«

Cassie schluckte ihr Unbehagen hinunter. Sie nahm ein paar Scheiben Toast und setzte sich auf einen freien Stuhl neben Lewis. Mit den tiefen Schatten unter den Augen und seinem leicht abwesenden Blick hinter den Brillengläsern sah er von allen eindeutig am meisten mitgenommen aus. »Alles in Ordnung?«, murmelte sie und dachte gleichzeitig mit einem leisen Schaudern daran, wie er unter Olivias Berührung vor Schmerz aufgeschrien hatte.

»Was ist?« Lewis blinzelte. »O ja. Ein paar Gläser Champagner zu viel.« Er lächelte sie melancholisch an. »Ich vergesse nur zu gern, dass ich nicht mehr so jung bin, wie ich mal war.«

»Ich dachte mir schon, dass ich euch hier finden würde.« Eine kühle Stimme erklang aus der Tür. Henry Mandeville war makellos gekleidet. Cassie musste an seine Unterhaltung mit Tremain denken und spannte sich an. Henrys Blick huschte über die Gruppe und landete mit unterschwelligem Missfallen auf Hugo. »Vergiss nicht das Neujahrsrennen heute Mittag. Wir brauchen dich für die Fotos.«

Hugos Kiefer schob sich vor. »Ich dachte, das wollte Olivia übernehmen.«

»Wir brauchen die ganze Familie«, erklärte Henry entschieden. »Der Wagen fährt in einer Stunde ab.« Sein Blick ging noch einmal durch den Raum und kam diesmal auf Cassie zu liegen. Sie fühlte sich, als würden seine Augen sie aufspießen.

Schwarz ist die Livrei der Hölle ...

Cassie brach den Augenkontakt ab und senkte den Blick. Henry erteilte Olivia murmelnd ein paar Anweisungen und verschwand.

»Große Pläne?«, fragte Cassie Hugo.

Hugo sah sie belämmert an. »Eine traditionelle Wohltätigkeitsveranstaltung hier in der Nähe. Wir müssen allen was vorlächeln und in die Wahlkampfkameras winken.« Er beugte sich vor und nahm einen Speckstreifen von der Platte in der Mitte des Tisches. »Komm doch mit«, schlug er vor. »Ich meine, für uns ist das ein alter Hut, aber für dich könnte es ganz lustig werden. Ein Einblick ins britische Landleben.«

»Ich weiß nicht«, erwiderte Cassie schnell. »Ich muss nach Oxford zurück.«

»Wirklich?« Hugos Lächeln wurde immer einnehmender. »Gestern Abend sind wir gar nicht dazu gekommen, uns zu unterhalten.«

Cassie hätte sich um ein Haar an ihrem Kaffee verschluckt. »Gestern Abend«, wiederholte sie, und ihre Gedanken überschlugen sich.

»Um Mitternacht«, stellte Hugo klar. Er sah sie an, und sein Lächeln wurde schwächer. »Du erinnerst dich? Wir … haben gefeiert. Dann bist du so schnell ins Bett geflüchtet, dass ich gar nicht wusste, wie mir geschah.«

Cassie starrte ihn an. Gehörte das zu einem ausgeklügelten Lügengespinst, oder hatte sie tatsächlich alles nur geträumt? Hugo sah sie mit offener, argloser Miene an, doch sie konnte die Düsternis in seinem Blick, die am Rand ihres Bewusstseins vorbeiziehenden Schatten nicht vergessen.

»Tut mir leid«, murmelte sie und senkte die Augen. »Ich habe mich nicht besonders gut gefühlt.«

»Was du nicht sagst«, unterbrach Paige sie gähnend. »Wir sind alle irgendwie ausgetickt.«

»Du ganz bestimmt.« Olivia lachte und schob die Hand in Lewis' Nacken, als würde er ihr mit Haut und Haar gehören, wie Cassie unwillkürlich dachte. Als wäre er ihr Besitz. »Mir geht es wunderbar.«

Olivia lud sie ein, noch einen Tag zu bleiben: Am Abend sollte es einen Filmemarathon geben und davor eine altmodische Landpartie. Cassie gab sich alle Mühe, bei ihrer Erklärung, warum sie nicht bleiben konnte, traurig zu klingen. »Ich muss morgen wieder arbeiten.«

»In der Bibliothek, richtig?« Olivia sah sie eindringlich an. »Wie praktisch. Wahrscheinlich hast du da Zugriff auf alle alten Akten und Archive.«

»Leider nicht«, log Cassie. »Ich bin bloß an der Ausleihtheke. Du weißt schon, Rückgaben und Bücher einsortieren. Die wirklich wichtigen Sachen werden uns nicht anvertraut.«

»Ach so? Trotzdem ist es super, dass du dort bist. Wenn das Semester wieder anfängt, müssen wir uns unbedingt mal treffen. Was essen gehen oder auf ein paar Cocktails.«

»Absolut.« Cassie schaffte es, enthusiastisch zu klingen, und zuckte auch nicht zusammen, als Olivia sie zum Abschied in die Arme schloss. »Ich kann es kaum erwarten.«

»Ich bringe dich nach draußen.« Ehe Cassie widersprechen konnte, hatte Hugo ihre Tasche genommen und war gleich darauf auf dem Weg nach draußen und die Vordertreppe zur Einfahrt hinunter. »Ich bin nächste Woche wieder in Oxford«, erklärte er ihr, als er die Tasche neben dem Wagen abstellte.

»Okay.« Cassie gab sich alle Mühe, ruhig zu erscheinen, obwohl ihr Puls vor Angst raste. Hilflos stand sie da und wünschte sich verzweifelt, dass der Fahrer auftauchen möge.

Hugo trat auf sie zu, beugte sich vor und flüsterte ihr ins Ohr: »Keine Angst, ich habe ihnen nichts gesagt.«

»Was gesagt?« Cassie schreckte unter seiner Berührung zurück.

»Von gestern Abend.«

Cassies Herz hämmerte noch schneller. War das ein Test? Mühsam schluckte sie ihre Angst hinunter. »Du meinst den Kuss?« Sie versuchte ihr Bestes, verwirrt zu klingen. »Tut mir wirklich leid, aber ich kann mich kaum erinnern. Ich habe nicht besonders gut geschlafen. Ich und meine Albträume, du weißt schon.« Sie lachte sorglos. »Wahrscheinlich war es wirklich zu viel Champagner.«

Hugos Augen tasteten ihr Gesicht ab. »Schon gut«, sagte er schließlich und trat einen Schritt zurück. »Wir können uns in Oxford unterhalten. Gibst du mir deine Telefonnummer?«

Cassie ratterte sie herunter, weil sie keine Sekunde länger bleiben wollte als unbedingt nötig. »Danke, dass ich hier sein durfte.« Ihre Stimme klang selbst in ihren Ohren hoch und gepresst, trotzdem stellte sie sich widerwillig auf die Zehenspitzen und drückte einen kurzen Kuss auf Hugos Wange, bevor sie in den Wagen stieg.

Hugo schloss die Wagentür, trotzdem entspannte sie sich erst, als der Motor angelassen wurde und sie losfuhren.

Cassie atmete schaudernd aus und merkte, dass sie am ganzen Körper zitterte.

»Ich kann die Heizung aufdrehen, wenn Sie möchten.« Der Chauffeur drehte sich vom Fahrersitz zu ihr um.

Sie schlang die Arme um ihren Oberkörper. »Es geht schon«, antwortete sie schnell und begann, lautlos rückwärts zu zählen, bis Gravestone Manor aus dem Rückspiegel verschwunden war, verschluckt von den Wäldern und Hügeln. Dann zog sie ihr Handy aus der Tasche und tippte eine Nachricht an Charlie.

Bin auf dem Rückweg. Müssen reden.

Cassie ließ sich am Raleigh absetzen, doch sobald der Wagen verschwunden war, wandte sie sich in die entgegengesetzte Richtung und machte sich auf den Weg zu der Adresse, die Charlie ihr geschickt hatte und die jenseits der High Street am anderen Ende der Stadt lag. Immer wieder warf sie unterwegs einen verstohlenen Blick über die Schulter, ob jemand sie verfolgte. Sie wusste, dass Olivia und Hugo auf Gravestone Manor geblieben waren, trotzdem machte es ihr zu schaffen, dass Mandeville und Tremain von Charlie gewusst hatten – sie hatten gewusst, dass er auf dem Revier Fragen gestellt hatte, und sie hatten auch gewusst, dass jemand in der Bibliothek die alten Unterlagen angefordert hatte. Was wussten sie noch?

Sie ging schnell, auch wenn sie dabei ihre schwere Reisetasche verfluchte, die ihr schmerzhaft in die Schulter schnitt, als sie ihr Ziel endlich erreicht hatte. Es war ein Wohnblock aus tristem Beton und Backstein, und als Charlie den Summer drückte, war das Innere des Gebäudes ebenso wenig ansprechend: Betonstufen über drei Etagen, in denen Fernsehstimmen durch die dünnen Türen schallten.

»Es ist nicht gerade das Raleigh«, begrüßte Charlie sie ironisch und bat sie in seine Wohnung.

»Mir egal, solange dein Schloss hält.« Cassie trat in das aufgeräumte Apartment und merkte, wie sich die Anspannung löste, die ihr seit zwei Tagen die Brust zuschnürte. Sie ließ die Tasche auf den Boden fallen und sah sich um, während Charlie den Riegel vorschob. Die Wohnung war klein und nur mit dem Nötigsten eingerichtet, wenn man von dem großen, stolz an der Wand hängenden Flachbildfernseher und einer einsam vor sich hinwelkenden Topfpflanze absah.

Charlie holte ihr ein Glas Wasser und sah sie besorgt an. »Was ist denn passiert?«, wollte er wissen.

Sie holte Luft und fragte sich, wo sie am besten anfangen sollte, doch es gab keine einfache Möglichkeit, ihre Erlebnisse zu schildern, darum berichtete sie einfach der Reihe nach. Von dem Gespräch zwischen Henry Mandeville und Tremain, das sie belauscht hatte, von dem Saal, in dem das

Foto aufgenommen worden war, und von ihren Beobachtungen tief in der Nacht im Labyrinth – nur nicht, dass Hugo sie entdeckt hatte und was danach passiert war. Sie konnte sich selbst nicht hundertprozentig erinnern, und ihr war klar, dass Charlie sich nur Sorgen machen würde, wenn er erfuhr, in welcher Gefahr sie geschwebt hatte. »Ich weiß, das klingt alles total verrückt«, schloss sie, ehe er etwas sagen konnte. »Aber ich habe es wirklich gesehen. Was sie gemacht haben ... Das ist nicht normal, Charlie. So was ... dürfte es eigentlich gar nicht geben.«

Er sah sie an und stand dann auf. »Ich habe auch ein bisschen nachgeforscht und mir die Todesfälle vorgenommen.«

»Charlie!« Ein heißer Schreck durchzuckte Cassie. »Ich habe dir doch gesagt, sie haben eine Quelle auf dem Revier. Sie werden wissen, dass du nach irgendwas suchst.«

»Entspann dich, Süße.« Charlie reagierte mit seinem vertrauten, frechen Grinsen. »Ich habe mich mit Bradshaws Passwort in seinem Konto eingeloggt. Einen feuchten Dreck werden sie erfahren.« Er trat an den Kartonstapel in der Ecke und begann, Akten herauszuziehen. »Ich wollte wissen, ob es ein Muster gibt, ob die Toten mehr verbindet als nur die Tatsache, dass sie Studentinnen waren.«

»Und hast du was entdeckt?« Cassie beugte sich auf ihrem Stuhl vor. Insgeheim hatte sie befürchtet, dass Charlie einen Rückzieher machen oder, schlimmer noch, ihr nicht glauben würde, aber er hatte ihrer Schilderung der Silvesterfeier ungerührt gelauscht und keine einzige Zwischenfrage gestellt. Vielleicht war sie doch nicht verrückt.

Er breitete die Fotos auf dem Boden aus und gruppierte sie nach Datum. »Es gibt ein Muster. Erstens sind sie alle extrem intelligent. Nicht nur Oxford-klug, sondern brillant. Sie haben Preise kassiert und Artikel veröffentlicht –

diese Kids standen ganz weit oben. Und es waren nicht nur Kids; es sind auch Master-Studenten und ein paar Professoren darunter.«

»So wie Lewis«, sagte Cassie.

Charlie nickte. »Andererseits waren es keine reichen Kids wie die Mandevilles; sie bewegten sich eigentlich nicht in diesen Kreisen. Viele der Opfer waren Arbeiterkinder, bekamen Stipendien. Mal abgesehen von deiner Evie«, ergänzte er stirnrunzelnd. »Die passt in kein Muster.«

»Das hat Hugo auch gesagt«, fiel ihr wieder ein. »Er war wütend auf Olivia, weil sie Evie zu weit getrieben hätte. Er sagte: ›Sie war eine von uns.‹«

»Klingt plausibel; vielleicht wollen sie, ganz profan ausgedruckt, nicht dort scheißen, wo sie essen«, stimmte Charlie ihr zu. »Vielleicht haben sie eine Art perversen Klassendünkel. Die unteren Schichten sind ersetzbar, aber ihre eigene Klasse wollen sie schützen.«

»Aber wovor?« Cassie überlief eine Gänsehaut. Sie schaute auf die Gesichter, auf die vielen tragischen Todesfälle. »Aus dem, was Mandeville sagte, ergibt sich, dass sie irgendwas mit diesen Todesfällen zu tun haben. Aber da draußen auf Gravestone haben sie die Leute nicht umgebracht. Ich kann dir überhaupt nicht sagen, was sie mit ihnen gemacht haben.« Die Schatten. Die Dunkelheit, die sich in ihren Geist fraß. Cassie hatte keine Worte dafür, keine Erklärung. Sie war immer noch nicht sicher, ob das wirklich passiert war, oder ob ihre Fantasie vor Angst und Panik verrücktgespielt hatte.

»Du hast gesagt, sie hätten Roses Tod erwähnt.« Cassie wippte auf den Absätzen. »Dass der irgendwie ein Fall für sich gewesen wäre.«

Cassie überlegte. »Da hätten sie gepfuscht, hat Henry gesagt. Es klang so, als wäre er wütend auf Tremain, und zwar besonders deswegen. Außerdem wirkte er beunruhigt«, ergänzte sie. »So als sei das ein loser Faden.«

Charlie nickte. »Ich habe eine Verwandte von Rose ausfindig gemacht. Sie lebt hier ganz in der Nähe, nur ein paar Meilen entfernt.« Er half Cassie mit ausgestreckter Hand auf und grinste. »Dann wollen wir den Faden mal aufdröseln.«

Roses Tante Doris war eine drahtige grauhaarige Dame in den Siebzigern, die sich mit einem Rollator durchs Haus bewegte. Sie bestand darauf, sie in ihrem geblümten Wohnzimmer mit Tee und Biskuits zu verköstigen, ehe sie auch nur eine einzige Frage stellen konnten. »Wirklich zu traurig«, sagte sie seufzend, während sie sich wacklig in einem Schaukelstuhl in der Ecke niederließ. Sie nickte zu einem Foto auf dem Kaminsims hin, auf dem Rose, wahrscheinlich an ihrem ersten Studientag, in ihrer Immatrikulationsrobe strahlend vor dem College stand. »Inzwischen ist es fast fünfundzwanzig Jahre her. Sie wäre heute verheiratet und hätte selbst Kinder.«

»Es tut mir wirklich leid«, murmelte Cassie. Sie fühlte sich dieser Doris eigenartig verbunden. Rose war für Cassies Mutter so wichtig gewesen, dass sie Cassie nach ihr benannt hatte. »Ich hoffe, es ist nicht zu schmerzlich für Sie, dass wir uns an Sie gewandt haben.«

»Nein, im Gegenteil.« Doris schenkte ihnen ein Lächeln. »Schmeckt der Tee?«, fragte sie.

Cassie wandte sich Charlie zu und stellte fest, dass er seine Tasse schon leer getrunken hatte und nur noch ein paar Krümel auf seinem Teller lagen. »Wunderbar, danke.« Er grinste. »Es geht doch nichts über eine gute Tasse Tee.«

»Ich hole Ihnen noch ein paar Kekse.« Doris wollte schon aufstehen.

Cassie sprang auf. »Das kann ich doch machen.«

»O nein.« Doris winkte ab. »Der Weg in die Küche und zurück ist alles, was mir an Bewegung noch geblieben ist. Arthritis in den Knien«, erläuterte sie. »Ich bin gleich wieder da. Ich weiß, dass ich irgendwo noch Shortbread liegen habe.«

»Sie verwöhnen mich, Doris«, rief Charlie ihr hinterher, während Doris aus dem Zimmer wackelte.

Cassie stieß ihm den Ellbogen in die Rippen. »Charlie!«, zischte sie. »Wir sind hier, weil wir etwas erfahren wollen.«

»Und sie wird sich bestimmt besser erinnern können, wenn sie sich entspannt«, gab Charlie leise zurück. »Wolltest du etwa hier reinstürmen und sofort rausplatzen: ›Hey, wegen Ihrer toten Nichte, glauben Sie eigentlich, dass sie von übernatürlichen dämonischen Kräften getötet wurde?‹«

»Von dämonisch habe ich nichts gesagt.« Cassie schauderte.

Charlie fixierte sie mit seinem Blick. »Was damals auch passiert ist, jedenfalls wecken wir bei dieser netten alten Dame eine ganze Schar von Gespenstern zum Leben. Da können wir zumindest ein paar Kekse essen.«

Als Doris mit einem frischen Tablett zurückkehrte, nahm Cassie sich gehorsam ein paar Kekse. »Sie sind genau wie mein Bruder.« Doris schenkte Charlie lachend Tee nach. »Er konnte noch vor dem Abendessen ein ganzes Päckchen vernaschen.«

»Ist er Roses Vater?«, fragte Cassie.

»Nein, sie war die Tochter meiner Schwester.« Doris ließ sich wieder in ihrem Schaukelstuhl nieder. »Die beiden leben inzwischen in Eastbourne, sie sind bald nach ihrem Tod weggezogen. Sie konnten es nicht mehr ertragen, Tag für Tag den Fluss zu überqueren und sich jedes Mal zu fragen, ob sie wohl noch da draußen liegt.« Sie schüttelte langsam den Kopf. »Was für eine Tragödie. Sie war ein so kluges Mädchen. Wir haben immer Witze gemacht, dass niemand wüsste, woher sie das hatte. Ihr Vater war bei der Post, und unsere June arbeitete bei der Bank am Schalter. Sie waren beide nicht auf der Universität, und trotzdem hatten sie ein blitzgescheites Mädel wie Rose hervorgebracht. Schon als Mädchen hatte sie die Nase ständig in einem Buch stecken. Während die ganze Familie beim Tee saß, hockte sie in einer Ecke und las. Wir waren alle so unglaublich stolz, als sie auf dem Raleigh College angenommen wurde. Mein Gott, Sie hätten den Aufruhr erleben sollen, als der Brief ankam. Wir hätten nie gedacht, dass eines unserer Mädchen es so weit bringen würde.«

Cassie spürte schmerzliche Gewissensbisse. Sie hatte sich ausschließlich auf die Mandevilles und ihre eigene Mutter konzentriert und darüber beinahe vergessen, dass auf der langen Liste der Toten die Namen von echten Menschen mit echten Familien standen, die alle schmerzlich unter dem Verlust litten. »Wie hat es ihr gefallen?«, fragte Cassie behutsam. »Manche finden sich dort nur schwer zurecht. Es ist eine recht massive Umstellung.«

»Ach, sie war überglücklich«, sagte Doris mit Nachdruck. »Sie lebte richtig auf. Die vielen Feiern; und ihre Professoren liebte sie ebenfalls. Darum waren wir so fassungslos, als es passierte.« Ihr versagte die Stimme. »Wenn sie sich uns nur anvertraut hätte, wenn sie uns erzählt hätte, wie sie sich wirklich fühlte, dann wäre sie vielleicht …«

Cassies schlechtes Gewissen meldete sich, trotzdem hakte sie weiter nach: »Haben Sie damals ihre Freunde kennengelernt?«, fragte sie. »Oder können Sie sich vielleicht an ein paar Namen erinnern?«

»Also, da war natürlich Maggie, Margaret.« Doris

lächelte liebevoll. »Die beiden wohnten in demselben Wohnheim auf dem College. Die zwei Mädchen waren unzertrennlich.«

Cassie schluckte einen Kloß in der Kehle hinunter. »Sind Sie ihr mal begegnet?«, fragte sie leise.

»O ja.« Cassie lächelte. »Unsere Rose brachte sie öfter mit, zum Beispiel an Weihnachten oder an den Wochenenden. Sie war Amerikanerin, genau wie Sie«, ergänzte sie. »Für sie lohnte es sich nicht, über die Feiertage heimzureisen. Ein reizendes Mädchen und klug dazu, genau wie Rose. Die beiden Mädchen konnten stundenlang miteinander diskutieren, bis keiner von uns mehr mitkam.«

Cassie nickte. Ein weiteres Stück aus dem Leben ihrer Mutter, hier in diesem Haus. Einzelne Augenblicke, lange vergangen, verblasst und, genau wie Rose, nur noch eine halb vergessene Erinnerung.

Charlie legte tröstend die Hand auf ihr Knie und beugte sich vor. »Die Sache ist die, Doris – ich darf Sie doch Doris nennen, oder?«

»Aber natürlich.«

»Also, die Sache ist die, wir würden uns gern mit Roses damaligen Freunden unterhalten. Mehr über ihre Zeit am Raleigh erfahren.«

»Tut mir leid, mein Bester.« Doris schüttelte den Kopf. »Das alles ist so lange her. Und Margaret war die Einzige, die sie je nach Hause mitbrachte. Ich glaube, sie fürchtete sich davor, was ihre Freunde über sie denken könnten. Die Übrigen waren alle so schrecklich schick«, erläuterte sie. »Aber hinterher verhielten sie sich tadellos. Sie hielten in dieser Kapelle einen wunderschönen Trauergottesdienst für sie. Das ganze College nahm daran teil.«

»Ich weiß«, hauchte Cassie und musste dabei an den Gottesdienst für Evie denken, den sie noch lange nicht verwunden hatte. »Als es passierte …« Cassie setzte neu an. »Gab es da irgendwelche Warnzeichen? Manche Menschen zerbrechen unter dem Druck, der Arbeitslast, der neuen Umgebung.«

Doris schüttelte den Kopf. »Es war ein Schock für uns alle, und ganz besonders für die arme Margaret. Sie war untröstlich. Sie hätte unmöglich weiter dort studieren können; schließlich kehrte sie nach Amerika zurück. Rose hatte nicht die leiseste Andeutung fallen lassen. Bei manchen Menschen mag man Anzeichen erkennen, doch bei ihr schien alles in bester Ordnung zu sein. Vielleicht war sie ein bisschen stiller«, ergänzte sie nachdenklich. »Ich weiß noch, wie sie kurz davor übers Wochenende heimkam … Sie müsse über vieles nachdenken, sagte sie damals. Die Klausuren standen bevor, und ich glaube, sie hatte eine Art Angebot für einen Sommerjob und war unschlüssig, ob sie ihn annehmen sollte.«

Cassie setzte sich gespannt auf. »Hat sie erzählt, was für ein Job das war?«

Doris zog die Stirn in Falten. »Tut mir leid, das ist alles so lange her. Vielleicht ging es auch gar nicht um einen Job, sondern um eine Gelegenheit? Ja, genau so hat sie es ausgedrückt. Eine lebensverändernde Gelegenheit gemeinsam mit wichtigen Menschen.«

Charlie kritzelte in sein Notizbuch. »Können Sie sich eventuell an noch etwas erinnern, irgendwas, das sie erwähnt haben könnte, ein vergessenes Detail?«

Doris seufzte schwer. »Tut mir leid, mein Lieber, es war eine wirklich sehr schwierige Zeit. Ich glaube, wir hätten damals am liebsten alles vergessen. Ich werde mit unserem Pete reden, vielleicht erinnert er sich an mehr.«

»Danke«, sagte Cassie, obwohl sie insgeheim enttäuscht war. Sie hatten nichts wirklich Neues erfahren, nichts, was auf irgendwelche Antworten hingewiesen hätte. Sie erhob sich, und Charlie folgte ihrem Beispiel, allerdings nicht, ohne die letzten Kekse vom Teller zu nehmen und in seinen Mund zu stopfen. »Sie waren sehr hilfsbereit. Tut mir leid, dass wir alles wieder aufrühren mussten.«

Doris seufzte. »Das macht doch nichts. Ich hoffe, ich konnte Ihnen bei Ihren Nachforschungen helfen. So eine Tragödie ist immer schrecklich sinnlos. Auf diese Weise zu sterben … Das Mädchen hatte sein Leben noch vor sich.«

Sie begleitete sie in den Flur. Charlie reichte ihr einen Zettel mit seiner Telefonnummer. »Falls Ihnen doch noch was einfällt«, sagte er.

Sie hörten, wie ein Schlüssel ins Schloss gesteckt wurde. Doris wandte sich strahlend um. »Das ist bestimmt mein Bruder. Roses Onkel. Vielleicht kann er Ihnen helfen.«

Die Tür schwang auf, und ein älterer Mann trat mit gesenktem Kopf ein. »Ich kann nicht lange bleiben«, erklärte er und schüttelte seinen Schirm aus. »Ich muss heute die Nachtschicht an der Pforte übernehmen.« Dann sah er auf, und Cassie erstarrte.

Es war Rutledge, der Porter aus dem Raleigh College.

Kapitel 26

Rutledge erstarrte noch in der Tür.

»Diese reizenden Leute hier möchten gern etwas über Rose erfahren«, erklärte Doris, die sein Entsetzen nicht bemerkt hatte.

»Ach so?« Rutledge räusperte sich. »Tja, zu schade, dass ich nicht bleiben kann. Wie gesagt, ich muss gleich wieder weg.« Er zog einen Bücherstapel unter dem Arm hervor und reichte ihn Doris, ohne Cassie dabei anzusehen. »Bitte sehr, damit solltest du bis nächste Woche beschäftigt sein.«

»Danke, mein Lieber.« Doris stützte sich schwer auf ihren Rollator. »Und du kannst wirklich nicht eine Minute bleiben und mit den beiden sprechen? Dein Gedächtnis war immer besser als meins.« Sie wandte sich lächelnd Cassie zu. »Praktisch fotografisch. Ich schwöre Ihnen, er weiß bis heute, was er neunzehnhundertfünfundachtzig zum Tee hatte.«

Cassies Kopf fuhr herum, doch Rutledge überhörte die Bemerkung geflissentlich. »Ich schaue morgen wieder rein«, sagte er schnell zu Doris und drückte ihre Hand. »Sehr erfreut.« Dabei sah er erst Cassie, dann Charlie an, tippte sich an die Kappe und war im nächsten Moment im Abendregen verschwunden.

»Vielen Dank noch mal«, sagte Cassie schnell und stürzte zur Tür. Sie hörte, wie Charlie sich hinter ihr entschuldigte, doch sie konnte nicht warten, bis Doris sie zur Haustür gebracht hatte. Inzwischen war es draußen dunkel geworden, und die Straßen waren kalt und nass, aber ein Stück weiter konnte sie eine dahineilende Silhouette ausmachen, die vor ihr zu flüchten schien. »Warten Sie!«, rief sie, und ihre Füße schlugen auf das Pflaster. »Bitte warten Sie!«

Rutledge wurde nicht langsamer. Sie hetzte ihm bis ans Straßenende nach, packte ihn am Arm und zog ihn herum, sodass er sie ansehen musste. »Sie kannten Rose?«, stellte sie ihn keuchend zur Rede.

Er versuchte, sich zu befreien, und schaute sich ängstlich um. »Nicht so laut. Ich will keinen Ärger bekommen.«

»Was läuft hier eigentlich?«, rief Cassie frustriert aus. »Warum wollen Sie nicht mit mir sprechen? Was wissen Sie?«

»Lassen Sie es gut sein, Liebes.« Rutledge sah sie verzweifelt an. »Sie wollen gar nicht wissen, wohin das alles führt.«

Cassie musste sich anstrengen, ihn nicht anzuschreien. »Reden Sie mit mir!«

Schritte hallten hinter ihnen über das Pflaster, dann hatte Charlie sie eingeholt und sah beide abwechselnd an.

»Er weiß etwas«, erklärte Cassie ihm eindringlich. »Er arbeitet am College. Er ist Roses Onkel. Er weiß etwas.«

Rutledge wollte sich abwenden, doch Charlie verstellte ihm den Weg. »Sie gehen nirgendwohin«, warnte er ihn. »Wir jagen schon zu lange Gespenster durch diese verfluchte Stadt.«

Die Scheinwerfer eines langsam die Straße entlangfahrenden Wagens durchschnitten die Dunkelheit. Rutledge zuckte zusammen, drehte dem Auto den Rücken zu und zog den Regenschirm tiefer, bis es vorbeigefahren war. »Ich will keinen Ärger. Sie hätten Doris da nicht reinziehen dürfen.« Sichtlich aufgewühlt sah er dem davonfahrenden Wagen nach. »Sie weiß nichts.«

»Aber Sie wissen etwas.« Charlie trat einen Schritt vor, sodass er über Rutledge aufragte. »Angie's Café auf der Wiltmore Street«, murmelte er so leise, dass nur Cassie und Rutledge ihn hören konnten. »Da treffen wir uns in einer halben Stunde, sonst klopfe ich ab morgen jeden Tag an Doris' Tür. Wenn die Leute, vor denen Sie solche Angst haben, bis jetzt nicht auf Doris aufmerksam geworden sind, dann wird sich das schnell ändern. Komm mit«, wandte er sich gleich darauf an Cassie.

»Aber …«, protestierte sie. »Wir können doch nicht einfach …«

»Er wird kommen«, versprach Charlie. »Oder?«

Rutledge sah erst ihn, dann sie an und nickte schließlich. »Ich habe mich schon gefragt, wann Sie auftauchen und Nachforschungen anstellen würden.« Er sah Cassie resigniert an. »Schließlich sind Sie die Tochter Ihrer Mutter, nicht wahr? Sie sind klüger, als gut für Sie ist.«

Seine Worte verfolgten sie auf dem Rückweg in die Stadt. »Er wird nicht kommen«, sagte sie und zog den Mantel fester zu, um sich vor der Kälte zu schützen. Die Straßen waren gespenstisch leer, weder Fußgänger noch Touristen waren unterwegs, während sich die halb leere Stadt übernächtigt von den Silvesterfeiern erholte.

Charlie ging schnell und mit gesenktem Kopf. »Wir wissen, wo wir ihn finden können. Er wird kommen.«

Das Angie's hatte als eines von ganz wenigen Lokalen in der Straße geöffnet. Es war das Café, in dem Cassie sich schon einmal mit Charlie getroffen hatte: mit beschlagenen Fenstern und englischem Frühstück und einer gelangweilt dreinblickenden Kellnerin, die sie nach einem flüchtigen

Blick an den Tisch in der hintersten Ecke winkte. Cassie rutschte in die Bank, während Charlie sich aufmerksam umsah. Abgesehen von einem älteren, Tee trinkenden Pärchen und einigen in die Sportseiten der Zeitungen vertieften Männern um die vierzig waren sie allein.

»Ich kann nicht glauben, dass er weiß, wer ich bin.« Zitternd legte sie die Hand an den rissigen Anhänger um ihren Hals, das einzige Erinnerungsstück, das ihr von ihrer Mutter geblieben war. »Die ganze Zeit war er in meiner Nähe. Er hätte uns von Anfang an weiterhelfen können.«

»Bist du sicher, dass du hören willst, was er weiß?«, fragte Charlie abwägend.

Cassie sah ihn an. »Was redest du da?«

»Du hast ihn doch gesehen«, sagte er unbehaglich. Er sah sich wieder um. »Der Mann hatte Todesangst. Ist beim kleinsten Laut zusammengeschreckt. Was du auf Gravestone gesehen hast …«

»Ich weiß nicht, was ich gesehen habe«, protestierte sie.

»Aber du weißt, dass es nichts Gutes war. Hör zu, Cassie.« Er beugte sich über den Tisch und nahm ihre Hand. »Ich untersuche diese Sache jetzt schon eine Weile, und weißt du, was ich in den letzten Wochen zutage gefördert habe? Tote.« Seine Stimme senkte sich. »Dutzende. Vielleicht sogar Hunderte. Vielleicht mehr, als wir ahnen. Wer diese Leute auch sind, was sie auch tun, sie kennen keinen Pardon.«

»Allerdings.«

Abrupt richteten sie sich wieder auf. Rutledge stand neben ihrem Tisch, das Gesicht in einer verzagten Grimasse verzerrt. Er setzte sich und sagte keinen Ton, bis die Kellnerin ihre Bestellungen aufgenommen hatte. »Also dann«, sagte Rutledge, nachdem sie wieder gegangen war, und sah Cassie an. »Hier bin ich.«

Sie holte tief Luft und wusste plötzlich nicht mehr, wo sie anfangen sollte. »Sie wissen, wer ich bin. Und wer meine Mutter war?«

Rutledge nickte knapp. »Nicht von Anfang an, aber ja, ich habe eins und eins zusammengezählt. Es war ja kaum zu übersehen, wie Sie überall Ihre Nase reinsteckten. Ich kenne nur einen Menschen, der sich für Margaret Madisons Schulakten interessieren würde.«

Cassie lehnte sich zurück und überlegte fieberhaft. »Das Foto in meinem Postfach«, flüsterte sie. »Das Zitat über *Die Schule der Nacht* auf der Rückseite ...«

»Wir dachten, es ist an der Zeit, dass Sie anfangen, in der richtigen Richtung zu suchen«, sagte Rutledge. »Dass Sie begreifen, wer Ihre wahren Freunde sind.«

»Wir?« Charlie hakte bei diesem Wort ein. »Wer ist noch damit gemeint?«

Statt ihr zu antworten, warf Rutledge Charlie einen misstrauischen Blick zu. »Wer ist das?«, fragte er.

»Er gehört zu mir«, antwortete Cassie nur.

Rutledge begutachtete ihn ausgiebig. »Sie vertrauen ihm?«

»Sie können ohne Bedenken reden, Kumpel«, antwortete Charlie ihm finster. »Nicht ich bin hier derjenige, der was zu verbergen hat.«

»Sie wissen gar nicht, worauf Sie sich da einlassen«, sagte Rutledge ruhig. Sein Blick zuckte zu Cassie zurück. »Genauso wenig wie Sie. Sie sollten sich klarmachen, was Sie da aufwühlen. Alte Knochen, böses Blut. Manche Dinge lässt man lieber begraben.«

»Das kommt ein bisschen spät!«, fuhr Cassie ihn frustriert an. »Schließlich haben Sie mich seit Monaten in die Irre laufen lassen!«

Rutledge runzelte die Stirn. »Eigentlich sollten nicht Sie

hier sein. Wir hätten Maggie gebraucht. Sie wollten sie hierhaben, um allem ein Ende zu machen.«

»Wer wollte sie hierhaben?«, fragte Cassie. »Was reden Sie da überhaupt? Bitte, ich muss wissen, was da abläuft. Bei den Mandevilles, in dieser Geheimgesellschaft. Alles. Sie verstehen nicht, wie wichtig mir das ist. Ich hoffe schon so lange auf eine Antwort. Ich muss endlich die Wahrheit erfahren.«

Rutledge tastete mit den Augen Cassies Gesicht ab und nickte schließlich. »Sie waren schon immer hier«, begann er und beugte sich dabei vor, sodass nur Charlie und Cassie ihn hören konnten. »Vor meiner Zeit, vor uns allen. Es liegt in den Fundamenten, glaube ich. Das College wurde auf etwas Düsterem erbaut, einer Macht, die schwärzer ist als alles sonst. Sie verlangten nach Wissen, Raleigh und die anderen, und sie gingen dafür einen unheiligen Handel ein. Ich weiß nicht, worin er besteht«, ergänzte er, ehe Cassie fragen konnte. »Und ich will es auch nicht wissen. Das ist sicherer.«

»Sicherer?«, wiederholte sie. »Es sind Menschen gestorben!«

»Aye, meine Rose ist auch nicht mehr da.« Rutledge sah sie finster an. »Sie brauchen mir also keine Vorhaltungen zu machen. Ich habe teurer als jeder andere für ihre Perversionen bezahlt.«

Cassie konnte ihren Zorn nur mühsam unterdrücken. »Sie haben gesagt, ›sie‹ hätten gewollt, dass meine Mom zurückkommt. Wer? Und wie hat man sie überhaupt gefunden? Sie hat ihren Namen geändert, als sie nach Amerika ging, und alle Brücken abgebrochen.«

»Wer hat ihr wohl geholfen, von hier zu verschwinden?« Rutledge bedachte sie mit einem traurigen Lächeln. »Aber Sie greifen vor.« Er wartete ab, bis die Kellnerin den Tee auf ihrem Tisch abgestellt hatte, und redete dann: »Ich begann schon als junger Mann, am Raleigh College zu arbeiten. Vor mir arbeitete mein Vater dort und vor ihm sein Vater. Bei vielen der Angestellten ist es ähnlich, wir reichen genauso weit zurück wie sie. Wir Angestellten werden oft übersehen«, ergänzte er mit einem schiefen Lächeln. »Die Studenten halten es für selbstverständlich, dass wir da sind. Reinigungstrupps, Gärtner, Briefträger. Wir verschmelzen mit dem Hintergrund, aber glauben Sie mir, wir nehmen die Studenten sehr wohl wahr. Wir sehen alles. Tja, es dauerte nicht lange, bis mir die ersten Geschichten zu Ohren kamen. Von einer Gesellschaft, die heimlich am College wirkt. *Die Schule der Nacht*. Deren Mitglieder sich Dinge aneigneten, die ihnen nicht zustanden, und mit ihren Taten Mensch und Gott verhöhnten. Niemand protestierte, jedenfalls nicht laut, aber wir wussten alle, dass da etwas Schlimmes ablief. So viele Todesfälle. Selbstmorde, wie behauptet wurde. Ich habe selbst einen Toten gefunden. Einen Jungen, der sich aufgehängt hatte, der an seinem Gürtel hinter dem Türrahmen hing.« Er verstummte kopfschüttelnd und fuhr dann nach ein paar Sekunden fort: »Nach einer Weile begriff ich, dass es einen Rhythmus gab. Ein paar Jahre blieb es immer ruhig, bis wir uns jedes Mal fragten, ob endgültig alles überstanden wäre. Und dann schlug die Dunkelheit wieder zu.«

»Warum haben Sie nie etwas gesagt?«, brach es aus Cassie heraus. »Sie haben doch gesehen … Sie haben doch gewusst …«

»Wem hätte ich denn etwas sagen sollen?« Rutledge sah sie bitter an. »Die Polizei spielt das Spiel mit; die kehrt alles unter den Teppich. Außerdem, was hätte ich denn sagen sollen? Die Fälle sind alle abgeschlossen, es gibt keine Beweise, nichts. Und gleichzeitig hätte ich damit meinen

Lebensunterhalt aufs Spiel gesetzt.« Er seufzte, und finsterer Selbsthass zeichnete sein Gesicht. »Es ist ein Pakt mit dem Teufel. Ich habe zugesehen und kein Wort gesagt. Bis zu Rose.«

Rutledge nahm einen tiefen Schluck Tee. Die Tasse klirrte, als er sie auf die Untertasse zurückstellte. »Aye, mir war klar, dass da was nicht stimmte. Ich bettelte Rose an, sich woanders zu bewerben, egal wo, nur nicht am Raleigh. Aber sie wollte nicht hören. Sie hatte mich dort besucht. Sie hatte sich schon als kleines Kind ausgemalt, wie sie dort studieren würde, sie wollte auf keinen Fall hören.« Er seufzte. »Und trotz alledem dachte ich, vielleicht ... Schließlich war es ein paar Jahre still geblieben. Fast normal. Aber dann änderte sich alles. In diesem Jahr kam eine ganze Clique, so wie immer: aus den obersten Familien, Familien mit großer Tradition. Bei Ihnen sind es diese jungen Mandevilles. Damals waren es der Vater und seine Meute. Frühere Aristokraten, manche sogar bis heute. Rose freundete sich mit ihnen an, genau wie Ihre Mum auch. Partys, lange Nächte, Reisen ...« Rutledge brach ab und holte bebend Luft. Seine Augen waren feucht. »Bis wir es merkten, war es schon zu spät. Rose war ihnen mit Haut und Haar verfallen, sie betete den Boden an, auf dem sie gingen. Sie hatten ihr weisgemacht, sie könnte eine von ihnen werden, in ihre Kreise aufsteigen. Ihre Mom war da gewitzter«, ergänzte er und nickte Cassie wohlwollend zu. »Sie merkte schon bald, dass mit diesen Menschen irgendwas nicht stimmte, und bat mich um Hilfe. Aber Rose war einfach zu stur. Sie wollte nicht hören, bis ... Bis es zu spät war.«

»Was stellen sie mit ihren Opfern an?« Charlie beugte sich vor. »Dass sie sich hinterher umbringen. Ich habe alle Akten durchforstet; nie wurde auch nur jemand verdächtigt. Jedes einzelne Mal wurde auf Suizid entschieden. Nie gab es irgendwas, das Misstrauen erregt oder Ermittlungen in Gang gesetzt hätte.«

Rutledge seufzte. »Ich habe im Lauf der Jahre viel gesehen. Und hatte reichlich Zeit, mir Gedanken zu machen. Wie eine junge Frau einfach so den Verstand verlieren kann. Völlig vergessen kann, wer sie ist und warum sie weiterleben muss. Aber vielleicht haben die Opfer ihren Verstand gar nicht verloren. Vielleicht hat jemand ihn gestohlen.«

Cassie hielt den Atem an und dachte an die Gruppe im Labyrinth. An die schimmernde Luft um sie herum, die pulsierende Energie. Von den Opfern weg und zu Olivia und den anderen hin. Es widersprach jeder Logik, widersprach allem, was sie für möglich gehalten hätte.

»Sie ernähren sich irgendwie von ihrem Geist?« Charlie zog die Stirn in Falten.

Rutledge zog die Schultern hoch. »Diese jungen Menschen ... Es ist, als hätte man ihnen etwas weggenommen und sie danach in einen Abgrund taumeln lassen.«

»Evie war nicht mehr sie selbst«, bestätigte Cassie langsam. »Bevor ... davor. Es war eine richtige Bruchlandung; an einem Tag ging es ihr noch blendend, am nächsten war sie völlig gebrochen.«

Rutledge nickte. »Bei Rose war es genauso. Sie haben ihr etwas genommen, und seither ist sie nicht mehr sie selbst. War sie nicht mehr sie selbst«, verbesserte er sich. »Deshalb habe ich Ihrer Mum geholfen. Sie von hier weggeschafft, bevor sie auch noch gebrochen werden konnte. Sie wusste zu viel; sie hätten sie auf keinen Fall ziehen lassen, schon gar nicht, wo sie mit Ihnen schwanger war. Flucht war ihre einzige Hoffnung.«

Falls er ihre Mutter schon damals gekannt und ihr geholfen hatte, hatte sie sich ihm womöglich anvertraut. Cassies

Herz schlug schneller. »Und mein Vater?«, fragte sie hoffnungsvoll.

Rutledge seufzte. »Ich habe sie nie danach gefragt, und sie hat es mir nie erzählt.«

Charlie fixierte Rutledge mit seinem Blick. »Was wollen Sie also von Cassie? Warum sagen Sie ihr nicht einfach die Wahrheit, wenn Sie sie schon damals bloß schützen wollten?«

»Ich wollte nicht, dass Sie herkommen.« Rutledge sah Cassie an. »Schlafende Hunde soll man nicht wecken, sage ich immer. Aber die anderen ..., die übrigen Angestellten, denen reicht es. Es fängt wieder an mit den Toten. Dem Kreislauf. Etwas Großes bahnt sich an.«

»Das Rising«, flüsterte Cassie.

Rutledge sah sie scharf an. »Wo haben Sie das gehört?«

»Auf der Party. Da sagte Olivia: ›Das Rising steht bevor.‹« Cassie schauderte.

Rutledge nickte. »So wie wir uns das zusammengereimt haben, kommt es ungefähr alle fünfundzwanzig Jahre dazu. Es ist eine Art Zeremonie oder Ritual, eine Zeit, in der sie zusammenkommen und den unheiligen Pakt, den sie geschlossen haben, erneuern. Das Band für die neue Generation festigen, damit sie hinausgehen können in die Welt und dort ... weiß Gott was tun.«

Seine Worte sackten wie ein Stein in Cassies Bewusstsein. Sie hatte sich ausschließlich auf diese Stadt, diese wenigen Namen konzentriert und war nicht einmal auf den Gedanken gekommen, dass viel mehr dahinterstehen könnte. »Sie meinen, es geht dabei nicht nur um Oxford?«, fragte sie, und ihr wurde flau vor Angst.

»Sie sind überall.« Rutledge sah sie tadelnd an, so als hätte ihr das klar sein müssen. »Was glauben Sie wohl, was diese Menschen tun, wenn sie von der Universität abgehen?

Mandeville ist nur ein kleiner Fisch. Diese Menschen führen Unternehmen, Regierungen in aller Welt. Und dieses Rising … das verleiht ihnen Macht. Wir haben bemerkt, dass rund um dieses Ritual stets mehr Menschen sterben, so als würden sie in dieser Zeit ihre Kräfte sammeln und ihren Mitmenschen dabei mehr rauben, als gut ist.«

Cassie fiel wieder ein, was Olivia außerdem gesagt hatte. Sie brauchten ein Opfer. Jemand, der einfach alles für sie tun würde.

Rutledge räusperte sich. »Dieses Rising wird offenbar bald wieder stattfinden. Darum wollten wir Ihre Mom zurückholen. Sie gehörte zu den wenigen, die stark genug waren, sich ihnen zu entziehen. Sie konnte ihnen widerstehen, obwohl ich nicht weiß, wie sie das geschafft hat. Also haben wir ihr ein Päckchen geschickt, um sie herzuholen, damit sie dieser Sache ein Ende macht. Wir hatten die Hoffnung schon fast aufgegeben, als Sie auftauchten, Fragen stellten, alles in Aufruhr versetzten. Warum ist sie nicht gekommen?«

»Sie ist tot«, antwortete Cassie leise.

Es wurde still. Rutledges Miene fiel in sich zusammen. »Wir haben also nur noch Sie.«

»Und mich«, korrigierte Charlie ihn. »Und Sie haben uns immer noch nicht erklärt, was Sie eigentlich von Cassies Mutter wollten. Diese Menschen sind mächtig. Mein Gott, einer von ihnen wird wahrscheinlich zum Premierminister gewählt, verflucht noch mal. Wie sollen wir diese Leute aufhalten? Was könnten wir beide überhaupt gegen sie ausrichten?«

Rutledge sah sie traurig an. »Ohne Margaret wird niemand etwas gegen sie unternehmen können. Sie nehmen sich, was sie wollen, und wir müssen hinterher den Dreck wegräumen. Und das … das ist nur der Anfang. Sie sind da draußen, sie sind überall in der Welt. Sie nehmen sich mehr, als ihnen zusteht, zetteln Kriege an und profitieren von dem Gemetzel.« Er sprang auf. »Ihre Mutter war eine kluge Frau«, erklärte er Cassie, und sie sah die Verzweiflung in seinen Augen. »Sie hat sich abgesetzt, solange es noch ging. Machen Sie nicht alles zunichte. Fliehen Sie, bevor diese Menschen dafür sorgen, dass Sie nichts mehr zu verlieren haben.« Er machte auf dem Absatz kehrt, schlängelte sich zwischen den Cafétischen durch und verschwand in der Nacht.

Cassie lehnte sich zurück, zutiefst erschüttert von seiner Geschichte. Dann bemerkte sie Charlies Blick.

»Glaubst du irgendwas davon?«, fragte er und sah sie eindringlich an.

Sie nickte. Was Olivia und Hugo anrichteten, war real; sie hatte es mit eigenen Augen gesehen. Die Leichen und die gebrochenen Seelen, die sie zurückließen, waren real. Und es ging nicht allein um Oxford: Ihre Bösartigkeit breitete sich aus, unkontrolliert, weltweit. Und niemand würde sie aufhalten.

Wenn sie es nicht tat.

Kapitel 27

»Da fehlt etwas.« Cassie ging in ihrer Mansardenwohnung auf und ab und telefonierte mit Charlie. Es war der letzte ruhige Abend; morgen würden die übrigen Studenten zurückkehren, und Cassie würde ihren gewohnten Turnus von Tutorien und Vorlesungen wiederaufnehmen. Es kam ihr fast absurd vor, dass sie nach allem, was in den letzten Wochen passiert war, wieder Hausarbeiten vorlegen und über die Vorzüge von Koalitionsregierungen debattieren sollte, aber ihr war klar, dass sie ihre akademischen Aktivitäten wenigstens zum Anschein aufrechterhalten musste, wenn sie lange genug am College bleiben wollte, um aus den Puzzleteilen ein schlüssiges Bild der *Schule der Nacht* zusammenzufügen.

»Kannst du ein bisschen genauer werden, Schatz?«

Sie musste lächeln. »Bei Rutledge«, stellte sie klar. »Er verschweigt etwas, das spüre ich.«

»Mit dem, was dieser Mann für sich behält, könnte man ein verfluchtes Buch füllen.« Charlie seufzte. Sie konnte im Hintergrund den Fernseher hören, und kurz sah sie ihn in seiner hellen, gemütlich warmen Wohnung am anderen Ende der Stadt stehen. »Aber ich weiß nicht, wie wir ihn zum Reden bringen könnten, es sei denn, wir verhaften und foltern ihn.«

Cassie biss sich auf die Lippe. »Es lässt mir keine Ruhe,

wie er über Rose gesprochen hat. Er hat gesagt, sie wäre seither nicht mehr sie selbst. Präsens.«

»Er ist alt«, wandte Charlie ein. »Da darfst du nicht jedes Wort auf die Goldwaage legen.«

»Aber ihr Leichnam wurde nie gefunden«, widersprach Cassie. »Wenn er meiner Mutter zur Flucht verhelfen und ihr eine neue Identität verschaffen konnte, hätte er dann nicht das Gleiche auch für Rose tun können?«

»Du glaubst, sie lebt noch?«, fragte Charlie zögernd.

»Ich weiß nicht mehr, was ich glauben soll!« Cassie ließ sich in einen Sessel sinken. »Ich komme mir vor wie einer dieser Philosophen, die ich zurzeit studiere. Eines Tages kommt jemand vorbei und erklärt dir: ›Übrigens stimmt nichts von dem, was du über die Welt zu wissen glaubst.‹ Ich habe zwar alles mit eigenen Augen gesehen, trotzdem kommt es mir völlig abwegig vor.«

Charlie seufzte. »Ich schätze, ich könnte mal die Grundbuchakten einsehen«, sagte er widerstrebend. »Und nachschauen, ob Rutledge irgendwo Vermögen gebunkert hat.«

»Wenn, dann nicht hier in der Gegend«, erklärte Cassie eifrig. »Vielleicht sogar im Ausland. Du hast ihn gehört; er hätte sie so weit wie möglich von hier weggeschafft. Kannst du auch seinen Pass überprüfen lassen? Feststellen, ob er irgendwann ins Ausland gereist ist?«

»Ich werde sehen, was ich tun kann«, versprach Charlie. »Aber was ist mit dir? Sie kommen bald zurück, oder?« Er brauchte nicht zu sagen, wen er damit meinte.

»Morgen. Ich werde einfach so tun, als wäre alles ganz normal«, sagte Cassie schaudernd. Sie hatte Charlie immer noch nicht erzählt, was mit Hugo passiert war. Sie fragte sich, ob sie Hugo auch würde täuschen können, oder ob er sie durchschauen würde. »Mir wird schon nichts passieren, Charlie, keine Sorge. Morgen beginnt das Studium wieder; dann bin ich beschäftigt. Das werden sie verstehen.«

Aber gerade als sie auflegte und das Telefon vom Ohr nahm, leuchtete eine Nachricht auf dem Display auf.

Wieder zurück. Gehen wir was trinken?

Hugo. Cassie starrte auf das Gerät und spürte ihr Herz im Hals schlagen. Hastig tippte sie eine Nachricht ein.

Muss arbeiten. Schade. Ein andermal!

Sie ging ans Fenster, zog die Vorhänge zu und prüfte dann den Riegel an der Tür. Sie bibberte bei dem Gedanken an die eisige Dunkelheit draußen und an die Schatten, die sich darin versteckten. Und sie beobachteten.

Sie hatte Charlie erklärt, sie würde so tun, als wäre alles ganz normal. Aber wie sollte sie nach allem, was sie gesehen hatte, mit diesen Leuten über nichtssagende Themen plaudern? Wie sollte sie so tun, als wäre alles in Ordnung, wenn gleichzeitig ihr Geist mit aller Kraft versuchte, die schrecklichen Wahrheiten zu begreifen, die sich ihr offenbart hatten?

Und wenn sie erst merkten, dass sie wusste, was da ablief … Cassie blickte unwillkürlich zum Balken auf und sah wieder Evies erschlafften Körper daran hängen.

Sie hatten Evie umgebracht. Vielleich hatten sie nicht die Schlinge um ihren Hals gelegt oder das Seil über den Balken geschlungen, aber sie hatten Evie in den Tod getrieben, hatten ihr auch den letzten Rest an Selbsterhaltungstrieb gestohlen und sie gebrochen und leer zurückgelassen.

Cassie spürte neue Entschlossenheit. Sie würde eine Möglichkeit finden, sie zu stoppen, wie auch immer. Sie musste es tun, sonst würden diese Menschen ihr selbst den Garaus machen.

Hugo schrieb ihr noch zweimal in den folgenden Tagen, und jedes Mal reagierte Cassie mit einer knappen Ausrede. Sie verschanzte sich hinter ihren Vorlesungen und Hausarbeiten, schlich durch Seitentore aus dem Raleigh und verkroch sich in der modernen Bücherei am anderen Ende der Stadt, um jede zufällige Begegnung mit Olivia oder einem der anderen zu vermeiden. Sie fühlte sich wie eine Diebin und Spionin, wenn sie so durchs College schlich, mit klopfendem Herzen und in der ständigen Angst, dass einer aus der Gruppe ihr hinter der nächsten Ecke auflauern könnte. Charlie meldete sich, unüberhörbar besorgt, täglich zweimal und manchmal sogar dreimal bei ihr. »Du kannst auch bei mir pennen«, erklärte er ihr bei einem hastigen Telefonat, während sie auf dem Weg zu Elliot war, den sie in seinem Studio treffen wollte. »Dein Zimmer ist nicht sicher, da sind sie schon mal eingebrochen.«

»Und wie würde das aussehen?«, fragte Cassie und bahnte sich weiter ihren Weg durch das Gedränge von Fußgängern, die gerade auf dem Weg zum Mittagessen waren. »Sie wissen, dass du dich für sie interessiert hast. Falls sie bis jetzt nicht eins und eins zusammengezählt und mich mit dir in Verbindung gebracht haben, werden sie es spätestens dann tun.« Sie näherte sich einer schmalen Reihe von Stadthäusern in einer Seitenstraße und überprüfte noch einmal die Adresse, die Elliot ihr geschickt hatte. Hier war sie richtig. »Und wo wir gerade von Interesse sprechen, hast du schon etwas über Rutledge herausfinden können?«

»Noch nicht.« Charlie klang frustriert. »Der Chief Inspector sitzt mir im Nacken. Aber heute Nachmittag ist er unterwegs, dann werde ich mich dransetzen.«

»Ruf mich hinterher an. Ach, und Charlie? Mach dir um mich keine Sorgen.«

»Versuch einfach, nicht in Schwierigkeiten zu kommen«, erwiderte Charlie und legte auf.

Cassie steckte das Handy ein. Elliots Haustür gab nach, als sie die Hand darauf legte, und von oben waren Gelächter und Musik zu hören. Sie stieg die schmale Treppe ins Obergeschoss hoch und landete mitten in einer Party, die in Elliots winziger Wohnung gefeiert wurde.

»Cassandra!« Elliot tauchte mit zerzausten Haaren und einer Flasche Sekt in jeder Hand aus seinem Zimmer auf. »Ein schönes neues Jahr! Du siehst ja …? Also, eigentlich wollte ich ›gut erholt aus‹ sagen, aber ehrlich gesagt siehst du aus, als hättest du die ganzen Ferien im dunklen Zimmer gehockt und eine alte West-Wing-Folge nach der anderen angeschaut. Nein, warte, so habe *ich* die Feiertage verbracht.« Er küsste sie, eindeutig angeheitert, überschwänglich auf beide Wangen.

Cassie zuckte überrascht zurück. »Was gibt es denn zu feiern?«, fragte sie, während Elliot sie ins Zimmer schob. »Ist es nicht ein bisschen früh für Sekt?«

»Meine Liebe«, meldete sich neben ihr ein Mann zu Wort. »Es ist nie zu früh für Sekt!«

Cassie lachte, war aber immer noch verwirrt. Die winzige Wohnung war gesteckt voll mit Menschen und Gemälden; an sämtlichen Wänden lehnten Elliots Leinwände und Malutensilien.

»Wir feiern. Und zwar meinen Abschied von hier.« Elliot strahlte.

Cassies Herz krampfte sich zusammen. »Du ziehst weg?«

»Au revoir euch allen!«, verkündete er theatralisch. »Ich werde mein Bündel schnüren und in die große weite Welt ziehen. Also, genauer gesagt nach London«, schränkte er ein. »Ich habe eine Ausstellung!«

»Einen Mäzen, meinst du«, mischte sich der merkwürdige Fremde hörbar neidisch ein.

»Na, na«, grinste Elliot. »Ich werde meinen Reichtum mit euch allen teilen, und natürlich werde ich meine darbenden Künstlerkollegen mit meinen neuen reichen Freunden bekannt machen.«

»Nein danke«, erwiderte der andere. »Von einem Millionär ausgehalten zu werden und sich von ihm den kreativen Prozess bezahlen zu lassen ist die Antithese zu künstlerischer Freiheit.« Er stakste davon.

»Herzlichen Glückwunsch!« Cassie gab sich Mühe, enthusiastisch zu klingen, obwohl ihr die Enttäuschung die Brust zuschnürte. Elliot war einer der wenigen Freunde, die sie in der Stadt hatte – und ein wertvoller Verbündeter bei ihrer Recherche in den Bibliotheksarchiven. Ohne ihn … Sie versuchte, sich zu fangen. »Erzähl mir alles. Was ist das für ein Mäzen?«

Elliot räusperte sich. »Die Familienstiftung der Mandevilles.«

»Mandevilles?«, wiederholte Cassie schockiert.

»Ach, richtig, du kennst die Kinder, hab ich recht?«, fragte Elliot. »Also eigentlich ist es bloß ein Stipendium, mit dem ich ein Jahr lang tun und lassen kann, was ich will, aber wer weiß, wo das hinführen könnte? Sie haben Verbindungen zu allen möglichen privaten Käufern und Galerien. Das ist meine Chance, von hier wegzukommen.« Er sah sie beschwörend an. »Ich will nicht bis an mein Lebensende hinter dieser Theke hocken.«

»Klar, natürlich!« Cassie setzte ein Lächeln auf. »Das klingt super.« Aber gleichzeitig überlief eine Gänsehaut sie bei dem Gedanken, dass Elliot mit den Mandevilles in

Kontakt kam. Ging es in Wahrheit um sie? Sollte ihr ein Verbündeter entzogen, eine Recherchequelle trockengelegt werden? Elliot hatte für sie alle Informationen über *Die Schule der Nacht* zusammengetragen; vielleicht war ihnen das aufgefallen, und sie hatten beschlossen, ihn aus ihrem Umkreis abzuziehen. Mit ihren Nachforschungen riskierte Cassie nicht nur ihre eigene Sicherheit. Sie hatte auch Elliot in Gefahr gebracht, ohne einen Gedanken an ihn zu verschwenden. Sie konnte nur froh sein, dass die Mandevilles sich für dieses Stipendium und nicht für eine andere, dauerhafte Lösung entschieden hatten. »Tut mir leid.« Cassie zog ihn schnell in ihre Arme.

»Was denn?« Elliot löste sich von ihr und sah sie stirnrunzelnd an. »Ich sollte mich bei dir entschuldigen. Dafür, dass du jetzt allein die Stellung in der Bibliothek halten musst«, ergänzte er.

»Es ist nichts, bloß ... Meine herzlichen Glückwünsche zu deinem neuen Job!« Cassie bombardierte ihn mit Fragen, um ihren kurzen Ausbruch zu überspielen. »Wann geht es los? Und bekommst du ein Atelier, das genauso luxuriös ist wie das hier?«

Elliots Umzug nach London hatte zur Folge, dass Cassie noch nervöser wurde, was ihre Recherchen und die daraus erwachsenden Risiken für alle Beteiligten anging. Sie hatte sich nicht klargemacht, in welche Gefahr sie ihre Mitmenschen brachte: Elliot, Rutledge und auch Charlie. Je mehr sie über *Die Schule der Nacht* ausgegraben hatte, desto tiefer hatte sie sich in Gefahr begeben, bis es irgendwann so weit gekommen war, dass sie auf dem Heimweg vor jedem Schatten zurückschreckte und aufhorchte, sobald sie Stimmen unter ihrem Fenster hörte, während sie sich gleichzeitig fragte, ob Hugo den anderen inzwischen erzählt hatte, dass er sie im Labyrinth erwischt hatte, ob sie wussten, dass sie die Tochter ihrer Mutter war, *ob, ob, ob …*

Sie war beinahe erleichtert, als sie zu ihrem ersten Tutorium nach den Ferien antreten musste. Cassie vertagte ihre Nachforschungen über Margaret und Rose, legte die wenigen Schriften, die sie über *Die Schule der Nacht* gefunden hatte, beiseite und vertiefte sich wieder in ihre bleischweren Philosophieschinken, um ausgiebig an ihrer Hausarbeit zu feilen. Doch als sie am nächsten Morgen über das Collegegelände zu Matthew Tremains Büro ging, fragte sie sich unwillkürlich, wie tief er wohl in die düsteren Machenschaften der Gruppe verwickelt war. Die kurze Unterhaltung mit Mandeville, die sie belauscht hatte, hatte so geklungen, als wäre Tremain schon lange, schon seit den Zeiten von Rose und ihrer Mutter, in ihr Lügennetz verstrickt. Tremain fürchtete sich vor dem älteren Mann, das war eindeutig, aber mit dieser Angst wirkte er auf Cassie nur noch abstoßender. Auch er war schuld an Evies Tod. So wie sie alle.

Cassie stieg die Treppe zu seinem Zimmer hinauf, atmete oben tief durch und unterdrückte mit aller Kraft ihren Zorn. Sie musste so tun, als wäre alles ganz normal, er durfte auf keinen Fall merken, was wirklich los war. Sie straffte ihren Rücken und drückte die Tür auf.

»Ah, Miss Blackwell, Sie beehren uns also immer noch mit Ihrer Anwesenheit.« Tremain, der vor dem Bücherregal gestanden hatte, drehte sich zu ihr um. Sein Blick zuckte eisig über sie hinweg. »Ich habe mich schon gefragt, ob wir Sie wohl wiedersehen würden. Bitte setzen Sie sich doch zu Ihren Kommilitonen.« Er nickte zu den Stühlen hin, wo bereits Julia und Sebastian warteten.

Cassie schlug das Herz bis zum Hals. Sie hörte das Blut in ihren Ohren brausen. Sie hatte Sebastian seit der schrecklichen Nacht, in der er sie attackiert hatte, nicht mehr gesehen; sie hatte schwer daran gearbeitet, ihn zu vergessen. Über seinem rechten Auge konnte sie eine Narbe erkennen, die sich bis zu seinem Haaransatz zog. Sebastian sah sie finster und mit brodelndem, unverhohlenem Hass an.

Cassie wich zurück und meinte, wieder die kratzige Wand in ihrem Rücken, die gnadenlos zupackende Hand an ihrem Hals zu spüren. »Nein …«, murmelte sie. Fassungslos wandte sie sich an Tremain. »Das können Sie nicht machen.«

»Was denn?« Tremain blickte leidenschaftslos zurück. »Werden Sie nun an unserem Tutorium teilnehmen oder nicht?«

Cassie schnappte nach Luft. Sie konnte nicht glauben, dass sie in demselben Raum sitzen sollte wie ihr Beinahe-Vergewaltiger, um mit ihm über Philosophie zu diskutieren, so als wäre nie etwas passiert. Wie konnte Tremain ihr das antun? Was wollte er damit beweisen?

»Wir haben keine Zeit zu vertrödeln, Miss Blackwell. Ich habe Ihnen schon einmal gesagt, dass Sie jederzeit Ihr Studium abbrechen und Raleigh verlassen können, falls Sie Probleme mit dem Unterricht haben.« Tremain starrte sie an, als würde er sie am liebsten hochkant aus dem Zimmer werfen.

Cassie holte noch einmal tief Luft und ging zum nächsten freien Stuhl. »Es geht schon«, brachte sie heraus und setzte sich. Sie erwiderte Sebastians zornigen Blick und zwang sich, nicht zuerst die Augen abzuwenden. »Wir können jederzeit anfangen.«

Cassie hätte nicht sagen können, wie sie die Stunde überstand. Sie konnte sich auf nichts konzentrieren als auf Sebastian, der nur wenige Zentimeter von ihr entfernt saß. Ohne es zu wollen, musste sie immer wieder auf die Narbe an seiner Stirn schauen. Sie konnte sich kaum an den Schlag erinnern, mit dem sie ihm die Wunde beigebracht hatte; dieser Abschnitt des Abends lag immer noch unter einem diffusen Schleier von Zorn, Verzweiflung und roher Gewalt. Sie hätte sich schuldig fühlen sollen, das war ihr klar, stattdessen empfand sie einen beinahe perversen Stolz, dass er seine Sünden nicht so schnell vergessen würde – sie würden ihm jedes Mal ins Gesicht starren, wenn er in den Spiegel schaute.

Sie hasste ihn. Sie hasste ihn, und sie hasste Tremain, der ihr diese Begegnung aufgezwungen hatte – weshalb nun immer wieder Bilder aus jener Nacht aufblitzten und sie alles noch einmal in unzähligen winzigen Erinnerungsscherben durchleben musste, während um sie herum gelehrte Diskussionen geführt wurden, bis das Läuten der Glocken den Raum durchdrang und Cassie endlich aufspringen konnte.

»Einen Augenblick noch, Miss Blackwell«, hielt Tremain sie auf, bevor sie aus dem Zimmer stürmen konnte.

Er blätterte in einigen Papieren auf seinem Schreibtisch und ließ sie unbeachtet vor seinem Schreibtisch warten, bis Sebastian und Julia das Zimmer verlassen hatten. Cassie biss die Zähne zusammen und spürte, wie ihre Angst sich in Zorn verwandelte. Schließlich hielt sie es nicht länger aus. »Soll das ein perverses Spiel sein?«, wollte sie wütend wissen.

Tremains Kopf zuckte hoch. »Verzeihung?«

»Mich in ein Zimmer zu stecken mit … mit diesem Vieh.« Cassie presste die Notizen gegen ihre Brust, um ihr Zittern zu unterdrücken.

»Wenn ich mich recht erinnere, war er derjenige, der im Krankenhaus gelandet ist«, merkte der Professor an. »Er hat Ihretwegen mehrere Wochen Unterricht verpasst. Es wäre kaum gerecht, ihn noch weitere Opfer bringen zu lassen.«

Wut kochte in Cassies Brust hoch. »Hassen Sie mich wirklich so sehr?«, flüsterte sie.

Tremain entgleiste für einen kurzen Moment das Gesicht, und sie meinte ein schlechtes Gewissen aufblitzen zu sehen, doch dann glättete sich seine Miene wieder zu ironischer Überheblichkeit.

»Sie sind allzu sehr von sich eingenommen, Miss Blackwell. Ich versuche lediglich zu unterrichten. Und dabei waren Sie bisher eher hinderlich als förderlich.«

Cassie nickte scharf. Sie begriff, dass sie hier nichts erreichen würde. »Haben Sie irgendwelche Lektürevorschläge für die nächste Woche?«

Tremain starrte sie an, mit dieser Frage hatte er eindeutig nicht gerechnet.

»Auf der Liste haben Sie mehrere Artikel aufgeführt«, erläuterte Cassie und zog die ausgedruckte Lektüreliste heraus. »Würden Sie für die nächste Stunde manche davon besonders empfehlen?«

»Ich … äh, die mit Sternchen sollten genügen.« Tremain hatte sich wieder gefangen, doch Cassie war eigentümlich stolz, dass sie ihn aus der Fassung gebracht hatte. Falls er glaubte, sie würde einfach ihre Sachen packen und verschwinden, hatte er sich getäuscht.

»Dann sehen wir uns nächste Woche.« Sie steckte ihre Notizen ein, marschierte aus seinem Zimmer und eilte mit klopfendem Herzen die Treppe hinunter und hinaus in den Kreuzgang.

Wo Sebastian auf sie wartete.

Mit finsterer Miene machte er zwei Schritte auf sie zu. »Ist dir klar, was du mir angetan hast?«, wollte er wissen und strich die Haare zurück. »Fünfzehn Stiche. Ich hatte

Glück, dass sie mir nicht das Auge rausnehmen mussten, du dumme Schlampe.«

Bevor er noch ein Wort sagen konnte, hob Cassie die Hand, während ihr Ärger zu reinem Zorn erblühte, rot glühend und allzu vertraut. »Stopp«, brachte sie heraus. »Du wirst nicht mehr mit mir sprechen, du wirst mich nicht mal ansehen. Wenn du mich je wieder berühren solltest, dann werde ich dir das beschissene Herz aus der Brust reißen, das schwöre ich bei Gott.«

Offenbar hatte Sebastian ihren Blick bemerkt, denn er zuckte tatsächlich zurück. Erbarmungslos setzte Cassie nach.

»Du glaubst, ich hätte dir beim letzten Mal wehgetan?« Sie machte einen Schritt auf ihn zu, bis sie das nervöse Zucken in seinem Kiefer sehen konnte. »Du glaubst, du weißt jetzt, was Schmerzen sind? Das war gar nichts. Du hast es nicht verdient zu leben, und beim nächsten Mal werde ich nicht so blöd sein, dich am Leben zu lassen.« Sie machte auf dem Absatz kehrt und stakste davon. Ihre Hände zitterten, sie fühlte sich schwindlig und schwach. Angesichts dessen, dass sie keine Verbündete hatte, war es extrem dumm gewesen, ihn zu bedrohen, aber das war ihr egal.

Sie eilte über den Campus, bis sie endlich allein in ihrer Mansarde hinter der Tür auf den Boden sank und die Tränen heiß und brennend über ihre Wangen flossen. Heulen würde ihr nicht helfen, ermahnte sie sich immer wieder, bis die Tränen schließlich versiegten. Sie würde mit dem Wissen leben müssen, dass Sebastian irgendwo da draußen auf dem Campus war. Noch jemand, dem sie in Zukunft aus dem Weg gehen musste.

Cassie stieß ein freudloses Lachen aus. Die Liste wurde von Tag zu Tag länger. Hugo, Olivia, jetzt auch noch Sebastian. Letztendlich waren sie alle gleich, alle nahmen sich rücksichtslos, was ihnen gefiel, und ließen dabei eine Spur der Verwüstung zurück. Sie trieben Schindluder mit Schwächeren und nutzten ihre Privilegien und Verbindungen, um ihre Untaten unter den Teppich zu kehren.

Bis Cassie, erschöpft von dem morgendlichen Spießrutenlauf, sich vom Boden aufgerappelt und ein Bad eingelassen hatte, war es dunkel geworden. Sie ruhte gerade bis zum Hals im heißen Wasser, als im Zimmer nebenan ihr Handy zu läuten begann. Sie zog sich aus der Wanne, schlüpfte in einen Bademantel und griff nach ihrem Handy, kurz bevor sich die Mailbox einschaltete.

»Cassie! Was ist verflucht noch mal los? Ich rufe schon den ganzen Tag bei dir an!« Charlies Stimme bebte vor Besorgnis.

»Tut mir wirklich leid.« Cassie schluckte, ihr Mund war wie ausgetrocknet. »Ich hab das Telefon wohl nicht gehört.«

»Du musst ans Telefon gehen, wenn ich anrufe«, erklärte Charlie ihr. »Ich wollte schon vorbeikommen und deine Tür eintreten.«

»Es geht mir gut«, versicherte sie ihm müde. »Es war nur ein anstrengender Tag. Was gibt es denn?«

»Du könntest recht haben, was Rutledge angeht«, antwortete Charlie. »Ich habe die Grundbuchakten durchgesehen und nichts gefunden. Dafür bin ich auf eine Polizeimeldung aus einem Ort in Wales gestoßen. Die Polizei wurde dort vor ungefähr zehn Jahren zu einem Zwischenfall gerufen, und Rutledge wurde dabei als Zeuge genannt.«

»Und wohin wurden sie gerufen?«, fragte Cassie, augenblicklich hellwach.

»Zu einem Pflegeheim«, antwortete er. »Spezialisiert auf Langzeitpflege für psychisch Kranke und Ältere.«

»Eine Nervenheilanstalt?«, hauchte Cassie.

»So ungefähr.« Charlie atmete seufzend aus.

Cassie sah sich im Zimmer um und versuchte, ihre Gedanken zu ordnen. »Wann können wir losfahren?«

»Ich kann momentan nicht weg. Der Chief hat mich mit Schreibkram zugeschüttet, ich bin das ganze Wochenende damit beschäftigt, mich wieder freizuschaufeln«, erwiderte Charlie. »Falls du bis nächste Woche warten kannst, rufe ich noch ein paar Leute an, vielleicht finden wir ja jemanden da oben, der …«

Cassie ließ ihn gar nicht erst ausreden. »Ich fahre. Nicht nächste Woche, sondern sofort. Heute Abend. Wir dürfen keine Zeit verlieren. Was dieses Rising auch sein mag, von dem sie immerzu reden, wir müssen mehr darüber erfahren. Und Rose ist die Einzige, die uns Antworten geben kann.«

»Aber was ist, wenn sie gar nicht in der Lage ist, dir Antworten zu geben?«

Cassie hielt den Atem an. Sie wusste nicht, was *Die Schule der Nacht* mit Rose gemacht hatte, doch dies war ihre Chance, endlich mehr über die Geheimgesellschaft zu erfahren – und über ihre Mutter. »Schick mir die Adresse«, forderte sie. »Ich fahre gleich morgen früh.«

Kapitel 28

Am nächsten Morgen machte sich Cassie noch in der Dunkelheit auf den Weg zum Bahnhof. Die Straßen waren menschenleer bis auf ein paar Müllmänner und frühe Lieferanten; trotzdem schaute sie automatisch an jeder Ecke über ihre Schulter und fragte sich, ob die Schritte, die sie hinter sich hörte, real waren oder nur das Produkt ihrer überreizten Nerven. Seit sie von Elliots neuem Job gehört hatte, war ihr bewusst geworden, wie weit die Macht der *Schule der Nacht* reichte. Diese Leute waren einflussreich genug, um die polizeilichen Untersuchungen nach den Suiziden zu manipulieren, und sie konnten Charlie daran hindern, weitere Nachforschungen anzustellen, aber hier agierten sie anders: kleinräumiger, zielgerichteter und in Cassies direktem Umfeld. Wussten sie bereits von ihren Nachforschungen? Wer konnte schon sagen, wie weit ihre Macht reichte.

Als sie den Bahnhof sah, hell erleuchtet und schon zum Leben erwacht, atmete sie auf. Sie kaufte ein Ticket und an dem Stand gleich am Eingang ein fettiges Frühstücks-Sandwich, doch selbst als sie sich in ihrem halb leeren Waggon niedergelassen hatte, konnte sie sich nicht wirklich entspannen. Erst als der Zug beschleunigte und die Häuser und aufragenden Türme Oxfords allmählich sanft gewellten Hügeln und Feldern wichen, lehnte Cassie die Wange an die kühle Fensterscheibe und versuchte, sich zu sammeln.

Das Böse lauerte an ihrem College, und es war von einer Art, an die zu glauben sie sich nie erlaubt hatte. Cassie hatte am eigenen Leib erfahren, was die Menschen einander Schreckliches antun konnten, aus Lust oder Zorn oder Selbstsucht. Längst hatte sie sich damit abgefunden, dass im Herzen eines Menschen die Sünde wohnen konnte. Aber das Böse, das hier herrschte, war finsterer als alles, was sie sich je vorgestellt hatte. Es war widernatürlich. Und wenn ihre Theorie stimmte, dann wütete es schon seit Jahren. Jahrzehnten.

Jahrhunderten.

Und die Dunkelheit lauerte nicht nur in Oxford, sie breitete sich über die ganze Welt aus, hatte Rutledge ihnen erklärt. In jeder Generation beschritten die Angehörigen dieser Gesellschaft den gleichen Weg: Sie saugten anderen Menschen die Lebenskraft aus und missbrauchten sie für ihre Zwecke. Cassie schauderte bei der Vorstellung, was für eine Macht so eine Gruppe ausüben konnte. Sie konnte Regierungen bilden und Kriege anzetteln, sie konnte die ganze Welt zu einem egoistischen, grausamen Abziehbild dieser Geheimgesellschaft formen.

Konnte man eine Verbindung mit einem so finsteren Vermächtnis überhaupt stoppen? Cassie beobachtete, wie die Landschaft vor dem Fenster zu einem grauen Schleier ausblutete und verschwamm, und hoffte inständig, dass Rose ihr die Antwort darauf geben konnte. Cassie steckte schon zu tief in der ganzen Sache, als dass sie sich jetzt noch zurückziehen und in Sicherheit bringen konnte.

Der Zug war praktisch leer, als er Cassie Stunden später an einem winzigen Landbahnhof absetzte. Noch während sie ganz allein aus dem Zug ausstieg, stellte sie fest, dass sich der Himmel verdunkelt hatte und die hügelige Landschaft sich unter dem Nieselregen in einem Meer aus modrigem Grün verlor, durch das sich eine einsame Straße schlängelte. Außer dem auf seinem Sitz hinter dem Fahrkartenschalter dösenden Bahnhofsvorsteher war kein Mensch zu sehen.

Cassie klopfte beklommen an das Schalterfenster. »Verzeihung?«

Er blinzelte. »Was ist? Ah ja. Wie kann ich helfen?«

»Ich möchte zum ... Edgeley Falls Home«, las Cassie die hingekritzelte Adresse ab. »Ich hätte nicht gedacht, dass es so abgeschieden liegt.« Sie hatte zumindest mit einem Ort gerechnet, einem Bahnhof mit Taxis und Straßenbeleuchtung und einem Hotel, in dem sie übernachten konnte, bevor sie morgen die lange Rückreise antrat.

»Keine Sorge, der Bus kommt bald.« Der Mann hob den Blick zur Wanduhr. »Der bringt sie nach Edgeley Village, das liegt ungefähr zehn Meilen da rüber.« Er nickte vage in die entsprechende Richtung.

»Ist da das Heim?«

»Nein, dafür werden Sie einen Wagen brauchen. Fragen Sie im Pub nach Arthur, der fährt sie raus.«

Cassie fiel Charlies eindringliche Ermahnung ein, ihn regelmäßig auf dem Laufenden zu halten. Es hatte ihm nicht gefallen, dass sie die Reise ganz allein antrat, und sie wollte nicht, dass er sich noch mehr Sorgen um sie machte. Sie zog ihr Handy heraus, um ihm eine Nachricht zu schicken, doch der Bahnhofsvorsteher schnaubte nur.

»Wir haben hier keinen Empfang, Liebes.«

Er hatte recht.

»Nur hier im Tal, im Dorf sollten Sie mehr Glück haben.«

»Danke.« Cassie nahm ihre Tasche, ging die Stufen hinunter und wartete bibbernd an der Bushaltestelle an der Ecke. Sie ließ den Blick über die weite Natur schweifen und stellte fest, dass sie sich ins Verkehrsgewühl von Oxford zurückwünschte.

Eine Minute nach der anderen verstrich, bis schließlich ein Bus hinter dem Hügel hervor in ihr Blickfeld rollte. Cassie kaufte eine Fahrkarte zum Ort, stieg ein und setzte sich hinter mehrere mit Einkaufstüten bewehrte Frauen, die laut über ihre diversen Familienangelegenheiten tratschten. Als der Bus mehrere Meilen später in das kleine Dorf einbog, hatte Cassie zahllose intime Details aus dem Leben der missratenen Söhne erfahren und bedauerte beinahe, dass sie aussteigen und das freundliche Geplauder hinter sich lassen musste.

Edgeley Village wirkte ein wenig heimeliger als die weite unberührte Natur drum herum: alte Häuser, die sich um einen verwilderten Platz gruppierten, dazu eine kleine Kirche, ein Lädchen und an der Ecke ein Pub mit Fachwerkfassade. Cassie schrieb Charlie eilig, dass sie eingetroffen war, und strebte dann dem Pub und Arthur, dem Taxifahrer, zu.

»Zum Heim, wie?« Die stramme Kellnerin musterte Cassie ausgiebig. »Was wollen Sie denn da?«

»Nur jemanden besuchen«, sagte Cassie vage und sah verstohlen auf die übrigen Gäste, eine Gruppe von alten Männern in einer Ecke und außerdem zwei junge Burschen, die höchstens sechzehn waren und mit aufgesetzter Coolness Bier tranken. »Der Bahnhofsvorsteher meinte, Arthur könnte mich hochfahren?«

Das Mädchen schnalzte mit der Zunge. »Wenn Sie vorher angerufen hätten … Unser Arthur ist gerade nach Withyham gefahren, was erledigen; vor heute Abend ist der nicht zurück.«

Cassie verließ der Mut.

»Aber Sie können auch zu Fuß gehen«, schlug das Mädchen vor.

»Ist es weit?« Cassies Gesicht leuchtete wieder auf.

»Zwei Meilen vielleicht, aber die Straße führt direkt hin. Sie können es gar nicht verfehlen.«

»Danke.« Cassie warf einen Blick aus dem Fenster. Sie würde später zurückkommen als geplant. »Kann ich hier irgendwo übernachten?«

»Wir haben oben ein Zimmer«, erklärte ihr die Kellnerin. »Bloß eine Kammer, dafür kostet sie auch nur einen Zwanziger pro Nacht.«

»Die nehme ich. Danke.«

Das Wetter schien nicht so bald aufzuklaren, aber angesichts der Alternative, einen ganzen Tag zu vergeuden, fand sich Cassie mit der Nässe ab und wanderte, den Angaben der Kellnerin folgend, auf der einsamen Landstraße los. Der Wind peitschte ihr ins Gesicht und fuhr mit eisigen Fingern unter ihren Mantel und in die Ärmel, aber Cassie stapfte tapfer mit gesenktem Kopf weiter, bis nach nicht allzu langer Zeit Edgeley House in Sicht kam.

Cassie blieb stehen. Auf einer Hügelkuppe thronend, zeichnete sich Edgeley House dunkel gegen den Wolkenhimmel ab: ein steinerner Kasten, gespenstisch und düster. Sie durchschritt das schwere Tor, ging die Zufahrt hinauf und danach die Stufen bis zur Haustür, wo die Klingel angebracht war.

Nach wenigen Sekunden schwang die Tür auf. Vor ihr stand ein Mädchen etwa in ihrem Alter, in dunkelblauer Schwesterntracht und mit Haarknoten. »Kann ich helfen?« Sie hatte einen freundlichen, warmen australischen Akzent.

Cassie merkte, wie sie erleichtert aufatmete. »Hallo, ich bitte vielmals um Entschuldigung, dass ich nicht vorab angerufen habe, aber ich möchte mit einer …« Sie suchte nach dem richtigen Wort und entschied sich schließlich für: »… Bewohnerin sprechen.«

»Komm schon rein, bevor du dir noch den Tod holst.«

Das Mädchen zog die Tür weiter auf und ließ Cassie ins Haus. »Mann, ist das übel da draußen. Nix wie Regen, und das schon den ganzen Monat. Keine Ahnung, wie die das aushalten, ich hätte mir schon längst die Pulsadern aufgeschlitzt. Scheiße.« Sie zuckte zusammen und sah sich schuldbewusst um. »Wahrscheinlich sollte ich so was hier drin nicht sagen.«

»Schon okay.« Cassie lächelte und hatte sie bereits ins Herz geschlossen. »Ich bin Cassie.«

»Trish.« Sie schüttelte Cassies Hand. »Ich bin neu hier. Schwester Janice ist seit heute Vormittag unterwegs.«

Sie führte Cassie tiefer in den warmen, schlicht eingerichteten Empfangsbereich. Cassie sah sich um. Die Atmosphäre erinnerte an eine Arztpraxis: alte Zeitschriften auf einem niedrigen Tischchen, gerahmte Segelbootbilder an den Wänden, ein Hauch von Desinfektionsmittel in der Luft. »Ganz nett hier drin«, bemerkte sie überrascht.

»Ich wette, du hast ein richtig gruseliges Geisterhaus erwartet.« Trish grinste breit. »Mir ging's genauso. Mann, als mich das Taxi an meinem ersten Tag hier abgesetzt hat, hätte ich mir fast in die Hosen gemacht. Aber es ist gar nicht so übel. Wir haben ungefähr zwanzig Patienten und Patientinnen, Aufenthaltsräume, ein Spielezimmer und sogar einen Garten, falls das Wetter je wieder besser wird.« Sie beugte sich hinter der Theke über einen Computer. »Und wen willst du besuchen?«

»Rose«, antwortete Cassie in der Hoffnung, dass Rutledge nicht einen komplett falschen Namen angegeben hatte.

Trish erstrahlte. »Rose Anderson? Ist ja super. Sie bekommt nie Besuch. Da freut sie sich bestimmt.« Sie tippte etwas ein und stockte dann. »Ich habe hier nichts stehen … bist du mit ihr verwandt?«

»Sie ist meine Taufpatin«, log Cassie. »Ich bin nur ein

paar Wochen in England, da dachte ich, ich komme mal vorbei und besuche sie.«

»Also ... eigentlich darf ich ohne den ganzen Papierkram niemanden ins Haus lassen.« Trish sah sich um und zwinkerte Cassie dann zu. »Aber das kann bestimmt nicht schaden.« Sie kam hinter der Theke hervor und winkte Cassie, ihr in einen langen Korridor zu folgen.

»Wie geht es ihr?«, fragte Cassie. »Ich meine, ist sie ...?«

Trish warf ihr einen mitfühlenden Blick zu. »Sie hat gute Tage und schlechte Tage. Die Medikamente helfen, vorausgesetzt, sie nimmt sie. Meistens bleibt sie für sich allein. Sie malt gern, am liebsten Landschaften, ab und zu auch ein Stillleben.«

Trish bog um eine Ecke in Richtung der Rückfront des Gebäudes, und gleich darauf gelangten sie in ein großes, helles Atrium. Mehrere Patienten hielten sich darin auf, sahen fern, lasen oder saßen einfach nur da. Ihre Mienen waren teils leer, teils verschlafen, und viele von ihnen trugen Pyjamas und flauschige Morgenmäntel. Trish führte Cassie in eine Ecke, wo eine dunkelhaarige Frau von Mitte vierzig vor einer Staffelei stand. Sie trug eine weite Baumwollhose und einen Strickpullover, der mit blau-violetten Klecksen übersät war. In der erhobenen Hand hielt sie einen Pinsel, doch die Leinwand vor ihr war leer.

»Rose?« Trish näherte sich ihr behutsam. »Rose, Liebes, da ist jemand, der Sie besuchen möchte.«

Rose drehte sich um und blinzelte sie mit leeren Augen an. »Janice?«

»Nein, Liebes, ich bin Trish, wissen Sie noch?« Trish nahm Rose den Pinsel aus der Hand und führte sie zu einem nahen Sessel. »Ihre Patentochter Cassie ist hier und will Sie besuchen, ist das nicht nett?«

Rose starrte Cassie verständnislos an. Sie hatte kaum

noch etwas mit dem Mädchen gemein, das auf dem Foto neben ihrer Mutter zu sehen war, sondern wirkte wie entseelt, wie ein verblasstes Abziehbild des Menschen, der sie einst gewesen war.

»Wie wär's, wenn ich Ihnen beiden Tee hole?«, bot Trish an. »Und Sie können solange miteinander plaudern.«

Danke, sagte Cassie lautlos, während sie sich neben Rose niederließ. Trish verschwand, und sie blieben allein in der Ecke zurück, wo sie durch die Panoramafenster über das nasse, windige Tal schauten.

»Hi«, sagte Cassie leise zu Rose.

Rose legte die Stirn in ernste Falten. »Ich habe keine Patentochter. Oder?« Ihre Stimme zitterte, ihr Blick war wässrig und distanziert.

»Nein«, versicherte Cassie ihr schnell. »Aber Sie kannten meine Mutter. Ich bin Margarets Tochter. Erinnern Sie sich an sie?« Sie griff in ihre Tasche, faltete das Foto auf und zeigte es Rose. »Margaret«, hakte sie nach. »Sie waren mit ihr an der Universität. Am Raleigh College.«

Sobald sie den Namen des College aussprach, wurde Roses Miene ängstlich. Sie war schon halb aufgesprungen. »Ich darf doch nicht, darüber darf ich doch nicht reden. Mein Onkel ...«

»Keine Angst«, beruhigte Cassie sie. »Ihr Onkel hat gesagt, dass das in Ordnung ist. Onkel Pete, richtig? Ich kenne ihn und Doris. Es ist alles in Ordnung.«

Rose starrte sie zitternd an, dann ließ sie sich langsam in die Polster zurücksinken. »Es war nur ein Traum«, flüsterte sie und drehte dabei die Armreifen um ihr dünnes Handgelenk. »Es war alles nur ein Traum.«

»Was denn?« Cassie beugte sich interessiert vor. »Woran erinnern Sie sich? Wissen Sie noch, was passiert ist, bevor Sie herkamen?«

Roses Blick zuckte weg. »Maggie?« Sie wurde lauter. »Ist Maggie zurückgekommen? Sie wollte bloß eine Stunde weg, hat sie gesagt, und dass sie gleich zurückkommt.«

»Nein, nur ich bin da. Cassandra, ihre Tochter.« Cassie zwang sich, Geduld zu bewahren. »Bitte, Rose. Ich muss wissen, was damals passierte. Können Sie sich an irgendwas von damals erinnern? Egal, was. Sie studierten Englisch«, rief sie ihr ins Gedächtnis. »Sie wohnten über dem Granville-Kolleghof, wissen Sie noch?«

Rose sah sie wieder an, und ihr Blick schien schärfer zu werden. »Es war Sommer, die Rosen blühten. Sie waren überall, weiße Kissen, wie Wolken.«

»Ganz genau.« Cassies Hoffnung wuchs. »Sie säumen alle Fußwege, sie blühen bis in den Spätsommer. Und Sie teilten sich Ihr Zimmer mit Margaret. Mit Maggie.«

Rose lächelte. »Wir waren vielleicht ein Paar. Was wir alles anstellten … Wo ist Maggie? Warum ist sie nicht gekommen?«

»Sie würde gern kommen«, log Cassie wieder. »Sie kommt, sobald sie kann.«

»Sie war eine so gute Freundin.« Roses Augen wurden feucht. »Die beste.«

»Ich weiß.« Cassie beugte sich vor und tätschelte Roses Hand. »Zu schade, dass sie nicht hier sein kann.«

Gedankenverloren erwiderte Rose das Tätscheln. »Sie sind ihr wie aus dem Gesicht geschnitten, wissen Sie? Ich erkenne sie in Ihnen wieder, genau hier.« Sie umfasste Cassies Kinn und drehte es hin und her.

Cassies Herz krampfte sich zusammen. »Wirklich?«, flüsterte sie.

»Deutlich wie den hellen Tag.« Rose nickte. »Es ist wirklich reizend von Ihnen, dass Sie mich besuchen. Zu mir kommt niemand mehr. Es ist schon so lange her.«

»Das tut mir leid.« Cassie nahm Roses Hand von ihrem Gesicht und drückte sie. »Was ist mit Ihren Freunden von damals? Den anderen, neben Maggie. Können Sie sich auch an die erinnern?«

Rose lächelte. »O ja. Die Partys …« Sie seufzte sehnsüchtig. »Ich trug Blau beim Winterball. Maggie hatte das Kleid zuerst entdeckt, doch dann warfen wir eine Münze, und ich gewann. Sie war nicht wirklich geknickt; sie konnte alles tragen. Richard sah so schneidig aus in seinem Anzug. Wir tanzten, bis meine Füße bluteten. Diese Blasen!«

»Richard?«, fragte Cassie erschüttert. »Doch nicht Richard Mandeville?«

»Wir nannten ihn immer nur Dicky.« Rose kicherte wie ein junges Mädchen. »Er fand das schrecklich, vor allem wenn sein Vater vorbeikam. Sie hätten sein Gesicht sehen sollen.«

»Was machte Richard mit Ihnen?« Cassie senkte die Stimme und sah Rose eindringlich an. »Was hat man Ihnen damals angeboten, Rose? Ihre Tante meinte, es sei ein Job gewesen, erinnern Sie sich? Eine Gelegenheit, die Sie sich nicht entgehen lassen konnten.«

Rose starrte sie an. Ihr Lächeln erlosch. »Sie haben gesagt, es würde schön werden«, flüsterte sie, und ihr Blick wurde leer. »Sie haben behauptet, die Jahrhunderte würden sich vor mir öffnen, und die Wahrheit würde sich zeigen. Das Rising, das Erheben, es sollte alles so unglaublich schön werden.«

Cassie schluckte und spürte, wie ein eisiger Schauer sie überlief. »Was passiert dabei, Rose? Was passiert beim Rising?«

Rose holte bebend Luft. »Danach gibt es kein Zurück mehr«, erklärte sie heiser. »Wenn man erst einmal hinabgestiegen ist, gibt es kein Zurück. Die Tunnels würden dich lebendig verschlingen.«

»Tunnels? Was für Tunnels? Wo findet es statt? Wie kann ich es aufhalten?«

»Das können Sie nicht.« Rose starrte sie an. *»In fine est principium quoddam ad cognoscendum verum.* Im Ende liegt ein Anfang für das Erkennen der Wahrheit.«

»Was soll das bedeuten?« Cassie war bemüht, sich ihre Anspannung nicht anhören zu lassen. »Stammt das aus dem Ritual? Waren Sie dabei?«

»Um zu werden, musst du enden. Alles endet, alles stirbt!« Dabei wurde sie immer lauter.

»Schon gut, schon gut.« Cassie versuchte, sie zu beruhigen, doch Rose sah sie mit wildem Blick an, die Augen weit aufgerissen und im Fieberglanz.

»Wo haben Sie das her?«, wollte sie wissen und griff unvermittelt nach Cassies Halskette. »Die dürfen Sie nicht haben, die gehört mir! Sie haben mir erzählt, dass ich etwas Besonderes wäre, dass ich mich erheben würde, erheben. Die Dunkelheit ist schon in Ihnen. Die wird man nie wieder los!«

Röchelnd versuchte sich Cassie aus ihrem Griff zu befreien, bis plötzlich Trish neben ihnen stand und Rose zurückriss. »Was haben Sie zu ihr gesagt?«, verlangte Trish zu wissen, und im selben Moment kam eine zweite Frau angelaufen. Um sie herum hatten die übrigen Patienten Roses Heulen aufgenommen und begannen ebenfalls zu weinen oder verwirrt zu brabbeln.

»Ruhig, ruhig«, sagte die andere Frau energisch. Sie drückte Rose geschickt in ihren Sessel zurück und zog mit der anderen Hand eine Spritze aus ihrem Kittel. Dann schob sie Roses Ärmel hoch und stach mit einer schnellen, geübten Bewegung in Roses Ellbeuge. Der Kolben senkte sich; Rose begehrte noch kurz auf, dann sackte sie flüsternd in sich zusammen: »Die wird man nie wieder los. Die wird man nie wieder los.«

Erschüttert massierte Cassie ihre Kehle und versuchte, wieder zu Atem zu kommen. Die Frau drehte sich ihr mit finsterer Miene zu. »Was haben Sie getan?«, wollte sie schmallippig wissen. »Sie hatte seit Monaten keine Episode mehr.«

»Es tut mir leid«, stotterte Cassie. Ihre Kehle schmerzte. »Das wollte ich nicht, wir haben uns nur unterhalten …«

»Wer sind Sie überhaupt?« Die Frau wandte sich an Trish. »Was hat sie hier zu suchen? Es sind keine Besuche eingetragen. Rose kann mit unerwartetem Besuch nicht umgehen.«

»Entschuldigen Sie, Janice.« Trish schluckte schwer. »Das habe ich nicht gewusst, sie sagte …«

»Sie kann nichts dafür«, fiel Cassie ihr ins Wort und stand auf. »Es tut mir schrecklich leid, dass ich Rose so aufgeregt habe. Das wollte ich ganz bestimmt nicht.«

Janice sah sie streng an. »Wer sind Sie noch mal?«

Cassie wich langsam zurück. »Ich gehe schon«, versprach sie. »Ehrlich, das ist mir schrecklich unangenehm.«

Eine weitere Patientin begann zu weinen. Zerstreut sah Janice an Cassie vorbei. »Sie haben genug angerichtet«, sagte sie. »Sie finden selbst hinaus.«

Cassie warf einen letzten Blick auf Rose und nickte. Die Freundin ihrer Mutter lag benebelt und mit verhangenem Blick in ihrem Sessel und formte stumm Worte, die niemand hören konnte. Das Mädchen von damals existierte nicht mehr.

Cassie zwang sich, nicht zu weinen, als sie sich umdrehte und davonging, den Korridor hinunter und durch den Empfangsbereich ins kalte, nasse Dämmerlicht draußen.

Inzwischen goss es in eisigen Strömen, die Hügel ragten dunkel im fahlen Halblicht auf, doch Cassie zuckte nicht einmal zusammen, als sie in die Kälte trat. Sie ging einfach weiter, den Kopf gegen den Wind gesenkt, während sich der Regen mit den Tränen vermischte, die endlich über ihre Wangen rannen.

Rose. Evie. So viele andere dazu. Strahlende Funken, ausgebrannt zu brüchigen, leeren Erinnerungshülsen, schwere Särge in dunklen Gräbern. Sie hätten Großes leisten sollen, ein bedeutsames Leben führen, stattdessen hatte man ihnen alles genommen, während die Täter ungestraft einer glänzenden Zukunft entgegenspaziert waren. Und noch dazu ohne jede Reue. Selbst Cassies Mutter hatte man ihr Leben gestohlen: Sie hatte ihre vielversprechende Ausbildung abbrechen müssen und ihr Leben auf der Flucht verbracht, immer in Angst, dass jemand sie aufspüren könnte. Cassie wurde von Gewissensbissen gepeinigt, wenn sie daran dachte, wie sehr sie es gehasst hatte, dieses Nomadenleben zu führen, von ihrer Mutter alle paar Jahre ohne Vorwarnung aus ihrer vertrauten Umgebung gerissen zu werden und immer wieder um jede Stabilität und ein normales Leben gebracht zu werden. Cassie hatte ihrer Mutter an allem die Schuld gegeben, so als hätte sie diese Entscheidungen selbstsüchtig getroffen und nicht in dem verzweifelten Bemühen, ihr Kind zu beschützen. Margaret hatte sich für Cassie aufgeopfert, ohne dass Cassie das je mitbekommen hatte. Kein einziges Mal hatte sie ihrer Mutter für die Opfer gedankt, mit denen sie ihr das Leben gerettet hatte.

Cassie war so mit dem bitteren Schmerz in ihrer Brust beschäftigt, dass sie gar nicht bemerkte, wie sich ein Wagen vom Rand des Dorfes her näherte, bis die Scheinwerfer auf einmal durch den Regenguss schnitten und sie sekundenlang mit ihrem Gleißen blendeten. Im letzten Moment sprang sie von der Fahrbahn, während der Wagen dumpf röhrend vorbeischoss und sie mit Dreckwasser bespritzte.

Fluchend und triefnass stolperte Cassie auf die Straße zurück, doch der Wagen verschwand bereits in der Ferne. Ihr blieb nichts anderes übrig, als weiter auf das Dorf zuzugehen, auch wenn ihre durchtränkten Turnschuhe bei jedem Schritt schmatzten. Zum Glück war es nicht mehr weit, der Kirchturm im Ort leuchtete knapp hinter der Kurve. Cassie freute sich schon auf das Zimmer, das im Pub auf sie wartete, und das heimelige Feuer unter dem Gebälk im Gastraum.

Jetzt hörte sie von hinten einen Automotor. Cassie vergewisserte sich, dass sie am Straßenrand ging und reichlich Platz zum Überholen war, doch statt an ihr vorbeizufahren, rollte der Wagen langsam und mit aufgeblendeten Scheinwerfern hinter ihr her.

Cassie schauderte. Sie drehte sich kurz um. Die Scheinwerfer strahlten zu stark, als dass sie den Fahrer erkannt hätte, aber sie war fast sicher, dass es derselbe Wagen wie vorhin war. Warum hatte er umgedreht?

Angst krampfte ihr die Brust zusammen. Sie ging schneller und begann zu laufen, als die Kirchenmauern endlich durch den strömenden Regen hindurch in Sicht kamen. Prompt beschleunigte der Wagen und rollte mit knurrendem Motor in gleichem Abstand auf der menschenleeren Straße hinter ihr her.

Cassie sprintete die Straße entlang und floh durch ein Seitentor auf den Kirchhof. Sie duckte sich hinter eine Mauer und wartete dort mit klopfendem Herzen darauf, dass der Wagen weiterfuhr. Doch der Motor verstummte. Eine Tür ging auf und wurde gleich darauf wieder zugeschlagen. Schwere Schritte knirschten über den Kies.

Cassie drehte sich auf dem Absatz um und sprintete blindlings im strömenden Regen über den Kirchhof. Weil an manchen Stellen Licht durch die Kirchenfenster auf das Gelände fiel, schlug sie immer wieder Haken zwischen den dunklen Grabsteinen und Statuen. Inzwischen konnte sie ihren Verfolger hören, seine Schritte wurden immer lauter, während sie die Hauptmauer entlangrannte und die Vordertreppe hinunterstolperte, die auf den Dorfplatz führte.

Keuchend und verzweifelt sah sie sich nach Hilfe um, doch das Dorf lag verlassen im Regen, die wenigen Straßen waren menschenleer. Auf der anderen Seite des Platzes stand das Pub, hell erleuchtet wie ein rettender Hafen, und so rannte sie darauf zu, während die Angst in ihrem Kopf kreischte, weil sie hinter sich schon wieder Schritte hörte und dazu ein wütendes Schnaufen, näher, immer näher.

Cassie hatte es fast über die Straße geschafft, als sie eine Hand an ihrem Arm spürte und brutal zurückgerissen wurde. Sie schrie auf, doch der Angreifer versetzte ihr eine schmerzhafte Ohrfeige und schickte sie damit zu Boden. Nach Luft ringend, versuchte sie, sich aufzurappeln, doch ihr blieb keine Zeit, denn schon hatte der Unbekannte sie am Bein gepackt und schleifte sie in den Schatten einer nahen Gasse. Cassie riss den Mund auf, um noch einmal zu schreien, aber ihr Aufschrei wurde durch einen harten Stiefeltritt in ihren Bauch abgeschnitten. Gleich darauf traf der nächste grausame Tritt sie, dann noch einer, und bei jedem einzelnen explodierten neue Schmerzen unter ihren Rippen. Wimmernd rollte sie sich zusammen. Wieder kam der Stiefel, diesmal zielte er nach ihrem Kopf, doch sie konnte sich im letzten Moment unter dem Fuß wegrollen, bekam dabei den Knöchel zu fassen und schickte ihren Angreifer mit einem kraftvollen Ruck zu Boden. Sie erhob sich auf Hände und Knie, doch im nächsten Moment hatte er sich auf sie geworfen, und ihr Kopf knallte auf die Steine. Schmerz jagte durch ihren Körper.

Der Angreifer kroch über sie, hockte sich rittlings auf sie und schloss die Hände um ihre Kehle. In der dunklen Gasse konnte sie sein Gesicht nur schattenhaft erahnen, das Gesicht eines Unbekannten, der vollkommen ausdruckslos und fest entschlossen das Leben aus ihrem Leib presste. Sie kämpfte mit aller Kraft gegen ihn an, versuchte, ihm das Gesicht zu zerkratzen, während ihre Lunge brannte und ihr Blick langsam verschwamm. Aber er war zu stark, er zeigte kaum eine Reaktion, und ihre Kräfte versiegten allmählich. Schwärze hob sich ihr entgegen. *So darf es nicht enden,* dachte Cassie panisch, hoffnungslos. *Nicht hier und nicht so.*

Plötzlich hörte sie ein Geräusch, jenes widerliche Knirschen, mit dem Metall auf Knochen trifft. Der Druck auf Cassies Kehle ließ nach, und ihr Angreifer sackte mit einem kehligen Stöhnen über ihr zusammen. Sie stieß ihn beiseite, und im selben Moment landete etwas mit einem metallischen Klirren auf dem Boden. Ein blutbefleckter Schraubenschlüssel.

»Steh auf«, befahl ihr Retter und streckte ihr eine Hand hin. Er trat aus dem Schatten, und Cassie erstarrte, als sie sein Gesicht sah. Es war ihr Lehrer, Professor Tremain.

Ihr Angreifer stöhnte auf und regte sich neben ihr auf dem Boden. Cassie schreckte aus ihrer Erstarrung hoch, nahm Tremains Hand und ließ sich von ihm hochziehen. »Wer ist das?«, keuchte sie. »Was ist denn los?«

»Keine Zeit«, befahl Tremain und zerrte sie in Richtung Straße. »Du musst mir vertrauen.«

Doch Cassie riss sich los. »Warum?«, schrie sie ihn an. Ihr Herz raste, und in ihrem Kopf wummerte ein dumpfer

Schmerz. »Warum sollte ich Ihnen nach allem, was Sie mir angetan haben, vertrauen?«

Im Schein der Straßenlaterne drehte Tremain sich um und sah sie müde an. »Ich versuche, dich zu beschützen, Cassie.« Er machte eine Pause, und sie sah eine tiefe Trauer in seinem Blick. »Weil du meine Tochter bist.«

Kapitel 29

Cassie schwirrte der Kopf. Das konnte unmöglich stimmen.

»Das ist nicht wahr …«, protestierte sie, doch Tremain schnitt ihr das Wort ab.

»Für Erklärungen ist jetzt keine Zeit.« Er zerrte sie über den Platz zu einem an der Ecke parkenden alten blauen Fiat und schubste sie auf den Beifahrersitz, bevor er auf die Fahrerseite eilte.

Cassie krallte sich am Sitz fest, ihr war schwindlig. Tremain startete den Motor und gab so energisch Gas, dass die Reifen über den nassen Asphalt quietschten. Er jagte über den Platz und schaute gleichzeitig ängstlich in den Rückspiegel. »Schnall dich an«, befahl er. Benommen führte Cassie seinen Befehl aus, während sie auf der Hauptstraße aus dem Ort rasten und den Kurven durch die Hügel folgten.

Das Kinn energisch vorgeschoben, spähte Tremain durch den dunklen Regen. Cassie schauderte. Unmöglich konnte dieser Mann, der sie immer nur lächerlich gemacht und kritisiert hatte, der tief mit der *Schule der Nacht* verstrickt war, ihr Vater sein.

»Wie schlimm bist du verletzt?« Tremain sah kurz zu ihr herüber. »Blutest du?«

Cassie strich sich behutsam über den Kopf. Ihre Finger ertasteten klebrige Feuchtigkeit. »Nicht schlimm«, flüsterte sie. »Aber meine Rippen … ich glaub, ich habe mir was gebrochen.«

»Du wirst es bis nach Oxford schaffen müssen«, erklärte Tremain ihr beinahe milde. »Wir können nirgendwo anhalten. Ich weiß nicht, wen sie noch geschickt haben.«

»Wer war das? Was zum Teufel ist da passiert?«

»Was passiert ist? Du konntest einfach keine Ruhe geben.« Tremain sah weiter unbeirrt auf die Straße. Beinahe blind schossen sie durch die Dunkelheit, als gäbe es keine Geschwindigkeitsbegrenzungen. »Was sollte das überhaupt? Sie folgen dir schon seit Gravestone Manor, verflucht noch mal. In der Stadt kann ich dich beschützen, aber hier draußen kann nichts und niemand dich retten. Du hattest Glück, dass ich Henrys Befehle abgefangen hatte.«

»Was für Befehle?« Cassie schluckte schwer. »Wer war der Mann? Warum wollte er mich umbringen?«

»Weil du gefährlich bist!«, brach es aus Tremain heraus. »In alten Akten wühlen, Fragen stellen. Ich habe dich gedeckt, solange ich konnte, aber als Henry erfuhr, dass du Rose besuchen würdest, gab es für ihn kein Halten mehr.«

Cassie holte tief Luft. »Ihr wisst von Rose?«

Tremain warf ihr einen abfälligen Blick zu. »Wir wissen alles, Cassie. Richard hatte eine Schwäche für Rose und darum ausgehandelt, dass man sie in Frieden lassen würde. Sie ist nicht mehr in der Verfassung, irgendwem gefährlich zu werden, aus ihrem Geplapper wird praktisch niemand mehr schlau. Niemand außer dir.« Er riss am Lenkrad, und der Wagen flog durch eine enge Kurve.

Cassie hielt sich am Fenstergriff fest. »Anhalten!«, protestierte sie und packte ihn am Arm.

Tremain schüttelte sie ab. »Dafür ist keine Zeit.«

»Mir egal!«, brüllte sie ihn an. »Halt sofort an!«

Tremain warf ihr einen finsteren Blick zu, doch er trat

auf die Bremse und lenkte den Wagen auf das flach abfallende Bankett.

Kurz blieb es still, während Cassie wieder Luft holte. Dann wandte sie sich ihm zu. »Du hast gesagt, du bist mein Vater.« Sein Gesicht war nur ein Schatten in der Dunkelheit, trotzdem suchte sie darin nach etwas Vertrautem, nach irgendeiner Ähnlichkeit. »Wieso sollte ich das glauben? Das kann nicht wahr sein.«

Tremain seufzte auf und wich ihrem Blick aus. »Du hättest das nie erfahren sollen. Das wäre sicherer für dich gewesen.«

»Das begreife ich nicht.« Cassie schluckte. »Seit ich ans College gekommen bin, hast du dich wie ein Arschloch aufgeführt. Ich sollte mein Studium abbrechen, musste mit Sebastian im selben Zimmer sitzen. Wie konntest du so was tun? Wenn du mich immer nur beschützen wolltest, wie du behauptest …«

»Am Raleigh bist du nicht sicher, verflucht!« Tremain sah sie wütend an. »Glaubst du etwa, ich hätte das alles gewollt? Als mir erst klar wurde, wer du bist, wer deine Mutter war … Seither habe ich versucht, dich von dort zu vertreiben. Du solltest verschwinden, solange du noch konntest.«

Cassie schüttelte den Kopf und klammerte sich immer noch an die Möglichkeit, dass das nur ein Trick war, eine Art Spiel, um sich ihr Vertrauen zu erschleichen. »Warum hast du nicht einfach mit mir geredet?«

»Wenn irgendwer etwas davon mitbekommen hätte, wäre alles vorbei gewesen. Begreifst du nicht?«, fuhr Tremain sie an. »Wir sind eine Sippe. In dieser Gesellschaft stammen alle von einem Blut ab. Es wird von einer Generation zur nächsten weitergegeben. Wenn sie wüssten, dass du meine Tochter bist, würden sie dich nie gehen lassen.« Er holte bebend Luft.

»Es hat vielleicht nicht danach ausgesehen, aber ich wollte dich wirklich beschützen. Und jetzt ist es zu spät. Sie halten dich für eine Bedrohung. Sie haben ihn losgeschickt, um dich auszuschalten, und er wird nicht der Letzte bleiben.« Frustriert schlug er mit der Faust aufs Lenkrad.

Aber Cassie interessierte sich nicht für ihren Angreifer. Sie war zu sehr mit dem beschäftigt, was er außerdem gesagt hatte. »Ich bin eine von ihnen?«, fragte sie und spürte, wie die Erkenntnis sich als schwarzes Gift in ihren Adern ausbreitete. »Dieses Ding, diese Dunkelheit, ist auch in mir?«

»Tut mir leid«, erwiderte Tremain schroff. »Genau deswegen darfst du nicht bleiben. Im Moment bist du inaktiv; du hast nur das Potenzial. Aber wenn du am Rising teilnimmst und sie dich zu einer der ihren machen ... Dann gibt es kein Zurück mehr.« Er wandte sich ihr zu, und sie sah leere Resignation in seinem Blick. »Was du dann tun wirst, was du dann entscheidest ... Kannst du nicht ungeschehen machen. Nie wieder.«

Den restlichen Weg nach Oxford legten sie schweigend zurück. Cassie saß betäubt da, während in ihrem Kopf unzählige Fragen kreisten, die sie Tremain nicht stellen konnte. Weil sie gar nicht wissen wollte, wie die Antworten lauten würden.

Sie war eine von ihnen. Diese Erkenntnis hallte mit schrecklicher Endgültigkeit in ihr nach. Sie war wie Hugo und Olivia. Es war in ihr, in ihrem Blut. Und Tremain ... Tremain war ebenfalls ein Teil von ihr. Der Vater, über den sie sich so viele Gedanken gemacht hatte, war nichts als ein schwacher, verdorbener Mann, der sich dem uralten Bösen angedient hatte.

Erst jetzt wurden Cassie die uneingestandenen Träume

bewusst, an die sie sich geklammert hatte: dass sie, wenn sie ihren Vater erst gefunden hatte, endlich jene Familie bekommen würde, nach der sie sich all die Jahre gesehnt hatte. Dass sie ihn nur kennenlernen musste und allein dadurch die Leere gefüllt und der Schmerz in ihrem Herzen gelindert würde, der sie seit dem Tod ihrer Mutter peinigte. Dass es irgendwo normale, liebevolle Menschen geben würde, die sie mit offenen Armen aufnahmen, und dass sie damit ihr kaputtes, rastloses Leben hinter sich lassen könnte. Sie wusste, dass das naiv war, der romantische Traum einer Heimatlosen, aber jetzt, wo sie erstmals mit der harten Realität konfrontiert war, spürte Cassie, wie dieser Traum endgültig starb.

Offenbar war Cassie unter dem Mantra der Enttäuschung eingeschlafen, denn als sie blinzelnd die Augen öffnete, bogen sie gerade vom Motorway ab in die Außenbezirke Oxfords, und draußen zogen vorstädtische Trabantensiedlungen vorbei.

»Wie geht es dir?« Tremain klang eher ungeduldig als besorgt.

Cassie rutschte in ihrem Sitz herum und spürte den Schmerzen in ihrem Bauch und ihrer Brust nach. »Ganz okay, glaube ich«, log sie.

»Ich setze dich am College ab. Du holst deinen Pass und alles, was du sonst noch brauchst. Dann bringe ich dich zum Flughafen. Und dort überlegen wir, wohin du am besten verschwindest.«

Verschwinden? Cassie schüttelte den Kopf. »Ich gehe nirgendwohin.«

»Wie dumm bist du eigentlich?«, herrschte Tremain sie an. »Hast du mir nicht zugehört? Sie wissen, dass du ihnen auf der Spur bist. Der Kerl, den sie dir auf den Hals gehetzt haben, ist nur der Anfang.«

»Nein, jetzt hörst du mir zu«, widersprach Cassie. »Ich laufe nicht davon. Irgendwer muss sie aufhalten.«

Tremain lachte bellend. »Sie aufhalten?« Er sah sie an und zog fassungslos die Stirn in Falten. »Was zum Teufel denkst du dir dabei? Weißt du, wer diese Leute sind, was sie getan haben? Du kannst das nicht beenden, das kann niemand.«

»Hast du es auch nur versucht?«, forderte Cassie ihn heraus. »Oder buckelst du immer nur vor den Mandevilles und erledigst brav die Drecksarbeit für sie?« Plötzlich kam ihr ein Gedanke, und sie sah ihn entsetzt und mit wachsender Angst an. »Ernährst du dich auch von anderen Menschen? Laugst du sie genauso aus?«

»Nein«, brachte Tremain hervor. Dann blieb er kurz stumm. »Schon lange nicht mehr«, gab er zu. »Nicht mehr seit meinen Tagen als Student. Damals habe ich gesehen, welchen Schaden wir damit anrichten. Und mir geschworen, es nie wieder zu tun.«

Cassie überlegte, und auf einmal fügte sich ein Teil zum anderen. »Meine Mutter«, hauchte sie. »Du hast sie benutzt.«

Tremain starrte stur durch die Windschutzscheibe und hielt das Lenkrad mit weißen Fingern umklammert. »Ich habe Fehler gemacht«, gestand er leise. »Und sie mein ganzes Leben bereut.«

Cassie spürte, wie die Magensäure ihr in die Kehle schoss. Natürlich, warum hatte sie das nicht gleich erkannt? Die Depressionen ihrer Mutter, die Stimmungsschwankungen, der Suizid … Ihr waren die Parallelen zu Evies Verhalten aufgefallen, trotzdem hatte sie keine Sekunde in Erwägung gezogen, dass Margarets Rastlosigkeit dieselbe Ursache gehabt haben könnte. *Die Schule der Nacht.* Tremain. Er war an allem schuld. Auch wenn man Margaret am College nichts angemerkt hatte, war sie nicht unbeschadet davongekommen.

»Du weißt, dass sie tot ist.« Bittere Verachtung lag in Cassies Stimme. »Sie hat sich die Pulsadern aufgeschnitten, als ich vierzehn war. Ich habe sie damals gefunden.«

Tremain zuckte sichtbar zusammen. »Damals wusste ich das alles nicht. Ich hatte von alledem keine Ahnung, bis du hier aufgetaucht bist. Deine Fragen, der Einbruch … Erst da habe ich mir alles zusammengereimt.« Er musste an einer roten Ampel halten und sah sie wieder an. »Ehrenwort, Cassie, mit allem, was ich seither getan habe, wollte ich dich nur beschützen.« Er sah sie eindringlich und flehend an. »Darum kannst du nicht bleiben. Begreifst du nicht? Entweder merken sie, dass du meine Tochter bist, oder sie bringen dich vorher um. So oder so bist du in Gefahr, jedenfalls am Raleigh. Und ich könnte nicht weiterleben, wenn …« Seine Stimme zitterte so, dass er verstummte.

»Wenn auch ich zu einem deiner schmutzigen Geheimnisse würde.« Cassie ballte die Fäuste. »Zu einem weiteren Opfer deiner egoistischen Verbrechen.«

»Du verstehst das nicht«, versuchte Tremain zu protestieren, doch Cassie sah bereits die Türme über dem College aufragen. Sie hielt es keine Sekunde länger in der Nähe dieses Mannes aus, der ihr und ihrer Mutter so viel Leid zugefügt hatte.

»Ich kann nicht mehr darüber reden, und jetzt schon gar nicht.« Sie legte die Hand auf den Griff und öffnete die Tür. »Ich brauche Zeit zum Nachdenken.«

»Warte!«, rief Tremain ihr nach, doch Cassie war schon ausgestiegen. Sie knallte die Tür hinter sich zu und hastete über die Straße davon, auch wenn sie bei jedem Schritt unter Schmerzen das Gesicht verzog. Ihr Magen pochte, ihr war schwindlig und übel. Ihre Mutter war tot, ihr Leben war ebenfalls in Gefahr, und, was am schlimmsten war, sie war inzwischen ein Teil von allem. *Die Schule der Nacht*, die Dunkelheit, die Verschwörungen – sie trug es in ihrem Blut, und das fesselte sie an diesen Ort. Tremain lag falsch, wenn er meinte, sie sollte davonlaufen. Sie konnte nicht fliehen.

Cassie schwirrte der Kopf, als sie durch das Tor des College eilte. Sie war nur einen einzigen Tag weg gewesen, doch dabei war sie mit viel zu vielen neuen Erkenntnissen überflutet worden: über Rose, Tremain, das Rising – alles verschwamm zu einem grauenvollen Gemenge, bis sie nur noch in ihr Bett fallen und tagelang schlafen wollte.

Das scharfe Läuten ihres Handys riss sie aus ihrer Trance. Als sie aufs Display blickte, sah sie Charlies Namen – und ein Dutzend verpasster Anrufe.

»Es geht mir gut«, antwortete sie, bevor er eine Erklärung verlangen konnte. »Ich bin wieder in Oxford. Wir unterhalten uns morgen, okay?«

»Deswegen rufe ich nicht an.« Charlies Stimme klang schwer.

Cassie spürte einen Angstschauer. »Was ist los?«

»Rutledge ist gestern Abend gestorben.«

Cassie erstarrte mitten auf dem nassen Innenhof. »Was ist passiert?«

»Angeblich war es ein Überfall. Er wurde auf der Straße zusammengeschlagen, und seine Brieftasche ist verschwunden.« Charlie klang grimmig. »Letztendlich starb er an einem Herzanfall.«

»O Gott«, hauchte Cassie. Schuldgefühle pressten ihre Brust zusammen. Dafür war sie verantwortlich. Sie hatte Rose aufspüren wollen; sie hatte Rutledge zum Reden gezwungen. Er hatte sich gefürchtet, er hatte gewusst, dass sie es erfahren würden, trotzdem hatte sie Antworten verlangt.

Nein, mahnte eine innere Stimme. *Es war* Die Schule der Nacht. *Ihr Blut, ihre Verbrechen.* Und wie Tremain selbst gesagt hatte, würden sie keine Ruhe geben, bis alle zum Schweigen gebracht worden waren. Cassie spürte, wie ihre Angst neu aufflammte. »Ist bei dir alles okay?«, fragte sie Charlie. »Du musst noch vorsichtiger sein als bisher. Wenn sie über ihn Bescheid wissen, wissen sie bestimmt auch, dass du …«

»Mach dir um mich keine Sorgen. Was hast du rausgefunden?«

»Nichts«, log Cassie und sah sich um. Sie war allein auf dem Kiesweg, da waren nur ein paar Studenten am anderen Ende des Hofs, die offenbar zur Bibliothek wollten. Sie drehte ihnen den Rücken zu und fuhr leiser fort: »Mit Rose ist nichts mehr anzufangen. Sie redet nur Unsinn.«

»Verdammt«, fluchte Charlie. »Hör zu, du gehst auf Tauchstation. Pass auf dich auf. Morgen treffen wir uns irgendwie.«

»Nein«, widersprach Cassie sofort. »Bestimmt beobachten sie dich längst. Wir sollten vorerst nichts unternehmen. Ich rufe dich an, wenn ich von hier wegkann.«

Charlie seufzte. »Wir tragen Verantwortung, vergiss das nicht.«

»Bestimmt nicht«, sagte sie leise. »Pass auf dich auf.« Ihr war ganz übel vor Schuldgefühlen, als sie auflegte. Rutledge hatte ihre Mutter gerettet, er hatte alles unternommen, um sie zu beschützen. Und jetzt war er tot, und sie war daran schuld.

Sie sah sich ängstlich um und eilte dann den Weg entlang zu ihrem Zimmer.

Erst als sie allein in ihrer Mansardenwohnung stand, kam sie wieder zu Atem. Auf einmal lastete die Erschöpfung schmerzhaft auf ihren Gliedern. Cassie ging in ihr Zimmer, zog die nassen Sachen aus und schlüpfte in ein Sweatshirt und eine Pyjamahose. Sie kroch unter die Decke, doch sie konnte nicht einschlafen. Dauernd musste sie daran denken, wie viele Menschen sie in Gefahr gebracht, wie viele Menschenleben sie aufs Spiel gesetzt hatte.

Elliot war gerade noch mit dem Leben davongekommen, doch Charlie war vielleicht der Nächste. Cassie schauderte und sah wieder Rose vor sich, die mit leerem Blick auf die Waliser Hügel gestarrt hatte, ohne etwas zu sehen. Der Tod war nicht das Schlimmste, was *Die Schule der Nacht* einem Menschen zufügen konnte. Cassie verkroch sich tiefer unter ihre Decke. Vielleicht hatte Tremain recht. Vielleicht sollte sie aus Oxford verschwinden – wenn nicht um ihretwillen, dann Charlies wegen. Aber dann bliebe er ganz allein zurück. Anders als sie konnte er nicht einfach seinen Koffer packen und verschwinden, er hatte eine Familie hier, ein Heim. Sie hatte ihn viel zu tief in die ganze Sache hineingezerrt, und nun würde er den Preis dafür zahlen müssen.

Rose. Evie. Margaret. Rutledge. Die Namen verschwammen, doch ein Gesicht blieb Cassie eigensinnig vor Augen, bis sie endlich in den erlösenden Schlaf fiel. Matthew Tremain. Ihr Vater.

Cassie wachte auf, weil jemand eine Hand auf ihren Mund presste. »Nicht schreien.« Hugos Stimme war nur Zentimeter von ihr entfernt.

Ihr Körper versteifte sich in panischer Angst.

»Ehrenwort; ich werde dir nicht wehtun«, beschwor Hugo sie eindringlich. Sie blinzelte und erahnte seine Silhouette in der Dunkelheit über ihrem Bett. »Ich lasse dich los, aber du musst mir versprechen, nicht zu schreien. In Ordnung?«

Cassie schlotterte und reagierte mit einem ruckartigen Nicken. Ganz langsam hob Hugo die Hand. Blitzschnell zog sie mit aller Kraft ihren Ellbogen über sein Gesicht und traf krachend auf seinen Wangenknochen. Fluchend taumelte er zurück. Sie streckte sich nach der Nachttischlampe und überflutete den Raum mit weichem goldenem Licht. »Ich habe dir doch gesagt, dass ich dir nichts tun werde!« Schwer atmend rappelte Hugo sich wieder auf.

»Und ich glaube dir kein Wort.« Cassie zog die Beine an und sah sich hektisch nach einer möglichen Waffe oder einem Fluchtweg um. Der Weg zur Tür wurde ihr von Hugo verstellt, der sich mit heraushängendem Hemd und zerzausten Haaren die Wange rieb. »Was willst du von mir? Wie bist du hier reingekommen?«

»Ich habe dir doch gesagt, wir müssen reden. Aber du weichst mir ständig aus.« Hugo trat näher und wirkte auf einmal zutiefst besorgt. »Mein Gott, was ist dir denn passiert? Bist du verletzt?«

Cassie starrte ihn fassungslos an. »Was mir passiert ist …?«, wiederholte sie. »Du weißt genau, was mir passiert ist. Dein Großvater hat jemanden auf mich angesetzt, der mich zum Schweigen bringen sollte. Habt ihr beschlossen, die Drecksarbeit diesmal ausnahmsweise selbst zu erledigen?«

Hugo blinzelte. »Nein, Ehrenwort, ich hatte keine Ahnung …« Er machte einen Schritt auf sie zu, doch Cassie rutschte sofort ein Stück von ihm weg. »Ich verspreche dir«, wiederholte Hugo mit ausgebreiteten Händen, »dass ich dir nichts tun werde. Ich will dir helfen!«

»Das habe ich heute schon zu oft gehört«, antwortete Cassie scharf, aber als sie seinen aufrichtigen Blick sah, stockte sie.

»Dann lass es mich beweisen.« Hugo schluckte, er wirkte

nervös. »Ich werde dir demonstrieren, worum es bei alledem geht. Und ich werde dir nichts tun, Ehrenwort.«

Cassie atmete langsam aus. Sie vertraute ihm nicht, das konnte sie nicht, aber sie wollte Antworten. »Okay«, sagte sie schwach. »Lass uns reden.« Ohne seine Hand zu nehmen, stand sie aus dem Bett auf, aber sofort wurde ihr schwindlig, und sie kam ins Straucheln.

Blitzschnell war Hugo an ihrer Seite und stützte sie. »Mein Gott, Cassie, was haben sie dir angetan?«

»Ich hatte noch Glück.« Cassie sah zu ihm auf. »Rutledge, den Porter, haben sie umgebracht.«

Hugo zog die Stirn in Falten. »Ich habe gehört, er hätte einen Herzinfarkt gehabt.«

»Na sicher«, antwortete Cassie müde. »Und Evie hat sich das Leben genommen. Erzähl mir nicht, dass du nicht weißt, wie das läuft.«

Hugo schluckte. Aus der Nähe sah sie die Blässe auf seinen Wangen, die Ringe unter seinen Augen. »Ich habe mir solche Sorgen um dich gemacht«, murmelte er und führte sie aus dem Raum. Sie spürte seinen Körper an ihrem und vergaß kurzzeitig die wütenden Vorwürfe, die in ihrem Kopf kreisten. Fühlte sie sich ihm so verbunden, weil sie sich in Wahrheit ganz ähnlich waren? Cassie versuchte, den verstörenden Gedanken zu verdrängen.

Hugo half ihr ins Wohnzimmer und schaltete das Licht ein. Sebastian lag bewusstlos auf der Couch ausgestreckt.

»Was …?« Cassies Muskeln krampften sich zusammen. Sie sah Hugo an. »Warum hast du …?«

»Du willst doch wissen, worum es hier wirklich geht.« Seine dunklen Augen flehten sie stumm an. »Es gibt Dinge, die ich nicht erklären kann. Aber ich kann sie dir zeigen, wenn du mich lässt.«

Cassie holte einmal tief Luft, dann noch einmal. Sie sah

abwechselnd auf Sebastians erschlafften Körper und auf Hugo. Das war er – der Moment, auf den sie gewartet hatte. Seit jener Nacht im Labyrinth. Sie sank in einen Sessel gegenüber der Couch. »Erklär es mir.«

Hugo holte kurz Luft. »Wir waren schon immer so«, begann er. Er setzte sich nicht hin, sondern ging langsam im Zimmer auf und ab. »Wenigstens war *ich* immer so. Man hat mir erzählt, es sei ein Familienerbe. Als Raleigh das College gründete, schlossen er und seine Freunde einen Pakt. Einen Handel. Es verlangte sie nach Wissen, mehr als nach allem anderen. Sie verfolgten ein höheres Ziel. Eigentlich sollte es nicht …« Er brach ab. »Etwas wie das hier hatten sie dabei nicht im Sinn. Aber sie beschworen etwas herauf, eine dunkle Macht. Sie verlieh ihnen das Wissen, nach dem sie sich verzehrten, allerdings zu einem hohen Preis. Macht, musst du wissen, wird nicht geschaffen, man kann sie sich nur nehmen.« Hugo stellte sich betreten ihrem Blick. »Von jemand anderem.«

Cassie schluckte. »Weiter«, sagte sie leise mit einem Blick auf Sebastian.

»*Die Schule der Nacht* hütete ihr Geheimnis gut«, erzählte Hugo weiter und fuhr sich mit der Hand durchs Haar. Cassie fragte sich, ob er die Rede wohl einstudiert hatte. »Es wurde über Jahrhunderte weitergereicht. Es gibt ein Ritual, eine Art Zeremonie, die einmal pro Generation vollzogen wird und bei der die Verbindung mit der Dunkelheit erneuert wird. Dabei kann jedes neue Mitglied seine Treue bekunden und die Gabe erneuern.« Hugos Stimme stockte bei dem Wort Gabe, und er überlegte kurz, bevor er fortfuhr: »Wenn du nicht daran teilnimmst, verlierst du deine Kräfte und verblasst zu einem Schatten deiner selbst. Also musst du deine Kräfte aufbauen, um dich vorzubereiten. Du musst sie dir nehmen.«

»Und eine Opfergabe darbringen«, ergänzte Cassie leise.

Hugo sah auf. »Woher weißt du …?« Er verstummte. »Ja«, gab er zu, »eine Opfergabe. Jedes Mitglied muss jemanden darbringen, ein williges Opfer. Die Dunkelheit nutzt dieses Opfer als Gefäß. Die Macht erwächst aus dem Einvernehmen, dem Risiko, das die Erwählten eingehen, um hoffentlich einer von uns zu werden.«

»Ihr könnt neue Mitglieder erschaffen?« Cassie konnte ihm nur mit Mühe folgen. »Ich dachte, die Gabe würde vererbt?«

»Wird sie auch.« Hugo nickte. »Aber es gibt das Versprechen, dass du, wenn du stark genug bist, ebenfalls zu uns gehören kannst, auch wenn du nicht dazu geboren bist. Allerdings hat … allerdings hat noch niemand die Zeremonie überlebt.«

»Das also haben sie Rose angeboten«, erkannte Cassie. »Sie haben ihr erzählt, sie könnte eine von ihnen werden.«

Hugo ließ den Kopf hängen. »Je stärker die Opfergabe, desto mehr Macht wird der Familie gewährt.« Er blieb kurz still. »Desto mehr Macht können wir uns nehmen.«

Cassie spürte eine kranke Faszination. All diese willigen Opfer, blind für die Gefahr, die nur darauf hofften, die eine glückliche Seele zu sein, die zu den privilegierten Auserwählten aufsteigen durfte.

»Wie funktioniert es, wenn ihr euch nährt?«, hörte sie sich fragen und sah Hugo wieder an. »Das hast du damals bei mir versucht, nicht wahr? Als ich diese Albträume hatte, als ich bei dir zu Hause übernachtete. Hattest du das von Anfang an geplant?« Sie überlegte kurz. »Der Einbruch, das warst du auch, oder? Du hast Evies Forschungsunterlagen gestohlen.«

Hugo senkte beschämt den Blick. »Olivia meinte, wir müssten sicherstellen, dass keine losen Fäden blieben. Aber dass ich dir über den Weg gelaufen bin, war nicht geplant. Ich wollte nur sicherstellen, dass dir nichts passiert.«

»Also hast du mich zu dir nach Hause geholt und versucht … versucht …« Cassie fehlten die Worte.

»Es tut mir leid.« Hugo stellte sich standhaft ihrem Blick. »Ich wollte dir bestimmt nicht wehtun. Ich musste nur herausfinden, warum ich so empfand. Du spürst es doch auch, diese Verbindung zwischen uns.«

Cassie wandte das Gesicht ab.

»Ich habe mich nicht von dir genährt, falls dir das irgendwie hilft«, versicherte Hugo reuig. »Das hätte ich gar nicht können. Dein Geist ist zu stark. So etwas habe ich noch nie erlebt. Es ist, als wärst du eine von uns.«

Cassie ging nicht darauf ein. Sie würde ihm nicht erzählen, was sie über Tremain erfahren hatte; dazu hätte sie sich erst damit abfinden müssen. Stattdessen nickte sie zu Sebastians bewusstlosem Körper hin. »Warum hast du ihn hergebracht?«

Hugo drehte sich zu ihm um. »Um es dir zu zeigen. Wie wir uns nähren.« Hugo sah Cassie noch eindringlicher an. »Du wirst es nicht verstehen, bis ich es dir zeige. Lässt du mich das für dich tun?«

Cassie starrte ihn mit offenem Mund an. Sie wünschte, sie könnte ihm diese Bitte verwehren, ihm erklären, dass er verschwinden und sie mit diesem perversen Spiel verschonen sollte, aber in Wahrheit wollte sie es wissen. Sie musste es mit eigenen Augen sehen.

Sie beobachtete, wie Sebastians Brust sich hob und senkte, und schluckte schwer. »Wie funktioniert es?« Sie klang überraschend gefasst.

Hugo blinzelte, als wäre er nicht sicher, ob er sie richtig verstanden hatte, doch dann trat er zu Sebastian und setzte sich neben ihm auf die Couch. »Ich brauche Kontakt«, begann er und legte die Fingerspitzen leicht auf Sebastians Schläfe. Sie ruhten genau auf der dünnen roten Linie, der Narbe, die Cassie ihm beigebracht hatte. »Und dann … ich kann es schwer beschreiben, aber ich spüre die Macht, so als würde ich in seinen Geist eindringen.« Hugo sah Cassie über den Tisch hinweg an. Er holte scharf Luft und atmete tief aus. Cassie beobachtete gebannt, wie um Sebastians Kopf herum die Luft zu schimmern und zu flattern begann. So wie vor ein paar Tagen im Labyrinth.

Hugo fuhr sich mit der Zunge über die Lippen und sank rückwärts in die Polster der Couch. Das Pulsieren verstärkte sich, bis Cassie sehen konnte, wie die Energie von Sebastian weg und durch Hugos Hand floss. Hugos Gesicht veränderte sich, seine Haut leuchtete frischer, die Schatten unter seinen Augen lösten sich auf. Seine Augen flogen auf, richteten sich auf Cassie – in den dunklen Pupillen funkelten Macht und Möglichkeiten. »Es ist …«, hauchte er, »es ist mit nichts zu vergleichen. Ich kann die Macht schmecken. Das ganze Potenzial seines Geistes, einfach alles. Es ist jetzt alles in mir.«

Cassie spürte ein Ziehen in ihrer Brust. Hunger. Ein Sehnen, das sie schon öfter gespürt hatte und nie hatte einordnen können. Langsam stand sie auf, trat zu den beiden und setzte sich auf Sebastians andere Seite. Zaghaft legte sie die Hand auf seinen Kopf, legte ihre Fingerspitzen auf Hugos.

Hugo starrte sie an. »Du kannst das nicht … Du bist keine von uns.«

»Das werden wir ja sehen«, sagte Cassie und schloss die Augen.

So dicht neben Sebastian spürte sie die Energie, die von ihm ausstrahlte. Sie lag schwer in der Luft wie eine schimmernde, köchelnde Kraft. Cassie atmete tief durch und versuchte, sich zu entspannen. Sie hätte nicht erklären können, was sie da tat, bloß dass ein Instinkt sie trieb, der von ihr ausstrahlte und ihren Körper Stück um Stück auflöste, bis sie nichts weiter war als pure Macht und Denken und dunkle Absicht. Sie spürte, wie Sebastian Widerstand leistete, aber sie gab nicht nach und umschlich seine Abwehr, bis sie überall zugleich war, bis sie ihn eingeschlossen und vollkommen durchdrungen hatte. Sebastians Geist brach auf, und im selben Moment strömte ihr alles entgegen. Ungefilterte Macht, die in ihren Adern glitzerte.

Cassie schnappte nach Luft, und ihre Augen flogen auf. Hugo sah sie an, mit ruhigem Blick im Zwielicht. Er verschränkte die Finger mit ihren, während sie sich beide an Sebastian festhielten.

Die Dunkelheit verschlang Cassie, erblühte in ihr, und ein scharfer, wilder Hunger loderte auf. Sie fühlte, wie er pulsierte, hörte ihn so laut, dass er ihren wilden Herzschlag übertönte. Zorn. Ein tief unglückliches Verlangen, das sie nur zu gut kannte. Über Jahre hatte sie es versteckt, sogar vor sich selbst, aber jetzt konnte sie die Wahrheit nicht länger verdrängen.

Es war richtig so. Dies war ihre Bestimmung.

Niemand würde ihr je wieder wehtun können.

»Ich bin dabei«, erklärte sie Hugo und kehrte in die Wirklichkeit zurück. Er starrte sie verständnislos an. Sie tauchte tiefer in den Rausch ein und bebte, als die Energie durch ihren Körper strömte. »Lass mich deine Opfergabe sein«, sagte sie fest. »Ich will eine von euch werden.«

Kapitel 30

Cassie trat durch das Tor des College und ging mit langen Schritten auf der High Street zum Auditorium Maximum. An der Ampel musste sie warten und sah sich flüchtig um. Da. Der schlanke junge Mann mit der dunklen Jacke und der Baseballcap. Sie hatte ihn schon am Morgen zuvor bemerkt: als er ihr zum Sandwich-Shop und zurück gefolgt war und dabei unauffällig zehn Meter Abstand gehalten hatte, ohne sie auch nur eine Sekunde aus den Augen zu lassen. Auch vor der Ratcliffe Library hatte er gewartet, an die Wand gelehnt und eine Zigarette rauchend, als sie nach ihrer Schicht aus dem Gebäude getreten war, und sie hatte ihn noch einmal entdeckt, als sie am Abend ins Raleigh zurückgekehrt war. Jetzt glich er, während sie in der Flutwelle von Studenten die Straße überquerte, unauffällig sein Tempo ihrem an und folgte ihr weiter durch den morgendlichen Verkehr.

Cassie merkte, wie ihr Magen sich nervös zusammenzog, doch sie ging weiter, sorgsam darauf bedacht, sich ihr Unbehagen nicht anmerken zu lassen. Sie trug eine knallrote Wollmütze, mit der sie in der Menge leicht auszumachen war. An ihre Brust drückte sie einen Stapel Lehrbücher wie eine ganz normale Studentin auf dem Weg in die Morgenvorlesung. Wenigstens sollte er sie dafür halten.

Drei Tage waren vergangen, seit sie von ihrem Ausflug

nach Wales zurückgekehrt war. Drei Tage seit jenem nächtlichen Erlebnis mit Hugo und Sebastian. Seither hatte sie keine Atempause gefunden, um sich ihren nächsten Zug zu überlegen. *Die Schule der Nacht* mochte inzwischen wissen, dass Charlie ihre Verbindung zur Polizei war, aber auf gar keinen Fall durfte sie von ihrer Verbindung zu Tremain erfahren.

Nicht, wenn ihr Plan aufgehen sollte.

Cassie blieb vor den Vorlesungsgebäuden stehen und tat so, als würde sie einen Blick auf ihr Smartphone werfen, bis sie sich überzeugt hatte, dass ihr Verfolger sie sehen konnte. Dann betrat sie das Gebäude, doch statt den anderen Studenten zum Vorlesungssaal im Obergeschoss zu folgen, bog sie unauffällig ab und arbeitete sich durch das Gebäude vor, bis sie auf der Rückseite angelangt war. Dort öffnete sich die Tür auf eine schmale Kopfsteinpflastergasse, die vom Merton College zum Hintereingang des Christ Church College verlief. Sie sah sich um, doch ihr Verfolger war nirgendwo zu sehen. Die Bücher fest an die Brust gepresst, zog sie die Mütze ab und eilte mit gesenktem Kopf davon.

Sie schlich durch die Tore des Christ Church und durchquerte das Labyrinth von üppig grünen Innenhöfen und erhabenen alten Gebäuden. Christ Church war deutlich weitläufiger als Raleigh, und so bog sie mehrmals falsch ab, bis sie nach fünf Minuten endlich die schmale Hintertreppe gefunden und das Zimmer im dritten Stock erreicht hatte. Sie klopfte leicht an. Die Tür flog sofort auf, und Charlie winkte sie herein. »Hast du ihn abgehängt?«, fragte er und sah an ihr vorbei durch das Fenster auf den Innenhof.

»Ich glaube schon«, sagte Cassie und trat ein. Tremain ging vor dem Kamin des alten Arbeitszimmers auf und ab. Es war das Büro eines Kollegen, hatte er ihr erklärt, der in diesem Semester nicht in Oxford war. »Ich habe eine Stunde, dann ist die Vorlesung zu Ende.«

»So lange werden wir nicht brauchen.« Tremain sah wütend aus. Grimmig fixierte er sie durch seine Drahtbügelbrille. »Wir sollten uns überhaupt nicht treffen. Ich habe dir doch gesagt, dass du zu deiner eigenen Sicherheit aus Oxford verschwinden sollst.«

»Und ich habe dir gesagt, dass ich nirgendwohin gehen werde.«

Charlie stand plötzlich hinter ihr und legte sanft die Hand auf ihren Arm. »Worum geht es hier, Cassie?«, fragte er und sah dabei Tremain an. Sie hatte Charlie am Telefon erzählt, was in Wales passiert war, trotzdem traute er Tremain nicht – und hatte das ganz deutlich gemacht. »Er hat recht, diese Mantel-und-Degen-Scheiße ist wirklich gefährlich.«

»Ich musste euch sehen, um euch zu sagen, was ich beschlossen habe.« Cassie atmete tief durch. »Das Rising findet in fünf Tagen statt. Nur zu diesem Zeitpunkt ist die Verbindung zur Dunkelheit geöffnet. Nur zu diesem Zeitpunkt sind sie verwundbar, kann man sie angreifen. Also werde ich an der Zeremonie teilnehmen. Und zwar als Hugos Opfergabe. Ich werde die Sache ein für alle Mal beenden.«

Als sie ausgesprochen hatte, wurde es still im Raum. Cassie machte sich auf ein Donnerwetter gefasst.

»Das ist dumm, verblendet und kindisch!« Tremain baute sich vor ihr auf. »Hast du den Verstand verloren?«

»Er hat recht.« Charlie verschränkte finster die Arme. »Du hast selbst gesagt, dass niemand dieses Ritual überlebt.«

»Aber es ist möglich«, wandte Cassie ein. »Das wird einem jedenfalls versprochen, oder? Dass du aufgenommen werden kannst, wenn du stark genug bist, wenn du ihrer würdig bist. Das ist meine Chance: Wenn ich diese Verbindung zerstören kann …«

»In den letzten fünfhundert Jahren hat es noch niemand unversehrt überstanden.« Tremain sah sie fassungslos an.

»Aber ich bin anders.« Verbitterung schwang in Cassies Stimme mit. »Die Macht liegt in meinem Blut. In deinem Blut. Sie wissen nicht, dass du mein Vater bist, das verschafft mir einen Vorteil. Sie haben noch nie versucht, einen der ihren als Opfergabe zu verwenden. Und Hugo hat versprochen, mich zu beschützen.«

Charlie schnaubte verächtlich. »Und das glaubst du ihm?«

»Ich weiß es nicht.« Cassie senkte den Blick. »Aber er behauptet, er will, dass ich es überstehe. Erst wollte er mir die Sache ausreden, aber ich habe mich nicht abbringen lassen.« Sie sah die beiden abwechselnd an. »Das ist meine Chance. Unsere einzige Chance, sie aufzuhalten. Habe ich recht oder nicht?«, fragte sie Tremain. »Die Verbindung zur ursprünglichen Dunkelheit ist ihr einziger Schwachpunkt.«

Tremain sah sie gequält an. »Ich will nichts damit zu tun haben. Ich habe dich gewarnt!«

»Und was soll ich deiner Meinung nach tun?«, wollte Cassie wütend wissen. »Mein Leben lang auf der Flucht sein oder untätig herumhocken so wie du? Wie oft hast du die Augen vor ihren Taten verschlossen?«, fragte sie verächtlich. »Wie viele sind gestorben, und du hast weggesehen?«

Tremain wich ihrem Blick aus. »Ich habe meine Wahl getroffen«, sagte er leise. »Ich kenne meine Grenzen.«

»Ich scheiße auf deine Grenzen!«, brüllte Cassie ihn an. »Jahr um Jahr zerstören sie Menschenleben. Nicht nur hier, sondern in aller Welt. Mandeville wird Premierminister;

dann wird er das ganze Land regieren. Du kannst das vielleicht ignorieren, aber ich kann es nicht. Erzähl mir, was bei dem Ritual passiert, wie wir diese … diese Macht schlagen können. Es muss eine Möglichkeit geben …«

»Nein! Das ist ein Selbstmordkommando«, schnitt Tremain ihr das Wort ab. Er war kreidebleich. »Wir können sie nicht aufhalten.« Er schüttelte den Kopf, schnappte sich seinen Mantel und ging zur Tür. »Das alles ist Wahnsinn.« Sein Blick ging an Cassie vorbei zu Charlie, und seine Miene erschlaffte in einer absurden Bitte: »Bring sie bitte zur Vernunft.« Dann ging er und zog die Tür hinter sich zu.

Es kostete Cassie all ihre Kraft, ruhig zu bleiben. Sie wusste nicht, wieso sie mehr von ihm erwartet hatte. Jahrelang hatte Tremain den leichtesten Weg gewählt, hatte sich ängstlich verkrochen, während Henry Mandeville und seinesgleichen die Stadt zu ihrem Jagdgebiet erkoren und eine Spur der Verwüstung zurückgelassen hatten. Sie drehte sich zu Charlie um. »Du verstehst das, oder?«

Charlie öffnete die verschränkten Arme und baute sich mit grimmiger Miene vor ihr auf. »Ich kann verstehen, dass du am liebsten da reinstürmen und den ganzen Laden hochgehen lassen würdest, aber das heißt nicht, dass du den Hauch einer Chance hast, mit so was durchzukommen!« Er hielt sie fest und sah ihr tief in die Augen. »Cassie, bitte überleg dir das gut. Du weißt nichts über diese Zeremonie. Wie viele daran teilnehmen werden oder was …«

»Mindestens zwei Dutzend bei dem Ritual, würde ich tippen«, fiel Cassie ihm ins Wort. »Und dazu die Opfergaben. Diese Kräfte-Erneuerung ist eine ganz große Sache, es werden Angehörige sämtlicher Familien erscheinen und dazu die neuen Mitglieder, die erst aufgenommen werden sollen. Ich weiß nicht, wo es stattfinden wird, aber mit Sicherheit irgendwo auf dem Gelände des College. Irgendwo, wo sie sich verstecken können. Vielleicht unterirdisch in den Katakomben. Rose hat etwas von Tunnels gesagt.«

»Und wie wird es ablaufen?«, wollte Charlie von ihr wissen. »Wie kannst du sicher sein, was dich dort erwartet? Du kannst nicht schutzlos da reinmarschieren.«

»Hugo wird auch da sein …«

»Hugo ist einer von ihnen. Der wird dir nicht den Rücken freihalten.«

»Anders wird es nicht gehen«, sagte Cassie leise. Sie sah ihn flehend an. »Begreifst du nicht? Wir können sie unmöglich aufhalten, wenn sie ihre Macht immer wieder erneuern. Tremain hatte recht; es sind zu viele, die verschiedenen Vererbungslinien werden nicht einfach aussterben. Aber wenn ich sie irgendwie von dieser Macht abschneiden kann, wenn ich eine Möglichkeit finde, ihre Verbindung zur Dunkelheit zu trennen …«

»Wenn«, fauchte Charlie. »Warum gibst du nicht zu, dass du keinen Schimmer hast, worauf du dich einlässt? Du hast doch gesehen, wozu sie fähig sind.«

»Ich habe es gesehen und auch gespürt.« Cassie schluckte, denn sie wollte ihm nicht verraten, was sie mit Hugo getan hatte. »Ich weiß, wie diese Macht funktioniert. Ich weiß, dass ich sie schlagen kann.« Sie hatte den Hunger gespürt, sie wusste, was es brauchte, um den Geist eines Menschen zu infiltrieren. Sie konnte diese Fähigkeit gegen sie verwenden, und zwar dann, wenn sie überhaupt nicht damit rechneten.

Charlie ging ans Fenster und atmete zittrig durch. »Du lässt dich nicht abbringen«, stellte er resigniert fest.

»Das kann ich nicht.« Cassie nahm seine Hand und drehte ihn zu sich um. »Begreifst du nicht? Dafür ist es zu spät. Sie wissen, dass ich zu viel gesehen habe. Ich könnte fliehen, aber wir wissen beide, dass sie mich finden würden. Irgendwann wird dann meine Leiche auftauchen: hier oder in Amerika. Meine Mom musste ihren Namen ändern und eine neue Identität annehmen, um unterzutauchen. Das werden sie kein zweites Mal zulassen. Ich wäre mein ganzes Leben auf der Flucht, Charlie, aber …« Cassie holte tief Luft. »Für dich ist es noch nicht zu spät.«

Er sah scharf auf. »Was redest du da?«

»Du kannst mir nicht mehr helfen«, erklärte sie schlicht. »Das ist jetzt meine Schlacht.«

»Nein, Cassie …«

Sie drückte seine Hand. »Sie haben mich eingeladen. Sie glauben, ich will versuchen, Macht und Ruhm zu erlangen, so wie sie alle. Sie werden keinen Verdacht schöpfen.«

»Es ist zu gefährlich«, wandte Charlie ein.

»Wann hätte mich das je aufgehalten?« Cassie lächelte schwach.

Er legte die Stirn in Falten. »Wenn du herausfindest, wo das Ritual abgehalten wird, könnte ich mich einschmuggeln. Wir könnten …«

»Nein, Charlie«, erklärte Cassie fest. »Du hast zu viel zu verlieren. Wenn sie erkennen, dass du dich mit mir zusammengetan hast … Denk an deine Familie. Willst du sie auch in Gefahr bringen? Laura und Kirsty und die kleine Daisy und Liam?«

Charlie starrte sie an. »Das war unter der Gürtellinie.«

»*Die Schule der Nacht* interessiert sich nicht für Moral. Ich spreche nur aus, was du selbst weißt. Du hast schon so viel für mich getan«, erklärte sie milde. »Ohne dich hätte ich es nie so weit geschafft. Aber das hier war immer mein Kampf. Jetzt muss ich ihn allein zu Ende führen.«

»Erzähl keinen Müll.« Charlie versuchte, sich von ihr zu lösen, doch sie hielt ihn fest.

»Ich meine es ernst. Du hast mir den Rücken freigehalten, und das …« Cassie spürte einen Kloß in der Kehle, aufwallende Gefühle, die sie nur mühsam hinunterschlucken konnte. »Das hat noch nie jemand für mich getan. Danke, okay? Du tust immer genau das Richtige.« Sie ließ seine Hand los und drehte sich weg. Es stimmte. Charlie war der erste Mensch seit Jahren, vielleicht in ihrem ganzen Leben, dem sie wirklich vertraute. Er hatte sich selbst in Gefahr gebracht, nur weil er das Richtige tun wollte, hatte alles riskiert, um ihr zu helfen, und dabei keinen Gedanken daran verschwendet, wie teuer ihn das zu stehen kommen könnte.

»Ich habe es nicht getan, weil es das Richtige war. Ich habe es für dich getan.« Cassie spürte seine Hand auf ihrer Schulter, dann zog Charlie sie wieder herum, beugte sich vor und fing ihren Mund in einem Kuss. Sie erstarrte überrascht, spürte seine Lippen auf ihren und die wilde Begierde in seinem angespannten Körper. Sein Mund erforschte ihren rücksichtslos, ehe er sich unvermittelt zurückzog und nur ein kühler Lufthauch zurückblieb, wo eben noch seine Lippen gewesen waren. »Lass dich nicht umbringen«, meinte er schroff. Und dann war er verschwunden, und sie blieb im Arbeitszimmer zurück, allein mit dem verhallenden Klang seiner Schritte auf der Treppe und dem brennenden Abdruck seiner Lippen auf ihren.

Am nächsten Morgen hämmerten Cassies Turnschuhe auf den gefrorenen Erdboden. Sie lief auf Tempo, ihre Lunge brannte, denn ihr Körper hatte sich von der Attacke in Wales noch nicht völlig erholt, trotzdem peitschte sie sich weiter. Sie brauchte Freiraum, um ihren Kopf klar zu bekommen, Bewegung, um sich von dem Jucken in ihren Adern abzulenken.

Sie war hungrig. Nicht nach Nahrung oder Schlaf oder

etwas anderem, was sich ähnlich leicht befriedigen ließ. Eine dunklere Lust fraß sich fordernd und scharf durch ihren Körper. Sie wollte sich wieder nähren. Wieder die Macht schmecken. Seit dem Abend mit Hugo war der Hunger unaufhaltsam gewachsen, mit jedem Tag weiter erblüht. Sie versuchte, ihn zu ignorieren, ihn mit ihren entschlossenen Planungen für das Ritual zu ersticken, aber inzwischen, nach vier Tagen, war er so brüllend geworden, dass sie ihn kaum mehr ignorieren konnte. Schon beim Aufwachen hatte er in ihren Adern getobt.

Cassie sprintete weiter. Auf ihrer Laufroute war viel los, Studenten gingen hier spazieren, und ein paar Touristen hielten saumselig Ausschau nach Aussichtspunkten für ein Panoramafoto von den Flusswiesen, jenseits derer sich hinter den Sandsteinmauern der Glockenturm des Raleigh College erhob.

Sie fragte sich, wie der Geist dieser Menschen wohl schmecken würde.

Sie hatte nur Sekunden mit Sebastian Verbindung gehalten, gerade erst die Tiefen seines Geists auszuloten begonnen, als Hugo sie wieder aus ihrer Trance geholt hatte. Doch schon die hatten genügt, um diesen wilden Hunger zu wecken. Wenn dieser Hunger *Die Schule der Nacht* antrieb, würde niemand sie aufhalten können. Er war mit nichts zu vergleichen, was sie je empfunden hatte. Außer …

Cassie kam auf dem harten Boden ins Stolpern und blieb unvermittelt stehen. Ihr Atem dampfte in der frostigen Luft, und Erinnerungen, die sie lange gewaltsam unterdrückt hatte, brachen sich erneut Bahn. Eine dunkle Nacht. Das Quietschen ihrer Kinderzimmertür. Ihr Stiefvater, betrunken, so wie jeden Abend, nachdem ihre Mutter gestorben war. Nur dass er diesmal nicht wie sonst auf dem Sofa eingeschlafen war. Diesmal wollte er mehr.

Er bekam es nicht.

Sie hatte dem Sheriff erzählt, er sei bewusstlos gewesen, als das Feuer ausgebrochen sei, und das war nicht gelogen. Sie behaupteten, wahrscheinlich habe er das Gas eingeschaltet gelassen und eine Kerze umgeworfen. Im Suff. Doch sie konnte immer noch das raue Kratzen des Streichholzes auf der Reibfläche hören, das zornige Aufflammen, und sie spürte noch heute das Triumphgefühl in ihrer Brust, während sie zugesehen hatte, wie alles niederbrannte.

Sie war schon immer so gewesen.

Jetzt hatte sie wenigstens eine Erklärung dafür. Was sie von anderen abgesondert hatte, ihre Kurzschlussreaktionen, alles hatte hierin seinen Grund. Sie hätte mit bestem Willen nichts daran ändern können.

Cassie zwang sich, tief durchzuatmen, und machte kehrt, um zum College zurückzulaufen. Auch wenn dieser Zug in ihrer Natur lag – dieser Hunger, diese skrupellose Gewalttätigkeit –, bedeutete das nicht, dass sie keine Wahl hatte. Sie hatte ihr ganzes Leben gegen das Vermächtnis ihrer selbstzerstörerischen Mutter angekämpft; jetzt musste sie sich gegen ein neues Erbe wehren.

Sie würde sie alle aufhalten, bevor es zu spät war. Es war ihre einzige Chance. Morgen wäre alles zu Ende, so oder so.

Sie rannte weiter – und betete, dass der Hunger irgendwann nachlassen würde.

Cassies Muskeln schmerzten noch nach dem Lauf, als sie die Tür zu ihrem Apartment aufschloss und in die Küche ging, um ein Glas Wasser zu trinken.

»Guten Morgen, Miss Blackwell.«

Cassie erschrak und wirbelte so schnell herum, dass das Wasser auf den Boden spritzte. Henry Mandeville lagerte in einem Sessel am Fenster und beobachtete sie amüsiert, aber mit eisigem Blick.

Sie zwang sich, ruhig zu bleiben. »Ihre Familie hat wohl was gegen verschlossene Türen«, kommentierte sie. Sie drehte sich wieder zum Spülbecken um und füllte ihr Glas neu auf, bevor sie ein paar Schritte auf ihn zu machte. »Und was verschafft mir die Ehre Ihres Besuches?«

Henry zog eine Braue hoch. Er war makellos in einen dreiteiligen Anzug gekleidet, aus dessen Brusttasche ein weißes Tuch ragte, und hatte die weißen Haare akkurat zurückgekämmt. »Mir ist zu Ohren gekommen, dass Sie sich als Opfergabe zur Verfügung stellen wollen«, sagte er.

Cassie stellte sich seinem Blick. »Korrekt.«

Henry sah sie mit schmalen Augen an. »Es ist eine große Ehre, unsere Familie vertreten zu dürfen«, sagte er langsam. »Die Möglichkeit zu bekommen, in unsere Reihen einzutreten.«

Cassie blieb kühl. »Das habe ich gehört.«

»Und Sie wissen, was das Ritual von Ihnen verlangen wird?« Henry erhob sich und kam langsam durch das Zimmer auf sie zu.

Cassie nickte und spürte, wie ihr Puls sich beschleunigte. Henry blieb vor ihr stehen. »Man findet ausgesprochen wenig an Informationen über Sie, Miss Blackwell.« Er betonte ihren Namen, als wüsste er genau, dass er gefälscht war. »Kaum Unterlagen, noch weniger Freunde. Wir gehören zu den angesehensten Familien im Land. Unser Stammbaum reicht viele Generationen zurück und ist unbefleckt. Wieso haben Sie es Ihrer Meinung nach verdient, sich in unsere Reihen einzugliedern?«

Cassie schluckte. »Ich dachte, ich sollte beweisen, dass ich meinen Platz verdient habe. Dreht sich das Ritual nicht genau darum?«

Das machte keinen Eindruck auf Henry. »Mein Enkel ist mir sehr wichtig. Es wird Zeit, dass er diesen … Kindergarten verlässt und seinen rechtmäßigen Platz als Familienoberhaupt einnimmt. Diese Zeremonie wird diesen Schritt besiegeln.« Seine Hand schoss vor und umfasste Cassies Kinn. Sie zuckte erschrocken zurück, doch er hielt sie mit knochigen Fingern gefangen. »Wir werden ja sehen, nicht wahr?«, murmelte er und strich dabei mit dem Daumen über ihre Wange.

Cassie schauderte. Sie spürte die Kälte seines Blicks, die tiefe Schwärze dieser Augen, doch irgendwie konnte sie den Blick nicht abwenden.

Und sie spürte, wie die Dunkelheit am Rand ihres Geistes lauerte.

Sie schluckte. Dies war ein Test, er wollte feststellen, ob sie würdig war, ihre Opfergabe zu sein. Sie durfte keinen Widerstand leisten, wenn sie ihn nicht ihre Kraft spüren lassen wollte.

Cassie schloss die Augen und ließ ihn ein. Es kostete sie größte Mühe, sich nicht zu wehren, die Kälte in die Tiefen ihres Geistes einzulassen, die düsteren Schatten, die ihre Gedanken verstummen ließen und ihre Erinnerungen, doch Cassie zwang sich, ruhig zu bleiben. Stumm und gefügig stand sie da und ließ zu, dass er sie in aller Seelenruhe ausforschte. Sie wollte schreiend davonlaufen, gegen ihn ankämpfen. *Nicht jetzt,* ermahnte sie sich und bohrte die Fingernägel tief in die Handfläche, bis Tränen in ihren Augenwinkeln brannten. *Noch nicht.*

Henry erlöste sie und trat einen Schritt zurück. Cassie tauchte zitternd wieder auf.

»Interessant …« Henry betrachtete sie versonnen, als würde er einen teuren Wein verkosten. Cassies Atem ging schnell. Sie fragte sich, ob er wohl gespürt hatte, dass sie anders war, ob ihr Geist irgendwie ihr Geheimnis offenbart hatte.

Schließlich nickte er. »Das wird schon gehen.« Damit hatte er alles erledigt, weswegen er gekommen war, und wollte gehen.

»Einen Moment«, hörte Cassie sich rufen. »Was passiert nach der Zeremonie? Nachdem – *falls* ich den Test bestanden habe?«

Henry lächelte kühl. »Dann, meine Liebe, beginnt Ihr wahres Leben. Als eine von uns können Sie alles erreichen, was Sie sich nur wünschen.« Er legte den Kopf schief. »Was wünschen Sie sich denn vom Leben? Ruhm, Vermögen, Reichtum?« Seine Stimme hatte etwas Abfälliges.

Cassie blinzelte. Ihr wollte keine Lüge einfallen, darum sagte sie die Wahrheit. »Ich will so mächtig werden, dass niemand mir je wieder wehtun kann. Ich will unantastbar sein.«

Henry musterte sie erneut, diesmal fast wohlwollend. »Ein edles Ziel. Viel Glück dabei, Miss Blackwell.« Er nickte, dann war er fort, ein dunkler Schatten im Treppenhaus und gleich darauf ein schwarzer Fleck tief unter ihrem Fenster, als sie ihn über den Hof davonschreiten sah.

Kapitel 31

Sie hatte denselben Traum wie so oft: von staubigen Katakomben und flackernden Fackeln, von Flucht und Panik und Angst. Sie träumte von der Dunkelheit, und als sie erwachte, klebte der Hunger dick in ihren Adern.

Cassie lag wach, sie zählte die Minuten. Dies war ihre letzte Nacht. Die einzige Nacht.

Dies war das Ende.

Kapitel 32

Trotz all ihrer Recherchen und obwohl sie so viele Fäden gezogen und lose Enden verknüpft hatte, konnte Cassie immer noch nicht abschätzen, wie groß die Gefahr war, in die sie sich in jener Nacht begab. Dies war das wahre Geheimnis der *Schule der Nacht*; dass alle von Privilegien und Mächten munkelten und es trotzdem auch nach Jahrhunderten voller Gerüchte nicht den leisesten Hinweis auf die dunkle Quelle gab, die unter der aristokratischen Oberfläche brodelte. Sie hatte nichts, was sie durch dieses mysteriöse Ritual führen konnte, nichts als ihren Instinkt und die verzweifelte Hoffnung, dass sie allem, auf das sie treffen mochte, gewachsen sein würde. Und es zerstören konnte.

Tremain wollte sie nicht in die Geheimnisse der Gesellschaft einweihen, vielleicht aus der irrigen Hoffnung heraus, dass sie ihr Vorhaben doch noch aufgeben könnte, und auch Hugo blieb frustrierend vage. Er eröffnete ihr lediglich, dass der Abend mit einem gemeinsamen Essen beginnen würde, einem Festmahl für die gesamte Gesellschaft in einem der Speisesäle im Raleigh College. Um neun Uhr abends holte er sie ab, im Anzug und mit nervöser Miene.

»Du siehst wunderschön aus«, sagte er mit einem wohlwollenden Blick. Cassie hatte sich für Evies schwarzes Abendkleid entschieden. Ihr zu Ehren und in ihrem Gedenken.

»Danke«, antwortete sie unsicher. »Ich muss nur schnell meine Handtasche holen.« Sie verschwand ins Schlafzimmer, schlüpfte in ihre High Heels und legte die Halskette ihrer Mutter um. Das Gesicht im Spiegel wirkte ängstlich und geheimnisvoll. Cassie zwang sich, tief durchzuatmen und das nervöse Rumoren in ihrem Magen zu ignorieren.

Es war so weit. Sie hatte keine Zeit, sich zu fürchten. Nicht mehr.

Im Wohnzimmer half Hugo ihr in den Mantel. »Du hast gepackt«, stellte er fest, als er sich in dem kargen Raum umsah.

Cassie zuckte mit den Achseln. »Nur für alle Fälle.« Während sie ihre Sachen gepackt hatte, hatte sie das Apartment methodisch ausgeräumt, denn sie wollte nicht, dass einem armen Porter die unangenehme Pflicht zufiel, ihre Sachen zusammenzusuchen, so wie sie es für Evie getan hatte. Ihr Leben in Oxford hatte sie schnell abgewickelt: ihre Unterlagen eingesteckt, die Bibliotheksbücher zurückgegeben, die letzte Hausarbeit eingereicht und den Talar auf dem Bett ausgelegt. Wie so oft würde sie auch in diesem Ort keine Spuren hinterlassen; sie würde genauso unauffällig verschwinden, wie sie eingetroffen war. So als wäre sie nie da gewesen.

Charlie hatte sie in den Tagen seit ihrem letzten Treffen mehrmals anzurufen versucht, aber Cassie hatte sich gezwungen, nicht ans Telefon zu gehen. Ein weiteres Gespräch würde nichts bringen: Er würde bloß versuchen, sie von ihrem Plan abzubringen, und sie war inzwischen fester entschlossen denn je.

»Sollen wir?«, fragte sie und streckte den Arm aus, aber plötzlich baute sich Hugo in der Tür auf.

»Du kannst es dir noch anders überlegen«, beschwor er

sie und sah sie mit seinen dunklen Augen an. »Du musst das nicht tun.«

Cassie blinzelte überrascht. Das war nicht der Zeitpunkt, Bedenken zu bekommen. »Du hast gesagt, es wäre alles okay, du würdest mich beschützen.«

»Ich weiß, aber …« Hugo ließ den Satz in der Luft hängen. Er sah hin- und hergerissen aus, und Cassie musste unwillkürlich daran denken, wie absurd sein Zögern war. Ausgerechnet jetzt bekam er Gewissensbisse. Er glaubte, sie würde blindlings ins Verderben rennen wie ein williges Opfertier, und Cassie würde ihm genau diese Rolle bis zum Ende vorspielen müssen.

»Was ist denn los?«, fragte sie vorsichtig. »Hast du deine Meinung geändert?«

Hugo schluckte. »Nein, ich meine bloß …« Er wandte den Blick ab. »Du weißt, wie riskant das ist. Noch nie hat jemand überlebt«, gab er leise zu.

»Es gab auch noch niemanden wie mich«, erwiderte Cassie, ehe ihr aufging, dass sie damit womöglich zu viel verraten hatte. Sie wusste, dass in ihren Adern das Blut der *Schule der Nacht* floss, aber dieses Geheimnis war ihr einziger Vorteil, wenn das Ritual begann. Sie versuchte, ihre Antwort als Überheblichkeit zu tarnen. »Ich meine, du hast selbst gesagt, es hat sich anders angefühlt, als du dich mit mir verbinden wolltest. Ich schaffe das.«

»Aber trotzdem …« Hugo zögerte kurz. »Dieses Leben, der Preis dafür …« Seine Miene ließ erkennen, wie er sich quälte. »Es nimmt dich gefangen, Cassie. Es ist ein goldener Käfig, aus dem es kein Entkommen gibt, wenn du erst mal drinsitzt.«

Sie betrachtete ihn nachdenklich und fragte sich, wie tief seine Zweifel wohl reichten. Konnte sie das für sich ausnutzen? »Würdest du denn auf alles verzichten, wenn du könntest?«, fragte sie. »Alles beenden – die Macht, den Schmerz?«

Hugo sah sie stirnrunzelnd an. »Wie meinst du das?«

Cassie wusste, dass sie extrem vorsichtig vorgehen musste. »Ich meine, zur Abwechslung mal dein eigener Herr sein, statt immer nur für die Familie da sein zu müssen.« Er hatte sich schon früher beklagt, wie sehr es ihn frustrierte, ständig seinem Namen gerecht werden zu müssen – den Erwartungen, die das Leben als Mandeville mit sich brachte, der Last, die daran hing. Wenn er ihr während des Rituals helfen würde, wenn er mit allem abschließen konnte … »Stell dir vor, du könntest einfach frei sein«, erläuterte sie. »Tun, was immer du willst. Ohne Druck, ohne Regeln.«

Hugo schenkte ihr ein resigniertes Lächeln. »Wozu sollte ich mir das vorstellen? Mein Schicksal wurde vor langer Zeit für mich entschieden.«

»Aber wünschst du dir nicht, du hättest irgendwann selbst die Wahl?«, setzte Cassie nach. Wenn sie ihn als echten Verbündeten gewinnen konnte, würde das vielleicht alles ändern. »Heute Abend …«

Sie wurden von lauten Schritten auf der Treppe unterbrochen. »Ihr kommt noch zu spät!«, rief Olivia und platzte im selben Moment herein. Sie trat zwischen sie und hakte sich bei Cassie ein. »Ich kann dir gar nicht sagen, wie ich mich freue, dass du bald zu uns gehörst.« Sie lächelte spröde. »Ich bin ganz sicher, dass du dich großartig schlagen wirst.« Ihre dunklen Augen sahen Cassie arglos an, ihr Gesicht wirkte glücklich und aufrichtig. Cassie hätte ihr geglaubt, hätte sie nicht in jener Nacht im Irrgarten entdeckt, was sich wirklich hinter Olivias perfektem Lächeln versteckte.

»Das glaube ich auch.« Cassie lächelte ebenfalls und

folgte Olivia zur Tür. Sie drehte sich noch einmal zu Hugo um, doch er hatte sich abgewandt. »Ich bin ja so gespannt auf das Ritual«, wandte sie sich wieder an Olivia. »Weißt du, wie es abläuft?«

Olivia schüttelte den Kopf. »Ich bin auch zum ersten Mal dabei. Aber du brauchst keine Angst zu haben; es ist nur eine Formalität«, versicherte sie Cassie, während sie den Hof überquerten, wo ihre Seidenkleider in der Abendbrise raschelten. »Eine Menge komischer alten Rollenspiele. Zerbrich dir darüber nicht den Kopf.«

Ihre Lügen überraschten Cassie nicht. »Da bin ich aber erleichtert«, spielte sie mit. »Bestimmt wird es lustig.«

Während sie, gefolgt von Hugo, die Wege entlanggingen, schaute Cassie unwillkürlich immer wieder auf die anderen Studenten, die in lauten Gruppen gerade in eine Bar zogen oder, schwer beladen mit Büchern, allein aus der Bibliothek kamen. Sie lebten in ihrer eigenen Welt und ahnten nichts von den uralten Ritualen, die innerhalb der Mauern ihres geliebten College abgehalten wurden, oder von der Dunkelheit, die an den Fundamenten unter ihren Füßen nagte. Hätte das auch ihr Leben sein können, fragte Cassie sich, wenn sie nicht über *Die Schule der Nacht* gestolpert wäre? Was wäre passiert, wenn sie die Suche nach der Wahrheit über ihre Mutter an der ersten Hürde abgebrochen und sich stattdessen ganz auf ihre Hausarbeiten konzentriert hätte – wenn sie Clubs und Sportteams beigetreten wäre und sich genauso fest entschlossen anderen Zielen zugewandt hätte?

»Und was geht dir im Kopf herum?«, wollte Olivia fröhlich wissen, während sie das Gebäude am anderen Ende des Hofes betraten.

»Ach, nichts weiter«, sagte Cassie leichthin. »Nur eine Hausarbeit, die nächste Woche fertig sein muss.«

Olivia lachte. »Glaub mir, nach heute Abend wirst du

dir keine Gedanken mehr über irgendwelche Hausarbeiten machen. Du wirst dich mit wesentlich wichtigeren Dingen beschäftigen.«

Sie hatte recht. Es brachte nichts, sich ein anderes Leben auszumalen. Cassie hätte ihre Suche nach der Wahrheit auf keinen Fall aufgegeben; das lag nicht in ihrer Natur. Sie hatte keine Wahl. Sie konnte der Person, die sie war, nicht entkommen. Und heute Abend würde sie *Die Schule der Nacht* für ihre Verbrechen bezahlen lassen – oder bei dem Versuch sterben.

Olivia führte sie hoch ins Obergeschoss über dem Kreuzgang, wo ein streng dreinblickender Mann vor der Tür Wache stand. Sein Blick tastete sie beide kurz ab, dann trat er nickend beiseite.

Gemeinsam mit Hugo und mit flatternden Nerven betrat Cassie den weitläufigen Raum. Überall standen Menschen beisammen, die Wein tranken und mit ihrem Gelächter und Geplauder ein angenehmes Grundrauschen erzeugten. Es hätte eine beliebige elegante Dinnerparty sein können. Sie ließ den Blick über die Menge schweifen und erkannte zu ihrem Schreck mehrere Gesichter wieder: Politiker, Geschäftsmagnaten und Medienmenschen. Rutledge hatte recht gehabt; das hier reichte bis in die Spitzen der Gesellschaft. Cassie unterdrückte ein Schaudern. Wenn sie diese Leute nicht aufhielt, würde ihre Macht unkontrolliert anwachsen. Und dann würden Tod und Zerstörung über eine neue Generation hinwegrollen.

»Lasst uns was trinken«, verkündete Olivia begeistert. Hugo sah sie tadelnd an, doch Olivia zuckte nur mit den Achseln. »Was denn? Schließlich soll es eine Party sein.« Sie hielt einen vorbeikommenden Kellner mit einem Tablett voller Champagnerfloten an, nahm sich eine und reichte

Cassie eine zweite. »Auf unser neuestes Mitglied.« Sie prostete Cassie zu, und Cassie erwiderte die Geste, auch wenn es sie bei Olivias Verhalten fröstelte. Wusste Olivia, welches Schicksal Cassie erwartete, oder war sie tatsächlich so naiv?

Cassie sah, wie Lewis, blass und nervös, den Saal betrat. Doch dann sah er Olivia, sein Gesicht hellte sich auf, und er arbeitete sich durch die Menge zu ihnen vor. »Wunderbar siehst du aus«, gurrte Olivia und strich dabei über die Aufschläge seines Dinnerjackets. »Bist du aufgeregt? Ich kann es gar nicht erwarten.«

Lewis brachte ein Lächeln zustande. »Natürlich, Schatz.«

Olivias Blick ging durch den Raum. »Sie rufen uns, Hugo.« Sie nickte dorthin, wo Henry ihnen winkte. »Wir sollten lieber unsere Aufwartung machen.«

Hugo legte die Hand auf Cassies Schulter. »Alles in Ordnung?«, fragte er.

Sie nickte. »Alles gut.« Sie sah zu, wie die beiden zu ihrer Familie stießen. Henry beobachtete sie streng; Richard, der zukünftige Premierminister dagegen, zeigte jenes leise, warmherzige und aufmunternde Lächeln, für das ihm die Wählerherzen zuflogen. Cassie fragte sich, wo die beiden Ehefrauen waren, ob sie bei solchen Ereignissen willkommen waren, oder ob sie zu Hause die Stellung hielten und die finsteren Geschäfte lieber ihren Männern überließen.

Cassie wandte sich wieder an Lewis. Er schwitzte sichtlich und zupfte nervös an seiner Krawatte. »Sieh sich das einer an«, murmelte er verlegen. »Das verfluchte halbe Kabinett ist heute Abend versammelt.«

»Hat Olivia Ihnen etwas über die Zeremonie erzählt?«, fragte sie vorsichtig.

»Da gibt es nicht viel zu erzählen, oder?« Lewis lächelte

matt. »Nur ein paar alte Beschwörungsformeln, richtig? Nichts, was einem Sorgen machen müsste.«

Cassie spürte Gewissensbisse. Sie kannte die Wahrheit, er hingegen ging völlig unvorbereitet in das Ritual. »Aber hat sie Ihnen erklärt, wie alles funktioniert?«, bohrte sie nach und wünschte sich dabei, sie könnte ihn irgendwie warnen, ihm eine letzte Chance geben, den Rückzug anzutreten.

Lewis schluckte und nickte dann knapp und widerwillig.

»Und das ist für Sie okay?«, fragte Cassie schockiert.

Lewis sah an ihr vorbei ans andere Ende des Saals. »Liv meint, ich sei stark genug.« Er schluckte wieder, als wollte er sich selbst überzeugen. »Sie meint, jemanden wie mich hätte es noch nie gegeben. Sie wird mich beschützen. Sie wird dafür sorgen, dass ich alles heil überstehe.«

Eisige Kälte breitete sich in Cassies Körper aus. Genau das hatte Hugo auch ihr erzählt: dass sie anders sei, dass er sie beschützen würde. War das alles Teil derselben Lüge? Hatte er sie lediglich in dem Glauben wiegen wollen, sie würde den Abend lebend überstehen?

Ehe sie etwas darauf erwidern konnte, erklang ein Gong, und sie wurden aufgefordert, ihre Plätze an der langen, festlich gedeckten Tafel einzunehmen. Cassie wurde zu einem Stuhl neben Hugos geführt, Lewis setzte sich neben Olivia. Ihr gegenüber saß Miles, fröhlich trinkend, die Hand auf der Schulter eines Jungen, den Cassie aus der Radcliffe Library wiedererkannte. Er hatte gerötete Wangen, war furchtbar nervös und höchstens neunzehn Jahre alt. Paige saß weiter unten neben einem blonden Mädchen, dessen Augen nervös durch den Raum zuckten. Das Mädchen bemerkte Cassies neugierigen Blick und lächelte zaghaft.

Henry Mandeville erhob sich am Kopfende der Tafel und klopfte gegen sein Glas, bis Ruhe eintrat. »Es ist mir ein großes Vergnügen, Sie heute Abend alle hier versammelt zu wissen.« Seine sonore Stimme hallte durch den Raum. »Alte Freunde wiederzusehen und mit ihnen alte Bräuche zu feiern. Denn die Gesellschaft an sich beruht zweifelsfrei auf Traditionen wie der Weitergabe unserer Rituale und unserer Geschichte von einer Generation zur nächsten. Heute Abend teilen wir diese unsere Geschichte, diese edle Tradition, mit einer neuen Generation. Die Söhne und Töchter, die wir so stolz heranwachsen sahen, werden nun ihren Platz als Erwachsene unter uns einnehmen, sie werden damit Teil unseres Vermächtnisses an die Welt.«

Cassie sah sich um. Alle Gäste nickten oder lächelten. Sie sah Väter und Söhne, die ein schüchternes Lächeln austauschten, sah Blicke voller Stolz und Triumph.

»Aber wir wollen an diesem Abend nicht nur jene feiern, die unsere Bräuche ererbt haben«, fuhr Henry mit pathetisch stolzer Stimme fort. »Die Geschichte marschiert weiter, und unsere neuesten Mitglieder werden in den kommenden Jahren unser Antrieb sein. Diese tapferen Seelen gehen das letzte Risiko ein, um an unsere Seite zu treten, ein Risiko, das sich für wenige Glückliche auszahlen wird. Ihr frisches Blut wird uns Macht geben, es wird unseren Horizont erweitern und diese edle Vereinigung auch in zukünftigen Jahren auf Kurs halten.«

Cassie unterdrückte ein Schaudern. *Frisches Blut* … Das war keine lyrische Metapher. Überall im Saal erhoben die älteren Mitglieder ihre Gläser zu einem grausamen Toast.

»Also lasst uns, wie unsere Ahnen vor uns, dinieren und feiern, bis die Prüfungen beginnen.« Henry sah sich um. »Wir wissen wohl …«

Er verstummte, weil unerwartet die große Tür aufschwang. Cassie hätte um ein Haar überrascht aufgeschrien, während alle Köpfe sich dem Neuankömmling zuwandten.

Tremain trat, in einen makellosen Anzug gekleidet, in den Saal.

Geflüster erfüllte die Luft, Erstaunen und Empörung äußerten sich in leisem Raunen.

»Was ist denn los?«, fragte Cassie, ohne den Blick von Tremain zu wenden. Ihr Herz begann wie wild zu schlagen. Sie hatte ihn seit dem Tag im Arbeitszimmer weder gesehen noch gesprochen. Was tat er hier?

»Ich weiß es nicht«, murmelte Hugo. »Er gehört nicht zu uns. Nicht mehr.«

Cassie verfolgte, wie Henry vortrat und ihn abzufangen versuchte. Als die beiden aufeinandertrafen, standen sie so nahe bei Cassies Platz, dass sie alles mithören konnte. »Ich bin überrascht, dich hier zu sehen, Matthew«, murmelte Henry eisig und bedrohlich.

Tremain erwiderte standhaft seinen Blick. »Ich bin gekommen, um Abbitte zu leisten«, sagte er. »Du hattest von Anfang an recht. Ich kann mein wahres Selbst nicht unterdrücken.«

»Du willst wieder zu uns stoßen?« Das schien Henry zu überraschen.

»Ich habe lang genug dagegen angekämpft. Es war ein dummer Fehler, mein Erbe verleugnen zu wollen.« Tremain senkte in einer gefügigen Geste den Kopf. »Es wird Zeit, dass ich meinen Platz wieder einnehme und mit euch allen das Rising feiere, so wie ich es schon vor Jahren hätte tun sollen. Die Familie geht über alles.«

Henry verstummte und ließ dann ein Lächeln aufstrahlen, das Cassie Schauer über den Rücken jagte. »Willkommen zu Hause, Freund.« Er schüttelte Tremains Hand. »Leiste uns beim Essen Gesellschaft. Wir freuen uns über deine Heimkehr.«

Mit pochendem Herzen beobachtete Cassie, wie die beiden Platz nahmen. Das ergab keinen Sinn – bis Tremain über den Tisch hinweg zu ihr hersah. Seine Miene blieb ungerührt, doch sie bemerkte ein leises Flackern in seinem Blick. Ihr wurde klar, was das alles sollte.

Er war hier, um ihr zu helfen.

Cassie spürte eine tiefe Dankbarkeit gegenüber diesem Mann, der ihr zwar fremd, aber nichtsdestotrotz ihr Vater war. Vielleicht machte er damit nicht wieder wett, was er ihrer Mutter angetan hatte, trotzdem war es etwas: eine Geste, ein letzter Versuch der Wiedergutmachung.

Mehr würde sie nicht bekommen.

Das Essen zog sich hin. Um sie herum machten sich die Mitglieder der Gesellschaft glücklich lachend und plaudernd über die exzellenten Speisen und Weine her. Es war eine Art Wiedersehensfeier, vermutete Cassie, während sie beobachtete, wie sich alte Freunde begrüßten und von vergangenen Zeiten schwärmten. Sie war angewidert und fasziniert zugleich, dass man ein so grauenvolles Ritual in einen freudigen Anlass verwandeln konnte, doch hier waren alle Anwesenden so abgestumpft gegenüber den eigenen Untaten, dass sie gedankenlos die dicken Hirsch- und Rehbratenscheiben hinunterschlangen.

Auf einmal wurde Cassie bewusst, was für eine gigantische Aufgabe sie sich zugemutet hatte. Sie hatte sich so konzentriert vorbereitet, dass sie keinen Gedanken an einen Fehlschlag verschwendet hatte, doch als sie sich jetzt im Raum umsah, packte eine kalte, unbestimmte Angst sie. Dutzende von Menschen hatten sich hier versammelt: mächtige, skrupellose Seelen, die viele Jahre voller dunkler Taten verteidigen mussten. Schon Henry Mandeville allein wäre ein mächtiger Gegner gewesen, aber gemeinsam mit den übrigen …? Cassie schluckte und merkte, wie ihr übel wurde, so verunsichert war sie plötzlich. Vielleicht hatte Tremain recht, vielleicht war es anmaßend gewesen, auch nur einen Augenblick zu glauben, dass sie die eine sein könnte, die ein so uraltes, tief verwurzeltes Übel ausmerzen konnte.

Das Scharren zurückgeschobener Stühle riss sie aus ihren Gedanken. Alle am Tisch erhoben sich. Hugo legte seine Hand auf ihre. »Es ist so weit.«

Cassies Puls beschleunigte sich. Während des Essens hatte Hugo meist geschwiegen und neben ihr in seinem Essen gestochert. Jetzt fragte sie sich, was wohl in ihm vorging. Hatte er ihr nur versprochen, dass er sie beschützen würde, um sie in falscher Sicherheit zu wiegen? »Wohin gehen wir?«, fragte sie, während sie hinter ihm und den anderen den Raum verließ.

»In die Katakomben unter dem College«, antwortete Hugo leise. »Wir haben da unten mehrere Kammern; es sind dieselben Räume, die schon Raleigh und seine Gruppe benutzt haben.«

»Und das ist noch nie jemandem aufgefallen?« Ihr Blick ging über die lange Prozession. Wie sie so in ihren feinen Anzügen durch den Kreuzgang schritten, waren sie eine durchaus auffällige Gruppe.

»Es ist ein privates Dinner, wie sie dauernd veranstaltet werden.« Hugo zuckte mit den Achseln. »Der Eingang ist gut versteckt und geschützt. Uns passiert nichts. Es ist unser College.« Das war es wirklich, erkannte Cassie. Das Raleigh, diese berühmte Institution, gehörte ganz und gar der *Schule der Nacht*. Hinter diesen Sandsteinmauern herrschten die Mitglieder der Gesellschaft über ein privates Reich, in dem Gesetz oder Moral keine Gültigkeit hatten.

Cassie sah Tremain weiter vorn in einen Alkoven treten. Sie wartete, bis Hugo sich umdrehte, um mit einem anderen Mitglied zu sprechen, blieb dann neben Tremain stehen und tat so, als müsste sie ihren Schuh richten. »Du hast es dir anders überlegt?«, flüsterte sie.

Tremain sah elend aus. »Es ist noch nicht zu spät für dich«, murmelte er. »Wenn du jetzt verschwinden würdest, könntest du noch vor morgen früh im Ausland sein. Bitte, Cassie ...«

»Nein.« Cassie richtete sich auf und sah ihm in die Augen. »Ich bringe das zu Ende. Und entweder kann ich auf dich zählen, oder du nützt mir nichts.«

Tremain biss die Zähne zusammen. »Ich werde da sein«, erklärte er scharf. Er sah sich um und beugte sich dann vor. »Sobald es anfängt, verriegeln sie die Türen, damit keiner mehr rauskann. Falls du flüchten musst, es gibt hinter der Krypta eine versteckte Treppe. Bieg vom Gang aus rechts ab und lauf dann weiter, bis du die Oberfläche erreichst. Charlie erwartet dich am Nordtor.«

»Charlie?« Cassie schnürte es das Herz zusammen. »Nein, das darf er nicht. Ich habe ihm gesagt ...«

»Er wollte nicht hören. Mach dir um ihn keine Gedanken, dafür ist jetzt keine Zeit mehr. Hör gut zu. Du musst warten, bis sich die Verbindung öffnet. In diesem Moment sind alle Mitglieder mit der Dunkelheit vereint. Henry ist der Schlüssel; ihn musst du ausschalten. Dann folgen die Übrigen von selbst.«

Cassie nickte und überlegte fieberhaft. »Gibt es etwas, das ich als Waffe benutzen kann?«

»Was auch immer du findest. Ich werde dir beistehen, so gut ich kann«, flüsterte Tremain. »Aber ich bin schwach. Ich habe mich zu lange nicht mehr genährt. Ich bin für keinen von ihnen ein Gegner. Verzeih mir.«

»Cassie?«

Cassie drehte sich um. Olivia hatte sich umgedreht und

sah sie streng an. »Danke«, murmelte Cassie, ohne Tremain anzusehen, dann richtete sie sich auf und eilte Hugo und Olivia hinterher.

»Stimmt irgendwas nicht?«, wollte Olivia wissen.

»Bloß diese Schuhe«, erwiderte Cassie. Sie spürte, wie Hugo sie prüfend ansah, und wandte sich ab. Es war zu spät, um jetzt noch einen Rückzieher zu machen. Sie zog den Mantel enger und folgte den anderen in den schattigen Hof und zum Fuß des Nordturms.

Sie versuchte, sich Mut zuzusprechen. Sie hatte einen Plan und Verbündete, die ihr helfen würden. Tremain würde an der Zeremonie teilnehmen, und Charlie wartete draußen auf sie. Gemeinsam würden sie die Gesellschaft zu Fall bringen.

Dann entdeckte sie hinten in der Menge ein vertrautes Gesicht. Ihr blieb das Herz stehen.

Elliot.

Er unterhielt sich mit Henry Mandeville, beide steckten vertraulich die Köpfe zusammen. Elliot reichte Henry etwas, ein altes Buch, und Henry nickte wohlwollend.

Elliot war auch in die Geheimgesellschaft verwickelt? Das begriff Cassie nicht. Er sollte doch eigentlich weit weg in London sein. Das Gefühl, hintergangen worden zu sein, durchschnitt sie rasierklingenscharf, als sie den Mann beobachtete, den sie für ihren Freund gehalten hatte. Er und Henry Mandeville wechselten noch ein paar Worte, dann huschte Elliot davon, dem Ausgang des College zu.

Henry sah her und bemerkte, dass Cassie sie beobachtet hatte. Ein überhebliches Lächeln verzerrte sein Gesicht zu einer grausamen Maske – und verriet ihr, dass er genau wusste, was sie jetzt empfand

Cassie wurde übel. In ihrem Kopf spulte sich blitzschnell ab, was sie alles zu entdecken geglaubt hatte: den wahren

Namen ihrer Mutter, Rose, die Existenz der *Schule der Nacht*. Elliot hatte ihr bei jedem einzelnen Schritt Hilfestellung geleistet. Seine Nachforschungen hatten ihr den Weg gewiesen, seine Informationen hatten sie hierhergeführt.

Er hatte sie die ganze Zeit gelenkt.

Ihr wurde flau, als sie ohnmächtig begriff, dass Henry alles inszeniert hatte. Er hatte von Anfang an gewollt, dass sie auf die Gesellschaft stieß; seit sie in Oxford aus dem Zug gestiegen war, hatte er alle Fäden gezogen. Jede ihrer Entdeckungen war so platziert worden, dass Cassie sie finden musste; jedes Puzzleteil hatte man ihr wie ein vergiftetes Geschenk in die Hand gelegt. Bestimmt wusste Henry, dass Tremain ihr Vater war, dass sie eine von ihnen war. Er stellte sie auf die Probe, wollte feststellen, ob sie das Ritual lebend überstehen würde oder nicht.

Man hatte von Anfang an mit ihr gespielt.

Cassie blieb stehen und spürte Hugo in ihrem Rücken. »Vertrau mir«, flüsterte er und drängte sie weiter.

Sie hatte keine Wahl. Die Würfel waren gefallen. Cassie nahm ihren ganzen Mut zusammen und trat in die Dunkelheit.

Kapitel 33

Die Treppe schraubte sich tief in die Erde und endete in einem schmalen Gang, der von an den Wänden festgeschraubten Fackeln erhellt wurde. Das flackernde Licht wies ihnen den Weg, bis sie sich Cassies Schätzung nach unter der großen Kapelle befanden. Es war ein widerwärtiger Gedanke, dass tief unter der Oberfläche, versteckt vor neugierigen Blicken und der Welt, seit Generationen einer ganz anderen Macht gehuldigt wurde als oben.

Sie hätte erwartet, dass es hier feuchter wäre, doch so tief sie auch hinabstiegen, die Luft blieb immer kühl und trocken. Schließlich öffnete sich der Tunnel in eine Abfolge von Vorzimmern, die jeweils von einer massiven, verriegelten Tür gesichert wurden. Zuletzt gelangten sie in einen großen, hohen Raum, an dessen Wänden perfekt erhaltene kostbare Goldgobelins und Ölgemälde hingen. Der Boden senkte sich in mehreren flachen Kreisen zu einem kleinen Wasserbecken ab, und am Kopfende des Raumes diente eine steinerne Plattform mit Kerzen und einer Silberschale als Altar. Über allem thronte der große Mann persönlich: ein Porträt Sir Walter Raleighs mit unnahbarer, entschlossener Miene.

Hugo führte Cassie zu der Fläche direkt vor dem Becken hinunter. Die anderen Opfergaben wurden links und rechts von ihr aufgestellt, bis sie einen Kreis bildeten; die Mitglieder der Gesellschaft bauten sich hinter ihnen auf: ein zweiter Ring, der sie einschloss.

Mit pochendem Herzen sah Cassie sich im Raum um, bis das letzte Mitglied eingetreten war und die Tür mit einem tiefen Donnern zufiel. Ihr Instinkt gellte, Reißaus zu nehmen. Aber es war zu spät. Sie zwang sich, tief durchzuatmen, und sah dann auf Hugo, doch der starrte eisern auf den Boden und wich ihrem Blick aus. Tremain am anderen Ende des Raumes erwiderte ihren Blick sehr wohl und nickte knapp, doch seine unsichere Miene wirkte wenig beruhigend auf ihre überreizten Nerven.

Henry trat vor und an den Altar. »Hier, an jenem Ort, wo unser Vermächtnis seinen Anbeginn nahm, finden wir zusammen, um unsere Bande neu zu knüpfen«, begann er. Andere Mitglieder begannen mitzusprechen, es war ein tiefes Murmeln, das Cassie durch Mark und Bein ging. Wie oft hatten sie diese Worte schon gesprochen? Hier Opfer dargebracht? »Um Großes zu bewirken, um nach den ehrenvollsten Tugenden zu streben. Hier im Dunkeln bringen wir dir unser Opfer dar, auf dass wir gestärkt werden mögen und die Reinheit deiner großen Gabe zu ermessen wissen.« Henry nahm ein Messer vom Altar und hielt es in die Höhe. Cassie konnte eine ungewöhnlich geschwungene Klinge und ein verziertes, juwelenbesetztes Heft erkennen. »Vom Blute zum Blute«, intonierte Henry und zog die Klinge dabei langsam über seine Handfläche. Er trat in die Mitte der Arena und ließ die dunklen Tropfen in das Wasserbecken fallen. »Dies ist mein Begehr.«

Er streckte das Messer vor, und Hugo trat vor Cassie hin, wobei er hastig die Worte wiederholte. Er musste die Klinge zweimal über die Handfläche ziehen, nachdem er beim ersten Mal nicht tief genug geschnitten hatte, und verzog das Gesicht, als das Blut aus der Wunde quoll.

»Vom Blute zum Blute.« Nacheinander traten alle Mitglieder der Gesellschaft an das Becken. Ihr Blut tropfte ins Wasser, wo es im Dämmerlicht dunkelrote Schlieren zog. Mit jeder Sekunde schlug Cassies Herz schneller. In einem düsteren Sprechgesang hallten die Stimmen tief brummend durch den Raum und gingen dabei nahtlos ineinander über, bis Cassie nicht mehr sagen konnte, wo die eine endete und die nächste begann.

»Und nun bieten wir dir unsere Opfergaben dar«, verkündete Henry. »Sie geben sich dir aus eigenem Antrieb hin, um dein Vermächtnis und die wahre Macht zu ehren. So wie es von Anbeginn an gewesen und bis zum Ende wird sein.«

Cassie spürte Hände an ihren Schultern und erstarrte. Hugo war zu ihr getreten und hielt sie, so wie auch die anderen Mitglieder sich zu ihren Opfern gestellt hatten und sie berührten: eine Hand auf dem Scheitel, einen leichten Druck auf den Rücken. Sie spürte die Hitze seines Körpers direkt hinter ihrem, das Zittern seiner Hand. »Psst, es wird alles gut«, versicherte er ihr, während Henry eine lateinische Beschwörungsformel rezitierte. Die unverständlichen Worte wehten gewichtig im Halbdunkel über sie hinweg. Lewis stand neben ihr, zitternd wie Espenlaub, während auf der anderen Seite Paige ihrem Mädchen übers Haar strich und ihm beruhigend ins Ohr flüsterte, als wollte sie es daran hindern, Reißaus zu nehmen.

Das Summen wurde lauter, Geflüster erhob sich in die Dunkelheit, schlängelte sich um sie herum. Die flackernden Fackeln an den Wänden tauchten sie immer wieder in Dunkelheit, Cassie musste kämpfen, ruhig zu bleiben. Alle ihre Instinkte drängten auf Flucht, jeder Muskel bebte in panischer Angst. Sie sollte hier nicht sein. Das hier durfte nicht geschehen.

Und dann spürte sie es, eine tiefe, bebende Übelkeit, die ihren ganzen Körper durchlief. Sie spürte etwas Kaltes. Uraltes. Böses.

Die Fackeln blakten, und in der Dunkelheit bemerkte Cassie ein Zappeln, ein Brodeln in dem Becken in der Mitte des Raumes. Mit entsetzt aufgerissenen Augen beobachtete sie, wie sich etwas Dunkles erhob.

Cassie spürte, wie sich Hugo hinter ihr anspannte, doch sie konnte den Blick nicht von der Erscheinung vor ihr wenden. Sie war schwarz, formlos, wabernde Dunkelheit. Es war der sichtbar gewordene Hunger. Und unter all ihrer Angst spürte Cassie, wie diese Dunkelheit sie rief, wie sie etwas tief in Cassies Brust zum Leben erweckte.

Die Gruppe verstummte, während die Dunkelheit schattengleich über dem Wasser schwebte.

»Wir bieten dir diese Opfergaben dar«, rief Henry. »Nimm sie an und gewähre uns unser Wissen.«

Die Dunkelheit breitete sich aus. Cassie blieb wie erstarrt stehen und beobachtete, wie sie sich wabernd zu teilen begann. Einzelne Tentakel tasteten sich vom Wasser weg, schlängelten sich über den Boden auf sie zu, auf Lewis und alle anderen Opfergaben. Sie wollte zurückweichen, doch Hugo packte sie fester an den Schultern. Er hielt sie, bohrte die Finger in ihr Fleisch, während sich der Schatten direkt vor ihr zu einer schwankenden, zischenden Säule aufrichtete.

Und dann umschlang er sie.

Cassie spürte, wie er in ihren Geist eindrang, wie sich die Dunkelheit vom Rand ihres Bewusstseins her vortastete. Sie hatte geglaubt, die Macht zu spüren, als Henry sie an jenem Abend besucht hatte, aber das war nur ein blasses Echo dieser alles auslöschenden Kraft gewesen. Das hier war hundertmal stärker, wilder. Ein rasender Hunger angesichts all der Jahrhunderte hier unten. Sie spürte es, spürte ein kaltes Grauen, gegen das sie mit aller Kraft ankämpfte. Sie wehrte sich verbissen und schaute dabei verzweifelt zu Tremain, doch der schüttelte nur den Kopf und formte stumm die Worte: *Noch nicht.*

Cassie schnappte nach Luft. Sie konnte es nicht länger abwehren, keine Sekunde länger. Es war zu stark, zu dunkel; es schlich sich in ihren Geist, schlang sich um ihre Seele. Schaudernd fühlte sie, wie die Schwärze sie durchdrang, wie ein scharfer Schmerz hinter ihrer Stirn erblühte.

Und dann spürte sie, wie eine zweite Kraft in die Lücken stieß, die die Dunkelheit aufgerissen hatte. Es war Hugo, der in ihren Geist vorstieß, der sich durch sie hindurch von der dunklen Macht nährte, als wäre Cassie nur ein willenloses Gefäß für die Dunkelheit. Sie spürte, wie er sich rücksichtslos tiefer wühlte, und schrie auf, bevor sie überwältigt zusammensackte. Um sie herum konnte sie sehen, wie auch die anderen Opfer zu Boden fielen und ihre Meister vor schwarzer Energie schimmernd neben ihnen standen. Sie fühlte, wie sich ihr Geist in den Wogen der Dunkelheit mit allen anderen überlagerte. Hugo, Olivia, Henry, die sich in düsterem, geiferndem Hunger von ihren Opfern nährten. Die Opfergaben in Panik und Schmerz … Sie waren alle eins. Sie waren es. Es durchlief sie, umschloss sie, nahm ihnen alles, was sie hatten.

Cassie kämpfte darum, nicht das Bewusstsein zu verlieren. Dies war der Augenblick, auf den sie gewartet hatte, der Augenblick, in dem alle miteinander verbunden waren. Sie nahm ihren ganzen Mut zusammen und zwang ihren Geist zur Ruhe. Ohne die Schmerzensschreie um sich herum wahrzunehmen, holte sie bebend Luft und konzentrierte sich ganz auf die Dunkelheit, zeichnete mit ihrem Geist ihre Konturen nach, ertastete ihre Form. Das Dunkel bewegte sich unter ihren Gedanken, war nicht zu greifen, doch Cassie suchte unbeirrt in all dem Chaos nach einem Fixpunkt: einer Wurzel zu dieser Gestalt.

Da.

Unter dem aufwirbelnden Hunger spürte sie eine Art Saum: eine zerklüftete Kante, jenen Riss in der Realität, durch den die Dunkelheit eindringen konnte. Cassie griff danach und ließ auch nicht los, als ihre Kräfte nachließen. Mit aller Macht krallte sie sich daran fest, dem Anfang von allem. Und dem Ende.

Sie riss sich von Hugo los, verschloss ihren Geist vor ihm und kämpfte mit allem, was sie hatte, gegen die Dunkelheit an. Sie spürte, wie ihr Gegner sich überrascht aufbäumte und sich zischend und brodelnd im Dunkeln gegen sie wandte. Der Boden selbst unter ihr donnerte und bebte, als die Dunkelheit die anderen Opfer freigab und alle Verbindungen löste. Verwirrte Schmerzensschreie waren zu hören, als die Mitglieder der Gesellschaft von ihrer Macht abgeschnitten wurden. Aus dem Augenwinkel sah Cassie alle zu Boden gehen. Tremain, Hugo, Olivia, alle lagen reglos neben den ausgelaugten Körpern ihrer Opfergaben auf dem Boden.

Nur sie war übrig geblieben. Sie und … Henry. Er stand immer noch wie erstarrt am Altar. Aber eigentlich stand er gar nicht. Cassie stockte der Atem, als sie ihn eine Handbreit über dem Boden schweben sah. Die Dunkelheit durchströmte ihn jetzt, sie kämpfte gegen Cassie, infiltrierte ihren Geist. Der Schmerz war unerträglich, er spaltete ihr Hirn, er war so massiv, dass sie das Blut in ihrem Mund schmecken und ihre eigenen Schreie hören konnte, während die Dunkelheit tiefer und tiefer schnitt und ihr gleichzeitig alles nahm.

Die Wände bebten wieder, Steine und Schutt lösten sich

aus der Decke des Gewölbes. Die Fackeln fielen aus ihrer Halterung, eine geriet dabei an eine Ecke des Wandteppichs, der mit seinen lodernden Flammen die dunkle Halle aufhellte. Inzwischen hatten sich die ersten Mitglieder wieder gefangen; Olivia rannte an ihr vorbei zur Tür, doch immer noch wagte Cassie den Blick nicht von ihrem Ziel zu wenden. Sie ließ sich auf die Knie fallen und kroch zum Altar, um Balance ringend, weil inzwischen der ganze Raum wackelte.

Henry war nur Schwärze und Schatten, ein grauenerregendes Gespenst, das sich ihr jetzt mit den dunkelsten Augen, die Cassie je gesehen hatte, zuwandte. Cassie zog das Messer vom Altar und stürzte sich auf ihn. Die Klinge glitt in seinen Bauch, er taumelte zurück und stieß einen markerschütternden Schrei aus. Unmenschlich. Unbefriedigt.

Die Schwärze zog sich zurück, der dunkle Schatten schlängelte sich zischend und flackernd aus ihm heraus und ins Becken zurück. Doch Henrys Macht war nicht gebrochen. Seine Hand schoss vor, packte sie am Hals und presste ihr die Luft aus der Lunge. Cassie schlug wild nach ihm aus, aber sein Griff war unerbittlich. »Hugo«, hörte sie ihn rufen, obwohl das Blut in ihren Ohren brauste. »Du musst das Ritual vollenden. Es darf nicht abgebrochen werden!«

Cassie hing hilflos keuchend in der Luft, und ihre Lunge brannte. Über ihr donnerte und bröckelte die Kaverne, und der Boden unter Henrys Füßen wackelte, als würde sich die Erde öffnen. Hugo zog sich auf die Füße und kroch auf sie zu, über die Körper der Opfer hinweg, die stöhnend und reglos auf dem Boden lagen.

»Nein«, keuchte Cassie. »Bitte!«

Doch Hugos Augen waren dunkel wie die Nacht. Cassie schrie auf, als er mit ausgestrecktem Arm ihre Hand packte und die Macht sie erneut durchfuhr. Hugo drang in ihren

Geist vor, vereinte sich dort mit der dunklen Macht, die von Henry ausging, und lenkte sie in seinen Körper, bis Cassie wieder nur noch ein willenloses Gefäß war. Sie rang darum, die Kontrolle zu behalten, aber dafür reichten ihre Kräfte nicht aus. »Hugo«, flüsterte sie schwach, während sie spürte, wie das Leben aus ihrem Körper floss. Doch sein Gesicht war nur noch die ekstatische Fratze eines Fremden in der Dunkelheit. Sie kannte weder diesen Mann noch seine früheren Versprechungen; sie hatten sich in der brodelnden Hitze und Machtlust verloren.

Um sie herum stürzten Laternen zu Boden; Gemälde fielen von den Wänden; doch Hugo hielt sie unerbittlich fest. Die Dunkelheit durchströmte Cassie und wütete in ihr, bis sie sich kaum noch selbst spüren konnte. Sie war keine Person mehr, kein Geist, nichts als ein Gefäß, das mit Macht angefüllt und wieder entleert wurde, wieder und wieder, während Hugo gleichzeitig neue Kräfte sammelte, langsam auf die Füße kam und sie immer fester hielt. »Bitte«, keuchte sie noch einmal atemlos. Sie sah ihn an, und ihr Blick verschwamm. Sein Gesicht leuchtete verzückt, sein Blick war wild und schwarz.

Dann sank Cassie in Henrys und Hugos gnadenlose Umarmung, erfüllt von absoluter Dunkelheit, die auch das letzte Aufflackern erstickte. Über ihnen sackte die Decke in sich zusammen, Steine regneten herab, vor denen die wenigen Überlebenden schreiend Deckung suchten. Cassie hätte geweint, aber sie hatte nicht mehr die Kraft, Tränen zu vergießen. War sie wirklich hierhergekommen, um elend in einem staubigen Keller zu verenden? Sie hatte sie alle enttäuscht. Ihre Mutter. Evie. Rose. Sie hatte sie verraten.

Wie aus weiter Ferne hörte sie einen verzweifelten, kehligen Aufschrei, und im nächsten Augenblick riss jemand

Hugo von ihr weg. Die Verbindung wurde schwächer, und sie tauchte gerade noch rechtzeitig aus der Dunkelheit auf, um zu sehen, wie Tremain erneut angriff und diesmal Henry zu Boden schleuderte. Henry ließ sie los und taumelte rückwärts. Wie durch einen Schleier sah sie Tremain, der ihn mit allen Kräften am Boden zu halten versuchte. »Lauf!«, brüllte Tremain heiser, beide Hände an Henrys Kehle. Der Körper unter ihm wand sich zischend und stieß dann einen widernatürlichen Schrei aus. »Du musst das Portal zerstören!«

»Aber …« Cassie schnappte nach Luft. Der nächste Stein löste sich aus der Decke und krachte zwischen ihnen auf den Boden. Eilig drehte sie sich dem Wasser zu, in dem dunkle Schatten brodelten. Sie hob eine Fackel vom Boden auf und warf sie ins Wasser.

Die Flammen schossen hoch und erhellten die dunkle Höhle mit einem unnatürlichen Gleißen. Stolpernd wich sie vor der Hitze zurück, während sich das infernalische Brüllen mit den Schmerzensschreien vermengte, die vom Wasserbecken widerhallten, wo ein Jahrhundert der Dunkelheit in den Untiefen brodelte. Wie hypnotisiert starrte Cassie in die Flammen. Das Portal ging in Flammen auf, die Verbindung war endlich durchtrennt.

Plötzlich stürzte der nächste Stein von der Decke. Neue Flammen schlugen aus dem Wasser und leckten so hoch, dass sie Tremain und Henry jenseits des Beckens nicht mehr sehen konnte. »Lauf!«, hörte sie Tremain brüllen. »Du musst von hier verschwinden!«

»Was ist mit dir?«, schrie sie zurück.

Der nächste Deckenabschnitt krachte zu Boden. Sie sprang zurück und beobachtete entsetzt durch die Flammen, wie Tremain und Henry unter dem Schutt begraben wurden.

»Matthew?«, rief sie, während der Raum um sie herum bebte und wackelte. »Wo bist du?«

Aber sie hörte nichts außer den verzweifelten Schreien und dem Tosen der Flammen. Sie war allein.

Kapitel 34

Die Erde stieß ein weiteres wütendes Donnern aus. Cassie strauchelte rückwärts und schirmte ihren Kopf vor den herabregnenden Trümmern ab. Sie hob das blutige Messer vom Boden auf und taumelte, während das nächste Beben den Raum erschütterte, am Rand der Flammen entlang durch den Raum. Gerade als sie sich am Türrahmen festhielt, erzitterte die Welt erneut, und sie sah mit Entsetzen, wie der Tunnel vor ihr einstürzte.

Sie wirbelte auf dem Absatz herum und versuchte, sich ins Gedächtnis zu rufen, was Matthew Tremain ihr erklärt hatte. Es gab noch einen zweiten Ausgang, genau gegenüber der Haupttür. Ängstlich tastete sie sich an der Wand entlang, bis sie den Rahmen einer versteckten Tür spürte. Sie riss sie auf und raste in den Tunnel, gerade noch rechtzeitig, bevor die Decke des Raums hinter ihr endgültig einstürzte. Strauchelnd und keuchend rannte sie weiter und riss eine Fackel von der Wand, die hüpfende Schatten an die Wände warf, als Cassie tiefer in die Dunkelheit tauchte.

Das Herz von schwarzer Angst zusammengepresst, floh sie durch den Gang. Dies war der Ort aus ihren Träumen. Die unterirdischen Gänge, der Fackelschein. Ihre nackten Füße schlugen auf den staubigen Boden, die Hand hielt das Messer fest umklammert. Von allen Wänden hörte sie

Echos des Beschwörungsgesangs widerhallen, eine Einbildung, wie sie sich immer wieder vorsagte. Es musste so sein. Unvermittelt löste sich aus dem Halbdunkel ein Schatten, sie kam vor Schreck ins Stolpern und landete hart auf den Handflächen. Aber sie hatte keine Zeit, ihrem Schmerz nachzuspüren, nicht solange das Messer glitschig in ihrer Hand lag und sie leise Schritte hörte, die mit jeder Sekunde lauter klangen. Näher.

Cassie rappelte sich auf, stolperte weiter, kletterte die Wendeltreppe höher, bis sie durch eine offene Tür trat und mit einem Japsen in einen kerkerähnlichen Raum gelangte. Durch ein schmales Fenster vor ihr fiel Licht, endlich war sie an der Oberfläche, doch Cassies Erleichterung hielt nur einen Sekundenbruchteil an.

Im Raum stand Olivia über Charlies zusammengesunkenem Körper, mit schwarzen Augen und einem Lächeln, das eine Fratze grausamer Verzückung war. »Du kommst zu spät«, erklärte sie Cassie schwer atmend. »Er war köstlich. Genau wie Evie«, ergänzte sie schmunzelnd.

Cassie blieb keine Zeit zum Nachdenken. Mit einem wütenden Aufschrei stürzte sie sich auf Olivia und riss sie zu Boden. Olivia schlug nach ihr, zerkratzte mit ihren Nägeln Cassies Haut, doch Cassie hatte immer noch das Messer in der Hand. Mit aller Kraft, die sie noch aufbringen konnte, rammte sie die Klinge in Olivias Bauch.

Olivia stieß einen Schrei aus und erstarrte unter ihr. Cassie zog das Messer heraus, Olivia zuckte zurück und presste wimmernd die Hand auf die Wunde.

Cassie kroch mit blutigen Händen von ihr weg. »Charlie?«, rief sie, und die Panik jagte eisig durch ihr Blut. »O Gott, Charlie?« Sie kroch zu ihm, beugte sich über ihn und wiegte seinen Kopf in beiden Händen. »Bitte«, flüsterte sie. »O Gott, bitte, Charlie. Bitte wach auf!« Entsetzen und

Schuldgefühle brachen über sie herein. Er war der einzige gute Mensch, die einzige gute Seele in alledem.

Er stöhnte kehlig. Ihr Herz machte einen Satz. »Wach auf«, flüsterte sie. »Keine Angst, ich bin bei dir.«

Flatternd hoben sich seine Lider. Cassie schluchzte erleichtert auf. »Bist du verletzt?«, fragte sie und strich ihm das Haar aus der Stirn. »Was hat sie dir angetan?«

Charlie starrte sie mit blanker Miene an, seine blauen Augen waren leer und ausdruckslos. Cassie merkte, wie ihr das Blut in den Adern gefror. »Nein«, schluckte sie. »Nein, du wirst dich wieder erholen. Du musst!« Sie versuchte, ihn mit ihrem Geist zu durchdringen, die Verletzungen, die Olivia angerichtet hatte, zu lindern und zu heilen, aber sie war zu schwach. Sie konnte kaum die Ränder seines gebrochenen Geistes erreichen. Verzweifelt versuchte sie, ihn aufzurütteln, doch sein Kopf kippte schlaff nach hinten, sein Blick blieb tot wie der einer Lumpenpuppe. Besinnungslos.

»Charlie!« Diesmal schluchzte sie wirklich. Cassie spürte, wie die Erde erneut bebte, doch das war ihr egal. Schluchzend umklammerte sie seinen Körper und fühlte, wie die Trauer um sie herum zersplitterte. Er hätte nicht hier sein dürfen, hätte nicht den Preis für ihren Kampf zahlen dürfen. Sie hätte es verdient gehabt, so zu enden, nicht er.

Wieder rumpelte es heftig unter ihr, dann flog die Tür zu den unterirdischen Gängen auf. Hugo kam in den Raum gestolpert. Sein panischer Blick kam auf ihr zu liegen. »Wir müssen weg von hier«, stieß er hervor. »Die Fundamente haben nachgegeben. Gleich wird alles zusammenfallen!« Er eilte an ihr vorbei, auf die letzten Stufen vor der Tür nach draußen zu. »Komm schon, Cassie!« Hugo packte ihre Hand und versuchte, sie hochzuzerren.

Cassie leistete tränenblind Widerstand. »Ich kann ihn nicht hier allein lassen!«

»Es ist zu spät!«, rief Hugo aus. »Cassie, wir müssen los!« Er zerrte an ihr, doch sie klammerte sich weiter an Charlie fest. Sie hing zwischen ihnen wie aufgespannt.

Und dann begriff sie.

Cassie holte tief Luft, und ehe sie es sich anders überlegen konnte, schickte sie ihren Geist wieder aus – aber diesmal nicht zu Charlie, sondern zu Hugo. Sie heftete sich an seinen Geist und schlug rücksichtslos eine so tiefe Bresche, dass Hugo vor Schmerz aufschrie. Cassie wühlte sich tiefer und begann, sich von der Dunkelheit, dieser uralten Kraft, zu nähren, die frisch und reif in seinem Geist lagerte. Sie trank sich daran satt, benommen von dem plötzlichen Machtrausch, der sie ganz und gar erfüllte.

Dann dirigierte sie ihre Kraft auf Charlie, in seinen leeren Geist. Alles, was sie aufgenommen hatte, und noch mehr gab sie an Charlie weiter. Sie durchdrang ihn mit ihrem Geist, glättete die abgerissenen, kantigen Ränder, erfüllte ihn mit neuer Kraft und neuem Potenzial.

»Cassie«, keuchte Hugo und sank neben ihr auf die Knie. Doch Cassie ließ nicht von ihm ab, hielt keine Sekunde inne, während die Lebenskraft aus ihm herausströmte und sie in einer mächtigen Woge durchlief. Es glitzerte in ihren Adern, übertrug sich auf Charlie und heilte ihn, bis seine Augen aufflogen und er sich japsend aufsetzte.

»Was …?«, keuchte er und schlug mit den Händen durch die Luft. Als er sie erblickte, weiteten seine Augen sich, glücklich, dass sie da war. »Cassie? Was machst du mit mir?«

Aus allen Richtungen donnerte ein Crescendo in ihren Ohren. Sie fühlte, wie es floss, wie es sie rief, wie es sie zu sich befahl.

»Cassie?« Charlies schwache Stimme schien aus weiter Ferne zu kommen. »Cassie, lass mich los!«

Sie schreckte aus ihrer Trance hoch und befreite sich mit einem leisen Aufschrei aus dem Griff der Dunkelheit. Charlie nahm sie bei beiden Händen und suchte hellwach ihren Blick. »Kannst du mich hören, Cassie? Was hast du getan?«

Sie schluckte, und ihr Herz raste. »Ich habe dich zurückgeholt.« Sie drehte sich um. Hugo lag reglos neben seiner Cousine auf dem Boden, in einer Pfütze von Olivias Blut.

Die Erde bebte erneut. »Komm mit.« Charlie zog sie auf die Füße und zerrte sie zur Treppe. Sie stolperte hinter ihm her, obwohl ihre Glieder bleischwer an ihr hingen. »Gleich sind wir draußen«, drängte er, wobei er sie halb die Treppe hochtrug.

Sie taumelten durch die Tür in die schmerzhaft eisige Nachtluft. Blinzelnd schaute Cassie sich um. Sie waren auf der entgegengesetzten Seite des College-Geländes herausgekommen, durch eine Öffnung in der Außenmauer, verborgen hinter dicken Steinen. Jenseits der Wiese konnte sie die Sandsteinfassaden des Raleigh leuchten sehen. Der Nordturm war in Flammen gehüllt, die in den dunklen Nachthimmel aufloderten. Sirenen heulten, Lärm und Geschrei sickerten durch die Dunkelheit. Cassie sank ins nasse Gras.

»Es ist vorbei.« Charlie hielt sie fest. »Du hast es geschafft. Und du hast überlebt.«

Cassie antwortete nicht. Sie hielt ihn stumm in der Dunkelheit und lauschte dem Heulen der Sirenen.

Später

Matthew Tremain wurde an einem strahlenden Frühlingsmorgen auf dem Friedhof oberhalb des Flusses beigesetzt. Cassie stand an seinem Grab und schaute zu, wie der Sarg in die Erde gesenkt wurde. Sie hatten seinen Leichnam unter den Trümmern gefunden, gemeinsam mit der übrigen *Schule der Nacht*. Ein Einsturz, hatte es im offiziellen Bericht geheißen. Ungesicherte Fundamente. Ein privater Supper Club, den ein grauenvolles Ende getroffen hatte.

Niemand widersprach dem offiziellen Untersuchungsergebnis, das hatte Charlie sichergestellt. Die Nachrichtensender sendeten pathetische Nachrufe auf Richard Mandeville, einen vielversprechenden Politiker, dessen große Karriere auf grausame Weise abgeschnitten worden war. Es gab Gerede, was wohl zu seinem vorzeitigen Abgang geführt hatte, doch niemand wollte allzu genau hinterfragen, was sich am Raleigh College abgespielt hatte. Und schon bald forderte der nächste Skandal die öffentliche Aufmerksamkeit: ein weiterer Minister in einer kompromittierenden Situation, eine neue Promi-Fehde, um die Zeitungsspalten zu füllen. Die Verstorbenen verblassten zu Erinnerungen; niemand würde lange um sie trauern.

Außer ihr.

Cassie hörte den Priester lesen und spürte, wie die Tränen in ihren Augen brannten. Sie hatte ihren Vater kaum gekannt, doch in seinen letzten Sekunden hatte er Charakter bewiesen. Er hatte sich selbst geopfert, um sie zu retten, genau wie ihre Mutter vor so vielen Jahren.

Sie hoffte, sie hatte dazu beigetragen, dass sich ihr selbstloses Opfer gelohnt hatte.

Es gab keine große Feier, nur ein paar Professoren und Studenten aus dem College waren gekommen, um Tremain Respekt zu erweisen. Im Haus eines Tutors würde es hinterher einen Empfang geben, doch Cassie schlich nach der Trauerfeier davon und traf sich stattdessen mit Charlie am Rand des Friedhofs.

»Und was jetzt?«, fragte er, während sie langsam zur Straße schlenderten.

»Ich könnte was zu trinken gebrauchen.« Cassie lächelte betreten. »Und hat deine Mutter nicht versprochen, mir einen Sonntagsbraten zu machen?«

»Danach, meine ich.« Charlie blieb stehen. »Du bist hier fertig, nicht wahr? Ich meine, die Geheimgesellschaft wurde zerstört, oder?«

Sie nickte langsam. »Mein Hunger, mich an anderen Menschen zu nähren, lässt mit jedem Tag nach. Die Mitglieder, die nicht an der Zeremonie teilgenommen haben, sollten inzwischen schon ziemlich geschwächt sein. Irgendwann wird sich ihre Macht in Luft aufgelöst haben.«

»Und sie können sich nicht einfach von jemand anderem nähren?«

»Das glaube ich nicht. Die Verbindung ist gekappt; wenigstens vorerst. Ich hoffe, das bleibt so.«

»Und du fliegst jetzt wieder heim oder was?« Charlie wandte scheinbar ungerührt das Gesicht ab, doch Cassie blickte hinter seine Fassade.

»Ich glaube nicht«, erwiderte sie. »Jedenfalls nicht gleich.

Mein Stipendium wird mir noch ein Semester gezahlt. Ich habe mir gedacht, ich könnte noch hierbleiben.«

Charlie grinste. »Gib's zu, Babe. Du erträgst den Gedanken nicht, mich zu verlassen.«

Sie lachte. »Also bitte. Nein, ich dachte bloß … Ich weiß nicht, was ich jetzt tun soll. Ich habe mich so lange ausschließlich auf meine Mom konzentriert, dass ich mir nie wirklich Gedanken über meine Zukunft gemacht habe.«

»Und jetzt?«

»Jetzt werde ich das tun müssen, schätze ich.« Cassie drückte seine Hand. Sie traten auf den Bürgersteig und tauchten in den Fluss der Passanten ein. Touristen, Fußgänger und ein Strom von Studenten. Über ihnen läuteten die Glocken, und die Türme der Colleges ragten hell in den Himmel auf.

Es war Frühling in Oxford, und alles stand in neuer Blüte.

Nachbemerkung

Meine Studienzeit an der Oxford University inspirierte mich zu diesem Roman, einer Mischung aus historischen Fakten und Fiktionen sowie aus realen und erfundenen Schauplätzen. Tatsächlich hat Sir Walter Raleigh die Universität kurz besucht, allerdings gibt es in Oxford kein Raleigh College, das meine Fantasie ans Ufer des Cherwell verlegt hat, etwa dorthin, wo sich das Magdalen College befindet. Raleigh war ein Zeitgenosse Shakespeares und, wie man weiß, mit anderen prominenten Denkern seiner Zeit bekannt, doch die Existenz einer *Schule der Nacht* wurde nie bewiesen. Das berühmte Zitat aus *Liebes Leid und Lust* von William Shakespeare lässt viel Raum zur Spekulation und wurde von Gelehrten und Historikern interpretiert, die weitaus besser über jene Zeit Bescheid wissen als ich.

Danksagung

Mein tiefer Dank gilt allen, die dieses Buch ermöglicht haben – eigentlich ist es eine Gemeinschaftsarbeit. Richard Abate für seine Ratschläge und seinen unermüdlichen Enthusiasmus; Gary Ungar und Rebecca Friedman. Und ich danke dem fantastischen Team bei William Morrow: Katherine Nintzel, Marguerite Weisman, Jessie Edwards, Molly Waxman und Stephanie Vallejo.

Ein großes Dankeschön gilt auch meinen ehemaligen Kommilitonen vom Magdalen College, die ihre alten Aufsätze stifteten, um meinem Gedächtnis auf die Sprünge zu helfen, was unseren damaligen Lehrstoff anging. Außerdem danke ich allen Angestellten im Magdalen und meinen Professoren, darunter Dr. Christopher Brooke, Dr. Lizzie Fricker und Dr. Krister Bykwist, die meine Zeit in Oxford so erinnerungswürdig gemacht haben – und so inspirierend.

Schließlich danke ich noch meinen Freunden und Verwandten, die mich so enthusiastisch unterstützt haben: Elisabeth Donnelly, Brandy Colbert, Lane Shadgett und Elizabeth Little. Meiner Mutter Ann danke ich wie immer für alles.

WeLove
blanvalet

www.blanvalet.de

facebook.com/blanvalet

twitter.com/BlanvaletVerlag

Wenn die größte Gefahr eine Liebe hervorbringt, die stärker ist als das Leben selbst …

768 Seiten. ISBN 978-3-7341-0049-9

Nach ihrer Zeitreise in das London Elisabeths der Ersten kehren Diana Bishop und Matthew Clairmont zurück in die Gegenwart, wo sie neue Herausforderungen, vor allem aber alte Feinde erwarten. In Sept-Tour, der Heimat von Matthews Ahnen, treffen sie aber auch endlich ihre Freunde und ihre Familien wieder. Außerdem werden sie mit einem tragischen Verlust konfrontiert, der besonders Diana sehr trifft. Die wahre Bedrohung für die Zukunft aber muss noch aufgedeckt werden, und dafür ist es von höchster Wichtigkeit, das Geheimnis um das verschollene Manuskript Ashmole 782 zu entschlüsseln und die fehlenden Seiten zu finden …

Lesen Sie mehr unter: **www.blanvalet.de**